私の保田與重郎

新学社

私の保田與重郎　目次

南北社版『保田與重郎著作集』月報　11

檀一雄　天稟の藝術家　13／**田中克己**　少年の日のことなど　14
日沼倫太郎　保田與重郎の戦後　19

講談社版『保田與重郎選集』月報　23

萩原葉子　保田與重郎さんの思い出　25／**神保光太郎**　美の人　27
平林英子　保田さんの手相　30／**五味康祐**　青春の日本浪曼派体験　32
谷崎昭男　身余堂先生のこと　34／**田中克己**　保田與重郎君の歌　36
山口基　私の保田與重郎遍歴　38／**村上一郎**　歌人としての保田與重郎　41
大久保典夫　保田文学との出会い　43／**棟方志功**　青葉の笛　46／**古木春哉**　橋の上　48

講談社版『保田與重郎全集』月報　51

中谷孝雄　ある日の保田君　53／**須田剋太**　倭人、保田與重郎　55
樋口清之　保田さんを育てた環境　59／**桶谷秀昭**　保田與重郎と小林秀雄　61
小高根太郎　思い出　64／**寺田英視**　述志と文明　66／**知念栄喜**　ことのは　68
松本健一　保田與重郎の影　71／**長野敏一**　保田與重郎君の思い出　73
尾﨑俵士　落第生的読み方　75／**古木春哉**　学藝の復興　78／**川村二郎**　十代の日の記憶　79
鎌田正美　華麗な潮流　82／**鍵岡正謹**　故郷の古老に「魂太る」　84

平林英子 若き日の思い出 86／**浅野晃** 「明治の精神」 88
井上義夫 某日、保田氏に至る 91／**小林豊** 『日本の橋』雑感 93
磯田光一 過激な保守主義 95／**近藤渉** 保田体験の最後の世代 97
菊地康雄 「保田與重郎全集」のこと 99／**塚本邦雄** 茘枝考 102
佐々木望 保田さんと父青葉村 104／**長尾忍** 保田さんのこと 106
山口基 私の日本浪曼派 108／**野田又夫** 保田與重郎を偲んで 111／**猿田量** 日本の橋の絵 114
前田隆一 保田、浅野両君と知り合った頃 117／**岡野弘彦** 一枚の葉書 119
吉本青司 世界の思想家保田與重郎 121／**栢木喜一** 保田先生と折口先生と 124
高橋義孝 感性の人 126／**牧野径太郎** 初対面〈保田さんを偲んで〉 128
幡掛正浩 わが呻吟語 131／**伊藤桂一** 忘れ難いひと日 134／**板坂元** ディテールの記憶 136
小島千加子 真理の月 139／**島崎巌** 保田先生を偲んで 142／**米倉守** いつも会うだけ 144
窪田般弥 『同時代』の頃 147／**鳥居哲男** 百人一首と保田與重郎 149
川村湊 保田與重郎と「仙」 152／**芳賀檀** 保田與重郎とヘレニズム 155
水芦光子 「コギト」慕情 158／**笹本毅** 魂を太らせる人 160／**平岡幹弘** 物腰と語り口 163
前川緑 秋の日に 165／**奥出健** 想像力の凄さ 167／**世耕政隆** 風景ノ橋 170
永瀬清子 保田さんとの思い出 172／**乙犬拓夫** わが保田体験 175／**磨赤児** ある出合い 178
緑川貢 真空を射るまなざしの憶い出 181／**長谷川文明** 「京あない」にひかれて 184
宮崎智恵 昭和十二年晩秋 187／**杉山美都枝** 昔話 189
矢代梓 日本ロマン派と橋川文三 192／**真鍋呉夫** 波に浮く月 194
長部日出雄 永遠の少年性 197／**池田勉** 保田與重郎と伊東静雄 200

海上雅臣　亀女の兎　202／**高橋英夫**　小林・保田の緊張のイロニー　205
入沢美時　保田與重郎との邂逅と別れ　208／**萩原葉子**　思い出　211
ヴルピッタ・ロマノ　理念とくらし　213／**阿部正路**　上弦の月　216／**吉村淑甫**　面のこと　219
杉本秀太郎　土蜘蛛　221／**常住郷太郎**　命二つ中に生きたる　223
六百田幸夫　おそろしい人　226／**饗庭孝男**　義仲寺の風土と私　228
松原一枝　「こをろ」と日本の橋　231／**中河與一**　保田與重郎　233
ドーク・ケブン　保田與重郎と「ポスト・モダン」　237／**竹川哲生**　右書左琴　239
小高根二郎　女人観世音礼讃　242／**奥西保**　「日本に祈る」刊行　245
高橋渡　輪読会のことなど　248／**勝部真長**　地下水を汲みあげる人　250／**林富士馬**　偲草　253
浅茅原竹毘古　保田先生への報告　255／**永淵一郎**　来よとつげけむ　258
麻生良方　保田與重郎先生の想い出　261／**西村公晴**　保田先生の茶飲み話　263
浜川博　保田さんの自負　266／**清水文雄**　かなしさのあまりに　269
亀和田武　ポップ文化世代の保田体験　271／**丹治恒次郎**　此岸の人　274
松永伍一　森林のごとき古典　277／**森本一三男**　保田與重郎氏を偲ぶ　279
疋田寛吉　有縁好還　282／**鯵坂二夫**　ある時の保田さん　285
神谷忠孝　保田與重郎とアジア　288／**柳井道弘**　常盤の里　290
井上司朗　ますらをにして詩人、そして予言者　293
石田圭介　山陰をたちのぼりゆくゆふ烟　296／**片岡久**　東京の夏の日　298
道浦母都子　「涙河」考　300／**鈴木亨**　〈イロニー〉の呪縛　303
綱沢満昭　保田與重郎と「農」　306／**石飛如翠**　追想　308／**野口武彦**　危機と言霊　311

大内初夫　保田先生と『去来先生全集』　313／**斎藤龍亭**　走り使いの頃　316
保田仁一郎　きしんどな人　318／**熊倉功夫**　保田與重郎氏と民藝　320
柏谷嘉弘　『規範国語読本』　323／**高藤冬武**　敷松葉の「色気」　325
渡部昇一　ただ一度の出会い　328／**佐藤宇祐**　保田大人と影山師と　330
中野清韻　稚拙のをしへ　332／**持田鋼一郎**　ある啓示　335／**田辺孝治**　身余堂酔余　338
古川善久　ふたゆかぬもの　340／**山田昭雲**　松の葉のことなど　343
羽根田諦　『日本語録』との邂逅　345／**米田一郎**　想い出すこと　348
山下悦子　「脱戦後」へ向けての試み　351／**山本春子**　私の「天杖記」　354
福田真久　芭蕉翁と保田先生　356／**平沢興**　私の人生に火をつけた保田與重郎さん　359
松本勉　風日社の「おまつり」　362／**岩崎昭弥**　僕の中の保田先生　364
棟方巴里爾　保田與重郎先生　367／**梅田美保**　ご神縁　369
近藤正　保田與重郎先生と工藤芝蘭子宗匠　371／**白川正芳**　文人と自然思想　374
柳井愛子　幸　376／**横田潤宗**　御縁　379／**五味由玞子**　保田先生の思い出　381
高橋巌　日本人における「アジアの道義」　383／**那須貞二**　保田先生と私　386
足立一夫　折々のこと　387／**岡本健一**　天の君子は人の小人　390
酒井忠康　喪失と回生と　393／**水野潤二**　滔々　396／**大久保典夫**　出会いと別れ　398
寺島キヨコ　神韻縹緲とした響きが今も伝わってくる　400
熊倉凡夫　保田與重郎先生と落柿舎のこと　403／**千葉宣一**　「浪漫的イロニー試考」　406
藤野邦康　山上の夕映え　409／**近藤達夫**　座右の書二つ　411
藤冨鴻策　年々の例、他寸記　414／**宮本滋**　保田與重郎先生の思い出　416

佐伯裕子 青春のやぽん・まるち 419／**山川京子** 桜井のころ 421
池田栄三郎 保田先生とのこと 424／**高鳥賢司** 全集刊行の終りに 427

新学社版『保田與重郎文庫』解説 433

近藤洋太 日本の女性 435／**川村二郎** 古本の思い出 440
饗庭孝男 神人一如の遥かな光栄 445／**井上義夫** ぬばたま開く 451
山城むつみ 文藝評論とは何か 457／**道浦母都子** うたの川音 463
井口時男 空虚なるものの誘惑 469／**佐伯裕子** 伝説と民族の精神 474
桶谷秀昭 『近代の終焉』の時局的背景 480／**谷崎昭男** 龍山のD氏、周作人、その他 488
真鍋呉夫 おそろしい人 493／**森朝男** 大伴家持の悲しみ 499
高鳥賢司 身余堂「光平忌」の由来 504／**奥西保** 戦中からみとし会の頃 510
吉見良三 保田與重郎の帰農時代 516／**松本健一** 貴船川まで 521
丹治恒次郎 保田與重郎と感情の回路 527／**久世光彦** 橋 533／**新保祐司** 日本の正気 538
古橋信孝 鎮魂のための文学史 544／**前川佐重郎** 家持と雅澄への感謝 550
高橋英夫 保田與重郎という風景 556／**ヴルピッタ・ロマノ** 「くらし」と文人の文学 562
山川京子 木丹のこと 567／**佐々木幹郎** 幕末行進曲 573
大竹史也 『曙への夜の橋』は架かったか 579／**高藤冬武** 或る日の鳴滝終夜亭 584
荒川洋治 「詩人」の人 589／**坪内祐三** 現代性を帯びたアフォリズム 594

佐伯彰一　「遅れて来た」保田読者の告白　600／**神谷忠孝**　語りつぎ云ひつぎゆかん　605
富岡幸一郎　虚空の文字の力　610

保田典子「そのころ」（『保田與重郎全集』月報）　617

鼠の思ひ出／河内の野道／愉しい手紙／茶箱／誕生日／旅信／多摩川
取つて置きの話／食べものの話　一／赤いサイドカー／落合の家
食べものの話　二／破れ障子／医師萩原栄治先生／出征のころ（一）
出征のころ（二）／出征のころ（三）／帰農のころ／絵日記

本書の成立まで　**谷崎昭男**　651

装丁　友成修
題字　寺田英視
カバー・表紙書　保田與重郎

私の保田與重郎

凡例

○本書は、『保田與重郎著作集　第二巻』（昭和四十三年九月　南北社刊）、『保田與重郎選集　全六巻』（昭和四十六年九月〜同四十七年二月　講談社刊）、『保田與重郎全集　全四十五巻』（昭和六十年十一月〜平成元年九月　講談社刊）に付された月報及び『保田與重郎文庫　全三十二冊』（平成十一年四月〜同十五年一月新学社刊）に付された解説文のうち、全集第五巻月報稿の西川英夫を除いたすべてを収めたものである。
○掲載順は、月報が付された解説文の当該本の刊行年月の順とした。但し、保田典子の月報連載稿（「そのころ」）だけは、ひとまとまりのものとして扱い、最後に一括収載した。（以上については巻末「本書の成立まで」参照）
○本文・引用文の仮名遣いは各テキストに準じ、漢字字体は一部の例外を除いて、すべて新字体に統一した。
○テキストの誤植等、明らかな誤りと思われる字句は訂正した。
○各執筆者の肩書きは、月報・解説文初掲載時のままとした。

※本書に再掲載した文章の執筆者のうち、菊地康雄氏・板坂元氏・井上司朗氏・岩崎昭弥氏の著作権継承者が不明です。消息・連絡先を御存知の方は編集部までお報せいただければ幸いです。
（**連絡先**　〒一六二−〇八四一　東京都新宿区払方町十四−一　新学社　『私の保田與重郎』係）
※尚、本書出版にあたり、右四名の不明な著作権継承者については、著作権法第67条に基づき平成二十二年二月二日付で文化庁長官の裁定を受けている。

南北社版

保田與重郎著作集

第二巻月報

Publication in 1968

『保田與重郎著作集』第二巻　昭和四十三年九月　南北社刊
※同著作集は本巻のみの刊行となった

題扉題字　棟方志功

檀一雄……天稟の藝術家

保田與重郎とはじめて会ったのは、阿佐谷の桑畠の中の、中谷孝雄氏の仮住居ではなかったろうか。おそらく、昭和九年の春である。一見して、容易ならぬ大才であることを直覚した。

もっとも、私は「コギト」あたりの二三の冊誌を散見して、僅かながら保田與重郎の作品を知っていたが、しかし、直接本人に会って感じ得る当人の雄偉さには及ばない。

柔軟、婉麗、稀に見る天稟の藝術家であると感服した。

彼は談笑の際に、行儀悪く浮腰になってみたり、ゴロリと体を投げ出してみたり、まったく、その懶《ものう》い肉体は、彼の精神の活力に追従出来ない有様であったが、しかし彼のその屈曲する魂の自在さは、まばゆい程であって、おそらく今後、私は若き日の保田與重郎ほどの旺んな才華にめぐり会うことは無いだろう。

彼の談笑のなかには、かりにも目糞が鼻糞を笑うような女々しい振舞いがない。いつも、人間の、能う限りの自在さと、危うさと、美しさに遊ぶていのたくまない自恃があった。

やがて、私や太宰治らの「青い花」が「日本浪曼派」に合流するに及び、私は彼と接触する機会が多くなった。と云うより、私は彼の談笑の声をもとめて、ひそかに彼の身辺をうろつき廻わったと云おう。

或夜は佐藤春夫先生の家であり、或夜は中谷孝雄氏の家であり、或夜は亀井勝一郎氏の家であり、或夜はまた芳賀檀《まゆみ》氏の家であり、或夜は、高円寺の、当の保田與重郎の下宿先であったが、彼ほど、人の魂を鼓舞するに妙を得た教唆者はないほどで、その実、彼の魂はふくらみ、自在を得、まことに、教祖者の威観を呈するほどであった。

その頃私は、エンゲルスのフォイエルバッハ論をかりて、「一時誰も彼も保田党であったと云いたくなるくらい魅力のある男である」と言う意味のことを書き残したつもりだが、まもなく、一世を風靡する保田時代を現出したのは至極当然のことである。

一時の風潮の先頭に立つ保田與重郎は、その雄々しさといさぎよさで、かけがえないが、しかし、彼のういういしい唯美の感傷と、人間鼓舞の壮大な讃歌は、ほとんどくらべ得るもののないほどの大模大様な自在空を現出するのであって、彼の立地点の虚無の深さをしみじみと思い知らせるものである。「彼は容易ならぬ知慧の人だ」とどこかで中谷孝雄氏が書いていたと思うが、その通りで、彼は教唆者であると同時にまた、天威の知慧を持った指導者である。一世を教導するにふさわしい指導者であって、この一点でも、おそらく、芭蕉に比肩出来ると私は堅く信じている。

ともあれ、私が保田與重郎を知ることが出来たのは、私の生涯の出来事であって、いつの日にか、私は私なりの謝恩の思い出を書き綴りたいものだ。

田中克己……少年の日のことなど

このごろになって気がつくが、わたしはよほどおくてぢゃないかと思ふ。この文章を書けといはれた時のわたしの当惑した表情を常住さんは気がつかないふりをして、何月何日までに何枚といひつけると、さっさと帰ってしまはれたが、わたしはことわりもいへないほど当惑してゐた。この当惑の表情がいかに強かったか、帰られたあとで、わたしはただ一人この世で甘えられる家内に何度もくりかへしてみせて、なぜ断われなかったか、断わりながら引き受けてしまったことになったか、くどくどいひつづけた。

保田與重郎氏はわたしの少年の日以来の先生である。恩返しに書けだって。書いて恩返しになるものか、恩返しになれるやうに書けるものか。わたしは当惑の極に達した。

はじめて氏に会ったのは、昭和三年、いまから四十年ちゃうどになる旧制高校で、例のないことだが、新任の校長が新機軸のつもりで、文科の入学試験に英・国・史の三科を選んで、数学を除いてしまった。この校長はあとで失敗に気づいて、二度とさういふことをしなかったが、数学なしといふので、この地方高校文科にその年は全国から数学のきらひな受験生が集まって、入学を許可されたものは前代無比な特徴をもったようである。わたしのクラスを二度担任した安井教授はドイツ語の先生で、ドイツ語の不出来なものはおぼえられなかったが、卒業したあと、電車で会って挨拶し、怪訝な顔をなさるので、「昭和三年入学の文乙です」と申し上げると、「ああ、あのロマンチックのクラスですか」と仰せになった。先生の口を衝いて出たこのロマンチックなクラスの尖端が保田氏で、わたしは入学すると直ぐこの人に魅せられてしまった。あとで、これもロマンチックな歌を作られる宮崎智恵さんに聞くと、「保田さんは美しい眼をしていらっしゃいますね」と一言で指摘されたが、わたしは保田氏に眼といはず、顔といはず、あらゆる点で引きつけられた。戦後に保田氏が奈良の米軍憲兵に呼ばれて会った時、この米人は一目で保田氏を日本の貴族だと尊敬した由だが、いろいろないひかたの中で、比を見ぬ気品が保田氏にはあるのを、わたしは表現のしやうなしに崇拝してしまったのだと思ふ。明治四十三年の生まれで、わたしとは一つちがひだが、年齢の差よりも何よりも、気品の差があってわたしは否応なしに参ったのだと思ふ。

教室でか寮でか忘れたが、つきあったはじめごろ、わたしが芥川を教科書以外では読んでゐないのがわかると、氏はわたしをその澄んだ眼でみつめて「早く芥川を卒業しなけりゃ」と教へてくれた。わたしは丁度いまの新制高校生と同じく、受験に必要な本だけを読んで、昭和三年まで芥川を知らなかったのだ。実は樗牛と紅葉と「即興詩人」(鷗外訳)を読んでゐたが、これは父の蔵書を叱られはしまひか(受験の邪魔になりはしないか)とおづおづとぬすみ読みしたにすぎない。保田氏は芥川はとっくの昔に卒業し、その他の作家たちをも卒業して、いまわたしと対面してゐるのだ、といふことがわかるのにには大分時間がかかった。氏がみづから学を示さず、わたしが何かを勉強して得意になって語り出すと、(芥川の時と同じ表情で)もうそれは卒業してゐるのだといふことを、はじめて明らかにしたからだ。

伊東静雄といふ詩人は、保田氏より数歳年長だが、保田氏の「博識」と「物を見る眼」とには、いつも敬服して、たびたびわたしにそれを語った。「大天才」といったかもしれない。(伊東氏がたぐひまれな天才詩人であることは、今では誰もが知ってゐることだが)。

大天才といへば、板画の棟方志功画伯がさうであらう。アメリカで展覧会を開かれたあとか先か、大阪で展覧会があった。わたしはそれを見に行って、童女や花の美しさに驚嘆したが、その板画のかたへにしるされた和歌に目をとめると、これがみな保田氏のもので、画に劣らず美しくかなしく、画を引き立ててゐるのか、歌が引き立てられてゐるのか、どちらともいひやうがなく、この一枚でもわたしの書斎に懸けられたらと、わたしは欲にかられて立ち去れなかった。

思へばわたしに短歌を教へてくれたのも保田氏である。高校二年の時だったか、短歌会があって、わたしが、授業中によそ見して（当時教室は三階だった）、地上に置かれてある痰壺が夜来の雨に洗はれ、朝日を受けて輝いてゐるのを美しいと、三十一字にして示すと、保田氏は一瞥して「田中、痰壺は歌にならないぞ」と教へてくれた。この一言は短歌からはじまって、わたしが詩を作るやうになったあともずっとわたしの「美」に対する尺度となった。わたしの作品にもし「美」が画かれてゐるとしたら、「醜」へのアンチテーゼとして強い集中をしてゐるはずだが、美と醜とのよりわけにいつも保田氏の眼が規準となった。保田氏はのちに東大の美学科に入って、大西克礼博士の講義をきくが、博士の講義なぞ氏にとって先刻承知のことが多かったらう。

保田氏とわたしの入学した旧制高校は、大変、教育に熱心な学校で、少年相互の敵対心ないし名誉欲（恥辱感といった方がよいかもしれない）を利用することを考へ、教室での席順や、下履き入の番号順をその学年の成績順にした。わたしなどかういふ手に旨くひっかかる素質をもってゐたのだが、芥川からはじめて、カント・ヘーゲル・マルクス・レーニンはもとよりプレハーノフ・ブハーリンなど古典や当時流行の思想をどんどんものにしてゆく学友たちを見てゐると、学校の勉強はどんどんお留守になった。文学はともかく（横光利一が当世を風靡してゐた）、哲学などの学問は数学以上にむづかしくて手に負へなかったので、わたしは恥辱感を野球部の名マネージャーになって、この全国高校で一番弱い野球部を少くとも精神的に強くしようとの大願を発した。保田氏にもし弱点があるとするなら、スポーツだけには弱かったので、わたしは安心してこの仕事に没頭した。結局、成績は下る一方で（野球部もあまり強くならなかったが）、それと比例してクラスで何番めかのさぼりやになった。保田氏と顔を合はし、ものをいふのは前述の短歌会の時だけといふことになったが、保田氏は炫《かぎ》火《ろひ》短歌会といふのを結成し、わたしにそのマネージャーをやることを命じた。昭和五年二月のことで、三年になる直前である。わたしは唯々としてこのマネージャーを承諾した。原稿をあつめ、印刷所にもってゆき（プリントなので校正は不要だった）、出来上ると級友に売りつけ、印刷所の支払ひをすますのである。これにもわたしは勤勉で昭和六年一月までに十冊を出した。夏休み以外は毎月出版したわけである。保田氏の歌は

金屋に在石仏讃頌

みほとけの静かな顔にさす光ともしくなりて山を下りき

といふたぐひで、いつもどこかでわたしたちを驚かせた。金屋といふのは大和の海柘榴市《つばいち》の現在地名で、そこにある石仏はこの夏、保田氏が案内して「どうだ、いいだらう」と呪文のやうに胸にひびく調子で教へてくれた。室生寺の塔を案内されたのもこの前後か、近鉄といふのが工事をしてゐる道を歩いて、右に折れ磨崖石仏を見、室生の塔を見るころひ弱いわたしは疲れに疲れてゐたから、塔よりも赤く咲いてゐる石楠花《しゃくなげ》の方がずっと印象的であった。帰りはわたしはもう途方にくれてゐたが保田氏は手を引くやうにしてわたしをはげまし、電車の来てゐる長谷までやっと歩いて、桜井の保田邸に入ると、わたしは夕食をたべをへないうちに眠ってしまひ、目をさましたのは二日目だったやうな気がする。保田氏はちゃんとその間わたしを見守ってくれてゐた様子で、わたしはいまも感謝してゐる。こんな強行軍はその後、十五年たって、わたしたちが兵士になり（保田氏とわたしは同日同隊に召集を受けた）、終戦のあと京漢線の沿線に撤退する日まで経験したことがなかった。

こんなきびしい、しかも親切な師としての友はほかにもたないが、保田氏にとっては、わたしがはじめでなく、この前もあとも沢山の弟子があると思ふ。みな保田氏のいふことに喜んでついて来る。芭蕉のやうな人だと思ふし、教祖のやうな人だとも思ふ。前にのべた出征の途中、石家荘へゆく途中、北京の南の平台で軍用列車がしばらく停車した時、わたしの貨車へ「田中といふ人ゐますか」とたづねたづねして来て、「保田さんがあなたに会ひたがってゐます」とまだ地方人のことばで、保田氏の

病臥してゐる貨車まで案内してくれた二等兵も、同じく保田氏を（たった二日間で）教祖と仰いだのであらう。

教祖といへば、天理教教祖中山ミキの孫故中山正善氏と保田氏との会見もわたしには忘れがたいものである。当時わたしは天理図書館につとめてゐて、中山氏は高校の先輩といふので大変かはいがってくれたが、ある日「田中、保田君をつれて来てくれ、会ひたい」といふ。早速その旨を保田氏にいふと「会ひたけりゃ来ればよいのに」といふのを、むりにたのんで、二週間ほどして案内した。会見の時間は二時間ぐらゐだったらうか、保田氏はほとんど物をいはない。わたしは中山氏との間に立って苦労したが、さて会見が終ったあと、中山氏は「保田君てえらい人だな、著書は何冊あるか書き出せ。みな買ひそろへる」とやつぎ早やにわたしに命令された。わたしは二十六冊の著書目録を書きながら、保田氏がどうして中山を感心させたのか、いろいろ考へて見たがわからなかった。

二等兵から天理教の管長まで、会ふ人みな一瞬にひきつける氏の魅力は、文章の点でも一世を風靡した。なぜか、わたしにはわからない。わたしがいまの文章を書くのは、その理由がいくらかわかるかもしれぬかとの期待からであらう。

日沼倫太郎……保田與重郎の戦後

私は、一九六五年の二月、「現代日本思想大系」のしおりに発表された保田氏の「日本の歌」をよんだときの感動を今でも忘れられない。理想が俗世間に破れるという後鳥羽院の隠遁詩人の生き方を地でいっている保田氏の透徹したニヒリズムの側面にふれたからである。〈英雄の性格のゆえに文壇から外へ出てしまわれた〉岡倉天心につき、保田氏は次のようにのべている。〈英雄の性格〉とは何かというと、「死ぬがよい」でも、「死んだらよい」でも、「死ねばよい」でもなく、「死んでもよい」という境地の確立である。この四つが思想上どのようにちがうかといえば、我が国の歌が成り立つか成り立たぬか、文学が確立されるか、消滅するかというほどに、本質的にも次元的にもことなってくる。「死んでもよい」というのは、まことの「歌」からうける窮極の感動である。それゆえ「死ぬがよい」「死ねばよい」あるいは「死ぬことと見つけたり」というときは、「死んでもよい」という語の意味するものがまったく出ない。前者の三つは軽薄の方今ニヒリズムに通じる「無」であり「死」であるが、「死んでもよい」は春光の四辺、さながら天地のはじめにいると思わせ、わが魂が天地に充満したような、生そのものの原始状態である。この永遠の若さが、日本民族の本体であり、日本文学を成立させる根源になる。

同様の論法は「無常ヲ観ズ」「無常ト観ズ」「無常ニ観ズ」においてもとっている。日本人の不断の考えとしてきたものをよみわけていると、最後に「無常ニ観ズ」でなければわが「歌」ではないと保田氏はいう。「無常ニ観ズ」は即座に永遠に住している。いわゆる終末観のとくに濃厚な「太平記」においても、この形の永遠と本源の「古事記」の世界は、根底の潜流としておなじだった。戦後すべての人々はこの意味を理解していない。死んでよいという感動にむすびつく文学観は、紀貫之朝臣の理論の根底であって、彼が神と人とか、天地の始めとか、古も今もなどという類の観念でときあかした文学思想というのも、この絶対の生命観にもとづく常に若い、生きている状態をさしていた。明治の文学は、それを理解する理論的な能力をもたず、文明開化的堕落は大正・昭和に入ってきわまった。

以上が現代文学に対する保田の批判であり、保田文学の出発点でもあるが、これからみてもわかるように、日本文学の現状を憂い、そこから脱出するために、西行を先蹤として天心にいたる隠遁詩人の系譜を歴史として定めておこうと企だてた意図の裏には、古代と中世と現代の美感をうって一丸とした彼独特のニヒリズム論がかくされている。このために保田の文章は不滅であり美しい。いえるのは、それを理解するのに二十年の歳月を私たちが必要としてきたということである。たとえば保田が、自分のくう食物は自身で土地から作り出し、自力で建てることの出来る家に住む百姓は、非常に対する心構えの追求を必要としない。自分の食糧を自からの手で生産し、自分の力で柱をたて家をつくり雨を防ぐ、こういう二つの実力をもつということが、この世における独特の本質であり、永遠の住の根底であり、平和の永久的土台であるということが戦前派がこの意見を保田における独特なニヒリズム理論の自己展開であると洞察し得たであろうか。（中略）ここで重要なのは、米作りという暮らしは、それをつたえるかたちとともに、この栄枯盛衰の世の中でもっとも永遠にかなう生活である、という一事だろう。この世の中には無常と永遠という相反する二つの考え方がある。たとえば人はあるとき夏旺んな木賊《とくさ》のくさむらのまえにかがまって、そこにまじった一むらの羊歯の葉うらに、怖ろしい〈時〉の眼差をみるにちがいない。それは時間か、運命か、神のものか、名状しがたいあるもの、破壊や喧騒をともなわない無音の速度である。これはいうまでもなく〈無常〉にアクセントをおいたものの考え方であるが、ひとたび視点を永遠の側にうつせば、迅速への怖れは無常を意味するかに見えて、実は循環なのだ。わが民族の伝統には、日はみちかけはするが失われることはない、逝く水はゆきて帰らぬが絶ゆることはないという無常と永遠を一つのものの二面とする論理が昔から存在した。逝く水は循環しているものと太古の民は考えた。海の神は高山の奥に鎮座ましまし、水は常に天と地の間を上下循環していると信じたので、これが日本神話の中にある根本の思想である。栄枯盛衰の無常観の関わりなど毛頭残さない。

だから日本の文化や文学の中で無常観をさがすというようなことは、私の考えからいえばさほど重要ではないと保田氏はいう。日本の古道の根本の考えは永遠であって、わが神話はこの永遠の根底をなすくらしを米作りにおいた。つまりわが国がらは麺麭の文化でなく餅の文化なのである、と。ここから米作りということは循環の理の根源なる水に身をゆだねるもので、大凡そ循環の理にもっともよくかなうものだから、必ず変動なく子々孫々に一貫するだろうと考えたときの観念が、天壌無窮、万世一系の思想である、という考えが出てくる。

（論争ジャーナル　一九六七年七月号より抜萃）

講談社版

保田與重郎選集

（全六巻）月報

Publication in 1971 — 1972

『保田與重郎選集』全六巻　昭和四十六年九月〜四十七年二月　講談社刊
題扉題字　棟方志功

萩原葉子……保田與重郎さんの思い出

保田與重郎さんの名前を父から聞くようになったのは、昭和十年前後の頃だった。その頃世田谷に居を定め、来客もできるようになったからであろう、保田さんのいらした話を聞くことが多かった。（とはいえ父と話をしたことなどほとんどなかったので、祖母〔父の母〕との会話を聞いたにすぎないのだが）或る日のこと大きなボタン雪の積り始めた頃、保田さんは来られた。辻野久憲さんと二人であった。その頃父は辻野さんとも親しかったのである。

父は上機嫌で来客と話し込んでいるらしく、応接室から笑い声が時々聞えていた。客嫌いな祖母はその度に時計を睨んでいるのだった。

「雪が積らないうちに……」と、父がお酒の燗を頼みに来る度に露骨な嫌な顔をする。

ようやくのことで盆に乗せて、私に持って行くことを命じた祖母は不機嫌で怒った顔であった。

女学生の私は引っ込み思案で、父に挨拶に来なさいと言われても、めったに客の前に出なかったが、父が気の毒なので盆を持って行ったのである。

応接間には煙草の煙がたち籠め、熱を帯びていた。祖母の冷たい顔とは別世界の充実感が漂っている。「今夜は泊ってもらいたいんだ。おっかさん頼むよ」と、大雪になった庭を見て祖母に頭を下げて頼むが、がんとして承知しなかった。祖母は「鶴の一声」と、自分の立ち場を主張し「あたしの目の黒いうちは、縁の下の塵まで自由にさせない」と、家長の主張を押し通していたのである。祖母が否と言えば、蒲団も敷いてもらえないのだ。

遅くなって駅まで行った二人は、電車が不通で帰って来たのであった。祖母は怒りながら蒲団を敷き「だから私の言った通りだ」といよいよ怒る。

眠れない雪の夜が更けて、音もなく朝になった。父の胸中を察すると、私はまんじりともしなかったのである。辻野さん・保田さんに事情を話してお詫びしたいと私は思いつめて、洗面所で顔を洗っていると、二階から降りて廊下を歩いて来た保田さんに、ぱったり会ったのだった。

背が高くて美男であった。昨夜のことなど少しも気にすることなく「おはよう」と、私に言って優しい笑顔を見せた。私はその明るい顔に救われる気持であった。朝食の時「号外」の呼声が聞え、二・二六事件の大きな活字が目に入った。三人は緊張した顔で話し合った（内容は少しも覚えていないのが残念であるが）後、雪の中を二人は帰って行った。

或る時父は独り言のように「保田君に嫁にゆく気はないか?」と言い、すぐ続けて「葉子は神経質だからむづかしいだろうね」と、言った。

私は、雪の朝洗面所で出会った明るく優しい感じの保田さんに、ひそかな恋心さえ抱いていたので「大丈夫、神経質なんかじゃないわ」と、言いたくてならなかったのであるが、父はそれ以上何も言わなかったし、私も恥ずかしい盛りの女学生で、真っ赤になって自分の部屋に逃げ出したのであった。

間もない頃、保田さんの結婚披露宴に父は出掛けた。私は二階の父の書斎に入って、しょんぼりと本棚にある保田さんの著書を眺めていたのだった。

終戦後は、保田さんの著書も見られなくなり、寂しかったが最近保田さんの書かれたものを読めるようになったのは歴史の流れと年月の厚みであろう。

「保田與重郎君によつて、僕は初めて文学の高貴性といふものを教はつた。小説は勿論のこと、評論家とか思想家とかいふ連中も、日本のそれは実に態度が卑俗で、文学する精神の調子が低いのである。真の文学的評論家、即ちエッセイストたるものは、何よりも先づ詩人でなければならない。そして詩人とは遥かに俗界を超越して、精神の高邁な山頂に立つ人を言ふのである」と、父は書いている。

時代に迎合することなく、一貫した主義を貫いている保田さんの立派さが、今日の私はようやく分る思いである。美男と唯美主義者と剣とが三者一体となって、独自なひらめきの世界を創造していることに、社会の人も眼を瞠る時が来たのであろうと思っている。

（作家）

神保光太郎……美の人

保田與重郎とはじめて出会ったのはいつであったろうか。もう記憶にないが、おそらく昭和八年前後であったろう。というのは、彼が中心となってはじめた同人雑誌『コギト』の創刊は昭和七年三月であり、私たちがやっていた雑誌『磁場』が北川冬彦たちの『時間』と合流して『麵麭』が出発したのはその翌年すなわち、八年の十月であった。『コギト』と『麵麭』は、当時の同人雑誌の中で、最も長くつづいたものであり、いわば、ライバルのような存在でもあり、互いに交換広告をしたり、批評し合ったり、また、その同人の一部に寄稿をたのんだりした。私も『コギト』にはよく書いたし、それに、立原道造その他の寄稿家を『コギト』に紹介した。保田與重郎と知り合ったのはこうした時代であったと思う。

当時、彼は東大の学生であった。私は彼より数年年長で、すでに大学を卒えていた。彼の第一印象はみるからに良家育ちの好青年であった。彼の言葉、それは関西弁ではあるが、いわゆる大阪できく商家のそれとはちがった感じがあった。彼の生まれが、同じ関西でも美の伝統につながる大和であったためであろうが、それにしても、彼は一般の地方出身の学生とはちがって、むしろ、誇りを以てこのお国言葉を使っていたとも思う。亀井勝一郎は北海道生まれであるが、それと保田與重郎が大和生まれであるを対照して「君は東洋のギリシャ人、僕は東洋のイスラエル人」と言い、「自分は吹雪に身をさらしながらすすむ忍従の北方人であるが、彼はその吹雪の彼方の多彩で豊かな日の光に育った」との意味のことを亀井一流の筆致で書いていたのを思い出す。

私も亀井と同じく北方生まれの点で、保田に対して、同じような感じを抱くのであるが、この保田と亀井や私、それに中谷孝雄が相寄って、雑誌『日本浪曼派』を創めたので私たちの交わりはいっそう深くなった。この雑誌は一同人雑誌に過ぎないのであったが、私たち自身にもわかり兼ねるほど、文壇内外のさわがしい批判の対象となり、同人もみるみるふくれあがって行った。その中には、萩原朔太郎、佐藤春夫、太宰治、三好達治などもいて、なかなかにぎわしいものとなった。これは、リアリズムを御生大事に信奉してきた日本文学の主流に対する反旗でもあったが、また、第一次世界大戦後、ひたすら、ヨーロッパ文学の動向の後塵を拝した昭和初期の日本文学の在りかたに対する日本再認識の叫びでもあった。そして、これは、ひとり、日本文壇だけではなく、日本文化全体の問題であり、警鐘となったともいえよう。こうしたところに、これをはじめた私たち自身にも理解できないような反響がおこったのだと思われる。そして、このような現象で象徴される新しい時代の渦中にわが保田與重郎がさっそうと登場したのであった。

保田與重郎という人間は私たち友人なかまに真実に理解されていたか。これに対して、「然り」とも答えられるし、また「否」ともいえるのではなかったか。それほど、彼は私たちにとっても、はかり知れないような奥行きを持っているようにも思われたのである。これは、生れながら具わった彼の血統からきていたともいえるし、また、彼のような人物は、日本のこれまでの文学界に類例がなかったからかも知れない。私はその当時、彼のことについて、『日本浪曼派』に書いた一文のなかで、「幼な友達のような気安さを感ずる」と言い、つづけて、「僕の中にいる彼はいつも美しい」と述べている。この彼に対する私の気持は彼が次第に世間にさわがれてきて、日本ファシズムの片棒をかついでいるなどと批難された当時も変らなかったし、現在にあっても同じである。そして、ようやくこの頃、彼の真実の姿が一般に理解され、受けいれられてきているを見て、私としては彼に対してやはり「幼な友達のような気安さ」を以て、祝福したい気持でいっぱいである。さいごに日本浪曼派運動当時の或る日、私が書いた詩を彼に捧げてこの一文の結びとしよう。

幼　年

きこえるのは松風ばかり
みんな　子供達であった
風が　あたまのいただきに　渦巻いては
思いを　残して行った
墓場には　真赤い実が熟《う》れ
あそこを　出ると海
乳臭い郷愁が　胸をいっぱいにした
ことばが
噴煙のように立ちのぼってきた
歌が口を衝《つ》いた

みんな　すなおに合唱した

（詩人）

〈以上第一巻　昭和四十六年九月刊〉

平林英子……保田さんの手相

大学を出たばかりの保田青年が、高円寺の下宿先から、やはり高円寺の端の、畑の傍らにあった、私たちの陋屋へ、しばしば訪ねて見えたのは、四十年近いむかしのことである。

その頃の私は、所謂左翼文学の中で、〝政治と文学〟という問題について、私なりに考え、なやみ、ついに行詰って絶望的になっていた折だったので、若くて天才的ひらめきを身につけた、保田さんを知ったことは楽しかった。毎晩おそくまで、中谷を相手に、煙草をふかし、お茶を飲みながら、夜の更けるまで、時には夜明けまで、さりげない口調で、文学の本質を語る、その新鮮な魅力に、私はぐんぐんひきつけられていった。

しかしその頃の私に、保田さんの語る高邁な文学論が、すらすらと理解される筈はなかった。その独得な発想法を、いくらかずつでも、会得できるようになるのには、やはり時間がかかった。さりげなく口にする、大和の方言のどのひとつにも、豊富な歴史の裏づけがあるので、それを理解しなければ、話についていかれない。今でも保田さんは、風景という字に、かんながらのルビをつけるとか。

当時の私は、云ってみれば、外国語を会話から習い始める子供のように、保田さんとの会話は、先づ肌で感じとることから始められたように思う。そのことが、後に保田さんのあの大文章を読む上に、どれだけ役に立ったかわからない。

だが、重いものを計るのには、大きい秤が必要で、私の小秤では、小量ずつ根気よく量り、それを消化しなければならなかった。そして、そのことは現在も変りない。そのせいか、親しく接していると、何時のまにかこちらが、体質——脳質改善をさせられ、自分が無になりそうで、そうした不安は、いつも少しずつ感じられたと思う。だが、年月が経つうちに、小さい自分の中にも、多少の拒絶反応は起るもので、その時ようやく、わが才能の限界もわかり、この頃ではすっかり安心して、いくらかの距離をもって、保田さんの文章にふれられるようになった。

人間の持って生れた天稟というものは、羨しいとは思っても、真似られるものではないし、又色々の事情で、折角の才能も開かせずに終る者もある。日本浪曼派の最初からの同人で、よき天分を持ちながら、ついに結核のために倒れた、緒方隆士さんは、いつも保田さんを羨望の目で眺めていた。あるとき私の家で保田さんと一緒になったら、彼はすらりとした、和服姿の若々しい保田さんを、坐った席から見上げながら、

「保田君はいいなあ、生れはよし、才能に恵まれ、美男子で……」

と、溜息まじりに云ったことがあったが、その時の緒方さんの表情を、私は今でもよく覚えている。

やはりその頃、浪曼派の仲間たちが集ったとき、誰かが手相のことを云い出してそれぞれが面白半分に、自分の手の平を見せ合った。その時保田さんの両手のスジが、所謂天下スジとかいう、手首のところから、中指の近くまで、一本真直ぐに伸びているのを見て、みんなはびっくりした。

それは万人にひとりというスジで、太閤秀吉がそうだったと、聞いたことがあったが、本ものを見たのは、私も始めてであった。しかも俗説によると、太閤さんは、天下をとりたい野心から、そのスジを無理につけたとか。

座に居合せた緑川貢さんが、彼はいつも面白いことを云って、皆を笑わせたが、その時も、

「僕はこれから、一生保田君の傍についていて、この天下スジにあやかりたい」

と云った。しかし、その後浪曼派の人たちが、保田さんの手相を口にしたことは、一度もなかったようである。きっと、その場限りで忘れてしまったのだろう。私も平常は忘れていたが、保田さんが丙種の体で、中国の大陸へ出征したり、戦後、上京中に胃潰瘍が悪化して、入院手術したときなど、何となく手相のことが思い出されて、大丈夫だと安心したものだった。

しかし手相のことについては、この頃この方面を研究していられる五味康祐さんにでも、一度くわしく説明していただいて、もう一度その方面からも、保田さんを見直したいと希っている。（作家）

〈以上第二巻　昭和四十六年十月刊〉

五味康祐……青春の日本浪曼派体験

あれは昭和二十二年の末頃だったかとおもう。

『文学界』に、高見順氏が、

「保田與重郎は、小林秀雄以後の一人物である」

と書かれたことがあった。当時まだ終戦後間なしで戦犯問題など喧しく〝日本浪曼派〟の名を口にするのは、文壇ではタブーとされていた。まして保田與重郎氏の文業を讃えるなどは思いも寄らぬ時代で、それだけに、「一人物」という表現にあきたらぬものはあるにせよ、高見氏のこの正論に私は

感激し、ふかく感銘したのを忘れない。私の記憶に間違いなければ、戦後、商業誌に保田先生のことが記された、これは最初のものである。

昭和二十八年芥川賞をうけたとき、自分は日本浪曼派の落し子であると私は言った。保田與重郎氏に私淑してきたとも書いた。これを載せる雑誌の編輯子が「五味さん、こんなこと書いたらあなた損ですよ、悪《にく》まれますよ」真顔で忠告（？）してくれたのをおぼえている。ちっとも構わない、事実を枉《ま》げるわけにはゆかないでしょうと私は笑った。

保田先生とのおつき合いのことを述べていてはきりがない。保田門下で、私はいちばん出来のわるい人間であろう。わがままで、気随で、好き嫌いをすぐ態度にあらわし、いやと思えば先生がどれ程親しく付き合っておられる相手でも、物を言う気にならない。しょうのないヤンチャ者で、自分でもよく分っているのだが今更矯めようはなく、温情に甘え、今以て我意を通させてもらっている。言う迄もないことだが、人を却《しりぞ》けて傷つくのは己《おの》れ自身である。そういう意味では、私は、保田門下で一番傷だらけの男である。

あの戦争を、日本浪曼派を知って通ったか、そうでないかは昭和の文学者を語る上で、一つの決定的な基《もとい》になるだろうと考えた時期があった。今ではそんな昂ぶりも私の内面で消えた。あきらめたからではない、昂ぶらずとも知る人は知ってくれている。そう思えるようになった、これは安心である。有体に言えば淋しい安心である。

戦争は別として、日本人なら青春の日に一度は日本浪曼派を通ってほしい。保田先生の著作を読んでおいてほしい。この願望ばかりは日ましに熱いものがある。『日本の橋』や『戴冠詩人の御一人者』が今の若い人たちの読書力に難解にすぎるようなら、『セント・ヘレナ』と『民族と文藝』は読んでほしい。ここには最も良質な日本語で綴られた詩人の明察と、庶民に土着する挿話や伝説への、愛情溢れる解明がある。それは又、保田先生の志向された藝文がどんなものであったかを、比較的平易に、教えてくれる。

『セント・ヘレナ』は言う迄もなくナポレオンの最期を叙述されたものだが、私の知る限り、これはベートーヴェンの交響曲第三番（英雄）第二楽章に比肩する藝術である。

〝葬送行進曲〟を文章で――英雄ナポレオンへの哀悼を音楽ではなく、言葉で――これほどあざやかに描破された作品を私は他に知らない。青少年の日に、これだけは是非すべての日本人に読んでもらいたいと念う。

（作家）

谷崎昭男……身余堂先生のこと

めずらしい屏風の出る家もあろうかと、「誰ケ袖屏風」の書き出しの一節をおもい浮べつつ、昨年の夏、ぼくもまた祇園祭の宵山の賑いの中をもとめるともなくたずね歩いたことがある。海北友雪、土佐光貞、西村五雲といった、目にとまったそんな絵師の作が、博物館とはちがって、建てこんだ京の家々の灯りに不思議なほど生き生きと感じられたのがうれしかったが、祇園祭にふれて、「見るのも行《ぎょう》ですからな」と笑って語られたのは、「誰ケ袖屏風」の作者そのひとである。そのおり参上して、たまたま祭りの雑沓と暑さを訴えたぼくに云われたことばであるが、ぼそぼそとした上方訛で何気なくのべられるそういうことばほど、くらしということ、ないし文化ということを今日の若いぼくに深く考えさせるものはない。

御縁があってと、保田與重郎先生との出合いを、こういう世のつねの語で云うぼくを先生もまた宥されるにちがいないが、鳴滝身余堂に始めてお訪ねしたのは、それよりさらに三年以前のやはり夏の暑い盛り、あたたかでしかも飾らないその風にすっかり搏たれた最初の記憶を、ずいぶん遠い日のこととしていまここにたどるのである。

白無地の夏の衣を著けられ、還暦に間ない頃の先生だったが、辺りには人家もなお疎らだった身余堂の景観が急速にかわって行ったこの間も、胡坐をかかれたまま、対手構わず顎を卓の端にのせたり、上体を深く屈めたり、もしくはまた片肘ついて軀を畳の上に投げ出されたりと、なんとも懶いようにされてつねに変るところないのは、以来たびたびお目にかかるようになったぼくの知る先生である。いかにもお行儀はよくないのであったが、「貫禄のないものは行儀よくするもんだ」と云われたのも先生である。「ほんとにお行儀が悪くて」と、苦笑されつつ、あるときこう仰しゃられた傍らの奥様への、これは先生一流の諧謔であったが、貫禄など一向に備わらぬぼくは、したがっていよいよ畏《かしこま》らざるをえなくなるのだった。

だが、この天造の人の、それはまた天成の物憂さに相違ないと、なるほど肉体は精神の運動の自在についに追いつきえないといったその態に親しむうち、ようやくぼくはそんなふうに事情を了解したことである。あるいは、先生のひとり対される空虚がそれほどに巨きいのであったが、ぼくらはしかし、そこに湛えられた優しさにのみ浸ればよく、「幼児の瞳」と伊東静雄は書いた、澄んで清い先生の眼のことも、ただ優しい光を放つものとみえると、ぼくはこう語ってみる。うかがうこと度々に及びながら、先生と文藝談というものを交した覚えはかつてなく、「酒の害を説くものもいるが、旨い話は昔からみな酒の席から出ますもんな」云々と、あるときは皇大神宮お下りの御神酒をぼくの盃に注がれながらの先生の四方山の座談は、実際とりとめないが、ぼくはしかしついぞ退屈したためしがないのである。
嵯峨落柿舎に、十一世工藤芝蘭子宗匠の発願になる俳人塔が建てられたのは、昨春四月のこと、なにかのおりには宗匠と身余堂へ御一緒したことも、やはりひとつの御縁とぼくは語りたいが、その建碑式の当日、直会に供された荒尾常三氏作の平瓮八十一枚に落柿舎の銘を署されたのがまた、さきには「落柿舎のしるべ」一巻を上梓された保田先生であった。あとにその一枚を、ぼくに下された芝蘭子宗匠だったが、落柿舎から鳴滝へと、千代の古道をお伴した、今は亡き宗匠を追慕しては、宗匠の八十賀にちなんで焼かれた皿八十一枚にいちいち筆をふるう労を惜しまれぬという、そういう心をかんがえ、「日本浪曼派」の名を以てさまざまに云われるひとと、これがさて別の人でないことに改めて気づくとき、世の保田與重郎論のこころみは、およそまた徒爾のように思えてくるのである。

（文藝評論家）

〈以上第三巻　昭和四十六年十一月刊〉

田中克己……保田與重郎君の歌

この夏、新刊の歌集『木丹木母集』といふのを贈られて嬉しかつた。保田君とわたしとの知合は古く、昭和三年旧制高校の同級生となつて以来であるから、もう四十三年になる。はじめて話しあつて、わたしが芥川龍之介を読んでないことを知ると、彼は目を丸くして、芥川は早く卒業しないとだめだといつた。わたしは早速、寮にあつた芥川全集を毎日一冊づつ読んで卒業した。

次にわたしが歌を作ると知ると、彼は新刊の前川佐美雄『植物祭』といふのを貸してくれた。彼と同郷の歌人で、『心の花』から出て全くの新風であつたので、同じくもと『心の花』の同人だつた父の本箱にあつた木下利玄や川田順などを読んでゐただけのわたしは、この新風にとびついて行つた。そんなわけで今でもわたしは前川さんに会ふと、歌の先生としての態度をとるが、保田君は同級生でもわたしの文学の先生だと思つてゐる。

二人の編輯で『かぎろひ』といふ歌の雑誌を出したのは高校三年の四月で、編輯は実は保田君がやり、わたしは原稿集めと印刷と頒布とに当つた。『木丹木母集』にはそのころの歌が少し入つてゐる。

み仏のむねのあたりにさす光ともしくなりて山をくだりき

といふ三輪の石仏の歌、

いつまでも日ぐれの空にひるがへる青天白日旗の碧きくれいろ

といふ神戸の港を歌つたものなどは『かぎろひ』に載つたもので、お互ひに若かつたころが思ひ出されてなつかしい。

しかし大学に入つてから保田君もわたしも和歌のことは忘れたやうにしてゐた。ただし和泉式部や万葉集を語る著書があつて、歌のことは忘れてゐないとは知つたが、作歌もやめず、しかも無類のものだつたことを知つたのは、十幾年前、大阪の百貨店で棟方志功の板画展を見に行つた時のことだつた。志功画伯の画も美しいが、そこに画伯の彫つてしるしてゐる保田君の歌が、板画と相映じてこの上なかつた。東洋の画に讃のあるのは珍しくないが、この画と歌とは離れず附かずでしかも大変な効果があつた。ただしこの時の歌が集中のどれだつたかはわたしにはわからない。一枚でもいいからこの板画が欲しいなと思ひながら、わたしは旧知の志功画伯にも申し出せなかつた。

歌集を見てゐると保田君はその後も歌を作つてゐる。

死なずして軍病院の庭に見し夏のカンナのなごりの紅さ

といふのは、わたしと同日（昭和二十年三月十八日）に同隊に召集を受け、同じ列車で到着した石門（いまの河北省石家荘市）の軍病院での歌である。車中で兵が呼びに来て会つた保田君は横臥したままで、大丈夫かと心配したが果して入院したのである。病院からは終戦後、退院を命ぜられ、娘子関の辺りで戦闘してゐたことはその次の歌にうたはれてゐる。しかし帰還後、二年ほどわたしは保田君の故郷の大和桜井の町に住み、保田君のみならず、父君母君令弟たちのお世話を受けたが、いくさの話は一度も聞かなかつた。

彼と別れて上京してからも十幾年かになる。その間、佐藤春夫先生に会ふと、先生はいつも「愛弟子保田の友だち」といふ眼でわたしをごらんになつて彼のことを話された。

ひと妻の雙のたもとと口誦み凌霄院殿のおん歌かなし

といふのが、いまは京都にお墓のある春夫先生を歌つた保田君の一首である。彼から春夫先生のことをくはしく承りたいと思ふ。『佐藤春夫』といふ彼の著書が出たのは戦争前のことで、そのあとも先生は多くの仕事をしておいでだからである。（詩人）

山口　基……私の保田與重郎遍歴

顧みればずいぶん昔のことのやうにも思はれるし、又つい先頃のことのやうな気もするのが私と保田與重郎氏とのつながりである。私が日本浪曼派の文献を、それも主として保田氏のものを中心に集め出し、且つその著作ノートを作成すべく志してからもう何年になることであらう。その間、保田氏に関りある多くの人々の恩顧を受けて今日に至つたが、不思議にも保田氏と私との間の資料上の接触は、極めて僅かと申してよい。

思へばほぼ十年前、私が始めて京都太秦三尾の文徳山陵（田邑ノ陵）ほとりの保田氏宅を訪れた時に、芝書店版の処女作『日本の橋』を目にし得た喜びは、今だに忘れがたいものがある。縦十六センチ、横十二センチの紅に雪をまぶした如き典雅な装幀の小型本は、当時は私自身も手許になく年来嘱望の書であつたが、数年後西下の折、京都河原町の一書肆で保田氏の著書一括を購入した中にその本は含まれてをつた。尚、今日までに刊行された著書は大約五十冊になんなんとしてゐる。

かくして保田氏の著書の方は大体揃ふやうになつたが、雑誌類となるとそれはまだ〳〵前途程遠しといつた状態であつた。しかしそれも、やがて伊藤佐喜雄氏と知り合ふことにより、保田氏が大阪高校時代の同人短歌誌『炫火《かぎろひ》』や『日本浪曼派』などが入手できた。ところで田中克己氏の所には、その頃、私は若き日の保田氏のことを知るべくよく訪れたが、この『炫火』を手にして伺つた時には、田中氏もいたく驚かれて当時にまつはる様々な思ひ出を語られた。先に伊藤氏より二三教示されてはゐたが、その時に田中氏の口から直接知らされた当時の保田氏らの筆名の次第は次の通りである。

湯原冬美（保田與重郎）
嶺岡耿太郎（田中克己）
大東猛吉（松下武雄）
沖崎鋭二（中島栄次郎）（詠二、猷之介）
津田　清（杉浦正一郎）（三崎　滉）

さて、保田氏の著書の中で発表誌名が明記されてゐる場合には、私の著作ノートも簡単であるが、

『戴冠詩人の御一人者』、『美の擁護』、『文学の立場』などを除くと、他の殆どの著書の緒言乃至はしがきにはそれが記されてゐないので、自から著作ノート作成には非常な根気と努力を要するものとなる。故に手許の資料が限られてくると、私はよく国会図書館へ通つては発表誌との偶然の出会ひを祈つたものである。そして保田氏の作品中で著書に収録されざるものの多きことにも次第に気附くやうになつた。例へば

「文藝」十八年秋―十九年夏　日本文学史大綱
「公論」十九年春・秋　天杖記、鳥見のひかり
「新女苑」十九年春―夏　日本女性語録
「ひむがし」十七年春―十九年春　言霊私観
「日本談義」三十二年春―暮　百鳥記

などは、まとまつた一つの作品としても今日保田氏の文学を愛する人々必読のものと思はれる。

ところで、私はこの文の始めに保田氏に触れて、つい先頃のことのやうな気もすると書いた。といふのは今年の春の一夕、思ひもかけず保田氏が旧知の新学社の人々と共に始めて拙宅を訪問されたからである。私は昨年秋年譜や個展などで並々ならぬ恩義を受けた三島由紀夫氏の突然の死に際会して非常に淋しい心境にあつた為、この保田氏の突然の訪問はこよなき一つの慰めであつた。私は早速二階でさゝやかなもてなしの下、久しぶりに保田氏とのひとときを過したが、盃を重ねて行く間にも、私は従来より少しづつ集めて来た資料などを保田氏らに見ていたゞいた。この春の宵は時間こそ僅かなものであつたが、私としては日頃の労苦も拭ひ去られるかの如き万感無量の思ひあるひとときだつたのである。

（神田・山口書店主）

〈以上第四巻　昭和四十六年十二月刊〉

村上一郎……歌人としての保田與重郎

先日、関西のほうに住む女流の歌人からたよりがあって、保田與重郎の『木丹木母集』をたいそうよい歌集であるとほめて来た。そのひとのいうところでは、

古き代の旅のわかれのあはれさにあにおとらめや今の別れも

が、美しいということであった。この歌には「右、去来翁句ニ、君が手もまじるなるべし花すゝき。今ハ車窓離別」という詞書がついている。その女流歌人はまた、集中の、

おもふことこひねがふことかさねよと昔きゝたる君子の左琴

の一首を記して、さびしくなつかしく、他人の歌と思われません、ともいって来た。

わたしはといえば、この集では、

このうへのさびしきことを待つごとくけふ山の家に秋の風きく

という哀傷の一首が気に入って、そのことは別の折に書きもしたのであった。

わたしが、保田與重郎の歌について知ったのは、四年ほど前、磯田光一が『試行』に「比較転向論序説」を連載していたとき、まだ大阪高等学校の学生であった保田與重郎が『炫火』という同人雑誌に寄せた短歌をいくつも引用しているのを見たのが初めてであった。それは少し引くと、

よき友は学校おはれさりにけりねどこで我はぶはりん読みつつ

ひそやかに母嘆ずらく国禁の書によみほくる長男をもつ

冬そらのソビエット大使館の赤き旗若き女も泪流しをらん

中国ソビエットの移動のあと旗をピンづけし日本の声もきこえる

といったようなものであった（孫引きであるから多少の誤記が混っているかもしれない）。

このたびの『木丹木母集』には、こういう初期の歌は、ごく一部を除いては載せられていない。そのことは、わたしを一寸さびしくさせた。しかし、ソビエットの旗は出て来なかったが、かつての新生中国を歌った

いつまでも日ぐれの空にひるがへる青天白日旗の碧きくれいろ

というようなのは出て来た。昭和初年神戸港という詞書がついている。

菜の花に桃咲く丘や赤埴《ハニ》のみちつゞきたり大和国原

なんぞというのも、昭和改元の頃というから保田にとってはごく初期の歌であろう。以来五十年も、保田與重郎は歌を作りつづけて来た。専門歌人というか、歌壇人というか、義務づけられ、また自ら義務づけて作って来た者でないと、五十年作りつづけるということはなかなかにできることでない。もって保田與重郎の国風に対する熾んな執念を見るに足る。

「感動して魂の太るところに文学の生命がある。またそこには創造の芽がある。自分が天地の始めにおかれたやうな開闢の気分になれないものなら、詩歌も文藝も演劇も、ただの空しい虚偽のもの、形骸の枯骨にすぎない。学問にしてもこの外のものではない」

というのは、先だって完結した保田與重郎の「日本の文学史」の、いわば結語であった。こういう言葉に裏づけられた五十年の作歌史は、遊びごととは思われない。三十一文字の短歌も、十七文字の俳句も、堂々西洋の大長篇ロマンに相対し得るのだという覚悟は、保田與重郎がかつて『芭蕉』を書いたときの決意でもあった筈である。

にもかかわらず、わたしには『木丹木母集』への大きい不満も残るのであって、それはこの集のほとんどが――つまりは保田與重郎の五十年の作歌史のほとんどが――色紙や短冊に記して他人に示すといった歌に占められていることにもとづくようである。讃め歌、祝ひの歌、神をたたえる歌、といったものの多くが、色紙・短冊に記された形式のものであったのではないかと思う。しかし、ひと度活字で歌集を出した者の責任は、自ずから今後違ってくるであろう。活字の世界での作歌は、色紙・短冊・書簡なぞにおける作歌のようにおおようにはゆかないのである。わたしも最近三十年間ほどの作歌を一集にまとめた歌壇外の歌作りとして、今後の保田與重郎に負けずに励もうと思っているひとりである。

（作家）

大久保典夫《つねお》……保田文学との出会い

日沼倫太郎の「保田與重郎出版記念会」（『新潮』昭四〇・五）という文章に、昭和四十年三月八日、上野の精養軒で催された『現代畸人伝』の出版を祝う会の模様が、実に印象的に捉えられているが、その冒頭の部分に、日沼は、「戦後久しぶりの日本ロマン派の集りのせいか、保田氏とは関係のない文学史家のO君などもまぎれこんでいて、ひそかにメモをとっていた」と書いている。このO君とは、すなわちわたしなのであるが、たしかにわたしは、この前後から保田氏に関心を持ちだし、林富士馬氏の好意で、当夜、五味康祐氏運転の車に便乗させてもらい、つぶさに歴史的な出版記念会の模様を観察したのだった。しかし、「ひそかにメモをとっていた」のはむしろ日沼のほうなので、わたしはただ酒を飲んでは会場の珍らしい顔ぶれを眺めまわしていたにすぎない。

わたしは戦争末期中学生だったので、もちろん当時日本浪曼派も保田與重郎の名も知らず、したがって日沼のような特別の感慨もなかったが、『現代畸人伝』を読んでその文章の珠玉のごとき耀《かがや》きに魅せられ、保田氏そのものに興味を感じだしていたのである。『現代畸人伝』では、「序」の「『月夜の美観』について」「涙河の弁」の二章と、「番外」の「天道好還の理」「並育並行の理」の文章にとりわけ惹かれたが、ありていにいえば、その頃のわたしは、保田氏の文学に惹かれたというより、文学史家としての保田氏に興味を持ったといっていい。わたしが保田氏の独創的な文学史観に眼を見張った最初は、『戴冠詩人の御一人者』（昭一三）のなかの「明治の精神」なので、その直後、弘文堂版教養文庫の一冊として出た『佐藤春夫』（昭一五）を友人に借りて読み、その壮大な文学史構想と独自な史的位置づけにあらためて驚倒したのだった。

「日本の文人として、東方の詩人として、この二つの本質の上に加へてさらに我々の新時代の課題とした近代ヨーロッパ的感覚の詩人として、かういふ三つの地域と歴史をもつ文藝の種々相を具現した一個のほゞ完全の詩人は、佐藤春夫の像である」

日本の近代文学を西洋文学の影響史として捉え、日本の古典とのつながりをまったく顧みない中村光夫や平野謙などの進歩主義的文学史観にあきたりなさを感じていたわたしに、保田與重郎のスケールのおおきい文学史構想が、あきらかにひとつの示唆を与えたのである。わたしは『批評』復刊第二号（昭四〇・七）に、「伝統と民衆――『現代畸人伝』をめぐつて」を書き、以後『日本浪曼派研究』（昭四一創刊）を刊行したりなどして保田氏再評価の仕事をすすめるが、それにたいして当初は小田切秀雄など既成左翼の反撥がはげしく、また、左翼コンプレックスにこりかたまっている国文学界の総スカンを喰ったりした。しかし、最近は『解釈と鑑賞』（昭四六・一二）などで「昭和のロマン主義」を特集したりして、まさに隔世の観がある。

日本浪曼派は、戦後ほとんど十五年ちかく完全にタブー視され、橋川文三の『日本浪曼派批判序説』（昭三五）や大岡信の「保田與重郎ノート」（『抒情の批判』所収）によってはじめて再検討が加えられたといっていいが、しかし、これらにはイデオロギー的固定観念が目立ち、文学プロパアとしての評価がうすい。最近の川村二郎の「保田與重郎論」（昭四一・九）は、戦後出色の保田論で、ここでは初期の保田氏の評論の魅力が、微に入り細をうがって語りつくされている。しかし、まるでその反動でもあるかのように、『後鳥羽院』（昭一四）以後の保田氏は、非文学的なデマゴーグとして抹殺されているので、そのような評価の仕方では、保田氏が徐州会戦の直後に書いた『戴冠詩人の御一人者』の「緒言」を第一巻の巻頭に据えたこの『選集』の意図などわからぬだろう。

保田氏の戦争中の仕事の評価のむずかしさは、どうやら氏が公的な言語と私的な言語とをわきまえて使っている点にあるように思われる。さきの『佐藤春夫』や『芭蕉』（昭一八）はいわば私的言語で書かれているゆえに文学的な評価にじゅうぶん堪えうるが、たとえば昭和十八年に書かれた「大東亜戦争と日本文学」など、いわばノリトにちかいもので、ただ「大君の辺にこそ死なめ」の述志と承詔必謹を説くだけなのである。こういうところが、いかにもつまらなく口惜しい気がするが、しかし、『南山踏雲録』（昭一八）などを読むと、保田氏に民衆の悲惨はよく見えていたはずなので、氏の文章の荒廃がそのことを雄弁に物語っている事実にあらためて気付くのだ。

（文藝評論家）

〈以上第五巻　昭和四十七年一月刊〉

棟方志功……青葉の笛

ドウイフ理由《ワケ》カ解ラナイケレドモ保田與重郎氏ヲオモフト―青葉の笛―ヲ感ジルノデス。ナンダカ、ヽヽヽメツサウモナク、サウナツテ来ルンデス。平《タヒラ》一族中ノ若公達、敦盛公ガ愛持、シタトイフコノ名笛ト、保田與重郎氏トハ事デ言ヘバ、何モ関連ガアリマセンモノヲ、サウ想ヒ合ハセル事ガ、オカシイデセウ、ケレドモ、ワタクシニハ、ホンタウニ必然デスカラ、マタ絶対ニ大事ナ――想ヒ――デスカラ仕方アリマセンデス。

―青葉ノ笛―

保田與重郎

切ナイマデ、コノ世界ヲ合セテ不思議ナ程ニ勿論ナモノダト立派ヲ証シテヰマス。腑ニ落ツル感心を覚イテ来マス。

保田與重郎氏ハ、絵ヲ描イテヰル人デアツタリ、書ヲ書ク人デアツタリ、板画ノ人デアツタリ、ナンデモ助ケニ来テクレマス。ドコニモ、ココニモ何時モヰテクレマス。ナントモ無イ場合ヤ所ヤ時ニモ――ヒタツト――ヰテクレマス。ドウシテ、コンナニ、カウシテクダサルンデセウ。畏クモ、貴クモ、有難クモト声ヲ呑ンデモノミ切レナイ人デス。

保田與重郎氏ノ奈良ノ桜井市ノ御本家ニ行ツタ時ニ――ジツト、ジート前デスガ――一人ノ御子サンガ、ワタシノ描イタ坂田ノ金時ノ絵ヲ夏ノ日ニ、

「水ヲカケテ流シヲクレテヤッテヰタヨ。」トイツタコトヲ何時モ大事ニ頂戴シテヰマス。――御子サンガ掛軸ノ絵ヲ、タラヒニ入レテ、洗ツテ、ヤツテ呉レテヰル気持、坂田ノ金時ガ、金トイフ字ヲ紫地ニ白抜キシタ三角形ノ腹アテヲシテ、丸々ト太ツタ上ニドコモカシコモ、真赤ナ身体ダモノ、ドンナニ可愛カツタンデセウ。汗ヲカイテヰテハ、可愛想ト想ツタンデス。水デ洗ツテヤツテヰル。行水ヲ使ハセテヰルンデス。――ソレヲダマツテ横カラ見テヰル保田與重郎氏ノココロガ、ヨロコバシイ限リト、何時モ、ソノ事ヲ聞イテカラ――今更ニ、大キク深ク、ワタクシニアリマス。

富山県福光町ノ法林寺山ニ入ツテ、桜ヲ見タ保田與重郎氏トノ事モ、トテモワタクシニハ大事ナ時デシタ。今モツヅイテヰル大事、大変ナ時デシタ。

ナンニ、タトイル事モ出来ナイ様ナ春ノ静カトイフンデセウカ、マルデ乳ノ中ニヰル様ナ時デシタ。保田與重郎氏モ、ワタクシモ、ナンニモ口モ利ケナイ様ナ善イ有様ニナツテヰマシタ。法林寺ノ裏山ハ丁度ノ程ヨイ登リガ平《タヒラ》ニナツタ所デ腰ヲ下ロシタ様ニ思ヒマス。トロントシタダケデ木ノ枝カ、何カ持ツタリ、離シタリ知ラズ、知ラズニドウシタラヨイノカワカラナク、不知ズ、不知ズノ所作デセウ。遠クカ近クデ雉ノ声ガ――アルイハ鶯ダカモ知レマセン。鳥ガ鳴イタ二声、三声ヲ聞コイタト思ヒマス。――シーン、トシテヰマシタ、腕ヲノバシテ、掌ノ届クトコニ、ソレガ手頃トイフンデセウ。サウシタ傍ニ、保田與重郎氏ガ持ツテヰタ、スネークウードノ、ステツキ程ノ太サヲシタ桜ガ、一寸見上ゲル高サノ木デシタガ、二、三輪（サクラノ花ヲサウシテ数イテヨイカドウカ知レマセンガ）咲イテヰマシタ。タダ、ソレダケノ花見デシタ。ガ、ソレガ、何処デ見タ花ヨリモ、イマ以ツテ、アンナ花見ハアリマセン。……山路の春にまよひひとり眺めし花盛りかな……トイフ歌ガアリマスガ、善イ、美シイモノデスト思ヒマス。

保田與重郎氏トイフ人ハ……ナントナク、ドウイフワケカ、ドウシテ、不思議ナ、本当ニ理由ダケデナイ、サウシタ人デス。
――ココマデ書イタラ、チヤコガ来テ、ソノ花見ニ三村サン、ワタクシモ行キ、寺カラ薬カンヲ借リテ茶ヲ、ノミマシタヨトイフコトデシタ。――ワタクシハ保田與重郎氏トタツタ二人連レダト思ツテキマシタ。――イヤ何時デモ、何処デモデス。ソンナ感ジデス。

（板画家）

昭和四十六年十二月二十七日　雑華堂北窻画舎ニテ

古木春哉……橋の上

一昨年の晩秋のある日、私は琵琶湖南岸の地、膳所の義仲寺に滞留した。此処に近い粟津原で、戦死した木曾義仲と、また此処に庵して「木曾殿と脊中合せの寒さかな」の句があった松尾芭蕉の菩提寺である。高さ二メートル、幅一メートルほどのまだ眼新しい御影石の昭和再建落慶碑が境内の一角に建っていた。「昭和四十一年六月四日、保田與重郎撰文並書」と碑文の終りにあるのは、こうして倒潰の危に瀕していた義仲寺再建の由来を誌し、千秋万歳に史蹟永存の祈願にしたのである。

保田與重郎の事蹟に近い気分によって、私には大層に懐しい。身に余るような住職斎藤石鼎師による厚遇を床しく覚えるのも、そのためと敢えていってよかろう。師はもと法門の人でない。時代の重きに熱血挺身、伝統藝術人の守護に任じているのだった。

保田さんの住まわれている京都西山の地、太秦は義仲寺から近い空の下である。その日其処で、定例の歌会を催すというので師の赴かれた後、私は妻と比叡山から京都北洛に下り、この山が借景の円通寺に来ていた。熟れて淋しい風景のみならず保田さんの歌会に近い気分によって、また懐しい。お会いせぬとも、惜しまれぬ。

それより数年前、母の義兄に当たる佐藤春夫の葬儀の時、私は保田さんにお会いしているのだった。保田與重郎といえば、既に経験といってもよかった気分によって、私には懐しい。覚えていなかったような花火や金魚掬いで私と遊んだという保田さんのお話をその時、私は眼に浮かぶように聞いたのである。しかし、覚えていたようなこともある。

思えば『日本浪曼派』創刊の昭和十年前後の時分であろう。父に従って私は、保田さんを近くの下宿に訪ねたことがある。洋窓の中は留守なのか、灯がともっていないあたりの空しい夕闇をよく覚えていて眼に浮かぶ。また、保田さんが私の家へ父を訪ねられたことについて、母から後に聞いている。

当時、蔵原伸二郎、小田嶽夫、中谷孝雄、緒方隆士、田畑修一郎、川崎長太郎、外村繁、淀野隆三、浅見淵、尾崎一雄らと御一緒に父は『世紀』の同人である。概ねがこのようにいえる同人であろう。経験といってもよかった気分によって、純粋の私小説家といえる。概ねがこのようにいえる同人であろう。経験といってもよかった気分によって、

純粋の私小説家といえる。概ねがこのようにいえる同人であろう。それはさて、最も日本に於ける伝統藝術人への親炙をいえた中谷孝雄と、危うくかつ定まらぬ経験といってもよかった矛盾しまた混沌たる気分によって、イロニーの唱導者となった保田與重郎が『日本浪曼派』創刊について語らうことは、まことに興趣溢れる文学運動でなかったろうか。

保田與重郎が唱えていたと私のいうイロニーとは、日本に於ける文明開化の論理の終焉を予想している過剰な意識だった。この「没落への情熱」と同時に、「イロニーとしての日本」がそのまた過激な現実である。この現実に於てほど、矛盾しまた混沌たる気分が即ち危うくかつ定まらぬ経験といってもよかったことはない。さらに、それは純粋の日本に於ける伝統藝術人の生き方といってもよかったろう。

このような『日本浪曼派』の保田與重郎が、保田さんに近い気分によって、私には殊更に懐しい。気分が即ち経験といってもよかったことは、こうして意識の弁証法へと私を導く。明日へ向かう橋の上から私には懐しいという意識が同時に、今日のまた疎ましい現実だった。没落の日本に於ける革命前夜といえる。

翌日の朝、嵯峨野へ向かう私と妻は、太秦の保田さんに近い道を過ぎて来た。

（文藝評論家）

〈以上第六巻　昭和四十七年二月刊〉

講談社版

保田與重郎全集

（全四十五巻）月報

Publication in 1985—1989

『保田與重郎全集』全四十五巻　昭和六十年十一月〜平成元年九月　講談社刊
題扉題字　中谷孝雄

中谷孝雄……ある日の保田君

昭和十年といへば、もう半世紀も前のことになるが、その年の三月、例の悪名高い「日本浪曼派」が創刊された。発行所は目白の前田書店になつてをり、雑誌の配給などのことは書店でやつてくれることになつてゐたが、その他の雑務はすべて高円寺の私の家ですることになつてゐた。本来からすれば、三鷹の亀井勝一郎方が編集所になつてゐたことだから、それらの雑務——同人会や編集の相談や諸家への雑誌の寄贈なども亀井の家でする筈だつたのだが、三鷹は遠くて不便だつたので、私の家で引受けることにしたのであつた。

さて創刊号の寄贈用の雑誌百部が私の家へ届けられたのは、たしか二月の二十日すぎの午後のことであつたと記憶するが、私はその一冊を手に取つて眺めながら、表紙からも扉からも目次からも一種さはやかな清新の息吹が立昇るのを覚え、私までが若返つたやうな思ひがしたことであつた。当時、私は三十三歳で、一昨年あたりから「新潮」や「改造」などに作品を発表して一応作家として認められてゐたが、他の同人諸君はすべて私より五つから九つ程も年下で、みんなこれからといふ気鋭の若者ばかりであつた。

保田與重郎君が大山定一君をつれて来訪したのは、それから間もなくのことであつた。保田君は前年の晩春初夏の頃からよく私の家へ遊びに来るやうになつてゐたが、大抵は夜の八時頃にやつて来て深夜の二時頃まで話しこんで行くといふ風であつた。ところがその日は珍しく午後二時頃に現はれたのは、大山君を私に紹介するためであつたやうだ。

大山君は当時、法政大学でドイツ文学の先生をしてゐたが、細君を関西の家に残して単身赴任し、私の家からさう遠くないアパートでひとり暮しをしてゐるとのことであつた。彼が以前から保田君らのやつてゐた「コギト」といふ雑誌にドイツ文学の翻訳を掲載してゐたことは私も知つてゐた。ついでに言へば、後には保田君と反目し合ふやうになつた桑原武夫君も当時は「コギト」にフランス文学の翻訳を連載してゐたものであつた。

浪曼派の創刊号が出来たことは、保田君にとつては相当感慨の深いものがあつた筈である。しかし、保田君は喜怒哀楽の情を卒直に表現するやうな人ではなく、ひと通り表紙や扉や目次などを見終ると、それぢやこれからすぐ発送することにしませうといつた。そこで大山君にも手伝つてもらつて、既に出来てゐた寄贈者名簿を参照しながら、封筒の表紙を書くことになつた。保田君は字がうまいので、書くのも早く、私や大山君の分まで引受けてくれた。しかし発送準備がすべて終つた時には、もう郵便局の受付時間が過ぎてゐたので、発送は翌日まで延期しなければならなかつた。

かうしてその夜は、保田君も大山君も私の家に泊ることになり、夕食後は私の妻も加はつて、四人で一つの火鉢をかこみながら徹夜で、浪曼派の今後をどのやうに発展させるべきかといふことを中心にいろいろ話し合つたが、話の中味については今はもう殆んどすべて忘れてしまひ、ただ一つはつきり記憶してゐることといへば、何よりももつと同人をふやすべきだ（当時の同人は僅か六人）といふ、みんなの一致した意見だけである。大山君は当時まだ同人ではなかつたが、第三号から他の多くの人人と共に同人になつた。

翌朝、私と保田君と大山君とで寄贈用の雑誌を抱へて近くの郵便局へ行つたのは、九時を少し過ぎた頃であつた。そして発送を済ませてから、私たちは大山君を送りかたがた一緒に街を歩くことにした。大山君のアパートまでは十五分そこそこであつた。そこで大山君と別れ、私も保田君も各自の家へ帰る筈であつたが、二人ともなんとなく別れ難い気がして、そのまま歩き続けることにした。しかしもう話し合ふことも尽きたらしく、私たちは黙り勝に、各自の外套の襟に首をすくめて脚の赴くままに委してゐたが、ふと気付いて驚いたことに、いつか私たちは保田君の下宿のすぐ前に来てゐた。

私は誘はれるままに、二階の保田君の部屋へ上つて暫く休んでいくことにした。八畳ほどの一室で、一方の壁にはかなり大きな本立が立て掛けてあつた。見ればその本立の上の二段にはドイツ語の書物が並んでをり、下の三段にはごく普通の文学書、といふことは当時の文学青年ならば誰でも読んでゐたやうな翻訳小説や日本の作家の作品などが並んでゐた。保田君は後に日本の歴史や古典に深く沈潜するやうになるが、その頃はまだドイツ浪曼派に傾倒してゐて、日本の歴史書や古典の類は一冊もその本立には見当らなかつた。

保田君は私がその本立を見てゐることに気付き、そんなに見ないでくださいよといつた。いささか咎めるやうな口調であつたが、見ればその顔には心の底でも覗きこまれたやうな羞恥の影が射してゐたやうだ。私もなんとなく恥かしくなり、それをまぎらすために、いつになく多弁になつたことであるが、どんなことを喋つたかは今はもう記憶してゐない。

（作家）

須田剋太……倭人、保田與重郎

私の浦和時代、別所沼畔で、神保光太郎氏と出会つて居ります。又伊福部隆彦氏（老子研究家）にも親しくさせてもらひました。伊福部氏は、或る時「保田與重郎と云ふ文藝批評家が出現したが、此の男は今に日本文壇を、百八十度ひつくり返す傑物である」とも称讃してゐた。関西へ出て来る時、神保氏が保田に会ひなさい！　と云つて紹介状を書いてくれた。所が如何ゆふわけか、不思議な運命で、私は遂ひに保田先生には、会はずじまひになつて了ひました。

日本は第二次世界大戦への進行中で、悪い陸軍の睥睨《へいげい》あたるべからざる権勢が、あらぬうはさを生み、保田先生が右翼の総大将のやうな事を聞き、勿論全くの誤解であつたが、今思つても残念でたまりません。

先生がなくなられる一年前位に、神戸三宮生田神社で、神の根源の講演をなされた。其の時、私の書いた古事記の書を、大変ほめて下さつたとの事を福田宮司から聞き、京都の双岡の先生宅へ行かないかと、さそはれたのに、私にわるいくせがあつて、何か有名人を訪ねる事自体が、おもねるやうな感じで、それで行つてゐたら、此んな千古の悔いを残さなかつたとくやしいのです。

私は昔から、日本人――倭人を形成してゐる要素に、縄文的種質と弥生的種質の二つが結合して出来てゐると、頑く信じて居ります。

此の二つの結合の血の生命は突然何時何処ででも突然大きな噴出を歴史時代を超越して爆発させてゐると思ひつゞけて居ります。此れは教はるのでなく、生れて来るものです。

聖徳太子、柿本人麿、大伴家持、空海、後鳥羽院、西行、鴨長明、雪舟、紫式部、世阿弥、源実朝、上田秋成、芭蕉、利休、本居宣長、道元、親鸞、円空、白隠、大灯国師、宗達、光琳、浦上玉堂、柳田国男、折口信夫、良寛、樋口一葉、岡倉天心、柳宗悦、佐伯祐三、熊谷守一、保田與重郎――

第二次世界大戦敗戦後、日本は四十年間で世界的大国に、経済的大発展をとげ、又科学的機械化万能の世界でも、一流の場にのり出し、此の発展の民族的優秀さは、地球のどこにもない出現です。此れを生み出した其の生命根源エネルギーの素晴しさは何んだらうか？　考へて見ると、此の人間的血の種質を持つ、大和魂的、倭人的、縄文的精神力ではないか？　日本人的神的霊感的直感力。

　保田先生は、此れを後鳥羽院以後の日本人漂泊流浪、敗北隠遁詩人——西行を始め芭蕉等の人々の行動の中に見出し、賛嘆して居られる。特に芭蕉によつて——後鳥羽院の存在価値実体を摑み、此れこそが、日本人的根源の文学の道と云はれて居ります。奥山のおどろがもとを踏み分けて、道ある世とぞ人に知らせん。此の道や行く人なしに秋の暮れ。此の道は、他には無いのです。此の日本人的神的霊感的無為、無心の自然の道、もののあはれ、空——無——の縄文的血種は、地球の上で如何して育ち、如何なる過程の、訓育によつて、生れ出たのでせうか？　其れは日本と云ふ、地球温帯地域風土の中で、歴史的、民族的に、他からの混入が少く、又絶海の孤島と云ふめぐまれた場所にあり、照葉樹林地帯の中で、文化の創作発明より、むしろ育てる文化——凡ての道シルクロードよりも南洋上からも、行きどまり集合地、正倉院——此処に何時の間にか国学とでも云ふべき、宗教、藝術、科学が結合して、カオスの学問的国学事始めの樹立です。

　日本国に在来、存在してゐた神の実体に老荘が加はり、仏道、禅が重なり、西洋近代文明が、更に渾然馥郁芳香と花咲き、——中国の如く恐ろしい規約の儒教国家体制でなかつたが故に、つまり、空——空とは生命の限り無い、変化し続ける迫力です。此の精神も亦世界の何処にも無いのです。今や世界は情報化時代、機械万能時代、スピード時代、ロボット時代、新媒体《ミデア》時代、国際性的イベントを、あだかも此の近代文明文化に均一化し、統一化せんとするが如くです。其れを否定はしない。然し、如何に便利でも快適に役立つても、凡て同一均一化されたのでは、人間が生きつゞけるには、たまつたものではない。国際性的檜舞台と云ふ場があるとすれば、其処ではむしろ其れとは逆の、少数民族が持つ、其の民族しか持つてゐない、他にない其の差異存在実体そのものが脚光をあびるのではないか？　何処にでもある模倣を感じるものでない、ギリシヤ文明、キリスト教的文明、マルクス的様式を感じるのでない、世界で始めてと云ふ魅力を持つた思想文化、其処に、日本人倭人だけが持つ縄文的神的霊感的生命感が、をどり出るやうに思ふのです。凡ての全世界の人間の中にある沢山の原子分子は、千、万、億と云ふ沢山の要素から成つてゐる。今表面に出てゐるものは、其の中の千万分の一つなのです。此の一つを以つて其の人の全部と感違ひしてはならぬ。生きつゞけ交り続ける人と人の関係では、此の出会ひ毎に生命の変化だけが、たのみのつなです。変化し続ける状態を空と云ひます。空無とも云ひます。此の実体のみが人と人との心の安心を感じさせる愛情なのです。空とは生命のエネルギー源が、働きつゞけ、余りに早過ぎて変化してゐる状態が人間の眼にとまらない。何んにもないやうに見えます。――此の何んにもないやうで、実は、此れこそが――縄文的倭人的血種子存在実体の本体なのです。

此れです！　此れが、今日の日本国を世界の国際性的檜舞台にのし上げた原動力なのです。此れが日本国開闢以来の神の道――後鳥羽院も、芭蕉も円空も雪舟も、誰からか教はるのでなく、倭人であれば生れ出て来る霊感です。ひらめきです。天の啓示です。此処に保田與重郎の凡てが在ります。此の種子は他には無いのです。日本民族が持つ縄文的弥生的生命根源の絶対です。アジアは一つ否世界は一つ。其れは極めて合理主義的共同体的無為自然、空無であるが故に全人類が体験に、突入出来る可能なる未来があります。今回、講談社の保田與重郎全集には、其の人類のよりどころに出来る凡てが在ります。

（画家）

樋口清之……保田さんを育てた環境

保田さんの郷里、奈良県桜井市は、奈良平野の東南隅にひろがった、静かな奈良らしい街である。長谷観音で知られていて、牡丹のときは観音のある初瀬町は、「牡丹の妖艶人心を乱し、一国狂うが如く……」と唐の王叡の詩にあるような騒ぎになるが、平素は静かなところである。中心より北寄りに旧三輪町があって、こゝは大和一ノ宮大神《おおみわ》神社の鎮るところ。今でも神代ながらと云われる神体山三輪山を敬仰し、拝殿は在るが本殿は神体山そのもので、まさに神さびた霊域である。その拝殿裏の禁足地からは奈良時代以前、少くとも二、三世紀の祭器が沢山出土して、古伝承の一部を裏書きしている。その三輪山の麓にはヤマトトトヒモモソヒメの墓と云う日本最古の前方後円墳とされている箸墓古墳があり、少し北に進むと景行天皇陵、崇神天皇陵と大形前方後円墳がならんでいる。保田さんの実家の数百メートル南にも茶臼山古墳と云う大形前方後円墳があるし、雄略天皇、欽明天皇等の皇居伝説地も多い。まさに古代史の上に展開したような土地であるが、その環境が保田さんを育てたのであって、彼の人間形成の場としてこの古代史の舞台は無視できない条件にある。

じつはお恥しいことにこの同じ環境の中で私も育った一人だった。彼と同じ旧制中学で三年ほど私の方が先だった。私は保田さんみたいに不朽の足跡を日本ロマンの上に残せなかったが、郷土の影響を終生身につけて考古学を中学時代から学び、保田さんみたいな名著は残せないかわりに、古代史に関する駄作を二百冊余も書いて恥の方を残そうとしている。たゞふしぎなことに、二人共一本の道を何十年も歩き通したことゝ、苦労に反比例して物質的には一向恵まれないことが共通している。あるいはこれもこんな古代史の舞台で育った宿命かも知れないと、近頃ようやく悟りだした次第だ。

さて、十年前、私は計らずも郷里に帰っていたとき、保田さんのお宅へ中国の胡蘭成さんが訪ねて来られるからやって来ないか、と言うお誘いをうけた。胡蘭成さんは東京の山水楼で数回遭っていたが、奈良で遭えるのは全く奇遇なので久しぶりにお宅へ参上した。随分日本語が上手になられた胡さんに驚いたが、それよりも私はそれこそ何十年ぶりにお遭いしたか、保田さんの尊父の御元気な御姿にびっくりした。そしてその機会に私は知らなかった私の祖父（祖父の話と父の話が交錯している部分が多かったが）の逸話が面白かった。私の祖父はこの桜井市にあった小藩の下吏で、文久年間の天誅組の変に参加し、負けて大坂の薩摩藩蔵屋敷に逃げこみ、助けられて鹿児島まで送られ、維新には薩摩藩の一人として鳥羽伏見の合戦等に参加した男である。明治になって官員をやめてから郷里に帰り、暇にまかせて方々を歩いて天誅組の苦労話などやっていたらしい。保田さんの尊父よりは少くとも年は三、四十歳も上だろうと思うし、天誅組時代にはまだ尊父は生れて居られないと思うので、たゞ祖父の想い出話を聞かされたのだろうと思うが、それが私の父の話と一緒になって随分リアルに話されるのである。話が混乱するので質問すると、かえって話の混乱は増すばかりで埒があかないので、いつか録音でもしようと思ってそのときはやめた。それが残念ながら最後となって尊父はまもなく他界されたので、天誅組の証人はどこにもいなくなった。話はこれで終るのであるが、そのとき私に強い印象を与えたのは、天誅組はほんとうは天忠組と書くべきだと言うこと、この桜井のすぐ西隣の橿原市八木に居られた盲唖の碩学谷三山先生と五条の森田節斎翁等勤皇家達の天誅組への影の力を忘れてはならないことを繰り返し強調された。どこまで私の祖父の考えが入っているのか判らないが、少なくとも保田さんの尊父から昭和五十年少し前に私が聞いた話である。谷三山先生については保田さんが畸人伝の中でとりあげられているし、三山先生の額を京都のお宅にも掲げて居られたくらいだからこの尊父の意志は立派に嗣がれているが、こんな尊父の考え方が、家庭環境として保田さんの人間形成に大きい影響を与えていることは見逃せないと思う。

元来桜井市と言う街の中心は、その南にある多武峯談山神社（妙楽寺と言った）の門前街として発達した。この神社は神仏一躰時代に妙楽寺船と言う対明船を出して利益をあげたので知られるが、明治維新で神仏分離に遭い妙楽寺は廃寺になった。「金の宝は多武峯」と謂われた資金や財宝が門前街桜井に流れ出し、何軒もの豪商、財閥ができたと謂う。保田家もあるいはその一軒かと思われるし、特に保田家は大和川の簗《やな》船と言う船便と関係があったと尊父から聞いたのでそれらが豪家の基を築いたものと考えられる。


（国学院大学名誉教授　考古学）

〈以上第一巻　昭和六十年十一月刊〉

桶谷秀昭……保田與重郎と小林秀雄

一昨年の夏、文藝家協会の代表で、岡松和夫、佐江衆一両氏とソ聯へ行つたとき、一夕、ソ聯作家同盟の或る文藝批評家と話しをした。モスクワでのことである。

そのとき、ソ聯作家同盟では二年後（つまり今年になるが）を期して、戦後四十年の世界文学史の企画があり、その批評家は日本語と日本文学の専門家でもあり、戦後日本文学史の執筆を担当してゐるといふ。いかなる視点と方法で書くつもりかと尋ねたところ、予期したとほり、第一次戦後派文学を起点として、その発想法の延長で考へるといふことであつた。

私はその考へ方に全面的に反対ではないが、しかし、戦後を戦前からの断絶としてとらへるにせよ、断絶のうちにある連続性の逆説をみないと片手落ちになることを言つた。さういふ話から、たとへば、保田與重郎や小林秀雄の仕事をどんなふうにみてゐるかと尋ねたところ、意外な答へが返つてきた。「保田與重郎の仕事は、一口でいへば、明治維新以降の近代のジンテエゼをこころみたものである。」

そのとき、私は、日本の或る種のイデオロギッシユな批評家より、よほどものがみえてゐるのに驚いたといつていい。もちろん、あとになつて考へると、ソ聯批評家の発想には一つの型があることはあきらかで、だいいち、保田與重郎には、「ジンテエゼ」といつた弁証法の考へ方に対するつよい批判があつたことは、弁証法とはイロニイの無気力化したもの、といふ言ひかたを一度ならずしてゐるからである。

弁証法は戦前、戦後のマルクス主義の流行時に横行したが、その威嚇的な使ひ方におけるからくりを小林秀雄は批判してゐたし、また、保田與重郎が戦前しばしば言及した中野重治にも、弁証法に対する警戒心があつた。

文学者のさういふ直覚は、思想のちがひを第二義のものとする。中野重治について、戦後、保田與重郎はまつたく言及するのをやめてしまつたが、小林秀雄については幾度か語つてゐる。小林秀雄晩年の宣長の仕事に対する保田與重郎の評言はよく知られてゐるが、いま、私に関心があるのは、昭和四十三年に書かれたと思はれる『その恩恵の論』といふ文章である。それは新潮社版小林秀雄全集第四巻の月報に載つてゐる。

一読したかぎり、この文章から受ける印象は、同時代のやや年長の批評家にむけた讃辞であるが、ところどころに、微妙な言ひ廻しが、彼我のちがひを譲ることのできぬ主張として、しかも、いつ展開するかもわからぬ伏線のやうに置かれてゐるのに気づく。

たとへば、「小林氏が多年にわたつて、ロシヤの文士のことをかきつがれたものなどは、全く感銘すべき営為だが、それは文学者として当然のことをされたのである」といふ一節などは、戦前に評論集『文学の立場』に収めてある或るエッセイの中で、「我らの過去はロシヤ文学の理解に於てこぢれたのである」といふやうな言葉を、自然に聯想させるのである。

「ロシヤの文士」とは、いふまでもなくドストエフスキイのことであるが、保田與重郎は小林秀雄がドストエフスキイの作品論を書きついでゐた当時、どこかで、その仕事の性質を、観念における自虐的な格闘といつたやうな言葉で語つてゐた。たぶん、そのときの記憶が、戦後の『その恩恵の論』では、「その態度の謙虚さ」といふ言葉の背後にはたらいてゐたのではないか、といふ推測を私にうながすのである。

また、正宗白鳥と小林秀雄のトルストイの家出をめぐる「思想と実生活」論争について、「私は小林氏の最後の一言に、共通の負目のやうなものを感じ、ここにある小林氏を鏡として、自身を反省したのであるが、……」といふ言ひ方も、私を立ちどまらせるものがある。

小林秀雄の最後の一言とは、「実生活を離れて思想はない。併し、実生活に犠牲を要求しない様な思想は、動物の頭に宿つてゐるだけである」を指してゐよう。そこで保田與重郎が言つてゐる「共通の負目」とは、小林秀雄のやうな思想についての考へ方こそ、「文明開化の論理」が日本のインテリゲンチヤに強ひたところのものといふ自覚であらう。

しかしこの「共通の負目」から、保田與重郎と小林秀雄が、それぞれにきりひらいた血路は、微妙にちがつてゐる。小林秀雄にとつてその「共通の負目」は、日本近代の思想劇として否定することのできないものであつたが、保田與重郎にとつては、イロニイとして、その破壊と建設を同時に遂行するところの、強ひられた地盤にほかならなかつた。

小林秀雄か正宗白鳥か、思想か実生活かといふ二者択一に関して、「私自身ではどうといふ決着もつけ得なかつた」といふ保田與重郎の言ひ方についても、あの論争はおなじサイクルの思想劇にみえたと言ひなほしてもいいであらう。

（文藝評論家）

小高根太郎……思い出

旧制大阪高校に在学中、一年下のクラスに保田與重郎がいたのだが、当時は全く知らなかった。東大でも、やはり一年先輩だったが、保田、田中、肥下の諸君が雑誌を出すから、お前も何か書いてみないかと誘われたので始めて保田と知り合った。

保田は背が高く、色白の美男子だったが、取りわけ二重まぶたの眼が美しかった。白目と黒目が、くっきり分かれて澄んでいた。その目付は何処か遠く天の一角を見つめているようで、何を考えているのかわからぬところがあった。

コギトの編輯について田中克己は、しばしば保田と衝突して食ってかかった。田中は直情の詩人だから口早やに鋭くまくしたてるが、保田は視点の定まらぬ、ぼんやりした目付で、それを聞きながら生返事するだけで、本気で取り合う様子がなかった。結局田中の方が根負けして保田の思い通りになったようだ。

保田は故郷の大和が大の自慢で、大和は上国だと、いつも誇りにしていた。東京などは下国の最たるものだった。そんな話のついでに、大和の野末や森かげには、今でも「ひだる神」がいて、通りかかった人に取りつくことがあると語った。その神さまが取りつくと、それまで元気だった人が急に空腹になり、仆れてしまう。飯びつ一ぱいほども食わせると、やっと正気にもどる。実は「ひだる神」がその飯を食うのだということだった。

また大和には「寝牛さま」を祭る風習がある。それは陶製のもので、円い布団の真中に据え、その上に何枚も布団を積みかさね、一年に一度その牛を取りかえるが、ふだんは誰もそれに手を触れない。ところがある時、そのころ女学生だった保田の妹が突然神がかりになり「寝牛さまが、こわれている」と言い出した。おどろいた家人が布団を取り除いてみると、不思議や牛が割れていた。同時に妹はまた「井戸の神さまの祭り方が間違っている」とも言った。後に調べてみると、はたして妹のいった通りだった。しかしその後、妹は二度と再び神がかりになることはなかったという。

この話を聞いた時、私はようやく保田の人となりとその文章を、おぼろげながらわかるような気持になった。それまでは、どうも保田の人も文章も不可解だったのだが、この話を聞いてからは、保田は神に憑かれた人で、その文章は神の御託宣のようなものだと割り切れた。野田又夫（京大名誉教授）は早くから「保田は天才だ」といっていたが、保田はたしかに非常の人だった。

保田は、おどろくべき速筆家だった。コギトは毎月一回発行したが、時には原稿が足りなくなるような場合もあった。そんな時、保田は一晩に三四十枚も書きとばして間に合わせた。コギトが、あれほど永続きして一度も休刊しなかったのは、一つには縁の下の力持ちだった肥下恒夫が、ほとんど一人で出版費を負担してくれたからだが、また一つには保田の速筆に負うところ大なるものがある。彼は、いつも朝から夕方まで眠り、徹夜で遊んだり本を読んだり原稿を書いた。

文才のとぼしい私の文章は、いつもぎこちなく短かったが、保田は「お前が一行で書くところを、おれなら三十枚に引きのばしてみせる」と威張っていた。コギトの校正は麴町の印刷屋の応接室で行なうのが例だった。刷りあがったゲラをその場で訂正して組みかえてもらった。ある時、彼は彼の使った熟語の第二字目が間違っているのを発見したが、この方がかえって面白いと、誤植をそのままにしておいた。その熟語が何だったか、今は覚えていない。

「明治天皇は東京がきらいで、東京に行幸はされたが、東京を都と定めていられない。東京を帝都と称するのは関東大震災直後の詔勅に始まる。皇居を将軍の城の中に置くのは間違っている。よろしく京都に還幸さるべきだ」と語ったこともある。彼の上国主義の当然の帰結だろう。

敗戦の色が濃くなり、東条英機が一手に権力を収めたころ彼は「軍は幕府だ」といっていた。彼と仲の悪かった右翼新聞のある記者が「保田は擬装左翼だ」と軍に誹謗したらしい。そのためかどうか突然彼は召集されて満州に送られた。以来彼との連絡は杜絶えた。

戦後しばらくして手紙が来た。近く上京するから会いたいとのことだったが、彼はついに現れなかった。その後、彼に会ったことは一度もなく、手紙もなかった。

保田を一ばんよく知っていたのは肥下であろう。肥下は保田を世に出すために生涯を犠牲にしたようなものだった。彼は戦後間もなく気の毒な事情で死んでしまった。田中克己もまた、私よりはるかに深く保田を知っているはずである。コギトの古い同人で今日まで生存しているのは田中と私だけになってしまった。

（評論家）

寺田英視……述志と文明

昭和五十一年の七月六日、私は京都太秦三尾山の身余堂を訪うた。文藝春秋刊行の「人と思想」シリーズ中の一巻として「保田與重郎集」を編むための御願ひであつた。保田先生からは即座に御許諾あつて、収録作の選は君に任せるとの御言葉も戴いたのである。その折私は、この一巻は単なる代表作の集成といふ形ではなく、全体が何かを表はす――いはば、日本文明の伝統と精華とを一巻に籠めたやうな書物を作るのが念願であると申し上げた。

先生は年少い者の血気を諒とされたと見えたが、まあゆつくりやりませう、とさとすやうに仰せられたのである。後日、収録作の御相談に伺つた時、先生は一、二の差替を指示されただけで、一巻の表題を「天降言」と決せられた。この題は先生も御気に召してをられた。

当時、先生は「文明」といふ言葉をしばしば口にのぼされた。

「たまたまそのころ、正平版の論語が、大阪図書館から印行された。私はこれの考訂が正確か、解義深厚かなどいふことを思はず、この本こそわが平安朝文明の基本を形成した旧時朝廷学術の定本であるといふことから、これによつて論語を学ばうと思つた。私は論語よりも、わが王朝院政期の文明を美しく高しと信じてゐるからである。しかもさういふ時代の文明を造形した人々の修養の定本が、この正平版論語だといふことを、当時教はつたからである。」(『日本浪曼派の時代』)

正平とは南朝の年号である。

昭和二十年八月十五日、戦争は終結し、戦後と呼ばれる時代が始まつたのであるが、その戦後の出発点は大東亜戦争終結の大詔であつた。

――然レトモ朕ハ時運ノ趨ク所堪へ難キヲ堪へ忍ヒ難キヲ忍ヒ以テ万世ノ為ニ太平ヲ開カムト欲ス――

昭和十九年に筆を絶たれて以来、「戦後」の初出版となつた「『日本に祈る』自序」に先生はかう記されてゐる。

「生民ノ為ニ絶学ヲ興シ、万世ノ為ニ太平ノ根基ヲ開クトノ志ハ、ワガ先学ノ信条ニシテ、余ノ平素ノ執心ノコルトコロ、且ツハヲヂナキ吾ガ仕奉ノ念願トシタモノデアルガ、今ニ当ツテ時運ヲ思ヘバ、ソノ祈念昔日ニ勝ルモノヲ日夜ニ覚ユ。国ノ前途ヲ惧レツツモ、余ハ民族ノ永遠ヲ信ジ、青年ノ憤発ヲ疑ハヌ。……」

この自序が、大詔と無関係とは私は思はぬ。

私は一本の拓本を所持してゐる。

「為天地立心生民立命往聖継絶学万世開太平……嗜欲殺身貨財殺子孫虐政殺民学術殺天下……」

為天地立心……万世開太平とは張横渠の言葉であり、学術殺天下は陸象山が曾宅之に与へた書中に見える。嘉靖壬戌と年号のあるこの拓本を掲げて、寒夜に端座沈思したのは明人であらうか、わが大和びとであつたのか。

歴史とは文明の伝統であるといふ。「修史酬国恩」とは徳冨蘇峰の言の由だが、文法の学問書を読んで国史を自覚し、文章を正すことは歴史を正すことだと、先代国学の真精神を先生は繰返し説かれた。

この遺言四十巻と、先生の存在そのものを、東洋五千年の文明観から、私は考へたい。（編集者）

知念栄喜……ことのは

林の下の小道を歩いていた。浅い小川が流れている。野性の秋海棠を眼にとめて立ちどまった。仄紅の八月の花をつけていた。思いがけなかったのでこころを綻ばせていた。いつからか忘れられた花という印象をつくっていた。雨にうたせると哀婉をおぼえる花である。自身が哀憐を発光しているようである。孤独は地獄の喩であろう。強いられることもなくひとりで歩いているのだ。路傍の草花を見ても人の姿を想うようになってしまった。狂と躁の性を矯めてしまったのか、と自問する。いや、人間の悲しみをおぼえるようになったのだ、とうべなったりしている。

太秦の身余堂の門の庭では萩の葉をくっきりとおぼえている。詩人は「敷松葉の庭」、「太平の花」などと庭の模様をうつしている。錯乱と変容の季節を生きた稀な詩人が見たものは「時分の花」に限らなかったであろう。花の悲しみをつぶさに検証しているのである。伊東静雄のいう「幼児」のような晴れたこころの眼が凝視していたのだ。

「コギト」五号（昭七・七）に詩人の小説「花と形而上学と」がある。手記体をかりながら問いを空中に投げかけている。「感傷」のモチーフではない。「知」の花を喚んでいるのだ。ぼくのおどろきは放恣な倦怠のリズムにあった。「プラトーの国家に咲いてゐた花を見た人はないでせうか。わたしは勿論野性の花を云ふのではありません。あれから……」と語りかけ、「花を見ればたゞたゞ悲しみを忘れるもの、やうに思はれるのです。わたしはさう確く信じます。人は悲しみをもつてゐるから、それはどうして地上の花がなぐさめてくれませうか、わたしはいつも天上の花を憧れてゆくのです。」と結ばれていた。ぼくの感受したアンニュイの香りは、「……それ故にことさらにわたしは理屈をいふまいと陰翳の多い多元のことばをかたるのです。」というところにあったようだ。「佐渡へ」（「コギト」六号）では、摘んだばかりの玫瑰《はまなす》の花を手渡され、処法にとまどう場面があった。ぼくはある青春のはにかみを感受したりした。

何の理由もなかった。短い日の春の夢だった。一面に野の景色がうつっていた。荒廃した見晴台があった。誰かに呼ばれていたのだ。ぼくは草の道を駆けつけていた。無帽で着流しの人が柱を背にしていた。「父は永遠に悲壮である」の萩原朔太郎氏であった。足の下の陶磁の破片を指さして高らかに笑った。ぼくはからだごとフランクになっていた。駅のある町へ行こう、といわれた。見知らぬ駅のある町を空想して胸をはずませていた。夢から醒めて見晴台のあった処を推理した。「少年の日は物に感ぜしや」の「波宜亭」を想定して、「われは波宜亭の二階によりて／かなしき情歓に思ひしづめり。／その亭の庭にも草木茂み／風ふき渡りてばうばうたれども／……」とつづけてうたっていた。「波宜亭」は「萩亭」ともいわれた「旗亭」であった、とされている。

「現代と萩原朔太郎」（「コギト」昭一一・九）を発表した詩人は翌十二年二月十六日の上毛新聞学藝部主催「萩原朔太郎氏歓迎座談会」に神保光太郎氏と前橋に向っている。新聞は、「ネオ・ロマンチシズムの……」とうたった。今、『木丹木母集』の「冬ノ歌」の一首がある。

夜ふけて氷りし町の道かへる人のあしおといつまできこゆ

傍書は、「上州前橋ニテ。人多ク下駄ヲ用ヒシ頃也。」となっている。

戦後の「萩原朔太郎詩集解題」はおのずから熱い祈りである。敬慕した人の歿年の冬を描いて、病床の先生から二葉の短冊を郵送された。一葉は「新年」の詩の初句、赤い短冊に、「……枕辺に七日咲きたるアネモネの花」だったが、大陸出征中に焼亡してしまった。「この上句を今思ひ出せないで申し訳ない。」と沈思が述べられていた。「暗然とした。」ともあった。そのひそかな歌は森房子さんに宛てられた葉書（昭一七・二・二二）に記されてあったようである。

はかなしや病ひ医えざる枕べに七日咲きたる白百合の花

（詩人）

〈以上第二巻　昭和六十年十二月刊〉

松本健一……保田與重郎の影――森崎湊、村上一郎、橋川文三

森崎湊という、昭和二十年八月十六日に二十一歳で割腹自決した海軍予備学生についての、かなり長い文章『海の幻』（「新潮」昭和六十年十二月号）を、やっと綴り終わった。その文章を綴りながら、わたしはこの森崎や村上一郎（敗戦時二十四歳）や橋川文三（敗戦時二十三歳）らの昭和（戦前）の青年たちを覆っていた保田與重郎の影というものを、はっきりと意識していた。

たとえば、森崎は昭和十七年四月に、大牟田商業学校を卒えて満州建国大学に入っているが、そのころのかれの日記をみていると、保田與重郎が『蒙疆』（昭和十三年刊）の「序に代へて」に記していた昭和の青年の肖像をまざまざと体現している風情なのだ。保田のいう昭和の青年とは、その「昭和の精神――序に代へて」によれば、およそ次のようになる。「昭和の精神」とは「明治の精神」に比して、現在にあっては、「未だ開花せぬ、未だ成熟せぬ、未だ変貌してゐない、いはば予言的雰囲気」をただよわしているだけで、それは「今日の青年の変革的な気質と気分の存在」にすぎない。では、その「今日の青年の変革的な気質と気分の存在」とは、具体的にどんな理想と行動をもったものとして現われてきているか。保田は、こう書いている。

「今日の青年の無力を語ることが、さき頃の一時に、今日の文筆業者の衣食の代となつたことがあつた。しかし、すでに今日我等の同胞の青年は、未曾有の聖戦と曠古の外征に、誇らしい勇気を似て、我らのアジアの父祖の名誉の祈念を即身実践しつゝある。それが無力の青年に果して可能であ

らうか。今日我等の周囲には新しい日本の文化が、我々の青年の手で起りつゝある。それらは無力な青年に可能であらうか。しかし我等の世代の未だ成熟せぬ精神は、その故に一そうその名に値ひするものは、やはり今日預言者的性質を以て、有名をもたず、地位をもたず、たゞ変革の雰囲気をただよはせて、一個の気分のごとく、しかも明かな希望として、我らの周囲に存在するのである。」保田がここで記している「未だ成熟せぬ（昭和の）精神」とは、たとえていえば「未曾有の聖戦と曠古の外征に、誇らしい勇気を似て、我らのアジアの父祖の名誉の祈念を即身実践しつゝある」もののことである。それはおそらく、橋川文三が『日本浪曼派批判序説』に書いていた「保田の説くことがらの究極的様相を感じとり、古事記をいだいてただ南海のジャングルに腐らんとした屍となることを熱望していた！」青年として、現実化していた。保田によれば、かれらはいまだ地位も名誉も金もない無名の青年であるが、その無名の青年こそ有為、つまりいずれ何事をか為しうる「変革の雰囲気をただよはせて」いる、ということになろう。

十七歳で満州国入りをした森崎湊などは、別に保田の愛読者ではなかったが、さしずめこの有為の青年の一人に数え上げられるにちがいない。すなわち、かれの昭和十七年の日記には、じぶんの建国大学へ入った志について、次のように記されていた。

「自分が建国大学へ志望をおこした気持はどんなものであったか――金もいらず、名もいらず、命もいらず、安んじて満蒙の野に屍をさらす人間に自分を鍛えあげよう――これではなかったか。（中略）建国当初の満州はどうであったか。実に荒涼無情、命がけのところであったろう。それが今日のような平安の楽土となったかげには、いかほどの志士、国士が家を忘れて身はもとより忘れて、死地にみずからとびこんでいったか。」

森崎の「金もいらず、名もいらず、命もいらず……」という言葉は、一方で西郷隆盛の『遺訓』からの影響である。しかしそれは他方で、保田の「有名をもたず、地位をもたず……」という言葉と、微妙な協和音を奏でている。そしてまたかれのアジアに「平安の楽土」を夢みて「安んじて満蒙の野に屍をさらす」という覚悟は、橋川が書いていた「ただ南海のジャングルに腐らんとした屍となる」という精神と、いかに相似的であることか。

だが、こういうアジア解放を夢みるロマン主義の精神が、大東亜戦争の敗戦をむかえたとき、どのような危地にみずからを立たせなければならなかったか。村上一郎は「ぼくの終戦テーゼ」の第一条に、「米国ヲ以テ終生ノ敵トシ、米国的資本主義勢力ヲ日本社会ヨリ駆逐スルコトヲ念願トス」と書き記したのであったが、そう書き記したノートを胸のポケットに秘かに収めつつ戦後を生きることになった。その村上の戦後的生と、森崎湊のように敗戦後の日本に「生き長らへ」ることはできないとし割腹自決の道を選ぶこととは、わたしにはほとんど等価であるようにおもえる。これは究極において、保田與重郎が戦後をどう生きたか（生きえたか）という問題なのではないか、という気がしている。

（評論家）

長野敏一……保田與重郎君の思い出

私と保田君の出会いは大阪高校時代である。いろいろな中学から学生が集ってきていたが、同君は奈良県の畝傍中学、私は大阪の北野中学であった。

一見保田君はソフトな、適当な比喩かどうかわからないがフィメールな感じであった。

一年時のある日、私は大きなショックを受けた。校友会雑誌をもらったが、その中で彼が「世阿弥の藝術思想について――花伝書を中心として」という何とも難しい論文を書いていたのである。それまで受験勉強以外の本を読んだことのない私にとって、まさに脳天を直撃された形であった。是非四年から高等学校に入りたい、それが中学時代の私の理想だったからである。

同誌には、保田君以外に、鎌田正美君（現日証券会長）が「田辺元の数理哲学」、竹内好君が創作、一年上級の野田又夫氏（京大名誉教授）がスチルナーの『唯一者とその所有』に関する論文を書いていた。私はこんなスゴイ級友と机を並べて果してついてゆけるだろうかと心配であった。

そんな或る日、心斎橋の丸善でひょっこり保田君に会った。三階の風月堂でコーヒーを飲みながらいろいろと話した。半世紀も前のことで、何を話し合ったか憶えていない。今憶えていることは、二人でケーキ皿に並べられていた十ケばかりを全部平げてしまったことである。

その後学校でもよく話すようになり、又彼の下宿にも訪ねて行った。これを読め、と貸してくれた本は、初めは「戦旗」や「文藝戦線」、次いで、小林多喜二や徳永直や葉山嘉樹など当時はやりのプロレタリア文学作品であった。当時彼は興味をもっていたのであろう。学校から帰りにしばしば彼は乗馬クラブに行くといっていた。しかし彼と乗馬とは私の観念のなかで、どうもうまく融合しない。

大高三年の時、ストライキが起った。勝田文部大臣の「思想善導」の講話ののち、ずる〳〵と学生大会が開かれ、そのまゝストライキに入ってしまった。その数日前、数名の学友が阿部署に留置された。竹内君などもその一人だった。夕方学生寮で開かれた学生大会で、保田君が咄々とした留置学友への声援のコトバが妙に私の心に滲み通ったことを憶えている。

大学では保田君は美学美術史科、私は社会学科だった。同じ文学部の哲学系学科だったので、講義ではよく一緒になった。N講師の「マックス・シェラーの倫理学」の講義は毎回出席をとられるので、保田君と私とはどちらかでも欠席の場合は必ず代返することの協定をして、互に忠実に実行した。この頃から彼はコギトの発行に精力を注ぐことになった。

大学以後もしばしば彼を訪ねた。戦時中彼の文筆活動の最も華やかな時代で、よく新聞記者が原稿依頼に訪ねてきていた。訪問客が多くて、接待のために奥様も大変だろうと思った。

戦後、彼は幾度か熊本に来た。珍しい美術品の蒐集家で、又古くからの交遊のあった紫垣隆氏訪問のためである。私もこの機会を利用して旧交を温めることができた。

最後に会ったのは昭和五十三年夏、大阪高校卒業五十年記念クラス会を蒲郡で開いた時である。彼は短い和服を着、編笠（?）の帽子をかぶり、長い杖を曳いていた。セビロ姿の我々とは大分ちがったいでたちであった。大高時代私と仲のよかったことを知っていた幹事が私と同じ部屋の宿泊を割当てゝいたが、所用があったのであろう、その夜京都に帰って行った。久し振りに他愛もない話で旧交を温めようとしていたが、果されなかった。今はもう君はいない。

（大阪高校学友）

尾﨑俵士……落第生的読み方

「キミ、合づちを打ったり、ちゃんと対応していたけれど、よくあのボソボソとしゃべる保田先生の話しが分かるね。ボクにはほとんど判じかねたんだけど、キミにはどうして分かるの?」

それ迄、ボクは鳴滝の先生のお宅をお訪ねするのは、大概一人で行くことに決めていたのだが、確か大学二年生の時だったと思う、十何年か前に一度だけ友人を連れ立ってお邪魔したことがあった。

右の妙ちきりんな会話は、その帰り途、友人のK君が発した素朴な問いなのだが、実をいうと、その時ボクにもK君が感心するほどに、保田先生のお話しが理解出来ていたわけではなかった。

「いや、そうじゃないんだ。所々に大和の方言言葉は入ってくるし、ボクの全く知らない万葉人の話しが不意に出て来たりするだろう。本当いえば、ボクにもよくは分からないんだ。ただ、それでも何んとなくいわれていることの想像はつく。それで適当に合づちを打ったり、質問していたわけだけど、まあ有態にいってしまえば、あて推量だよ。しかし文章同様分からないところは、分からないなりに、保田先生のお話しを聞いていると、ボクは不思議と気分が爽快になってくるんだ。だからそれはそれでいいんじゃないだろうか」

〝何んだ事実はそういうことだったのか〟——半ば呆れ返ったような、半ば安心したような顔をしているK君を尻目に、ボクはそう答えてニヤニヤしていたが、この話しは少しばかり極端かもしれないものの、もし仮にボクにも多少とも〝保田與重郎理解〟といったものが許されるとしたらば、恐らくその偽らざる中身は、基本的には、この時K君に答えたことと、十数年を経た今日でも、さして変ってはいないのではないかという気がする。といったところで、それは保田與重郎の話しを、あるいは文章を、いいかげんな態度で受け流しても構わないということでは無論ない。保田與重郎には、あくまで保田與重郎ならではの文学の高さ、品位がある。要は、それを前提にした上で、では保田與重郎の世界とはボクにとって何なのかといえば、それは先生の談話を聴き取るのと同様、接し方ひとつではことほどさように難しく、分かりにくいものに違いないが、かつまた理解のしかたひとつでは、ことほどさように大らか、かつ庶民的やさしさに満ちあふれているものにもなりうるということなのである。

そうした意味合からすれば、ボクは、先生の考え方に敵意を持っている人々はともかくも、何故か、最も信奉している筈の人達が、「保田與重郎」という一語で、わざわざ難解に余人には近づき難い厳格な神棚の上に、先生の文学を祭り上げてしまいかねぬ一部の風潮には、何んとも一抹の淋しさを感じざるをえない。確かに、研究者や評伝作家にとって疎漏な読み方は許されぬものだろう。だが、同時に、その傾向が行き過ぎて、保田文学を愛読する者、これすべからず研究者や信奉者の目をもって接しなければそれは真物ではないといった考え方が支配的になってしまうと、これはやはり些か問題が残る様な気がするのである。

保田文学は、確かに深く難しいものであろう。しかし、だからといって、では旧カナ旧漢字は苦手、歌心や古典の知恵もない、イデオロギーは無関心といった、そんな読者が読んだら全く理解しえないものなのかといえば、まさかそんなことはあるまい。成程、体系的に作品全体や文脈を正しく把握することは、そういった素養がないと、困難に違いない。とはいえ、保田與重郎自身、何かの小論で、勝れた文章は、金太郎アメのようにどの部分を切っても、それぞれの顔が出てくるようでなければいけないというようなことを述べているではないか。ならば、ボクら落第生的読み方をする者が、何も全てとはいわぬ、散発的に自分の能力で理解しえる範囲のとある句やとある言辞、とある文章のリズムに深い感動や共感を覚え、それをもって保田與重郎のすばらしさを讃美したとしても、これは一向に構わないし、かついささかも恥ずべき事がらではないのではなかろうか。少なくとも、保田先生の、その大らかで庶民的なものへのやさしさ、古代的なものの見方に限りない懐しさを覚えるボクは、しかつめらしい保田文学愛好者になるよりは、あえてそのようなずぼらな読者としてこれからも通そうと思っている。

古木春哉……学藝の復興

保田與重郎は学藝の復興のために日本の古典の信実を念願した。古事記や万葉集が伝えるところの信仰を実態として、それは復興するような古典観といってもよい。そしてこれが優れて果敢で苛烈な認識を旨としたと改めていうまでもない。すなわち文章には逆説的悲壮美が纏綿とした。自註して「勝利者のためにその功績をたたへる御用文学でなく、偉大な敗北を叙して、永劫を展望する詩文学」という所以である。しかし後鳥羽院以後隠遁詩人たちについての文章には纏綿とした、この逆説的悲壮美の根柢といってよい古典観はようやく全幅の信仰を完璧の実態として『万葉集の精神』と『鳥見のひかり』に於て復興する。以後『現代畸人伝』やその他の著述には一貫してこれを敷衍している文章が多い。

古事記や万葉集が伝えるところの信仰を実態として復興するような古典観とはいわば歴史観であり、ひいてはさらに国家観ともいえよう。そしてこの倫理学と政治学としての国家観が西欧的教養と連続と同時に断絶を旨とするところの保田與重郎の悲劇的逆説ほど優れて果敢で苛烈な認識があろうか。現下の世界的視野の尖端に立つのみならず民族的趣向の劫初に着くところに違いない。畢竟、このような国家観として倫理学と政治学の証すような習俗と法律を学藝の復興といってよい。すなわち日本の古典が伝えるところの信仰を実態として復興する、という謂に他ならぬ。このように保田與重郎は学藝の復興のために日本の古典の信実を念願して、現下の世界的視野の尖端に立つのみならず民族的趣向の劫初に着いた。この悲劇的逆説なくして、その学藝の復興にあずからぬ。『万葉集の精神』と『鳥見のひかり』は日本の肇国に関係するような習俗と法律を証すために、日本の古典が伝えるところの信仰に光を投じた。この倫理学と政治学としての国家観は反動の野蛮でなく、まさに学藝の復興だった。なかんずく文藝復興以来の西欧的教養に於て学問藝術は自体が文明の腐敗という自覚と反省の根拠として、常に自然法や自然状態の認識と観念を一つにした。故にこのような学藝の観念は腐敗すら培わぬような軽佻不実のいわゆる文明開化の言論がすべてかかわるところでない。反対に西欧的教養と断絶を旨とするところの保田與重郎の悲劇的逆説こそ連続するような学藝の観念といえよう。「文明開化の論理の終焉」を自己の言論にくりかえし突きつけて要求した所以である。しかしこのことはまた西欧的教養と断絶を旨とするところと皮相に混同してならぬ。

保田與重郎は日本の肇国に関係するような習俗と法律を証すために、西欧的教養と断絶するところの自然法や自然状態の認識を旨とした。すなわち西欧的教養と連続と同時に断絶を旨とするところの悲劇的逆説の謂である。この優れて果敢で苛烈な認識は、軽佻不実の文明開化の言論が到底あずからぬ、まさに学藝の復興だった。

（文藝評論家）

〈以上第三巻　昭和六十一年一月刊〉

川村二郎……十代の日の記憶

たとえば故橋川文三氏のように、戦中に、当時の花形批評家だった保田與重郎に傾倒し、その体験の意味を戦後になって問い直した、というのではない。しかしまた、たとえば松本健一氏のように、近代主義、人間主義といった戦後の諸価値が疑われはじめた時期に、その諸価値の批判者としての保田與重郎に注目した、というのでもない。考えて見れば、自分一己の保田與重郎経験は、随分異様なものだったと思わざるを得ない。敗戦直後、極悪の戦争犯罪人なみの悪罵を、いわゆる進歩派からこの人が浴びせられていた頃、戦前戦中の彼の著作を古書店ですべて買いもとめ、その二十数冊をひたすら貪り読んだのである。

何があのように、十代後半の少年だった自分を熱中させたのか、今となっては思い返そうにも思い返せぬ部分がある。昔から、かなり以上につむじが曲っていたことは自認する。英語が敵性外国語などと呼ばれ、高等学校の入試科目からも外された、その高校に入った頃は、大学へ行くなら英文科と心にきめていた。ところが高校途中で敗戦を迎え、猫も杓子も英語をさえずりだしたのがいかにも不愉快で、相当に迷いはしたものの、結局大学では同じ敗戦国のドイツの文学を学ぶことにした。保田を耽読したのはちょうどその時期、英文科から気持が離れ独文科に強く傾いて行った時期に当る。

それにしても、ただのつむじ曲りだけで、時めいているもの、陽なたで反り返るものへの反撥だけで、あそこまで熱中できたはずはない。やはりこの時、もう十分に文学熱に冒されていた高校生の少年は、文学について本質的な教示をそこから得ることができると直感したからこそ熱中したのであり、また熱中を通じて、たしかに本質的な何かをつかんだのである。

厳密にいえば、最初に保田與重郎を読んだのは昭和二十年の春、敗戦直前だった。古書店（当時新刊本は皆無にひとしかった）の棚に、多分空襲で焼け残ったのだろう、背が半ば焦げ水につかった痕のある『日本語録』を見つけ、さしたる期待もなしに買った。そして実際、神国とか民族とか草莽の志とか、その頃流行の語彙が、居丈高な説教調、あるいは糾問口調の文章の中に頻出しすぎると見える時には、しばしば辟易し閉口した。にもかかわらず、支配的な日本主義、国粋主義の語気とは、この著者の言葉は微妙に異っていることに、気づかぬわけには行かなかった。何よりも、主義の類が事とする大ざっぱなあれかこれかの裁断からはこぼれ出てしまう、言語表現のきわめて繊細な契機を、たしかに捉え、確認した上で、一見居丈高な発言もなされているのだと気づいた時、この読書経験が自分にとって重い意味を持つであろうことを疑うわけには行かなかった。

そして昭和二十年の秋、敗戦直後の混乱の中で、いかにも粗末なセンカ紙に印刷された『後鳥羽院』を読んだのが、決定的な経験となった。戦中の日本主義のそれとは正反対の方向を向いた、しかしまさに正反対にふさわしく、公式的教条的な一義性と安直な自己満足的な平明さでは瓜二つの言論が、わが物顔に横行する状況の下で、『日本語録』よりはるかに影の深い『後鳥羽院』の文章は、その種の言論がいかにはかない状況の産物にすぎないか、そして状況とはかかわりない場でひそかに紡がれる文学の言葉が、時の変転を越えて生きる力をいかに豊かに具えているかを、未熟ではあってもそれだけ柔かい少年の心に、恵みの雨のように滲みこみながら教示してくれた。

思えば奇妙なことだが、戦中の保田與重郎の文章によって、この少年は戦後のかまびすしい言論の惑わしさから遠ざけられたのだった。そのことが自分一己の生活の状況において、得だったか損だったかは知らない。はっきり言えるのは、そのことに感謝の思いこそあれ、何の悔いも感じていないということだけである。

（文藝評論家）

鎌田正美……華麗な潮流

昭和三年、それは大正リベラリズムがようやく頂点を迎えようとした頃である。しかし経済的には未曾有の金融恐慌のあとをうけ、農村の窮乏、産業の不振が世相に暗い影を投げかけていた時代であった。左翼の擡頭にはかっこうの温床であった、といってよかろう。そのような時流のなかで、私は四月に旧制大阪高校文科乙類に入学した。クラスは受験科目に「数学」がなかったせいかもしれないが、ずいぶんと個性の強い青年の集まりであった。もちろん柔道、野球等スポーツに若い血を滾らせる連中もあったが、他方しずかに読書に沈潜する組も少なくなかった。保田與重郎も私同様その一人であった。

その頃私は校友会の学藝部委員として文甲の竹内好と共に会誌の編集を担当していた。いつの頃からか、哲学に興味を覚えて、臆面もなく校友会誌にあやしげな哲学論を書いて、友人達から「お前の書いたものは、何を書いているのかよく判らん」などとひやかされたものであるが、おなじ頃保田與重郎も、校友会誌に何度か書いていたように思う。テーマが「芭蕉」であったか、「万葉」であったか、記憶がさだかでないが、彼らしく、やや晦渋な表現であったように思う。彼の他にも、その後「コギト」に拠った連中が、よく寄稿していた。二年、三年と経つうちに、文甲、文乙の同級生の間でも、スポーツに熱中する部族と、そうでない組とが、自然と核分裂をしたようなかっこうになり、文藝志向組は、それぞれ精神的、思想的に、お互いに切磋琢磨を続けたようである。もちろんこの間、程度の差こそあれ、マルクシズムの洗礼をうけたものも少なくなかった。私自身スポーツの方にはあまり興味を感じなかったし、保田與重郎も、その点では私と全く同類で、それだけに彼とは話は合ったように思う。折にふれての話のはしばしから、大高出身の藤沢恒夫、長冲一といった作家の活動ぶりや、その初期の同人誌「辻馬車」の話などはしばしば耳にしたし、またそれらを語るときの彼の眼ざしから、ゆくゆくは文筆でたつ心構えであることは窺えた。

その後、彼は東大文学部美学へ進み、私は法学部へ入り、進路は右、左にはっきり別れてしまったが、もともと私自身法律学そのものに興味をもっていたわけではなく、あくまで処世の方便として、低い次元でわりきっていたので、気持としては文学にも哲学にも多分に未練があったわけで、それだけに彼の進む路は大いに理解できたし、心は通い合うものがあった。まもなく彼は、同人誌「コギト」に拠って世に出て、「日本浪曼派」へ発展して行ったわけであるが、これらの華麗な潮流を育んだ母体が高校の一クラスであったことは特記に値する。

昭和五十三年春、私ども旧制大阪高校昭和三年入学組は、蒲郡の旅館で入学五十年を記念して、文理科合同で一堂に会した。私はこのとき殆んど四十年ぶりで保田與重郎に会った。当時の級友一同で、そのかみ青春の三春秋を心ゆくまで語り合って、あと彼と私は宿泊組と別れて旅館を出た。二人で蒲郡の駅まで行ったが、彼は着流しの和服にトルコ帽ようのものを被り、身のたけほどの長い杖をついて、蕉翁さながらのいでたちであったのがいまでも印象に残っている。別れぎわに、一度ゆっくり話しあおうじゃないか、ということで、当時の彼の嵯峨の草庵に誘いをうけ、駅頭でかたい握手を交した。それから彼は西へ向うプラットホームに、私は東に向うプラットホームに、向い合って立ちながら手をふりあった。東京行の電車が先にすべりこんできたので、これに乗りこんだが、これが生涯の別れとなった。約束どおり嵯峨へ行って、彼と話し合っておけばよかったといまは心残りである。

(日本証券金融取締役会長)

鍵岡正謹……故郷の古老に「魂太る」

保田さんの自宅のある京都太秦鳴滝に初めてお伺いし、お会いできたのはもう二十年も以前になるか。身余堂と名づけられたお宅の骨太の建築、座敷から一望できる風光は、一度訪れたものに終生忘れられない一個の風景となる。当日の掛軸は川端康成の筆になる「仏界入易魔界入難」の墨跡も鮮やかに思い出すが、やがて主人はその掛軸を背に座られたやいなや、のっけから僕の故郷の小さな町田原本（保田さんの尊父の郷里になる）の話から切りだされ、大和のことなら知らないことはないといわれる故郷の話を、いかにも大先輩が後輩を導くがごとく喋りだされた。話題は現代の世相から古代の話へ、世界の涯に起きた事件から、いま見渡せる庭の話へと、縦横無尽に飛ぶ。僕はただただなつかしい故郷のなまりに耳傾けるのみ。以来、幾度か鳴滝にお伺いしたが、話の初まりと終りはいつも故郷の話となる。

思えば僕には、保田さんはひとりの故郷の古老そのひとであった。保田さんの話を聞いているといつもなつかしい原風景が現前に啓け、いつの日か帰るべき風景にとつれてゆかれる。その風景のなかで僕は保田さんという古老から昔語りを聞いている。数えてみれば、保田さんは僕の父よりわずか齢上にすぎないものの、僕の祖父よりはるか昔から生きてこられたような古老そのもの（古霊そのもの）のようななつかしい声が聞こえる。がある時、ただ耳を傾けるのみの愚かな後輩を叱咤するような声で、君の郷里は北朝に就き、私の方は南朝、大和でもあのあたりが境目に当ると、いかにも故郷の後輩として認めないゾといわんばかりの断言があったこともある。保田さんは南朝を天忠組を生きている山里の人であったのだ。

またある時、仕事で岡倉天心全集を刊行するにあたって相談に参上した折、天心は若い人たちが再考すべき時で、もう自分が加わらなくてもええやろと判断されたあと、天心は日本の美術品を海外に流出した張本人のようにいわれているが、むしろ流出を食い止めた人だと評価し、それにしても海外に流出している藝術品はもっと一流品を出すべきで、そうすれば欧米人に少しはいい影響を与えられたろうにと、文化行政官が聞けば色をなしそうな意見を出された。実際、この貧血した文化外交（そんなものがあるとすれば）より、一点の名品が海外に在る方がよい。仕事であった天心に就いての再論はいただけなかったが、保田さんの骨太い思考の一端に触れ、改めて驚かされた（ついでに書けば、天心全集では竹内好さんにも加わっていただくつもりであったし、二人の対談なんていうあり得ないだろう構想ももったが、竹内さんが急に病に倒れられこれまた夢想となった）。

保田さんの故郷に就いての文章は余りにも多い、あるいは保田さんは一生故郷＝日本の原風景について書き続けられたともいえる。「奈良てびき」の奈良公園の基幹を作った前野重厚翁の逸事、「長谷寺」の京から長谷詣りに行く女の描写、山田寺仏頭発見を語る松田憲一翁の感動は、そのまま保田さんの感動となり僕たちは保田さんを通して時間と空間を重層的に共生することになる。déjà vu（既視感）と呼ぶのか。僕には保田さんの文章から、古老の声を聞き、なつかしい里人のくらしや里の先達に出会う。

こうして僕には保田さんの文章を読むことは、魂を太らせる体験となる。「彼らのもつてゐた、たくましい、太々しく大様な、野放図に頑強な、創造精神の機微にふれる思ひが起るだらう。彼らは大和古寺の仏たちに、菊の香にかよふやうな情緒の美観をおもつたが、同時にその天来豪宕の創造力をかうした太古の遺物によつて燃焼させてゐたのである。今でも土地の人々は、かういふ類の対象を語る時に、必ず己の心が大らかに太ることを意識してゐるやうだ。彼らの心と言葉は、世俗を超越していきいきとしてくる。昔も今も変らぬ人情の事実である。野良にゐる人々にその道を問ふやうな時にでも、この心情をたしかめるがよい。余はさういふ対象を、この種の人の心の鼓動の事実によつて喜ぶのである。この心に拡りを、魂に太りを与へるものは、それが何であれ神々に通ずるものである。それは時には畏怖の対象となり、しかも同時に滑稽をひき出し、滑稽をさゝげて悔いない対象ともなる。これが日本の古典の姿である、日本人の正常な日常生活の姿である」。「檜隈墓の猿石と益田の岩船」の一節であり、文章はさらに益田の岩船の巨石と空海の益田池碑文の偉容を語る。僕らは、ここからおおらかに魂を遊ばせ、魂を太らせることになる。

（西武美術館学藝員）

平林英子……若き日の思い出

保田與重郎青年が、始めて私共の家を訪れたのは、昭和九年の晩春だった。亀井勝一郎さん夫妻と一緒に、高円寺のわが陋屋の玄関に立ち、ちょっとだけ挨拶をされたが、夕方だったので、そのまま帰られた。

その翌日だったか、或は翌々日だったか忘れたが、夕飯をすましたところへ、今度はひとりで訪ねてきた。

その時の私たちの借家は、八畳と三畳の茶の間に、二畳の玄関だけだった。その玄関の窓際に机を置いて、中谷は原稿を書いていた。部屋の方は私や子供たちの寝室に使うので、夜の客は狭い玄関へ坐らせられる事になった。

当時の文学青年の殆んどは、紺絣のきものを着ていたが、保田青年は絹地の和服姿で、どこか育ちのよさを思わせた。だが、語尾をはっきりさせない関西弁で、少しだけ喋っては、余韻を残すという話し方だったので、私には話の内容がよくわからなかったが、中谷とは通じるところがあるらしく、ふたりは小さい瀬戸の火鉢を灰皿代りにして、ゆっくりと話しつづけた。やがて十二時を過ぎたが、腰をあげそうにない、この変った新客の話に、興味を抱いた私は、度々お茶を淹れかえに立ったが、その晩保田さんが帰られたのは、夜中の三時頃だった。

彼の下宿まで、歩いて三十分以上はかかったそうだが、以来しばしば夜の訪問が続き、それが習慣のようになって、「日本浪曼派」の頃は、同人達が集ると、子供たちは茶の間へ寝かせて、朝まで話しこみ、そのまま雑魚寝になることも度々だった。

「日本浪曼派」には、保田さんの他に、亀井勝一郎、芳賀檀《まゆみ》など、異色の評論家がいて、皆それぞれに立派だったが、私には理解できない事が多くて困った。それまでの私は、小説とは浮世の話で、自分は庶民の生活感情を書きたい位に、思っていたのだった。だから高邁な文学理論の前にとまどい、足踏みの状態となった。結果は次第に自信を失って、ものを書く気力を失った。

だが、同人たちのお茶くみや、時には食事づくりをしながら、それが楽しくてならなかったのは、皆さんの話が面白くて、よい「耳学問」をさせて貰えたからだった。

保田與重郎という、稀有な青年評論家が現れたのを知って、多かれ少なかれ、色々の意味の衝撃をうけた若い文学青年も多かったようである。後に「日本浪曼派」の同人になった、太宰治、檀一雄の両人が、ある時、高円寺の通りを歩いていたら、前方からやってくる保田さんの姿が見えた。その時ふたりは、「あっ！　保田がきたぞ！」と、思わず肩をいからせたという話を、彼等が後に話してくれた。

保田さんの書かれるものに、私が感動したのは、「日本の橋」を読んだ時で、これなら自分にもよくわかるから、今後もこういうものをもっと書いてほしいと、頼んだりしたが、今にして思えば、それまで保田さんの書かれたものは、新薬の抗生物質のようなもので、ある者には、非常な特効薬であったが、うっかり飲みすぎると、副作用を起すことになりそうだった。どうやら私は、彼に接しすぎた為に、その副作用から、全く小説が書けなくなり、「日本浪曼派」へは、ついに一文も発表することができなかった。

戦中戦後を通じて、保田さんとはしばらく会えなかったが、京都に住まわれてからは、時々身余堂を訪ね、泊めていただいた事もあった。晩年の何年かを、彼は婦人たちの和歌の指導をしたりして、自分でも立派な歌集を出されたが、そうした事を知った時、まだ若かりし頃の保田さんから聞いた、「日本の古典は上方婦人の有閑によって伝えられた……」という風なことばを、なつかしく思い起さずにいられなかった。

（作家）

〈以上第四巻　昭和六十一年二月刊〉

浅野　晃……「明治の精神」

保田君のことをはじめて知つたのは、「明治の精神」を読んでである。

それは、「文藝」といふ雑誌に出た。昭和十二年のはじめであつた。二号か三号にわたつて連載された。

それは「二人の世界人」から始つてゐた。

「明治藝文史を通観して、そこにある広大無辺の精神をとり出し、その過去を耀かせ未来を輝らす血統をさして、明治の精神と呼ぶのは、僕らの時代の誇らしい命名であるが、その文藝上の精神を最も奇削の極致で描いた人として、僕は岡倉覚三をあげ、次に内村鑑三をあげるのである」といふことで始つてゐた。

二人の世界人といふのは、天心と鑑三とを指してゐた。

私はこの文章を読んで、はじめて保田君の存在を知つた。また彼が、天心に傾倒してゐることを知つた。

誰がこの文章を読めと、雑誌「文藝」を私にすすめてくれたものか、それは記憶にないが、中谷孝雄でなければ、林房雄であつたらう。

これより前、聖文閣といふ出版社から、あたらしく『天心全集』が出た。天、地、人の三巻になつて出た。その天の巻が出たのが、昭和十年の暮であつた。この天の巻に、『東洋の理想』が入つてゐて、私ははじめて『東洋の理想』を読むことが出来た。そして天心の傾倒者になつた。傾倒者といふより、熱心な信徒になつたといふ方が適当かも知れない。

それで私は、昭和十一年といふ年を、一年中『東洋の理想』を読んで過ごした。またこの年、私は、運よく渋谷の宮益坂の古本屋で、ロンドンで出たそれの英文原書を見つけて手に入れた。それから私の翻訳が始つた。それは十二年に完成し、十三年の二月に、東京の創元社から刊行の運びとなつた。青山二郎の装幀で、和本の感じを出した凝つたものであつた。

保田君の「明治の精神」を読んで、私は百万の味方を得た思ひをした。特に翻訳に取りかかつてからは、それはありがたい守り神であつた。私のあの翻訳の完成には、保田君のあの論文が、かげの力として働いてゐたともいへる。

天心は『日本のめざめ』で、工業主義《インダストリアリズム》の俗悪性と、物質的進歩の狂躁性が、東洋藝術にとつてきはめて有害であることを訴へてゐる。日本は今や独りで、この危機と戦はねばならない。東洋藝術が亡びれば、世界は藝術を失ふのだ。

近代生活はひたすら速度を加速し、人間は想念の結晶に必要な閑暇を享受することが出来ない。音楽は目で批評され、絵画は耳で評価される。さういふマスコミの支配する情報社会、大衆社会として、近代は人間の藝術創造を葬り去るべく疾走してゐる。

このことを天心は、セント・ルイスで行つた講演の中で、いつさう詳しく説いてゐる。日本は東洋藝術を今まで護つてきた。この日本藝術の生命力に賭けるしかない。これで工業主義と戦ひ抜く外に、「近代」の藝術破壊を阻止する道はないと、天心は説いた。

おなじ危機感は、内村鑑三によつて、吐露されてゐる。彼の日本人としての自負は、『代表的日本人』の中江藤樹論に激しい形で打ち出されてゐる。それは、「何故に大文学は出ざる乎」、「如何にして大文学を得ん乎」等の文章に、さらに激しい形で出てゐる。

「日清戦争始まりて大文学出でず、連戦連勝して大文学出でず、戦局を結んで大文学出でず、大政治家あり（?）、大新聞記者あり（?）、しかれども大文学者はあらざるなり」と、鑑三は書いた。天心が『日本のめざめ』を書いたより、これは十年の前である。

この慷慨は、天心とその志向を同じくしてゐる。保田君の「明治の精神」は、この鑑三の提起した主題の再提起であつたといつてもよい。

（詩人・評論家）

井上義夫……某日、保田氏に至る

保田與重郎の著書を初めて繙いた日の不思議な印象は、今も明瞭に残つてゐる。大学院に入つた年であるから、十六、七年の昔のことである。図書館の書庫に、南北社の出版になる紺色の著作集の一巻がぽつんと立つてゐるのを見たとき、大学時代の下宿屋で、長い間隣り合せに住んでゐた後輩の言葉を思ひ起した。私の記憶の中で、今もなほ人間と生活のにほひを強く発散してゐるその友人は、或る日感慨深げに、「井上さん、何と言つても保田與重郎ですよ」と言つたものだつた。既に離れ〲になつてゐたその友人の俤を偲ぶやうな気持で、私は図書館から借出した書物の、「西行」や「更級日記」に目を通した。不思議な印象といふのは、その間ぢゆうずつと、あたかも白紙の頁を眺め続けてゐるやうな気分が拭へなかつたからである。

大学院には入つたものの、その頃には皆目学問といふものをする意欲がなかつた。「なるほど学問はあるかも知れないが、お前は哲学者ぢやなくてごろつきだ」――。ドストエフスキがドミートリ・カラマーゾフに語らせた言葉に違はず、自分もまた「ごろつき」の仲間入りをしようとしてゐると気付くだけのために、大学で過した四年間を棒に振つた人間には、既に自分で物事を思量し、文章を認めるといふことが出来ないのであつた。来る日も来る日も、私は小林秀雄全集を繙き、ドストエフスキ全集を開き、ローレンスの小説を読んだ。早稲田の或る古書肆で、同じ南北社の著作集一巻を購つたのは、たしか二年程のちのことである。再び「西行」から取りかかつた私には、自分自身の眼が信じられなかつた。かつて空白と見えた頁に、納りきらぬ思ひが込められてゐたからである。駘蕩とした世界が、一縷の夢の糸の先に拡つてゐるのを認めたときは、長い階段を登りつめて保田與重郎に届いた気がした。その位置から見ると、小林秀雄はもう遥か彼方に眺められた。

やがて『日本の美術史』や『現代畸人伝』、講談社の選集等を購ひ、山の辺の道や吉野山を訪ねたのは、必然の成行きであらうか。文字が読めることの歓びと、文字はなくてもいいといふ実感を同時に味つたのは、そのときが最初で、おそらくは最後の経験である。

偶然の出来事は、谷崎昭男氏の知遇を得、或る炎暑の日に保田與重郎氏を訪ふ機会に恵まれたことである。無論私は、谷崎氏と連れの茶人のあとに従ひ、身余堂の門をくぐつたに過ぎない。「よう来たな、まあ、楽にし」といふやうな言葉で始つた保田氏の談話は、神妙に坐した三人を前に、六時間ほどの間殆んど跡切れることがなかつた。某寺の境内の藤の花の、人ほどの大きさに垂れて風に靡くさまが、この世のものとは思へなかつたといふ話を別にすれば、何某なる知人が日に羊羹を二棹《さを》食べること、同じ夏の盛りに来訪した今東光氏が、門を入るなり頭から水をかぶつた話、近在の山林では今も冬凍死者が出ることなど、文化を呼吸して生きる人は、かういふ四方山話の堆積の中で時を過すのかと思はせる話題が全てであつた。私は別段愕きはしなかつた。しかし、幾重にも屈折し、洗煉の層を塗り込めた氏の文章に日頃親しんだ者にとつて、その文章に予感された「俗」がそれほどに強い根を持つてゐるといふ事実は、一つの発見でもあつた。保田氏は始終足を組みかへ、語尾が喉の中に消える言葉で、全く絶え間なく、何の屈託もなく話された。その間ぢゆう、居間の隣りに位置するといふ書斎には、座卓の前に正座したもう一人の保田與重郎がをり、隣室の会話に聞き耳を立ててゐるのだといふ思ひが、私の脳裏を離れなかつた。その保田與重郎は、私達の時代が持つた、おそらくは最も現代的な人であつた。過去や伝統は、未来を一廻《めぐ》りして魔のやうに人を摑むことなしには、不遜な現代人の心に蘇り得ないことを、悲しいまでに自覚した人である。
とまれ某日、保田與重郎氏に至つた日の記憶は、私が天才と呼んでみるしかない人を訪ねた、生涯ただ一度の記憶なのである。

（一橋大学助教授・英文学）

小林　豊……『日本の橋』雑感

十年ほど前に『橋の旅』なる一書を京都・白川書院から出していただいたが、執筆の動機には保田與重郎の『日本の橋』に触発されるものが少なからずあった。

『日本の橋』の語ろうとするものは何か。これは、戦時中に読んだ十代の終わりのころから、いまに至るまで、私には充分に理解できない。しかし、あの呪術的な、難渋なレトリックで織られた文脈をたどるのにいささか閉口しながらも、私は、書中のおびただしい橋の名の美しさに空想を刺激されたのであった。そして、その刺激は三十年間、続いたわけである。

特に、熱田の裁断橋架橋の由来と、その擬宝珠に刻まれた和文の美しさを熱っぽく説いた末尾に強い印象を受けた（浜田青陵博士が昭和初年、『橋と塔』の中でいち早く紹介しているのを知ったのはずっと後であった）。豊臣秀吉に従って小田原の陣に出陣して討ち死にした若武者堀尾金助の母が、三十三回忌の供養として、熱田の町を流れる精進川に橋を架け、青銅擬宝珠に和漢両様の銘文を刻んで記念とした。保田與重郎が「本邦金石文中でも名文の第一と語りたいほどに日頃愛誦に耐へないものである。」とし、浜田青陵博士が「数多い古文書の中にも、斯くも短かくして、斯くも直截に人の肺腑を突く至情の文は、他に其の例が多くあらうか。」という銘文を参考までに紹介する。

てんしやう十八ねん二月十八日に、をたはらへの御ぢんほりをきん助と申、十八になりたる子をたゝせてより、又ふためともみざるかなしさのあまりに、いまこのはしをかける成、はゝの身にはらくるいともなり、そくしんじやうぶつし給へ、いつかんせいしゆんと、後のよの又のちまで、此かきつけを見る人は、念仏申給へや、卅三年のくやう也。

この銘文について彼はさらにこうコメントしている。「短いなかにきりつめた内容を語つて、しかも藝術的気品の表現に成功してゐる点申し分なく、なほさらこの銘文はその象徴的な意味に於ても深く架橋者の美しい心情とその本質としてもつ悲しい精神を陰影し表情してゐるのである。」ここらあたりの文章は、いや味といえばいや味ではあるが、どのような人間も本来的に持つ浪漫的心情をかき立てるものがある。『日本の橋』の中の、この銘文についてのくだりは、日本の近代文学の中で私たちが持つことのできた名文章の一つではないだろうか。

戦時中、私は保田與重郎の文章をかなり読んでいるはずである。学徒出陣の経験を持つ私は、河上肇の『第二貧乏物語』を大阪の古本屋で発見して狂喜した反面、保田の文章にも大きな関心を持った。それは一向に湧いてこない愛国心を彼の呪術的な文章によって何とかかき立てたい、という気持ちがあったからである。強いて自己陶酔に陥りたかった。しかし記憶に残っているのは『日本の橋』ぐらいしかない。それは、多分日本の橋に象徴される古きもの、小さきもの、貧しきもの、さらには亡び行くものに対する浪漫的愛情が、一本の太い血脈となっているからではないだろうか。私は、そうしたことのなかに、彼の旧制高校時代の左翼体験の残映を認めたいと思う。

『日本の橋』を書いたころ（昭和十一年）の彼は、確かに純粋な浪漫主義者であったに違いない。それが、年を追って国粋主義への傾斜を深め、文章もまた神がかり的な、難解この上もないものになってしまった。『日本の橋』に感銘をおぼえた私も次第についてゆけなくなった。しかし『日本の橋』が書かれて四十年後、私はその影響のもとに『橋の旅』を書いた。青春時代の読書の影響は恐ろしいものである。

（評論家・大阪樟蔭女子大非常勤講師）

〈以上第五巻　昭和六十一年三月刊〉

磯田光一……過激な保守主義

もう二昔ぐらいも前になろうか、南北社で『保田與重郎著作集』の企画が進んでいたころ、同社の関係者といっしょに私は保田與重郎氏に一度だけお目にかかったことがある。新宿のアイヌ料理の店であったが、和服を着た保田氏の姿に接して、私は文化を保守するとはこういうことかと思った。姿かたちにおいて、まぎれもなく文化そのものであった保田氏について、私がひとつだけ意外に思ったことは、南北社の編集者から聞いたことだが、保田與重郎氏が自分の著作をきちんと保存していないということであった。

幸い山口基氏が保田氏の著作を初出にまでさかのぼって所蔵し、かつ詳細な書誌までつくっていたので、山口氏の協力をあおいで著作集はスタートしたのであるが、南北社の内部事情で中絶してしまった。私が保田氏の初期作品にふれる機会に恵まれたのも、じつはこのときであった。

それにしても、自身の著作にたいして不思議なほど冷淡な保田氏の精神とは、いったい何だったのであろうか。保田氏の著作を読みながら、折にふれて考えているうちに、私は『冰魂記』に収められた「国宝論」を読むにおよんで、氏の心がいくらか判るようになった。

戦後、まず京都の智積院が焼け、ついで法隆寺の金堂が焼けた。そのつぎに起ったのが、三島由紀夫の『金閣寺』の素材になった金閣放火事件である。当時の新聞は、狂人が文化遺産をほろぼしたといってさわぎたて、なかには、旧文化の滅亡は新しい階級文化の起る条件だ、といいだす知識人まであった。

ところが保田氏は、金閣焼亡を悲しみながらも、なおつぎのようにいうのである。

　しかし小生がもう一つ申したいのは、聖徳太子は、金堂壁画の炎上などに、少しも絶望されはせぬだらうといふ、小生の確信のことである。もし太子――とその時代の工人たちや、その他一般に精神の名に価する人々の考へを推しはかるなら、彼らは金堂もその絵も、いつでもくりかへしてつくられるだらうといふ平常心をもたれてゐたにちがひないと、小生は思ふ。

考えてみるに「国宝」などという考え方が出てきたのは、近代に入ってからのことであり、国家が美術品を保存しようとする思考そのものが、古代の遺物を博物館に陳列しようなどという、近代の生んだ文化主義のあらわれにほかならない。いま「国宝」と呼ばれるものの起源は、明治三十年の「古社寺保存法」にはじまり、昭和四年の「国宝保存法」によって確立する。その延長上に「文化財保護法」が成立するのは、じつに金閣の焼けた昭和二十五年のことなのである。

こう考えるとき、われわれはつぎのことに思いいたるべきであろう。すなわち、金閣に放火した犯人の心を戦後の世相の荒廃に帰するならば、じつは「国宝」という観念を「文化財保護」という枠内に設定した戦後国家そのものが、文化と無縁な文化主義の荒廃を助長しているのである。保田氏はさらに聖徳太子についていう。

　太子がもし驚愕されるものがあつたとすれば、それはあの壁画をとりはづして、博物館に納めよといふことを、世間の有識者が主張したときの、その有識者の心に対してであらうと思ふ。保田氏の求めていた文化とは、金閣など焼けてもすぐ建てられるような、創造的契機をふくんだ文化なのであって、氏は博物館による文化財の保護を過激に批判するのである。

私はここで、ふと考える。自著をまともに保存さえしていなかった保田與重郎氏は、まさに氏が肉体化した文化を信じていたから、著作の散佚を気にかけなかったのではないのか、と。私はこういう部分に、保田氏の思想の本質をみるのである。

（文藝評論家）

近藤 渉……保田体験の最後の世代

あれは一九六九年のことだ。当時私は、喪家の狗よろしく京阪神間をうろついていたが、そんなとき大阪市立大学の学生だった田中豊明氏と知り合いになった。そして杉本町にある氏の下宿に入りびたるようになったのだ。氏のその下宿は、まるでゴミ溜めのようで、私が押しかけると氏はいつも本やら新聞紙やら煙草の吸いがらやらビール瓶やら洗濯物やらを掻きわけて私の席を確保してくれるのだった。部屋の片隅には赤ヘルがいかにもぶっきらぼうにころがっていたものだ（そんなさりげなさは十八歳の私をオルグするには十分だった）。この田中氏から私は主として吉本隆明と保田與重郎の読み方といったものをおしえられた。吉本に関してはその政治思想における生活の比重について。保田に関してはその文学思想における政治性について。このような読み方はいまになってみると正しかったというほかはないのだが、当時としては邪道だったように思う。つまり我々はすでに「転向」過程に入っていたのである。六九年の秋も深まっていた頃だ。

ある時、田中氏から堀尾金助（いうまでもなく『日本の橋』に出てくる戦国時代の若武者のことだ）のあの母親の銘文を毛筆で巻紙に写してほしいと頼まれた。もちろん私にではなく、私の母にである。私の父は書家でそんなことから少しはものするからであったと思う。ナルチシズムともヒロイズムとも「日本的な」母性への回帰ともとれるだろうが、しかし当時の政治情況は、全共闘運動の敗退期にあたっていた。死は決断次第で、身近に引き寄せることができた。

保田與重郎とは一度も面識はなかった。父から一冊の本をもらっていてそれを紹介状に訪問する予定だった。その本は保田自身の『現代畸人伝』だが、その扉のひらきに伊福部隆彦―老荘研究家―の墨痕あざやかな行書がかきつけてあり、その内容は保田君を紹介するというものだった。結局、おなじ関西に住んでいるという地の利からいつでも会いにゆけると思っているうち、その機会を失ってしまった。話したことはないが一度だけ間近でみたことがある。奈良・大阪・京都のもつ歴史的時間の重圧と人間関係における過剰な湿度性に嫌気がさして――このような気持は畿内（という点が重要である。滋賀・三重・和歌山・兵庫の大半は中心に対する周縁部であり、他は辺境となる）に生まれ育った者にしかわからないだろう――私は関東に赴いたが、そこで保田の講演をきいたわけで、皮肉なものである。七十年代の初めの頃だ。想像していたとおり、国士風なところはなく、ずつと手弱女的であり、おっとりした旦那はんといった印象だった。

「……このあたりは山越しの大和の地と共に最も早く開けた日本の風土である。回想の中では、僕の少年の日と共に日本の少年の日が思はれる……」と、こう言い切れるのは大変な特権である。しかも保田はどんなてらいも気負いもなしに自然に語っている。こういった歴史的（支配的な歴史ということだ）特権の無意識（ないし有意識）の体現者である保田に対して、田舎青年は礼賛か反発のどちらかで反応する。そういえば日本浪曼派（とその戦後版）の著名人は地方出身者が多いはずである。周辺の人物ではないが、たとえば杉浦明平の憎悪と橋川文三の賛美もその両極だろう。ところで先の文章にある「このあたり」とは桜井ではなく、白鳥陵のある河内古市をさしているが、私の父の実家は古市ではないが、河内春日であり、聖徳太子の偕老同穴のある叡福寺や推古天皇陵・用明天皇陵があり、大津皇子の墓のある二上山がすぐ望見できる地である。下っては河内源氏の地であり、楠公や天誅組の河内勢の本拠地でもある。保田もこういう似たりよったりの環境で育ったのだろう。私の場合、父の故郷で自分が育った場所ではないが、それでも具体的な実感として景物を想起することができる。保田の通った旧制の大阪高校《ダイコウ》——私の家の近くにその跡がある——に昔は憧れたものだ。（評論家）

菊地康雄……「保田與重郎全集」のこと

講談社から昭和四十六年刊行が開始された「保田與重郎選集」を企画立案した当時、講談社第一出版センターの常務取締役であった佐藤鉄男さんから、わたしは或る日相談をうけた。日本浪曼派のシムパを自任する佐藤さんは、『棟方志功板画大柵』『棟方志功藝業大韻』などで保田さんとの更なる親交を深めており、講談社の編集会社として設立されたばかりであった第一出版センターの出発にあたり、積年の念《おも》いをぜひとも実現したいという。わたしに異存のあろう筈はない。よくぞ決心してくれたと感謝したい気持だった。

しかし、ことは簡単には運ばなかった。なにしろ昭和四十六年のことである。相変わらずこの天性の詩人に対する世間の誤解は根強く、出版界にもそれは強く浸透していたのだ。

それでもわたしは講談社でこの企画を軌道にのせ、京都鳴滝の身余堂に保田さんを訪ねたことが何度あったろうか。その結果が著者自選による六巻本の「保田與重郎選集」であったわけだ。わたしとしては、せめて八巻か十巻くらいには纏めたかったのだが、保田さんは「保田與重郎はこの六冊でよいのです」と言って、どうしても肯んじられなかった。昭和十六年に初めて東京郊外の仮寓にお訪ねした時から、一貫して姿勢の変らぬ人だった。

装幀は棟方志功画伯にお願いした。写真は講談社写真部の浜田益水君、編集担当者は知念栄喜君であった。知念君にとって保田さんは師であり、棟方さんは彼ら夫婦の媒妁人である。知念君の努力はたいへんなものだった。そうして、翌四十七年〈選集〉は無事に完結したのである。

保田さんは昭和五十六年大往生をとげられた。そして〈選集〉刊行で念願の半ばを果した佐藤さんも既に昭和五十二年他界し、知念君も定年で社を去り、今は詩人として活躍している。

佐藤さんのあとを継いだかたちとなったわたしが、このたびの〈全集〉の話をきいたのは二年前の春である。その時の事情を説明する余裕はないが、正直なところ迷わざるを得なかった。というのは、〈選集〉は読書界に大きな反響を呼んだものの、〈選集〉刊行を非難する社外の人もあったりして、そうした雑音への遠慮からか、社内の一部には終始黙殺する空気もあった。しかし、「保田與重郎全集」(全四十巻)の刊行は大いに意義のあることであるし、これが現今の沈滞した出版界の活力素となることも事実である。そのためには社をあげて覚悟を決めなければなるまい。それでなければ亡き保田さんに申し訳が立たない。「四十巻ですか? それでは完結するまで僕は生きているかどうか分かりませんよ」と、冗談めかしてわけの分からぬ返事をした所以である。それから、社内の根廻しをはじめたのである。

その後、秋（昭和五十九年）になって十月、京都グランドホテルでの第二回「炫火忌《かぎろひき》」（保田與重郎を偲ぶ会。命日前後に関係者によって行われる）に出席した。大盛会だった。大阪からの旅のかえりだという知念君にも久し振りで逢った。そして会も酣闌《たけなわ》のころ、中谷孝雄さんから頭を下げられた。「保田與重郎全集の話が君のところへ行っているようだが、なんとか出してくれ給え。お願いする」。しかし、中谷さんの真剣な温容に対して、残念ながらそのときはまだ「わたし個人としてはなんとかお引き受けしたいと思っておりますが、中谷さんもご存知のように、前の〈選集〉のときの経緯がありますので、今回はそのようなことのないよう対策をいろいろ講じております……」としか返事ができなかった。半月後にゴーサインが出る予定になっていたのであるが、まだ公表はできなかった。

ともあれ、保田與重郎先生の薫陶を受けた新学社の奥西会長、高鳥社長、柳井常務の諸氏のご厚意にもあずかり、昨年の第三回「炫火忌」には霊前に第一巻を捧げることができたのである。

「わたしに全集は不要だ」と言われた泉下の保田さんも、関係者の人たちの熱意と苦労に対してこの全集刊行をお許し下さるだろうし、佐藤鉄男さんも我が意を得たりと思ってくれることを確信してご冥福をお祈りしたい。

合掌

（編集者）

〈以上第六巻　昭和六十一年四月刊〉

塚本邦雄……茘枝考

昭和五十八年二月十一日、毎日新聞に連載中の「けさひらく言葉」に、私は次のやうな「言葉」を借用掲載、形ばかりの解説文を添へた。

敗れたる強敵には熟れた茘枝をさくやうな残忍な死を与へよ。 保田與重郎「戴冠詩人の御一人者」

ヤマトタケルはイズモタケルを討った時「やつめさすいづもたけるがはける太刀つづらさはまきさ身無しにあはれ」と歌った。敗れた敵にも栄光はある。日常的な同情の念は捨てて、真の「武士のなさけ」を与えねばならぬ。それを知ることのできるのは、ただ英雄と詩人のみであろう。

新聞ゆゑの字数・仮名遣ひその他あまたの制限あり、意を尽さぬ憾みは多々あるが、引用句は私が永年愛誦しやまぬものであった。自明のこととして解説文からは省いてゐるが、「古事記」原文では、出雲建の前、熊曾建誅殺のくだり、逃げようとする弟建の「其の背皮《そびら》を取りて、剣を尻より刺し通したまひき」以後、「即ち熟苽《ほぞち》の如振り折《た》ちて殺したまひき」に至る部分、殊に「熟苽」が大きな動因となつてゐることは明らかである。

この臍落瓜《ほぞおちうり》の瓜が、今日の言ふ真桑瓜のたぐひであることは、諸書にもつとに記されてゐる。熟れ極まつた真桑瓜を両断するやうに、と言つたところで、いま一つ鮮明な幻像は喚起し得ない。さればこそ、與重郎は「茘枝」をひつさげて、この章句を創り上げた。私には、あの「蔓茘枝」の華麗無残な完熟状態がなまなましく瞼の裏に描き得る。著者の意図をひたとうけとめることができるつもりである。だが、読者のすべてに可能だらうか。

この「けさひらく言葉」を文春文庫に纏める際、寺田英視出版次長から、「茘枝」は、それ以前に「枝子」の表記になつてをり、初出は「茘子」である旨の示唆を得た。かねて私は東京堂刊昭和十四年二月再版本を座右に置き、これを引用し、初出まで遡ることはなかつたので、一瞬愕然とした。辞典に「枝子」の語は見えない。「茘子」は「茘枝の種子」ゆゑ、植物全体を指す茘枝よりは忠実と言ふべきであらう。全集本はこの表記を採用するとか聞き及ぶ。だが、與重郎の茘子とは、まづ、絶対に、福建省辺原産の無患子《むくろじ》科の茘枝の実ではあり得まい。あのゴルフ・ボール大、革質果皮、マスカット風半透明淡緑の果肉の茘子であるはずがない。

彼の意中には、普通茘枝と呼ばれてゐる、葫蘆《ころ》科植物「蔓茘枝」の、橙黄の、無数の疣状突起のある果皮、裂けて血紅色の種子の覗いてゐる状態があつたに違ひないのだ。少くとも、彼が生れ育つた大和桜井を含む関西では、茘枝と言へば、戦前、それしか思ひ浮べない。

本日ただいまでも、筑紫・日向・肥後あたりに在住の友人に茘枝と言へば、苦瓜＝にがこり＝にがごり＝にがごい、のことと、頭の中で翻訳してうなづき、しかもこれは未熟の、青い果実を酢の物等に「料理して食ふ」野菜としか考へてゐない。橙黄色に熟して炸裂し、紅玉《ルビー》状の甘い種子が在中することなど、少数の人が、「知識として」理解してゐるに過ぎない。関西はこの逆である。

與重郎も、たとへば「コギト」の九州出身メンバーから、聞く機会はあつたにしても、あくまでも知識としてであつて、現実に見、味はふのは、あの鮮麗な朱の蔓茘枝だつたらう。それでゐてしかも、あたかも楊貴妃挿話の茘枝を俎上にするごとく、表記すら二転し、死後にもこれにこだはらせる執念に、私はふたたび慄然とせざるを得ない。言霊の、いな言葉の鬼の面目であらう。

みなづきの土さへ裂けて照る日なかいのちながらにかつ燃ゆるもの　『木丹木母集』
みなづきのまひるのま夏いちはやび燃ゆがのさなか凍《ヒ》え痛むもの
魂は氷り手足は凍えに分きつゝ焔となりしわれのしゝむら

（歌人）

佐々木望……保田さんと父青葉村

……あの事件の新聞記事は「東京朝日」には大きく出てゐなかつた。それだが私はいつもの様に眼をさまして新聞を開いた時に第一に眼についたのだつた。私はわけもなく考へることもわからずにいそいで大学へ行つた。……どうしても私は新聞記事のまゝで事実と信じることは、不安であり又一層不幸であつた。……

あの事件とは、五十年以上も前の昭和六年十一月二十五日夕刻、当時、大軌といつた大阪奈良間の急行が、富雄駅で貨車と激突して多数の死傷者を出した事故である。そのころでは稀な大惨事だから、翌朝には、全国的に報道された。

即死者の一人が、私の父、青葉村と号した文人で歴史家の佐々木恒清で、勤め先の大阪高校から奈良の自宅への帰途であった。数へ五十二歳。当時、保田さんは、この春大高文乙を卒業して、東大美学科にをられた。

この書き出しで始まる追悼文は、大変長いもので、高校三年間の父との交流、学藝部長をしてゐた父が顧問になつた「炫火」や「史学研究会」、折々の古美術探訪や藝術問答などを、懐しく描いてをられる。

大高在学中、自宅にも友人と時々来訪されたから、中学生の私もお眼にかかつてゐた。学校の事をあまり家庭で話さない父だが、保田さんの事になると、「あれは、偉い人だ」といつて、「よく歩いてゐる。よく観てゐる」と讃めてゐた。父は、郷里の大和の郡山中学から三高、東大の史学科を出て、明治の末、関西で奉職すると、奈良、京都を中心に、埋れた日本の古美術を発掘して世に紹介する事を念願とした。その頃では交通不便な山間まで博く丹念に自分の脚で歩きまはつてゐる。「南都と西京」はその頃の作品である。そのキヤリアを持つ父が、高校生の保田さんを激賞したのは、少年時代の保田さんの古代探訪が並のものではなかつた事を物語る。

追悼文の中に、次の様な箇所がある。

……先生はよく「生徒をつれて古代美術の導きをするだけだ」といつてゐられた。勿論それは美しい人格の謙譲に過ぎぬとしても、一面先生の美術史の方法、否、藝術享受の方法、一種の美しい古代への浪曼主義であらう。私共の様にあんなにも豊穣な古代と古代藝術の育くまれた土地に生れたものにとつて、例へそれらの観念を新しい人々の見方で否定しようとも、先生の考へられる気持はいつもしみじみと今の私の心持の底に残るのだ。……

……藝術を知識として語ることは他人の考へる程困難な仕事ではない。藝術を基礎として語ることはより困難な仕事である。藝術を藝術として語りつゝ、歴史として説くことは更に困難な仕事である。先生は藝術を藝術として愛された。私は何よりそれを学ばねばならない。それは古代の作品の研究に於ては実に学ばねばならない仕事なのだ。……

これを書かれたのは、昭和七年一月で、「コギト」の発刊に努力されてゐた時期である。少年の私にはまだ分らなかつた父の心情や業績を見事に説き明して下さつたものだが、同時に私はここに保田学のその奥深い原点の一つを秘かに見た想ひがあつた。

その四月、私は大高の文乙に入り、保田さんの四期後の後輩。三年後東大国史学科に入学。家も東京に移つてゐたから、折を見ては参上して、未熟乱暴な意見を述べた。これは太秦の身余堂まで続くのだが、いつも愚見を大様に「それは面白い」と受け流し、片言隻語の中にキラリと鋭い教示を与へて下さる、心豊かな誠に有難い大先達であり、それに甘えた私は、全くいい気な後輩であつた。

（歴史家・童話作家）

長尾　忍……保田さんのこと

去年の十一月の終わりごろ、池袋のデパートの書籍売場で、私は偶然「保田與重郎全集」の発刊のためのブックフェアの会場に行き合わせた。そこには、保田さんの写真が何枚かの大きなパネルにして並べられ、その前に、関係のある書物が種々展示されていた。私はかつて見慣れたその何冊かの本を、暫く眺めていた。

十数年前、夫の古い友人である保田さんが弔問に来られた日のことが思い出された。長尾が亡くなった数日あとの、桜の花も散り始めた暖かな日の午後であった。体の具合が悪かったので葬儀に出られなかったからと、新学社のＩさんの案内で、車で来られたのであった。

狭い玄関のたたきに立つと、長身の背を少しかがめ、くぐもるような声で「京都の保田です。京都の保田です」と、二度、重ねて名乗られた。

長尾は、大阪高等学校、東大の美学と保田さんの後輩であり、「コギト」の同人であったが、それだけでなく、保田さんとは大変親しかった。学生のころ「ぐろりあ・そさえて」の編集を始めるときも保田さんと一緒に仕事をしていたし、戦後もよく桜井のお宅へ伺っていた。そのころは保田さんも何回か来て、泊まられたことがあった。しかし、私たちがこの家に住んでからの十数年、保田さんが来られたのは初めてであった。

仏前に焼香を済ますと、窓際の壁にもたれるように少し大儀そうに座り、くつろいで、娘たちを相手に話をされた。子供たちが通う高校や大学のことなどを話題にして、長尾の亡くなるころのことや、病気については全く触れられなかったので、それは明るい応対であった。

ふと、「どこで葬式したんや」と聞かれた。「ここでしました」と答えると、「えっ、ここでか」とひどく驚いて、粗末なその六畳の間と、それに続く四畳の板の間を見回された。狭くて、多くの親戚や古い友人、遠くから来られた教え子など、沢山の方に表の道に立っていただいた葬儀であったけれども、東京のお寺になじみはなく、それに長尾は病院からうちへ帰りたがっていたから、と答えた。

保田さんは「うちいうのは、家島のことやろ」と、すぐに言われた。亡くなる二日ほど前、夢うつつのなかで長尾は、早く荷物を片づけて家へ帰ろう、と娘に言ったのだけれども、保田さんの言われるように、入院する少し前のころ、故郷の家島に帰って学校の教師か町役場の仕事でもしたい、としきりに言っていたことがあった。

その日は、京都から上京された保田さんを迎えて、新学社では会議があるらしく、皆が待っているから《》と、再三、催促の電話がかかってきた。Iさんはその都度、困惑して取り次がれるのだけれども、「もう座ってしもうたからな……」と、聞き流して、暫く娘たちを笑わせたり、笑ったりして帰られた。

その年の秋、長尾の遺作集のあとがきを頂くことになっていたので、太秦の保田さんのお宅に伺った。保田さんはその遺作集の校正刷りを前に、「長尾もかなわんやろな、今ごろこんなもん出されて」と言われた。

その遺作集は、長尾の四十九日の法要の折りに、長尾の友人であり、私の異父兄でもある檀一雄の提言で出版されることになったのだが、その内容は以前、出版の話がS社からあったときに、長尾が自分で選んでいたもののなかから「巣鴨の家」という未完の小説を省いたものであった。目次もつくり、校正などもしていた。

保田さんは、私の説明に「そうか」とうなずきながら「おかしなやつおってな。あの『巣鴨の家』が面白いいうて『祖国』の出るのを楽しみにしとったやつ、おったんや」と、笑いながら言われた。

私は書籍売場を離れ、晩秋の暮色迫る家路を、様々な思いの去来するにまかせていた。

山口　基……私の日本浪曼派

明治維新は、本来西欧化の荒波を乗りきるための王政復古運動であつた筈である。しかるに、我が国はあの悪名高き鹿鳴館時代以後、攘夷の精神は次第に影をひそめ、逆に欧米先進国が十六世紀以来なして来たアジア植民地化の侵略政策の尖兵となり、義和団事件、日清・日露の戦役、日英同盟、韓国併合、欧州大戦と時代を下るにつれてその勢は強くなり、遂に満州事変から支那事変、大東亜戦争となつて敗戦の結末を迎へる。

私は、その青春時代を戦争下に過ごし、大人たちからこの戦争を植民地解放と大東亜共栄圏建設の理想に立つ聖戦と教へられて、若き血を燃やし滅私奉公の道に励んで戦つた一人である。小学校以来の教育は一筋にその軌道の上を走りつゞけ、また出版物の大半は戦争讃歌の活字で埋められ、うたはれる歌も殆んど軍歌乃至戦時歌謡であり、人間が一個独立の人格へと成長する批判力などは全く養成されず、国家の運命をもつて自己の運命とするを余儀なくされたのである。

今日、保田先生の文学思想である日本浪曼派に対し、マスコミを中心とする言論界の人々は、この戦争責任の追求と、その復権を現代におけるアナクロニズムと指摘する。私は、明治以来の軍国主義思想に対する戦争責任を問ふことなら理解できるが、昭和十年代の日本浪曼派のみを取りあげてことさらにその悪名をあげつらふことは納得しがたいのである。若き日に批判力も十分養成されずに真先に戦陣に赴いた青年たちに、自己の運命に対する歴史的意味を与へたものこそ日本浪曼派の文学思想ではなかつたか。そこにおのづからにして軍国主義に対する批判の芽生えがあり、まことの維新の精神が目覚めてくる。明治維新は、尊皇攘夷と王政復古を理想としたところの青年を中心とした倒幕運動であつたが、保田先生らを中心とした日本浪曼派の文学思想もまた、近代の西欧文明がめざす個人主義的金権思想に対する一つの民族独立運動であり、また東洋の精神がよりどころとする古来神ながらの米作りの生活の中に、人間の道徳と平和があると説く理想主義なのである。

ところで、保田先生の文学は、文明開化以来の近代日本を否定した上に成立する復古思想に貫かれたものであり、それは戦後日本の今日になつても変りない。それはまさに、かの明治の先人高山樗牛や岡倉天心の精神を受けつぐところのものである。従来、我が国の樗牛に対する評価として、『滝口入道』の作者を一般に少女趣味的美文調作家とし、また一歩進んでその評論を取りあげるに際しても単なる国家主義的日本主義者と評してゐるが、かかる混乱した言葉の使用は再考を要するであらう。なぜなら、国家主義とは国家といふ原理にもとづく近代の政治用語であり、他方日本主義とは国体の本義にもとづく古来の歴史用語であるからである。

明治の浪曼派は、鉄幹、子規、樗牛、天心何れも一個の文人として己が志を日本主義の道を通して表現したのであり、またそこに明治浪曼派の本質があつた。とりわけ天心の明治文明史上における存在は、その日本乃至東洋美術の独自性の発見と相まつて、東京美術学校ならびに日本美術院創立をもつて後世に大きな業績を残したものであり、さらに名著『東洋の理想』巻頭の一句「アジアは一なり」こそは、爾後一世紀にわたるアジア独立運動に挺身する青年の合言葉となつたことは一つの歴史的真実である。

かくて、保田先生の文学思想は、かうした浪曼的な考へ方、日本主義の理想を実践する行動をもつて明治維新の精神を昭和の時代に開花せしめんと志したものである。そして明治維新の夜明けは、まさにアジア革命運動の出発であつたし、また自由民権運動は文明開化以来の藩閥政府の国内植民地化に対する反体制運動であつたのである。

今、保田先生の全集刊行を見るにあたり、私の歴史への回想はまことに切なるものがある。満州事変以来、大東亜戦争にいたる軍国主義の風潮下に、昭和維新をめざす一つの愛国運動として日本浪曼派の存在は、それが文学思想であるが故に歴史用語的領域で表現された日本主義として、往々時の政治的イデオロギーに利用されるといふ限界があつたことは否めない。しかし、その中にあつて保田先生は一貫して保守の伝統と反近代の立場に生き、晩年に及んだのである。ちなみに遺著『わが万葉集』の中で、保田先生は紀年には必らず皇紀を用ひられてゐるが、私にはそれがまことに懐しく思はれる者である。

（山口書店主）

〈以上第七巻　昭和六十一年五月刊〉

野田又夫……保田與重郎を偲んで

保田與重郎と私とは旧制大阪高校の同窓である。私は英語を主とする文科甲類のクラスにおり、保田は一年下でドイツ語を主とする乙類のクラスにいた。語学の先生はすべて文学研究者であつたから、生徒の文学青年も甲類では英文学に、乙類ではドイツ文学に影響された。もつとも英独ともにひとしくロマン主義文学の作品や評論を読まされていた。

私は同級の奥野義兼（後に判事になつて戦争中に病死した）や小高根太郎や石山直一とともに謄写刷りの詩の雑誌「璞人」を発行し、それを保田のクラスへも売りに行つた。そして保田や田中克己、松下武雄、中島栄次郎、服部正己らを識つたのである。この雑誌は私の卒業の時保田のクラスにうけついでもらつたが、かれらは名を「炫火」と改め、詩とともに歌も文ものせる雑誌にした。そして左翼文学への強い関心を盛りこんだのであつた。

高校時代の保田は色白の長身の美少年であつて、はにかみやで口下手であり、寄合いでは口を出すことが少なかつたが、明かに連中の「親分」であつた。そして文章を書くとむしろ饒舌であつた。――高校を出て八年の後松下武雄への弔文の中で保田は高校時代を回顧している。中々要を得ている。

「我々はその頃ハイデツガーとかフツサールとかシエラーなどを云つてゐた。文藝上の藝術派は我々のまへから遊戯の文学として退き、左翼文藝はその無思想によつてただ良心的な械を我々に与えてゐた。……しかし我々は表現にあこがれてゐた。」

その後私は京大へ行き保田は東大へ行つたから顔を合すこともなくなつたが、京大へは松下と中島とが来ていつも保田の噂をした（私のクラスでは小高根と石山とが東大へ行つていて保田と親しかつたはずである）。そして昭和七年の夏だつたか中島からきいたが、こんど保田を中心に同人雑誌を出すことになり、保田の命名で「コギト」という名にしたという。私はこのしやれた名に大いに賛成した。

保田・松下・中島の三人はすでに雑誌「思想」に文学論を発表しており、「コギト」誌上では松下はハイデツガーの存在論に拠つて文学を体系的に考えはじめ、中島も方向は同じだが作家論が得手で、文藝批評家になつて行つた。保田もこの頃はシユレーゲルやヘルダリンをとりあげていた。しかしある時中島を介してわれわれに云つた、「京都ではまず考えてから文章を書くからいかん。考えながらすらすら書いて行けばよいのだ」。原稿の催促ということもあつたろうが、何とも保田らしいと皆で笑つた。保田の文章は、読んで行くと、行く手はすぐ分つたが、たえずかれの活発な聯想の合の手が入り、プロレタリヤ文学への皮肉やら洋学者和学者の批評やらが添えられる。これらに一々応対しているとこちらはいらいらして来るのである。われわれの方は文のつやを消して論理をとり出すことに専らかかつていたのだつた。

しかしこの頃保田の書いた文章で大いに感心したものがある。「日本の橋」がそれであつた。これは京大の浜田青陵博士の著「橋と塔」をいわば粉本として書かれ、保田の聯想も古今東西の橋を自然にとりあげ、一種の文明論に及んでおり、最後に有名な熱田の裁断橋のぎぼしに刻まれた老婦人の文を、文章の極限として示したものだつた。

さて東京へ行つてからの保田に一度だけ会う機会があつた。昭和九年の春、京都の三人とも職もなくて閉口していたが、私は珍らしく上京し小高根の家に一週近くも逗留して迷惑をかけていた。或る晩田中や保田が来る会があるからと、小高根は私を新宿へつれて行つた。おでん屋の二階に田中も保田も来ていた。中河與一氏も歌よみの夫人と一緒に来ておられ、夫人はお弟子の少女数人と一緒だつた。会は夫人がとりしきつたが、保田が何くれと口を出し、高校時代のはにかみ屋ではなくなつていた。この席で中河氏は当時の陸軍の青年将校の考えを紹介し、われわれも安閑としておれない、と話された。会には萩原朔太郎氏も見えるはずと聞いていたが、会半ばにもう酒が入つている様子で、階段を上つて来られた。そしてどういう話のつゞきだつたか忘れたが萩原氏はニイチエの永劫回帰の考えを熱つぽく話し、箸を目の前にふりまわし何度も円を描かれた。

この後中島や私はハイデツガーよりもヴアレリとデカルト寄りに物を考えるようになり、保田は反対に、ロマン主義の考えを日本の叙情詩に集中することになつた。しかし私は、考え方は反対ながら、保田の国文学を本物であると感じ、かれの説に興味をもちつゞけた。まず面白く思つたのはかれの日本武尊論である。尊が叙情詩人であるとともに悲劇の主人公でもあることが、保田の着眼だつた（悲劇とは、尊が伊吹山で国つ神の化けた鹿をあざけつて「言挙げ」したため、大和に帰れず伊勢で亡くなつたことである。そして後に尊の皇子仲哀帝も神意に逆らつて僻地に歿せられる定めであり、保田の指摘した父子二氏の悲劇ということが私に強い印象を与えた）。

まだ神話的人物だつた日本武尊の姿を、歴史と現実政治において再現したのは大津皇子であるが、これは保田にいわれるまでもなくすでに久しくわれわれに親しい詩人かつ悲劇の人物であつた。つゞく万葉の諸歌人については保田が特にどのような説をなしたか、私には妙に覚えがない。

次に保田がとりあげた詩人かつ悲劇の人は、定家や西行を率いられた後鳥羽院である。私はなるほどと思つた。しかしつゞいて保田は、後鳥羽院の悲願は元禄の芭蕉に係わつているという。俳諧のことばを正そうとして旅に死んだのがそれだという。芭蕉は西行の跡を追つたといえようが、承久の大義を大義と芭蕉がみとめたというのはどうだろうか、と私には思われた。この辺から私は保田の論に興味を失つた。保田は幕末の革命家たちについて同じモデルでいろいろ考えたと思うが。

敗戦後間もなく伊東静雄が、「コギト」再刊の資金を出してくれ相な友人のところへ保田をつれて行くのだといつて、私にも同行を求めた。保田は例によつて言葉少なだつたが割合元気であつた。「コギト」のことはうまく行かなかつた。この後保田の噂は時に耳にしながら会う機会もなく過ぎてしまつた。しかしこんどの全集紹介のリーフレットに出ている写真を眺めていると何ともなつかしく、もつと努めて会つておけばよかつたと悔まれるのである。

（京都大学名誉教授）

猿田 量……日本の橋の絵

有名なエッセイ『日本の橋』で、保田與重郎は日本史上の橋を、建造物であるよりも組み立てられたものであり、永続するよりもやがて朽果つ一時のものであるとした。その様な橋は、あくまで道の延長として架けられ、人によって渡られる存在として意識された。人が渡るという、橋の始源の意味に終始してきたのが日本の橋であった。

羅馬人の橋が人工を際立たせるのに対し、日本の橋は人工さえもほのかにし努めて自然の相たらしめようとしたと言う時、保田與重郎は日本の橋が永続的な建造物としては極めて貧困な歴史しか持たぬという事実認識の上に立っている。彼の議論はその苦い認識についての弁証の傾きを帯びながらも、日本人が橋に感じてきたものを明らかにしようとする。その約言が「渡ること飛ぶこと、その二つの暫時の瞬間であつた」である。

保田のこの洞察を、橋を描くこと、すなわち「日本の橋の絵」にあてはめると如何なることになるであろうか。建造物としての橋が貧困であったことは確かに日本史の事実であり、それと共に橋の姿そのものを愛でる態度にも乏しかった。従って橋を描いて秀れた作品も多くはない。むしろ渡る行為とその時間として経験されるような橋の絵が生み出されていたかが興味ある点となる。

旅とともに展開する中世の絵巻には、道なりに幾多の橋が登場するがいずれも人物の行為を物語るために描かれるばかりで、山岳や樹木が時に恵まれたような、堂々とそれ自体のために描かれる機会を与えられなかった。同様なことが近世の浮世絵に描かれた橋についてもあり、旅の起点として名高い日本橋をとりあげた画面でさえ、多くの場合のねらいは橋そのものよりも江戸の賑わいにある。橋の無い大井川の渡しが、それを渡る旅人ゆえに描かれたように、広重の描く橋はあくまで渡る人、そこに佇む人のために描かれる。視覚像をもとめて橋が画題となったものとして、下から見上げた時、橋が切り取る空間の面白さを描く例がある。しかし、ホイッスラーがその効果を学んだほどに目を惹くものであるとしても、これも橋の姿を愛でる態度に遠い。僅かに名所図絵の中に江戸や京都の市中の橋梁の光景がそれ自体のために描かれているが、これは当然であろう。

橋の姿を真っ向から取り上げた作品に尾形光琳の八橋を図柄とした硯箱や屏風がある。保田與重郎も『日本の橋』の中で三河八橋のくだりとして取り上げている主題である。光琳のこの八橋は特定の建造物が意匠化されたものではない。杭を打ち、横木をわたして、踏み板を置いて組み立てられる日本の何処にでもあった橋である。水流が激しければ失われ、渡ろうとする人により再び組み立てられるような橋である。そうであればこそ光琳は、『八橋蒔絵螺鈿硯箱』でその橋を思うがままに屈曲させ、後正面からはじめて右側面、正面へと架け渡し、蓋を経て左側面に終らせるといったことが出来たのである。みずからのたたずまいを主張する建造物ではこうは行くまい。

硯箱の、底面を除く五面にもらさず橋の一端をのぞかせ、各面を飽きさせぬ意匠にもたらすのは光琳の技倆であるが、彼はここでかつて眼にした八橋を意匠化したのではない。八橋の名のもとに、保田與重郎の言う日本の橋を一つ組み立て架設したのである。業平の渡ったものとは代替わりし、あるいは船が代用となっていても、更級日記や十六夜日記の作者たちは三河のその場所で八橋を思うことができたのと同様である。「からごろも……」の歌と詞書きがあるかぎり、後の世の者も八橋を渡り、また架けることが可能である。光琳もそこに列した一人であろう。

光琳の橋は保田の言う日本の橋の組み立てられたものの面を例示するが、その上を渡る人物を持たない。これを見るものが渡るのだ、とも言い得るが、渡る者の「暫時の瞬間」を示さないのは明らかである。

この光琳描く類いの板橋を描写しつつ、それを渡り行く時間をとらえたと言うべき作品がある。英一蝶《はなぶさいっちょう》の『朝暾曳馬図』である。朝日を浴びながら橋を過ぎる馬子と馬。川面にその影が映じているが、鏡像であるにしてはその位置は橋の上の実像との垂直関係にずれを生じており、恰も影が遅れて実像について行くように見える。人馬ともに足どりがはずむようであるためか。

この作品は、水面上の反映像を描く習慣を持たなかった日本絵画史に現れた最初期の作例の一つである。従ってこのずれを画家の反映像描写の未習熟による誤りとしてもよく、科学的観察の欠如に帰することもできよう。しかし、それよりも、保田與重郎の言う「飛び渡る暫時の瞬間」をとらえた、とするほうがふさわしい。人が若し橋を渡るに際し、水面がその鏡像を十分宿すことがあるならば行き過ぎた後にも残るのではあるまいか。影が身を離れるように思われることがあるとすれば、水影がそうあってならないはずはない。古代人や我々の心の古層はそう考える。『日本の橋』の中でふれられている、くれないの赤裳すそひき橋を独り過ぎた万葉の娘の水影や、早逝した息子の面影のために母親が架した橋をその頼みに応じて念仏しながら渡った者の水鏡は暫時の間残ったのではないか。英一蝶は保田與重郎の洞察を図解していたように思われる。

（美術評論家・島根大学講師）

前田隆一……保田、浅野両君と知り合つた頃

保田君とは浅野さんの紹介で知り合つた。保田君と私とは同県人であるが、彼の生家は国中と呼ばれる大和盆地の南縁にあり、私の郷里は、本籍地の十津川も、明治以後住居のある宇智村（現在は五条市）も、ずつと南の山中にある。それに私は理科系の人間で、文学や藝術には縁が少なかつたので、直接保田君と知り合ふ機会はなかつた。一方、浅野さんとは、私が昭和十四年の夏に名古屋の八高（旧制高校）から文部省へ転任して間もない頃、竹内といふ人から新しい会の発足の集まりに誘はれて顔を出したのが初対面であつた。文化的な会などに顔を出したことのない私が、しかも上京後間もないのにその会合に顔を出したのは、竹内氏から「科学ペン」の縁に触れて誘はれたからである。その前年であつたと思ふが、「科学ペン」の同人たちが名古屋に来て、医大や八高や工専の理科系の教授たちを集め、「科学ペン」への参加を勧誘したことがあつた。私も勧められるままに同誌に一文を書

いたが、近代的科学観に批判的な私の科学論が、竹内氏の関心を引いたらしく、私が上京してきたことを何かで知つて誘つたのである。竹内氏は「科学ペン」の同人の重要なメンバーであつたやうだ。

集つた場所は宮益坂上の大化書房といふ小さな書店であつた。三省堂を退社した小林茂氏が、ここを拠点にして新しい文化運動を起さうとしてゐて、手始めに「新紀元」といふパンフレットを出すことになつた。私も浅野さんもその会合にはつとめて顔を出し、しだいに親しくなつていつた。それで、浅野さんの引き合せで、保田君をはじめ何人かの文藝家をも知るやうになつたが、私の任務が多忙であつたせゐもあり、文藝的な世界に進んで近付かうといふ気はなかつた。しかし、保田君とは同県人の誼みのせゐか、一、二回お宅を訪ねた記憶がある。

「新紀元」の会合では、浅野さんの「楠木正成」執筆についての話が、私の心を強く打つたことが記憶に残つてゐる。

さうかうするうちに、私はインドネシアへ軍政要員として出かけ、二十一年の夏に帰還した。しばらくは家族と宇智村の山畑を耕したり、友人に誘はれて上京し出版をやつたりしてゐたが、やがて親戚や知人の出資を得て、京都で出版を始めることになつた。さうした或る日、私は桜井に保田君を訪ね、出版に托す私の志を語つて助言を求めた。その頃には、保田君の居所もわかつてゐたらしい。そのとき、保田君の傍らにゐて二人の話を聞いてゐた青年が、数日後に保田君の推薦状を持ち、同じ志で出版に当たりたいから、ぜひ手伝はせてほしいと訪ねてきた。それが奥西保君である。社名は、私の故郷が吉野の奥であるのに因んで吉野書房と名付け、御所の少し西の通りのしもた屋の表の部分を事務所に、裏の離れを私の宿所に借りて、二十四年の四月に開業した。間もなく高鳥賢司君らも加はり、これらの保田門下の青年たちの努力のおかげで、事業は漸次軌道に乗つていつた。

そのやうな空気の中で、彼らから保田先生を中心に同人誌を出したいといふ話が出て、私もそれに同意し、同年の秋に「祖国」が誕生した。毎号保田君が主導的な論説を書いたのはいふまでもないが、私はほとんど毎号署名入りや匿名で書き、北海道にゐた浅野さんも度々詩や論説を寄せた。そのやうにして両君との交りは深いものになつていつたが、翌年の五月には浅野さんを大和に迎へ、保田君の家と飛鳥坐神社と私の家とに泊つてもらつて、西の京や飛鳥や宇智村の栄山寺を案内した。浅野さんは「祖国」にその年の九月号から、「大和の旅」といふ佳品を書いてゐる。そのやうにして京都で過した三年間は、私にとつて心豊かな、思ひ出の多い月日であつた。

（大阪書籍株式会社相談役）

〈以上第八巻　昭和六十一年六月刊〉

岡野弘彦……一枚の葉書

折口信夫が保田與重郎という人をどんなふうに考えていたか。また両者の間にはどのような交流があったかということは、なるべく早く正確にしておかなければならぬことだと思いながら、ついそのままに過ぎてしまっている。折口の晩年の七年間その家に居た時にも、直接折口からそれに関する話を聞くことはほとんど無かった。『折口信夫全集』には保田與重郎の名は一カ所、門弟山川弘至著『ふるくに』のはしがきに、「保田さんの序文を内覧させて貰うたが、ほんたうに至り尽した指導の心を見た」と記しているだけである。

だが、ここに一枚の葉書がある。折口の没後、残っていた書簡類の中から出てきた、保田與重郎の陣中からの絵葉書である。そのままここに写してみる。

東京都品川区大井出石町五〇五二
　折口信夫先生
北支派遣曙第一四五六部隊光武隊（い）
　　　　　保田與重郎拝

病中種々御配慮忝く存じ候。はからずもかゝる地よりおたより申上候。万感胸せまり候。鳥船の御作の長歌と祭文を、ひそかに思ひ出し感涙を催し候。よき満月の夜に候ひき。吾子わが志をつぐに耐へる者ならば、折口先生に学ぶべしと遺言仕り候。これ十有八年来、先生に従ひてし小生の願望に候へど、吾子志なくば又甲斐なく候。

（裏面は竹内栖鳳筆、「祇園の神輿」の絵。その傍に）
代々木の宮炎上のこと承り、陣中確報存じ申さず。
ただ粛然として言葉これなく候。

いかにも保田與重郎の陣中からの便りらしく、短くとも人の肺腑にひびく言葉が記されている。ここに「鳥船の御作の長歌と祭文」とあるのは、折口が国学院大学と慶応義塾大学の学生で短歌を作る者のために作った鳥船社の年刊歌集、『鳥船』の新集第三に載せた「感愛集」と題する九篇の詩と、師の三矢重松を祭るための祭詞二篇とである。新集第三は昭和十九年十二月の発行だから、折口から送られてきた『鳥船』の作品を保田は読み、やがて昭和二十年三月、病中の身で応召されて、北支に派遣されたのである。この葉書には日附が無いから、書かれた日はわからない。しかし、「代々木の宮炎上のこと承り」とあって、明治神宮が戦火で焼けたのは二十年五月二十五日のはずだから、葉書はそれ以後に書かれたものと思われる。あるいは、もう敗戦の時期の迫ってきた頃であったかもしれぬ。

　陣中からこれだけの思いを折口に書き送っていることは、折口の心にも深くひびいたであろうし、何よりも保田與重郎を考える上の重要な資料にちがいない。

　もう一つ、二十三、四年の春、保田さんが前川佐美雄氏と共に折口の家を訪ねて来られたことが、私の記憶に残っている。その時は折悪しく折口は百冊近い学生の卒業論文と、学年末レポート採点の時期であった。毎年この時は一週間ほど、折口は留守になる。家の雨戸を閉じたまま、電灯をともしてひと間に籠りきりで、昼夜ぶっ通しで論文を読むのである。すべての来客は私が玄関で留守のむねを言って帰っていただいて、一切とりつがない。

　夕食の時、その日の客の名を折口に知らせることにしていた。まかせた以上、私が誰を返しても折口は決して不満を示さなかったから、私も安心して客を断ることができた。お二人の名を言った時、折口の口もとが微かに動いたように見えた。しかしそれは、保田さんと折口の話しあう場の失なわれることを惜しんで、深くためらいながら留守を告げた私の、心のせいであったかもしれぬ。


（国学院大学教授・歌人）

吉本青司……世界の思想家保田與重郎

ニイチェやベルグソンに比肩される世界の思想家をわが国から選ぶとすれば、第一に指を屈するのは保田與重郎である。

檀一雄は、保田與重郎を「天稟の藝術家」と讃え、「保田與重郎を知ることが出来たのは私の生涯の出来事であった」と言っている。私も同感で、明治以来の世界の思想史の一ページを埋め得る思想家はこの人を除いては考えられない。

私の「おくてあん書屋」の南北の両壁を飾る棟方志功版画は、吉井勇と保田與重郎の和歌によるものである。保田さんの和歌は、

ささなみの志賀の山路の春にまよひ一人ながめし花ざかりかな

歌集『木丹木母集』の「春の歌」の部にある一首で、近江神宮の境内に建てられた歌碑の和歌はこれである。

『木丹木母集』は昭和四十六年発行になる『真の日本の伝統美の追求者であり具現者である作者』がひそかに書きためた長歌短歌から四百十九首を自撰した初の歌集である。上記の『 』を付した一文は、歌集のカバーに記された出版社の宣伝コピーだろうか。保田與重郎の何者かを紹介する言葉を簡潔に述べよとならば、この一文の他にはなかろうと思う。

この「ささなみの志賀の山路の春にまよひ」の一首の持つ旋律は、保田さんの初期の小説「青空の花」にも通ずるコスモロジーのなつかしさを感じさせる。同じく「春の歌」の部にある次の一首などと共に聖なる樹さくらの花のもつ魂の宇宙の美学である。

あづさ弓春のこの日の花しづめわれはもかざす花の一枝

この「右一首、鎮花祭」と注する一首の持つ心の量感は、文化の花鎮めを祝祭する憂愁の美感そのものである。

ところで、私が保田さんを思う時まず思うのは、昭和十七年四月発行の『和泉式部私抄』である。

この本は「和泉式部私抄」の稿と「和泉式部論」の稿との合本である。著者生前の昭和四十六年に出版された『保田與重郎選集』には「和泉式部論」のみが収録されている。選集の後記によると「和泉式部私抄」は昭和十一年頃から書き起こしたものであり、「和泉式部論」は昭和十二年早々の執筆になるものである。選集に後者をのみ収めたのは、それが論としての体を取ることの自負からであろう。

私が特に感銘深く読んだのはむしろ前者の「和泉式部私抄」であった。西欧美学に詩の軌範を見ていた若年の私が、己の心の本質に目覚めさせられたのは「和泉式部私抄」の一冊であった。

つれづれと空ぞ見らるゝ思ふひと天降り来んものならなくに

和泉式部のこの一首は、中河與一の『天の夕顔』の序歌としても選ばれたものであるが、保田さんによる「ものの恋」「王朝の美的浄土観はかうした思想であつた」などの解説は、私の迷夢の上できらきらと眩しく耀いた。私が「和泉式部日記」を読了したのはその後のことであった。蔵書する保田與重郎の著書で、いつの間にか表紙が手擦れ、箱が傷んだのは「和泉式部私抄」と「絶対平和論」とである。

保田與重郎の美学は、時務論よりも、むしろ和泉式部の和歌を上げて、もの思うこころの所在を説き明かすことであり、その偉大さは、他の時局便乗主義者の及ぶところではなかった。私の生涯の座右の書とする詩学書を挙げれば、「和泉式部私抄」の他には本居宣長の「石上私淑言」のみである。

さて、私が保田さんと会うべくして会い得なかった「好機」について記しておきたい。又とない絶好の機会を心ならずも逸したのは、昭和十七年十月の事である。その時の痛恨を忘れまいと、私のアルバムには一葉の写真が残されている。それは、保田さんが古義軒鹿持雅澄翁の墓参を主願に、高知に来遊された時であった。旅宿は高知市九反田の鏡川畔「大松閣」であった。徴兵検査で丙種の落第生だったくせに大東亜戦争下のことで、折も折り数日間の軍事教練に呼び出され、朝倉の兵営に宿泊させられていたのである。畏敬するその人に会いたくて切歯扼腕したとしても許されないのが当時の情勢であった。そんなわけで福井の里への同行もかなわず。後日読んだ「ほととぎすあれは昔の椎の蔭」という雅句にその時を惜しみ偲ぶのであった。（詩人）

栢木喜一……保田先生と折口先生と

私は国学院大学予科に入学した直後に、折口信夫（釈迢空）先生の短歌結社『鳥船社』に入れてもらつた。そのころ大学部が主宰する国文研究室へ保田與重郎さんを招くのだと故山川弘至氏（当時研究科）がいつて私に是非聞きにきなさいと誘つてくれた。そしてお話のあと、山川氏が、保田さん、あなたの郷里の後輩の栢木君ですよと紹介してくれた。

当時日本の国文学会の動向は東大系の文藝学の学問が巾をきかしてゐて、その系統の風巻景次郎氏（故人）らが折口先生に傾倒し研究室によく来てゐて、保田先生を目の敵にしてゐた。私が国文科の幹事になつた時、研究室の助手が私を風巻氏宅につれてゆき、新幹事だと紹介した。その時上機嫌の風巻氏が、今度は與重郎さんをやつつけなければ、といつてゐたのがをかしかつた。

予科二年になつた春休みは帰省せず研究室へ出入してゐたら、ある日折口先生が見えて、栢木、一寸荷物を持つて家まで来て欲しいのだが、といはれついて行つた。先生のお宅は、大井出石町（現品川区西大井）であつた。省線大森駅で下車して同行する時、私の外に誰もゐなかつたので、このごろ保田さんの所へ時々行くのです、と話したら、折口先生は、保田さんは大和に似ないハイカラな人やな、とだけおつしやつた。

私が保田家に出入りしてゐるとお知りになつてから、次のやうなことをいはれたこともあつた。保田さんの才能は惜しい。右翼の人らとの付き合ひを止めて、詩か小説にあの才能を活かしてほしい。右翼の人らによつて、あたら才能を鑢《やすり》ですり減らされてゐるやうなものだ。私からいふと失礼に当るから、栢木、お前から折口がそのやうに願つてゐるといふといてくれないか、とおつしやつてゐた。保田邸（淀橋区中井・現豊島区）を訪ねたとき、この事を伝へると、私は人の書いたものをみて、批評するのであつて、それ以外の事はできないですな、と笑つていつてから、文壇の某氏からも、同じやうな伝言を聞いたと付け加へてをられた。

またその頃歌集『雪祭』（穂積忠著）の批評を折口さんから頼まれてねとも洩らされてゐた。『雪祭』は北原白秋の序歌、迢空の寿詞で飾られてゐた（昭和十四年刊）。当時白秋門の宮柊二が折口に、折口門の穂積忠が白秋にと愛弟子を一時交換してをられたやうだ。

私が卒業論文の題目をきめねばならなくなつた頃、保田邸を訪ねた。よもやまの話のなかで、今の大学の国文専門の先生らでも万葉集全巻、源氏物語全巻を通読してゐる人は少いでせうと話されたことが私には意外の思ひがした。そんなことから私は論文は「源氏物語」全巻を読むために書くのだと決心した。

折口先生にこのことをいふと、そしたら「源氏物語の構想の研究」としてみたらどうかね、といつて下さつた。その足で保田邸に赴き、報告すると、保田先生は折口さんなら、全巻読んだことが分れば論文は一枚も書かなくても卒業させて下さるでせう、と励まして下さつた。

またある日保田家を訪ねると、先日『鳥船』（年刊歌集）を折口さんから送つてもらつてね。折口さんは実にうまい祝詞《のりと》を作られるね。こんなすぐれた文章を書く人は外にゐないだらう。天才とは折口さんのやうな人をいふのだね、と感心した面持ちでいはれてゐた。この祝詞といふのは折口先生の恩師三矢重松先生二十年祭祭文二章であつた。この二十年祭は昭和十八年初め頃に学内で行はれ、私も奉仕したので折口先生からあとで短冊一枚頂戴したことを思ひ出す。保田先生はその頃自家版校註祝詞（昭和十九年刊）の著述に専念してをられたので、なほさら感銘が深かつたのではなからうか。

その後保田先生は時局を案じられたことと著作の無理とが重なつたためか、長く病臥されてしまつた。近くに住み何かと保田先生の世話をしてゐた故早川須佐雄氏（現代畸人伝に登場人物）が、私に保田を慰めるため、現代諸大家の真筆を集めて枕屏風を作つてやらうと話し、その手はじめに私が折口先生を訪ねることとなつた。大森のお宅にゆきこのことを話すと、大変病状を心配され、早速短冊に歌を五首書いて下さつた。しかし保田先生はまもなく病中を出征、大陸に渡られたのでこの話は折口先生の短冊だけで終つた。そしてこの短冊は留守宅と共に昭和二十年五月の東都大空襲で焼失してしまつた。

折口先生没後、大和桜井の保田邸を訪ねた折、談たまたま折口先生逝去の事にふれた時、惜しい人を亡くした。あれほどの学者の住居が持ち家でないのなら誰か門下で買ひ取り、永く保存すべきだ、との言葉のあつたのが今に印象深い。

（歌人）

〈以上第九巻　昭和六十一年七月刊〉

高橋義孝……感性の人

保田與重郎さんは、私の東京帝国大学文学部の同期生でした。あるいは一年先輩だったかもしれません。保田さんは文学部の美学美術史科の学生で、私はドイツ文学科の学生でしたが、美学の大西克礼先生の演習ではいつも顔を合せました。

保田さんについて、私が一番印象に残っているのは、大西先生の美学の演習で、フリードリヒ・シラー（Friedrich Schiller）の「素朴と感傷の文学について」（"Über naive und Sentimentalische Dichtung."）という論文を読んだ時のことです。この演習の時間には、保田さんは毎回出席されていました。保田さんの印象は、いかにも白皙痩身の青年ということで、大学で言葉を交したことはあまりありませんでしたけれど、何度か話をしたことがありました。この演習で、保田さんが大西先生に当てられて、シラーの論文を訳したわけですが、この時の私の感じでは、保田さんはドイツ語があまりできなかったようです。

その後、保田さんが「コギト（cogito）」という雑誌を始められて、私も一、二度文章を寄せたことがありました。またその後の「日本浪曼派」という雑誌にも、私は保田さんの需めに応じて一、二度文章を寄せたことがあると記憶しています。保田さんについての具体的な記憶といえば、その程度のことですが、しかしおもしろいことに、何十年もたってから私の家内の友人が、京大名誉教授の平沢興先生を東京へお呼びして、講話を月一回拝聴することになりました。その時に、保田さんは老先生とご一緒にこのゼミナールに姿を現していたようです。

そんなわけで、私が大学を卒業して一、二年の間で保田さんとの交渉は終ってしまって、以後一回もお目にかかっていません。私が保田さんにおいて非常に感心するのは何とも言えない繊細な感性です。この保田さんの感性の繊細さは較べようのないものであったと思います。

保田さんは、いわゆる「思想家」では決してなかったのです。自分の思想というものを持っていらっしゃらなかったと言えるでしょう。けれども、その感性を日本の文化のあらゆる面に向けて、そして日本というものをいろいろな角度から非常にきめ細かく描き出したというところが、保田さんの最大の功績ではないかと思います。あれだけの細やかで敏感な感性をもっている人は、少ないのではないでしょうか。

私は、つい小林秀雄さんのことを思うのですが、小林さんはやはり思想家でした。でも、保田さんは小林さんのような意味での思想家ではなかったと、今私は考えています。私は保田さんの書かれたものを、怠慢であまり読んでいませんが、これまでわずかに読んだものの印象でいえば、これはいささか表現しにくいのですが、非常に柔軟で繊細な、ということです。保田さんのように、感性というものを一本槍にして日本というものを眺めた人は、今日まであまりいなかったのではないかと思います。

今もう一度、私は保田さんの書かれたものを読んでみたいと思っています。最後に、柔軟で繊細な感性そのものが、保田さんの本質ではなかったかと考えています。保田さんは思想家ではなかった。感性に思想はないからです。

（桐朋学園大学名誉教授・ドイツ文学）

牧野径太郎……初対面〈保田さんを偲んで〉

約五十年前の話になってしまいました。

昭和十六年の盛夏の頃です。その日はとても暑い日でした。私はまだ大学生でした。萩原朔太郎先生に師事していて、柳井道弘や知念栄喜等と七、八人で「帰郷者」と題した、同人雑誌を発行しておりました。

保田さんはその頃同人雑誌「コギト」を中心としてあちこちの文藝誌に、それは精力的によくお書きになっておられました。私も待つこと久しい思いで、保田さんの著書が出版される度に、読みあさっていました。その頃です。「日本の橋」を手にしました。その後記に〈改版「日本の橋」／昭和十四年九月廿三日印刷／昭和十四年九月廿七日発行／昭和十五年九月二十日四版発行／㊝定價金壹圓七拾錢／発行所 東京市麴町区九段一丁目七番地 株式会社 東京堂〉そのうらに
保田與重郎著「戴冠詩人の御一人者」

川端康成評……谷崎潤一郎氏の「陰翳礼讃」と保田與重郎氏の「戴冠詩人の御一人者」とは近頃感嘆して読んだものである。二つとも日本美論であるが、両極に立つやうに思はれるのは、その見られた時代のちがひにもよることだらう。また、筆者の年齢の隔りにもよることであらう。

（第二回透谷賞作品）

保田與重郎著「日本の橋」

萩原朔太郎氏評……保田君のエッセイは、かうした「橋の哲学」を語ることで、西洋と日本との文化対象を、涙ぐましいまで心に泌みて考へさせる。文学が求めるものは概念の抽象化されたロヂックではない。（中略）日本の文壇には、過去にかうした文学的エッセイを書く人が殆んどなかった。保田君のやうな人が現はれたのは、日本文壇の一奇蹟である。（原文のまゝ）

その当時、夜毎に朔太郎先生のお供で渋谷道玄坂の小さな酒場を飲み歩いていた頃でした。そんなある真夏の暑い夜、先生は突然「そうだ、君、君は明日にでも保田君に逢ってくることだよ。必ず逢って来なさい」それは命令にも近いお言葉でした。

翌日、私は学生服で中野方面だったと、今は確かな記憶はありませんが、保田さんのお宅を尋ねたのです。蟬時雨がうるさいほど、木立にむされて鳴いていたのは今でも忘れません。保田さんの玄関の戸を叩いたのは、昼過ぎだったと思います。出て来られた奥様に縁側近くの茶の間に案内されました。「牧野さん、お食事すみましたの、うちのはまだ寝ていますから起して来ます。さっき萩原先生から、牧野さんがおいでになることお電話ありました。……では起して参ります」

奥様（典子夫人）は奥に入っていかれました。単衣のまゝ眠むそうな保田さんが、私の前に軽く頭をさげ、黙って胡坐をかいたのです。この日が始めて保田さんにお逢いした日です。むきあったまゝ何を話す糸口もなく、小一時間程も経ったでしょうか。奥様は素麵を冷してご馳走して下さいました。「うちの人の朝食ですの」そう言って又奥へゆかれました。

私は保田さんと向い合ってつるつるとすすり合って食べた長閑さが、何んとも言えない気分で、四十余年も経ってしまった今でも昨日の事のように記憶しております。また典子夫人の作られた薬味の美味しさは、東京育ちの私に、舌のとろける思い出として、今でもその味が忘れられないのです。

それはさて置き、私は保田さんの前に坐ったまゝ何を話してよいか解りませんでした。時間はただ過ぎてゆくばかりでした。保田さんはお煙草を美味そうに吹かしているのです。お忙しい方なのにと思い乍ら、私は帰る気にもなれぬまゝに黙って坐っていました。扇風機の廻る音だけがやたらとうるさく耳につきました。三時か四時か、時間がはっきりしませんが、四、五歳の子供さんが突然部屋の中へ、かけこんできたのです。私はおもわず「ウルサイ」と怒鳴ってしまいました。二人の沈黙《しじま》を破ってもらいたくなかったのです。保田さんは、その子供さんを膝の上に抱きあげました。それでも黙っておられるのです。又数時間、沈黙が続きました。

日がかげりだしました。「帰ります」と言って私は玄関に出ました。「あゝそう、またいらっしゃい」二人の会話はこれだけでした。その時署名入りの「後鳥羽院」の本を頂いて門を出たのです。大きく背伸びをした私は、何故かこのまゝ、大和町におられる「コギト」の編集者、肥下恒夫さんのお家へ向っておりました。
（詩人）

幡掛正浩……わが呻吟語

神社新報社の創立四十周年を記念する出版物として、ことし七月八日付をもつて発行せられた『神道人名辞典』は、本文六二九頁（索引四六頁）の大冊で、収録人名数四、〇〇〇名、編輯者は謙遜してゐるが、今日この種のものとして望み得る最上のものと言つてよいだらう。

ところが、これだけの本書のどの頁をめくつてみても、「保田與重郎」の名は一箇所も出てこない。地下の保田にとつて、そんなことは素々眼中になく、問題にもならない事柄に属するだらうが、筆者にはそこのところが、どうしてもこだはりとして残る。しかも、そのこだはりは甚だしく苦渋を伴ふこだはりであり、痛み疼きの加はる苛みでさへある。

一体、保田與重郎といふ人物は、神社・神道の世界にとつて何者だつたのだらうか。

大雑把に言つて、戦前の価値は戦後の反価値であり、戦後の価値は戦前の反価値であるとする俗流価値規準は、未だ容易に改められてはをらぬやうであるが、どうやら保田の場合、この種の秤で目盛りをつけてみても評価の定まらぬところがある。

人も知る如く、戦前の神社界で保田が受け容れられたといふ形迹は全く見当らない。文名当時にあまねく、盛んに古典論を書き、私家版の『祝詞』を印刷して出陣学徒に贈つた日においてすらさうであつた。

では戦後での状況はどうか。これまた不思議、いはゆる神社界（学界をふくむ）での保田処遇は、或は戦前にも増して冷然たるものがあつた。

筆者は、操持を神社界に置く者として、戦後の神社界が一貫して執り続けてきた占領政策への抵抗是正の運動を、文句なく肯定し支持する。この立場からすれば、変り身といふものを全くみせぬ保田が、何故神社界のオーソドクシーから忌避されてきたかといふことは、殆んど解し難い。

折口信夫の門下生たちは、折口が戦後いちはやく、「民族教から世界教へ」とか、「天皇非現神論」とかを書いたことを、今日余程うしろめたく感じるらしく、しきりと弁解をするが、筆者をして言はしめれば、それ程弁解することもあるまい――といふことだ。敗戦といふあの事態は、折口ほどの者でもその精神を錯乱させ転倒させるほどの大事大変だつたと認めればよい。褒めるわけにはいかぬが、追窮するのも大人気ない。

それに較べれば、保田が戦後の暴れ狂ふ左翼の批判や恥知らずの戦争責任論の罵声の中で、黙々として堪へたのは流石といふほかない。「忘る勿れされど言ふ勿れ。隠忍は己を確める時、自負であり自信である」とは、歿後に出版された『日本史（述志）新論』の冒頭の書き出しであるが、眼裏の熱くなるやうな正述心緒ではないか。

それでは、改めて問ふ、保田與重郎とは神社・神道人にとつて何であつたのか、と。この問は、保田にとつて現代神社界とは何であつたか――とひつくり返して問うてみれば一目瞭然である。

戦前と戦後とでは、確かに神社界の様相大きく一変したとも言へる。だが、保田の眼に映つた神社界は、戦前戦後を通じて殆んど変つてゐない――と断定できる。それは一言でいへば、「文明開化」

された神社のすがたと評してよからう。やまと人保田には、もうそれは異国風景以外の何物でもなかつたのではないか。

彼が戦前に書いた数々の古典論、戦中の作「鳥見のひかり」「としごひとにひなめ」にはじまる戦後の諸論策を読めば、彼が神道人でないなど、どの秤で量れば出てくる目盛りかと言ひたくなる。彼ほどの神道的著作をものした者が、近か昔、同世代を通じてあるかと反問してもみよ。

かつて淡交社から出版された彼の『長谷寺』を読んだ某批評家が、「ここには、長谷寺の説明が何もない」と言つたと聞いた彼が破顔して洩らした言葉がある。「あれ程詳しく長谷寺のことを書いた本はほかに無い筈だがな」と。この『長谷寺』を、彼の諸々の「著作」と読み替へ、その批評家を戦前戦後の神社人に擬すれば、彼が何故に『神道人名辞典』にその名を現はさぬかの謎はほぼ解けようといふものか。

「すべての世界の知識階級が、信ずべからざる思想と情勢論を信じて、現実の動乱を納める政治を考へてゐる中で、皇御軍の根柢が、かの草深い山陰に炊の煙をあげてゐる、しづかな民草にある事実は、驚嘆すべきことである。彼らは今も八百万の神々を信じてゐる。しかも信ずるとさへ言挙げせず、その神々の天恵に万古不動の信頼を持してゐるのである」（『祝詞』）と昭和十九年に記した彼は、最後の絶筆ともいふべき遺著（『日本史新論』）の中で、祭がくらしから離れ、観念的な宗教儀礼化してゆく今の世のさまを、「わが現代神道の堕落はつひに救ひ難いものといはねばならない」（一〇三頁）と嘆息してゐるのであつた。

（神宮少宮司）

伊藤桂一……忘れ難いひと日

　保田先生のお住居へは、一度だけお訪ねしたことがある。先生のご文章に接したのは、昭和十年の「四季」に書かれた「橋」が最初だが、爾後、折り折りのご著作には接してきたものの、拝眉の機を得なかった。戦後私は、時間にゆとりのないきびしい勤めに追われ、その後健康をそこなったりしたためである。

　保田先生をお訪ねできたのは、南北社から「保田與重郎著作集」の発刊されていた昭和四十三年で、社長の大竹さんに連れられて行った。「一度会っておかれませんか」とすすめられたからだが、この時期には私も健康状態がよくなっていた。保田先生には、ちょっとの間でもお目にかかりたかったので、喜んで同行させてもらった。もっとも、大竹さんは編集上の打ち合せで赴かれたので、私は、半ばは編集部員として随行している気分もあったが、先生も私にそんな印象を持たれたかもわからない。そういえば先生は、私たちに供されたのとは別に、小さい木の火鉢を持ってこられて、股火鉢をされた恰好で、しばらく大竹さんと話されていたから、季節はたぶん初冬のころであったのだろう。さして、寒かった、という記憶はない。先生が、気さくな親しみ易い方だということは、その股火鉢でもわかったが、先生への先入観もあるので、私は、大竹さんの用談のすむまでは、緊張して黙ってきいていたし、用談がほぼ終って雑談になった時も、ほんの少々お話をうかがったに過ぎない。先生とは、身近に接しているだけで、いたく充足感を覚えていたので、へたに言葉を発しないほうがよいのだ、と自分にいいきかす気持もあった。

私はそのころ、取材旅行で「奥の細道」をたどってきたばかりだったので、旅に出る前に先生の「芭蕉」を読み直して出かけた、といったことを、話のきっかけとした。先生の「芭蕉」の中に「月日は百代の過客にして」という冒頭の文章を少々引例されたあとに「この文章は有名な名文であるが、こゝに引用した部分の終りなど如何にも俳諧の文である。なほ『そゞろ神の物につきて心をくるはせ』といふのが、こゝで肝心のところだ。以前私の知人で、大陸の征戦に従つた者が、軍舎でこの文をよみ、感迫つて、つひ声をたて、泣いたと語つた。さうしてこの文章は、驚くべき雄心をわきたゝせるものであることを痛感したと云うたが、恐らく芭蕉がこれを描く日にも、やはり明日をさだめぬ身を観じつくして、たゞ雄心を振つて描いたものであらう……」といった一節があり、私は先生に「私もまた中国揚子江の戦場で、この文章を思い出して、ことさらな感慨に耽ったことがあります」と、その時の心境をきいていただいた。

その時、というのは、当時私は、李白が晩年を終えた安徽省当塗県の近くの小村に駐屯していて、週に一度、小舟に乗って連絡任務で当塗へ通っていた。そうしてこの水路は、李白が居住していた宣城から、縁戚の当塗の県令李陽冰の許へ通った道筋であり、芭蕉の「奥の細道」の漂泊の志もまた、李白のそれに憧れたものであることは、その文章をみてもわかる。従って、小舟の上で李白を思うことは、そのまま芭蕉を思うことにつながり「奥の細道」の冒頭の名文に、つねに心を揺すぶられてならなかった——といった心境を、控え目に、ぽつぽつときいていただいたのである。

李白晩年の土地で兵隊として生活していた、というのは、先生にはたしかにふしぎな光景にうつったらしい。「小舟に乗って通っていて危なくはなかったのですか」ときかれたが「なぜか一度も、弾丸の音をきいたことも、身の危険を覚えたこともありません。第一、小舟の上で、戦場にいることは考えず、李白や芭蕉のことを考えておりましたのですから」とお答えすると「志がなにものかに守られていたということでしょう」といわれた。

私は、私の勤め先の出版社へ、仕事のことでよく寄られる中谷孝雄先生からは、直接なにかとご指導をいただき、戦後復刊された「文藝日本」に時々作品を発表させてもらい、結局は「文藝日本」で育ってきた。南北社と縁の深い評論家の日沼倫太郎氏が、私の作品を「これはあきらかに日本浪曼派の継承というしかない」といういい方で、評価し支持してくれていたのだが、いま少し、私が保田先生と身近であれば、中谷先生同様、なにかとご示教をいただけたのではないか、と思うのである。「芭蕉」の中で先生は、芭蕉の「ごを焚いて手拭あぶる寒さ哉」の句に「ごといふのは、松葉の方言とも柴の方言ともいふが」と註解されているが、私の生れ故郷では、落葉を掻き集める道具を「ゴーカキ」というが、これは「ご掻き」のことかもしれない、と思い、それをちょっと先生に話してみればよかった、と帰りみちで思った。そう思ったのは、陵墓のほとりの雑木の林の中をぬけて帰る時、道の辺に松葉や柴の枯葉が降り積んでいたからである。

（作家）

〈以上第十巻　昭和六十一年八月刊〉

板坂 元……ディテールの記憶

高等学校のころ、一年休学して田舎の家でゴロゴロしていた。一九四二年から四三年にかけてのことだが、『日本の橋』をくり返し読んだ。最初は改版の四六判で、後には小型の芝書店版を古本屋で見つけてきて味読した。

あの書き出しに出てくる東海道田子の浦の近くで汽車の窓から見える小さな橋というのを、何とかして見たいというのが私の東大志望の動機の一つだったのだから、よほどの惚れ込みようだったのだろう。

それから、長崎の出島の洋館づくりの眼科医院というのもあったが、代々が医者の家という家に生まれ育った私にとっては、長崎のあの辺は幼年期の思い出と結びついたところだったので、特別な親しみを感じた。

大体そういう読み方をしていたので、著者の試みた文化論よりも、そういうディテールばかりを断片として憶えている。

東大の図書館の前の噴水が、エチオピア皇帝が訪問してきたときだけ水を噴いていて、皇帝の車が去ったら直ぐ止まった、という話もあった。あるいは、童女征欧賦といった題の文章には、フィギュアスケートのチャンピオン稲田悦子の話があって、ヨーロッパ遠征の際に彼女のお母さんが酢こんぶを大量に買い込んで行った、というエピソードもあった。

そういうことばかり記憶しているのは読書としては邪道なのだと思うが、最近文章の書き方のコースを教えていて、文をいかに読者の頭に長く刻みつけるかを教えるときになって、『日本の橋』で著者の使った技術は、アメリカのライティングの本の説く道にもかなっていることに気がついた。いや、一般に文章技術を説く人は、文を読者の頭に長く留めるというリテンションの問題にはほとんど触れていない。そういう点では保田與重郎という人は特別な才能を持った人だったと思う。

特別というより、たとえば西鶴や武田麟太郎、織田作之助といった人たちの文に共通する、少し饒舌で具象的なイメージを畳みかける話術の持ち主だったと云った方がよいのかもしれない。ビジュアライゼーションの達人としての保田與重郎も特筆すべきではないだろうか。

ただ、そういう話術は、『後鳥羽院』のあたりから次第に薄れたような気がする。が、とにかく出版される本はことごとく買い込み、後には雑誌『コギト』を購読するようになった。

休学が終って学校に戻ったら、新しい国語の先生が来ていて、その人は『コギト』の同人だという噂を直ぐ耳にした。その先生が杉浦正一郎さんで、大阪高校時代に保田與重郎、田中克己と共に三羽烏と呼ばれた人だった。杉浦さんとは、初対面からウマが合って、けっきょく私も杉浦さんの専門の江戸文学に引っ張り込まれたのだが、『コギト』まで購読している田舎の高校生の出現に杉浦さんも驚かれたらしい。

「保田はね、忙しい人で鉢巻をして机の前に中腰になって書いていますよ」といったエピソードを聞かせてもらった。「ああ、あの噴水のときは、僕も一緒に坐って見ていた」というから、ますます保田與重郎にのめり込んだ。

すでに戦争は末期的症状を見せはじめていたが、保田與重郎の純粋な祖国愛は軍部の国粋主義と相容れなくなり、保田は要注意人物になりかけている、という噂も聞いた。今にして思えば、もともと醜悪な軍国主義と保田與重郎の思想は氷炭のごとく離反しているのだから、当然のことだったのだろう。

私は、間もなく学徒出陣で戦場に赴くことになったが、戦火よりも私は万葉集や芭蕉に憧れることで魂の渇を癒していた。入学する前にやっと手に入れた出たばかりの『芭蕉』は、戦地にも持って行った。軍服を身にまといながら、肌の下はすっかり古典の世界に塗り込められている、といった主客の離反した世界の中で、『日本の橋』に出てくる現実の断片を反芻しながら、敗戦と敗戦後の一年を戦地で送った。

最近、大阪に行く用事があって、時間ができたのでタクシーをやとって大和めぐりをした。大和三山や薬師寺の塔や、私にとっては四十年ぶりの大和だったが、車窓から見る町並みや樹々のたたずまいの中に、ふっと日本浪曼派を思い出し、保田の生まれた桜井の里のことを思い出した。あの戦争中の疾風怒濤の時代は、まことに慌しく駆け抜けた青春だったが、保田文学は私たちの魂のよりどころでもあったのだ。私は青春の書の一冊として『日本の橋』をいつまでも抱きしめていたい。

(創価大学教授)

小島千加子……真理の月

京都市内は、所番地を告げれば訳なくタクシーが運んでくれる、といふ定理を破つて、最初の訪問の時は小一時間も緑の濃い太秦界隈を往き戻りした。佐藤春夫、檀一雄、中谷孝雄、五味康祐と、「日本浪曼派」に由縁ある先生方に何らかの御縁を頂いた私が遂に根城に辿りついた、といふ感慨で小暗い小路に降り立つた。迷つたこと自体がむしろふさはしい。道は明快なのに、訪ねる者が勝手にまごついたのが、先生に到達する橋がかりとして相応だつたのである。深山幽谷とでも言ひたい幽境に、ひそやかに、堂々と構へた居宅であるのも、先生の存在そのものを象徴してゐる。重畳と奥の深い佇まひは、先生の文章の骨格とぴつたりではないか……と感じ入るばかりで、さて、どこから入つて良いのか分らない。門と思はれる所は押せど叩けどびくともしない頑丈さに閉ざされ(どこかの寺門を移したものと後に知つた)、しかも注連縄が張られ御幣も下がつてゐて、普通の人間の出入口とは思へない。たまたま来た新聞配達に、「どこが入口でせう」と聞いても首をひねるばかり。挙句に間違つて私は、裏木戸からお勝手に入つてしまつた。

通された日本間は二方廊下で、ガラス戸が明け放たれてゐる。厚い緑の色としめりが座敷をしんと沈ませ、真中に縦二米《メートル》、横一米程の長大な座卓が置かれてゐる。景色に背を向けまいと、卓の一米の辺に対して待つと、物静かに現れた和服姿の先生は、私と正反対の側の辺に向つて坐られた。つまり縦二米の、しつとりと重い緑気を孕む空間を置いて対座する形になつたのである。

先生は意外に低声《こごゑ》で語られる。困つたことに語尾が殆ど聞きとれない。多少は聞き慣れてゐる京都弁、大阪弁とも異る大和訛りであるらしい。初見参の先生に、二米を隔てて一言毎に聞き返すのは不調法と思ひ、見当をつけて応答をするていたらくである。『現代畸人伝』の時代を更に新しくして、当代の人物について何らかのお書きになりたい事柄を探るのが訪意なのだが……。それでも、まむしだの、さるのこしかけだの、二、三の珍しい風格の人の話、とはキャッチした。先生の文業の万分の一もかじつてゐない私としては、最初はこれでも仕方がない、と冷汗もので辞去しようとすると、「また時に遊びに来なはれ」と、履物をつつかけながらの温い言葉である。室内では逆光であつたが、外に出てまともに見る顔は目元涼しく柔和で、三好達治先生に共通する雰囲気があつた。三好先生の目も含羞に富み、朴訥な光を宿してゐた。

昭和五十四年七月のこの初訪問は、私にとつていはば、〈大和国原《くんなか》〉〈大和言葉〉の洗礼ともいふべきもので、天地東西の分らぬ常夜の国に手探りで分け入るやうな按配であつた。

両三度通ふうち、或日夕暮間近になつて、「お酒上がるか」と、囲炉裏を切つてある部屋の奥の、茶の間の掘炬燵に案内された。囲炉裏は九十センチ四方と思はれる大きさだが、四辺の板が畳より高く、低目の卓子《テーブル》並に持ち上つてゐる。方形に囲んだこの板の上に、所狭しと古めかしい書物が丈高く、行儀よく積み重なり、書林が炉辺にまで及んでゐる壮観さに目を奪はれた。

「ブランデーにチョコレートといひはるやろ。お菓子でお酒呑むなどといふこともしよるのや」

とまづは和菓子でお酒を頂く。〈落柿舎〉といふ、先生創案の打物菓子で、柿の外形に、中身はブランデーに丸一日つけた柿と柚子。柿はあく出しが難しいので、古来あまり菓子には用ひられなかつたさうである。その日、例によつて話題はさまざまに富んだが、

「日本の女の人には高貴さがある。それも貞明皇后までや。あの高貴さは西洋には無論、中国、韓国にもない」

高貴といふ形容も、現代には縁遠くなつた言葉である。やがて取寄せて下さつた〈はもの落とし〉が、先生の好みに適ふものとあつて、高貴と言へる程に美麗、美味であつたのも、この話に結びついての忘れ難さである。

その春（五十五年四月）に他界された五味康祐氏がかねがね、「先生は九十幾つまでは生きる」と言はれたとか、命があれば書きたいことも、と話は核心に及んだ。谷崎潤一郎、川端康成、吉井勇、萩原朔太郎等を先生はよく知つてをられる。

「それらの人の遺族もをるさかい、機が熟せんとな」

加へて、「昨今、芥川龍之介が評判良くないのはどういふわけか。漱石、鷗外でもなく、潤一郎、春夫でもなく、日本の伝統にないところでやつてゐた人を、もう一度見直してみてもよいのではないか」とも言はれた。

大和国原に少しは近寄れた実感を持つたところで、また、「真理は単純明白」と説かれるその真理の月に、手が届きさうになつた手応へを感じたところで、ふつと雲がくれされてしまつたのが、限りなく残念である。

（「新潮」編集部）

島崎 巌……保田先生を偲んで

私が先生の知遇を受けるやうになつたのは、先生が終戦で外地より帰還された直後からです。昭和二十一年の冬に先生から直接講話を聞きまして、その後に手紙を書きました処、先生から長文の返事を頂きました。私は天上に登る程の思ひで、胸をときめかせました。そして戦中に自費出版せられた「校註祝詞」に扉へ「山かげ」の歌を書き添へて送つて頂きましたが、その時の毛筆の手紙を昭和三十五年の伊勢湾台風で紛失してしまひましたことは本当に口惜しく、今も残念に思ひ出されます。

私はその翌年の春から二、三度桜井のお宅へお邪魔をしました。行く時は先生から文学談を聞かせて頂くつもりで出掛けるのですが、当時帰農してをられた先生との対話は百姓談ばかりになつてしまひました。百姓をしてゐた私には、先生から作物の出来ぐはひはどうですか、その作物はどのやうに作つたらよいのですか、などといふ話で、百姓をしてゐる私の方はその方が話もしやすいものですから、つい〳〵それで終りになつてしまひ、先生の文学談は聞かれずじまひで帰るのです。

昭和二十五年の夏八月下旬に先生は二人の男の子をお連れになつて、知多半島の中程に当る私の山居に遊びにこられました。当時のわが家は山の中の一軒屋で、夜は石油ランプの生活をしてゐました。夜ともなれば時々狐の鳴き声も聞かれる所です。又、私の実家は半田といふ町で、両親が住んでゐましたので、そこでも三日程宿つて頂きました。食糧難時代のことでしたが、当時の私は田を九反歩と畑を八反歩程耕作し牛も飼つてゐましたから、作物もいろ〳〵な種類を作り、果樹もありました。母が小豆を煮て田舎ぼた餅を作り、早掘りの里芋を私の所から持つてゆき、煮付けて食事に出しました処、珍らしかつたのでせう、なくなつた後に、お子さんがもつとほしいといひ出したので困つてしまつたとあと〳〵まで亡き母が話してゐました。

半島の西海岸に新舞子といふ海水浴場がありますが、そこの東大附属水族館へ電車に乗つて見にゆきました。海岸は夏の終りですから、海水客もまばらでしたが、男の子二人は裸になり、海に入つて遊ぶのを先生は腰を落し、にこ〳〵と楽しく見守つてをられます。私達はそこの松林で昼食を食べることにしました。にぎり飯に弁当箱に入れたお菜を出さうと包紙を開いた時でした。その包紙が風で吹き飛びましたので、あわてて私が後を追ひかけた時に、足で浜砂をけり上げてしまひ、それが運悪く弁当箱に這入つてしまひましたのは、あと〳〵まで男の子の話の種子となつて、私は赤面してゐることです。

篠島へは焼玉の渡船に乗つてゆき、帝の井や清正岩などを見ての帰り、半島の最先端の師崎の羽豆神社に参拝しました。小高い処にお祭してある社で、先生が三河湾を眺められた姿が今も眼裏にありありと顕ちます。晴れた日には伊勢も見え、渥美半島も見えます。帰宅された後に、先生は短歌一首を書き送つて下さいました。

知多の海けふもくれぬと立ちて見しあかきかの日もおもほゆるかも

歌集『木丹木母集』にある「篠島御井賦」の長歌はその時の作でした。

半田では少しばかりの酒と夕食後に、父が祖父の話をしました。私の家は代々三河で瓦作りと屋根葺を業としてきましたが、祖父は専門の屋根葺師となり尾張の半田に移住して来たのです。その祖父が京都の東本願寺の屋根を葺いた時の話を、先生は大変興深く聞いて下さいました。後で「京あない」にそのことを誌し置かれたのを読みました私は、感謝の思ひで胸が一杯になりました。

ふりかへつて見ますと、私が先生の知遇を頂くやうになつてから沢山の方々を知りましたことが一番有難いと思つてゐます。先生から受けた恩恵は計り知れない程ですが、何と云つても、人と人が縁あつて知り会ふといふことがどんなに大事なものであるか、ましてそれが生涯を通じて生甲斐となるものであるならば言葉では云ひ得ない有難さをしみじみと感じます。先生は無言のうちにその一つのことを私に教へて下さつた大切な方であつたと私は思つてゐるのです。

米倉 守……いつも会うだけ

新聞の死亡記事ほど気まぐれなものもない、と思う。それが故人に対するその時代の関心度を示しているといえばいえるが、専門分野の人からみれば、大したこともない人に大騒ぎし、立派な業績の人が顔写真もなし、という不思議もしばしばだろう。

それはともあれ、どうしても各界の人の追悼（賛否両方から）を全部きいてみたい人というのがいる。近年では小林秀雄氏であり、保田與重郎氏である。追悼五十人で全紙面を埋めるなんてことは不可能だがやってみたい気がしてしかたがない。

保田さんも、新聞社からコメントを求められて、ボツにされた人が何人かいたらしいことをきいた。追悼の趣旨にかないません、というのが理由らしく、他方で保田再評価を記して、たちまち反動よばわりされた批評家たちもいたという。

保田與重郎氏の原像にせまるにはそれ相応の覚悟が今でも必要なのだろう。死去された折、私は美術評論家の針生一郎さんに電話をいれた。

「『日本浪曼派』のなかでは、藝術に関して、もっとも分かる人であったと思う。竹内好が、左翼の保田批判が不十分である、といったことがあるが、保田さんからはくみとるべきものがあると今も私は思っている。藝術作品についての感受性には独特のものがあり、戦後の観念的な否定だけでかたづけられるものではない。イデオロギーは別にしても、残るものが多くある人であった。終戦直後、私は会いたくて奈良までたずねたことがあるが、保田氏はまだ復員していなかった。戦後書いたものは気が抜けているようで、あまり評価しないが、こんご見直されなければならない人であろう」。

針生さんの文章ではなく、談話をまとめたので御本人も意を尽していず御不満だと思うが、「独特の感受性」は認めなければならないと強く思うのである。

もう二十年以上も前になる奈良勤務のころ「万葉集」にでてくる奈良県内の地をことごとくたずねて、ペンとカメラで再発掘しようという企画があり、新聞記者の浅知識で「万葉のいぶき」百二十九回の連載をしたことがあった（後に「万葉カメラ散歩」と改題されて朝日新聞社から刊行）。

なにぶん普段の仕事をしながらの執筆なので、早朝に飛鳥へ、夕方から吉野へという体力だけという荒事だったが、新聞連載がはじまって間もなく、当時知事だった奥田良三氏と会食の折、氏が「私の親戚筋に当たる人で保田與重郎が京都にいる。あんなにヤミクモに古跡を歩いているだけでなく、是非会いなさい。おもしろい話がきけるかもしれないよ。紹介したい」という。

京都のあの山水画的雰囲気の保田宅を訪ねたのはそんなきっかけからだった。たしか午後四時ごろたずねたのだが、まだ睡眠中とのことでしばらく待ったが、保田さんは寝まき姿でまだねむそうであった。太秦に移られたころのこと、骨董品の話、そして桜井の話と、万葉に関係のない話をいろいろ聴いて帰ってきた。夕暮れ近くになって「ようやく頭が冴えてきました」と伸びをされたのが今でも印象的だ。しかし、今思いおこしてみると、巻向穴師や山辺の道のあたりで、かつて村の人たちが近くの御陵で〝火振り〟をした話などきいたようにも思う。堀の泥をさらって、タイマツをふりかざして全員が堀の周辺を回わり、山へかけ登るという、雨ごいの行事で、雨が必ずきたという。三輪の春祭で、みこしをかつぐ人たちは、三輪山の両端を流れる穴師川と初瀬川の合流点、大泉地区までのデルタ地帯の人に限られている、など断片的に覚えているが字にした記憶はない。ただ残念なのは、奥田知事が桜井時代の保田さんの〝奇行〟をいろいろ話してくれたのが、どんな内容だったのか、どうしても思いだせない。

相撲の話だったような気もするのだが、自信がないので書けない。その後京都に勤務地がかわって、美術にかかわりだしてからふたたび訪ねたが、一方的にメモ帖をだして話を横どりする人間によくいやな顔もせず会っていただけたものと思う。

が、いつも別の話をして保田氏のことで字にしたことがなかったように思うのはなぜだろう。たとえば、法隆寺の壁画再現の折、その話をききに行きながらまったく関係のないことを話して引きあげてくるという具合なのだ。メモはゼロ、「独特の感受性」に触感して満足したのかもしれない。「山の中だから玄関口まで新聞を配達してくれない。届けるようにいってください」とたのまれたのに、一度もしなかった。会うことで安心して「保田與重郎」のことは書いたことがなかったからである。

それにしても奥田良三氏及びその周辺の人が知る保田與重郎像を早いうちに記録に留めておかないと、もう誰れも知る人がいなくなってしまいそうで気がかりだ。

（朝日新聞記者）

〈以上第十一巻　昭和六十一年九月刊〉

窪田般弥……『同時代』の頃

私には文学好きな兄が二人もいたので、保田與重郎の名前だけは早くから知っていた。巷にアンドレ・モロワの『フランス敗れたり』が氾濫し、盧溝橋事件が燎原の火のように拡大され、やがて大東亜戦争へと突入していく時代だった。

中学の高学年になってから、仲間の文学青年に刺激されて、『日本の橋』や『後鳥羽院』を読んだ記憶がある。

しかし、悲しいことに旧制中学の国文学の知識しか持ち合わせない私には、せっかくの名著も豚に真珠、ついに読破しえなかったというのが実状だろう。とくに大和桜井の出である詩人の感性の母胎となっている伝統文化には、東京あたりの安手なハイカラ文化で育てられた青年が、そう易々と入っていけるものではなかった。大和の感覚に乏しい私は、今でも、保田與重郎を本当に理解するためには、畿内で生まれ育ったという特権を持つ者でなければならぬ、という妙な劣等感を持っている。

私は戦後になって、矢内原伊作や宇佐見英治がはじめた『同時代』の同人となった。

私とほぼ同じ頃に、橋川文三も同人に参加した。彼は数年の先輩だったが、中学時代に硬式野球で鍛えたという風貌は若々しく、私などから見れば、やさしい兄貴分といった感じであった。

ところが、同人会などで、ひとたび議論ともなれば、このやさしい兄貴の舌鋒はするどく、一歩も後にひかなかった。旧制一高時代の仲間の一人が少々あきれ顔で、「何しろ橋川は、保田與重郎ばりのねちっこい文体で長い文章を飽きずに書く奴だからな」、と苦笑していたのが昨日のことのように思い出される。

旧友が「保田與重郎ばりのねちっこい文体」と言ったのは、戦時下の交友会誌『護国会雑誌』に発表した一文を指しているようだった。

もちろん、それがいかなる文章であるかは知らない。しかし、こんなたわいない昔話の背後から、突如として一人の熱っぽいロマン主義者が浮かび出てくるようで、私にはまことに興味深かった。周知のように、『同時代』に連載された「日本浪曼派批判序説」は、一躍、橋川文三の名を高からしめた力作だが、どこかに彼はこう書いているはずだ――「日本ロマン派、とくに保田與重郎は、ある一時期の一部の青春像にとって、トータルな意味をもった精神的存在であった」と。

『同時代』には詩人の知念栄喜もいた。

「月報」の第六巻に菊地康雄さんが、昭和四十六年に講談社から刊行された「保田與重郎選集」にふれて、「編集担当者は知念栄喜君であった。知念君にとって保田さんは師であり……」と書いている。

知念栄喜の作品を愛してきた私は、今でも会えば親しく言葉を交す間柄だが、菊地さんの文章を読むまで、彼が保田與重郎を師と仰いでいたことなどは、まったく知らなかった。灯台下暗しとは、こうしたことを言うのだろう。

菊地さんはまた、「知念君の努力はたいへんなものだった」とも言っている。誠実な編集者だった彼の一面を簡潔に指摘した一行で、私には創元社時代の知念栄喜が懐しい。

あの頃、新婚早々だった彼は、経堂にあった創元社の社屋で暮していた。私は一日、彼のやや遅かった結婚を祝しに、仲間と一緒に訪ねたこともある。生まれたばかりの息子太郎が可愛かった。第一詩集『みやらび』(昭和四五年)には、幼少から絵が巧みだった太郎のクロッキー風のさし絵が使われている。

「みやらび」とは、「乙女」という意味の沖縄語だそうだが、知念栄喜はこの詩集を携えて颯爽と詩壇に登場した。

……水蛇は蜜月の川をさかのぼり　ひそやかな受胎の石にくぐくまる　とほい夜と日を継ぎ　満たされる春の日の寓話を　幻像の海の嵐が叫び　見えないははの島の頂へ　火夫の額が殺倒する

みやらびよ

沖縄を生地とする知念栄喜は「みやらび」を歌うことによって、民族的伝統のなかに根強く腰をおろしている美と情念を見出している。これはまた、師保田與重郎の精神を継承するロマン主義者の生き方にほかならない。知念栄喜の詩を解説して原崎孝は、「生命の始原や自然における古代への思慕と現代の惨酷とがせめぎ合っている情念の混沌の中で、この詩人の純粋希求と正義であるものへの志向とが、詩を生き生きとし、きわめて明るい色彩を与えている」と語っている。

私は、『同時代』の頃の二人の友人のことを回想した。この回想からは、誤解され易かった一人の純粋な詩人の姿も浮影してくる。ひょっとすると、晩生《おくて》な私の保田與重郎体験のはじまりとなるかもしれない。

（詩人・早稲田大学教授）

鳥居哲男……百人一首と保田與重郎

私事で恐縮だが、保田與重郎といえば、まず母のことを思い出す。

亡くなる直前まで自作の短歌を小さなノートに書き留めて、日記替りにしているような母だったが、この母が私にはじめて保田與重郎の名を教えてくれた人だったからである。

母の口からしばしば「やすださん」という見知らぬ人の名が飛び出してくるのを意識するようになったのは、小学校三、四年生のころだったたと思う。ちょうど学藝会で「山くらべ」というのをやっていたときのことだ。

「小倉山峰のもみじば心あらば、いまひとたびの御幸またなむ」

と「小倉山」が舞台で見得を切ると、

「天の原ふりさけみれば春日なる三笠の山にいでし月かも」

と「三笠山」がしゃしゃり出てくる。するとそこへ、クラスで一番長身の男が、

「田子浦にうちいでて見れば白妙の富士の高嶺に雪は降りつつ」

とやってきて「小倉山」も「三笠山」も尻尾を巻いて逃げだすというような小倉百人一首を織り込んだ寸劇である。私は「三笠山」の役で、かるたとりではこの「天の原ふりさけみれば」が十八番《おはこ》だったから、うれしくてしようがなかった。富士山に負けるのが癪だったが、母に自分が「三笠山」の役をやり、安倍仲麻呂の歌を詠唱することを、かなり得意げに報告したのをおぼえている。

小倉百人一首は、まだ小学校に上る以前から、母に子守唄のように聞かされて育っていたので、意味がわからぬまま、ほとんど全部暗誦していた私は「小倉山」や「富士山」に抑揚のつけ方まで〝指導〟していたのである。

喜んでくれると思っていたのに、そのときの母は、いつものやさしい笑顔を見せず、冷たくつっぱねたものだ。

「そろそろあなたも、歌の意味をおぼえるようにしなさい。かるたとりが少し早いからって、あんまり自慢できることじゃありませんよ。百人一首というものはね、一つ一つの歌もいいけれど、第一首目から最後の歌まで、全体の流れや歌の組み合わせのおもしろさを理解しなければ、ほとんど意味が

ありません」

いまから思えば、おそらく母は、このようなことをいったに違いない。

そのころの私には、母のいう難しいことはさっぱりわからなかったし、どうでもいいことだったが、何か難しいことをいった後、母が必ずといっていいほどつけ加える「やすださんもそういっている」という言葉は、いやが応でも耳に残った。

しかし母のいう「やすださん」が保田與重郎であると気が付いたのは高校生になってからである。母の書斎などで見かける保田與重郎の著者名を、私はずっと「ほだ」と読んでいて「やすださん」とは結びつかなかったし、「なつめさん」と母が呼んでいた人を夏目漱石だと気付いたのも中学時代後半である。

そして私が「やすださん」が保田與重郎であることに気付いたころには、もう母は私に対して〝難しいこと〟はいわなくなってしまっていたし、先生や先輩たちも保田與重郎について語ることを何かさけているように感じられた。それだからこそ、私は高校時代、図書館にあった数少ない保田與重郎の本は、すべて目を通してみたものである。

その中の一つに「百人一首概説」があり、何度も繰り返して読むにつれ、母が私に伝えようとして伝えられなかった小倉百人一首という歌集が持っている意味を、おぼろげながらも理解することができたような気がする。

京都に生まれ育ち、当時としてはモダンだったに違いない女学校を出た文学少女が、どこでどのようにして「やすださん」と呼ぶほど保田與重郎のファンになっていったのかはついに聞くこともできなかったが、おそらくそれは国漢の先生をしていたという祖父の影響や保田與重郎その人の、母達の時代における盛名によるものだろう。

「美しき貝殻の数集めんと潮ゆるく寄す磯つたい行く」

という老人会で吟行した折の母の晩年の作からは、百人一首も保田與重郎も、その影さえ見出すことはできないが、まだみずみずしい少女のような母をほうふつさせてくれる。

しかし、それさえも私は「やすださん」との脈絡で考えたいと思う。それは保田與重郎のすべての作品が、かたくななまでにみずみずしく、日本人の〝大いなる母〟を語っているように思えるからかもしれない。

（編集者）

川村　湊……保田與重郎と「仙」

保田與重郎と神仙道といえば、いかにも恣意的な取り合せと見られるかもしれない。こちたき漢意《からごころ》をもてあそぶ批評の仕業、と取られても無理からぬことかもしれないだろう。だが、保田與重郎が一種子供のような好奇心と邪気のない興味とから、日本の古典世界を渉猟したこと、そしてそこからやや珍奇に傾くような精神記録を拾いあげてきたことは、今後もう少し積極的に語られてもよいことであると思える。

たとえば、ここでちょっと考えてみたいのは、保田與重郎と「仙人」との関わりについてである。「日本の仙人」（『機織る少女』所収）という文章の中で保田與重郎はこう言っている。

「かうして孫悟空に対する子供の頃の一種の科学的興味から、私は次第に日本の仙人伝に興味をもち、ほゞ蒐めうる範囲の仙衆をあつめて、その伝記を編んでみたことがある。（中略）しかし私の描いたのは、さういふ列仙伝でなく、大体国際記録——と云うてもアジアの記録だが、それを睨み合せながら日本の仙人の飛行記録を検討し、同時に仙人の飛行についての思想を検討することにあった。（中略）くだいて云ふと、日本人の仙に対する思想を検討するといふことになる。同時に日本人が人間外の力をもつた時に何をなさうとするか、又何をさせようとするか、といふことを日本人の思想として考へることとなる」。

保田與重郎が蒐めた「仙人についての伝記」とは、たぶん『民族と文藝』の中に収められた「仙人記録」のことだろう。喜撰法師から始まって浦島子に至るまで、中に役行者、久米仙人をも含めた日本の「仙」の行状をたどるこの文章は、まさに「近来文壇では十分な奇書」と評されるべきものだろう。もとより保田與重郎は、単なるディレッタンティズムとしてこの記録を綴ったわけではない。大江匡房が『本朝神仙伝』を編んだことに、当時の「人から仏へ」「人から神へ」なることの希求の精神が透けて見えるように、保田與重郎には「日本人の仙に対する思想」についての一種のこだわりがあったのである。

いうまでもなく、神仙道（道教）は中国古代の民俗的、民間的な信仰に「道家思想」や仏教などが強く影響して〝窯変〟した信仰形態であって、孫悟空の活躍する『西遊記』などの小説に、そうした神仙道的な信仰要素が色濃く反映されていることは遍く知られたことである。このような神仙道が仏教などとともに日本にもたらされ、日本の「仙人」たちを生み出していったのだが、実はそこでは重大な要素がすっぽりと欠落してしまっていたのだ。それは「人が仙となる」ための技術、つまり肝心の仙人となるための方法論としての〝遷術（仙術）〟そのものなのである。

だから、中国の精神史、科学史においては神仙道と切り離しえない関係にある神丹を煉る技術――煉丹術、「丹道」と呼ばれるテクニックも実際には導入されなかったし、あるいは導入されたとしても遍く行われるということはなかったのである。

保田與重郎が孫悟空や中国の神仙たちと、日本の仙人の飛行記録を検討することによって明らかにしたのは、久米仙人の空からの失墜のエピソードででも知られるように、日本の仙人の「飛行技術」の未熟さなのであり、それは敷延していうならば日本人には天空を飛行することへの、さらにいえば「仙」になることへのあくなき欲求が欠けているということにほかならないのである。もし本当に「人が神仙となる」ことへの希求が熾烈であったとすれば、そのための方法論（遷術）が「神仙」の観念と同時に招来されないはずはないのだ。むろん、このことは日本人が神仙という理想に結実してゆく〝不老長寿〟について淡泊であったということをそのままでは意味しない。日本の仙人たちには、もし卓越した「飛行技術」を得たとしても、実はその飛行術で飛んで行く目的の地といったものがなかったのである。つまり、不老長寿の理想を実現する〝蓬萊島〟（＝常世の国）はまた東海のはてに浮かぶ「日本」の島そのもののことであって、日本の仙人たちはこの島にいる限り、翼の力を失った信天翁《あほうどり》のようにぼんやりと海の向うを眺めているだけでよかったのである。

浦島伝説には、このような日本での「仙」に対する思想が鮮かに盛りこまれている、と保田與重郎は言う。もとより、それは日本という国が仙境であり、神境であることを言う言葉ではない。日本では人は格別の努力や修業を経ることなく、「神」や「仏」になることができるのである。不老長寿を実現する〝常世の国〟が、また「死の国」である〝黄泉の国〟であることも、それはむろんつながっている。日本人が神仙に対して抱いているのは、到達すべき目標ということではなく、〝自然《じねん》〟になるべき〝翁〟のイメージなのである。

このとき、私たちの目の前に開かれているのは、四方を波で洗われるミニチュア島国としての懐しき「日本」の姿にほかならない。

（文藝評論家）

〈以上第十二巻　昭和六十一年十月刊〉

芳賀 檀……保田與重郎とヘレニズム

保田與重郎は、近代の最も傑出した稀に見る評論の天才である。彼は評論を文学にしただけではない。彼は考古学、歴史学、民族学、社会学、言語学、美学、心理学、レトリックに迄文学の領域を拡大し、それらを取り入れ、独自の修辞学を築きあげた。彼の文学は宇宙的な全量であつて、最も高次な思惟から、日常の会話に至る全てを包括してゐる。むしろ彼の場合は、彼の世界に欠けたものを数へる方が早いであらう。強ひて彼に欠けたものと云へば、「音楽」と健康に対する「衛生学」だけである。音楽が欠けてゐると云ふのは、それら、精神的＝心的な旋律が入りうる余地がなかつたと云つた方がよい。彼の文章と言葉の連系が一つの完全な土偶的、郷古的＝民俗的な歌であり、完結した会話的な旋律であり、新しい律動を盛つた太古の音楽をひびかせてゐた。兎に角その他の場合全ての知識と理解を網羅してゐて、容易に決断し、あく迄なじみ深く魅惑的であり、全て彼に生れついたものであり、主観的であり乍ら私達に幸せな悦びを与へてくれる種のものであつた。太古を地盤にして、未来を予知させる本能と云へば、歴史的と云ふより予言的なものに近かつたらう。

彼の衛生学の欠除は三島のやうな自己破壊ではない。私達にとつて最も豊かな興味深い実りをもたらした思索と感情の調和と不協和から成り立つてゐた。彼の全ての悲しみは郷愁と追憶に充ちてゐた。彼はそれを彼自身の外部に於いて眺め、分析した。

私が未だ東大の副手をしてゐた時、彼は卒業論文に「ヘルダーリン」を書きたいと云つて相談に来た。ヘルダーリンと云へば私のケルン大学の先輩であるヘリングラードが未だ発見したばかりの、未知の、至難の、高次の詩的存在であつて、前人未踏の領域であつた。私は他の主題を撰択するやう指示したと思ふが、彼は断乎としてゆづらなかつた。ヘルダーリンを撰んだのは彼が強烈なギリシアへの憧憬を有つてゐたからだ。彼はギリシアに完全な美を、完成を憧れたのであつた。彼は飛鳥・天平の美の新しい発見者だが、より偉大な美に対する憧れは、時としてはこの国の美をものり越えることがあつた。「現状に満足しない」のが彼の本質であり、又日本浪曼派の出発点でもあつた。彼の視野はシルクロードなどをはるかに越えて、ギリシアにその源泉を求めてゐた。一時期、彼は「ヘレネ」を偉大な美の典型として憧れてゐた。自分をのり越えて、「以上の美」を身近に引き寄せようとした。これこそ「ロマン主義」そのものではないだらうか。この頃シルクロードだの大黄河に探求の眼を向けることが流行してゐるが、一体何を求めてゐるのだらうか？

残念なことには保田自身が、直接古代ギリシアの偉大さを眼で見、肌でふれて体験しなかつた事だ。私はアクロポリスの神殿に跪いた時の、戦慄の感動を忘れることができない。あの言語に絶する壮麗さは私の全生涯を決定するに充分であつた。保田にはその無限の偉大さの体験が欠けてゐる。と云ふより、彼自身がそれをあきらめてしまつた所に、彼の限界があつたのであらう。全て偉大なものは日本に渡来すると矮小化してしまふ。その後の保田は恵まれた風土と伝統を背景にして、ひたすらこの国に定着し、風土化し、執著することに専念した。彼の「日本の橋」「戴冠詩人の御一人者」「京あない」などは彼の作品の傑作であることは勿論である。が、彼の云ふ「橋」はもう古代ギリシアへのはるかな「人類の未来」への架橋ではなく、短歌はもうホーマーの「イリアッド」の偉大さへの足場ではなかつた。曾ての「ヘレニズム」は保田の「私」から、個性から遠ざかつてしまつた。それだけ彼の風土化が、郷土愛が、土偶化への定着が強烈だつたのである——云ひ換へれば、彼は彼の文化を支へる民族層が、言葉が、商談が必要だつたのである。彼の文化への熱情が古董化し、固定化したのも止むをえなかつた。彼程深くこの風土に定着した者はゐなかつたし、彼の哲学は郷愁であつたからだ。そしてこの郷土の上に築かれ、彼の感覚は確乎としてゐた。真の生命であり、不抜の城廓であつた。彼に較べれば私などは「私」ではないのである。「私」になるべき「核」さへ有つてゐはしない。保田を支へてゐたのは彼の最も身近なもの、必然のもの、追憶であり、彼自身であつた。保田といふ人間はそこに芽生え、育つた藝術であつた。誰がそれ以上の人間になれと要求しうるだらうか？

「奴隷なきギリシア」と云ふ言葉がある。亀井勝一郎あたりが云ひ出したのであらうが、美しい言葉だが、現実にはあり得ない。文化形態学《モルフオロギー》から云つても、文化は地盤があり、段階があり、そして上部があり得るのであり、必然にピラミツドの形体を成してゐる。土台がなくては上部はあり得ない。ギリシアの貴族達は一人平均十人の奴隷を有つてゐたと云ふが、奴隷と云つても今日の共産圏の囚人化された悲惨な奴隷ではない。高度のヒユーマニズムの時代であるから貴族を支へる幸福な市民層であつた。この上部を支へる地盤が、今日で云ふ「すその」が傑かつた。今日の日本が経済大国であり、先端技術に於て世界をリードしてゐるのも、上部を支へる中小企業がすぐれてゐるからと云はれてゐる。そして今日の吾々だつて、会社の、大学の、国家の奴隷ではないか。そして又近代の科学や技術は、古代の奴隷の役割を果してゐる。

保田の、この国の風土と人間に対する愛情は非凡であつた。彼の眼は一枚の屋根瓦、一木一草すら見落さなかつた。彼はただ飛鳥・天平を発見しただけではない。この国の歴史を、風土を新しく発見した。それは戦時中戦地に赴く若人たちをどれだけ勇気づけたことであらうか。彼はその人達に支へられ、又この民族を支へてゐるのである。

（評論家）

水芦光子……「コギト」慕情

昭和初年から戦後の五十年、ほゞ半世紀にかけて、たゞ一人の相手に恋文を書きつゞけてきたひと——保田與重郎氏のことを思うとき、一口に言ってそんな気がする。無論そのたゞ一人の相手とは「祖国日本」で、ひたぶるに書き継がれた恋文は純粋で清《さや》けくも勁い。

はじめて保田與重郎氏の御名を聞かされたのは、戦前の大阪で、昭和十四年頃、詩人の伊東静雄さんからである。伊東さんはその頃住吉中学校の国語の先生をされながら「コギト」や「文藝文化」に詩や評論を書いていらっしゃった。住吉区の私の家へ「三人」の富士正晴さんが同道されたのが最初で、それからお二人に誘われるまゝ、アベノ橋辺の珈琲店や、天王寺の美術館などのお供をした。気の合った新進気鋭のお二人のお話だから、ずいぶんといいお話をなさったにちがいないが、未熟な文学少女はぼんやりとたゞ雰囲気を愉んでいたようだ。そして帰途、急に思い出した感じで書店に入り、ぐろりあ・そさえて版「ヱルテルは何故死んだか」を購った記憶がある。保田氏が国文学のみならず外国文学にも精通されている——伊東さんのそんなお話を聞かされた前後のことである。

伊東さんは、昭和十五年「夏花」を上梓されて詩壇の注目を浴び、萩原朔太郎氏からも最高の讃辞を受けられたが、最初の詩集「わがひとに与ふる哀歌」も、その多くは「コギト」に掲載されたもので、まず最初に保田氏の知己を得たといえよう。

昭和十八年の「コギト」七月号に私の詩二篇を載せて頂いた。これは永瀬清子氏の推薦によるもので、その頃私は上京し、結婚していたが、京都から「朱緯」の詩人金剛サチさんが訪ねてきて一泊し、永瀬清子さんを訪問されるのに同道した。永瀬さんの詩集「グレンデルの母親」に若い二人は心酔していた。

お逢いしてみると、偶然私の郷里の女学校に学ばれたこともあり、家が北沢と下北沢の近距離だったりして急にお親しくなった。戦時下の物資の欠乏のはげしい時だったので、ビールの空瓶を借りに行ったり（空瓶なくては配給が受けられなかった）、僅かの郷里からの食料を頒け合ったりした。勿論、心に沁みるような詩のお話も伺った。ある日、下北沢の路上で、永瀬さんは細いミゾのような川を指さし、「この川に沿ってゆけば萩原さんのお宅があるのよ、何時か二人でお訪ねしましょう」と仰言り、それから二人は萩原朔太郎氏のことを「川上の人」と呼ぶようになったが、すでにその方は病中であり、ついに伺うこともなかった。

推薦して下さった詩は、一つは新妻の、一つは昔の初恋を歌った詩だったが、突然に保田氏からはがき頂いてそのことを知り、喜びというよりはたゞ意外な気がした。「コギト」はどこまでも高嶺の存在だったし、永瀬さんはそのことについては何も仰言らなかった。そういえば、犀星師の場合もすべてそうだった。昭和十三年頃、郷里の金沢の見ず知らずの少女が送った詩を、一応ほめて下さった上で、「四季」「文学界」「むらさき」などに推薦して下さり、いきなりそれぞれの掲載誌が送られてきてはじめて本人は知り、夢かとばかり驚くのだった。その頃の先達は、後輩を導くのに、かくさりげなく余裕綽々であった。

「むらさき」は女性むきの古典雑誌で、十篇ほどを推薦下さったが、なかに戦争肯定の詩もある。太平洋戦の開戦当時のあの国民の心情を師も実感されての上で、思えば銃後の女は愚かにもけなげだった。戦後となって、保田氏のお立場はお辛かったと思う。「恋文」の相手が「軍部」という性悪女にとって代っていた時代だから仕方がない。それ故、再び戦後となって、「祖国」を創刊され、「志」を述べられたものだろう。私の愛惜の書は、「日本の橋」「後鳥羽院」など自分自身の青春の手さぐりの頃につながる。

先ごろ、京都の臨川書店から「コギト」復刻版として掲載誌を送って頂いた。久しぶりで見る表紙の色はあの淡い当時のままの灯《ともしび》色で、田中克己氏の「昭南従軍記」の冒頭の詩は悲しいばかり美しく、北町一郎・中村地平氏ら現地に派遣された文人たちの動静や、現地人との一種張りのある接触、言い難い軍政への気配りも窺え、冴えかえる月明のような一文は、まさしく「コギト」の格調だった。なかに引用された森亮氏の「ルバイヤツト」の名訳も、かつて「コギト」で知った私の愛誦詩である。

早速この復刻版のことを、岡山に在住でますますご活躍の永瀬さんに報告したところ、〝私「コギト」には一度も書かなかったの、あの頃は北川冬彦さんらと「麺麭《ぱん》」のことで一杯でした〟と相変らず鷹揚なお言葉が返ってきた。

（作家）

笹本　毅……魂を太らせる人

私らのやつてゐた「バルカノン」といふ同人誌の座談会では、保田先生の教へをよく頂いたものだつた。先生は呉、あるいは広島といつた遠い町に割合よくお越しになつて、とりとめのない雑談に興じられるのだつた。さういふ会合に胡蘭成先生もお見えになつたし、上田恒次先生も出席されたりした。勿論、地元の清水文雄先生は言はずもがなである。しかし、広島の原爆投下の遺跡の類ひは、人間の見るべきものではないとして一顧だにされなかつた。

ある時、広島市の会合の時「山口二矢少年」のことで激しい物言ひをされた。事件後「山口二矢少年」が自決されることを懼れられた風で、死んでくれるなと心から願はれたさうだが、矢張り死んでしまつたことを心から残念さうに話された。先生は予め「二矢少年」の自決を予感されてゐたからである。

三島由紀夫先生の時も激しい感動があつて、奈良で百日祭を玉井氏が主催された時、何かと肝入りされてゐた様子だつた。その折には岡潔博士、林房雄先生も出席されてゐた。その式典、行事の最中で、地元の右翼団体が二人程壇上にあがつてワメキ立てはじめた。何かその右翼団体に、何の挨拶もなしに百日祭が行はれたことに対するイヤガラセの様なものだつたかと思ふ。林房雄先生の前に立つた壮漢が「林房雄の売名行為」と言つたら、林先生は「林房雄は今更、売名する必要はない」と淡々と答へられてゐた。

その隣りには、保田典子様が端然と坐つてをられた。その会場での成り行きは、出席者の怒号罵声の中で「場外に出て行つてもらひませうか」といふ司会者の言葉で、最後には何となく静まつてしまつた。別室の控室にをられた先生が、会場に出て来られた時には騒ぎはすでに終つてゐたやうに思ふ。

三尾山荘に先生をお訪ねした折のことである。三島先生の話の四方山の中で「あの事件はもつと文学的に考へなければ」といつた意味の事を先生はおつしやつた。その頃私は文と武、作家活動と実生活を明晰に区別しようと努力された三島先生の武にあたる、作家活動以外の分野に十一月事件は相当するとタワイもなく考へてゐたので、先生のそのひとことはピンと来ない部分があつた。しかし近頃になつてみると、二元論自体が三島文学であつた、三島先生の文学がなくては、あの事件は起り得なかつたと思つてゐる。さういふ意味であの事件は極めて深い深い文学的事件であつたと言はざるを得ない。私の解釈の当否は措いて、先生は初めから最も深い処を見てをられたのだと思ふ。先生の思ひとは別な三島文学論は国際的にも昨今、益々盛んである。

又、ある時は右翼の批判をして、先生が何故そんな者とつきあはれるのかと言はんばかりの事を申し上げた。ところが先生は情のある弁護をされるのだつた。それはそれとして先生は、いはゆる「判官ビイキ」の面も多分にお持ちのやうに拝見したものである。

先生とお話をしてゐると、何となく私自身の魂が広大になるのを感じたものである。何か仕出かさねばならぬ、何か奮起せねばならぬといつた気力が随分と湧き立つものがあつた。そして分り易い形で人生の極致も教はるのだつた。

座談会でも愚問ばかりしてゐた私達であつたが、それにも倦まず色々な話を聞かせて頂いた。その先生のなま身の生涯で一番の痛恨事は、直日さんの自死であつたらうと思はれる。英風颯々たる青年丈夫の死について私は何も知らない。亦知らうともしない。判りもしない。

先生の目の美しさ、柔媚な腰つきとか、手相の運命線の真直ぐに伸び切つてゐる不思議さは、すでに書かれてゐることだ。たゞ手相の事は私一人知つてゐることにして、と思つてゐたらちやんと見てゐた人がゐて、いつぞやの選集に平林英子さんが月報に書かれてゐた。天下は広大である（呵々）。

さて先生は、ある時次のやうな意味の事をおつしやつた。その事を私は忘れない。

「創始者の精神をまげる者は、その弟子達であることが多い。そしてまげられる萌芽は創始者の中にあるものだ」。

（呉市助役）

平岡幹弘……物腰と語り口

昭和五十一年一月二十四日、東京の九段会館で、林房雄の百日祭を兼ねた慰霊祭が行われた。靖国神社の池田権宮司が斎主をつとめた。暗闇のなかで招魂（降神）の儀が行われ、大東塾々長の影山正治（故人）が「日本も我等も若く燃えゐたり日本よ燃えよ再びを今に」と朗々と献詠をされた。参加者全員が起立して「海ゆかば」の斉唱。実に厳粛な雰囲気の漂うものであった。

続いて追悼講演会が開かれ、保田與重郎が登壇する、「浪曼派林房雄」と題した講演である。舞台下手から、渋い着物姿であらわれた。長めの羽織をはおっている。少し背を丸めて揉み手をするかのように歩いてきて、そのまま話し始めた。

意外に思うほど柔らかい関西弁で、腰をかがめるようにして、丁寧に話した。関西の老舗の旦那さんか大番頭のような感じだな、と思った。

保田與重郎とは、こんな人だったのか。

昭和四十三年、南北社に勤めていた友人から同社刊の『保田與重郎著作集第二巻』を贈られ、少しずつ読んできたのだが、想像していた人とはまるで異っていた。

わたしはなぜか、昭和の天皇に似ている、とも思った。

中河與一との対談『日本の心』のなかで、京都の人は天長節のことを「天皇さんの誕生日」という、と話されているが、あの天皇さんのイメージに近い。タクシーの運転手さんがそういうのをきいて「天皇さんが、その運転手のとなりにおられるような気がしてね」とうれしそうにエピソードを紹介している。

しかし戦争中、その天皇さんは背筋を伸ばして白馬に跨る姿が似合っていたようである。保田與重郎もまた、それに似たイメージで読まれていたようである。

そしていま二人は、同じように背を丸めてあらわれる。

そういえば、明治になるまで、天皇さんは関西に住んでいたのだから、その頃までは、保田さんと同じような言葉づかいをしていたのではないだろうか。

関西弁の天皇さんと保田さんのお二人が、大和の草深いところで、仲良く田植えをしながら、和歌の話などされる光景を思ってみるのである。

「天地の初めの気分が敷島の大和の……」

などとのんびり語り合うのである。

もうお一人、奈良に住んでいた岡潔も、さぞお仲間に加わりたいと思うことであろう。

岡さんは『日本民族』のなかで、保田與重郎は十二神将の一人である、と断言している。

保田さんは『岡潔集第一巻』の解題を受け持って『春宵十話』の出現は、「維新当時の若者たちなら、国滅びざるの証、と呼んだことと思ふ」と書き、歌について岡さんとの交流を語って、「私の歌なんかみて、私の気持をむかうの方がよく知つてをられるんですものね。そつとたしなめられたものです」(『日本の心』)と言っている。

このお三人が、語り合うのである。

「目に見えぬ神に向かひて恥ぢざるは人の心の誠なりけり」(明治天皇)の歌をそれぞれが口ずさみながら、深くうなずき合ったりする。

こういう景色は、これは確かに俗世のものではないであろう。遠く憧れるよりほかないものであろう。

ところがもっとはっきり、このような夢を思い描く頭脳の低劣さを嘲笑う声が聴こえる(わたしに聴こえないわけではない)。しかし、嘲笑ってすむとは思えない。

このような世界は、確かに在るのだ。少なくともわたしには、その世界を憧れ、懐しむ心がある。岡潔がよく紹介する山崎弁栄上人の歌がある。

「われというは絶対無限の大我なる無量光寿の如来なりけり」

この単純で不動の世界への目覚めを、わたしは懸命に希うのである。

保田與重郎のある日の物腰、関西弁の語り口から、わたしはなんともいえない和らぎを感じることができた。そして、その感じのままに、このように心を遊ばせることができた。

正直言って、読み通せない文章、理解の及ばない文章、歌も多いのだが、心をはげまして読みついでいこうと思う。とくに「志おとろへし日は」読もうと思う。

（歌人）

〈以上第十三巻　昭和六十一年十一月刊〉

前川　緑……秋の日に

保田さんと前川（佐美雄）とのつきあいは、昭和五年、歌集「植物祭」を出版した前後からで、古い手紙の中に、昭和十年六月、高円寺から奈良坊屋敷に出された手紙があった。まだ古いのもあるが日付の無いのが多い。内容は、用事の外に、五年程前春日の奥山へゆき、地獄谷の石仏のあたりを歩きつつ楽しんだり、奈良から浄瑠璃寺へ出る山の尾根つたいに行く道のこと、木津川のある平野と大和の国中の見える道のことなど書かれている。字は晩年とあまり変らず達筆である。

私が始めておめにかかったのは、十四年の秋、ぐろりあ・そさえての新ぐろりあ叢書に前川の歌集

「くれなゐ」選集が刊行されたので一緒に上京して、野方におたづねした。保田さんは留守であった。不意に伺ったので、明日、ぐろりあでおめにかかるからと云って、駅の方に歩いて行くと、向うから帰って来られた。「奇遇ですね」と云われた。ひき返してしばらくお邪魔した。その叢書に評論「ヱルテルは何故死んだか」が入っていた。保田さんの若くはなやかな時代である。典子さんにも初めておめにかかった。赤ちゃんがいらしったがそれは悠紀雄ちゃんだった。

保田さんは自然の観察を高度な精神でなさった。ふつうは見すごして仕舞うものに、なみなみならぬ情熱をかたむけ美しさを見つけられた。ために清々しい存在を認めるものがあった。それはもともと素晴しいものであったのだが、何時か奈良博物館の正倉院展に麻布観音の出た折、私がある画家に、小出楢重の晩年の裸婦が麻布観音にイメージが似ているというようなことを云ったら「麻布観音とくらべられたら楢重さんが泣きます」と云われた。いつか保田さんに話すと「麻布観音は無名の画工の作やからな、しかし描いた人の精神《こころ》がうかがわれる」と云われた。保田さんは早口でぽつりぽつりと、遠方につづく道のような話をされた。

翌日私たちは、内幸町の大阪ビルの何階か、ぐろりあ・そさえてをたづねた。社長の伊藤長蔵さん、保田さん、中谷さん、長尾さん、蔵原さん、棟方さんという方々が来ておられた。伊藤さんの招待でその日夕方から新橋の待合に行った。レコードで新橋藝者の踊を見た。保田さんのまわりに若い藝妓さんが集ってとても楽しそうであった。その夜雨になった。帰りはみな一緒に省線でそれぞれの駅に下車した。

そうして戦争である。保田さんも召集されて中国に出征されたが、重い貧血症のために帰還された。野戦病院のベッドで貧血のため目が見えなくなったが耳は聞こえたので、軍医が駄目だと云っているのを聞いて、どうしようかと思ったという話をされた。以後度々貧血で大阪の警察病院に入院された。

物を書くとき、布着の緒が切れたように言葉が殺到して、足が立てなくなり、粥しか咽を通らなくなると話されたが――そんな鬼神も病院のベッドに腰かけて心細げであった。

私の初めの歌集「みどり抄」は二十七年に出た。その解題「窈窕記」をお書き下さった。ありがたく頭の下がる思いである。戦後、心身ともに無一物で底なしの悲しみに落ちていた私の目に、大江橋橋上ですれ違ったターバンの女、その少女の歌をほめて下さった。保田さん御自身の悲歎は厳しいものであった。「みどり抄」はそんな時に出た。

晩年はお酒がつよくなられ、いつであったか、京都の木屋町のバーでブランデーをなん度もおかわりされた。そのときはボトルでというほどのことはなかった。夜更け一人大きな薄いナポレオングラス、とり落せば微塵に砕けるグラスを両手にブランデーを飲んでいらっしゃる様子が泛ぶ――坊屋敷のとりつき、秋から冬、庭の山茶花が雪のように、障子の中の硝子ごしに見える箱段梯子《はこだんばしご》の部屋に、なんということもなく心しづまる感じで、万葉集の話などをされた。お好きな言葉のいくつかは、歌集「木丹木母集」に使われていてなつかしい。ああ、そうだ保田さんはお亡くなりになったのだと、現実にかえり嘘のようにおもえる時がある。やすらかにお休み下さい。

（歌人）

奥出 健……想像力の凄さ

大学に入ってすぐ角川選書の「日本の橋」を読まされた。その時は面妖な作品だと思っただけで興味は起らなかった。ところが、いつだったか、夏の帰省の折、東海道線の急行にゆられて富士川を越えようとする頃、ふと、東海道の田子浦近くを汽車が通るとき小さな石橋がみえるという「日本の橋」の言葉が頭に浮んできた。田子浦はもう通りすぎている。

しかしその時、若い日の保田與重郎が、この同じ車窓から、何時、どのような感慨をもって浜田青陵の「橋と塔」に記されてあったその石橋を捜したのだろうかと思うと、何かいいしれぬ感動が胸に湧いてきた。名古屋で伊勢方面へ乗り換える時、わざわざ街に出て、再度「日本の橋」を求めたのを覚えている。

その後、帰省のたびに極力注意して田子浦付近の景色をみていたが、その石橋らしきものは、ついに確認することができなかった。何回目かには自分の目の悪さを棚にあげて、はたして保田は本当にこの小さな石橋をみたのだろうかと思うようになった。

「日本の橋」が書かれた昭和十年代と、その頃(四十年代)の風景のうつり変りを全く無視しての考えだったが、それにしても、田子浦の海岸近くにある小さな石橋が、東海道線の車窓からみえるのか、それが疑問だった。

しかしその疑問はすぐ打ち消された。保田は東海道線の車窓から石橋を見ていなくともいいではないか、「見た」といい切ったとき、そこに彼は、銘文にひかれて本物以上のあわれな石橋を見ていたのだ、と私は思った。それだけの想像力がなくて、どうしてあのわずかな字数の銘文からあれ程の橋のイメージと日本人の心性を浮び上らせることができよう。「日本の橋」は単なる知識を駆使しての日本文化の検証ではない。むしろそれは作者の直感の羅列にすぎない。もちろんその言葉の一つ一つは、作者の豊かな古典の教養に支えられてはいるが、直感には変りない。直感は想像力に他ならない。実際に、その小さな石橋を見たかどうかよりも、「見た」といい切れる保田のその想像力を賛したいと思ったのである。

ところで、よく処女作にはその作家の資質の総てが集約されているといわれる。「日本の橋」はもとより処女作とはいえないが、文壇に初めて認められたこの作品には慥かに保田美学の特徴がよくあらわれている。その最たるものは、やはり大和国原の賛美と、そこを生地としてもっている者だけが了解し得るという〈日本の血統〉というものであろう。

これは佐藤春夫が「風流論」で述べているように、「あれ」といえば、その一言で気脈通じるような、大和の人が共有し得る一種の気宇のようなものであろう。この点については亀井勝一郎ならずとも、少なからず肌合いの違いを感じる読者もいることと思う。しかし保田の美学を理解するには、実はこの点が大きなポイントになっているのである。亀井が保田をして、東洋のギリシャ人と幾分皮肉をこめて評したのも、この点が保田美学の重要なポイントだったからに他ならない。

「眼のとどく限り耕された」「眼を遮ぎる木立や林さえない」「美しい白壁」の家々が点在する風景、それはまさしく二千年来の日本人の血で築きあげられた風景なのだが、この血で築きあげられた大和国原の中で育ったという自信なくして、保田の美のための饒舌はありえない。「他で見られぬ日本の田舎」と彼がいうだけの、その風景に存する気宇を読者は信じなければならない。

幸いに、私は小さい時から松阪から桜井を経て大阪へ、近畿日本鉄道でたびたび行き来したから、大和国原の風景は保田の文章を読めばすぐ目に浮かばせることができる。そして彼の文章に酔うこともできる。だが、そのように大和の風景を知っていても我々凡人には、それを文章として表すことはできない。保田は大和の風景から古代人の息吹きを感得し、それをまざまざと現代に再生させることができるのである。げに恐るべき文人というほかない。

かつて小林秀雄の「無常といふ事」を読んで、その作者の直感のようなものに圧倒されたことがあるが、保田の「木曾冠者」などもその直感＝想像力において決して劣らないものであると私は信じている。

（横浜女子短期大学助教授・近代日本文学）

世耕政隆……風景ノ橋

はじめて保田與重郎氏の名を知ったのは、駿河台下の東京堂書店においてであった。幾冊か華やかに書架に並ぶ「日本の橋」（改版）を発見したときからである。それを絶讃する萩原朔太郎の一文を掲載する折込みも、店頭に重ねてあった。昭和十五年、小生は旧制中学を出たばかり。棟方志功にはじめて触れたのも、その装丁の水墨の絵からである。

その後もずうっと、何ものかへの願望を象るかのごとく、「橋」はわたしの視界をみごとに遮り、延びやかに、大きく、或いは小さく、そして遥かに遠景として、架橋され、久しく続いていたのであった。いま思えば、魔性に等しいものであった。

終戦を経て、焦土化していた東京が、ようやく落着きをとり戻し、しばらくして西池袋の旅館に宿泊中の保田氏を、林富士馬氏とともにお訪ねする機会があった。新学社の奥西、高鳥両氏も同宿されていた。作家平林英子女史も来訪されていた。

胃潰瘍を病み、上京中に悪化してその手術後まもなくの保田氏は、肩を落し大儀そうであった。背をまるめうつむき、正坐、立て膝を交互に、しきりにたばこを喫う。長身をもて余しぎみにしている。皆の気をひき立てるふうに、「ビール飲みながらはなしましょう」とコップを握られた。それは同志へのよびかけの囁きのようにもきこえた。しかしまた、ともすれば互いに黙りがちになるのであった。

その後も、知恩院の春日忌、季刊誌ポリタイア、檀一雄氏の通夜、知人の婚礼などの会合で、氏にたびたびお会いできた。

昭和五十五年正月であったか、作家中上健次氏が上阪した。彼は小生と同郷の新宮市出身者である。何うしてか、小生をつかまえて、突然云った。「保田與重郎氏にどうしても会いたいのですが」。自分もずいぶんお会いしてないので、すぐその気になったのだった。

さっそく、京都にいる詩人柳井道弘氏（新学社）に連絡し案内を乞うことにした。その日午後、洛北の保田邸をお訪ねした。同行は、小生ほか中上、柳井、俳人松根久雄の三氏。

アメリカ人の若い学者数人の先客があった。が、この突然の訪客を、氏は快く迎えて下さった。はじめてお会いした当時を憶いだしているふうで、しきりに懐しがられた。

やはり背柱をかなり前かがみに、ずっと端坐して居られた。両膝を叩き「わたしはこの方が楽だが、どうぞ崩してお楽にしい……」。

会話は、まず昭和初期に、保田氏が大阪から紀伊田辺まで船便で、さらに熊野街道を中辺路をとおり本宮に至り、そこから熊野川を舟で新宮まで下行した旅の回想からはじまる。

堰を切って氏は語りつづけた。日本各地につき、二時間ほど、その風景はつぎつぎと変転する。はじめてお会いしたときとは、雲泥の違いである。

大和のつるべ落しの秋山の風物、京、熊野、吉野、瀞八丁の淀みの状景を速射のはやさで述べ、柿本人麿、西行、後鳥羽院、俊成、定家、式子内親王、田安宗武、はては十津川の詩人野長瀬正夫の名が、すばやく挙がり出没した。保田氏は大和桜井が生地だが、元来、吉野、熊野の人々は早口の人が多い。それにしても早い。のべつ間なしに流れるだけ流れる。ふと、濡れるような語りかたが、氏の独自な文体と重り合うものを、小生は感じた。肥えている中上氏も苦しそうに坐り、いつになく静かである。このときの話題は、おそらく此処を訪ねる以前に、氏の「風景と歴史」をかなり引用した小生の雑文（近代風土収載）を送ってあり、それを読まれていた故ではないかと思う。いきなり冒頭から風景論の展開となった。

なお、語るところによれば、熊野の特色は山岳から始ったもので、海からではない。日本の風景美の主たる処は、佐藤春夫の文学に余すところなく描き尽されている……。また中上や小生の問いに答えて、「芭蕉が出生地と至近なのに、熊野を避け紀行しなかったのは、熊が怖かったからじゃろ」自らにきかせるふうに真顔で云われるのであった。

洛北の御陵と地続きに、保田氏が居宅を構えた当時は、人家おおむね無く、月光が射し込み、静寂のきわみだったという。最近はこの辺りも一面に家が密集し、さみしくはなくなったが、と云われ、つと立って窓をサッと開けられた。庭つづきに、落葉した梢枝を混え樹木のしげみの立ち並ぶ丘陵が見えた。

自分のなかに、濃く影をおとし、そして深韻をのこしていった、この天来の人を、まったく唐突に訪問した日が、小生にとり保田與重郎氏への予期せぬ最後となった。亡くなられる前年の一月、成人の日のさらに一日前である。

（参議院議員・詩人）

〈以上第十四巻　昭和六十一年十二月刊〉

永瀬清子……保田さんとの思い出

保田與重郎さんはいつも「コギト」を送って下さっていたが、ある日ふらりと私の家を訪れて下さった。その頃私の家は杉並区高円寺一丁目にあって、市電の通りからも近かった。

小さい家で六畳の座敷へ入るとすぐ縁側の方へ行き、立ったまま小さい庭とも云えぬ庭をながめていらした。欅の垂れ枝がかげを落している何のとりえもない庭で、恥かしかったので、座敷の卓にいそいで座ぶとんをすすめた記憶がある。

「コギト」も、私のその頃属していた「麵麭《パン》」も、今の詩誌のように詩一辺倒でなく、文学一般だったが、その中でも保田さんや中島栄次郎さんの評論はすばらしいといつも思っていたので、きっとそうしたお互いの雑誌の事が話題になったと思う。それはまだ戦争にならぬ前で多分昭和九年か十年ごろの事だったと思う。戦争に入ったのは私一家が自由ヶ丘へ移ってからだったから。

私は保田さんの「日本の橋」などにとても感心していた。名古屋にいた頃、我が子の供養のために母の架けた裁断橋のことは知っていたが、改めて保田さんの文章をよみ、その傷ましい母親のなげきから引きだして同時に橋そのものの意味を追うていられる文章の深さにひきつけられた。その他の「誰ケ袖屏風」「戴冠詩人の御一人者」なども感心した。

その時代は若い者たちは文学と云えばプロレタリア文学とブルジョア文学とに別けて考えて居り、評論にしてもあちらにつくかこちら側かが重要な見わけの問題だった。保田さんの評論はそうした所を越えているのをいつも私は感じた。

又「麵麭」が進歩的同伴者的作家の集りだとする一般の理解だったのを彼は、

「僕は同伴者的と云ふとき、それが一つの別にある進歩的文学へはつきり近づき得ぬ人々の集団とは考へぬ。僕らも進歩的な文学人の集りである必要がある。しかしそれは一つの文学の淡いもの、真の進歩的文学のうすめられたものとは考へぬ」と云い、また『麵麭』の人々もその意味で「立派な業績がある」として下さった。つまり真の文学とは、「うすめようにもうすめられぬ境地から文学せねばならぬと僕は考へてゐる。（中略）労働者が出てきたものがプロレタリア文学とかいふとか、左翼のテーゼの入つてゐるのがプロレタリア文学といふといつたたあいのない区別などない筈でましてある団体に加入してゐる人のはさうで、でないのはさうでないといつた区別も荒稽である」として、そのあと「麺麭」に対する友情を語っていられる。（「鸖」第二輯）

神保光太郎さんや神原泰氏のことをあげ、又私については「今まで女性の思考家といふものに厚意のもてた事がない。永瀬氏はその私のかたくなな心に充分の愛敬を始めて強ひた人である」と書いて下さった。つまり〝永瀬の思考は、すこしも見識家でありたいための虚栄心を宿していない、常に自分の精神のための必要さのみが思考を育てている。思考のための思考だとか、贅沢な思考遊戯はここには見られない。（中略）それが当然視野を限界しているが、ものほしげな思考に比べてそれだからこそ独自な現実的迫力をもつているのだ〟と理解を示して下さった。

私の家へ来て下さった時どのような話をしたかはっきりしないがその近い時期昭和九年にこのように書いて下さっていることは大変うれしい。

時々何かの会合だとか、近くの友人の家などでお目にかゝり、又神保さんの詩集「鳥」の出版記念会に同席した写真がある。でも次第に戦争にまきこまれ、おたよりもせぬまゝに打ちすぎる事になった。そして私は岡山へ帰った。保田さんも奈良へ行かれたときいた。戦後、昭和三十年の初夏、思いがけず荻窪の棟方志功氏のお宅でお会いした。

私はその年ニューデリーでのアジア諸国民会議に出席したのだったが、お金のない私は棟方さんに私の詩を彫ってもらって、それを知人に売って旅費の一部にした。棟方さんはやはり「コギト」などで私の事を知っていられたので快く彫り刷って下さったが、ほしい人がだんだんふえ五十枚とうとう刷ってもらった。そして私はその詩を（花咲くアジアのルネッサンスを待ち望むという意の）印度と中国へのみやげにもしたのだが、その年棟方さんは国際ビエンナーレの大賞をもらわれ、急に売れっこになったのでほとんどたゞで刷ってもらったことがまるでうそのようになった。

旅行から帰った時、いささかの旅行土産を手に棟方さんへ伺った時、丁度保田さんは棟方さんを訪ねて来ていらした。それが最後になったことを思うと、そのとき心いそいでいてゆっくりお話しなかったことがまことに残念でたまらない。

（詩人）

乙犬拓夫……わが保田体験

昭和五十六年十月四日、保田與重郎氏の逝世を私は新聞の夕刊で知つた。その時の驚きと悲しみ、そして名状しがたい喪失感といつたものを、今もなほ鮮《あら》たにすることがある。

五味康祐氏が観相家としても一家を成し、世上に人気を博してゐたことは人も知る通りである。五味氏は、観相上、保田先生は九十を越えてなほ長生きするであらうと人にも言ひ自らにも得心し、絶体絶命の人生の危機に臨んで、遂に拠りて頼むべき人と感服おく能はざるといふ風であつた。その豪放無垢といふべき武士《もののふ》の風采を有する五味氏の観相予言を、私はいかにも尤もな事に思はれ信を強くしたことであつた。

惜しむべき事には、昭和五十五年春、五味氏は病に没した。そして翌年には、何と保田與重郎その人が相継いで逝つたのである。享年七十一歳。年に不足は無いと言ふべきか。否、あれほどの古典的造詣と伝統の美意識を蘊蓄して、東洋文人の風韻をその身さながらに体現してゐた氏を思ふとき、何ともそれは口惜しく短命といふ外なかつた。私は五味氏の見誤つた観相を難じてゐるのではない。当たらなかつたといふところに、五味氏の観相の信実があつたのだと言ひたいのである。五味氏にとつて、師と慕ふ思ひがいかに深く切ないものであつたか、その心のほどがあはれに印象に残るのである。

後日、奥様から保田氏臨終の様子を伺ふことがあつた。戦後の人心最も卑しくなり下つた混迷の期に、保田氏は血書のやうに「日本に祈る」の文章をかいてゐる。その序文は「余ハ再ビ筆ヲ執ツタ。余ノ思想ノ本然ヲ信ズル故ニ、吾ガ民族ノ永遠ヲ信ズル故ニ、吾ガ国ガ香シイ精神ト清ラカナ人倫ヲ保全スル所以ヲ信ズル故ニ、余ハ醜悪ト卑怯ト悪意ト弁解ト追従トガ、タトヘ世ヲオホフ観ヲナストモ、ソレラニ敗レナイ」と書き起され、「飛散ツテイカナル危キ場所ニツクトモ、止レバ即チ活動ヲオコサン。眼ハ半バカスカニ開キ、唇ハ半バカスカニ閉ヂテ、永遠ニ真向ヒ、ツブヤキ止ムマジ」とあるが、その言葉通りの顔でした、と言はれたのである。その聖《さと》く厳そかな最期を想ひ、さこそと私は感銘を新たにした。

他の人もふれてをられたが、氏の目の美しさを私は思ふ。御生前に二度ほどお会ひした事があるが、御宅に参上した時であつた。光平忌に因んだ歌会の日で、氏を敬慕する大勢の人が参集してゐた。その合ひ間に、ただ一刻、氏は私をぢつとみつめられたことがある。その幼さに似た澄んだ眼差の美しさを忘れることができない。これぞ風雅悠々を常にわが心懐としてゐる文人の眼であると、心ひそかに感じ入つた事である。

氏の名前を知つたのは、誰の紹介でもなかつた。今となつては定かではないが、多分『現代畸人伝』（昭和三十九年刊）が出た頃のこと、東京での大学生であつた私は、つとめて古本街を廻り、神道思想に類する諸書を買ひ求めてゐた。その中でも氏の著述は、自づから独り抜きん出て珠玉の光沢をたたへてゐた。最初読んだのは『後鳥羽院』であつたと思ふが、『機織る少女』『芭蕉』『日本語録』

などと読み進んでいつた。氏の著述は、戦争のイメージと重なり、禍々しい難解な文体との世評が一部にあるが、私には特にそれを感じるといふことはなかつた。むしろ独得の抑揚が効いた名文に圧倒されたと言つてよい。何よりも、読書といふものによつて、これほどにも志気を感奮させられ、心魂うちふるへる感銘を得るものかといふ、稀有の体験をもつたことの喜びは一入であつた。これに因んで言へば、戦争期の保田体験を言ふ人が、戦後しばしば疎ましい幻惑の書として氏を否定するのを知つて、怪訝でならなかつた。今にして氏の罪を糾弾して何にならう。その人自身の拙なさ卑しさといふ外はないのである。

折しも、福田恒存氏が編集する『反近代の思想』（昭和四十年刊）が刊行されたが、その中で珍しく保田氏が好意的に紹介された。そして戦後不当に忌避されてきた氏の特異な位置といふものを、私は初めて知ることもできた。その月報に載つた「日本の歌」といふ文章は、当時の氏の生の文章に接した最初で、痛く感動したことを覚えてゐる。この昭和四十年前後以降、「日本の美術史」「回想日本浪曼派」などと、氏は次々に旺盛な著述を中央の名だたる月刊誌に発表するやうになり、〝復活〟を否応もなく江湖に印象づけた。

私は世代論といふものを余り信用しないが、敢へて言へば、私なぞ「代用食」を知る戦後世代といふことができよう。その頃、マルキシズムの方法論があらゆる学問分野に適用され、近代化・民主化の論が盛行してゐたが、その中に生ひ育つた私ごとき者にも、氏の著述は決してアナクロニズムを感じさせず、単純な国粋主義のそれでもなく、時代を超克し未来を展望する書として受けとられたのである。

一個人間の生の意義とは何か、自己がその中に生きてゐる歴史の意味をどう受取るべきかは、何も戦場に駆りたてられる非日常の青春が切問した煩悶とばかりは言へない。日常平和の中にあつても、人はこのニヒリズムの闇に依然立ち向つてゐることに変りはないのだ。ただそれを俗事にかまけて見逃すか忘れてゐるかにすぎない。私には、氏こそその闇を誰よりも知り、しかもそこから超出して、光を遍くこの世に射しこむ先達者とみえたのである。

その人がゐるといふだけで、今生の安心を覚える底の畏るべき人、それが保田與重郎といふ人であつた。

（評論家）

麿 赤児……ある出合い

京都嵯峨、三尾町の御宅を初めて訪れましたのは、昭和五十四年三月、寒い夜のことでした。やはり京都吉田山の酒場の主人である高瀬という友人と、昼頃から飲んでは気勢を上げておりましたところ、どういう話の経緯か保田與重郎さんの話になり、酒の勢いを借りて唐突にも電話をし道筋を訪ね、強引に今からお伺いしますと申し上げて電話を切りました。私と友人の二人は早速腰を上げ、吉田山の坂道をふら〳〵と下り、タクシーに乗り込み飛ばしました。京福電鉄鳴滝の辺りで車を降り、見当をつけて歩き出しましたが、さきほどの電話の道順ももう頭の中ではぼやけており、おまけにその辺りにはこれといった目印というものもありません。右へ曲り左へ折れておりますうちに、酔いと共に頭の中はます〳〵こんぐらがる一方でした。マロの土地勘は絶対やからな、と励ましてくれているのか、信用し切っているのか、友人は私以上に覚つかない足取りで安心している風でした。私の中には御宅には必ずたどりつけるという不思議な自信がみなぎり、うん〳〵と生返事をしながら保田與重郎さんの居られるべき御宅の場所のイメージが脳裏に形造られてくるのに気付いておりました。暗くて高い森の中、というのがそのイメージでした。夕暮もすでに終り、街灯や点在する民家の灯が薄茶色の道を浮び上らせておりました。私は突差に迷いをふっ切り、先ず暗い方へ向かってと心に決めて歩き出しました。街灯も民家の灯も途切れ、脇道に入ると一層の闇が私達を包みました。強度の近眼である友人の手を引いて、石ころや何かにつまづき、つんのめりながら進みます。友人の手を放すと、おいっ、おういっ、と声を掛け合わないとお互いがまるで見えない暗闇です。さすがに私を信じ切っている風の友人にも、あまりの悪戦苦闘に不安がつのったのでしょう。ほんまにこっちにあるのかのう、と大声で呼び掛けます。あるぞおっ、とまた大声で返します。その瞬間です、二人は何やら底深い笑いに突き上げられたのです。山間からのったりと現れた月の明りに照らし出されたものは、薄い銀色に光る墓石の群だったのです。さすがに傍若無頼の二人の酔いも一時に引いてしまいました。言いようのない二人の笑いもおさまりました。まさに強烈な禊を受けたわけです。そのあとはまるで何かに導かれるようにして、数分後には高台の森の中にある一軒の家の「保田與重郎」と門灯に光る表札の下に、二人は厳粛に佇んでおりました。暗い廊下の奥から音もなく着物姿で現れ出てこられました保田與重郎さんは、目の奥に笑みをたたえられ、ようきたな、と申されました。私と友人はこの言葉をいわゆる歓迎の意味には取らず、さきほどの禊を看通されてそう言われたように取ってしまいました。ふと私には、これは妖怪の棲家にでも迷い込んでしまったのではないかとの思いがよ切り、あらためて保田さんを玄関の土間から見上げたものでした。そのように思わせる灯火の塩梅もあったのです。保田さんの猫背の後姿をぼんやりと眺めながら奥まったお部屋に案内され、半ば判断停止の状態で神妙にしておりますと、らくにしい、とお茶を御自身でつがれ、私共の前に出されながらもう一度、ようきたな、と感慨深げに言われるのです。電話をしましたから、と申しますと、電話をしてもなかなか来ないのが多いのや、どうしてですか、知らんなあ、と口唇をほころばしておられます。私と友人は顔を見合わせ、二人同時に、先ほどの道すがらのできごとを話すべきか否かを思ったのです。そうして友人が話し出しました。や、おかしさをまじえ、いかにして御宅にたどり着いたかを上手に説明し、ついでに私のことを、そのような異種の体験をさせて人々をまた違った世界につれて行く天才的なアジアのおどり手であるとの紹介まで兼ねてくれたのです。ほう、そうか、と私の顔をしげしげと見られました。私は大いにてれて、いえ無頼酔漢の二人のためにこのようなイニシエーションをほどこされたのは、他ならぬ保田先生であります、と申し上げると、ふふふ……と大いに破顔されたのでした。こんな会話から保田先生は、わしの書いたものを少々は読んでおる輩だろうと思われたのかどうか、優しげにゆったりと、時には奥深く沈思されては話されました。快い緊張と強い美的戦慄が私の中を無尽に走りました。お暇乞いの頃に保田先生は、これはうそごころながら、米国もソ連もやっつけてしまうほどの超兵器を我々は発明し持たなければならない、とおっしゃいました。ぎょっとする私共を観ながら、いや〳〵兵器と言っても持たざる我々にとって、その兵器とは何ぞやということや、私は小さな一匹の虫になってしまう自身を見ていました。あんたらの仕事や……。

その後、保田先生が亡くなられるまでに三度お会いする機会を得ました。そのうちの一度は秋の終り、肌刺す寒風のなかを杖をついて京都曼殊院前の私共の野外公演を激励に訪ねてくださったのです。御拝顔のたびに我が子を慈しむ父親のような目に私は包まれておりました。

保田先生の著書の中の「幽契《カクリヨノチギリ》」なる言魂は、今や私のおどりの核になっています。また「ことよさし」という言葉は、これこそあの超兵器なるもの、ためのキーワードではないかと近頃強く思うのです。

（舞踏家・「大駱駝艦」主宰）

〈以上第十五巻　昭和六十二年一月刊〉

緑川 貢……真空を射るまなざしの憶い出

昭和九年、同人誌「現実」に喚ばれた私が、紹介された錚々たる同人中、一目《いちもく》電撃にひとしい衝動を受けたのが、保田與重郎の慧敏尖鋭なまなざしであった。

このようなまなざしの持主に、私はただ一人出遇っていた。川端康成。まだ中学二年生のとき、同じクラスの文学少年と訪ねたそのひとの眼光に驚き、「文学に打ちこんでいるといずれあゝした透徹の境に至る」とうなずき合ったりした。それから幾年、何人かの作家に接する機会があったが、しかしそのような眼眸に出遇うことはついぞなかった。私はそれが得がたい天性の文人のまなざしであることを会得したのであった。

その畏敬のまなざしに、再び出会ったのである。私は感無量であった。言動に注視傾聴し、さらに書くものに触れて強く魅了されるのを覚えた。

私が「現実」に迎えられてまもなく、保田與重郎をめぐって同人間に内紛が起った。同誌上の保田の所説に対し、同じ雑誌の中の匿名時評が「真空管に花を咲かせるようなもの」と書いた。名も題目も挙げていないが、保田説を指すことは明らかで、それも敵意露わな嘲りをこめたものであった。当時匿名時評はその雑誌の代表的見解を示すものであったから、これは異様な不信行為というべきであろう。

保田は憤激して「コギト」誌上に反論し、「およそ真空に花咲かせようとする試みがなぜいけないのか」と結んだ。

匿名時評の筆者吉原義彦は、同じ所属誌の者を誹謗の軽率は認めたが、所論を改めることを肯んじなかった。「現実」は旧作家同盟解体後、その一部の者達と、左翼同調者と目された保田や神保光太郎らが加わった同人誌であった。プロレタリア画家である吉原にすれば、抑圧された時代地上に花咲かせる着実さを求めたものであり、基本を譲るわけにはいかなかったであろう。もともと左翼でない保田にすれば、地を這うような思考そのものが受け容れられなかったであろう。水と油の乖離が露呈したといってよい。

この以前の同人会、本庄陸男が「現実」を旧作家同盟傘下のサークル誌視した発言をし、それを咎めて保田が「同人雑誌は組織とは違う」と鋭く口をはさんだことがある。本庄は発言を撤回したが、すでに立場の相違がはっきりしていたと思われる。――本庄はこの時分「現実」同人中では保田と親しく、その頃「コギト」誌上に本庄のプロレタリア小説が相次いで二篇、掲載されている。のち本庄は「人民文庫」に加わり、両者の交は絶えたと思われるが、昭和十四年か十五年、左翼作家として通した本庄の死の折、すでに述志の文学を説いていた保田から、惜別の辞が贈られている。

かれこれして「現実」は終刊し、「日本浪曼派」が創刊され、私は保田與重郎と亀井勝一郎の推挽で同人の列に加えられた。中心に年長先輩の中谷孝雄が居て、同人達はよく高円寺の中谷家を訪れた。「一日おきには必ず保田與重郎が現われ、またしばしば檀一雄が現われ、あらゆる同人が足繁く集い寄った。」と書いたことがあるが、私もまた、雰囲気を慕って通い詰めた一人であった。ここで殆ど毎回、保田與重郎と中谷孝雄の奔放な対話に接したのである。

保田・中谷の対談は絶妙のコントラストであった。早口な保田の所論の展開に、要所応接する中谷孝雄の押し方が適切で、いよいよ保田の思弁を募らせ、談風発して止むことを知らない。前記の後に私は「夕刻から夜半に及び、明け方になることも珍しくなかった。」と続けたが、そのすべての相手が保田與重郎であった。――この対話のうちに、保田は多分に啓発され、思弁を磨いたであろう。その夜の議論はそっくり直後の「コギト」や「日本浪曼派」、または他の雑誌に載るのであった。

対話の場に行き合せた私は、唯々呆茫然として傍聴のうちに、心深く、多くのものを学んだ。一時期私は全く中谷学校に通う生徒であった。差詰め校長は中谷孝雄、先生が保田與重郎。学んだのは人生態度であり、ものの観かたであり、考えを辿るあやであり、要約して「イロニー」と私の胸に畳みこまれた。イロニーは当時保田独自の常用語で、その尖鋭な時評言の主旨を強める働きをしたと思う。私の受容した「イロニー」は、恐らく大分変じて、特定の語義を持たず、或る時は浪々曼々と胸にひろがるもの、或る時はきびしく心を刺すものであった。

やがて「日本浪曼派」が終り、同人は散じ、私も生活を求めて異郷満州へ渡った。その地で開戦を聞き、東京に舞戻って、ほどなく終戦。以後漂泊流転のうちにも、保田與重郎のまなざしとイロニーの教えが、薄らぐことはなかった。

昭和三十何年だったか、五味康祐宅に滞在中の保田與重郎を訪ねた。もはや鬱然たる大家として長髪垂髯の写真など見ていたので、どのような変貌に遭うかと私は内心怕れていた。現われたのは二十余年前のままに、蓬髪のみずみずしい保田であった。共に連れ立って中谷孝雄家へおもむき、そこでまた二十年前の通りの、長々と続いて止まぬ談議を傍聴しながら、私は時日を超えた感動の疼きに茫然とした。

保田與重郎が世を去って幾年、人を射るそのまなざしはいま尚私の脳底に灼きついている。そして宇宙時代を云われる今日、すでに半世紀前「真空に花咲かせよう」と胸張ったその人の声に耳を傾けるのである。

（作家）

長谷川文明……「京あない」にひかれて

昭和四十七年十二月三十一日に京都太秦の保田先生を訪ねて、先生の「京あない」をたよりに京の旅に出たことを申し上げげた。話は先ず先生の自家版「校註祝詞」の刊本を私が校正したことから始まった。終戦直後に松江に居た私は終戦反対を唱導し、同志を糾合して事件を起こして獄に下った。そこへ先生より「校註祝詞」の恵送を受けたが、一読して誤植の多いのに驚いて校正を思い立ち、それを一表にまとめて先生に送った。

ここを訪ねるのに、上の池の所在を道ゆく人に尋ねても解らなくて困ったと申し上げると、「これがそうだ。今の人はその名を知らないようだ」と言われた。また、近くにあるさざれ石の山についても話された。「京あない」に書かれた日本の庭園の原型の語を、私は三輪山の神籬の岩組と解釈するがと申し上げると、「自分も今だったらそのように思っている。始めは百姓家の庭の石組を原型かと思った。それは原型としても素直にそのように言い切れるものであった」と言われた。

松江の風流堂から送って呉れた羊羹だと言ってお茶を出して下さった。松江は私の郷里であり、風流堂の菓子は幼い頃からのなじみである。有難さに懐しさが加わって殊の外に美味しいと思えた。終戦の数年後に、石見の和田善三兄に贈られた先生自筆の「戊子遊行吟」の所在についてお話をした後で、先生は和田兄について思い出し乍らに色々と話された。

話がまた最初の「校註祝詞」に戻り、先生は私の校正がまことに小さい字で而も丁寧に書かれていて感心したし、あの本の関係者に君の校正表を見せたが、それ迄は誰れも多くの誤植に気が付いて居なかったと言われ、続いて「天道好還の理」に書かれた通りの、印刷のために刑務所を選んだことに就いて話された。「責了のままで出版されたのですか」と訊ねたら「そこの役所の係りの人が校正して呉れたのだ」と言われた。私が刑務所で「校註祝詞」と一緒に島崎巌さんのコンニャク版の「鳥見のひかり」を読み、今日も東本願寺の屋根瓦を見上げながら、その時のことを思い出しましたと言うと、「全集」第十一巻の月報に島崎さんが書かれたお祖父さんの話をされた。

宇治の平等院の周辺の通りも、西陣の通りにも紙屑一つ落ちていなくて清々しかったと言ったら、「あれは綺麗だな。掃除するんだな。自分の家の前でなくても掃除するからね。昔は朝起きたら直ぐに家の前の道を掃いたもんだね」と言われた。私が東京に無い西陣町屋の住民意識の話をしたら、先生は、「東京も震災までは下町には西陣と同じような住民の意識が有った。戦争中にも折角残っていたそれも、その町の中に大きな道をつける事で壊れてしまった所が多かった」と話された。

また、この度の京の旅で、京都の人の着物が男も女も、殊に女が東京に比べて地味だと思ったと話したら、「そうだね。それが京都だし、京都が古風であるのは、そうさせるのが思想ではなく生活であったという事だね」と言われた。

あだし野の石仏群を見たいが、その前に落柿舎に寄りたいと言ったら、「落柿舎の若い人に道を訊ねるのがよい。確かにその人は松江の人だったと思う。私からの紹介だと言えば丁寧に教えて呉れるだろう」と言われ、隣りにある有智子内親王の御墓にもお詣りするように申し添えられた。

辞意を申し述べた後でまたも話が刑務所での読書のことに及び、私はその中で万葉集古義を読むことができて有難かったが、社会に出たらそのような勉強が仲々出来ないと嘆き、古義を読み通すことの難しさを話した。先生は「その通りで、これを読み通した人は多くはないと思うね。たとえそれを読み通しても、何も覚えて居ないがそれでいいんだ。然し、何かしら大事なものが残るものだ。その残ったものを大事にすればいいんだよ」と教えて下さった。私は青春時代に、先生の本と万葉集古義を読むことが出来て本当によかったと思って居りますと申し上げた。先生は「物は考えようで、それが刑務所に入って得た幸せだろうね」と言われた。そして二人で笑ったのであった。

先生が歌を書いた画仙紙と色紙を私に下さった。画仙紙には「豊秋のみのりを見たる風のおときゝつゝをれは月あらはれぬ　與重郎」とあり、色紙には「茂岡に神寂ひ立ちて栄えたる千代松の樹の歳の不知く　保田與重郎書」と書かれて居り、裏に私の宛名を書いて下さった。

先生は色紙の紀鹿人の歌を、声を出して語釈をしながら読まれた後で、「これはめでたい歌だね。茂岡は古今集にも新古今集にも詠まれているが、万葉集のこの歌ほどにめでたい歌は他には無い。一句一句めでたい言葉ばかりである」とだけ申されたが、私はこの歌は、「鳥見のひかり」に書かれた鳥見山大祭の御遺訓のあかしを詠まれたものであることを感銘した。今度は私が声を出して画仙紙の先生の歌を読んだ。先生は「ウン、ウン」と言って聞いて居られた。

私が「木丹木母集」の題名の意味を訊ねると「木丹は梔（くちなし）だ。木母は梅だ。くちなしの実は朱いね」と言われたので、それを正月料理のいもきんとんの色付けに使いますと言ったら、初耳だったと見えて珍らしそうに聞いて居られた。歌集の中で一番好きな歌は、「さゝなみの志賀の山路の春にまよひ一人ながめし花ざかりかな」ですと言うと「ウン、ウン」と答えられた。

別れの挨拶をして玄関前に出た。「あれが小倉山だよ。これが上の池だよ」と教えて下さった。先生は私を見送りながらに「これから前の山で、あしたの用意に裏白を取るのだ」と言われ、「ほな、さいなら」と別れの言葉を言われた。

私は小倉山を目標に嵯峨野に向って歩き出した。この日は、わが青春の日より三十年近くを慕い続けて来た先生に、やっとのことでお会いする事の出来た日であった。そしてまたこの日は、口惜しい限りの先生との終いの別れの日でもあった。

（長谷川組版研究所所長）

宮崎智恵……昭和十二年晩秋

保田さんに初めてお目にかかったのは昭和十二年の晩秋であった。久々の上京の前、郷里（津和野）の作家伊藤佐喜雄に出会ったとき、「保田に会ってきて下さい」と、紹介名刺を頂いたことに依る。

迂闊な私がその年をはっきり言える訳は、帰路立ち寄った大和法隆寺で、集印帳に記帳して頂いたとき、達筆に日附を書き終ったお坊さまが、「？」という顔で私を見られた。昭和十二年十二月十二日。

保田さんがその頃下宿されていたお宅は、高円寺の私の叔父の家とは、中央線の線路ひとつへだてた近くにあった。

お訪ねし、二階から降りてこられた保田さんを見上げた時の目を瞠るような思いは、半世紀過ぎた今でも覚えている。

保田さんは幼いとき、夢殿観音に初めての感動をもたれたと聞いていたが、私の感動もそれに近いものではなかったか。以後あんなに輝き、叡智にみちた目に出会ったことがない。

私の持参した中村屋のロシヤケーキの包装を、その後気づいたのだが何にでも興味を示される独特の表情で開けられると、結んであった紐をくるくると指に巻き、押入れから取り出した、同じように巻いた紐がぎっしりと入っている箱に、放りこまれた。そんなことを、不思議とまざまざと記憶している。

その日は「これからハンヤさんとこに伺うのですが一緒に行きませんか」と言われた。一瞬ハンヤさんが解せなかったが、すぐに萩原さん、萩原朔太郎先生のことと分った。早口の関西言葉は、初めて聞くものであった。

保田さんは上体をまっすぐに、すこし前こごみで、柾の下駄でつっかかるように先を歩かれる。

萩原邸でのお二人の会話は、詩人のシワシワとしたお話しぶりと、保田さんの早口のために、何を話されているのかよく分らなかった。かろうじて聞き取れたことは、辻潤、黄八丈、塗り下駄、交番などの単語で、そういう和服姿の萩原先生が、しばしば交番前で呼びとめられた、ということらしかった。お二人は楽しそうでお話がはずんでいた。

お寿司でも、としきりに引きとめられたが、これから中河さんに伺いますのでと、おいとまして、門を出るなり「今日萩原さんは機嫌よかったでしょう。帰ってくるのは悪かったんですがね」と、しんから悪そうに仰言っていた。私はこの日、朝から予期しなかったなりゆきに、ただただ驚いてばかりであった。

経堂から成城へ出て中河邸が近づくと「中河さんの奥さんは歌人ですから、あんたが歌を作ることは黙っていましょう」といたずらっぽく言われた。

門まで出迎えられた幹子夫人は、うず高くつもった黄葉を踏みながら「この落葉はわざと掃かないであるんですよ」ちらっと私に目をやりながら言われた。中河與一氏と保田さんとの会話については、まるで覚えていない。

高円寺の踏切りのところで「明日帝展に行きますが、よかったら行きませんか」と。そして翌日上野へおともすることになった。

上野へは国民新聞の記者という方がご一緒だった。帝展でのことも書きたいけれども枚数が足りない。帰りに銀座へ出て、千疋屋であったか、三人で、もしかしたら四人でお夕食をご馳走になった。他の方にお別れしてから、銀座八丁目の陶器店で、ていねいに器を見ておられた。そして文具店で小さい巻物の短冊掛けを買われ、ふと、「あんたも買いますか」と選ばせて買って下さった。美しいと、手に取って見ていた集印帳も一緒に。

薄水色の村雲柄の集印帳である。その第一枚目に、法隆寺　昭和十二年十二月十二日と書かれているのである。

（歌人）

〈以上第十六巻　昭和六十二年二月刊〉

杉山美都枝……昔話

あの当時そのままに、保田さんとなれなれしくおよびすることをおゆるしください。昭和八年の七月ごろのことですが新橋の土橋の近くのビルに学藝自由同盟という団体の事務局がありました。ナチスの焚書や京大の滝川事件などのあった当時のことです。

ある日田辺耕一郎さんが、和服の着流しの長身の瞳の美しい人をともない「コギトの保田さんです」と紹介されました。保田さんと田辺さんとどういうお知り合いか知りませんが、その時が私の保田さんにお目にかかったはじめでした。

当時私は藤原さんから「男の子」などと言われながら事務局の仕事をしていました。長谷川時雨先生の紹介だったと思います。

藤原定、芳賀檀、田辺耕一郎、保田與重郎さん達がほとんど毎日のように集っていました。仕事につかれると銀座通りへ出ましたが保田さんと田辺さんがいつもおしる粉を注文するのを大人の男の人がと不思議でならなかったことをおぼえています。

その後、保田さんの紹介で、私は「ぐろりあ・そさえて」という出版社で編集の仕事をすることになりました。社長は保田さんの信者ですべて保田さんによって企画され実行にうつされました。

新ぐろりあ叢書として一度に五冊出すこと、装幀、検印紙のデザインに至るまで、すべて棟方志功さんによること、黄ボールの外箱に一部分民藝風の和紙を貼ること、皆、保田さんのこのみによるものでした。

五冊は次の通りです。伊藤佐喜雄『花の宴』蔵原伸二郎『目白師』岩田潔『現代の俳句』前川佐美雄『くれなゐ』保田與重郎『ヱルテルは何故死んだか』

ある時、棟方さんから装幀の原画がとどいた時、社長はかきなおしてもらえと言うのです。その頃は棟方さんもそれほど高名でもなかったのですが、それにしても、とこまりはて、保田さんに相談すると、いとも冷やかに「そうすればいいですよ」と言うのです。私の心配をよそに、棟方さんは軽く描きかえてくれました。そのことを保田さんは知っていたのでしょうか。

保田さんは、内幸町の「ぐろりあ」へはほとんど毎日のようにお出になりましたが、編集長の長尾さん（故良氏）と、よく沼袋のお宅へお伺いし、話は深夜に及び、電車がなくなって、典子夫人にはご迷惑をおかけしました。

年齢からすれば私の方が少し上ですが、私は保田さんをよく妹をからかって面白がっている兄のように思っていました。平林英子さんは私が本気になっておこるので面白がっているのだと言い、「また兄妹げんかですか」といつも笑っていました。

私が赤坂の乃木神社のそばの古い家に住んでいたことがありました。窓の外はトルストイのようなヒゲのある白系ロシア人の家で、庭にマルガレーテの白い花が咲き、日曜日はハレルヤコーラスのレコードが静かにきこえてきたりしました。そんなことがめずらしかったのか、保田さんは二、三度その小さな部屋をたずねてくださったことがありました。部屋の中央に立っていて「座ぶとんがなければ坐られませんよ」と言ったり「おにぎりは海苔を巻かなければたべられない」などと、気のきかない妹はさんざんでしたが、ふしぎと腹はたちませんでした。

保田さんの『日本の橋』の出版記念会の時、湯浅夫人から大きな花束を贈ってもらって保田さんをドギマギさせることを平林さんと私とでたくらんだのですが、これは完全に私たちのまけでした。保田さんはいともどうどうとそれを受け、胸に一輪をさしました。その当時、花束贈呈などという風習は、女のひとに対しても日本にはなかった頃のことです。

保田さんは若い女流歌人には、晶子夫人以来とか、パリ文壇はみとめるでしょうとか、小説の人には当代稀有の女流文藝の発見、泰西の近代小説の気質に優に匹敵するに足るものであると最大の讃辞を呈しています。私は才足らず、保田さんからほめて頂くようなものは何一つ出来ませんでした。唯一度「コギト」に「カレワラに於ける女性たち」という小文をのせて頂いた時「女学校の先生の論文のようですね」とからかいお言葉をいただきました。

檀一雄さんのお通夜の時のことですが、横田文子さんと保田さんに挨拶してと思って別室へ行くと、「あ、来ていましたか、そんな所でいばっていないでこゝへ来て坐んなさい」と自分の横を少しあけてくれました。それが保田さんにおめにかかった最後でした。

みんな昔話になってしまいました。けれども、今でも、いつまでも、なつかしい人です。

矢代 梓……日本ロマン派と橋川文三

先日、ひさしぶりに雑誌「文学」一九五八年四月号を取り出してみた。橋川文三著『日本浪曼派批判序説』（一九六〇年二月刊）を早稲田の文献堂で買ったのが一九六一年の秋だったはずだから、このバックナンバーも高円寺の都丸書店あたりで、その後で買ったものだろう。

この「文学」は「昭和の文学　その一――日本浪曼派を中心に」を特集している。収録されている文章のなかで、私がどうしても読みたかった文章は橋川文三の「日本ロマン派の諸問題――その精神史と精神構造をめぐって」だった。『日本浪曼派批判序説』の「あとがき」にあるように、この「文学」の論文は『序説』のなかには収録されていなかった。しかし、冒頭の「はじめに――世代的回想として」の二ページ分のみは「あとがき」に再録されていて、『序説』を読んだ私は「あとがき」の言葉にひかれつつ、「文学」のバックナンバーを探そうとしたのだった。「はじめに」は筆者の個人的な追懐が色濃く投影された文章だった。その「パセティクな感情の追憶」とは、「命の、全けむ人は、畳菰、平群の山の／隠白檮が葉を、髻華に挿せ、その子」を想起しつつ、「ひたすらに『死』を思った時代の感情」であり、「そのまゝ、日本ロマン派のイメージを要約している」と語られている。それに続く文章は当時の私にも印象的だったし、今読み直してみても生々しい。

「私の個人的な追懐でいえば、昭和十八年秋『学徒出陣』の臨時徴兵検査のために中国の郷里に帰る途中、奈良から法隆寺へ、それから平群の田舎道を生駒へと抜けたとき、私はたゞ、平群という名のひゞきと、その地の『くまがし』のおもかげに心をひかれたのであった。ともあれ、そのような情緒的感動の発源地が、当時、私たちの多くにとって、日本ロマン派の名で呼ばれていたのである」

戦後生まれの私にとって、どうしてこの文章が印象に残ったのだろうか。その頃のことを思い起こしてみると、まず四季派の詩、とくに立原道造の死の直前に書き記された「風立ちぬ」論が思い出される。立原の「風立ちぬ」論がやや唐突とも思える堀辰雄への別離の言葉で終っている背後に、私は日本ロマン派の影を感じ取っていた。そして、私自身、いくつかの昭和十年前後、文藝復興期の日本文学を取りあげた史書を読んでみたのだが、あまり役には立たなかった。橋川文三も指摘していたように、昭和三十四年という時点では、「戦後、日本ロマン派は全く抹殺され、黙殺されてきた」のである。

それから三十年近い歳月が過ぎ去り、今ほぼ完璧に近い保田與重郎全集が刊行されつつあることは、私にとっても夢のような出来事である。

この三十年近い歳月のなかで、私に保田與重郎の仕事が大きく浮び上ってきた時があった。それは一九七〇年に、カール・シュミットの『政治的ロマン主義』を読んだ時のことだ。『政治的ロマン主義』への言及は「文学」の論文の「四　その精神史的背景」のなかにもあった。ただ、高校生だった当時の私には訳書のないドイツ語の本など、また高嶺の花だった。それが一九七〇年に大久保和郎訳の書物（みすず書房）が出版された。さっそく読んでみたのだが、この時、保田與重郎のイロニイが思い起こされたのである。シュミットの本はロマンティックのイロニイについて峻烈な糾弾を行なったものだが、ロマンティックの主情的感動の非政治的特徴を次のように定義づける。

「ロマン主義者は情感《ゲミュート》においてのみ反応をあらわし、その行動たるやある他者の行動（eine fremde Tätigkeit）に情緒において反響《レゾナンツ》をおくるだけである」「（ロマン主義者の行なう）肯定もしくは否定は、文学的・歴史的ないし政治的論策においていかに強調的に用いられようとも、決定的な行動の表現とみなされるべきではない。何故なら、肯定と否定は、ここではたんに反定立《アンチテーゼ》を意味するに過ぎない」

保田與重郎の多用するイロニイという多義的概念を解く鍵が、この『政治的ロマン主義』の議論のなかにあることに私もようやく気づいた。

今回の全集で、昭和七年から始まる初期文学論を数多く読むことが可能になった。保田與重郎がどのような読書をその当時していたのかは不明だが、これらの文学論を読む限り、彼が世紀転換期から一九二〇年代のドイツ文藝学の摂取を精力的に行なっていたことは明瞭に見て取れる。それはゲオルゲ派などに代表される新ロマン主義の思潮であった。とすれば、彼をも含めた日本ロマン派の運動をワイマール・ドイツの保守革命の思惟と共時的に分析する視角は、かなりの現実性をもち、両者の近代批判に通底する反近代の旗幟を明らかにすることは今日のポストモダンの議論に具体的歴史性を付与するに違いないと最近の私は考えている。

（ドイツ近代思想史）

真鍋呉夫……波に浮く月

昭和五十一年十一月初旬のことであったろう。「檀一雄能古島文学碑」の建立委員会から、碑銘の撰文の起草者について意見を求められた時、私はためらいなく保田與重郎さんの名を挙げた。

なぜなら、檀さんはその生前、最も顕著な影響を受けた友人として「太宰治、保田與重郎、坂口安吾」の三人を列挙するのが常であったが、そのうちの二人はもうこの世にはいない。しかも、檀さんは保田さんとの出会いを回顧した証言のなかで「柔軟、婉麗、稀に見る天稟の藝術家であると感服した」と果敢に語っているだけではない。自他の魂を鼓舞してやまぬそのデモーニッシュな魅力については「おそらく芭蕉に比肩できると私は堅く信じている」とまで、言い切っているからである。

ところが、地元からの連絡によれば、その年ももう押しつまった頃になっても、まだ保田さんの承諾を得ることができないでいるという。そこで念のため、それまでの経緯を確かめてみると「地元委員は一致して真鍋を推しているが、真鍋は保田さんほどこの任にふさわしい人はいない、とかたくなに主張している。よって、ぜひお引きうけ願いたい」というのが、事務局から保田さんに撰文の起草を依頼した際の口上であったらしい。

私はこの話を聞いて、ほとんど呆然自失した。これでは保田さんも、たとえ引きうけたくても引きうけることができないであろう。あまつさえ、除幕式までの時間はもう五カ月しかない。事態は切迫しているのである。

「こうなったら、もう京都に乗りこむほかはない」私はとっさに気を取り直してそう決心するなり、日頃の懶惰な性分にも似あわず、珍しく迅速に行動を起こした。

明けて五十二年一月七日——ちょうど七草の当日に、私はこうしてはじめて、洛北太秦の身余堂を訪ねた。同行は地元代表の六百田幸夫君と織坂幸治君、教導役をつとめてくれたのは、青年時代から保田さんに信従してきた柳井道弘君である。保田さんはそれでも最初の間は、

「そんなもん、みんなで書いたらええんや」

そんなことを言って、なかなかはっきりした返事をしてくれなかったが、そのうちに私が頃合を見

はからい、

「生意気なことを言うようですが、故人の遺志としても、文人の風儀としても、檀さんの文学碑の碑銘をお願いするのに一番ふさわしいのは、やはり保田さんではないでしょうか」

我ながらちょっと膝詰談判の感じになってそう切りだすと、保田さんもようやく生真面目な表情になり、

「そらぁそうですな……」

ぽつんとそう言って、例の深沈たる眼を私の方に向けた。すると、それまで黙ってその場の成行を見守っていた六百田君が、急ににこにこしながら口をひらいた。

「先生。ぼくが先生から頂いた、
一夜川千歳川てふ名のあはれ心つくしの波に浮く月
あの筑後川の歌の色紙のグラビアを『能古島通信』の檀一雄追悼号に載せたでしょう」

「うん……」

「真鍋さん、あれを見てとても感心したそうですよ」

そこで、私が六百田君の話を引きとって、

「はぁ、ひさしぶりに良い酒に酔ったような気持になりました」

と、その時の感銘をありのままにくりかえすと、今度は柳井君がすかさず、

「先生。あの歌を真鍋さんに書いてあげてください」

そう言って、筆硯や色紙類を茶の間に運びこんできた。

おかげで、私はまがりなりにもその日の大役を果すことができただけではない。さながら保田さんと檀さんの稀有の関係を象徴してでもいるような秀歌の色紙を自分への無上のはなむけとして、塵労

の東京へ持ち帰ることができた。

保田さんの撰文の草稿が届いたのはそれから約二カ月半後の三月十四日のことで、字数も事務局の指定通りきっちり二百八十八字にまとめられていたが、その署名の箇所にはただ「友人一同」とあるだけであった。それかあらぬか、その数日後に大津の義仲寺での行事に参列して帰京した谷崎昭男君からの連絡によれば、保田さんはこの二カ月半の間、他の一切の依頼を断ってこの二百八十八字の推敲に没頭していたのだという。ひとたび筆をとれば留《とどま》るところをしらず、その翌朝はふらふらになって粥しか喉を通らぬ、というあの保田さんがである。私はこの話を聞いて、はからずも保田さん自身の短文のなかの次のような一節を思いうかべずにはいられなかった。

「芭蕉は俳句らしい句が十句あれば、世に俳人と称するに足る。それゆゑ、十句に生涯をかけよと人にも言ひ、実行した。おそろしい人である」

すくなくとも、檀さんの帰幽以後、私はこの時ほど、いつのまにか馴れあいの均衡に甘んじていた自分の懦弱な魂を激しく震撼されたことはない。

（作家）

〈以上第十七巻　昭和六十二年三月刊〉

長部日出雄……永遠の少年性

保田與重郎氏に生前いちどだけお目にかかったことがある。『鬼が来た　棟方志功伝』を週刊誌に連載中に、その調査取材のため、太秦三尾山へ訪ねて行ったのだった。

敗戦によってもたらされた運命の激変にもかかわらず、昭和十年代にはじまった保田與重郎と棟方志功の親交は、生涯かわることがなかった。年齢は志功のほうが七歳上であるけれども、大和の旧家の出身で、しかも東大を出て、「日本浪曼派」の颯爽たる指導者であった保田には、初めから畏敬の念を持って接していたのではないかとおもう。

当方の来訪の目的に合わせた心遣いであったのか、それとも日頃からそうなのか、保田氏の居室の一隅には、吉井勇の歌を彫った志功の『流離抄板画巻』を屏風仕立てにしたものが飾られていた。戦後の子であるぼくは、顔を知らない保田與重郎に、古い神社をつつむ巨大な闇に感ずるような畏怖の念を覚えつづけてきたのだが軽妙なユーモアと遊びの精神が横溢する志功の『流離抄』は大好きな作品であったので、それを目にしたとき、ふっとほんの少し緊張がほぐれる気がした。

文章から感じられるオクターブの高さとは対照的な、実物の保田氏のいかにも物柔らかな話し方のせいもあったのだろう。その日うかがったお話のなかで、もっとも印象的であったのは、

「版画でも、肉筆画でも、書でも、文章でも、一目見ただけで、棟方志功とわかる。あれが、あの人の偉いところですな」

という言葉だった。どんな表現にも一貫して、確固としたスタイルを持っているのが、真の藝術家なのだ、と語ったように感じられた。

いちばんお聞きしたかったのは、昭和十八年一月号の「コギト」巻頭に発表された保田與重郎の『年頭謹記』を、志功が彫って春の国画会に出品した『神祭板画巻』が、「不敬を理由に主催者側の手で会期中に撤去される」と年譜に記されている、その間の詳しい事情であった。

戦争中の保田論文に、しばしば軍部や政府の忌諱に触れかねない過激な表現がみられ、じっさいに文藝雑誌の編集部が検閲を慮《おもんぱか》って、校閲の段階で予定の巻頭から外したりした事実もあるのは知

っていたけれど、『年頭謹記』に不敬にあたるとおもわれるところは見当たらず、八方手を尽くして当時の国画会関係者や美術展の検閲に当たっていた大本営報道部の関係者に聞いて回ったが、撤去の理由が判然としない。

保田氏は事の真相を承知しているように感じられたのだけれど、なんとなく語尾を曖昧にされて、明解な解答は与えられず、氏の初期の文章に共通する韜晦あるいはミスティフィケーション（神秘化）の印象をうけた。

では氏の人柄に反撥を覚えたのかといえば、そうではない。言葉の端端にユーモアの温かみがあって、初対面であるのに、懐かしさに似た感情を抱いたくらいだ。

中谷孝雄氏は、東大を出たばかりの白面の青年である保田與重郎に初めて会ったころ、「大和の老白狐」という感じがしたと、小説『日本浪曼派』に書いておられる。ごく短時間の面接の印象を敢えていえば、六十七歳の保田氏の人柄の奥に、ぼくが感じとったのは、すこぶるナイーブで、かつ悪戯好きの少年であった。

保田與重郎は、畢竟するところ、出世作『日本の橋』に、自分が生まれ育った大和と河内あたりの風景の美しさを描いて、「さういふ風土に私は少年の日の思ひ出とともに、ときめくやうな日本の血統を感じた」と書き、また『戴冠詩人の御一人者』でも、河内と大和の美しさに触れて、「回想の中では、僕の少年の日と共に日本の少年の日が思はれる、限りもなくありがたいことである」と書いた、その「少年の日」を生涯にわたって抱き通した詩人、思想家であったのではないか。

思想の表現にあたって、基本の論法となった浪曼的反語（ロマンティッシェ・イロニー）も、青春期の理想主義と反抗性のせめぎあいと、既成の権威の崩壊にともなう混乱と没落とデカダンに惹かれる悪戯好きの少年の心から、生まれていたのではないだろうか。

巨人を自分の身の丈に合わせて切る愚を犯しているのにすぎないかも知れないが、保田與重郎と棟方志功は、ともに共通する「永遠の少年性」によって結ばれていたようにおもわれてならないのだ。

幼少期を過ごした家は、当人の意識下に隠された書物であると考えるぼくは、桜井市の生家も訪ねてみた。風格と陰翳に富んだ建物で、保田與重郎の若き日の勉強部屋の窓からは、大和の一の宮であり、日本最古の神社とされる大神《おおみわ》神社の神体山である三輪山が、すぐ間近に見えた。

（作家）

池田　勉……保田與重郎と伊東静雄

保田與重郎という名を初めて知ったのは、昭和八年の晩秋の頃であった。それは「コギト」誌上を通しての出会いであった。所は広島市の広文館という書店の店さき。この書店はその頃、広島市で最も花やかな街であった革屋町の中央に在って、広く大きかった。午後の散歩のついでに立ち寄った広文館の店さきには、詩歌や俳句など文藝の諸雑誌が多く並べられた中に、妙に私の眼をひく一冊があった。表紙の装幀は全面純白の中に、左側に片寄せて縦に黒く、ゴシック体の片仮名で、コギトの三文字が誌名を表わし、右端の下部に朱色の数字で、18という発行号数を示していた。それだけの純白の平面の世界に、哲学者デカルトの有名な語句に因む「コギト」の文字は、新しい精神の匂う若い窓を想わせた。

その頃、私は広島の大学で、国文学科の学生であった。卒業論文の執筆にとりかかっていて、みずからの精神の芽をひらく新しい光を求めている時であった。

この「コギト」誌18号の巻頭は、保田の「当麻曼荼羅――藝術とその不安の問題」と題した評論で飾られていた。その若々しく、口ごもるように屈折する行文の流れには、精神の未来を展こうとするうぶ声が聞こえてくるように私には感じられた。この人の新声に耳傾けて私はみずからの生を養って行こうと決意した。このとき保田は東京帝国大学で美術史を専攻する学生であった。

この「コギト」誌18号には、伊東静雄が「海水浴」と題した詩篇を寄せていたが、その当時の私には特に深い感銘は残っていない。しかし、この伊東の詩篇と「コギト」誌との結びつきは、保田と伊東との詩精神の契合する深い機縁を作ってゆく端初の事実を語っているものであった。昭和八年春ごろ、保田が伊東の詩精神の独自な新しさを知ってから、この二人の結縁の真実は深められていった。「海水浴」の詩篇は、「コギト」の中に迎え入れられた伊東みずからの存在をかたどるものであり、さらに伊東の詩精神の今後に発展してゆく地平を得たことを意味するものであった。その二年後に伊東の新体の詩篇は、第一詩集『わがひとに与ふる哀歌』に結晶するが、この詩集の誕生は保田の懇切な尽力によって進められたものであった。昭和十年十月、コギト発行所から発売される。伊東の詩を、保田は「今日唯一といふに足る本質上の意味に於てリリックである」と激賞し、「今日以後の日本の新声の一つであらう」と位置づけた。萩原朔太郎も「日本にまだ一人の詩人が居ることを知り、胸の躍るやうな悦びと勇気を感じた」と推賞の語を惜しまなかった。

ところで、ここで昭和八年という時点の圏内に思念の視線を還してみると、私は西の広島の地に在って、たまたま「コギト」誌を手にしたところから、保田の名を知り、その精神の未来をひらく発光に心うたれて、わが心を養う光源と仰ぎみたのであったが、同じ昭和八年に大阪に住む伊東は、保田との詩精神の記念すべき契合を進めつつあった。その保田は東京に在り、「コギト」誌は東京の肥下恒夫の所で発行されていた。機縁の通うものを感じとるのである。

昭和九年三月に私は広島の大学を卒業すると偶然に大阪府立今宮中学校の教壇に初めて教師として立つことになった。未熟な教師の私は近くの住吉中学校へ授業参観に出かける機会に恵まれた。住吉中学校は大阪府立の中学校の中でも最も優秀な中学校の一つであった。そのとき、ある教室で教師は若さをやや過ぎた三十歳代かと思われる方であったが、剛そうな頭髪を無造作に七三に分け、その一方が少し額に垂れかかっている、そんな風貌であった。その国語授業は落ち着いた静かな口調で、文章や言葉の意味を実に正確無比に説明して生徒に理解させるというやり方で、その言葉に対する観入の正確さと深さに、私はすっかり感歎したのであった。授業が終ったあとで紹介されると、それが詩人の伊東静雄であった。この出会いが縁となって、私は大阪在住の数年間を伊東と親しく行き来して話しあう機会に恵まれることになった。

第一詩集『わがひとに与ふる哀歌』を私も贈られている。その表紙裏には、私の名の傍に「われは見ず　御空の青に堪へたる鳥を　著者」の献詞が添えられていた。表紙は保田の装幀で、ギリシャ神話によるレダに身をよせる白鳥の形姿を薄藍色に浮彫りした瀟洒な写真版であった。

昭和十一年六月のコギト五十号の巻頭論文は保田の「戴冠詩人の御一人者」を掲げているが、その冒頭の余白に伊東は万年筆の文字で、「池田兄　伊東生」と前書きし、「友情の名によってこの一篇を一読されることを強ひます」と記して贈り届けられた。伊東の友情は保田への深い友情を含めてめぐっているのであった。

（国文学者）

海上雅臣……亀女の兎

新京極あたりを通りがかりに、骨董屋のショーウインドーで、赤い紐緒を四隅に下げた文台を見かけた。珍しいので何気なく立ち止まり、つくづくと見た。

値札には、小林如泥《によでい》、文机、とあった。値が記憶にないのは、買う気にはならなかったからだろう。如泥の物が出ている、さすがは京都だ、と思いながら、本当だろうか、という懸念ももやもやと浮かぶ。

まとまって如泥の細工物を見た機会はない。図録のようなものは出ているのだろうか。畸人伝の伝える逸話で、その名を知り、話の伝える人柄の面白さに、作り物の工夫のあとをなつかしむだけの名であった。

大変な酒飲みで、かつて不昧公について旅先にあった時、泥酔して武士に突き当り、斬り捨てられようとしたのを、不昧が、この者は泥土の如き者ゆえ許されたし、と挨拶し助かったので、如泥を名としたという。

細工にはからくりもあったのであろうか。数多い逸話の中に、酒屋への勘定代りに木彫の小亀をやり、余り小亀がたまったので愛想悪くなった酒屋に、酒を持って来ぬならこれまで与えた小亀をことごとく返せ、我が彫りは尋常の物にあらず疑わば水に入れて見よ、と叫んだので、酒屋が小亀を水中に浮かべたところ自在に遊泳を始めた、人あらそってこれを求めた、とある。如泥の文台、とあれば撫でさすってどこに違いがひそんでいるか、と物欲しげな詮索の眼になるのもやむをえまい。

その足で身余堂を訪ねた。後水尾院の歌に「みちみちの百のたくみのしわざさへ昔に及ぶものはまれにて」とあるのをひいたエッセイのある身余堂翁に、町で見かけた如泥の文台が恰好の話題となったのは云うまでもない。

如泥さんの作った障子の桟は、ハタキをかけなくともホコリのかかることなかったというからな、と云った意味のことを、翁はうれしそうに語った。

如泥は果たして翁の夢想の中の一人だったのだ。障子の桟は平に作らずほんの少し斜面にして、日常の微動でホコリはおのずから落ちるようにしていた、そういう細工の心遣いが如泥の名を世に知らせたのだ、と翁は語った。出入りの職人のことを話す口調であった。私は翁から聞いたことを思い出す時、このようにぶっきらぼうの知識となってしまうことが情ない。何とも云えぬ訛りの早口で語尾をノドにのみこむような言葉使いは、内容を追うにせい一杯で、語り終わると話の面白さを自ら笑う、こちらは笑いに追いつくことが出来ず、苦笑を翁の笑いの後に浮かべるのがやっとのことだった。

泳いだ亀の話をする私に翁は、亀の話から思いついたのか、亀女《かめじょ》も良いな、と云った。亀女も酒豪だったようですね、と答えた私は、幕末の名人藝には酒がつきもので、下戸の名人はないのを不思議と云うと、それには答えず翁は、炬燵からふらりと立ち上がり、片手に掌中一杯の大きさの銅の兎を持って来た。

亀女の作った兎や、ととてもうれしそうなのだ。えっ、とこれも如泥と同じに、逸話ばかりで見たことのない亀女の古銅水滴を、手をさし出して受け取った。

この人は長崎に住んだ鋳工の一人娘であった。幼児から鋳銅の匂いを嗅いで遊び育ったのであろう。父の後をついで名工といわれたが、註文があると飲み友達をよび、前受けの代金で酒宴を開き、金も酒肴も尽きてからでなければ、仕事を始めない。或る年、長崎奉行から香炉を作れと頼まれたが例によってなかなかかからず、任終って地を去るので奉行が使いをさしむけたが、出来ているが渡せない、と断った。出来ているというから身柄召し取っても取り上げよ、と配下の者が家を囲むと、亀女は縁先に立つ捕方を眺めてから、机上に置いた香炉の前に坐って、煙管に火をつけ煙をくゆらせていて、つと斧を取って香炉を打ち砕き、気に入らぬところある物は渡せぬ。ときっぱり云い、いずれ作り直して、と丁寧にお辞儀をしたと云う。

手に持つ兎の重さに、確かな名工の面影を偲んでいると、翁が、裏を見てみい、と云う。裏返すと、四つの足裏と腹とを平らにし、首筋の立ち上がりを亀頭に見立てて、見事に亀の腹になっているではないか。

亀女の作った兎やからな、と笑う翁の目には、好奇心とよぶあの光が一杯に溢れていた。

一体あんな物をどこで手に入れたのだろう。

(「ウナックトーキョー」主宰・美術評論家)

〈以上第十八巻　昭和六十二年四月刊〉

高橋英夫……小林・保田の緊張のイロニー

昭和五十六年十月四日はおだやかな日曜日であつた。差し迫つた原稿の仕事もないので、本を読んだり、午後はちよつと散歩に出たりしてすごすうち、夕刻川村二郎氏から電話がかかつてきた。河上徹太郎の『思想の秋』はいつ、どこから刊行されたものだらうか、との問ひである。その本はすぐ手許にあつたから、引張り出して、昭和九年十一月芝書店刊の旨を答へると、氏は「保田與重郎の『日本の橋』と同じところですね」と言はれた。ああ、さうか、しかしそれはまだ持つてゐないけれど、と私は思つたが、電話口でそこまでは川村氏に言はなかつたやうな気がする。

翌朝の新聞で保田與重郎逝去の記事に接して驚いた。逝去は昨日の午後である。それは川村氏と一言二言『日本の橋』の話をした少し前ぐらゐであつたかも知れなかつた。暗合を感じた。ところが、そのうちに配達された郵便を手にとると、さる古書店の目録があり、見て行くと『日本の橋』が載つてゐる。函もないやうだし、高い。しかしこれは入手しようとその場で店に電話して予約をとり、その日のうちに出掛けていつて買つた。長い間探求してゐたその本が、著者の歿した翌日手に入つたといふのも何かの因縁であらう。私は希覯本など一冊も持つてゐないが、『日本の橋』は爾来大切にしてゐる。といふよりも戦前戦中の保田與重郎の書物は、どれも時代色を漂はせる粗末な紙質造本で、おまけに傷んだ古本で入手したものばかりだから、私はどれも貴重品のやうに扱つてゐる。『保田與重郎書誌』（昭和五十四年十一月刊）によれば、それまでの時点で保田與重郎の単行本は五十一冊あるが、そのうち四十冊近くを既に私は架蔵してゐる。

川村氏には、その一週間ぐらゐ後に会つたので、電話をくれた時保田與重郎の死を知つてゐたのかどうかを訊ねた。知らなかつた、とのことだつた。この時以来、私は前よりは暗合を信ずるやうになつたかも知れない。その川村氏がこの全集第四巻の月報に『十代の日の記憶』と題した一文を寄せてゐるのに示唆をうけて、ここで私が秘めてきたつもりの「わが保田與重郎のイロニー」を記してみよう。戦時中、英語は敵性外国語と決めつけられてゐたが、その中で川村氏は大学は英文科と考へてゐたといふ。所が戦後猫も杓子も英語といふ風潮になつたのが不愉快で、敗戦国ドイツの文学を学ぶことにしたが、その時期悪罵のかぎりをつくされてゐた保田與重郎を耽読した、と氏は言ふ。このイローニツシユな保田與重郎体験は、私の場合にもかなり異つた局面においてではあつたが、やはりあつたと思はざるを得なかつたのである。

私の保田與重郎は潜伏的であつた。戦後旧制高校の文乙、つまりドイツ語を主とするクラスに入つたとき、何人かの同級生がさうしたやうに、いづれ大学は仏文科へといつた転科を思つたことはない。

事実そのまま独文科に行つたのだが、それでゐて私は高校時代小林秀雄に取憑かれてしまつた。もしくは小林秀雄を象徴とするフランス文学系統の発想と言語に取憑かれてしまつたと言ふべきかも知れない。では何故仏文科に入らなかつたのかといへば、小林秀雄に雁字搦めの状態で仏文に入つたら身の破滅だと感じたからである。ゲルマンの文を学びつつひそかに小林秀雄を読むといつた隠れ趣味も胸に宿してゐたことは事実である。そんなわけで、当時私はそれほど保田與重郎に接した記憶をもつてゐない。現に大学で佐藤晃一助教授の「ロマン派小説史」の講義をきいたが、その中で詳説されたフリードリヒ・シユレーゲルの『ルチンデ』から、保田與重郎を思ひ出すといふこともあり得なかつた程である。

　さうではあるが今になつて思ふと、小林秀雄にしびれながらドイツ文学をやるといふのが、私のイロニーであつたのは間違ひなかつた。私もあまのじやくである。ドイツ文学の晦渋さ、暗く仄めく光といつたものと、小林秀雄の激しい裁断、破壊、逆説の切り廻しの相違に私は私なりに耐へようとしてみた積りだつた。そしてゲーテの『フアウスト』、ヘルダーリンの『ヒユペーリオン』、ノヴアーリスの『青い花』、シユテイフターの『晩夏』といつた作品が、確かに読み手を森の中に誘ひこみ、彷徨させることを了解した。「彷徨」「遍歴」「夢想」はロマンテイツクな比喩語ではなく、ゲルマン的現実だつた。さう見てくると、やがて私がしだいに知るやうになつた保田與重郎の文業は、小林秀雄に惹きつけられた私にとつて、自分のゲルマンへの傾斜の基盤だつたと思はれてくる。今日保田與重郎を読んで、私は日本精神や「日本浪曼派」よりも、ゲーテやドイツ・ロマン派の谺を聴いたやうな気がすることがある。

　桶谷秀昭氏もこの全集第二巻の月報に『保田與重郎と小林秀雄』といふ文章を載せてゐて、実に興味深かつたし、その問題意識に頷かされた。小林、保田の両詩人《ディヒター》——詩人と呼んでみたい——の間に張られた緊張のイロニーを感ずること、それが私にとつても批評の活力である。両詩人が世を去つたいま、今度は自分の内部にそのイロニーを張りつめてゆかねばならない、と私は思つてゐる。

（文藝評論家）

入沢美時……保田與重郎との邂逅と別れ

保田與重郎という名を初めて知ったのは、いつの頃だっただろうか。名を知り、記憶に留めただけであったなら、異常に早かった。中学の終りの頃だったと思う。それにはある事情があった。

私の父は、私が小学六年の年に亡くなった。今の平均寿命から言えば早死であった。敗戦で全財産を失い、戦後は全く定職にもつかず、酒の日々を送り、六十歳で世を去った。戦後の貧乏のどん底期に、自らの蔵書、収集品のたぐいを全て売り払ってしまったものと思われる。

ある日、父の残したものをなにげなく整理していた。すると、何冊かの本が出てきた。朔太郎の詩集とともに、表紙がボロボロになってとれてしまい、なんとか本のタイトルが分かる『古典論』から始まり、『万葉集の精神』『民族的優越感』『芭蕉』『文明一新論』と、同一の著者による本が五冊もあったのだ。まず、『民族的優越感』とか『文明一新論』だとか、タイトルが不思議であった。それ以上に、著者の保田與重郎という名が奇妙に思えたのだった。それが、保田與重郎との初めての出会いであった。もちろん、その時、著書を読んだわけではない。

今、調べてみると、昭和十六年から十八年までの奥付年月日の本である。数えきれぬほどの蔵書の全てを売り払いながらも、父は何故、朔太郎の詩集とともに、この保田與重郎の五冊の著作だけを残したのであろうか。当然のことながら、その当時は分かるべくもない。後年になつて、保田與重郎の著作などに自分も没頭するようになってから、父がそれらの本を残した想いが伝わるようになったのだった。

私は、昭和二十二年の生まれである。高校時代というと、文学の世界で言えば、ヌーヴォーロマン、シュルレアリスム、ビートジェネレーションなどがにぎやかにもてはやされた頃であり、ご多分にもれず、少ない翻訳書と情報に狂ったものである。その一方、カント、ヘーゲル、マルクス、ニーチェなどの著作にも狂っていたので、吉本隆明の著作を読み出すのだけは早かった。その中に確か、保田與重郎の名があったはずだが、記憶には留まらなかった。そのような理念・モダン青年がどのようなきっかけで、保田與重郎と正面から向き合うことになったのだろうか。

ちょうど二十歳の年、その後を決定してしまう二冊の本が出版された。村上一郎『明治維新の精神過程』と桶谷秀昭『近代の奈落』である。特に、最初に読んだ、『明治維新の精神過程』のショックは強烈であった。その日、昭和四十三年四月二十八日という日付と、その時の気分を今もよく憶えている。この時、何に出会ったのか。日本という事態にである。自らに免疫のなかったことにより、それからは一瀉千里であった。

村上一郎、桶谷秀昭、吉本隆明、橋川文三、竹内好、北川透。その人達が、なんらかの形で論じていたのが保田與重郎だった。しかし、保田與重郎その人の著作に接するには、まだ間があった。北一輝の著作や二・二六事件の青年将校の獄中手記や農本主義の著作、さらには、明治期の思想家、文学者の方へと方向がいったからである。その上で保田與重郎と向き合うこととなった。

最初に読んだものが何であったかは、憶えていない。ただ、柳田国男そっくりのうねるような、肯定と否定を同在させるような文体には魅せられた。その頃、保田與重郎の本を書店で目にすることはほとんどできなかった。新潮社から出されていた、『現代畸人伝』と『日本の美術史』の二冊だけだったのではないだろうか。それから古本屋通いが始まった。早稲田、神田、下北沢、鎌倉と買いあさった。その頃のことである。南北社版『保田與重郎著作集』が出版されたのは。その後、講談社版の選集、現在の全集とも買わせていただいている。

保田與重郎を読みながら、ずっと気になっていたことがあった。保田は、三島由紀夫のことをどう考えているのだろうかということを。そして、あの事件があった。昭和四十五年十一月二十五日、三島由紀夫の自決である。その時のことを書くべき場ではない。ただ、その後、「新潮」が翌年の二月号で、「三島由紀夫追悼特集」号を出した時、保田は「眼裏の太陽」という長い追悼文を寄せた。これは嬉しかった。涙の出るほど嬉しかった。「眼裏の太陽」というタイトルが、なんとも気に入った。そして、疑問は氷解したのである。

この「日本」という呪縛に関わった期間は長く続いた。読書といえばほとんど翻訳書という人間が、気付いてみたら、十年の長きに渡って一冊の翻訳書も読んでいなかったのである。保田與重郎の問題も含んで、それにとらわれること、いかに深かったかが思われるのである。

現在を言えば、保田與重郎とは思想を異にするであろう。日本が、アメリカの、ヨーロッパとともに人類が経験したことのない高度資本主義社会の現在を実験しているからである。徹底的に解体の思想に組みしようと思い、またそう要請されていると考えるからである。

しかし、いかな高度資本主義社会といえども、日本がアジア的共同体の残滓を引きずっているかぎり、問題としての保田與重郎はなくなりはしないのもまた事実なのである。

（編集者）

萩原葉子……思い出

昨年、保田與重郎氏の長女まほさんに会った。父の生誕百年祭記念の展示会の折り、会場入口で思いがけず声をかけられた。保田氏に娘さんがいられることも知らなかった私は驚いた。

タイム・マシンで時間が逆戻りしたような、嬉しい気持で一杯になり、私は自分でも何を言ったのか覚えていないほどだった。娘さんのお顔と保田氏との顔が二重映しに交錯しながら、私は不思議に思った。

保田さんはもうこの世にいない。だが娘さんは私の眼の前にしっかりと生きていて、しかもとても元気そうにしていられる、それが何とも不思議だった。

昭和十年前後のこと、保田さんは若い学生のような感じで、和服に袴をつけきちんとした服装で家に来られた。父は、保田さんの来訪の時は、上機嫌で祖母にお酒や肴の仕度を頼みに居間に来るのだった。極端に来客の嫌いな祖母に、父が頼むのは珍しいことだった。

一家の長で実権を握る祖母は、父の客を嫌がり名前も聞かないで門前払いする時もあり、あとで知った父は「おっかさん、それだけは止めてくれ」と、懇願するのだった。当時は電話もなくて、突然の来訪が普通であった。

二・二六事件の前夜だった。雪の降る夕方、保田さんは辻野久憲氏と一緒に家に来て、いつものように三人は話し込み、雪はいよいよ厚く降りつもった。不機嫌になっている祖母は、柱時計を睨み長火鉢でつけたお燗を、「最後だよ」と突っけんどんに渡す。だが、応接間の話し声はいよいよ盛り上がっていた。

父が、遠慮っぽく祖母に、二人分の布団の用意を頼んだ。すると祖母の怒りはすさまじく、大反対だった。特に胸が悪いと言われている辻野さんを泊めることは出来ないと、父を頭ごなしに叱りとばした。

仕方なく駅まで帰った二人だったが、電車は不通となっていて、さぞつらい気持でまた家に引き帰ったことであろう。辻野さんは応接間に、保田さんは二階にと分れて、三人は別々の部屋で寝ることになり、翌朝の号外で二・二六事件のあったことを知った。

戦後の昭和三十五年頃だったろうか。保田さんは上京され、旅館で仕事をしているので、遊びに来るように連絡があった。二十年ぶりで会った氏は、学生のような若さの代わりに、味わいのある立派な風貌であった。

「葉子ちゃんの『父・萩原朔太郎』読みました。二・二六事件の夜のこと、ちっとも気がつかなくて、先生に申し分けなかった」と、しんみり言ってくれたのであった。そして恥しがりの少女だった私が、結婚して子供も生れ、また文章を書くようになったと賞めた。

時々は上京されるようになったのか、その後また同じ旅館で仕事をされた時にも伺い、今度は私の家に来たいと言われ、タクシーで私の家まで来られた。

思い出の父の家は空襲で燃えてしまい、戦後の貧しい家だった。それでも保田さんは、懐しそうに本棚や壁を眺めていた。

父の色紙とミミズクに眼を止め、保田さんは少年のような純粋な眼で、両方に見入っているのだった。

「よかったらさしあげます」と、私が言った。

「本当ですか?」と、飛び上るばかりに喜び、むづかしい本を書かれる人が、子供みたいなものを喜ぶことに私は感動した。

父の色紙はともかくも、ミミズクは鬼子母神の土産に売っているススキの穂みたいな柔かいもので作ったミミズクの人形で、私は捨てようと思っていたものだった。

間もなく京都の家から保田さんの色紙と、桐の箱に入った貴重なグイノミ茶碗を送ってくださり、恐縮だった。

近代文学館が金沢に新設された時、館長の新保さんから朔太郎の色紙か、短冊を寄贈してほしいと言われた。だが、私の家には三好達治さんからもらった短冊一枚くらいしか無く、残念にも空襲で焼失してしまったので、厚かましくも保田夫人に一度あげたものを取り戻すと言うことをお願いしてみることにしたところ、快く受け入れてくれて、金沢の近代文学館に保田さんの思い出の色紙は納められた。

今日お元気だったら、もっといろいろ話しをしたかったのにと、今更残念である。

（作家）

〈以上第十九巻　昭和六十二年五月刊〉

ヴルピッタ・ロマノ……理念とくらし

晩年の保田先生との出合は、私にとって決定的という程有意義なものでありました。その当時、興味半分、日本文化の麓で遍歴していた私は、突然、荘厳な山頂に対面した感じがしました。長い日本文化の累積が結晶したような師として彼を尊敬しました。そして、それ以上に、自己憐憫を許さないで、人を誇らないで、時勢に譲らないで、自分のくらしをもって自分の理念を表現する東洋の賢人、文人の偉大さを感じました。敗北の予感が早くからあった保田先生は、現実の敗北の結果、文人としての本質をいっそう充実させたのではないかと思います。

と言っても、私はこゝでなにも保田與重郎論を展開するつもりはありません。只、一外国人として、保田先生とのつきあいの寸感を述べたいと思います。考えて見たら、保田先生とつきあった西洋人は、もしかすると、私ぐらいではないかと思います。かえって外国人、西洋人であったために、私は比較的、気軽に保田先生に接近することができました。その点から、第三者である外国人の立場が恵まれていたと言えるでしょう。日本人にとって、保田與重郎のような存在には、冷静に接近できるものではないと思います。彼は今でもまだ、憎悪にせよ、愛情にせよ、はげしい情熱を人々に呼び起す人物でしょう。私の国のイタリアでもこのような精神的条件がありますので――但し、イタリアの場合、双方に報復を強く求め、無数の死者の存在は日本よりもこの条件をはるかに悲劇的にしたが――そのために私も保田先生の危険性をよく理解しております。かつて三島由紀夫が書いたように、日本人の忘れようとしている海底にある放射性廃棄物そのものが、保田與重郎であります。この点に、保田與重郎の悲運があります。彼を評価するには、日本人は現在忘れようとしている、しかしまだ血を流している痛ましい傷の中に手を深く入れなければなりません。近代化、戦争、戦後……民族の歴史の継続性……保田與重郎はこれらの言葉に秘められている、やゝこしい未解決の問題をかゝえています。しかし、逆説的に、あの三島の言葉は、保田與重郎の偉大さも暗示しています。放射性廃棄物は永久にその能力を失わないと同じように、保田は抹消してしまうことのできない存在であります。日本の文化や精神的な歴史を整理しようとしたら、必ず保田與重郎にぶつかります。

しかし、外国人である私には、保田先生に接近したとき、以上に述べたような複雑な感情的背景は、勿論ありませんでした。確かに、我が国でも歴史の不正を見る機があった私は歴史の不正の犠牲となった保田先生に対してもとより同情的でありました。それにしても、私は冷静な姿勢で、ある意味で気軽に、先生に接近することができました。そして、この気軽さのせいか、或いは象徴保田與重郎のかなたに、人間保田先生を見抜こうという無意識的な意向があったせいか、先生の人間性を深く味わうことができました。先生は確かにとても魅力的な人間でありました。彼が日常の生活におどろく程にやさしい人であったのは、この魅力の一因でありましたが、とりわけ彼の日常性が、その理念と見事に一致しているのは、私にとって最大の魅力でした。一度も言及しなかったが、歴史の不正が彼を悩ませたのはよく感知できました。しかし、いつも背影にかゝっていたこの暗い雲を別にすれば、自分の藝術的な理念を実際の生活で表現する事に成功したしあわせな文学人として、彼をいつも考えていました。晩年の保田先生は、自分のくらしを、自分の最高の作品にしました。

　あのすばらしい日常性の中で、保田先生は身近なやさしい存在でありました。私は何回もあのやさしさの中に溶け込んだことがあります。不勉強で、先生のむずかしい話の大部分を理解できなかったが、それでも、何とか、保田先生の人間性を把握したのではないかと感じることもあります。

　しかし、私の周囲にいる多くの日本人の方々は、この事実を不信の目で見ていました。知識人の中でも保田與重郎は、排他・反動・超国家主義という言葉を連想させる存在となっています。これらの人々にとって、保田先生は、およそ西洋人とは会話が成り立たない人物だと思われたそうであります。こゝは、こんな先入観に根拠がない事を説明するところではありません。この全集で先生の初期の作品に目を通す読者には、保田與重郎と欧州文化との深い関係は自明な事実であると思います。但し、私も強いて、私見を述べるとすれば、晩年の保田先生の日本人としての強い自己認識は、決して彼の目を他文化に対して暗くした事ではありません。戦後の作品に欧州文化に関する記述が少なくなる事は確かですが、これは時運に応えた事ではありませんか。戦前は浪曼的精神を提唱する時期でありましたが、戦後は日本的なくらしを維持することは急務になりました。しかし、「日本の橋」でするどい比較文化論を展開して、「セント・ヘレナ」で欧州の覇者のナポレオンに民族的な英雄の典型を見抜いて、日本の英雄の悲運と栄光のパラダイムにしたあの普遍的な精神を、晩年の先生にも、私は感じました。

先生に接する機会があったとき、私はなるべく日本のことについて教えて頂こうと思っていたが、先生は反って、我が国についての話も好きでありました。古代ローマにせよ、ルネッサンスにせよ、歴史にせよ、美術にせよ、イタリアの話はよく話題になりました。話題は時として日常茶飯にわたり、国民のくらしについてふれるようになりました。国民のくらしそのものが文化であるという確信があった保田先生は、そこに普遍的な価値の基盤を求めたのではないかと、私は感じています。

（京都産業大学助教授・比較文化論）

阿部正路……上弦の月

五浦《いづら》の岡倉天心の墓に参ると、おのずと頭《こうべ》の垂れるのを覚える。

天心の墓は、数年前に拝したときよりも、小さく平らになってしまったように思われた。こうして天心は、日本の土に還ってゆくのだと知った。自然に、大和の行基の閑かな墓が心に浮かぶ。

数年前、天心の墓を拝したころには、保田與重郎先生はこの世に在って、私の前で静かに酒を酌み、深く澄んだ目をなさって、とめどなく語りつづけるのだった。

天心は偉大な詩人。天心が〈アジアは一つ〉と説いたのは、彼が偉大な詩人の証《あかし》……関西なまりの保田先生の声は低く、しかし、いつでも確信に充ちていた。それは、そのまま「天心の精神は、彼自身の文学に於て、さらに偉大なあらはれをした。彼は東洋の精神は、最も深く日本の藝術の歴史の中に顕現してゐることを知つた。彼は日本の藝術の歴史を説くことによつて、東洋の理想を描いた」という『日本語録』の一節につながる。私はこの《語録》を少年時代から片時も離さず、今、「真の歴史家は詩人でなければならぬ」という『日本の文学史』の一節を心に置く。未生と未完の二つの闇に閉ざされた日本の文学。それを保田先生は見通す。だが私はいつも闇の中なのだ。突然、保田先生は「阿部さん。アジアは本来、一つなのです」と言われた。それは、闇の中で一節に光る言葉だった。

日本の敗北については一言もふれず、話題は、文人の品位に移った。「あの人とあの人はいやしい。しかし、佐藤春夫先生と吉井勇さんは立派だ」と例にあげて言われた。祇園で酒を酌みかわすとすぐに品位がわかると仰言り、つづけて、「阿部さん、これから祇園に行きましょう」と言う。私はたいそう驚き、冷汗をかきながら固辞したのだった。すると「座を代えましょう」と立ち上り、広い客間から狭い茶の間へと移った。あれは、先生の私への思いやりだったのだろうか。

大和には　みささぎ多し　草もみじ

酒杯が重なるにつれて、私の心に、大和の鳥見山の西入口の等弥神社の、春夫句碑がぐるぐる廻る。あれは、保田先生の求めに応じて建碑されたものと聞く。何しろ珍しい大和万葉歌碑群の中の句碑なのだ。すぐ近くにその鳥（跡）見の茂岡の松の樹をうたった紀鹿人の「茂岡に神さひ立ちて栄えたる千代松の木の歳の知らなく」の碑の文字の書は保田先生。同じ保田先生の書に成る「万葉集発燿讃仰碑」は、桜井市黒崎の東はずれの白山神社の境内に建っているのだが、「桜井市はいけません。敷島市でなければ……」と仰言る。敷島市が実現しなかったから京都の太秦三尾町に引越されたのだと言いたげであった。「守るべきものは守らなければなりません。日本の歌は守るべきものです」と仰言り、色紙いっぱいに、すらすらと「現身のかなしきことに恋し鳥待たねど声にきこえけるかも」と書いて下さった。

暫らくしてから大きな花弁型の杯を二つ磨いて、一つは日沼倫太郎君の御遺族に、と仰言って下さった。「晩年の日沼君は、みちがえるほど立派になった。立派になった人は早く死ぬ。三島由紀夫君も……」と言葉を中絶し、とても遠い目をされた。外はすっかり暗くなっており、畳の上に寝そべるようになさると、保田先生の目が、上弦の月のように輝やくのだった。

ある人のすすめで、保田先生と小林秀雄の対談を計画したことがあった。初め、大学で行ない、それを大勢の学生が聞くという型式を考えたのだったが、それではお二人に失礼になる。お二人は静かな雨の音の聞こえる小さな部屋がふさわしい。その内容を活字化する方がよい、などと考え直したりしたのだったが、結局、実現しなかった。今に残念な想い出である。

今日が昨日になる深夜、保田邸を辞した。それは、最初に御訪問申しあげたときのこと。保田先生が「午前中は困ります。午後遅くならいつでもよい」と仰言って下さったのに甘えてのことである。申し訳ないことだった。深夜の道を、保田先生は大きな拡声器のような電灯を照らしながら案内して下さった。私はいつも暗闇の中なのに、保田先生は、こうして、はるかな行手を常に照らして下さっているのだと知り、泪が胸に溢れるのを覚えた。

（国学院大学教授）

吉村淑甫……面のこと

大和の風土と保田與重郎といふ人の生成は切りはなせないといふことは、人はみな常に語るところであり、頷くところであるが、月報の四号に鍵岡正謹君が書いた一文は、さうした作文のなかでも殊に感銘深かつた。

「思えば僕には、保田さんはひとりの故郷の古老そのひとであった。保田さんの話を聞いているといつもなつかしい原風景が眼前に啓け、いつの日か帰るべき風景にとつれてゆかれる。その風景のなかで僕は保田さんという古老から昔語りを聞いている云々」と、また彼は「古老は古霊である」といふ云方をもしてゐた。これらの言葉はやはり鍵岡君のやうに同郷人つまり大和根生ひの人でなければ云へない言葉だらうと思つたことだつた。

「日本の美術史」（藝術新潮）を連載してをられた頃のある日、土佐の神楽の舞台写真が欲しい旨の手紙をいただいた。偶々テレビの画面にその写真が写つてゐたのを見て云つてこられたものらしかつた。恰度手元にあつた一枚をお送りしたが、当時、面のことなども書いてをられたので、それへの関連らしかつた。私などが百姓面と呼んでゐた手作りの神楽面と、神楽を観てゐる山民の顔とが酷似してゐたことを云つてをられた。さうした面についての感想をかう云つてをられる。

「院政時代から鎌倉時代へうつる土俗造形の、一つの残存物の頑固さを見た思ひだつた。さういふ頑固さは、なつかしさとユーモアを多分にもつことが始まりだつたが、正しく親の顔に似せてつくられたものにちがひなかつた」と。その前にまだ、かうも云つてをられる。「造形そのものは、どれほど遠くへでも遡れる。しかし大和の埴輪までは遡れぬのは、文明の差違である」

土佐で神楽面を祀る家の人たちは、今でも面を面と呼ばず「ヒト」と呼んでゐる。「このヒト」とか「彼のヒトは何時幾日に訪れてくる」とか、そんなふうに云ふ。一族の祭りの折には面が分家から本家へ移動するのである。保田さんが感じた面と人とはまさしく同一であつたわけで、つまり民族の風土のなかの貌のことを云つてをられるのだと、その時、思つたものだった。

ところで保田家の宗旨は、天台系の念仏宗で、良忍上人を開祖とする融通念仏ださうだ。すなはち桜井・来迎寺の檀徒である。そのことが今直に保田與重郎個人と関連するわけではないが、保田與重郎を古老と呼ぶ時、融通念仏時代の中世人を感じさせるものもあるやうに思はれる。大和といふと直ぐもう古代へ結びつけがちだが、その古老の質には、空也、源信にはじまる念仏の執拗なくり返しが感じられもする。

そんな思ひにとらはれてゐて、大和の古老保田與重郎と、同郷の青年鍵岡正謹君の対話する姿があらためて思ひおこされたのだつた。

一方、保田邸の床の間に掛かつてゐた伴林光平の貌、それもまた強烈に大和の顔であることを感じさせた。保田家では毎年二月の伴林光平の忌日に、この像をかかげて弔ふ。その時期に私も一度だけ出会つたが、つひに忘れられない貌であつた。殊にその眼の大きさに搏たれた。面でいへば古い型の大ぶり面である。

「日本語録」中に掲げられた光平の言葉は、「本是レ神州清潔ノ民」の一語で、当時、少年期を抜出したばかりの私にこの言葉はまさに清烈であつた。私事にわたつて恐縮だが、土佐山間の神統家の家に生育した私にとつて、この言葉は否応なく家の風を思ひおこさせた。とは云つても土佐山間の神統家などといふものは、その頃も依然として幕末期までの体質を遺し、両部神道の匂ひを芬々とさせてゐたものであつた。面を扱ふ神道そのものがすでに両部のものがあつて、いはゆる民間信仰としての体質から抜け出てゐなかつた。「日本語録」中に伴林光平の言葉を見出した時、私は救はれる思ひがした。今にして思へば、それは両部神道に対する遠い日の嫌悪感から抜出する意味であつたやうに思はれる。保田與重郎といふ人がこの言葉を発した時の心境が直に伝はつてきた。保田さんを師と呼ぶやうになつたのは伴林光平のこの言葉を示された時からであつた。

今では山間民俗のなかの両部神道の懐しさを理解できるやうにもなつてゐるが、あの日にきいたあの言葉の清烈さはなほ爽やかである。

（詩人）

〈以上第二十巻　昭和六十二年六月刊〉

杉本秀太郎……土蜘蛛

小林秀雄は晩年のある日、訪ねてきた一青年がフランス語を勉強したいというと突然、甲高い声で「バカ。フランス語なんてやる必要はない。漢文の勉強をしろ」と叱責したそうである。本居宣長が儒学に精通していたことは誰でも知っている。蘐園派と宣長あるいは古義堂学派と宣長の関係を独学追求していたこの往年のランボオ論者がみずから焦ら立ちを隠し切れなかったのはよく分かる。

保田與重郎は小林秀雄が延々と「新潮」に連載しつづけた『本居宣長』を丹念に読み、感想を書き送って励ましつづけた。そのことあればこそ、義仲寺でとりおこなわれた保田與重郎の葬儀に小林秀雄は馳せ参じたのだろうと思われる。

日本の古典という「自然」は、保田與重郎の指呼の間に横たわっていた。勘の鋭い猟犬のようなとところがあったから、獲物が森かげ、泉のほとり、岩の間、草むらのどこにひそんでいようと、嗅ぎつけて接近し、突進し、思いどおりに獲物の喉笛をかみ切ることくらい、保田與重郎には朝飯まえのことだった。時にこの人には、猟犬よりもむしろ猛禽を思わせるところもあった。つばさの影にさえ獲物はおびえてしまって、意のままに拉致され、むしられ、食い散らかされる。もっとも、こんなふうに扱われてもまた元どおりによみがえるのが、古典が「自然」たる由縁であり、じつは不死鳥のごとき猛禽とみえたのは古典のほうで、思いどおりの餌食にされたのが保田與重郎だったような気もしないことはない。仮にそうであっても、この人はそれが満足だったにちがいない。

　戦前、戦中、戦後にかけて（戦後の期間が最も長いが）、保田與重郎という人は変らなかった。論理の破綻を論理とする思考は、ドイツロマン派と親近関係を結んでいるが、この人があごで使った日本語の不透明に濁った重層性が、ドイツロマン派よりも一層ドイツロマン派的なものをこの人の身辺に生み出し、この人を包被し、そしてこの人の終《つい》の栖《すみか》となった。

　京都の壬生寺に江戸初期あたりから（正確なことは分からない）今に伝わる無言の狂言があるのはよく知られている。菜の花の咲く頃、十日ばかり演じられるのは寛文延宝の昔から変りがない。延宝五年（一六七七）刊『出来斎京土産』に、壬生に「大念仏あり、閻魔、猿舞、蜘舞などいへる舞あり」とあり、『菟藝泥赴』という地誌（貞享元年・一六八四）には「三月十四日より二十四日迄、大念仏をおこなひて、壬生の里人、人猿、閻魔などいふ狂言をなし、京中の貴賤詣でたり」とある。壬生狂言の番組には能楽および能狂言より取材のものが多いが、この狂言独特と見られるものも古来十一種ばかりをかぞえる。「桶取」「愛宕詣」「山端《ばな》とろろ」「本能寺」「大原女《おはらめ》」「湯立《だて》」「棒振《ふり》」などはその十一種のうちである。先に引いた『京土産』に「蜘舞」とあるのは、おそらく「土蜘蛛」のことだろう。壬生狂言の「土蜘蛛」は、今も毎年の番組にかならず再三にわたって組み込まれ、能にも歌舞伎にもそれが大いによろこばれるあの糸吐きの藝によって、見物衆の喝采を博している。けれども、本来が土くさい民衆的な藝能である壬生狂言の「土蜘蛛」が、お面の風情と言い、装束の渋い色と言い、無言の仕草と言い、いちばん土蜘蛛らしくて私にはおもしろい。

今年も壬生狂言の「土蜘蛛」を見た。そして私は保田與重郎のことを思った。あれはまさに土蜘蛛のような人ではなかったか。大和土着の豪族の末裔は、後世の征服者（頼光たち）に対して、土饅頭のあたまを楯に、不服従をみずからに誓い、呪言とともに糸を吐き、抵抗しつづけた。ついに打ち取られたというのは芝居の上での話であって、あの土蜘蛛はいまも塚にひそみ、猟犬とも鷲鷹ともひそかに内通しながら、塚のなかで野生の知恵をたもっているような気がする。

（京都女子大学教授・フランス文学）

常住郷太郎……命二つ中に生きたる

はじめて身余堂を訪れた際の、いきなりの話である。

越前だったか伯耆だったか、いまは忘れてしまったが、先生は土地の案内人について山を登って行った。大鉈で枝をはらったり、木の根をまたいだりしての大汗ののち、とつぜん景色が広くなった。深く切れこんだ前面の山の中腹に、とてつもなく大きな桜が満開の花をひろげていた。

「見事な桜でしたなァ」

と、そこで先生は愛用のキセルに刻み煙草をつけかえた。

身余堂での二度目のときは、大和十津川村の人野長瀬正夫さんは二十代で校長に任ぜられたという。びっくりした野長瀬さんはどんどん逃げて、東京まで逃げて、それで詩人になられたということを、まず話された。

大相撲の若ノ花（現二子山親方）も横綱に推挙されたとき、その任我に能わずと、恐くなって行方不明になり、周辺を大いに慌てさせたそうだ。

そんなことを保田先生は語ると、両膝をかかえた姿勢をぐんにゃり崩すや、身体を横たえて、ゆっくりと左肱のゴロ寝で、

「不思議なお人ですなァ」と言われた。

つまりはこのたびも「保田與重郎全集」の話はケムに巻かれてしまったというわけだ。

まだ地上に生ある身に全集はあり得ないという。それは正論だから、では著作集とか、選集とか、複刻、再刊、あの手この手で迫ってはみるものの、「棟方志功先生を三輪山にご案内したときになァ……」とか「岡潔先生のこのたびのご文章は……」といった風にはぐらかされて、それがまたゆっくりと、念を入れて話されるので、挙句は「どや、泊まっていきいなァ」で、そうは思うものの東京に残した仕事を思えばそうもならず、それでも赤松の肌が夕闇にうすれて行く頃にはお酒が出て、うっとりとなって行くこの身ではあった。

保田與重郎全集を出したいという思いは私が入社した時からの社長の意向である。その頃のその人の世情の沙汰は凶々しい花で、ましてや進歩的といわれる私立大学の国文科を出ていた自分にもその翳は落とされていた。

だからこそ出したいというのは青年の客気で、それが身余堂を訪うたびに身心がやわらかくなり、優情の人の印象が濃くなっていき「この人こそ」の思いにせり上がった。

甘えである。全集は不可能になったが、著作集は出来た。すなわち南北社刊「保田與重郎著作集」全七巻・別巻一である。

装幀は棟方志功。第一巻配本は昭和四十三年九月。「後鳥羽院」「芭蕉」他を収載。解説は大久保典夫、解題は岡保生。

何たることか。その年の暮、経営者の極めてスキャンダラスな事件のために、会社は倒産した。当然のことに続刊は不可能となった。三年にわたる請願と、ようやくの上梓の果が、いわば港内での座礁である。

合わせられぬ顔を合わせて、新学社の奥西保、高鳥賢司、堀場正夫先生のご好意にすがった。「刊行委員会」という名での続刊を考え、その見通しはついたものの、売上げはすべて債権者に渡るということで、すべては空しくなった。この間、一年。百姓になることもできず、せめてものことと、以来自分は宮仕えをしていない。いわば浪人だが、それでも風だけは吹いてくるから、日本という四季のめぐりの美しさへの感性の用意だけは失いたくない。

保田先生の著作集に最も熱心だった親友の日沼倫太郎は、昭和四十三年七月十四日に急逝した。二人で京都へ保田先生を訪ねる約束になっていて、それが先生のご都合で少うし先へ延びた、その暇ができた夜に大酒して倒れたのだった。

身余堂ではじめて聞いた日の大桜は夢のように、今もって花の色彩をにじませる。

　命二つ中にいきたる桜かな

芭蕉の句である。かなしびそふる思いで身余堂の魚板、来客三打を私は叩く。

（編集者）

六百田幸夫……おそろしい人

『保田與重郎全集』全巻一覧をざつとみわたして、未入手の単行本は『ヱルテルは何故死んだか』『文学の立場』のほか、いくつかの私家版に及ぶと知つた。保田先生の著述にふれたのは昭和十八年、『万葉集の精神』がはじめてで、いまでは『ヱルテルは何故死んだか』が初見でなかつたことに安堵してゐる。

なぜなら、ゲーテは読まぬでもすむが、万葉集にいつまでも無関心なわけにゆかず、どちらも私には難解な文章ながら、難解さの質がちがつたのである。万葉集への理解は初歩のままにしても、日本の古典だし、血脈の共感といふ安心もある。

それはさて、「月報第十七巻」に真鍋呉夫さんの文章を読んで思ひ返すことがあつた。「檀一雄能古島文学碑」建立当事者の一人として、碑銘の撰文起草者は、真鍋さんでいい、と思つてゐたから、保田先生を思はぬでもなかつたけれど、それを私が口にすることは、真鍋さんに対して憚られ、それゆゑ、真鍋さんが保田與重郎をかたくなに主張していらつしやると知つて内心はうれしく、だから真鍋さんに撰文のことをすべてお任せできるつもりで、私は関知しない（ことにする）といつたものだ。

身余堂訪問のあらましは、真鍋さんの流麗な文章に詳しく、忘れてゐる点や、ニユアンスの面で多少思ふところもあるが、保田先生の撰文起草が、真鍋さんの見識と熱意によつて成つたことだけは疑ひない。

自他の魂を鼓舞してやまぬ、そのデモーニツシユな魅力を挙げられたが、私にしてみれば保田先生のみならず、それは檀さんにも共通の感動だつたのである。

真鍋さんは、保田さん自身の短文の一節を思ひうかべ、芭蕉の立言に、「十句に生涯をかけよと人にも言ひ、実行した。おそろしい人である」とあるのを引用されたが、私にとつて保田與重郎のおそろしさは、撰文署名の箇所にただ「友人一同」とあるだけの事実に対してである。

石碑に対する日本人の信仰習俗や、保田與重郎の署名を避けられたお気持の一端を直接承つた事情もあるのだが、言外のものを写し得ず思想と呼ぶなら、その奥行に想到し得ぬのを憾みとするから、敢てここには書かない。

いつか五味康祐さんが、商業雑誌「波」に、撰文末尾に友人一同とあるのは、保田與重郎の起草である、と明言されたのをみたが、どうしても起草者の名前が必要ならば、めだたぬところへ彫り込めといはれ、設計・施工・工事者の名とともに、それと指示せねばわからぬやうな撰文碑の片隅を占めてゐる。

友人一同とあるのに粛然としたのは、文人の態度と志操。それに加へた処生のきびしさである。おほまかにいへば、売名とは無縁の自己顕示慾のなさである。

盟友檀一雄の為に撰した一文にさへ、己れの名を挙げようとされぬ恬淡平然たる志操に、私はおそろしい人を今更に感じ、思ひ泛べてゐたのは西行法師のことだつた。

西行は『台記』に、家富み年若く心無欲とあるが、老年にひきつづいた無欲の証しが、『吾妻鏡』の伝へた逸話である。即ち文治二年八月十五日、鶴岡宮を徘徊してゐた西行が頼朝に招引され、歌道並びに弓馬の事につき条々尋ねられて芳談に及び、「翌十六日の午剋、西行上人退出す、頻りに抑留すと雖も、敢て之に拘らず、二品《ほん》(頼朝)銀作《しろがねづくり》の猫を以て贈物に充てらる。上人之を拝領し乍ら、門外に於て放遊の嬰児に与ふと云々」とかいてゐるのは、重源上人の約諾を請け、東大寺大仏殿再建の沙金を勧進せんが為、奥州に赴く便路だつたとしられる。
それにつけても、かの文覚上人が西行を評して、この文覚ごときに打ちのめされる西行の面構《つら》へかといつてのけた逸話（井蛙抄）も思ひ合はせるが、武門の棟梁たる頼朝に対し寸毫のひるみもみせぬ西行の物腰態度は、その恬然たる無欲ぶりを合せ、文人としての保田與重郎に通ふと思ふばかりに、多年畏怖とともに傾倒を捧げつづけた所以であったといへよう。

（歌人）

〈以上第二十一巻　昭和六十二年七月刊〉

饗庭孝男……義仲寺の風土と私

さゝなみの志賀の山路の春にまよひ一人ながめし花ざかりかな

保田與重郎のこの歌を読むと、私には、生れ故郷滋賀の大津のことが心にしむように懐かしく思われるのである。彼が生前もふかい関係のあった義仲寺は、膳所に生まれた私の子供時代の遊び場の一つであった。今は埋立てがすすんで、湖岸は遠くなっているが、昔は波の音がきこえるほど近くだった。戦災にあわなかったため、古い土塀がここかしこに残っているひっそりとしたこの界隈のたたずまいは、数年ほど前、十代のはじめに去ったあと久しぶりに訪れた時も、さほど変ってはいないという印象であった。膳所駅前に近い昔の住いも六割がた原形をとどめていた。かつて荒れた感のつよかった義仲寺もよく整備されている。おそらく、

おほけなく二つの塚を護りえたるけふのよき日に仕へまつりぬ

と「義仲寺昭和再建　一首」としてよんだ保田與重郎の歌もこの間の事情をふまえてのことであろう。しかし私が義仲寺を子供心に意識したのは、亡き父がことのほか芭蕉を愛し、幼なかった私をこの寺によくつれて行ったからである。もっとも、よく考えてみれば「我々が芭蕉をよんでうける深い感銘は、彼が旧予想だにしなかった。だが、その寺に保田與重郎が生涯をこえたかかわりを持つとは来の面目を一新した俳諧の中に、何百年の詩人のなげきとあはれの、代々の心もちの累積のあとをみることである」（「祭と文藝」）という一文にもうかがわれるように、生涯くりかえして芭蕉に言及していた彼がその芭蕉や「木曾殿」とともにこの寺に「具体的な、歴史の感覚に結ばれて」つながりをもつことも、ほとんど必然のようにさえ今は思われるのである。

私が保田與重郎を自覚的に読み出したのは〝日本浪曼派〟を、最初は太宰治とむすび、やがて三島由紀夫とつないで考え出したころからであるが、先祖代々、関西に居をもつ私の家につたわって来た文学的系譜の息づきと雰囲気が、自然な目にみえぬ土壌となっていたことも争えないところだろう。私の家に伝わる芭蕉の精妙な木彫像を眺める時、それと重ねて「ほととぎす　きさもてゆくや　ひとり旅」と辞世の句をのこした祖先の一人を私はよく思い出すものだ。

東京生れの三島由紀夫が、最晩年、『文化防衛論』などを書き、身を賭して日本の美の伝統を守ろうと考えた悲劇の意味の大きさをよく理解できるように思われるものの「津軽に文化など、ないと分ってほっとした」という太宰治は別として、私には伝統と地つづきであったため、「個人は死んでもよいが、背景の理念は何かの形で表現せねばならない」（「木曾冠者」）というような「個」を賭けるより「背景の理念」の不滅を希求した保田與重郎の態度の方がよく分るものである。それは観念や意識のレヴェルより、殆んど身体論的なレヴェルでの、精神風土との一体感のためであろう。

私は保田與重郎については、すでに「世紀末の美学」「『最後の人』と終末の意識」、それに「小林秀雄と保田與重郎」という三つの評論を書いている。それらは、彼の精神と美意識のあり方を時代と重ね、そのイロニーの構造をときあかしたものであり、今はあらためてここで論ずる必要もない。このところ私は、むしろ「木丹木母集」を繙き、おりおりに彼の歌を味わってみるというようなかかわり方である。

まがきには山梔のはな尼寺の定家の墓のやさしく在りて
牛馬の屍を埋めし供養碑をかぞへつゝ来ぬ山のふかさを
死なずして軍病院の庭に見し夏のカンナのなごりの紅さ
つくばひて砂を握ればつめたくもあれ身うちを走る春のいそぎや

などという歌の心を陰翳ふかく読んでみるのである。この歌集には、たかぶりも、世の有様を憂うる思いも、絶望と勇気の交代もない。もとより「大方は人に求められるまゝに、色紙短冊の類にしたゝめたもの」という彼の言葉をとらえて、切に歌をよむ内的衝迫力の有無を問うひともいたようだが、しかし、小手先でこうした歌などよめるわけはない。書きあらわしたものの処理の仕方よりは、あらわす心の根が大切なのだ。「古の人の心をしたひ、なつかしみ、古心にたちかへりたい」願いより発した、という「後記」にある彼の至極もっともな言葉よりも、私は思いのほかに、生の受感の、たとえば次のような歌に一層心ひかれるものである。

日に焼けし子らのならびてもの呼ばふ小さき駅の心のこれる
ゆふぐれの下居《オリヰ》の村をくだりくれば貧しき家に泣く子ありけり

これらは彼が親愛した伊東静雄の後期詩集『反響』がもつ日常性への懐かしい凝視の、心うつ、浄化にちかいものがあるように思われる。そうではないだろうか。

（文藝評論家）

松原一枝……「こをろ」と日本の橋

昭和十四年頃、福岡から「こをろ」という同人雑誌が出た。同人たちは、まだ大学在学中の者がほとんどであった。阿川弘之、島尾敏雄、小島直記さんたちも参加していた。この中のリーダーが、九大在学中の詩人矢山哲治さんである。

彼は、三日と空けずわが家に現われて、文学無知の私を啓蒙するのだった。話の中に、日本浪曼派の誰彼の話、作品のことなどが、出ないことはなかった。

中谷孝雄、檀一雄、太宰治、保田與重郎の名前・作品も彼によって、私は知ったのである。

「その話も日本浪曼派の受け売りね」

などと、そのうち私は彼をからかうようになったが、彼はそういわれても満足げだったのである。

彼は、同人を「友だち」とよんだ。「こをろ」創刊は、友情のあかし、としてである、と彼は書いている。

「日本浪曼派」の発刊にあたって、コギトにのった「日本浪曼派」の広告文は、保田與重郎氏が書いたものといわれている。

それをよむと、「こをろ」の拠点がここにあったのだったか、と今になって思いあたったりしている。

週刊誌・テレビなどはない時代であったから、文壇ゴシップは、人伝か、新聞の文藝欄の囲み記事・文藝雑誌の六号雑記で知るしかない。矢山さんは、どこで仕入れるのか、ゴシップにも精通していた。

「谷崎潤一郎先生ば、めしを喰いよるとき、ぼろぼろ零しよるけんね」と見てきたようなことをいったりした。

「保田與重郎ちゅんは、関西の金持の息子たいね。いつも結城つむぎに羽織ばきて……。貧乏文士とはちと、ちがうちゃね」とこれもまた、保田與重郎氏と何処かで会ったようなことをいった。

ある日、彼が、「これは凄か。きっと読んで感想ばきかせて」といって、函付の立派な本をおいていった。保田與重郎氏の「日本の橋」であった。今おもうとあれは装釘棟方志功であったと思う。

その頃、私はなんでも彼のいいなりになるのは沽券にかかわる、という心境でいたが、「ああ、そう」といって受けとった。

「たいしたことないじゃあないの」といってやるつもりで、読んだのである。

彼は、沢山の文学書を持ってきたが、その中でも、この「日本の橋」を読んだときの、目の覚めたような感じは、今も忘れていない。

東京を離れて田舎にいる、いやそんな地域的なことではなく、無知な文学少女が、世の中には、博覧強記の豊富な知識をちりばめて、文明・文化を論ずる人がいる。交互に西洋と日本を比較対照しながら、文藝の奥深いところへ何時か読者を引き摺っていくと知った驚きである。

矢山さんへ反論するはずが、このときばかりは、彼の昂奮に素直に頷いた覚えがある。

——西洋を知らない私はただ恥しげもなく日本を知つてゐると語ろう。

——日本の旅人は——道を自然のものとした。そして道の終りに橋を作つた。はしは道の終りでもあつた。しかしその終りははるかな彼方へつながる意味であつた。

こうしたレトリックは青春と関りがあるのだろうか。まるで麻薬のようにしびれたのであった。

古典も文明の表現とみる、というところも、成るほどそうかと、斬新に思ったものだ。

その頃の私たちには、すらりと読み下せないところも、むつかしいといいながら、それも大きな魅力だった。

矢山さんは昭和十八年、二十六歳で夭逝した。それから十年近く過ぎた頃、私は彼があんなに推賞し憧れた日本浪曼派の中谷孝雄先生、亀井勝一郎先生とご縁ができた。

亀井夫人は、日本浪曼派の会合が亀井家であった頃の話をされて、

「そりゃあ、保田さんの前では亀井はまるで馬鹿に見えたものですよ」

亀井夫人だから憚らない発言か、と思ってきいたが、しかし夫人の書いた「回想のひと亀井勝一郎」をよむと、

「亀井の『大和古寺風物誌』は保田氏の世界にないもの。亀井は希才を好まない。才気を警戒する。二人の好みはちがっていた。」

これが夫人の本音と知ったものである。

死者が年をとらないに似て、今でも保田與重郎という名をきくと、「日本の橋」をよんだときの、青春時代と同じ感銘が湧き上る。

保田與重郎氏の訃報は、自分の青春との重なりとは別に、「日本の橋」が消えた、日本《にっぽん》の文士がいなくなってしまった、という衝撃であった。

（作家）

中河與一……保田與重郎

保田與重郎が他界したのは昭和五十六年の十月四日午前十一時四十五分であつたといふ。京都大学

の結核胸部疾患研究所付属病院の病室に於てであつた。七十一歳であつた。
僕が逢つたのはその年の五月十六日であり、つづいて六月十日であつた。今から思ふと、まるで永い別離を何者かが知らしてくれてのことであつたやうな気がする。五月の時も六月の時も、彼が他界するなどとは夢にも思はず、心を開いて閑談し、たのしかつた。京都鳴滝の彼のうちであつた。
殊に六月の時には河井須也子さんを初め、和歌山から来た瑞蓮尼など十人位の人々と一緒であつた。典子夫人の胆入りで、紀州や台湾から来た珍らしい材料による料理がだされたりした。彼はその時、寝そべるやうに後の坐椅子にもたれ、足をなげだして何時ものやうに話し、お互ひに自分の歌を半切や色紙に書いたり、前に書いたものに落款を押したりした。
その時、彼が半切に書いてくれた歌は
雑賀岬夏旺んなる海原の風にゆだねし汝が黒髪
みわ山のしづめの池の中島の日はうららかにいつきしま比女
それに色紙に
白河の橋の柳の萌黄金立ちゆきかふ人も春の夜かな
といふ歌と「山河蕩々」といふ句であつた。
それらに答へて僕が書いたのは
まがなしき悲と眼をほりてはるばると山川の旅こえゆきにけり
悲しくて眠らざりける夜すがらの月のうつりは忘れざるべし
鹿を見失ひぬされど山をみたり
白雲漠々
などではなかつたかと思ふ。

僕達が日光の町長、清水比庵の招きで日光に行つたのは、昭和十年の六月頃で、岡本一平夫妻、萩原朔太郎、福田清人、若山喜志子、四賀光子、長谷川巳之吉、中河幹子などと一緒であつた。

その頃は仏法僧が話題になつてゐた時代で、日光にもゐるかも知れないといふのがその時の課題であつた。その日は中禅寺湖の伊藤屋に泊つて、鳥の啼き声を待つた。山のあちこちから声が聞えるといふ電話がかかつて来ると、そのたびに皆で車で其処に行つた。然しそれは慈悲心鳥であって、仏法僧ではないらしいといふのがその時の結論であつた。

その翌日は中禅寺湖の中のこうづけ島にモーター・ボートで行き、帰つてから立木観音で歌会を催したやうに記憶してゐる。岡本かの子さんが伊東屋に泊つた夜、何の理由でか号泣せられて、それが皆の印象に残つた。

歌会の時の歌には

仏法僧もとめて得ざるたのしさはロマンチストの極致なりけり　長谷川巳之吉

上つ毛よりしなのにつづく山々の波うつさまを今日ぞ見にける　若山喜志子

ひぐらしの一つが啼けば二つ啼き山みなの朝となりて明けゆく　四賀光子

僕も何か作つたが忘れてしまつた。

僕が瀬戸内海の沙弥島に柿本人麿の碑を立てたのは昭和十一年の十一月で、その時は佐佐木信綱、川田順、萩原朔太郎、保田與重郎、前川佐美雄などの諸君が参列してくれた。

僕が彼と対談したのは、昭和四十三年の五月で、和泉式部のゆかりの地、貴船で、そこのひろやであつた。その後その対談は「日本の心」と題して一冊の本として出版せられた。

彼が荊妻幹子の死に対して追悼文を書いてくれたのは、昭和五十六年の七月で、恐らく、それが彼の絶筆になつたのではないかと思つてゐる。

彼の訃報を聞いたのは、十月四日の四時頃で、山川京子の電話によつてであつた。まさかそんなに早く彼が亡くなるなどとは夢にも考へてゐなかつたので、それは余りにも烈しい衝撃であつた。現代に於ける最も重要な使命を持つてゐる人材を失つたといふ悲しみが、僕の心を打つた。六日、大津の義仲寺で密葬があるといふ事であつたが、それにはゆけず、典子夫人に悔みの手紙を書いて逝去を悼んだ。

彼の本葬が十八日桜井市であるといふ事は、典子夫人からのハガキで知つた。その日は朝八時半の新幹線で出て、京都から国鉄の奈良線で奈良で乗りかへ、桜井駅に着いたのは十二時半頃ではなかつたかと思ふ。

桜井市の来迎寺に着いたのは、丁度葬儀が始まる寸前であつた。その日、家族の方々にも挨拶したいと思つたが、混雑のために通り一遍になつてしまつた。盛大な葬儀で、仏前にある彼の立つてゐる和服の写真は実に立派で、爽快な気分を与へるものであつた。僕はあとになつてその写真を送つてもらひたいと夫人に手紙をかいた。

葬儀委員長は元京都大学総長、平沢興氏で、故人をしのぶ追悼の辞があり、友人代表としての中谷孝雄の告別の辞、市長の懐旧の辞などがあつた。その日、別室で前川佐美雄や、中谷孝雄や浅野晃、清水文雄、檀一雄夫人、その長男、佐藤春夫の遺児方哉などの諸君に逢ふ事が出来た。

彼の私行の上で、特筆すべきことは、桜井市の山の辺の道に万葉の歌碑四十基を作つた事であり、義仲寺を修復し、聖徳太子の土舞台を復元したことなどであつた。

（作家）

〈以上第二十二巻　昭和六十二年八月刊〉

ドーク・ケブン……保田與重郎と「ポスト・モダン」

私が一人の西洋人として保田與重郎と日本浪曼派に興味を持つことは、いうまでもなく日本人が保田に興味をもつ場合とは違うかもしれない。しかし、同じ先進国として誇りを持つ、高度に近代化された欧米の国々と日本との間には、近代化の問題、すなわち近代とは何かという粘り強い問題が共通点として存在する。たとえば現在では西洋と日本の知識人の間で既にキーワードになってしまったポスト・モダンという言葉はその共通性の一例であろう。

ではポスト・モダンとは何かといえば、現時点でも尚それが論議されつつある故に未だ不明だが、少くとも近代というものが世界中に一つの王覇《ヘゲモニー》として氾濫し、やがて行き詰まった所で起きた現象と言えるであろう。それは定着したものに変化するものを、連続したものに断絶したものを、透明なものに不透明なものを、それぞれ提出するように、いつもこの実際に存する正反対なものを示しつつ両極性を暴露していく戦略を取るものであると思う。構造主義の哲学的な真理探究に反して、ポスト・モダンのプロジェクトには政治的な、もしくは「革命的」な衝動が感じられる。

保田の場合に、この正反対のものは、そう判然と表わされてはいない。それは何故かといえば、恐らく彼が既に近代的意味（内容）を完全に否定したからであろう。保田の文章を読みながら、そのしどろもどろ的なものを感じることは（竹内好はそれを「自己不在」と呼んだ）その一つの証拠であると考える。

より広い視野から見ると、昭和十年頃から保田の研究は二つの方向を辿っていった。その一つは、彼の原体験ともいえるドイツ・ロマン主義文学に於いて西洋と近代との問題を見出すものである。この傾向は「清らかな詩人」「セント・ヘレナ」「ルツインデの反抗と僕のなかの群衆」『ヱルテルは何故死んだか』等に見える。もう一つの傾向は保田のいわゆる日本主義的なものである。これは通常『日本の橋』『戴冠詩人の御一人者』『後鳥羽院』等において指摘されている。一般に最近までこの「日本主義」的な傾向はほとんど排他的な主張とみなされたり、西洋や近代への一時的な反撥として軽視されるという片手落ちの分析が見られた。

私は初めて「文明開化の論理の終焉について」を読んだとき、次の文章に驚いた。

「今日は文学と共に文学者が堕落したのである。没落への情熱をもたなかつた作家が堕落したのである。さういふところから近頃の頽廃が一般的なものとしてみいだされた。一様に左翼化し、又一様に日本主義化したとき、何か滑稽な文学者の堕落が、ないわけがないからである。客観的に安易な日本主義化が、『日本主義』の頽廃の印象を与へるのは当然である。」(傍点筆者)

昭和十四年に、この文章を書いた保田與重郎は単純な「日本主義者」とは言いかねると思われる。どうせ保田を何らかの形で日本主義者と呼ぶなら、先ず忘れてはならない事の一つとして、彼の「日本」は、『戴冠詩人の御一人者』の中に書いたような、「より高き『日本』」なのである。この「より高き日本」の本質を突き詰めて、保田は「白鳳天平の精神」まで溯っていくのである。

「白鳳天平といふ時期は唯一に誇るべき我国の文化時代を示すのである。それはその時代の世界精神の一核としてたしかに十分であつたのみならず、今日の世界の遺物からも論証されるのである(中略)さうして有難くもその太古の日が、前後を通じての日本に於て、最も世界精神が名実ともに豊満に流通した日であつた。それは我々の東海の島国が、かけらもの島国根性をもたなかつた時代である。まだ武人の有力でない日の日本の都大路には、世界の人々が歩いてゐた、すべての世界の文化人が花をかざるやうに、奈良の都大路に遊んだのである。」

ここで明らかなのは、古い白鳳天平の日本は最も世界的な日本であったから最も日本的な日本であったという、とてもイロニックな「日本主義者」の考え方なのである。

もちろん、昭和十年代に保田は「ポスト・モダン」という言葉を聞いたことがなかったに違いない。しかし、「他者」というポスト・モダンの言説から来た言葉は、保田の歴史的位置を解明するのに役に立つのではないかと思う。というのは、保田は西洋的なものに耽溺した近代主義者に向う時、忘れられた日本の歴史・美術・言葉を突きつけて戒めたが、一方あまりにも純真に昔の夢ばかりを見る「安易な日本主義者」に向う時、又鋭い近代的な知識を振りかざして戒めた。保田は他者の根本的な意味を生きていたから、そして保田の「近代の超克」がいつまでも日本をふくんだそれであったからである。このような観点から見るとき、保田は今なお我々に自己批判を要求しているのではなかろうか。

（フルブライト大学院研修生）

竹川哲生……右書左琴

汪兆銘政府の法制局長官（法務大臣）であった胡蘭成大人が、その著「建国新書」において、「いま日本に保田與重郎、岡潔、湯川秀樹の三氏がゐるのは、わが中国にとつても光栄である」と記したのは昭和四十二年のことである。保田、胡両大人の有無相通じた呼吸は、「日本には日本の絶対があり、中国には中国の絶対がある。絶対と絶対、これが文明である」が根元であった。

また、韓国済州道で永年教職を勤め、女子高校の校長だった金功千氏が、「自分が韓国人である、という自然の情としての確認、それと、よく分らないながら保田先生から離れられないで傾斜しつゞけているもう一つの情、どちらも絶対のものでしょう。韓国と日本の絶対と絶対、そして私の中の絶対と絶対」と心懐を吐露している。胡、金両氏それぞれが、自分の民族の伝統と歴史の理念が天地の公道であり、人道の希望であるという信に異同はない。

保田與重郎の文学歴は、豊かな国際感覚に彩られている。しかも文明の洞察において比類ない史眼を註釈している所以が、「我々は人間である前に日本人である」（昭和三十六年、述史新論）という大自覚に淵源することとは、生涯の文業によって彰平として明らかだ。真のナショナルが即ち正常なインターナショナルであることの確信を、先生の啓示によって私はひそかに抱いているのである。

保田邸を訪ねる多くの人士のうち、いわゆる右翼者流について、敬遠した方がよろしいのではないか、と按じた向きは少くない。ときに私も同調する場合もあった。

しかし宗教、教育、思想等、どの世界においてもピンからキリが異質なまで懸絶している如く、右翼と称する大雑把な捉え方からすると「わしも右翼や」と先生ご自身言われたこともある。明治維新の吉田松陰、伴林光平、西郷南洲等多くの志士をはじめ、頭山満、内田良平、福本日南、岡倉天心も右翼である。現に先生は三浦義一、河上利治、窪田雅章、斎藤兼輔、小山寛二等、右翼と目される志士文人と深交を結び、相互敬愛と信頼に終り有った。

胡蘭成大人は、「連合軍の極東裁判法廷でインド代表が日本は無罪であると主張したのは偉かったが、林房雄の弁護はつまらない」と記し、また、「三島由紀夫の小説はその文体さへ、西洋小説の文体に準じ、一種の習作にすぎぬことがわかる」「かつて二・二六事件を起こした悲愴な少壮軍人には喜びがない。二、三年前の学生騒動にも、今度の自衛隊において絶叫して切腹した三島氏にも、喜ぶ気分が欠けてゐた」と自説を開陳している。だが、林さんに寄せた保田先生の好意は右翼に対すると同じく尋常以上であった。三島さんにはまさに「哭《ね》のみし泣かゆ」で、とてものことではなくついに耐えられなかった。あの天の時雨の旋律は、「我々は人間である前に日本人である」、惻々切ない琴線にほかなるまい。

山口二矢少年（烈士）が保田邸の門をたたいたら、先生は幾夜も幾夜もぎこちない風情で逗留を促して話しに耽り、夜が明けて寝に就き、目がさめて食を摂り、そしてまた話に更ける。万葉集と詩経の話になると、「そやな、隣りの家の屋根に雪がつもってる、うちの家の屋根にもつもってる、こんなのが万葉調や。天然の恵みを豊かにうけて育った、あの少女のなんと可愛らしいことよ、あのような人を嫁さんにもらいたいな——こんなのが詩経や」と談笑する。少年が渇仰と驚嘆の面持で、「先生の書は一枚が何十万円もするんだそうですね」と呟くと、「そうか、ほんなら記念に一枚書こか」と事もなげに筆墨を走らせる。少年が辞去するとなると、先生は次第に落ちつかなくなって、帯をむすび結び下駄つっかけながら送り出て肩を並べ、途中、「まだ最終まで時間あるやろ」と道端に腰をおろして一時を過し、いよいよとなると、「気いつけてな」も声になるかならないか、かすかにかすむ後朝同然だったにちがいない。

先生は国を愛し国を思う人には、とりわけ胸迫る思いを抱かれた。玉石混淆は世間の常だ。それがたとえ石であり粧いであり方便であっても、先生には、「はかなき絵草紙を見ても其の撰者に一返の廻向あるべきものなり」と感ぜられたのだ。失格瓦全の私にすら、賜った廻向は一片ならず絶大であった。「我々は人間である前に日本人である」、保田與重郎の文学と思想において、敢てその神髄を申せとならば、この一点を上げることを私はためらわない。

先生の文業を回顧すると、むしろ戦前の著述を戦後に、戦後の大業を戦前に配置転換したほうが、俗な意味での時世に合っているであろう感想は余談としても、昭和十九、二十年にかけての「鳥見のひかり」から戦後の「にひなめとしごひ」「日本に祈る」「述史新論」「日本の美術史」等を、その頃の時代脚色に照合してみると、著者の悲願の深奥がうかがえて無類にありがたい。

さて、保田大樹の根幹を強調するに急であったからとて、枝葉を退けるのではない。私には端っ葉のほうが似合っている。晴耕雨読。ときに春風に誘われて野に出て、ある者は琴を弾き、ある者は舞踏を共演し、その傍には囲碁を楽しむ仲間が居る生活ぶりを一等とした孔子の気風を、先生はこよなく賞で好まれた。

先生に「右書左琴」の色紙をいただいたのは昭和五十一年十一月、先生御来広の節であった。その後「游神」の半折も賜った。当今なお俗事に消光しながらも、国を愛し国を思う人たちに会うことと、嫗とて常処女と称える婦人衆と同席することが、年々楽しさを増してきたのは、身余堂先師のエピゴーネンのゆえかもしれない。

(経済レポート会長)

小高根二郎……女人観世音礼讃

昭和四十六年五月、『岡本かの子全集』の編集員であった辻本暢子(拙誌『果樹園』会員)が、池田の拙宅に立寄り、「これから鳴滝の保田先生に『かの子論』二十枚をお願いにいきます」といったことを記憶しているが、全集には、その文章はついに見掛けなかった。しかし、それに相当する文章を、七年後の昭和五十三年三月刊の『棟方志功全集』第七巻に発見した。「棟方板画の女性」という文章の中で、さりげなく岡本かの子に触れていた。

「板画の『女人観世音板画巻』の印象が強かったので、『女人観世音板画巻』に彫られた顔が、かの子女史の顔と一つになつた。私はかの子女史とは、彼女が小説家になる以前からのつきあひだつた。その顔が私の眼にうかぶ時は、画伯描く女人の顔となつた。彼女と東京の銀座の通りを一緒に歩いた。『ゆきかふ人が、みな私の方を見かへるでせう、パリの巷でもさうだつた。私は美人だから』とかの子女史は私に言つた。『女人観世音板画巻』は私の目交《まなかひ》にいつもある」

與重郎とかの子が最初に出会ったのは、昭和十年六月、日光中禅寺湖畔の伊藤屋であった。日光町長だった清水比庵が「慈悲心鳥を聞く会」を企画して、その人選を中河與一・幹子夫妻に依頼した。その結果、長谷川巳之吉、萩原朔太郎、岡本一平・かの子夫妻、保田與重郎、若山喜志子、四賀光子等が選ばれて参加した。

その夜のことである。中河幹子の文章によると、突然、岡本かの子に発作みたいな異常が起った。「さてその夜岡本かの子さんが泣いたのを皆知っているかしら。四賀さんにお逢いしたら聞きたいと思いながらまだ聞かないでいる。なぜあんなに感情的にかの子さんが泣いたか、詩的な遊びに心が高まり、それこそ突然として恋心を勃発したのか知ら。一平さんがいるのにと人はいうかも知れない。然し一平さんがいるからこそかえって変った昂奮におそわれたともとればとれる。」（『岡本かの子全集附録第一巻』「岡本かの子の思い出」）

この幹子の推理は正鵠を射ている。若い男性と、すでに両三度問題を起こしたことがある爛熟した四十七歳のかの子が、またぞろ妖女らしい発情をしたと見て取ったのである。その対象は、中年、初老の男性群の中で、一段と際立つ二十六歳の貴公子與重郎であったと、私は推理する。というのは、別れて四年になるパリ在の息子太郎と與重郎は同年輩（太郎は與重郎の一つ年下）。当然、かの子の胸に、太郎と久しぶりに出会ったという親愛の情が湧いたろう。その上、與重郎は、かの子の胸底に造型されている理想化された太郎像より、背も高く遥かに美男子である。親愛の情を越える情感が彼女の胸に宿ったとしても、別に不思議ではあるまい。

かの子は翌昭和十一年に、「鶴は病みき」を発表して一躍文壇に登場した。その翌十二年に発表して高評を博した「母子叙情」の発想の基盤には、日光での與重郎との出会いが確かに潜在している。「かの女」は銀座で出会った春日規矩男にパリ在の息子の面影を感じると、矢も楯もたまらず、夫の諒承を得て、しつこく追尾するあたりの異常な衝動は、日光の宿で突然泣きだしたあの常軌を逸した衝動と、本質的に同種の心緒であろう。しかも、規矩男の風貌を、「セントヘレナのナポレオンを蕾にしたような駿敏な顔」と表現しているが、その肖像は、まさしく與重郎の顔貌を鋳型にして制作した、レプリカにほかなるまい。

ともあれ、かの子の詩「女人ぼさつ」をモチーフにした棟方志功の「女人観世音板画巻」の顔が、かの子像としていつも目交にある……という與重郎のマニフェストは、まこと正直である。

人のかなしみ時には担ひ
よろこびを人に送りて
みづからをむなしくはする
女人われこそは観世音ぼさつ

かの子の詩「女人ぼさつ」の核心であるこの第四節に、志功は「仰向の柵」と名付けて、髪と首に豪奢な宝石をまとわせ、豊艶きわまりない肢体を、おおらかに仰向けに横たえて見せた。この観世音の放胆な図柄は、〈行者よ。宿業によって女を抱かねばならぬなら、私がその女になって抱かれて進ぜよう〉という、若き日の親鸞が六角堂で聞いたという観世音の有難い誓願を思い出させる。與重郎もまた、「女人観世音板画巻」で、その誓願を思い合せるような、稀有な体験に恵まれる機会を持ったのかもしれない。

（詩人）

〈以上第二十三巻　昭和六十二年九月刊〉

奥西 保……「日本に祈る」刊行

「日本に祈る」は昭和二十五年十一月二十五日に刊行された。いふまでもなく、保田先生の戦後初めての単行本である。発行所は、二十四年九月に創刊した同人雑誌〝祖国〟と同じ〝まさき会祖国社〟である。

〝まさき〟といふのは、古今集所収の神楽歌〝みやまにはあられふるらしとやまなるまさきのかづらいろづきにけり〟からとつた。戦後の科学絶対の風潮に対して、人為人工の些かも感じさせない清らかな神遊び歌に、私達の想ひを込めたものだつた。

〝祖国〟といふ名も、日本の全面否定、わが伝来文物を無価値・無意味・蒙昧とし、西欧文物拝跪に明け暮れする時代風潮にむけての怒りが蔵されてゐた。

保田先生が、北支より復員された昭和二十一年五月から〝祖国〟創刊の頃までのことは、〝風日・保田與重郎先生追悼号〟及び〝浪曼派・保田與重郎追悼号〟に書いたので略す。雑誌〝祖国〟発行、「日本に祈る」刊行の実質上の発行所は、〝吉野書房〟で、前田隆一先生が社長、私と高鳥賢司さんは社員、保田先生は相談役といつたところの会社であつた。

〝まさき会祖国社〟といふ団体は、名のみであつて組織的経済的な実体はなく、いはば編集団体とでも云ふべきものであらうか。従つて吉野書房がなかつたならば、雑誌、〝祖国〟も三号で終つてゐたであらうし、「日本に祈る」も発行されてはゐなかつたであらう。

「日本に祈る」を出版しようといふ企画は、〝祖国〟創刊のあと間もなくであつた。誰が云ひ出したのかは、もうすつかり忘れた。保田先生は、自分のことになると、最初には決して発言されない人であるから、先生以外の前田先生、高鳥、小生の三人のうちの誰かが口にして、何となくまとまつて、何となく進行実現したのであらう。我々の間の計画や企画はみなさうで、人がみたら甚だ頼りなく思つたであらう。しかし、何となく事が決まつて何となく実現されてゆくといふのは、おのづから生れ、おのづから育つてゆく、日本の道の姿である。

収録作品は先生が選ばれた。かういふ相談のとき、先生の話はとかく横にそれる。話が面白いので、皆はついそれに乗つて、徹夜で話合つても何一つ決まらぬことが多かつた。後には私達も心得て、会合の始めに、「先生、今日は事務的にいきませう」

途中で話がそれかけると、「事務的に……」

先生も素直に服従された。

浅野晃先生の単行本「石川啄木」の刊行計画も「日本に祈る」と同時になされ、当時北海道勇払に疎開されてゐた浅野先生に、戦前から親交あつた保田、前田両先生から交渉された。この「啄木」の〝あとがき〟は、二十四年秋十月に書かれてゐる。

「日本に祈る」の〝余ハ再ビ筆ヲ執ツタ〟から始まる〝自序〟は二十四年暮に出来上つてゐることからみると、この時までに、〝あとがき〟を残して、原稿は全部そろつてゐたことになる。収録作品は戦後それ迄にいろいろの雑誌に発表されたものだつたからである。

題名の「日本に祈る」は、二十五年一月頃であつたらうか、保田・前田両先生と高鳥・小生の四人

が集まつた席上――当時先生は祖国編集打合せのため京都に月一回二・三日泊まりがけで出て来られてゐた――高島さんが、

「本の名には、〝日本〟といふ語と〝祈る〟といふ語の二つを入れるべきだ」

と云ふ。その確信に満ちた語調は、彼二十歳代初めのその頃からで、皆は何となく成るほどと思つた。そこで保田先生は、

「さうやつたら、二つくつつけたらいいですな〝日本に祈る〟でいいやないですか」

これで題名は決まつた。そのあと、当時富山県福光に居られた、棟方志功画伯に、保田先生から、啄木と日本の二冊の装釘を頼まれ、間もなく、棟方さんから題字と共に送られて来た。

「日本に祈る」の装釘は、真紅の炎を背にした赤不動の大和絵で〝あとがき二〟にある如く、その頃の日本のリアリズムであつた。保田先生はこの絵をいたく愛惜されたものか、歿後その手筥の中から出て来た、備忘録のクロス表紙の上に、この赤不動の色刷校正が貼られてあつた。この備忘録は中身は白紙の製本見本で、二十年代から三十年代にかけての、先生にとつて大切と思はれる事柄が毛筆で誌されてゐた。

以上のやうに、「日本に祈る」の、〝あとがき〟以外のすべての原稿は、二十五年二月終り頃までに揃つた。「石川啄木」の原稿は全部入手済である。この二書の発行の広告は、二十五年二月発行の〝祖国三月号〟から毎月出てゐる。だから、実際発刊された十一月末までは約十カ月たつてゐる。なぜ遅れたのかは、はつきりと記憶にはない。

思ふに〝祖国〟二十五年一月号から、先生執筆の無署名の〝祖国正論〟の連載が始まり、三月号に〝絶対平和論〟、九・十・十一月号に〝絶対平和論〟の〝続・続々・拾遺〟と相ついで執筆されてゐる。このやうに多忙だつたことが〝あとがき〟脱稿の遅れとなつた理由だつたらうか。〝あとがき

一・二〟が二十五年孟秋、三・四は中秋に書き上げられた。〝あとがき〟は一・二で終りと思つてゐたところ、三・四が渡されて、吃驚したことを憶えてゐる。「日本に祈る」「石川啄木」の完成見本各五冊が出来て来たのは、十一月七日であつた。

丁度その頃、棟方画伯の個展が京都で開かれたので、十一月十日棟方・保田両先生が来洛され、完成見本を見るや、棟方先生、手を叩いてよく出来たと大声でほめられた。

（新学社会長）

高橋 渡……輪読会のことなど

今、机上に下ろし、小さな額に収めた短歌を、その闊達飄逸、滋味あふれる筆墨の文字の一つひとつをみつめている。

さゝん花の花ちる／庭のわりなしや／よべのあらしに冬来／りけり

脇に小さく「昨年十一月終伊賀上野に芭蕉の生れし庵跡をとひし時」と添えてある。これは葉書にしたためて下さった先生のもので、表には「大和桜井　保田與重郎」とあり、スタンプによって二十四年一月と分かるが、かすれて日付は読めない。年賀状への返しに下さったものと思うが、確かなことは思い出せない。あるいは、前年の初冬、折口信夫先生が信州に来られ、上林の温泉で、沼空直門の中村浩氏を中心に若い二、三人で先生とひさびさに歓談できたことをお知らせした手紙を念頭に、わざわざ、この作品を下さったのかもしれない。「田舎で学問にはげまれることは最も時宜にかなったこと」と励ましていただいたその頃のお便りなどと重なって、このお歌は懐しく、目を挙げる高さにいつも掲げてある。

その先生を上落合のお宅にお尋ねしたのは、戦争が太平洋で、南の島で激しくなっていた十七年晩春のこと、折口先生にねだった紹介の名刺を手に、恐る恐るのことだった。というのは、和泉式部の日記や歌集を少し身をいれて読みはじめた時に、「和泉式部私抄」に出会ったからである。あの書物が理解できたのではない。ただ、式部への優麗な思いに衝迫され、古人へのこの態度こそ文人の至高至純の姿と思われてならなかった。この思いは、愛読していた旧版と改版の「日本の橋」「戴冠詩人の御一人者」さらには「コギト詩集」の詩品といい、同じことだった。理会の域には及びもつかない。ただ、思いの深さが文章の、表現の深さとなって放つ香気に魅せられ、美の創造と擁護という反時代的な発想に魅惑されていたにすぎない。恐る恐る伺ったのも、当然のことである。

それから、学徒出陣の日まで一年有半、月に二度は伺った。午後のこともあったが夜が多く、木立ちの閑雅な庭に面した広い部屋で、その年の秋からは少数の友人と一緒に有朋堂の「百人一首一夕話」の輪読会を催して下さった。時には、先輩の栢木喜一さんも見えた記憶が懐しく残っている。また、お茶をいれて戴いた若き日の典子夫人、まれに顔を出された小さなお子さまも……。

尾崎雅嘉の一夕話は作者にまつわる挿話が面白いということもあって選んで下さったのだが、その輪読会は茫々として記憶も模糊としている。ただ、受けた感銘のようなものの骨子が残っているだけである。持統天皇の「春過ぎて」になると、壬申の乱のおよぼした歴史と文化への影響とか、伴信友の「長等の山風」の勧め、あるいは、万葉から新古今への美意識、美観の歴史といったことが、今は泛ぶにすぎない。

しかし、あの日々の先生のお声の、また、寛がれた一種放逸気ままな、両の手で膝を抱えたり横になったりなさるお姿の、その底に在るものは、純乎とした美への詩心であることを、まざまざと感得できたことは鮮明に蘇ってくる。家持に進んだ時、それは「万葉集の精神」を刊行された後だったと思うが、雅嘉の種継暗殺の挿話を種に大伴氏の歴史、家持の自覚に及び「異立」を熱っぽく説かれながら、しかし、

春の苑紅匂ふ桃の花下照る道に出で立つ少女

とか、「うらうらに照れる春日に」等を引かれ、家持の藝術意識、形象した世界の永遠の新鮮さ、美しさを、伊東静雄の言う「幼児の瞳」のような目をかがやかせ、関西訛をまじえてしずかに語られ、詩人の自覚の根源にある鮮烈にして唯美な生理をぼくらに刻みこまれようとなさることばのひとつひとつが詩人保田與重郎の〈褻《け》〉の姿、心としみじみ感受し、そこから更に深く人間に、その文学に親炙できた喜びは、忘れ難い。

先日、配本の「校註祝詞」を懐しく読んだ。これは戦地までお送りいただきながら熟読のいとまなく、敗戦で失くしたものだけに、往時が思い出され、思わず目頭が熱くなった。それにつけても、最後にお目にかかったのは、五十二年秋だったと思う。拙詩集「冬の蝶」のために書いて下さった軸ものを戴きに太秦は身余堂に伺ったのであるが、典子夫人はお留守、その時の蒸溜酒の味は、いまも舌に残っている、と確信ありげに思えてならない。

（詩人・上田女子短期大学教授）

勝部真長……地下水を汲みあげる人

死せるもの、過ぎ去れるものを埋葬するのは、現に生きてゐるものの責任であり任務である。した

がつて「歴史家とは、過去を葬る墓男 Totengräber にすぎぬ」とは、ニイチエの言葉である。

これにたいして保田與重郎は「歴史の地下水を汲み上げる人」と云つたらよからうか、と近頃考へてみる。とくにわが国の歴史の地下水を無限に汲み上げた、その集積が、この全集四十巻に集大成されてゐる、とみるのである。地下水にまで届くパイプを、誰もが持ちあはせてゐるわけではない。保田與重郎といふ天才にして始めて、歴史の地下水を掘り当て、汲み上げ、こんこんと汲めども尽きぬ、清冽な真水を、次から次へと汲みだして、われわれの前に差し出されたのである。

しかもせつかく汲み上げられた、これだけの地下水をわたくしは何時になつたら全部味ひつくせるであらうか、と考へると、前途遼遠、気の遠くなるやうな思ひに捕へられざるをえない。

保田先生に初めてお目にかゝつたのは、何時、どこであつたであらうか。一所懸命思ひ出さうとして、考へてみるが分らない。手帳をとりだして、十四、五冊分、めくつてみても見当らない。なんでも場所は東京市ヶ谷の大日本印刷の大きなビルの五階あたりの会議室であつた。あれは日本教材文化研究財団の役員会の席上で、多分昭和四十年代の後半であつたらうか。会議がすでに始つてから、少し遅れて入つてこられて、わたくしの隣の席に坐られたのが保田先生であつた。

高名な保田先生が、和服姿で、少し背を曲げた感じで、なにか関西の裕福な大商店の、実務につかせてもらへないぼんぼんがそのまま年とつて、趣味に生きてゐるといつた様子に、わたくしは余りにもこれまで抱いてゐたイメージと違ふのに驚いてゐた。

わたくしが「コギト」の存在に気がついたのは、昭和八年、旧制松江高校に入学した夏の休みに、東京の親の家に帰省してゐる間のこと、文学仲間の友人に教へられてゞあつた。なかでも昭和八年九月の「コギト」にのつた『悖徳者の記録』にひどく感服して、アンドレ・ジッドの『背徳者』に匹敵するぜ、などと友人と話題にしてゐた。その後、昭和十一年に東大文学部に来てからは、『日本の橋』『戴冠詩人の御一人者』『後鳥羽院』などにかぶれてゐた時期があつたのである。

若き日の保田先生の文章からうけてゐた印象からは、もつと颯爽とした、エネルギツシユな、堂々とした偉丈夫を、勝手に想ひ泛べてゐたのであつたから、今、わたくしの右側の椅子に坐つてお茶をすゝつてゐられる現実の先生にはいささか当てはずれの感は免れなかつた。

わたくしは北側の窓越しに見える中学校の校庭を眺めてゐた。そこは現在新宿区立第四中学校になつてゐるが、戦前は東京府立第四中学校で、わたくしの母校であつた。会議が一通り終つたあたりで、わたくしは隣の先生に話しかけてみた。

「肌着なしで、お寒くありませんか」

下らぬことを訊いたものである。和服に素肌なのは、わたくしも自宅ではさうしてゐるので別に珍しくもないのに、さう言つてみただけである。先生は一言、答へた。

「いつもかうです」

先生は大和の桜井の生れで畝傍中学から大阪高校へいかれたのだ。中谷孝雄さんの「ある日の保田君」（月報一）では昭和十年「日本浪曼派」創刊の頃の話に、「二階の保田君の部屋へ上つて暫く休んでいくことにした。（中略）上の二段にはドイツ語の書物が並んでをり、下の三段にはごく普通の文学書（略）が並んでゐた。保田君は後に日本の歴史や古典に深く沈潜するやうになるが、その頃はまだドイツ浪曼派に傾倒してゐて、日本の歴史書や古典の類は一冊もその本立には見当らなかつた」とあるのを見ると、保田先生をして「歴史の地下水の汲みあげ」に向はしめたものは、何だつたのであらうか。

同じ月報の「保田さんを育てた環境」（樋口清之氏）に出てくる、「保田さんの尊父」の話は注目すべきものである。保田家は大和川に簗《やな》船と言ふのを持つて手広く商売をしてゐた豪商・財閥の一軒ではなかつたかといふこと、橿原市の谷三山や五条の森田節斎とも関係あり、天誅組についても詳しいといふこと、それに大和地方はなんといつても南朝の土地柄でわが国の歴史を見る視角が一貫してゐるといふことなど、先生をして歴史の源流に溯原さしたエネルギーなのかもしれない。

それに『日本の美術史』で、乃木大将が「人生至上の享楽者」であつたことに感銘してゐる所に、わたくしは保田美学の視座をみるのである。

（お茶の水女子大学名誉教授・倫理学）

〈以上第二十四巻　昭和六十二年十月刊〉

林富士馬……偲草

昭和五十六年十月四日の午后一時頃だったろうか。保田さんが入院されているという京都大学結核胸部疾患研究所附属病院を訪ねると、その病室はひっそりとして誰れの姿も見えず、その日の午前十一時四十五分になくなられたのだと聞いた。

遺体はいったん太秦三尾の自宅に帰り、午后三時頃に大津義仲寺に安置され、その義仲寺で翌五日午后六時から通夜、六日午后二時から密葬と決った。

木曾義仲と芭蕉のお墓のある大津義仲寺の境内には、保田さんの筆になる「昭和再建碑」があり、保田さんを中心に、その他多くの知友、新学社などが尽力し、戦後荒廃していたのを再興し、保田さんとは殊に因縁の深いところである。現在、義仲寺境内の無名庵の庵主は、保田さんが兄事していた小説家の中谷孝雄氏である。その後、保田さんのお墓も、その義仲寺の境内に建てられ、その墓の文字を中谷氏が書かれた。

私は、はじめて芭蕉のお墓にぬかずいたとき、これで日本の詩人の端くれであり、詩人として、生涯、無名で終ってもよいという不思議な自覚と、安堵とを持ったものである。

お通夜は雨になった。それも、ひどい大雨になった。義仲寺の行事にはよく雨が降るということであった。

私が最後に保田さんにおめにかゝったのは、その通夜のときだというべきだろうか。

保田さんの「日本に祈る」が刊行されたのは、昭和二十五年十一月だった。その「自序」には「余ハ再ビ筆ヲ執ツタ。余ノ思想ノ本然ヲ信ズル故ニ、吾ガ国ノ香シイ精神ト清ラカナ人倫ヲ保全スル所以ヲ信ズル故ニ、余ハ醜悪ト卑怯ト悪意ト弁解ト追従トガ、タトヘ世ヲオホフ観ヲナストモ、ソレラニ敗レナイ。ソシテ、吾ガ青年ガ、逞シイ正気ト、大《おほ》ラカナ志節ヲ持シテ、奮起シツ、アルヲ信ズル故ニ、余ハ不自由に耐へ、ツネニ勇気ニ新シイ」と書き出され、又、その文章のなかには「眼ハ半バカスカニ開キ、唇ハ半バカスカニ閉ヂテ、彼方トホクヲ思ヒテ、永遠ニ真向ヒ、ツブヤキ止ムマジ。来ルモノヲ引寄セテ呟《つぶや》ク声ハ、余ニシカト聞エクルゾ。誰ニモワカラヌ言葉デ、必ズワカル如クニ、汝《なれ》ハ呟ク。紙無ケレバ、土ニ書カン。空ニモ書カン。止マルトコロ無ケレバ、汝《なれ》ノ欲スルマヽ、風ノマニ〳〵吹カレユケ」というようなところがあるが、「眼ハ半バカスカニ開キ、唇ハ半バカスカニ閉ヂテ、彼方トホクヲ思ヒテ」という死顔から、私は目を離すことができなかった。その顔は、いまも、はっきり私の眼のなかにある。

「一般に学者文人の本願は、長生きして七十、八十になつた時、世に有益な仕事をしたいといふことである」とも書いたりしている保田さんであった。私がはじめて保田さんにおめにかゝったのは、昭和十四年頃であったろうか、詩人の伊東静雄氏に連れられて訪問した。その頃、伊東さんは、しきりに歴史観の樹立ということを云われ、歴史観のない詩は駄目です。教養というのは、歴史についての大切な知識のことです。教養があって、はじめて見識がうまれるのです、というようなことを、ていねいに教えて下さるのであった。

その伊東静雄氏が昭和二十八年三月十二日になくなったとき「青春を共にあつた彼の詩をなつかしむあまり、その一つ〳〵をうつしつゝ、はからずも味はつたことは、往時のわが青春のよろこびと精神的昂奮の一切であつた。すべてのことは移り変るといふが、わが心にはうつりかはらぬもので充満したのである」と書かれている。

「月報」に文章を求められ、諸家の保田さんについて思い出のひとつひとつを、又、保田夫人の、例えば「食べもの」について、「魚と肉では魚の方をずつと好み殆んど何でも食べたが鮪と烏賊だけは嫌といつた」などのことを大変なつかしいことと読みながら、こんな一文に相成って、申しわけありません。

最後に、思いつくまゝ、「木丹木母集」から二首。

ものにゆく道こそあれとのたまひし大きみことば安らぎとせむ

あかつきのゆふつけ鳥のこゑすなり世は明けにけりわれはねむらむ

（詩人）

浅茅原竹毘古……保田先生への報告

先生には私一度しかおあいしておりません。ですから先生は私を、覚えておられないことと思います。何しろ、二十年以上昔のことでしたから。先生は六十前、私は二十代初めの頃でした。

鳴滝身余堂には、素足に下駄、自転車で伺ったことを鮮明に記憶しています。戦前ではなく昭和四十年代初めでしたから、バンカラを気取ったわけではありません。靴も履けないくらい持病の足痛に悩まされていたのです。

先生は、朝日の吸口を交互に押しつぶし何本も吸っておられました。私は午後一杯夕方まで御邪魔しました。先生随分困られたでしょう。その間お話ししたことといえば、私の大学生活、女子学生のノートを借りて試験にのぞんだとか、自転車に乗るには免許証がいらないとか。先生は、座敷から嵐山方面を指さされ、正面の山の名を問われました。嵐山と小倉山しか知らない私は、途方にくれました。私が、ブジン（武人の意味で）について話すと、先生は、何度か発音を繰り返され、けげんな顔をされました。あれは、もののふ、ますらお、とでも御聞きしたほうがよかったのでしょうか。

なんだか随分ご迷惑かけたこと、思い出すと今でも赤面しています。

もう一度、三輪神社の境内でおみかけしました。万葉歌碑のお祝い事だったのでしょうか。そうそう当日は、福田恒存氏の礼服姿もみかけました。

保田先生の前に黒詰襟の学生が、一人たち、緊張した声で何か質問していました。先生は、関西弁でもの柔らかく応えておられました。

奔馬の飯沼勲のような青年と思いました。その情景が目に焼き付いて居るのです。青年の話の内容と、ぐちゃぐちゃたわいないことで先生の半日つぶした私を重ねあわせていました。正面右手の、神楽殿の前、私は木の陰に隠れて見ていたのです。ご挨拶もせずに。先生は、そんなこと御存じなかったでしょう。

私は、先生が昔ある時どんなだったこんなだったと書けるほどに親しくしていただいた者ではありません。そのかわり、その後先生が絶対に御存じないことを、私の立場から二、三御報告いたします。

(1)　家人が熊本の第一高校に在学中、国語の某先生が、保田文学を哀切こめて、授業中話していたとのことです。その人は美に重きを置き、かつ実人生では、当時水俣病公害問題に、心を砕いておられた方とのことです。

家人は、一七、八の頃、その先生の話す弟橘媛（おそらく、戴冠詩人の御一人者）に随分な衝撃をうけたとのことです。遠く離れた熊本で、二十年もの昔。

(2)　同じく小さな、英語塾を開いています。生徒の中に、最優秀最年長の娘さんがいて、通称「まとん子」と呼ばれています。その、まとん子とは、先生の最後の御孫さんだったのです。（今、中学一年生）彼女は、おじいさんに似て、目がキラキラ輝き国語や英語に、素晴らしい才能を発揮しておられます。私どもの長女は、まとん子の第一の妹分なのです。

(3)　さて私、最近奈良県平群の方に出会いました。三十代半ばの高校の国語の先生です。彼は、源氏物語を、異本も含めて、全文パソコン上に記録するという壮大なプロジェクトの推進者なのです。保田先生は、パソコンという言葉、御存じなかったでしょう。個人的電脳とでも意訳しておきます。直径三寸程の円盤に五十四帖が幾種類も記録できる、からくりとおぼしめし下さい。

私は、その仕掛を、旨く動かすための、技術顧問になったのです。流転です。

自分の心の中でも、院以後隠遁詩人の系譜とソフト（仕掛の手続譜）関発がどう結合するのか、よく分かっておりません。

けれど、源氏物語での経験は、最大限先生の残された文学に、個人レベルの仕事ではありますが、応用発揮出来ることを、お約束いたします。

すぐには、私の仕様、御許し願えないことは、十分承知しております。何条機械仕掛のからくり箱に、風雅を伝統を、ことだまを。

けれど、十代のおり現代畸人伝を十数度読んだ少年。真夏かんさんとした、大学食堂で、万葉集の精神を汗の中読破した青年。そして今、わが万葉集を枕辺に置く者。御寛恕のほど、時の流れの中での、変わらぬ系譜の実現を、今しばらく御笑覧下さい。

（評論家）

永淵一郎……来よとつげけむ

最後に面晤を得たのは昭和三十九年の一月八日、名古屋で上田恒次さんの作陶展が催された時だった。合掌造りの民家を移築した鳴海の白雲閣という料亭で、中京各界名士たちによる盛大な宴が開かれていた。末席に連らなっていた私を手招きされ、くるりと招待者たちに背を向け胡坐をかいた膝を立て、頰杖をついて長いこと話された。それから、ふっと立ち上って座敷を抜け広い庭に降り立たれた。寒月が冴え冴えとしていたのを覚えている。かしましい世俗の饒舌を疎ましくおもわれたのか。招待した人たちはそのまま放っておかれた。いささかその人たちが気の毒でもあったが、そんな先生の挙措がおかしくて笑いがこみあげてきた。あの時の話の中身はもう忘れてしまったが、一つだけ記憶している。

「昔、三越に行った時には沓を脱いで上ったが、こんど上田恒次展の名古屋のデパートでは沓のまま入ったんだよ」

と、さも新発見かのように驚かれた。これには私も驚いた。

そんな脱俗の先生だったが、その翌年の七月、京都からの電話で、

「五味が名古屋で交通事故を起こしたので、その処理を万端手伝ってやってほしい」

との御依頼があった。当時、毎日新聞中部本社で報道部のデスクをしていた私は、むしろ取材を督励すべき側だったが、そんなことはいっていられない。都ホテルから五味康祐氏を脱出させたり、被害者の遺族と接衝したりで大童で駆けめぐった。

さて、「みやらびあはれ」は、戦後早い時期の雑誌で読んだのは確かだが、それが『大和文学』であったかどうか、さだかでない。奈良・猿沢池畔の米進駐軍宿舎になっていたホテルの明かりが皓々と輝やいていた――という文章と何か重なって脳裡に烙きついている。『日本に祈る』や『天降言』といったその後刊行された単行本を検索してもそれはない。まるで夢のようだが、私の心の中ではやはり同じ文脈であることにかわりはない。ところで、「そらみつ大和扇」と「みやらびあはれ」の中の句を佐藤惣之助の詩集で懸命に探したことがあった。とうとう見つからなかった。もう四十年も前のことである。それが『芥川龍之介全集』（第九巻）を繙いていてひょっと見つかった。

　空みつ大和扇をかざしつつ来よとつげけむミヤラビあはれ

この歌には詞書が付されている。「佐藤惣之助君琉球諸島風物詩集を贈る　ミヤラビは娘子の称なり」というのである。つまり惣之助に『琉球諸島風物詩集』を贈呈された龍之介が、それに賛して作った歌だったのである。沖縄では戦前、辻の遊び女たちが三重城《ミエグスク》の突端で領布《ヒレ》を振って旅人を送る慣わしがあった。「花風」という踊りにそれは今も伝わっている。『風景と歴史』に収められている日比谷、山水楼主宮田武義さんの歌

　ひれをふる辻の乙女のあかき袖ましろきかひな遠くも見ゆる

がその情景だった。一般的にはというか、沖縄では〈領布ふるをとめ〉が常なのに、なぜ龍之介の歌が〈大和扇〉になっていたのか。なぜ保田先生が「異常な場所の異常の状態」でこの歌を口吟され

たのか。しかも「来よとつげけむ」の中の句が抜けている。惨澹たる戦火にさらされ、米軍占領下に呻吟していた沖縄の人々の大和（本土）への思慕を告げようもなかった時期だけにいっそう哀切で、痛恨に耐えない。私は、その頃、こんな歌を詠んでいた。

時雨ふる音のかそけき　夜の思ひ。　海阪《ウナサカ》の彼方《ヲチ》すべなきものを

実際に私を先生に引会わせてくれたのは『現代畸人伝』に出てくる窪田雅章さんだった。彼は酔うと自作の短歌をよく歌った。

故郷の焼けたる街に帰り来て天の時雨に濡れにけるかも

そして、大粒の涙をこぼして泣いた。彼の編集していた『東亜文化圏』（準備第二号）という雑誌が手許に残っている。昭和十七年三月一日発行で、保田先生の「文化の意味と精神を先づ形に於て明らかにする必要について」という一文が載っている。『万葉集の精神』を薦めてくれたのも彼だった。アララギ風文藝観になじんでいた私は、本当に目の鱗の落ちるおもいがした。もっとも『コギト』はもっと前から読んでいた。

離りつつ　人は杳けくなるものか。夏蕎麦白き　夕暮なるも

昭和十四年七月に載せられた「行春初夏」と題する牛尾三千夫氏の連作の一首である。その連作に惹かれ、発行人の肥下さんを訪ね、バック・ナンバーを揃えたりもした。アララギ主流より千樫のような清冽な歌が好きだったからだろう。

だが、敗戦の後の生きる支えは何としても『南山踏雲録』の「花のなごり」に録された信友の歌

芳野山花のなごりのこのもとをなほさりあへぬ人もありけり

の一首だった。私は今もなお南朝遺臣として嘉吉禁闕の変を望んでいる。

（ジャーナリスト）

〈以上第二十五巻　昭和六十二年十一月刊〉

麻生良方……保田與重郎先生の想い出

私は戦争直前、林富士馬、故貴志武彦らと共に、同人雑誌の同人になったことがある。やがて私に応召の手紙がまいこみ、同人雑誌の集りの帰り道、貴志と二人で「保田さんのところにいってみようか」ということになり、貴志に案内されて保田さんをたずねてみた。住所は忘れたが、そこには棟方さんがきていた。始めて見る保田さんは、カスリを着て寝こんでい、棟方さんはへんな着物をきて、あぐらをかいていた。

「どうしたのですか?」

と貴志がたずねたが、

「痔をわずらっていてね……」

と保田さん。私の方をふりむいて、

「いつか詩集を送っていたゞいてありがとう。たしか『青薔薇』と云ったね。返事を書いたんだが……」

「どうもありがとうございました。ところで、僕、来年の三月に応召になります。一度でよいから先生に会っておきたいと思い、まいりました。どうぞ宜しく御願いします」

「そう、おめでとう。棟方に虎の絵を書いてもらおう」

棟方さんは、戸棚の中から一枚の紙をもちだし、すゞりで虎の絵を書き、「千里を行つて千里を帰る」と書いて、私にさしだした。

この絵は、家に持ち帰って女房に頼んで「千人針」にしてもらい、戦争に行く時、腹まきにしたが、途中でシラミが湧き、すてゝしまった。

今持っていれば、うんと値が上っただろう。

保田さんは、二人が帰る時、わざ〳〵起きて送ってくれた。

二度目に会ったのは、終戦の翌年、昭和二十一年の春であった。私は栃木県上都賀郡のある村にそかいしていたが、三月の初旬、林富士馬さん、保田さんのところに行ってみようと思い東京にでた。その足で林富士馬さんのところに行ってみると、家は焼け、バラックを建ててそこに住んでいた。林さんと三時間ばかり話をし、その夜本郷林町の私の家に泊めてもらい（その頃、従兄が住んでいた）翌日、奈良の桜井行きの切符を買いそれに乗った。

桜井駅に着いたのは、夜の八時をすぎていた。手にしてきた一通の葉書の住所をたよりに通りがゝりの店できいてみると、すぐそこである。

さすがに旧家だけあって、立派な門構えであった。私は玄関に立って案内を乞うた。しばらくして三十がらみの女性が出てきて、私を奥に案内した。

全体がうす暗い感じの家で、一種の気品をそなえた家であった。その奥の十畳ぐらいの部屋に保田先生は寝ていた。

「やあ……君ですか……」

私はかしこまって頭を下げた。

「そこに坐布団があるから、どうぞ……。僕はすっかり痔をわずらいましてね。失礼しています。寝たまゝで……」

「どうぞ、そのまゝで」

「よく無事でしたな。死なゝくて良かったですな。死んでは何んにもなりませんからな」

どうやらカスリの着物をきたまゝ、ふせっているらしい。私ははじめて先生に会った時も痔が悪いと言って寝こんでいたことを想い出した。

「万事、やり直しですな。日本は……。これからの政治は大変でしょうな」

先生はぽつんと言った。それから思い出したように、

「そう〳〵、お腹が空いたでしょう」

と言うと、さきほどの女性を呼んで（奥さんかも知れない）食事の用意を命じた。

私は辞退したが、先生は、

「雑炊ぐらいありますよ」

と言ってはじめて笑った。私も何となく声を立てゝ笑った。

それから食事をごちそうになり、何を話したのか忘れてしまったが、私は長い間、のどにつかえていたものがはきだされ、すがすがしい気持になって、翌日東京ゆきの汽車にのった。

（元代議士）

西村公晴……保田先生の茶飲み話

いはゆる文学の何たるかを、ぼくは知らない。唯、文人の牢固たる〈志〉は、時代を超えて歴史の流れの中に深沈として存在する、といふことへの信を訓へられたのは、保田先生によつてであつた。しかもそのことの現証を、ほかならぬ先生御自身の文業とくらしの日常坐臥を通じて、親しみ深くも

啓発されたのだから、ありがたくも今に恩恵無尽との思ひがする。

あの終戦大変のあと、吾々は同学同気のもの相寄つて歌会を結成してゐた。と云つても、あへて自らを文学青年などと思ふこともなく、人心も世相も混迷をきはめて民族の正気奮はざる時に、国の生命の不滅をあかしするものは伝統の和歌を措いて他にない。と、若年の客気、いたづらに軒昂としてゐただけであるが、保田先生が大陸から故山桜井の地につつがなく帰農されたと、風のたよりに聞こえて来たのは、そんな頃（昭和二十一年夏）であつた。

保田先生のお宅へ初めて伺つたのは、その年の内か、翌年あたりか。思ひかへせば茫々四十年。先師の思ひ出はわが心に印象なほ鮮烈の如く、それを表現しようとすれば、総てとりとめなきが如く、ただ茫然とする。それでも初めてお会ひした時の「アジアの貧困をいかにするか。これが神道の今後における唯一の時務論である」といふ一言だけは、今も心の奥深く記憶にとどめてゐる。

それにもう一つ。終戦後の大陸で部隊の将兵たちに俳句の指導をしたことがある、とお聞きして、なぜ和歌でなく俳句ですかと問返すと、「おそらくアメリカは占領政策の一環として、日本人に和歌を作らせないだらうと思つたから」と言はれた。この俳句指導の件は、後に保田先生と影山正治先生との対談「兵隊談」（昭和三十五年「不二」初秋号）の中でも話題の一つになつてゐるが、内容はまつたく異なる。しかし、ここには先生からお聞きしたままを誌しておきたい。そしてこの和歌のこと。神道のこと。どちらも先生の茶飲み話であつたと云ふことわりをも附記しておきたい。なぜなら保田先生は「茶飲み話をする時と、人にあらたまつて話すときは内容がちがふ。それが文章になると、また少し違つてくる」と、いつか言うてをられたが、その茶飲み話の方を、ここでは紹介してゐるからである。

保田先生は、茶飲（多量に茶を飲むこと、又その人）の字義とほり、いつでも長火鉢に鉄瓶が湯気を立ててゐて、ひつきりなし（と言ひたいほど）に茶を飲みながら話をされた。ある年のひどい旱魃の時、家の井戸が涸れて近所の井戸から一升瓶で貰ひ水してるんやが、それで初めて毎日どれくらゐ茶を飲むか分かつたよ、とおつしやつた。それが二升だつたか、三升だつたか。とにかくこれが酒なら痛飲と言ひたいほどな茶の飲みつぷりと、びつくりしたのは確かである。当時は酒よりも茶を好まれてゐたと思ふ。

　それでも、「ふだんは飲まないんやが」――と言ひつつ、お酒を出して下さることもあつた。二人で一合ほど。殆どぼくが飲んだやうに思ふ。そんな時の話に、「酒道とふものがあるなら、前田虎雄さんなどはその道の達人やろ。彼の飲みつぷりには一定のテンポがあつて、自分の領域をまもるかはりに、ひとの領域も侵さない。さうして絶えず自分も盃をとり、ひとにも盃をとらせながら、実際あとになつてみると、いくらも飲んでない。二合くらゐの酒を夜どほしで飲みながら、おもひ出したやうにひと言、ふた言、ポツリと口をひらく。それでゐてほのぼのと和やかなふんゐきがあつたなア」とおつしやつた。酒品のよさとでも云ふか。ぼくなどは、このやうな真の酒客ふだんの境地には到底およばないと今だに観念してゐる。

　これらの話は保田先生が桜井に隠棲中のこと。こちらも若かつたし、先生にお会ひする悦びだけで無遠慮によく押しかけたが、その頃のわが家は奈良市内でも国鉄桜井線の京終《きょうばて》駅近くといふ地の利もあつてか、先生は東京や京都から桜井への帰りがけに「ここまで帰つたら、もう家に帰つたもいつしよや」と何か安堵したやうに泊つてゆかれることもあつた。夏の夕方など、銭湯へ行くのに「奈良ではみんなこんな恰好で行くやろ」と、ステテコ姿のまま手拭をさげて町を歩かれた。

　考へてみれば、保田先生の茶飲み話の堆積の中で、ぼくは色んなことを教はつたやうな気がする。先生にお会ひしてゐるだけでなんとなく心豊かに楽しかつた。言葉ではなく先生の思ひが、しんしんとわが心に鎮み、また溢れる。そして先生の眼は無性にやさしかつたが、時には眼光鋭くこわいと思ふこともあつた。今もぼくにとつて先師は、なつかしくもこわい（畏い）ひとなのである。（歌人）

浜川 博……保田さんの自負

保田與重郎さんとは、晩年の数年間をおつきあいさせてもらった。どことなく茫洋とした長者の風格があり、たぐい稀な大器の人だったと思う。

私が朝日新聞の歌壇担当のころ、保田さんに随想を書いてもらったことがある。「万葉集の栞」という題で、日曜の歌・俳壇欄に載った。五回連載で一回は二枚半。おそらく保田さんが戦後、朝日に書かれた唯一の文章だろう。詩誌「ユリイカ」が「日本浪曼派とはなにか」の特集号を出したころだから、昭和五十年の秋である。私は原稿依頼のため、東京から京都の保田邸を初めて訪ねた。新幹線で「ユリイカ」を拾い読みして行った。

保田さんに最初お目にかかったのは、大日本印刷ビルだった。萩原朔太郎の長女、葉子さんと有楽町の新聞社で会ったとき、これから保田さんを訪ねるとのことだったので、同行した。葉子さんは、前橋市で毎年開かれている朔太郎忌の講演会の講師をお願いに行かれた。保田さんは、月一回同ビルで開かれている古典講座の講師として上京、平沢興博士もご一緒だった。

保田邸では、奥さんがご不在で、私は午後二時半から十一時ごろまでお邪魔し、酒と寿司を御馳走になった。

「ユリイカ」特集号を話題にすると「まだ見ていまへん。ほとんど興味ありまへんな。日本浪曼派は創刊当時から悪口ばかり言われてきたんで、もうメンエキみたいになっていますんや。今までの論評は、ほとんど間違っています。そんなことに、いちいち腹を立てるのは、学生時代で終わってしまったんですわ」雑誌を手にしようともされず、関西弁で笑いながら話されたのは、ちょっと意外だった。雑誌に書かれている多くの評論も、てんで問題にされない風で、これでは犬の遠吠えみたいだなぁと思ったことだった。たとえば、保田さんの戦中の片言隻語をとらえて、戦後のありきたりの解釈で割切ろうとしても、一筋縄でゆかないところに、保田さんの大器の風格がある。

「万葉集の栞」の原稿を見て驚ろいた。加筆したり、削ったりで、真っ黒に近い原稿だった。多くの作家・学者らの原稿に接してきたが、これほど文章と格闘されたあとがにじんだのは、初めてだった。活字にしたら、二枚半のカコミから、多いときは十数行もハミ出た。その分だけ、どうしても削らねばならない。保田さんに電話で相談すると「あなたにまかせますわ。適当に削ってくれなはれ」。

これには弱った。私が勝手に削るわけにはゆかない。なんども読みあわせしながら、ともかくワクに納めた。五回とも、そうだった。それにしても「あなたにまかせますわ」とは、なんというおおらかさ。正直いって、あきれはてた。同時にひどく恐縮した。同じ歌壇随筆を中野重治さんに頼んだとき、開口一番「原稿料はいくら出すんだね」と言われたのと対照的に、忘れられない思い出である。

五十八年四月臨時増刊の「新潮」〈小林秀雄追悼記念号〉に郡司勝義氏の「小林秀雄座談」が載っている。小林さんが五十四年四月奈良に旅したとき、猿沢の池のほとりの料理屋に保田さんと入江泰吉氏を招かれた折のことが出ている。

「保田君は僕の『宣長』について書いてくれたろう。あれは、僕を論じたんじゃないよ。僕の前で、自分の詩《うた》を詠んでくれたんだ。あれだけ書いてもらえば、僕は本望だよ。だから、一度是非会ってお礼を言いたい」

京都から出てきた保田さんに、小林さんは「何度も何度もお礼を言われた」。「小林氏は今より四十年前、時代を叱ることによつて、日本の文学史に一流を通して下さつたが、今日の今では、一人で一時代といふものを背負つてをられるやうに見える。今の一時代と、小林氏一人とが、天秤の上でつりあつてゐることを私は感じる」

これは、保田さんが五十年八月号の「解釈と鑑賞――小林秀雄の道程――」に書かれた「感想」の一節である。二人の心魂は、照応しながら昭和文藝史に、きらめくような文業を彫んでこられた。心奥の顫動のふれあいは、二つの文章から容易にうかがい知ることができる。

私が二度目に保田邸を訪ねたとき、小林さんの『本居宣長』にふれ「保田さんなら、もっと違ったものを書くだろうと、中谷孝雄さんが言っておられましたが……」と聞いた。「それゃそうでっがな。私なら小林さんが拾ったところを全部捨てる。小林さんが捨てたところを全部拾いますわ」きっぱりと言われた。宣長に関しては、一歩も譲らぬといった厳とした自負がこめられていた。

六十二年の夏、浅野晃さんから頂戴した『随聞・日本浪曼派』の結びの一節「彼（保田＝筆者註）が〈宣長自身〉なんです。だから、小林秀雄の〈本居宣長〉を読んでも〈どうして小林さんは宣長なんかを一生懸命研究してみたりするのだろう〉と首をかしげるわけです」を読み、保田さんの自信溢れた言葉が、あらためてなつかしく思い返された。

（国学院大学講師）

〈以上第二十六巻　昭和六十二年十二月刊〉

清水文雄……かなしさのあまりに

私は、若い人たちに王朝女流文学の歴史を講ずる時、よく枕として引合ひに出す一つの事柄――というふよりも悲しい物語がある。それは、今から四百年も前の戦国時代、具体的には、豊臣秀吉が漸く天下に覇を唱へようとしてゐた時代の物語である。その物語は、尾張の国熱田（現在の名古屋市熱田区）の精進川に架けられた裁断橋に関するものであるが、この橋の由来は、今もなほ遺存する青銅擬宝珠にちりばめられた銘文によつてうかがふことが出来る。私が初めてこの銘文のことを知つたのは、昭和十一年に芝書店から出た保田與重郎氏の『日本の橋』（初版本）によつてであつた（本全集第四巻参照）。この本の巻頭に、書名となつた題目を持つ一編がおかれてをり、その終りに近く、これから紹介しようとする物語が挿入されてゐる。挿入されてゐると言つても、付加的な意味を持つものでなく、むしろ保田氏は、この物語を伝へる短小な文章に感動し、その感動を主軸として、陰翳ぶかい「日本の橋」の思想を述べ展いたものと言ふことが出来る。

さてその精進川は、いつか埋め立てられて、橋そのものは今は昔の面影を留めないが、擬宝珠に彫り込まれた銘文の語る架橋者の志をあはれむ人々によつて、先年模造の橋がつくられ、それには、もとの擬宝珠がそのまま取付けられてゐる。和文・漢文（後者は後人の作といふ）両様のものが、左右の擬宝珠に刻まれてゐるが、今問題としようとするのは、最初からあつた和文の方で、次のやうに読むことが出来る。濁点以外は原文のままである。

てんしやう十八ねん二月十八日に　をだはらへの御ぢん　ほりをきん助と申十八になりたる子をたゝせてより　又ふためとも見ざるかなしさのあまりにいまこのはしをかける成　はゝの身にはら

くるいともなり　そくしんじやうぶつし給へ　いつがんせいしゆんと後のよの又のちまで　此かきつけを見る人は念仏申給へや　卅三年のくやう也

天正十八年（一五九〇）二月十八日に、豊臣秀吉の小田原征伐に従つて出陣したが、落城を待たないで陣中に病没した、堀尾金助といふ十八歳の若武者の三十三回忌の供養のために、その母が架けたといふ橋の由来記がこれである。陣没後三十二年の歳月が流れたとすれば、この母の年齢はすでに七十にも達してゐたであらうか。世にいふ学問や教養など、取立てて身につけた老婆とも思はれないが、純粋で素直な女性の真実の声を聞く思ひがして、魂を洗はれる体験を味はつたことである。まことに、人間の至情が、おのづからに口をついて出たやうな言葉である。そこには、時空を超えて、人々の心にぢかに響いてくるものがある。

「はゝの身にはらくるいともなり」といひ、すぐつづけて「そくしんじやうぶつし給へ」といふ。口ごもるやうに述べる稚拙な表現のなかに、三十二年を経てなほ瑞々しい母の愛情が光つてゐる。そして、この母の至情から発する祈りの言葉は、極めて自然に、この銘文に目をとめるであらう後世の人人に、「念仏申給へや」と呼びかけるのである。「かなしさのあまりに」この橋を架けたといふのは、あらかじめ橋の効用などを計算してなされたものでないことを語つてゐる。社会奉仕などといふ観念すらそこには見られない。ただ、愛児を喪つた悲しみから、橋を架け、新たな涙とともにその成仏を祈り、さらにその思ひの延長として、自分の亡き後まで、「逸岩世俊」といふ戒名とともに、念仏を唱へてやつてほしいと、行きずりの人に呼びかけたのである。

悲しいを、ただ悲しいと、素直に、しかもさりげなく述べる自然さこそ、女性の女性らしさといつてよいであらう。それは、悲しみの単なる露出ではない。器にいつぱい盛られた水の表面張力が、その極限において、空間の重みに堪へてゐるやうに、母の悲しみが、いつぱいの張りをもつて、時間の流れに堪へてゐる。それゆゑに、その悲しみは常に瑞々しい。このやうな悲しみこそ、永遠に美しい悲しみであり、人間のあらゆる営みの根源となる悲しみである。そして、このやうな悲しみをいだき持つ女性の、やさしく自然な女らしさこそ、素直なままの女性の強さといつてもよいであらう。

愛児を小田原の陣で喪つて以来、三十余年の間、残された老母の悲しみの明け暮れがつづく。その堪へつづけられた悲しみの自然の延長として、精進川に架けられた橋は、亡き愛児への思慕の情に、いはば一つの「形」が与へられたものであり、さうすることによつて、橋はわれひとの住む世界に具体的に存在することになるのである。その橋が、道ゆく人に奉仕するものとなつたとすれば、それは結果としてさうなつただけである。さういふ結果がおのづからに導かれたところに、深い意味があるのだと思ふ。それればかりではない。橋そのものが形を失つた日からは、その美しい銘文（それはすでに稀有の「文学」である）に心引かれる人々の胸の中に、常に新鮮な感動を呼びつつ生きつづけることになる。永遠に、それは生きつづけるであらう。なぜなら、この橋にこめられた老母の悲しみは、人間のあらゆる営みの根源となる悲しみであるからである。

（比治山女子短期大学長・国文学）

亀和田武……ポップ文化世代の保田体験

私が保田與重郎と日本浪曼派の名前を知ったのは一九六八年の秋、十九歳の予備校生のときだった。一九六八年といえば、前の年の秋から本格的に開始された学生や青年労働者による街頭や学園での闘いが、もっとも上げ潮の気運にあったときだ。受験生という、いってみればキャンパスからも生産拠点からもスポイルされた足場のない人間までもが——恐らく、それ故にということもあるだろうが——浮き浮きとした気分で毎日毎日デモに通っていた、そんな年である。私が保田與重郎の名前を知ったのは、脳天気さと狂躁的な空気とがごっちゃになったデモ通いの、その行き帰りのどこかでだった。デモの起点となる会場か都内の書店の政治機関誌コーナーで売られていた一冊の雑誌が発端である。前年まで革共同中核派の政治局員をしていた小野田襄二が、新たに無党派の活動家を結集して創刊した『遠くまで行くんだ……』に載った〝日本浪曼派についての試論〟の副題をもつ「更級日記の少女」という文章によって、私は保田與重郎の名前と、そしてイロニイという概念を知った。

新木正人という学生の書いたその文章は、全編が次のようなパセティックなトーンで覆われていた。「日本浪曼派は、ナルプ解体後の頽廃の中に咲いた異様なアダ花ではなかった。咲くべくして咲いた、ある意味では鮮やかな花であった。美しく悲しい花であった。僕たちは、その美しさと悲しさを受けとめねばならぬ。僕たちの全存在を賭けて受けとめねばならぬ」

あるいは、

「堀辰雄がなぜ更級日記の少女にひかれたのか僕は知らない。けれども、これは断じてリルケ的な人生論ではないのだ。（中略）そして眠りのない港町に佇む多くの少女達、流れる涙は海となって静かに僕たちを待つ。これはリルケではない。僕たちは行かねばならぬ。行って泳ぎ切らねばならぬ」

橋川文三はかつて保田與重郎の文体を指して「それは確かに異様な文章であった」「それはまさに私たちが見たこともなく、これから見ることもないような文章であった」と形容したが、私の場合なら、この新木正人という当時もそしてその後もほとんどその名を知られることのなかった人物の書いたものこそ、まさにそうした美しさといかがわしさとあやしさとを兼ね備えた種類の文章であった。

こうして「イロニイとしての革命」を丸ごと一〇〇パーセント体現してしまっているような文章に

仲介されて、私は保田與重郎と出会うことになる。

リッキー・ネルソンやコニー・フランシスの歌う恋と涙の馬鹿げたアメリカン・スウィートポップスと、タイムマシンと流線形のロケットが登場するSF小説とによって自己形成されてきた少年が、突如として美しくも悲しい、「イロニイとしての日本」に遭遇してしまったのだ。

しかし、どこをどう突ついたところで困窮化したプロレタリアートや人民を見出すことのできない高度成長下のこの国の闘争にあっては、既成のマルクス・レーニン主義的な理解よりも浪曼派的な美意識と心情の方が私の肌にはしっくりと馴染むように思われた。

その当時、私が繰り返し繰り返し読み返し、ほとんど暗記するまでになったのはたとえばこんな一筋である。

「闘ひは人力のきづいた線を突破した非常であり無常である。源氏ならば頼朝のために肝脳地にまみれさすが正しく、平氏なら清盛のために死すが正しい。今日私がソヴエート人ならばスターリンの完全奴隷となつていささかもスターリンにヒユマニズムがないなどの愚言をいはない――」(「木曾冠者」)

このころすでに大学に入学し党派の下部活動家となっていた私は、この文章を読むたびにマルクスや吉本隆明の著作に目を通したときよりも大きな勇気を得ることができた。

私はマルクス主義にも政治セクトの指導者たちにもなんの幻想も抱いていなかったし、中国や北ベトナムやキューバにも憧れたことはなかった。しかし、眼前のこの闘いは必然であり、それを闘うのがマルクス・レーニン主義を規範とするいわゆる新左翼諸党派しかいないのであるから、その組織の中に身を置くこともこれまた必然であると思われた。

端から見れば倒錯したこのような「イロニイとしてのマルクス主義」に、しかしときとして息がつまる思いになることも事実で、そんなとき私は先に引用した「木曾冠者」の一節を読み返して、心身を再び高揚させるのを常とした。

あれから、ほぼ二十年の時間が経過した。

ハイ・テクノロジイとそれがもたらした超高度消費社会への手放しの礼讃が横行し、東京が西麻布とウォーターフロントという記号によって塗り分けられてしまったいま、化粧の濃い少女たちや華やかなウィンドウのディスプレイにもし私が微かではあっても苛だちと悲哀を覚えることがあるなら、それは二十年前と比べれば遥かに水で薄められてはいるものの、浪曼派的な美意識と心情によるものだ。

ハイテックなメタ資本主義に対する私の最終的な抵抗の拠点は《日本の橋》なのである。（作家）

丹治恒次郎……此岸の人

保田與重郎氏のことは、わたしにとって、一言にしていえばそれは彼岸の問題ではなく、あくまで此岸の問題である。その存在は決して純粋とか無限のなかに溶解することがない。敢えていえば、伝統や歴史のなかにさえ収斂することがない。すべてが保田氏の表情と結びついているからである。

このことはわたしが保田與重郎氏の著作に接するよりも早く、その著者を知りえたことにもよるのであろう。それを僥倖といえるかどうか。むしろ世の常の読者とおなじく、その文章から先に接しえたのなら、わたしはどのような衝撃に見舞われ、どのような世界を知ったであろうか。のちに知るようなその批判精神が、まずどのような刃となり力となって働いたであろうか。はたしてあの保田氏とおなじ人をそこに読みとったであろうか……このような仮定は無意味な仮定であり、人は最初の出会いを二度繰りかえすことはできない。しかしこのような仮定を想像裡でたえず設けてみたくなるほど、保田氏の生前の表情はつよく鮮明なのである。

三男の直日君は昭和四十二年に夭折した。生前に親しかった友人高藤冬武とわたしは、毎年その命日の前後に鳴滝の身余堂をお訪ねすることになった。そのたびごとに深更までお話を聞くことになった。そのような場での保田氏の姿は友人高藤君がみごとに活写しているので引用させていただく。

「……ひとたび饒舌になられるとその勢いたるや、口角泡を飛ばすというのが先生の場合は、口角泡を溜めるといった方が相応しく、懐紙でしきりにその口角に溜った泡を拭う頃おはなしは佳境に入り始め、それは深更に及ぶこともしばしばでした。その話し方が自由、磊落、円転滑脱ならば、その姿勢も負けず劣らず、特製の座椅子に凭れ寄せ掛ける背は徐々にずり落ち、ついには膝の間からお顔が覗くしまつ、先生は背中でお座りになるというのが私かな感想でした。」（出雲書店『浪曼派』保田與重郎追悼号）

まさにこのとおりの話ぶりであった。最初の印象は強烈であった。その印象の実質をわたしなりに要約すると、こうもいえようか。保田氏は、自分の鼻が不恰好に曲がっていると半ば自覚している相手にむかって、お前の鼻は曲っていると言ったり暗示したりする人では決してなかった。世の大半の啓蒙的知識人の通弊を完全に脱しきっていた。つまり暗々裡のうちに相手の存在を自分の価値基準に当てはめ、評価し、裁断し、そうすることによって自己と自己の党派の力を肥大させてゆく――そういう知識人の性向とは全く無縁の人の姿をわたしは知ったのである。

あるとき大胆にもわたしは、自分の書いた論考を、保田氏にお見せしたことがある。それはフランスの詩人ポール・ヴァレリーに関したもので、ヴァレリーが自作のなかで日本人鳥尾小弥太の短い文章を引用していることを扱ったのである。ヴァレリーが書いたのは日清戦争の頃。鳥尾の断章は英文なのだが翻訳すれば「西洋の解釈に従えば、文明とは、大きい欲望をもった人間を満足させるのに役立つだけのものである」という一句である。わたしは苦心して日本語の原文をつきとめ、また英文の紹介者がラフカディオ・ハーンであることも判明した。ちなみに鳥尾のもとの日本文は次の文であった。「西洋流の文明開化は、ただ大欲人をして恣に快楽を遂げしむるの法にして、一般の人生に益ある者に非ず。」

　西洋の知性の運命と「文明開化」の終末を論じて、わたしは文中に保田氏の『文明開化の論理の終焉について』の一部分を引用させていただいた。鳥尾小弥太は無名だが明治中期、いわば文明開化への批判者としては嚆矢の一人である。そして保田氏の『終焉について』は昭和十四年に書かれている。引用のあと、わたしはこう書いた。「日本浪曼派を論ずる場所ではない。しかし「知性」の擬態にたいする批判としては、おそらくその直前の時期の小林秀雄とならんで、もっとも徹底した所があったであろう。（中略）この保田與重郎の批判は、第一の文明開化〔戦後を第二の文明開化とすれば〕にたいする圏内からの批判としては、おそらく最後のものなのである。」

　つぎにお会いしたときの保田氏の言葉は、こうであった。

「まあ、きみの書くことはわからんけどな。きみは何を書いてもええ。考えたこと書きたいことを書いたらええ。」

　そのときの表情もわたしは忘れない。それは冷厳とか突きはなしの、まさに正反対の表情であった。含羞の表情でさえあった。

　わたしは絶対や「源泉」を認めない相対主義者である。この相対主義であることも相対化したい。しかしこのことが保田與重郎氏の思想に直面したときに致命的であるとは思わない。文と人が致命的に異なるにせよ、わたしは保田氏の表情がまた文章にも読みとりうることを疑わないのである。

（関西学院大学教授・フランス文学）

〈以上第二十七巻　昭和六十三年一月刊〉

松永伍一……森林のごとき古典

幸か不幸か、保田與重郎氏の著述にはじめてめぐり逢ったのは戦後の、それも十年ほど経ってからで、古本屋で見つけた昭和十七年初版の『後鳥羽院』（増補新版）だった。すでに小林秀雄の「無常といふ事」「実朝」「西行」などを読んでいて、詩を志しながら批評のはらむ豊饒に魅了されはじめていた頃だったので、畏敬とも憎悪ともつかぬ感情で、行間から立ちのぼる氏の魂の噴水を見つめたのを、三十数年後の今思い出している。

『日本浪曼派』の精神の火柱によりそった若者たちがいたことを知らされたのも戦後のことで、小学校の低学年だった自分がその精神の火柱に触れずにすんだことを「神の配慮」と見立てたほどであるが、「もし戦中におのれとおのれの祖国とに出会おうとしたら、きっと青春の重みをそこにかけて、保田與重郎の内なる雄叫びをきくべく接近したのではあるまいか」と仮定してみたことも『後鳥羽院』を読んだあと幾度かあった。幸か不幸か、と初めに断わったのも、いまだに氏の思想と表現の美質にこだわりつづけているからである。氏の断定的口調を借用したくなることもあるが、その都度私は氏と逆の方位を向いている自分を確認しないと不安になるのだから、氏の存在の影法師がこちらの内面に映りつづけて消えずにいるのを自覚しないわけにはいかない。

　私は保田與重郎氏の批評そのものを文学と見、そのような文学のあり方を肯定し、批評の筆を捨てずにきた。小説を書くのを拒否したのも、小林・保田両氏の一途な歩みに賛同してのことであった。しかし、後からつづく者が生き延びていくためには、先人の轍を決して踏んではならないから、私は意識的に保田氏の論評される素材を一度受けとめて自己流に解体しなければならなかった。光を当てる角度を変え、氏と逆方向に事の本質を引きずり出すしか術がなかったのである。民俗学的アプローチが私のために残された唯一の方法だと思いこんだとき、氏の書かれた「楠木正成」にしろ「西行」にしろ、あるいは「大倭朝廷の故地」にしろ「農村記」にしろ、それぞれが保田與重郎的世界として屹立していたがゆえに、それを反転させる自由を私は確保できた。そうなると氏の存在自体が私に対する刺激の発光体であり、ありがたいことに恵みの提供者であった。

「楠木正成」で氏は「楠公は自ら、己の武の力の如何に弱いかを、あくまで熟知しつゝ、しかも最後の勝利を信じて疑はなかつた。これは皇神を信じる者、国の歴史を学んだ者のみのもちうる強さである。されば我が尚武の歴史に於て、楠公以上の大勇の武士はないのである」と述べられるが、私は楠木正成の悪党的性格と忍法の実践者から生ずる戦略論と水銀製造業者として得た経済力をおさえ、なぜ北朝でなく南朝を支えねばならなかったかを追求する。氏は『神皇正統記』を切り口として用いておられるが、私はあえて北朝に近い立場で書かれた『梅松論』から、南北合体を希求して足利尊氏ともひそかに通じ合った正成の忠臣ぶりを評価した。飯を食い、下層階級を組織していく正成の人間像を浮び上らせることによって、忠という精神構造をとらえてはじめて氏と対極に立つことができた。

「西行」の場合も氏は「乱世といふ乱世以上に、西行は切ないものを眺めた。命を棄てるといふ自覚さへ思はれない無力さを味はつたのである。さうして彼はいのちといふものについて、茫漠としたもの思ひだけを味はつてゐた。いのちとして考へられぬやうないのちを生きてゐたからである。これは決して仏教の教へたいのちの不定さではないのである。無常観からきた思想ではなかつた。もしさういふ形の発想だつたとすれば、彼の文学は成立せぬのである」と説かれる。恐ろしいほどに鋭い指摘で、それを読むと身震いしたくなるが、私は西行の遁世そのものに疑問を抱いて、かれの俗にこだわった人間くささをどうしても見落せないのである。妻子と折々に出会い経済的保護も実弟を通じて手ぬかりなくやっていた、そんな西行の二面性に私はかえって惹かれた。武士をやめて自由人となって自然のふところにはいっていくときのかれの発想を、氏の言われる通りに受けとることができても、勧進を含めて遊行する西行の対人関係を見ていくと、聖と俗との葛藤が和歌の世界にどう投影したかを問わずにおれなくなる。遁世と言いながらカスミを食っていくわけにはいかぬ人間の日常をあぶり出すことによって、聖化されていく表現の秘密を見とどけたくなるのも負け惜しみの性癖だった。

私の方法論はこうして辛うじて成立っている。思えば、森林のごとき古典そのものである氏の思想が雄々しさと香気とを放つゆえに、私は嫉妬もし畏敬とも憎悪ともつかぬ感情で、それに立ち向ってきたようである。「大地に対する信仰を共有することから生じる近親憎悪」と、それを評した人もいたが、それが納得できるからこそこの縁を尊く思うこの頃である。

（詩人・評論家）

森本一三男……保田與重郎氏を偲ぶ

大正十二年四月、新入学生約百八十名、この年の入学試験で一番の成績で畝傍中学に入学したのが保田與重郎氏である。四月入学式の当日、彼は新入学生を代表して「今回この伝統と歴史のある学校に入学した新入生です。諸先生方並に在校生上級生諸兄の暖き御指導と御鞭撻をお願い致します」と言った旨の挨拶文を読んだ。各郡市各小学校のトップ級の選抜試験において彼が一番の成績であったことは、彼の知能が優秀であったことを証明していると思う。当時学校では、学業成績平均点九十点以上の者には「小判」、級長は「星」の徽章を制服の襟に着用させたが、保田氏は在学五年間この二つの徽章を着けた事は無かった。常に成績はトップクラスであり、小判組を脅やかす存在であったが、コチコチのかまぼこ的勉強への批判と、この頃芽生えて居た文学への志向が彼に学業への全力投球をさせなかったものと思う。中学校三年の時、国語の教師原田恭輔綽名「キリン」、まことに「キリン」と呼ぶアダナの通り、首の長い色の黒い早口でしゃべる教師であった。大変変り種の先生で、国語の時間も殆ど教科書を習わず教えず、専ら文藝評論、作家論、歴史種話、仏教美術、仏像、時には時局批判等々を早口でまくし立てる。この教師から吉田絃二郎の「小鳥の来る日」「木に凭りて」を涙の文学センチメンタリズムの文学であるとの悪評をきき、聖林寺十一面観音、薬師寺の日光月光、薬師如来を随喜の涙に価するとこよなき美しさを教えられた。

このキリン先生が「三年生の国語の臨時試験で平均点九十点以上を取った者が三人いる。保田、西谷、森本である。僕の厳しい試験で九十点を取るのは珍しい、後程職員室へ来なさい、ほうびをやる」と、同級生に公開するのであった。僕はほうびに上田秋成の「雨月物語」をもらった。文中の西谷は西谷昌平で、医者になり、若くして逝去。何れにしても原田恭輔先生が、後年の保田文学に示唆と影響を与えたことは否定出来ない。外に国漢の先生の榊原亮、アダナ「おじいちゃん」の薫陶を忘れてはならない。温厚なこの老先生は歴史古文書に造詣深く、特に藤原宮趾については、畝中職員中の第一人者であった。この先生から受けた講義は感銘深いものがあった。中学校時代の保田氏は美青年、ハンサムで動作ものごしもやわらかく、壮士風の所なく一見「きゃしゃ」にさえ見えた。所謂「外柔内剛」で、心はしっかりして居て意地っ張りの所もあった。吾々同級生は、彼を「保さん」の愛称で呼んだ。

大正十五年刊行文武会誌に、東京鎌倉修学旅行の紀行文四年生保田與重郎が記載されている筈。恐らく彼の公開した最初の文章だと思う。共に文学青年であった二人が学校前の勝川書店で文藝春秋の芥川龍之介の「侏儒の言葉」を立読みしたのも今は返らぬ遠い思い出になった。

大阪高等学校から東京帝国大学美学科へ進学した彼は同志と相図り、同人雑誌「コギト」を発刊。このコギト時代の初期、彼から数冊の「コギト」の贈呈を受けた。確か、教員をモデルにした小説「白い壁」について、若い教師の小生の感想を聴くためであった。どんな感想を送ったかは記憶にない。戦時中、文藝評論家として名声嘖々の時、彼が桜井の実家へ帰っている時、詩誌「爐」の同人を数名連れて彼を訪問した事がある。その数回の或る一回、たまたま彼が外出中不在の時、尊父槌三郎氏と対談したことがある。その時、父君は與重郎の今日あるのも祖父のおかげです。祖父は、「せがれ」に不自由をさせるなと書籍経費等の送金は少しも惜しまなかった。又、せがれも祖父の心を知ってよく勉強しましたよ。私達は尊父からこの話をきき、保田與重郎のこの日のための刻苦勉励保田家の理解ある資力協力に感動を受けた。尚、保田氏が戦前戦後を通し一貫してその思想をつらぬいた理由の解明の鍵はこの辺にあるかとも思われる。

終戦後進駐軍の軍政府は、保田與重郎を追放せよとの左翼陣営より余りにも投書が多いので彼の著書業績を丹念に調査したが該当項目が見当らず、新に「日本美学提唱」の項目を作り彼を追放したとか。この事は彼の親近者から後日きく。思想行動調査で何回か奈良軍政府へ行く時、彼はいつも和服姿。羽織には白い大きい胸紐を結んで出頭。イングリッシュは判らん態で始終沈黙。最後の帰る時に白い胸紐で「ノーノー」とテーブルを叩いて帰るとか。この事は保田氏から直接きいた話で、彼の面目が躍如としている。

この頃の或る日或る時、私は詩集「帝釈天」の自費出版を思いつき保田氏の序文を依頼した。彼の快諾を得て原稿を預けた。保田氏は棟方志功氏に装幀を依頼してやろうと言って何日か経てこの事でお邪魔した時、彼の二階の座敷に通され、彼から数冊の部厚い美術本を見せられた。彼は言う、私の詩「帝釈天」はどうしても帝釈天でない。「阿修羅」に変えて出版することをすゝめてくれた。然し私は竟に出版しなかった。若し、あの時詩集を出版していたら私の作品は拙くとも志功さんの装幀、與重郎氏の序文は大したものであった筈。然し、その半面詩人が未刊詩集を持っている事は永遠のXでおもしろいことでもある。

昭和二十三、四年頃、吾々三人の夜明し会――、高宮勝（医師同級生）、浦崎隆次（教頭故人）と小生の三人、たまたま小生宅が当番になり保田氏を客員として招いた。夜明し酒を酌み交わしながらその時どんな話をしたか記憶にない。たゞ、翌朝彼が帰る時、要望により兄六爾の著書数冊を貸したことを覚えている――。後年昭和四十二年、この書籍は京都の宅より丁寧に書留小包で返送されている。しかもこの返送は私の請求によるものでなく、彼より申出でており保田氏の律義な一面を証するものである。

（詩人）

疋田寛吉……有縁好還

昭和四十四年『藝術新潮』新年号の、保田先生の評論「川端先生の書」は、今も筆者の書についての指針として座右にある。文中に幾つか重要な鍵があって、此度出版した小著『川端康成「魔界」の書』の骨子も、ここからいただいたものである。

それは、前年の夏に川端先生が「いつ死ぬかもわからぬから形見に」と冗談のように云って、保田先生に贈った書六点について書かれている。六点のうち「仏界易入魔界難入」の写真だけが出ていた。あとの書をあれこれと想像した。それと写真の書も、文章にある浄土宗一山の高僧を瞠目させた真意が、これではよく窺えない。是非それらの書を目前に見たいものだという思いが強く根差した。

川端先生が亡くなって『定本図録川端康成』の書作品集の編集にあたり、それらの遺墨を撮影することになった。三年後である。そしてそれを契機に鳴滝通いを始めることとなる。川端遺墨に導かれての親近だった。

当時私は大型のシリーズ本の編集にたずさわっていた。『日本百景』の写真集もその一冊である。列島改造論が話題の世相で、国破山河在ならぬ国栄山河破とも云うべき風潮に警鐘を鳴らさんとして企画したのだ。五十五年四月に出た『日本百景』の編集委員に保田先生になっていただいている。これはお近付きの浅い私としては、望外の喜びだった。取材にあたって御教示も仰ぎ、奈良と京都について「歴史のくらしの風景」の玉稿を賜わった。

編集期間中毎月のように伺い、終夜亭・身余堂・人中龍の印を刻してお届けしたのはその頃である。制作を始めた飛天の料紙を見ていただいたのも、保田先生が最初だった。正直云って怖い思いもあった。美の審判を受ける気味合いを自覚したからである。棟方志功画伯との親交を思えば、それらの拙い版画を差出すのに、かなりの勇気がいった。

しかしそうした懸念は全く無用だったようだ。むしろ滑稽な独り相撲と云った方がいいかもしれない。いとも気軽にそれらの飛天の上に染筆される先生に、無類の優しさを拝したと云えば、これは甘え過ぎだろうか。

そして『日本の書』が始まる。〈日本の書〉の類書は数多い。それをあえて大冊の高額本につくろうというからには、余程の工夫がなければならぬ。私は一度は〈日本の書〉を編集したいとかねがね思っていた。今その特色を詳述することは本旨ではないし避けるが、念願の一つに、出来るだけ目新しい逸品を掲載したいということがある。

いかに極め付きの名筆でも、又か又かの羅列では食傷するし、せっかくの感銘も薄らぐ。こんな面白い、素晴しい書があったかと、新鮮な驚きを持って訴える力のある書。たくさん書を見つくしたような人にも、改めて日本の書を考えなおさせる優品を紹介したかった。

保田家の伴林光平の扁額〈甲満刺耶宝扁散《かましやほうへんさん》〉と、三山谷操の〈天道好還〉ほどそうした条件にぴったりの書はあるまい。その由を申上げると快く掲載を許され、さらに「儒者の書」の原稿にもう一人元禄の儒者、九州柳河の安東省菴を云われた。「その書の涼しさは、人品の清らかさの発露に他ならぬ」という省菴の〈帰去来辞〉を取材するべく、先生の指示によって福岡の古川善久氏を訪ねた。

この保田門下の高足、古川氏との邂逅くらい奇しき縁を感じたことは、私にはない。といって別に何も珍しい理由のありようもなく、ただ古川氏が戦前外語大で、『荒地』グループの古くからの友達北村太郎と同級だったというにすぎない。しかしそれが、保田先生によって導かれ、さらに安東省菴の書で結ばれてみると、私の驚きは大きいのである。われわれは共に詩人であり、同好の書人であることが、歳月を重ねるにつれてますます縁を深め有難いとしか云いようがない。天道好還ではないが、人と人の結びつきもまためぐることを好むのであろうか。

『日本の書』の出版は五十六年二月である。或いは玉稿は絶筆と言えそうで貴重の思いが篤い。

〈以上第二十八巻　昭和六十三年二月刊〉

（詩人・書道評論家）

鰺坂二夫……ある時の保田さん

「今から行く」という電話があって、やがて賑やかな一団を迎えた我が家であった。

それは、もう二十年も前のことである。新学社の幹部の方々の会合があるから、私にも顔を出すようにというお誘があったのであったが、大学の公用の出張で欠席せざるを得なかった時の夜のことであった。奥西会長、柳井常務、そして若い方が一人、それに保田さんは珍らしく、少々のお酒をめしあがったあとのご様子であった。

保田さんは、応接間に入られると、娘のピアノの上にかけられた絵に目をとめ、その下に立ってじっと見ておられた。その絵は、その頃、小学校の五年生であった孫の裕が描いた牛の絵であった。水彩で描かれ、かなりな数の牛が、前向き、後向き、左右向き、立った牛、臥した牛、親牛の乳を吸う子牛まで描かれ、その構成は、ちょっと珍らしいと私も思ったほどであったが、保田さんは、その絵になにか愛着に似たものをもたれたらしく、しばらく動かずにおられた。

「この絵が好きになった。全体の構成の中に、牛の生活の型が実によく写されているでしょう。」

そして、お酒の加減でやや高く響くあの声で「それに、見てごらんなさい、この牝牛の乳房を。このような、生きたエロチシズムがよくあらわれたものだ。」そして、「この絵は……」と言って、しばらく言葉が途切れ、部屋中が瞬間、静かになった。「この絵は、私に言わせると、まさに日本エロチシズムの典型ですよ。」

私たちは、そのおほめの言葉に恐縮してしまったことであったが、保田さんは続けられた。「この絵は、私がもらいます。いいでしょう。私にください。」文字通り、何のわだかまりもない、ほんとに率直な保田さんの姿であった。

短い、しかし、賑かな時間であったが、車が待たせてあると言われて、何ほどのおもてなしもしないうちに、一同お帰りになった。

「日本エロチシズムの典型です」「これはもらって帰りたい」……ご気嫌のよかったあの顔。忘れられない。

それから、しばらくたった夏、一度、保田さんのお宅に伺ったことがあった。柳井さんに案内していたゞいて。

「ここが、ほんとの京都だ。」門をくぐって、私はそのように自分に言い聞かせたことであった。「門」と言ったが、それが、実に「門」であった。その門の由来は、柳井さんに予めうかがっていたのであったが、今、その門の前に立ち、その門をくぐろうとして、私は異様な感慨をもたされたことであった。

江戸期の士族屋敷――決して下級ではない――家老級の屋敷門であろう――それをここに移築して、朝夕それを潜る。そのことが保田さんを落着かせ、安定させ、自然に生活のリズムとなる。――あの門をくぐるか、くぐらないか。それは恐らく保田さんの思索、発想、創作……その一つの転機をつくるものであったかもしれない。保田さんの日本的なものに対する根強い情感のほどが、この門にうかがわれたことであった。

広い邸宅は樹林の中にあった。緑の蔭がその屋根を包み、西に嵐山から高尾がうかがわれ、南は木立。人家の影のない自然の中の文字通り静寂なお住居であった。ここが日本浪曼派の源流、その発生の地であると名づけて何の不自然さもない、と私は自分に言い聞かせたことであった。

奥まったお座敷で、奥様のお茶をいただいた。お優しい、もの静かな奥様であった。文字通り自由奔放にその天才の羽をひろげ、作家のみの知る苦悩と冒険の空を羽搏いた保田さんの生命と信念を支えた力、それはあの奥様のお人柄から出た「女性的なもの」であったに違いない。私はそう思うことであった。

今、私のもとに講談社発行の「保田與重郎全集」が届いている。それを手にして、つくづくと驚きと感嘆を覚える私である。よくも学び、よくも書いたものだと。

私はその生前、保田さんから二冊の本をいたゞいた。京都祖国社刊板の「日本に祈る」と文藝春秋の「天降言」である。表紙に、保田さん独特の筆のあとで、私の名が書かれ、恵存とあるのを見ると、たまらなく懐かしい。

「余ハ再ビ筆ヲ執ツタ。余ノ思想ノ本然ヲ信ズル故ニ、吾ガ民族ノ永遠ヲ信ズル故ニ、吾ガ国ガ香シイ精神ト清ラカナ人倫ヲ保全スル所以ヲ信ズル故ニ……ソシテ、吾ガ青年ガ、逞シイ正気ト、大ラカナ志節ヲ持シテ、奮起シツ、アルヲ信ズル故ニ、余ハ不自由ヲ耐へ、ツネニ勇気ニ新シイ……国ノ前途ヲ惧レツ、モ、余ハ民族ノ永遠ヲ信ジ、青年ノ憤発ヲ疑ハヌ。……」

棟方志功の装丁になる「日本に祈る」の序文には、このような決意が述べられている。

保田さんは、そのような人であった。真の日本人であった。

（甲南女子大学学長）

神谷忠孝……保田與重郎とアジア

保田與重郎のアジア主義は敗戦後に無署名で書いた「絶対平和論」「祖国正論」に帰趨している。その淵源は「明治の精神㈠——二人の世界人」(「文藝」昭和十二・二)にはじまり、「文化精神の一新」(「文藝春秋」昭和十七・四)。「風景と歴史」(「現代」昭和十七・四)。『日本語録』(新潮社、昭和十七・七)などで、「アジアは一也」(『東洋の理想』)の正しい解釈を強調している。

保田與重郎は勇ましい大陸浪人的なアジア主義ではなく、天心の孤独感から発せられた「アジアは一也」に共鳴して「さびしい浪人の心」として天心を理解している。だから、大東亜戦争下に南進思想の道具として「アジアは一也」ということばが用いられることに一貫して反対したのである。「絶対平和論」で語られているアジア観は、「米作り」を基本とし「土俗の信仰と天造の秩序に生きる」原理的アジアの確認である。原理的アジアとは、つねに永遠に向って流れているものであり、弁証法を重んじるヨーロッパの「歴史」観に対し「伝統」ということばをあてはめている。

天心を賞揚する一方で、『脱亜論』(明治十八年)の福沢諭吉には終始批判的である。まとまったものとして「福沢諭吉と近代的軍国日本」(「祖国正論」——「祖国」昭和二十五・四)があり、「我が日本は、福沢のめざした道を進んで、富国強兵の実をあげ、五十年にしてほゞ近代国家と近代生活の体裁をと、のへた。しかるに福沢の道は、明治大正昭和に亘る、日本の軍国時代の大道だつたのである。福沢と近代的軍国日本は、相反する道のものではなかつた。この観点から、今日平和を理念とする日本は、福沢の近代思想を放棄せねばならぬ」と書いている。「岡倉天心」(「淡交」昭和二十九・三〜四)でも、「天心は福沢の如くに、西欧に対抗するために新しい西欧風の技術獲得の方法を説いたのではなく、東洋不滅の愛と真理を夜明け前の一番深い闇で語つた」と両者を比較している。

反「近代」の立場をとる保田與重郎の意見として当然の言であるが、単純化しすぎているきらいがある。竹内好編『アジア学の展開のために』(創樹社、昭和六十・二)で橋川文三と桶谷秀昭が語っているように、『脱亞論』はそれまでの日本の知識人に支配的であった儒教かぶれの中国崇拝者の迷妄を打破するために書かれたという一面があることを見逃してはならない。福沢諭吉と岡倉天心の思想は対極的なアジア認識のシンボルになっているが、どちらの場合も、日本の、ないしはアジアの独立が失われるという危機感をもっていた、というのが橋川・桶谷の共通理解である。

ところで、保田與重郎がアジアというとき、日本以外のどこの国を想定していたかということが気になる。昭和七年に朝鮮の慶州・梅林里などの古墳地帯を巡る旅行をして、「朝鮮の旅」を「コギト」(昭和八〜九)に連載しているが、この時点にはまだアジアという構想は示されていない。続いて昭和十三年晩春に佐藤春夫とともに朝鮮、華北、満州方面を旅行し、帰国後、「慶州まで」(「いのち」昭和十三・八)、「蒙疆」(「新日本」昭和十三・九)などを発表している。そうした大陸紀行を総括したのが「アジアの廃墟」(「蒙古」昭和十五・一)である。

「蒙疆」における北京への失望には「脱亞論」の影響をみることもできるし、「アジアの廃墟」に示されたアジアの運命に対する哀愁には敗北を予感している雰囲気さえ漂っており、天心の『東洋の目覚め』『日本の目覚め』を大きく逸脱したアジア観が表出している。

アジア観という視点から保田與重郎の著作を概観すると、戦時下の文章にはデカダンスの色あいが濃くでているのに対し、敗戦後の「絶対平和論」や「祖国正論」には健全でまともとも言える見解が示されている。「農村記」（「祖国」昭和二十四、九・十一・十二）を含めて、戦前と戦後のアジア観の変質を解明することが、保田與重郎の思想を鮮明にするひとつのてがかりとなろう。

（北海道大学教授・近代文学）

柳井道弘……常盤の里

――昭和三十二、三年頃、保田先生は鳴滝身余堂の建築中、お子達と一緒に、常盤のアパートに仮寓されてゐた。

あれは、夏も終りそろそろ秋風の立ちそめる頃であつた。その日頃のわが身と心のいらだちをあつかひかねた僕は、一途な思ひにせかれて南河内のわが家を飛び出し、いつか嵯峨野は常盤の里の細い畦道を歩いてゐた。

雙ヶ岡《ならび》一帯の浪のやうに起伏する丘陵やひつそりした雑木林の上には、あわただしく雲が乱れ、嵐のおとづれを思はせるむし暑い日であつた。

やがて僕は野中に建つてゐるアパート望山荘のごたごたと部屋の外まで家財道具を積上げた薄暗い廊下を奥に抜けて、その端にある、荷札かなにかに「保田」とはかなげに書かれた部屋の前に立つた。

ノックして扉を開けると、長身の先生はたつた一人奥の六畳に頬杖をついて臥たまま、例の鋭いそれでゐて放心したやうな表情で顔を上げられた。僕は靴を脱いで上りこんだ。

「調子が悪いですか」

「うん」

持病の疝気が痛み出してゐるやうであつた。僕には痛みのほどはわからないが、言葉も出ないやうなそんな痛みの御様子だつた。てだてもないままに、僕は勝手に湯を沸し、茶を入れた。

「お茶を持つて行きませうか」

先生は首を横に振られた。

じつとりとむせるやうな暑さであつた。

僕は所在なく蠅たたきをとつて幾分の衰へをみせた秋の蠅を追つた。平常の先生は蠅を追ふことを日課にして居られた。一匹の蠅でさへ先生は容赦なさらなかつた。

田畑の糞尿の臭ひがそのまま流れこんでくるアパートの一室で、人一倍潔癖な先生は、持病の胃痛に堪へ、残暑に堪へ、さらに云ひやうのない孤独と世の汚濁に堪へ、まるで深海魚のやうに頬杖をついてぢつと臥てゐられるのであつた。

表の間は三畳と云つても半畳づつの流し場と靴脱がとつてあつたから、畳数は二畳、その二畳に小さな木箱をつみ重ねた食器棚と白木造りの小机が置かれてゐた。いつか先生は、風流といふのは居ながらにしてすべての用が足せることだと話されたことがあつた。それをふと思ひ出して、僕はワイシヤツを脱いで小机の前に身を縮めるやうにして安坐した。やがて先生はのつそりと床から起き上り、長身の背を屈めるやうにして僕の向ひに立膝をして坐られた。痛みはまだ充分収まつてゐないやうである。片手で腹を圧へたまま、パサパサと額にかかる豊かな髪の毛を二、三度掻き上げてから、鉈豆煙管に短い煙草をつめてプーツと吐き出された。

かうして二人が黙つて坐つてゐる部屋の外から、幼児の泣き喚く声や、癇高い主婦の話声が間断なく流れこんでゐた。

「かうしてみてゐると、主婦ちゆもんは、よく働くもんやな」

ポツンと呟くやうな感慨を先生は洩らされた。このアパートの居住者はタクシーの運転手の家族が多いとかで、深夜時ならぬ時間にひとしきり賑はふのだと、楽しげに話されたのをいつか聞いたことがあつた。

「常盤御前はこのあたりから出たんですか」

「うん、常盤御前の墓ちゆうのがこの辺にもあると、誰かそんなことを言うてましたな」

もと九条院に仕へた常盤は源氏の大将軍左馬頭義朝に愛せられて三児を設けた。遮那王牛若はその一人である。平治の乱に敗れた義朝は悲惨な最後を遂げ、常盤はまた数奇な半生を辿る。

「守武の句に、月見てや常盤の里へ帰るらん、といふのがありましたな。月見てや常盤の里へ帰るらん。義朝殿に似たる秋風。かうでしたな」

先生の目が急に活々とかがやき出した。

「芭蕉は、義朝の心に似たり秋の風と吟じてゐます。我もまた、と断つて、義朝の心に似たり秋の風。……」

半ば呟くやうな調子で低吟されるのだった。

「『野ざらし』ですな」

「うん」

まるで僕の関心を払ひ落すやうな毅い語気であつた。僕は心に沁みとほる清涼の気をひしひしと感じながら黙つてゐた。

芭蕉は『野ざらし』の旅で、「伊勢の守武がいひける、義朝殿に似たる秋風とはいづれの処が似たりけん、我もまた」と記したあとへ、さきの句を吟じてゐる。

先生の言葉の調子には、痛み疲れた僕の身心を芭蕉のいのちばかりの慟哭と感動にひき入れる何かがあつた。（詩人）

〈以上第二十九巻　昭和六十三年三月刊〉

井上司朗……ますらをにして詩人、そして予言者――保田與重郎君の思い出

保田與重郎君は、戦前戦中、我ら文化統制の府に宮仕えしていたものにとっては、最も扱いにくい存在の一人だった。それは大体昭和十四年から昭和二十年の三月に至るまでの間だったが、その時代は左翼思想がまだ潜流し、それを掃滅する為、治安維持法が内務当局によって益々強化される一方、あの昭和十六年十二月の大東亜戦争突入以後、軍部の勢力圧力は物凄く厖大となり、また之にこれと癒着するさまざまな右翼の跳梁は言語に絶する時代で、保田君の著書や文章については、左翼系（転向して各方面に埋伏している勢力）からは、あのようなウルトラ右翼は、却って皇道精神を阻害するという告発がたえずあり、又右翼からのは、かかるエセ右翼は国体不明徴の極みで、断乎殲滅すべきものとする痛憤だった。

判定の衝に在った文藝課長の私は、出版課長、検閲課長が早急に結論を出すのを（発禁、戒告、検重等）極力なだめて、そういう告発に簡単にのることを避けた。私は以前から出版社から廻ってくる献本で彼の著書を手にとる機会があり、又、友人の歌人達から彼の人柄について聞知する処があったからでもあるが、特に昭和十七年の初夏、今までその著作を一冊も送って来たことのない彼から、

『万葉集の精神』という一冊が送られてきたので、頁をひらいて読み始めているうちに、つよくひきつけられ、よみ通してふかい感慨に襲われたからである。

保田君の『万葉集の精神』は、第一頁から、パセティックに、万葉集が神詠に発するという措定から説きおこして、その成立の契機を、草莽の恋闕、憂国の志にあるとし、まず最初に、柿本人麻呂のかの壮大な長歌——高市皇子の殯宮の挽歌の最高点は、壬申の大乱の物凄い凄壮な描写や、近江朝と吉野朝との単なる勝敗にあるのではなく、「度会の　斎宮ゆ　神風に伊吹まどはし」という句を指摘して、この勝利が、肇国の神慮によって天武側に帰したと立言し、それが神ながらの神の示す国を救う道であると断定した人麻呂の詠みの深さを示してくれた。それを読みとった保田氏の透徹した史眼、史観の深さが、よむ者を驚かせたことであった。ついで、この万葉集が撰者である大伴の家持が、前半生の耽美的の文学青年から、神別皇別時代を通じての日本の名族の使命、悲願にめざめて以後の彼の神ながらの道の操守発展、すめろぎのみいつの純一の光被に任ずる祈りの結晶として万葉集を編述したという大きな言挙げを展開した。神代より建国以後を通じて、大伴氏の武をもってすめろぎに仕える使命を、物部氏、久米氏の没落について、大伴氏自体が、新興の藤原氏の下風に立ち衰亡の危機に立っている時、廿九歳にして、この大大友氏《だいおおとも》の氏《うじ》の上《かみ》——統率者として立たねばならなくなった時、その救国《きゅうこく》（神ながらの道の守成）のねがいこめて、敢て言挙したという保田氏の涼然、頸烈なる結論は、従来のアララギ式の表現の方法論的な万葉の価値論、価値観より、遥かに高次元の万葉観で、之は、茂吉の厖大な『柿本人麿論』などを、一瞬単なる空論乃至訓詁の学の堆積と思わしめる衝撃を、心ある人々に与えたのである。

『万葉集の精神』について、一つ思い出したことがある。昭和十九年頃、陸軍報道部と情報局文藝課（出版課、検閲課も首脳出席）とが、一夕懇談会をひらいたことがあった（もう一般は料亭は殆んど閉鎖していたが）。その時、親しかった松村報道部長が私に盃をさしながら、「おい井上君、保田與重郎という文士は、軍部に批判的だそうだな」と話しかけた。

「そんな馬鹿なことは絶対にない。彼はすごい右翼ですよ。軍を非難するなんてことはない」

「そうだろうな、そうかぁ」彼は何か歯ぎれが悪かった。

「一体誰からきいたんです」

「いや、そういう情報があがってきているんだ」

　私は瞬間に、清水前部長時代から陸軍報道部にもぐりこみ、巣喰っている評論家のA達のグループの動きだなと思った。その中の少し気の利いた一人が、保田氏の著書（特に「万葉集の精神」）を鋭くよみとっての情報だと思い、之は放っておいてはいけないぞと、松村氏に対し、語気を強めて再三否定した。

「判ったぁ」と彼は特徴のあるギョロ眼をぐるっと廻転させ、盃をふくんだ。

　彼は、私の幼い二男が、二十年一月、疎開先の甲府の病院で肺炎で危篤に陥った時「井上は長男と四女を一昨年と去年続けて肺炎で死なしているので、又二男が危篤じゃ気がもたんじゃろ」と、その頃陸軍がやっと開発していたペニシリンの大きい注射筒を従兵にもたせて、甲府に届けさせたが、然し、途中空襲で、何度も汽車がトンネルに退避し、十一時間かかって、病院にかけつけた時は、二男は、前日役所の会議から甲府に急行、徹夜で看病した私と、疲れ切った家内の前で、息をひきとった卅分あとであった。そんな松村部長との間柄だったので、私は、彼の表情で安心した訳である。


（歌人・元情報局文藝課長）

石田圭介……山陰をたちのぼりゆくゆふ煙――『天杖記』と先生の歌――

もう十二、三年前になるが、京都嵐山における歌会の翌日、お誘ひをうけて初めて太秦三尾町の先生のお宅を訪ねた。羽根田諦さんが一緒だつた。その時どんな話をうかがつたか大方忘れてしまつたが、ここから見る夕日が綺麗なことなども話されたやうに思ふ。奥様はまだお帰りでなく、先生がお酒など出してもてなしてくださつた。帰りぎはにお願ひして次の歌を書いていただいた。

山陰をたちのぼりゆくゆふ煙わが日の本のくらしなりけり

これは風景に寄せたものであるが、日本の思想の根本をいはれ、先生の歌の中でも重要な意義をもつものである。ところで私は、つい最近まで、この歌の風景は大和だとばかり思ひこんでゐた。それが『天杖記』を読んで、この歌がこの文章を執筆するため府中から多摩連光寺、八王子を歩かれた時のものであることを知つた。『天杖記』は、明治十四年二月、同年六月、明治十五年二月、明治十七年三月、四度の連光寺行幸のことを物語の体に記されたもので、数ある先生の著作のなかでも恋闕仰慕の心のにじみ出た殊に有難い文章である。「今でさへ、連光寺村に一歩入つて、その秋の夕暮の炊煙が、横びく霧に交り、風なきままにしづまりゆく風情に接するなら、都近きわたりに、かかる蒼古閑樸の形勝があつたかと、我眼を疑ふばかりの静寂の美観である。今の世の文人画工の何人が、よくこの情の動くままを、眼のあたりに再現するものであらうかと、自分はその景色の移りゆく中で、暮ゆく時をもうち忘れて、思ひつづけたことであつた。」と、その時の印象も『天杖記』の中に述べられてゐる。

連光寺村は今の多摩市連光寺で、このあたりは多摩ニュータウンの一画ですつかり開発されてしまつた。都市化の波はかつての寒村にも及び、『天杖記』が書かれた頃の風景は見られない。ただ金華山号を御せられた若き明治天皇の御騎馬像のある聖蹟記念館は現存し、その周囲は谷深く、御狩りのあとをしのぶことはできる。

私は五年前今の住居、川崎市の麻生区に移つてきた。やはり多摩の横山の一隅で、連光寺の山とは地続きになつてゐる。また、この辺りは山をひらいて住宅用にした土地であるが、谷戸が多くところどころはまだ山村の趣をとどめてゐる。今や山陰をたちのぼる夕げの煙は見られないが、草を焼く煙のなびきに昔を思ふことができる。

「山陰を」の歌がどこで詠まれたものであらうと、日本の根本風景とくらしを詠まれたもので、その意義には変はりはないが、これが多摩の山を詠まれたことを知つて、この歌は一層身近なものになつたのである。「けふもまたかくてむかしになりならむわが山河よしづみけるかも」これも同じ時に詠まれたものである。

昭和三十四年、先生の直門の人たちの集ふ『風日』と山川京子女史の主宰する『桃』が合同歌会を開くやうになつて、桃に属する我々も先生の教へを受けることができるやうになつた。歌会における先生の批評は穏やかななかにもきびしいものがあつた。表現の妙だけを競つたやうな歌は決して取られなかつた。優しくて志のにほつた歌を最も大切にされたやうに思ふ。我々は、歌会を通じて、真の文人の文に対するきびしさをひしひしと知らされ、恐怖さへ覚えた。

『校註祝詞』の中で、神は情況についてすべて熟知されてゐるので、神の前にはただひたすらわが情を申すのであると述べられてゐる。先生は、歌も根本においてかくあらねばならぬと考へてをられたのである。今日の歌壇の思想とは全く異なるものであるが、詠歌の第一義として生涯この教へを守っていきたいと思つてゐる。

（短歌評論家）

片岡 久……東京の夏の日

昭和三十九年十月三十日発行の『現代畸人伝』の見返しの薄墨色の紙には、「雨ふりぬ天気になりぬそれだけのわが明け暮れのひとり言かも　比庵八十二」の歌と署名が比庵先生の自在な七行の書で印刷され、それを、これも美しい一筆書きの四角がかこんでいる。かこみの筆書きの線は、保田先生のお好きな木丹木母のような澄んだ明るい朱紅色で比庵先生は書かれたのだが、印刷では黒ずんだものになり、私は「刷り色を倹約したので……」と言訳を述べた。保田先生は私の目の奥を見るようにされて、「倹約は良いことや」と言われた。先生は屁理窟を認めなかったが、悔いている者にやさしかった。

比庵先生へ装幀依頼に、保田先生につれていって頂いたのは、その年の、梅雨あけ頃の暑い午後だった。駒込の六義園近くの、比庵先生の令嬢の婚家で、どこから歩いて行ったかは忘れた。保田先生は草履か下駄かこれもはっきりしないが、ともかくコツコツコツと速めに歩かれ、一度だけ立ち止って大きな白扇で袖から風を入れられ、私にもその白扇をつかわせてくださった。先生にお目にかかったのは前後八回、三十七年から四十三年までである。京都でも東京でも先生にお目にかかると冬はあたたかさを、夏は涼しさを感じたが、それは私の方のことで、先生は長い風邪も引かれたし、あの日はまた随分お暑かったろう。お着物の襟のきちっと合わさった胸先や、袖から出た若々しい腕の時計の辺りに、汗が滲み、流れていた。先生は扇をたたみながら、「比庵さんは私が歌も字も教えてもろうたお方です」と言われ、また速足で歩かれた。

比庵先生は玄関まで出迎えられたが、二階の、寝室と続いた六畳位の書斎でお目にかかった。「暑いのでこのなりで失礼します」と、縮みのシャツに、すてこ姿で膝を折ってお坐りになった。保田先生はすすめられて膝をくずされたが、坐る位置は下手の縁側近くを変えず、「ここは好い風が来ます」と言っておられた。コーラやジュースではなく西瓜が出た。その紅は淡いが美しかった。西瓜の話からＤＤＴのことや長梅雨の話になり、天気の話が、いつのまにか歌や絵の話になっていった。

隣り部屋の壁に、表具しない絵が一枚、画鋲か何かでとめてあった。大胆な線描、淡彩の絵だった。私は比庵先生の丹念な大和絵風のものを記憶していたので「先生はこういうあっさりした絵もお描きになるのですか」と口走ると、比庵先生は「これは小林和作ですが、絵の上に字を書きます」と言われた。郵便で送ります。貰ったほうはまた好きなように、お互いが好き勝手に絵を描いて、りだな、と感心したが、本の装幀には条件をつけておかないと危いと思い、「保田先生の御本の装幀は文字と線だけでお願いできませんでしょうか。著者名、題名、出版社名などは楷書で……」と切出し、造本見本に鉛筆で字配りまで入れたのを差し出すと、保田先生はそれをサッと引き取って比庵先生へ「箱の文字は読みやすう、色は二いろまで、あとはお気まかせによろしうお頼み申し上げます」と、明快に、礼儀正しく言上され、「通訳まちごうとりますか」とユーモラスに私におっしゃった。

結果は御覧のとおり、見返しには優麗なお歌の書、外箱には剛直、淡白で読みやすい御字を、夏の終わりには頂戴できたのである。

お伴して駒込へ伺った日の晩だったと思うが、保田先生のお宿、神田の万代館で御馳走になったことがある。
竹の簾が美しく、眺めていて私は、その頃知ったばかりの木歩の句を言いたくなり、「菓子買はぬ子のはぢらひやすだれ影、という句が私は好きです」と申し上げると、それは良い、と目顔で肯定してくださった。用向きのことでは先生は、「校正刷、田辺さんに見てもろうてよかった。むかし新潮には金子薫園という立派な方がおられましたが、田辺孝治は金子薫園の再来や」と言われた。私が「正宗白鳥先生も信頼なさっている中島さんという方にお任せでしたが、お書きになったものを御自身でお直しになりたいとか、目を通したいとか思われませんかと私が伺いましたら、書いて出してしまったものは仕方がない！　どうにもならんな、というお答えで」とお話しすると、「そや。一度言うた言葉は、もう、ひとのもの。自由に変えることはできぬ」と保田先生は言われた。そのお声は今も耳によみがえる。
「暑さのなかの青き山河」京都、そして古今集のこと、また、桜井と万葉のこと、先生のお傍に立って三尾山から見た落日や月の出のことなど、私にも湧く思い出は多いが、東京の夏の一日をしるさせていただいた。

（編集者）

〈以上第三十巻　昭和六十三年四月刊〉

道浦母都子……「涙河」考

甲州、身延山の麓、富士川近くの山間に、一年余り暮らしていた。

そんなある日、私は急に思い立って、富士川沿いにクルマを駆った。自ら望んで来たところとはいえ、逼塞状態に近い山暮らしが、たまらなく寂しくなったからである。

——東海道の田子浦の近くを汽車が通るとき、私は車窓から一つの小さい石の橋を見たことがある。橋柱には小さいアーチがいくつかあつた。勿論古いものである筈もなく、或ひは混凝土造りのやうにも思はれた。海岸に近く、狭い平地の中にあつて、その橋が小さいだけにはつきりと蕪れた周囲に位置を占めてゐるさまが、眺めてゐて無性になつかしく思はれた。——

山暮らしの私が、くり返し読んだ一冊に保田與重郎の『天降言』がある。文藝春秋版のこの一冊には、與重郎の三十篇の散文が収められているが、ある朝開いた「日本の橋」の冒頭、「東海道の田子浦近く」の一節が、私をこの不意の行動へと駆り立てたのだった。

地図で見ると、目の前を流れる富士川、富士川は、田子浦近辺の駿河湾に注ぐ。この川に沿って行けば、この川の流れのままに従えば、私はあの「小さい石の橋」に出会えるかもしれない。そんな勝手な想像が知らず知らずに膨らんで、その日の急な出奔となったのである。

河口近く、富士川は右に左に大きく体を揺さぶるように蛇行する。そのうねりの度毎に、川の水面は七色に表情を変え、私のクルマのフロントガラスに溢れては消えた。

クルマの中の私は、からだいっぱいに涙を溜め、その涙が、ときおり、喉元近くまでせり上がってくる。涙の逆流……。

そんななまな感覚が、頽れそうな私をどこかで鋭く支えていた。

——古い日本人は、体の内に涙の流れる河があると考へてゐたのである。これが「涙河」である。今日でもこの涙川の観念に、文学的なリアリティを認め、切ない真実を云ふものと認める人はあるだらう。真実わが心の奥底に流れる涙川のせせらぎをきき、時にはそこに波たつものを、祈りのことばを以てしづめようと考へた。血の脈にとりあはせて涙の脈を、肉身《うつそみ》のわが身の中に実在することを感じ信じたのは、いつごろに始まりいつごろに終るものであらうか。心身《うつそみ》が平衡を失つて、血がさわぐといふ感じに対応するやうに、涙川の波しづかならずと感じることは、今日でも情操の観念として実在してゐる。わが文藝の生理学は、泪は目からといひきつて終るやうな、味けないものではなかつたのである。——

そのときの私に、被るように甦ってきたのは、同じ與重郎の「涙河の弁」の一節である。

からだの中を河が流れる。

そんなことを取り立てて考えてみたこともなかった。

だが、涙をうたった、私のいくつかのうた。

涙ぐみ見つめていれば黄昏をロバのパン屋が俯きて行く
この国の鐘の音はわが故里に似ていると思い及べば涙湧くかも
うつしみを今し離るる鹽のごと辛く重たきわれの涙は
あやうくも耐うる涙は喉元を過りゆくとき生臭かりし

これらのうたは、いずれも流れる涙、こぼれ落ちる涙、私の体から溢れ出て、遊離していく涙をうたったものではない。

——わが文藝の生理学は、泪は目からといひきつて終るやうな、味けないものではなかつたのである。——

そう、言い切った保田の言葉通り、私のうたは私のからだの中を流れる「涙の河」をうたったものである。

私は、保田のこの言葉に出会う、もっとずっと以前から、知らず知らずのうちに、自らのからだの中に内包する「涙の河」をうたい、その河の存在を、保田のこの一文に出会うことによって、あらためて知らしめられたのであった。

残念ながら、そのときの私は「小さい石の橋」を見つけ出すことはできなかった。

だが、「日本の橋」の冒頭に導かれるようにして富士川を下り、フロントガラスに溢れる涙のような川を見つめているうち、私は私のからだの内深く、静かにそっと眠っている、私のうたの、うたの何かが解けたのである。

くちびるをかめばほのかに滲む血を錆びし涙のごとく思いぬ
私のからだに溜まった涙。涙は錆びて、いつしか私の体の血となり果てる。

そう、うたった私と、

――この涙河といふのは、王朝の女流詩人の教へたことばであつた。身体に血の流れるみちがあるやうに……――と、涙河の血脈を解いた保田とは、うたよみという一点で交感し「涙河」という幻の存在を、そのとき一瞬、分かちあったのである。

（歌人）

鈴木 亨……〈イロニー〉の呪縛

わたしの義弟は、昭和十九年十月十日、沖縄で戦死した。享年、二十六歳。かれは水産講習所（現、水産大）を卒業すると、そのまま応召し、時に海軍中尉だった。

その日、沖縄本島の名護湾に碇泊中の、魚雷敷設艇に乗組んでいたかれは、朝早く米機動部隊の沖縄来襲の報せを受けて出撃し、名護湾の沖合二キロの海上で敵戦闘機約八百の大群と遭遇した。衆寡敵せず、艇長をはじめとする乗組員の大半は艇内にのがれて、危うく命びろいする。が、砲術長だったかれは、それもかなわぬ。砲座についたまま被弾し、午前九時ころ散華したという。（那覇市が空襲で潰滅するのは、この日のことである）。

戦死の通知は間もなく届いたものの、遺骨がなかなか戻らない。翌二十年二月に、わたしの妹は、かれの子を生んだ。彼女は前年二月にかれと見合い結婚し、その任地の佐世保で暮らしていたのだが、一年も経ぬうちに夫を失って、そのあと忘れ片身を得たわけである。以来、彼女は一人息子を守りとおし、現に両者は健在だ。

子どもが生まれてから、半年ほどして敗戦。さらにそれから、二、三か月して親族たちは、ようやく白木の小箱を手にすることができた。けれども中に納まっていたのは、遺骨ではなく、遺品の軍帽と、書物一冊だけ。その書物というのが、保田與重郎著『日本語録』であった。

わたしとかれは、同い年だ。『日本語録』は昭和十七年に、新潮叢書の一部として刊行されていて、わたしも当時、所有していた。たいへん読書好きだったというかれは、艇内にこれを持ち込んでいたのでもあろうか。なにしろ大戦下のせわしない結婚なので、わたしはかれとろくに面識も得ないままにおわった。で、その容貌を想起しようにも、軍服姿の遺影――そのころ友人の小山正孝が、「花冷えや遺影おん眉ただ太き」という句を手向けてくれた、その凜々しい胸像写真によるほかないしまつなのである。義弟とのえにしは、そんなにもはかない。にもかかわらず、以来かれはすんなり親しくわたしの胸中に住みついている。それというのも、ひとえに『日本語録』を介してのことであろう、とわたしはいまさらながら、痛切に思い当たる。

わたしが友人の西垣脩と、伊東静雄のもとに足繁く出入りするようになるのは、その処女詩集『わがひとに与ふる哀歌』（昭和十年）が出て間もない時分のこと。西垣は大阪船場のボンだったが、わたしは横浜のいわゆるハマっ子。たまたま父が大阪に赴任していたので、ひょんなことからそこで西垣を知る。伊東静雄はかれの通学する住吉中学の国語教師で、しかもその担任だった。

昭和十一、十二年の交、西垣は松山高校文科に、わたしは慶大文学部予科にそれぞれ進学した。そして、春・夏の休みともなると、大阪で落ち合い、せっせと「哀歌」の詩人詣でを繰り返すようになったのである。同時にふたりは、「コギト」「四季」のとりこになる。

わたしたちは十三年に、伊東先生を顧問とする手書きの回覧詩誌「山の樹」を二冊編み、翌十四年にはそれを活字による月刊誌として創刊した。月刊「山の樹」はわたしが主宰したが、ここでも伊東先生には顧問格の同人として見守っていただいた。また東大に進んだ西垣や、慶大生の芥川比呂志・林次郎・白井浩司らの尽力にも支えられ、同誌は十四、十五年の交に十三冊出て、終わる。

その間、一方では立原道造門下の東大生、小山正孝・中村真一郎・加藤周一らの積極的な参加もあって、それらの日々は瞬時のこととはいえ、戦時下の学生詩人集団による、抒情の異風な饗宴であったと思う。

「山の樹」は戦後、昭和三十一年に復刊され、そのあと断続的に発行されて、五十九年についに止んだ。創刊以来、ほぼ半世紀、全五十九冊。わたしは一貫して世話役を務めたわけだが、その気の長い営為は何に基づくか。一概には言えないけれども、そこに若い日に薫染した〈イロニー〉の美学が大きく作用していることは否めない。

それはむろん保田與重郎の唱えたもので、〈滅び〉と〈デカダンス〉と〈永生〉の混融する秘儀だ。

その呪縛から今後もわたしはのがれられまいし、またそうであっても悔いないだろう。そしてこのわたしの言い立てに対して、かつての同行のひとびとは、死者も生者も含めて、それぞれに同情の目くばせを送ってくれるにちがいないと、わたしはいささか勝手に思い込んでいる。

（詩人・跡見女子大学教授）

綱沢満昭……保田與重郎と「農」

飢えのために死人の肉を食う、というところまでいかなくとも、首が回らぬほどの借金と多くの子どもを抱え、肥桶をかつぎ、猫の額ほどの借地に人糞をまき散らし、夜なべに縄をなうことを日常にしてきた者にとって、日本浪曼派とか、保田與重郎とかは、いったいいかなるものであったのか。

戦後民主主義のなかで、この日常性を代弁する人たち、あるいは、それを利用する人たちによって、保田の農にかかわる思想は、こっぴどく批判され、糾弾され、放擲されてきたといってよかろう。保田は、農村、農業、農民の現実を知らず、苦渋に満ちたこれまでの歴史的変遷も一顧だにせず、生活者の生きていることを無視しながら、左右の農の幻想に酔っている人間として見られることが多かった。

私は、これまでかなりの時間、農本主義のことを考えてきたつもりであるが、正直いって、保田の農の思想、米作りの思想に、ある妖々としたものを感じつつも、それほど深入りをしてきたわけではない。そうかといって、無関心できたわけでもない。

橘川文三が、保田の農にかかわる思想を、国学的農本主義と呼び、次のようにのべたことは、いまもって、気になっていることの一つである。「それは、権藤成卿のように制度学的農本主義でもなく、横井時敬のように官僚エリート的な重農主義でもなく、橘孝三郎のように人道主義的な農本思想でもない。それは宣長の『みち』の思想の延長線に立つことによってテオクラシーの理念を表現し、その非政治的構成の徹底によって無政府主義の相貌をおびるものであった。」（『日本浪曼派批判序説』）

　農本主義のかたち、流れにはいろいろなものが存在するが、農にかかわったところの保田を、そのうちのどこに据えるかは、かなり困難なことのように思える。保田本人は、「にひなめととしごひ」のなかで、「封建の制度」を維持したり、「富国強兵」の政策のための手段となるような農本主義を批判、攻撃している。利用される農本主義を保田は極力嫌う。「農村記」においても、己れの思想は「所謂農本主義」ではないと断言している。

　たしかに、保田が批判するように、農本主義は、政治支配の道具に利用されることが多かった。村落共同体を維持、温存しなければならないときは、それに役立つようなかたちで、また、近代化が必要な場合は、そのように変容されながら利用されてきた。つまり、忍従のモラルになったり、実利の思想を支援したりしながら、農本主義は支配権力によって、このうえなく重宝がられてきたのである。もっとも、たまには権力も己れの飼い犬に手をかまれることもあった。たとえば農本主義の核ともいうべき社稷の理念から発するアナーキー的要素などは、権力をいつも安眠させてばかりはいない。それは、反権力の情念を生み出すバネになることもあったのである。農本の情念は、いつも牧歌的自然と春風駘蕩のなかにおさまっているのではない。

　ところで、保田の農にかかわる思想、米作りの思想とは、つまるところ、なんであろうか。なんであろうとしたのか。政治支配に利用されるようなものであってはならず、道としての農であり、古道の恢復のための米作りであると彼はいう。貧とか豊とかを超え、絶対平和の根源としての米作りであり、その米作りを担う人々、そしてその人々の住まう地域は、倫理や精神を喪失した近代と対決する運命にあるという。

保田の頭のなかにある農民のイメージとはいったいどういうものなのか。ここに彼の農の思想をかたちづくっていく一つのポイントがあるように思われるが、それはおよそ、化学肥料、農薬、機械を欲したり、農村の近代化を熱望したりする農民ではなく、「延喜式祝詞に表現されてゐる神々の意志に応へ、永遠の日本の道義をどんな観念や理屈以前に保守してゐる」（桶谷秀昭『保田與重郎』）人たちであった。

ともあれ、この米作りの思想は、私には依然として、妖花のごとき存在である。役立つことはなにもないというところから出発しているように思われるこれは、あるいは不死の思想なのかもしれない。

（近畿大学教授・近代日本政治思想史）

石飛如翠……追想

本年古稀を迎へたが、考へて見ると、先生が亡くなられた齢に近づいてゐるのである。先生の本に親しみ、御交誼をいただいてから五十年近くならうとしてゐる。まさに歳月茫々の感がある。

私が保田與重郎の名を知つたのは、昭和十年代で、当時、新国学協会から出されてゐた機関誌「ひむがし」を通じてであつた。代表は影山正治、同人は三浦義一、浅野晃、藤田徳太郎、大賀卓の方々で、先生はよく文章を書いて居られた。始めてお目にかかつたのは昭和二十三年の八月であつた。

それより前、三月十五日の日付で、「――初夏のころ出来れば鉄の出る地帯へ参り度願念に候――」との便りに接し、又続いて七月一日付で、「――出雲に参る予定は八月下旬ごろ美作国苫田郡より峠を越えて倉吉といふ地をへて、赴き度存念に候。再三の予定の変更の点御詫申上候。諸兄に宜しく御伝願上候。尚御好情忝く存居候――」といふ便りが届き、先生は八月に出雲路に入つて居られる。

その後、二十六年五月、愛知県の島崎巌氏から、「戊子遊行吟一巻、こは人に示すものに非ずとの著者の意向なれば、ただ書写して、同学にわかち、これが保存に資するのみ」といふ刊行の趣旨を付した謄写刷りの「戊子遊行吟」が送付されて来た。それによれば、「戊子孟秋上斎原の道弘に招かれ、初め美作に赴き、ついで山陰を巡遊す。――米子に出で、翌日は余と道弘のみ出雲路に赴く。その朝帰途の再会を約して、道弘を伴ひ大社の町に着けば午刻也――残暑の風湿気多く、炎天の下早くも困憊す。――旅館にて中食をしたため、大社に詣づ。――」と、鳥取県から島根県の出雲大社に着かれた時の様子が認められてゐるが、まさに残暑厳しい一日であつた。

大社では極く内輪の人々に集つて貰ひ、先生の話を聞いた。大社で一泊された先生は、翌日風雨の中を鳥上の地へ赴かれ、大東、広瀬、安来の地を経て鳥取に向はれてゐる。

「戊子遊行吟」の中に、「――右一首は八月二十六日出雲路車中の偶成也」として記されてゐる、大山に登られた折の歌と、鳥上での「いづも路とおもへどわびし降る雨にぬれつついそぐたたらへのみち」の歌、又斐伊川での「天地の水門を放ち寄せ来ものあわただしもよいなむとすらむ」といふ歌は共に先生から送られて来たものであるが、前の二首は四半切位の紙に、後の一首は唐紙の便箋に認められてゐる。晩夏初秋の頃になると、これ等の軸を掲げて往時を偲んでゐる。

昭和五十二年二月十一日早朝、私は残雪を踏んで、大和の畝傍山陵と橿原神宮に参拝した。そして桜井駅から「山の辺の道」を一人歩み、翌十二日身余堂に先生を尋ねた。以前にも伺つた事があるが、今回は、午後空いてゐるからといふことで、半日ゆつくり過させて戴いた。私は昭和の始め、句作の道に入つたが、それは、河東碧梧桐の門に入り三羽烏の一人と称せられ、後に袂を分つた大須賀乙字の門流に繋るものであつた。定年で職を退く機会に句集を作り度いと思つてゐたので、その草稿を持参して先生にお目にかけ、色々お話を承るのが目的であつた。お酒を戴き乍ら、専ら俳句の事に花が咲いた。まだ角川源義氏が存命中で、私もその主宰誌「河」の同人の末席を穢してゐた関係もあつて、学者としての角川氏の事、そして又乙字門の伊東月草氏のことなど、特に月草氏の語学等については、先生は可成り高い評価をして居られた。

私の句についても色々御感想を承つたが、「農の道」に悠久をおもひ、戦後帰農して居られたこともあつて、農事に関した句については特に関心を持たれ、懐しく話し合つたことであつた。「桑括る」などといふ季題についても、どうしてそんな事をするのだらうと不思議がつて居られたが、施肥や間作をするためには大変都合がよいですよとお話すると、成程と大変興味深く聞いて居られた。その年に出した第一句集の先生の序文は、「三十年を超える交友も昨日の如くに思はれる。」に始まつてゐるが、「——自分の句とさらに句をなす心を大切にしてゐることは大方一機一句に安座してゐるところに察せられた。それはいのちなりけりの嘆きをつねの思ひとするわが詩歌の伝統のあるところと思ふ。その時その一句に思ひをこむれば、己に於て、さらに句に於て、無能無才でよしとの念願、お互にそれでよい、その他に何ごとがあらうかとの観念である。——」とも記されてゐる。私は先生の暖い心の中に、わが風雅の道に繋る厳しさを示して戴いたやうに思つてゐる。

（俳人）

〈以上第三十一巻　昭和六十三年五月刊〉

野口武彦……危機と言霊

横光利一の大作『旅愁』を第三篇の終りまでつきあってきた読者は、主人公矢代がだんだん神がかってゆく姿に一種異様な印象を受けるだろう。矢代の恋人の千鶴子は、敬虔なカトリック信者だった。その魂をも略取しなければ恋愛は成就しないと思いつめた矢代は、自分では古神道に入れあげてゆくのである。

「言霊ではイは過去の大神で、ウは現神でエは未来の神のことです。ですからこの三つを早く縮めて一口に、エッと声に出してお祈りするのですが、さうすると、日本人なら誰だつて元気が満ちて来るでせう」と、矢代は千鶴子の兄の数学者槙三に向って語る。一作中人物が神がかるのはよい。しかし、ありようは作者自身がそうなってしまったところに惨たる事態が出来した。戦後間もなく、ほとんど『旅愁』と心中死したかのような横光の悲劇も、ここにその一端があったといえよう。

『旅愁』のこの部分の雑誌発表は、昭和十七年の後半であった。ところでそれと同じ年の二月から、保田與重郎が『言霊私観』と題した評論を『ひむがし』誌に連載開始していることは、もちろん決して偶然ではない時世だったのだが、たいへん興味深いのである。その第十九回（全集第二十巻の解題によれば掲載は昭和十八年十月）で、保田は当時あちこちに兆しはじめていたという「言霊教」を「一種特異な邪教的信仰」と評しつつ、江戸時代末期に「一種奇怪な勢を示し」たそれについてこう論じている。

「この派の言ひ分は、我国の五十音には、一々意味があつて、又音によつて位がある、などと云ふことを根拠として云ふのである。さういふことは絶対的には虚偽ではない。多少音感といふ上で、ことばの美醜は云ひ得るが、言霊とはさう云ふものでなく、ことばの持つ霊妙な力である。（改行）音のことや、音感だけから、信仰問題を云ふ説は、仏教の方にさういふことをこじつけた考へ方があったが、一般的に云うて、さういふ思想は、必ず国際的な思想に結びつくのである」。

『旅愁』の主人公が信奉していたのは、まさにこうした種類の「言霊教」であった。保田が「今日でも、現在のかういふ時勢だから、あるひは一応の勢をもつかもしれぬ」と書いた言葉のとおり、横光は全身的にそれに取り込まれてしまっていたのである。幕末の情勢と昭和十七、八年の戦局――どやらいつでも時代の危機は、過去の彼方から霊妙な「言霊」を呼び出さずにはいないもののようなのである。「ことだまは音を云ふのでなく、皇国のことばの霊力を云ふものだ」と保田はいうのであるが、それにしても、『旅愁』第三篇を執筆中の横光にのしかかっていた「現在のかういふ時勢」は、当然のことながら保田にも時代の重圧として作用していたはずである。このとき、「皇国のことばの霊力」はどのようにこの文藝批評家を啓示したのであろうか。

「言霊といふのは、難しく云へばいくらも難しく云へるが、簡単に云へば創造の神話を信ずる、又それを立場とする表現上の思想である」――『言霊私観』の書出し冒頭で下されている定義である。そして、すぐ続けて保田がこれを「唯物論と合理主義」および「科学主義」と「反対のもの」と規定していることは、時局柄とはいえ面白い。第二次大戦はいわゆる総力戦であったが、保田の目するところ、それはすぐれて精神戦でもあった。よりどころとなるのはただ一つ、「国難の甚しい日に、国の精神の最悪の状態を打開するためにたてられた思想」としての国学であり、その中核としての言霊であった。

言霊思想とは、古代にあっては、言葉そのもののうちに生殺与奪をよくする呪力がそなわっているという信仰であった。さすがに保田は、「打ちてしやまん」という戦時評語がそのまま、鬼畜米英を誅戮できるなどとはいわない。「言霊の奇しきはたらき」は、どこまでも「日本人の生命原理」を再生産し、活性化するところに発揮されるのである。

かくして、言霊は戦時下の日本に魂の活性剤としてよみがえる。しかし、それは日本人の意識下の心性に眠っているものを呼び醒ますことを旨としているかぎり、現実の政策とはかならずしも嚙み合わない事態をも生じさせた。保田がその論中、いわゆる日本主義とも大政翼賛会とも国民総動員制とも一線を画しているゆえんである。それはもしかしたら、保田がかつてドイツ・ロマン派経由で体得した、終局的には所与の現実に企投することをしないイロニイの強弩の末のかたちだったのかもしれない。生真面目に、あまりにも生真面目に『旅愁』の主人公に「エッ」と絶叫させた横光利一が作者自身と作中人物との間に確保できなかったものこそ、このイロニイの距離であった。

（神戸大学教授・文藝評論家）

大内初夫……保田先生と『去来先生全集』

生前の保田與重郎先生に私は一度しかお目にかかったことはないが、しかし編輯委員の一人として『去来先生全集』にかかわりを持ったものとして、私はそこに不思議な御縁を感じている。

私が保田先生の著述に最初にふれたのは、戦後間もない昭和二十二年に古書店で求めた『芭蕉』であった。当時の未熟浅学の私にこの書が十分理解出来たとはいえないが、著者の熱っぽい語り口に心を惹かれたのを覚えている。その二年後九州大学に進学した私は、杉浦正一郎先生の教えを受けることになった。杉浦先生は「小生の旧制高等学校以来の同窓で」と保田先生が記しておられるごとく（「五升庵址碑建立ノ記」『全集第十八巻』）、大阪高等学校での保田先生の同級生であり、又東大に進まれて「コギト」の同人でもあった。このことは既に「月報」（第十一巻）に板坂元氏も述べておられる。

杉浦先生が早世されてから、私を含めて教え子で近世文学を専攻している者達七人が集まり、『近世文藝　資料と考証』を刊行したが、その8号の「杉浦忌によせて」の執筆を編集子からお願いして、保田先生から「杉浦正一郎君」の一文を寄稿してもらっており、その中で保田先生は、高校時代の杉浦先生の印象などにふれて「早くから気のおけない友達となつた」と記しておられる。この文章は杉浦先生への温かい友情にあふれたものであった。

さて恩師の旧友である保田先生を私がより一層身近な方として感じるようになったのは、大庭勝一氏を知ってからであった。大庭氏は、保田先生が荒廃した義仲寺を再興しようとされた際に、いろいろと実務的な仕事に当たられ、これを成就せしめた人であって、このことは保田先生の書かれた「昭和再建碑」の碑文を初めとして「剣魂歌心」（『全集第十八巻』）にも見える。大庭氏は福岡県芦屋町の出身であり、三浦医学研究財団の役員をつとめ、義仲寺再興後は常務理事としてほとんど独力で社団法人義仲寺史蹟保存会を経営しておられた。

その大庭氏から突然私の勤務先の大学気付で手紙をもらったのは昭和四十三年であり、義仲寺にゆかりのある蝶夢和尚についての私の研究論文がほしいとのことであった。こうして私と大庭氏との間に文通が生じたが、大庭氏は非常に筆まめな人で、その後いただいた手紙は数十通の多きにのぼっており、何かにつけて私どもの研究を鼓舞激励してくださった。

そうしたことから向井去来の全集のことを大庭氏に私が書き送ったのは、確か昭和五十年のことであったろう。当時大庭氏は落柿舎の保存会理事長をも兼ねておられた。去来の全集は以前長崎の去来顕彰会で一度計画されながら流れたことがあったので、そうしたことをしたためて、是非落柿舎保存会の事業として取りあげてほしいとお願いしたのであった。そしてその後大庭氏と何度か手紙の往復があり、大庭氏は落柿舎の庵主であった保田先生と全集の具体化について計られ、いよいよ落柿舎側の大綱が定まって実現に向かって動き出したのは昭和五十三年であった。同年三月十七日付の速達で大庭氏から頂いた葉書が手もとにあるが、「冠省、昨夜は電話にて失礼致しました。御多忙のところ恐入りますが、又京都迄御出張願上げます。四月三日（月）午前十時より午後四時頃迄、落柿舎において『去来全集』編纂会議を開催致します。御出席お願い申し上げます。（後略）」とある。

四月三日の第一回編纂会議の出席者は、大庭氏、庵主の保田先生、執事の中谷三郎氏、編輯委員として尾形仂・中西啓・白石悌三・桜井武次郎の皆さんに私であった。そして去来全集の編集方針や具体的な内容や執筆の分担箇所など、なごやかな雰囲気の中で話し合いが進行した。保田先生は終始温顔で奥の間の方に座っておられて、私ども若輩の発言をうなづいて聞いておられた。ただし題名を「去来先生全集」とすることと、本のサイズを週刊誌大のB５判にするということは、保田先生の提言であった。又その座で先生は「百年後に残るような立派な全集をつくってほしい」と我々を励まされたことが今も耳に残っている。全集の完成は予定通りに行かず、ようやく出来上がったのが昭和五十七年であった。その間に五十四年には大庭氏が、五十六年には保田先生が相次いで亡くなられて、このお二方の生前に全集をお目にかけることが出来なかったのが残念でならない。

（鹿児島大学教授・国文学）

斎藤龍亭……走り使いの頃

保田先生に初めてお目にかかったのは、確か昭和二十六年の五月だったと思う。遠い記憶を辿ってみると、その年の春、私は水産高校を出たものの大学入試に失敗し、さてどうしたものかと身をもて余していた頃だった。

そんな折、父が私にある使いを命じた。行先は奈良・桜井の保田先生と春日大社の水谷川宮司である。父にすれば、これを機に自分に都合のよい走り使いにする魂胆だったが、毎日家でボケッとしている私としても、新緑の大和へ一人旅するのは悪くないと思い、引受けた。ただ、その頃の私は先生の著作をなにひとつ読んでいなかったし、文藝などとは無縁の、稚劣な十八歳。使いの趣きを届けるのが精いっぱいだった。

しかし、先生は温く、しかも丁重に迎えて下さった。なにしろ、用向きが済んでもまだ陽があったのに、すっかり話しこんでしまい、その夜は一泊させて頂いたのである。

ところが、その折、私はなにを申上げ、先生がどんなお話をされたのか、今は全く思い出せない。翌朝拝辞するまでかなりの時間があったわけだが、ごく断片的なことしか記憶にない。その頃の私の状況からいえば、多分自分の高校生活や戦後の横浜の様子などを勝手にしゃべくったに違いない。今にして思えば、当時の先生は復員後ようやく健康を回復されて、毎月の「祖国」誌に筆を執られるなど、いわば「戦後の保田與重郎」がはじまっており、先生の全文業を知る上では重要な時期だったのだ。だが如何せん、その頃の私はあまりにも拙かった。今脳裡に残るのは、通された二階の書斎でお子様たちのお相手をされていた先生のもの静かな和服姿や、それまで食べた経験のなかったような、豪華な夕食を頂いたことなど、ひとコマひとコマが容易に繋ぎきれない。頂戴した酣灯社から復刻されたばかりの「ヱルテルは何故死んだか」が、初めて桜井に参上した日の記念として残っているが、それも当時の用紙や製本事情に加えて人に貸したり引越しやらで今では痛みがひどくなり、過ぎ去った歳月を感じる。

その後も何度か先生にお目にかかった。父の思惑どおり〝走り使い〟に仕立てられたが、若い頃はご迷惑も考えず参上する無茶もあった。今東光先生の八尾・天台院で鈴木助次郎さんとめぐりあい、鈴木さんの「これからいってみましょうか」の言葉に突然夜遅く二人で押しかけたこと。またある時は群馬県出身の熱烈な朔太郎ファンだった級友に「是非――」とせがまれ、上京中の先生を神田駅近くにあった新論社の奥座敷へお許しも得ずに同伴したこと等々、今思うと本当に冷汗ものだ。

だが、初めて桜井へ参上したときと同じように、私にはいつも変らない先生だった。大学を出て京都の新聞社に職を得た時、報告に伺うと「それはよかった」と励され、「カメラを勉強しなさい」「自動車の運転は出来ますか」と、いろいろご心配を頂いたこともあった。いやそればかりではない。先生一門につながる方々からも多くの恩恵を蒙り、わが身にどれほどプラスになったか測り知れない。

桶谷秀昭氏がその著「保田與重郎」の〝あとがきに代へて〟で述べているように、私も年齢的には、私よりひとつ前の世代の人たちとは〝保田與重郎体験を共有しない世代〟に入る。しかし、直接お目にかかり何度かそのお人柄の一端に触れながら著作を読む幸運に私は恵まれた。したがって先生の著作を読むとき、頭の悪さもあるがゆっくりでもいい、二度でも三度でも丹念に、そして忠実に読むこと――それが恩遇に浴した私の読書法で、さらに先生の著作から触発されて、改めて万葉集や芭蕉の句などに触れ直すと、その恵みは倍にも三倍にもなる思いだ。いつだったか、先生が「新潮」かなにかで志賀潔の「一細菌学者の回想」について述べられているのを知り、さっそくあちこち本屋を捜し回った末やっとその本を見つけ、一気に読み通した感動を今も忘れられない。（京都新聞社）

保田仁一郎……きしんどな人

その日は大変暑い日であった。うだるような暑さと言うが、うんざりするような暑い日であった。昭和五十六年七月十七日のことである。この日、保田家では亡き母の七回忌の法事を営む日で、久し振りに兄與重郎はじめ兄弟姉妹が桜井で会合する日であった。兄は朝の涼しいうちに桜井へ帰ろうと思ったのであろうか、随分朝早く太秦三尾町の家を出たのであろう、十時過ぎにはいつものとおり着流しにステッキをつき、大振りで幅広の下駄ばきで、手提袋をぶらさげ近鉄の桜井駅より歩いて一人とぼとぼと実家に帰ってきた。玄関からとことこと私の居間に入って座布団に腰をおろし、朝日の煙草をうまそうに一服すった。お茶をもってきた私の妻に「あんた、このお茶碗で抹茶をたてや」と言い手提袋の中から白い紙で包んだ椋木英三氏作の辰砂の抹茶碗を大事そうにとり出し、「この色とてもいい色やろ」と自分で納得したかのように言いながら手渡した。

兄から抹茶碗をうれしそうに頂きながらも、妻は「お兄さん、お茶碗頂くのもうれしいですけど、私、お兄さんに字を書いて頂きたいなあ、お兄さんの書が欲しいなあと前々から思っていたんです」と言った。すると背を丸め立膝のいつもの姿勢で煙草をくゆらし、いささか俯きながら「もっと早う言うたらよかったのに、なんで言わなかったんや、今頃言うたって、もう遅いがな」と妙なことを言い話題を変えたのである。

来迎寺の木村住職の読経も終り、みんなで食事をともにし談笑しながら楽しい一日を過し、夫々家路へ急いだのだが、兄は夜遅く玄関まで見送った私達に「体に気をつけや、また遊びにおいでや、お世話かけたなあ、おゝきに」と言い、朝やってきた道とは別の道を歩いて桜井駅へ向い祇園祭の京へ帰っていった。

この日が兄、與重郎が故郷の桜井を、そして実家を訪れた最後の日になった。この年には、この七月十七日と、二月にも桜井に足を運んでいるのである。二月二十五日の父の命日の日であった。この日は両親の墓碑を建立するため午後遅く桜井に帰ってきた。お寺の住職の読経も四時頃からはじまったが、鳥見山麓の三輪山に面した小高い丘の上にある保田家の墓所は北風が吹きすさび、それは寒い日であった。あつでのコートをまとい、大振りの下駄ばきの兄は、時にポケットから塵紙を取り出し水洟をふき、時には足もとが心もとなくゆれ動いた。姉や妹が吃驚してステッキを持ったその手をとって体を支えたが、兄は「きづかいない、きづかいない」と元気を出して言ったが、寒さが厳しかった故か、この日の兄の歩く後姿は何かしら弱々しく寂しげに見え、姉や妹とともに心を痛めたのである。

墓所から家に帰り暖かい部屋に腰を落着け、あついお茶を啜ってやっと生気を取り戻したのか「寒かったなぁ、あゝしんどかった」とつぶやいた。この日も兄は一人で夜遅く京の町へ帰っていった。思えば、いつの時でもそうであったが、実家に帰ってくるとまず仏壇にお詣りし、その後、座敷に坐っておもむろに煙草をくゆらすのが常であった。

雑談のうちにも心にとめておくような用件でもあれば、朝日の煙草の紙袋の裏にペンでメモをし、大事そうにその紙片を手提袋に入れるのであった。そうした姿が昨日の如く想い出されるのである。大和の桜井の周辺では、何かしら気むずかしそうで、取っつきにくそうな人、生真面目で時に煙たくさそうな人、だがその反面心やさしく思いの深い人、こんな人のことを「きしんどな人」と言うのである。

　ちょっと照れやの兄、與重郎はまこと「きしんどな人」であった。この「きしんどな人」は父母の供養のため厳寒の冬の日と暑い夏の日と二度故郷を訪れたのだが、この年の秋、昭和五十六年十月四日にこの世を去ったのである。

〈以上第三十二巻　昭和六十三年六月刊〉

熊倉功夫……保田與重郎氏と民藝

　生前、保田與重郎氏にお目にかかることは、二度よりなかった。しかも二度ともが谷崎昭男さんのご縁によるものだった。谷崎さんの結婚式で保田氏が仲人をつとめられた時、又一度は谷崎さんが鳴滝のお家に連れていって下さった時である。鳴滝では、話の後、一盞を傾けられることになった。保田氏が三年ものの鮒ずしの飴色になった身を、河井寛次郎の白磁の皿にとりわけられるのを見て、氏と民藝との結縁を強く印象づけられたことが思いだされる。

　保田氏と民藝との結びつきには浅からぬものがあった。氏は「民藝運動の発想」のなかで、民藝運動の「渦の外にゐて、しかもその中心をなした人々の最も近いところで経験してきた。」と記しているように、運動そのものとは無縁だったが、民藝の同人には親交を結んだ人々がいた。

　保田氏と民藝運動の接点となった琉球行は「みやらびあはれ」のなかに、「この時の旅行の一行は、柳宗悦、棟方志功、浜田庄司といった、民藝の連中に、沖縄の風物を活動写真にとる映画会社の一行や、報道写真家といふ一班なども加つて、にぎやかな多人数であつた」と語られている。昭和十四年十二月三十一日に神戸を出発し、翌一月十四日に帰着した旅行だった。

一行の一人が書き残した文章によれば、「一月三日　快晴、『正午那覇入港の予定』と書いた貼紙が出た。朝食後甲板に集つて坂本氏が記念写真を撮つた」（鈴木訓治「再び琉球へ」『月刊民藝』昭和十五年二月号）とある。後列中央にあって前に手を組んでいるのが柳宗悦。その右に式場隆三郎の顔が見え、前にしゃがんで眼鏡の笑い顔が棟方志功である。ワイシャツにサスペンダーの浜田庄司の隣に、二十九歳の保田與重郎氏が一人和服を着て超然としている。総勢二十六名の大部隊だった。

どのような契機で保田氏がこの一行に加わったか判然としないが、『工藝』一〇一号に棟方志功の特集が組まれたとき、「棟方志功氏のこと」という一文を寄せた。昭和十四年夏の執筆ではないかと思う。雑誌の発行は十月。この寄稿は友人の蔵原伸二郎の慫慂によるものだろう。ともあれ、民藝同人との縁は、直接には棟方の作品によって結ばれた。しかし思想的には、思いがけぬほど早くから、保田氏は民藝に注目していた。

雑誌『月刊民藝』昭和十四年十二月号のかこみ記事に、保田氏の柳宗悦著『茶道を想ふ』贈与に対する礼状（十一月七日付）が翻字されている。これによると、すでに高等学校の生徒の頃に柳の『工藝の道』を読んで感激した、とある。この礼状や、さきの棟方のことを書いた文章が同人たちを喜ばせたものか、続いて寄稿を需められ、『月刊民藝』昭和十五年一月号に「現代日本文化と民藝」を執筆した。その起筆がさきの礼状に似ているから、この稿は礼状よりあとにまとめられたのだろう。この二つの文章の間に琉球行の話が進んだ。

柳宗悦は十二月十四日付の外村吉之介宛書簡で、同人の沖縄旅行決定を告げ、今、同行者の人選中であると記している。ちょうど保田氏が「現代日本文化と民藝」を執筆中か、あるいは終えた頃のことだ。氏の「琉球紀行」は琉球方言問題が生じたことに触れてはいるが、他の同人についてはほとんど言及がない。しかしそれは氏と民藝運動との懸隔を示すものではなかった。保田氏が民藝とその創始者柳宗悦を高く評価したことは、欧風美学の概念を越え、批評や美の学問として新しい体系の創始者として柳をとらえ、深い敬意を表わしていたことからもうかがえる。

しかし、後に、多分琉球行より後のことではないかと思うが、河井寛次郎の人となりを知るに及んで、柳より共感できるものを河井のなかに氏は感じたらしい。それは戦後に書かれた「民藝運動の発想」に明らかである。

「民藝」の本義を「民族の造型」といふ固有感で考へようといふ、精密な科学的態度は、河井寛次郎先生の長い歳月の思ひだつた。私の考へでは、柳先生の思想とは、この点で本質的といつてもよいほどの異同を見た。

氏は民藝の民のなかに民族を考えようとした。それは河井の思想にも影響を与えたように思える。河井寛次郎記念館に、河井の大字「民族造形研蒐点」が掲げられている。両者は互いに認めあうものがあった。そして保田氏の周辺に棟方と河井の作品の影が濃くなっていったのだと思う。

最後に明記しておきたいことは、かくいいつつも、氏が終生、民藝の精神に敬意をもっていた点である。さきの文章は、柳と河井の異同がともに極点を示すものであるだけに、もし民藝運動の内部にあれば苦悩と錯乱に陥るだろう、と結ばれている。この苦悩と錯乱を探ることが、これからの民藝運動史の一課題ではないかと私には思える。

（筑波大学助教授・日本文化史）

柏谷嘉弘……『規範国語読本』

昭和三十八年、新学社発行の『規範国語読本』は、佐藤春夫監修と表紙にあり、奥付に著作者　新学社編集部とあるが、実際に編輯したのは保田さんである。

現行の「国語教科書は、構成にも内容にも甚だしく不備なものが多い」ので、その欠を補ふ為に、「近代日本をつくった本質的な第一流の人々の、すでに古典的な権威を認められた著作のみを集め」て、編まれた副読本である。所収の詩歌や文章の撰定を保田さんがされ、その上〔解説〕・〔問題のしおり〕・〔研修課題〕は勿論、「注」に至るまで殆ど御自身で執筆された。

最初に、ブラウニングの詩「春の朝」が、上田敏訳で収められ、佐藤春夫の〔鑑賞〕が添へられ、〔解説〕が付されてゐる。

第二には、次の一節で始まる河井寛次郎「過ぎ去った今」が収められてゐる。

　子どもたちは、どこの米かわからないような米ではなく、土地の米から、土地の野菜から、近くの海の魚から彼らの身体（一）をもらった。土地の声である地方語から心をもらった。なだらかな山と静かな入り海と湖と、それにはさまれたこきざみの田や畑から気質をもらった。

こゝには、私どもの父祖が継承してきた生活が、河井先生の目を通して温く語られてゐる。それは、自然に、現今の軽薄な思想の否定に繋がる。そんな第一義の文明批評は、深く内に潜められ、きら〳〵と美しく輝く文章が続いてゐる。

右の「注（一）」には、「身体をつくってもらった、身体をいただいた。ふつうなら、成長したというところを感謝やしたしみをふくめて、このように表現している。」とあり、単に意味を記すだけでなく、譬喩表現を生み出した機微にまで言及してあり、行き届いた注である。

当時高校に勤めてゐた私は、本書の感想文を夏休みの宿題にした。「日本人がこんなに素晴しいことを成し遂げてゐたとは、全然知らなかつた。」といふ感想が、約半数あつた。北里柴三郎博士・志賀潔博士の細菌学における業績、福島安正中佐の単騎シベリヤ横断の壮挙が、驚嘆の対象であつた。また、「これまで日本語の欠点と思つてゐたことが、反つて美点であることが分り、とても嬉しい。」との感想も、佐藤春夫「日本語の美しさ」に、多数寄せられた。また、長谷川如是閑「暮らしと文明」・津田左右吉「田植えの季節に思う」には、「身近な生活の中に、日本の文化・伝統が生きてゐることを教へられて、感動した。」といふ感想が多かつた。

それまでの学校教育で、日本の短所・欠点ばかり知らされてきた生徒にとつて、日本を愛情をもつて観察し、長所・美点を讃へる文章に接したことは、驚喜であり、感動であつた。それは、私にとつても、別の意味での驚きであり、喜びであつた。

保田さんの文章は、概して難しい。その批評の対象の作品を読んでゐない場合は、とりわけその感が強い。しかし、この『規範国語読本』では、収めてある作品に対する〔解説〕であり、しかも、学校生徒を読手に想定してゐるので、文章も素直でやさしく述べてゐる。その点、特異なものである。たゞ、収められてゐる作品は、必ずしも平易なものばかりではない。萩原朔太郎「文藝における道徳性の本質」は、その原文を、この十数年、私は大学の教養課程の講義で、学年の締め括りに使用してゐる。そのやうな難易の程度が末梢の問題であることは、内村鑑三「中江藤樹」の次の一節で、明らかである。

霊魂をもてる人間を、オーストラリヤの牧場のひつじのごとく、クラスに分けるということは、わが国のむかしの学校では見られなかった。わが国の教師たちは、人はクラスに分かつべからざるもの、人は一個の人間として、すなわち面と面、霊魂と霊魂と相対して、取り扱われねばならぬものと信じていた（と余は直観的に考える）。

この内村鑑三の教育に対する最も基本的な態度が示されてゐるのは、編者もそれに同意であることを物語るものである。このやうな意味に於いて、本書の価値はまことに大きいものがある。

（岡山大学教授・国語学）

高藤冬武……敷松葉の「色気」

今を去ること二十七年、その頃住まいしていた京の田舎山科の下宿から町へ出たとき時代祭に遭遇した。行列を見物を兼ねつつ遣り過ごし、久しぶりにきく華やいだ人声に日頃の孤独をいっそう意識しながら、妙に人恋しさに急き立てられた。ふと宇多野へ行こうと思いついた。第一外国語にフランス語を選択したことが縁となり、長男の瑞穂君を識ることになった。戦前の思想や文学にまったく無知であったことと、戦後ジャーナリズムの完全な黙殺とがあいまって、保田與重郎という名と存在は知るべくもなかった。瑞穂君から新築なった鳴滝の道順はきいていた。そのうろ覚えの地図を頼りに宇多野側から、四辺の幽暗なる風気の中にたたずまう「わが山荘」を尋ねあてたのがその時代祭の日だったのである。家は尋ねあてたが、そこに住む友人を尋ねるには思わぬ関門《せきのと》がひかえていた。周囲の昼なお暗く参差《しんし》として生い繁《しん》る木立の奥に構えるぴたりと閉ざされたあの「門」を前にして怖気づき立ち竦んでしまった。内は深として人の気配はなかった。心に余裕をと、かみの池、文徳天皇陵をめぐり再び門前に立つもこちちの心の埒は開《あ》かなかった。東の生籬に立つと庭をへだてて窓がうかがえるので、思いきって、昔子供の頃遊び相手を求めて門口でやったように、「ヤスダクン」と声を窓に届けてみた。すると、籬の向うの茂みからぬっと立ってこちらを見るものがいた。母親の保田夫人であった。友人は留守だった。秋の夕間暮れ嵯峨から嵐山へ抜けて帰った。住家と暮らしぶりは文人墨客の文藝上の一事業、見識の表れというその住家を外から見た最初であった。また、それに劣らず見識の表れであるはずの、含羞の笑みをたたえた画眉人を東籬のもとに窺い見た機会でもあった。

「わが山荘」の主の謦咳に初めて接したのは翌年三十七年の春のこと、遅い朝餉の膳に向うお姿だった。膳に並ぶ焼き物、それに盛られた珍羞に文人の暮らしぶりはかくあるものと知った。花どきで、南面する眺望の霞をはるかに破って茶の間の窓から入ってきた山陰線の汽車の汽笛が今も懐かしい。

その夏、藝術新潮に「京あない」を発表され、帰省先でそれを読んだのが氏の著作に接した初めてであった。陶酔の読書体験だった。それから、「現代畸人伝」「日本浪曼派の時代」と雑誌連載中各号を熱心に読んだ。そのうち時代を遡り、「日本の橋」、「戴冠詩人の御一人者」等を図書館の書庫に探るようになった。何よりも魅せられたのは、滅びゆく美を語るあの独特の語り口《スタイル》と律動《リズム》であり詩を読むように読んだ。抒情詩人保田與重郎というのが私かな感想であった。「日本の文学史」の序説冒頭の敷松葉のくだりは、この私かな感想の象徴的美文であった。

「時務について理窟めいた」晦渋な逆説に富む節《ふし》はよけて敬遠する独りよがりの、つまみぐいをする不真面目な読者であることは自認しているが、最近は、官能とかエロチックとかの興味から、これまた独断的読書だが、和泉式部関係の著作を漁ってみた。若き日の保田與重郎氏の恋愛に対する並々ならぬ思い入れ、詩人の直観と思想家の推理を追躡するにその官能美学的恋愛論に驚かされる。こういう読書を経て再びさきの敷松葉の「色気」に戻ってくるや、それはおのずから官能の世界に通じていく気がしてならない。芭蕉のわびさびが即官能、二者が表裏一体一をなす。式部を論じていわく——王朝の歌をよむとき、夕暮といふことばからは、何か身も世もあらぬわびしさと、この上もない花やかさが背をよせてゐるやうな状態の気分を味ひ、その気分に親近を味ふ——。そしてこの気分から王朝文化を解剖すると、それは宇治平等院の鳳凰の遠望の優雅さと、地上に降ろされたときあからさまになったあの「爬虫類に通じる原始生命性」との表裏一体になる。とりもなおさずこれは和泉式部の恋愛と性愛の世界なのである。我が身よりあくがれいづる魂と我が身中に蠢《うごめ》く爬虫類の二にして一、これが式部が生涯をかけた恋であると言う。それを「情事」というとも、「それが男子のおもふ一大事と、どこに何の差異があらう」とする氏の強靭な恋愛論に導かれての再読和泉式部というのが最近の読書であり、それは「京あない」に始まって二十六年、いまだにつづく抒情詩人保田與重郎氏との「つき合い」である。

亡くなられて初めて、五十七年一月、身余堂をお訪ねしたとき、酔いにまかせて、「みやらびあはれ」は先生の私小説でしょうか、と失礼な質問をしてしまった。氏が物語の発端として語らんとするところに、妙に屈折があり晦渋で、口に銜んでもの言わぬ何かがありそうな気がする、そんな下司の勘ぐりから唐突にもお尋ねしてしまったわけだが、ご返事はどうあったかその夜のうちに忘れてしまって覚えていない。

（九州大学教授・フランス文学）

〈以上第三十三巻　昭和六十三年七月刊〉

渡部昇一……ただ一度の出会い

保田先生とお目にかかる機会を得たのは、全く新学社の岩崎幹雄さんのおかげである。昭和五十五年の六月、新学社の講演のため京都に行くことになった時、岩崎さんは「保田先生にお会いしてはどうですか」と言って下さった。こちらにとっては願ってもないことである。ただ時間的に少し遅くなるのではないかと心配したのであるが、「保田先生は夜の遅い分にはいっこうかまわない方です」ということだった。

先生のお宅は京都郊外の御陵と地続きの小高い所にあった。「裏庭が御陵と続いているとはすごい立地条件だな」と感じ入った。私は周囲の条件が劣悪なところに住んでいるので殊のほかそれが羨しかった。またそれはいかにも保田先生らしいお住居であると感銘を受けた。

庭下駄をはいて裏庭に出てみると、すでに暮色が御陵にせまっていた。

「草むらの方に行くと危いですよ。蝮《まむし》がいますから」

と先生はにこにこしながらおっしゃった。その時、御陵と蝮ということで、第十八代反正《はんぜい》天皇の御名前が頭に浮かんだことを覚えているが、それが何の為だったかいまだにわからない。

先生は両膝を抱えるようにしながら座蒲団におすわりになり、時に体をゆするようになさりながら淡々と語り続けられた。岩崎さんのお話によると、先生は私の本をお読み下さって「この著者は商売のことがわかる」と言っておられたそうである。商人というほどの家ではないが、あきないをする家に育ち、家業を助けて戦後の一時期は家の生計を支えるために働いたこともあるから、小さい商売をしたことはある。しかし商人というほどではない。ただ商売にたずさわる人は心から自由経済の支持者で、統制経済を仇敵と見なしていた。だから自家営業者には反共産主義者が多い。個人の判断の自由と行為の自由がなければ自家営業は成り立たない。私の「自由」に対する考え方はそんなところに根を持っているのであるが、保田先生はそれを見抜かれたらしい。逆に言えば保田先生にも商売の本質を洞察する体験を持たれた時期がおありになったのではないだろうか。

部屋を換えて、奥様も御一緒に食事をいただいた。特に取り寄せられたという刺し身がおいしかった。またある神社が先生のために贈った特別醸造の酒に金箔を入れて飲ませていただいた。近頃は時に金箔入りの酒というのにお目にかかるが、先生は瓶の中から金箔をつまみ取って酒に入れられるのである。いわゆる金箔入りの酒とは比較にならぬ大量の金箔である。はじめての体験であった。食事をいただいたお部屋は、私の田舎の家を思い出させるものだった。

幸いにも私は先生の御本を持っていたのでそれに御署名をお願いした。小さな硯にほんの少し水をたらしてちょっと墨をおすりになって、独特の筆蹟で書いて下さった。その本は『日本語録』（新潮社・昭和十七年）であったが、それに「尾張にたゝに向へる一つ松」とお書き下さった。言うまでもなく日本武尊の歌からである。日本武尊と言えば、先日、某社から「最も好きな歌か句か詩をあげて何か書け」という依頼状が来た。たまたま私の側にいた長男に、「お前の一番好きな和歌は何だ」ときいたら、即座に「倭《やまと》は　国のまほろば　たたなづく　青垣山　隠《こも》れる　大和し美し」と日本武尊の御歌をあげた。保田先生は大和の方である。今の大学生にもこういうのがいることをお伝えしたかった。また色紙も書いて下さった。それは汪兆銘の言葉であった。

先生のお宅を辞したのは夜中の二時を廻っていた。時の経つのを忘れるというのは本当にあることなのである。その時、門口まで出てこられた先生の温容が今も目に浮ぶ。その日の出会いが最初で最後であった。一期一会とはよく言われるが滅多にあることではない。今でも岩崎さんにその晩のことを感謝している。

（上智大学教授）

佐藤宇祐……保田大人と影山師と

さざなみのしがの山路の春にまよひひとり眺めし花ざかりかな

これは保田與重郎大人の若かりし頃のお歌である。この歌碑が滋賀県大津市神宮町に鎮座する近江神宮（御祭神天智天皇）の境内に建立されたのは、昭和五十九年四月十五日のことである。当時近江神宮に奉職していた私が図らずも除幕式の斎主を奉仕すると云う奇縁にめぐまれたのであった。亦この日は、保田大人の出身地である奈良県桜井市に鎮座する談山《たんざん》神社（御祭神藤原鎌足公）から、役員数名が突如来訪、面談した。これが後日談山神社へ赴任する発端になると云う、運命的な日であった。

保田與重郎大人と影山正治師とは、同時代に生き、志を同じうした無二の親友であられた。私は影山師の許で修業中、昭和二十二年の千里行脚に五十日間随行させて頂いた。影山師の『千里行脚の記』には、保田大人に就いて次の如き記載が見られる（抄録）。

「六月七日　一時半保田與重郎宅に入る。御一家の歓待心に沁む。

保田兄と閑談、夜明けの三時に至る。

六月八日　十一時、保田兄の案内にて出発、保田父君お倉の中から約四十年前に作つたと云ふ変色した草鞋数足を出してくれる。それをはいて出かける。

六月九日　夜八時過ぎ、暗くなつて二階堂村前裁なる道友上田一雄宅に入る。……保田兄と一つ布団に寝る。

六月十日　村社八幡社々務所に於ける近畿地区歌道講習会に出席。……保田兄「続日本紀」に就いて語る。約一時間半。

六月十二日　保田兄「祝詞」を講ず、約一時間。……今夜も保田兄と一つ布団に寝る。寝ながらよもやまの話をする。この日わが第三十七回誕生日なり。……出発以来すでに四十五日。」

等ある。当時保田大人も影山師も数え三十八歳。因みに私は当時二十五歳であった。

保田大人は、影山師の著書や歌集に数々の序文を寄せておられる。昭和十六年刊の歌集『みたみわれ』には、

「詩のことばこそ、わが神ながらの国風の教へに従へば、人間の至誠の最後の表象である。来るべき時代をめざすわが日本国の新らしき建設に身を献げる若者らに、かかる文藝の集を示しうることは、我々の誇りであり又意義であつた。」

と、懇篤な序文をしるしておられる。

一方、影山師の歌集には、保田大人を詠んだ歌が少くない。先般刊行された「影山正治全歌集」(文庫本)の中には、

・秋空のとほきをうつしくもりなき真剣さびて澄める君かも
・君とわれうつそみの歳《とし》をひとしくす不可思議のえにしわれは尊ばむ
・真清水の流るる如く秋立つやわがおもふ友に今日会へるかも
・君とわがぬなともゆらにむらぎもの心相触る恋ひざらめやも

等々、其の他関連ありと見らるる歌を含めると六十首以上はある様に思う。

私は先年図らずも、保田大人が昭和十九年四月天長の佳節に刊行頒布された『校註祝詞』（私家版）を、大人の高弟に当られる方から拝借味読するの機を得た。吾々は往々にして書名乃至は目次を一瞥して、その内容までも推測判断し勝ちであるが、この書は正しく祝詞の校註本に相違ないが、しかしその内容は、所謂同類書とは大いにその趣きを異にして居り、その含蓄ある解説には只ならぬ感動を覚えたのである。戦時中、出征学徒がこの書を陣中に携行、不動の信念を培う糧と活用されたのも、むべなる哉である。

「保田與重郎全集」の刊行が順調に進んで居ることはまことに慶ばしい。亦、これに呼応するが如く「影山正治全集」も明年五月から刊行予定の下に推進中ときく。

かくの如く両全集が相前後して世に出ることは、まことに有難く尊く、後世の為に慶賀の至りである。

最後に、保田大人を一般に〝文藝評論家〟と称されているが、もっと適《ふさ》わしい呼称がないものかどうか、いつも思うことである。

何はともあれ、保田大人の不滅の志業をあらためて仰ぎ、その精神の継承を期して参りたいと思う。

（談山神社宮司）

中野清韻……稚拙のをしへ（時運と画癖）

あれはいつの年だつたか、歌友と連立ち鳴滝の身余堂に游んだ。茶の間の雑談の中で、絵の事にふれられ「あんたはさう、個展をやるとすれば、まあ七十歳頃やろな」と微笑まれた。身体の丈夫でない私を励ますやうな優しい目差であつた。その時は、まだ二十年程も先の事なので、何か漠然とした言外の重みを感じつつも芙蓉園の一室以来の暖いお言葉に心が弾んでゐた。芙蓉園といへば、そこに至る迄の不思議な時空有縁の思ひ出がある。

或年歌友の家に游び祖国誌の存在を知る。是は記念すべき出合だつた。昭和三十年に奥西さんより一書が届く。当時先生は胃潰瘍や幽門痙攣の痛みを抑へるのに富山の∴熊參丸を常備薬として服用されてゐた。来信にはこの薬を切らされたので世話願ひたいとあり、早速反魂丹等を添へて桜井の先生宅へお送り申し上げた。吉縁であつた。かくて風日への参加となり、吉野歌会を経て諸縁に結ばれ、翌三十五年の花明山歌会で始めて先生におめにかかり、かねての念願を果たす。翌日は喜びを胸に嵐吹く渡月橋を渡り新室の身余堂へと病後痩身の先生のお供をした。その後、奇縁の歌友が住む山科の緒方家を常宿にして京都清游の日が次第に多くなつてゆく。

絵を描く事は早くに知つておいでたが、先生の眼にふれ始めたのは四十年頃からかと思はれる。何事にも時運といふものがあるやうだ。あれは四十六年の秋の事、所用で福井へ行く途中不思議な現象に出合つた。その日は雨もよひで雲足が速く変容する雲の姿が面白くて車窓の眺めを楽しんでゐた。雲と一片のちぎれ雲が見る見る化して、明確な「山水」の二文字を形づくり、しばし虚空に浮んだ。雲意まことに奇なる哉と嘆じた。当時は日高昌克、清水比庵両先生の存在を胸に己れの文人画の世界を摸索してゐた時で、この暗示めいた現象が深く心に残つた。同年の暮に地元の歌友と同人誌「あしつき」の発刊を企だて、翌四十七年の一月に創刊号を六月に第二号を出した。程なく壬子七月十日と記された先生からのご芳簡が届く。是は全く予期せぬことで、はて何やらむと、ときめきの思ひで開くと「栂野君より送られし冊子の表紙絵大へん美しく感心しました。手前の水鳥二羽も愛らしく情緒あり、又中州の水草は互に何か語るほどに感情あります。かういふ心持の絵を多く描かれることを希望します。中略、山道の両側をすべて薬草薬木とした我朝の山行々者の思ひをうつしたやうな絵よしと思ひます」といふ文面の美しい巻紙の書簡であつた。私は夢かとばかりあしつきの表紙絵を見て、しばし茫然とゐた。稚拙の趣を喜ばれたに違ひない。「日本の藝術の極地は拙に入ることと思はれる」と申された私室の美術史の一文が浮び重なる。暗中にゐた私はこの一書に曙光を感得し、我が道ここより始まると今生有縁の感動に胸ふるへた。変幻の雲文字、あしつきの発刊、壬子の一書と続くこの一連の事の流れは只只不思議な暗合で、時運冥合といふほかない。山行々者云々のお言葉は容易ならざる重みをもつて我が画道の指針となつた。

拙といへば、或年の新春歌会で、年賀状の「無為」の印影をご覧になつた先生が「あんたの今度の印よかつたよ。所でわしにも一つほつて下さい。さうやな。あんたも直にうまくなるやろから今のうちがいいね」と、にこりとされる。どうも拙の方が大切だよとの含蓄のお言葉と自戒した。翌年の光平祭に「終夜亭」の篆印を持参し蔵とされる。この印ご使用の事を近き風日誌で知り胸を熱くした。

芙蓉園歌会は壬子の翌年で、比叡の夕蟬しぐるる一室で御休息の先生に持参の絵をみて戴いた。四十枚程の絵が次々と部屋に広げられる。居合せた高鳥さんがひよいと一枚の絵をとりあげ「かういふ気分の絵は六十を過ぎると自然になるんやろな」と愉悦さうにみやる。先生は誰にいふともなく「中野さんの絵闊達になつたよなあ」と微笑まれ、暫しのご感想の後、染染とした面持ちで「あんた素人やから忘れるやろな」と四、五枚の絵をとり出されて「これ手元にしまつて置きなさい」とおつしやり、その中のことに稚拙な一枚を嬉しげに眺めやられた。和気靄然たる芙蓉園の一室での片言隻語は忘れ難い今生有縁の恩愛であつた。素人と拙が同義語の如くに思へて嬉しかつた。先生は我意作為を嫌はれ絵をみてすぐに見通された。本有のくらしにゐて、無心に游び、なつかしみ、自ら稚拙に至る。

そこに美神は宿る。かくてこの言外深切のみ訓へはわが文人画の根柢となつた。

去年、春秋誌が絵の誌上展をやつてくれたが、之等の絵は先師の一書の感動が今に持続し創造の原動力となつてきた事の証であり、一つの結実と思つてゐる。かく信じてわが画癖の好運を思ふ。然し稚拙無尽の画境は尚至り難い。七十歳個展、これは稚拙に入る第一歩の時ならんか。画癖翛然。合掌。


（画人）

〈以上第三十四巻　昭和六十三年八月刊〉

持田鋼一郎……ある啓示

短歌は日本文学の母であると言ってよいだろう。しかし、かの「第二藝術論」にあきらかなように、戦後の日本文学は短歌を否定するところから出発した。自らの母を母と認めることを拒んだのである。戦後の一時期、短歌は否定すべき、あるいは忌むべき「日本的なるもの」の象徴であった。

その影響下にありながら若い時代、短歌に心を捉えられた私は、今になってみると随分余計な悩みや迷いを経験しなければならなかった。頭は短歌的抒情なるものに疑いを持てと命じるが、心はそれに深く魅了されてしまっている……。理性と感性の分裂を経験しなければならなかったのである。

しかし、私は保田與重郎の文章に接することによって、その分裂から救われた。とくに『わが万葉集』一巻を読んで、一切の迷いや悩みは払拭された。それまで、短歌を作ったり、読んだりするたびに、心のどこかで、「俺は奴隷の韻律を愛し、敗北の抒情に淫しているのではないか」といった愚かしいためらいがあったのだ。
短歌と自覚的に取り組んだ十代後半から私が抱き続けたその愚かしいためらいを、『わが万葉集』がいかに見事に払拭したか、そのいきさつをここに記してみよう。それは私のきわめて個人的な体験ではあるが、どこか深いところで、文学の伝統という問題とつながっていると確信するからだ。

＊

つい二年ほど前まで、私は江東北砂の地で暮らしていた。小名木川貨物駅に隣接した、文字通り陋巷という名にふさわしい街であった。私の住む鉛筆のように細長いマンションの七階の部屋の窓から、晴れた日には、遠く鈍色に光る東京湾の一部を眺めることが出来た。

週のうち何度か、私は都営バスに乗って門前仲町に酒を飲みに行った。行く先はもちろん、売文で得たわずかな銭で支払いが可能な安酒場である。鮪のブツやあら煮で二級酒を何本か飲んで千円で十分という「魚三」が私の行きつけだったが、ふところに余裕のあるときは、辰巳小路と呼ばれるバーや小料理屋が密集する一角に足を伸ばした。

そこに、Kという名の小料理屋があった。三坪ほどの小さな店で、五十がらみの太ったおかみとエミちゃんと呼ばれる工業高校を出たばかりの娘がいた。

私は安酒に酔っ払ってはスケ番上りといった風のエミちゃん相手に戯れ口をきくのを愉しみにしていた。

いかにも人生に飽きたという感じで煙草のケムリを吐き出しながら、オートバイやロックについて語るエミちゃんの姿に、私は自分の青春の幻を追っていたのかもしれない。

あるとき、私はいつものように酔っ払いながらエミちゃんに尋ねた。「オイ、エミ、お前も一応高校は卒業しているんだから、国語の授業は何百時間と受けているだろう。その中で記憶に残った歌でも詩でも俳句でも何でもいいから一つ挙げて見ろ」と。

思いがけぬ私の質問に、エミちゃんはしばらく黙りこんだ。その間、私はエミちゃんはおそらく啄木か晶子の歌、あるいは光太郎か達治の詩、の断片を口にするのではなかろうかと想像していた。しかし、記憶の糸をようやくたぐり寄せたエミちゃんの答えは意外だった。「君が袖ふる」だったのだ。いうまでもなく『万葉集』巻一・二〇の額田王の一首、〝茜さす紫野ゆき標野ゆき野守は見ずや君が袖ふる〟の最後の七文字である。これを聞いて、大ゲサなようではあるが、私は深い感動の念に捉われた。

教師に反抗し、暴走族に加わり、酒・煙草はもちろんのこと男も知り尽したといった風情の現代の娘の心に、千三百年も昔の万葉の相聞歌が、近代の豊饒な詩語にも勝って刻み付けられていたという事実に感動したのである。

そしてそのとき、私の脳裡にゆくりなくも保田與重郎『わが万葉集』の中の次の一節が甦えったのである。

「万葉集をよんで、かりに十首の歌をしみじみ味へたなら、それは十分な生き甲斐と信じてよいと私は思ひ定めてゐる。」

この一節の持つ意味が、どれだけ深く重いものであるかをこのときはじめて私は本当に理解したと言ってもよい。

保田與重郎の文章は、こちらの経験に応じて、あることを一瞬のうちに理解させるところがある。この一節もそうだ。私はそれをひそかに啓示だと思っている。

『わが万葉集』に秘められた啓示の一つ一つに気付くたびに、私は万葉についての自分の理解が進むのみならず、自分の作る短歌の歌境が拙いなりに深まっていくと考えている。

（歌人）

田辺孝治……身余堂酔余

はじめて身余堂に参上したのはいつだつたか、正確には思ひ出せないが、「日本の文学史」連載の途中で、新潮編集部員として伺つたのが最初である。

原稿はいつも速達郵便で送つていただいてゐた。おそらく想を練つたあげくに一気呵成に書かれるのであらう、達筆の草体の俗にいふ続け字で、楽に読める原稿とはいへないが、毛筆をよくする人の常で、その心で読めば決して読めない原稿ではなかつた。

しかし、そのまま印刷に廻せば校正刷に赤字がふえることはたしかなので、原稿が到着すると、今の若い編集者はそんなことはしないだらうが、わたくしは何を措いてもすぐに全部清書をして印刷用原稿をつくつた。校正した初校ゲラに、用字内容等についての質問を書き入れて速達でお送りする。どんなにお忙しいときでもきつとすぐに見て下さつたのだらうと、今でも思つてゐるが、一々明確な回答をつけて、予想できる最短時間で返送して下さつた。この一連の作業はすこぶる緊張を要したが、今思ひ出しても、楽しい仕事であつた。

連載の十一回目「文学の道」の中に「亭子院歌合」の引用があつた。岩波版日本古典文学大系本で照合して赤字を入れ、書名はいはずに手元の本によればかうなつてをりますが如何でせうかとおたづねした。お返し下さつたゲラには「これは良い本文ではあるが、自分は群書類従本に拠つてゐるから原稿のママ」といふ御返辞だつた。このとき、近代的な研究成果よりも塙保己一の偉大な業績に対する先生の尊敬と信頼、尊重する態度をわたくしは感じた。ついでにいへば、右の例は偶然だが、先生は岩波書店の仕事はお嫌ひだつた。

この連載の途中で社内の異動があり、わたくしは出版部に移り、最初に手がけた本が「木丹木母集」であつた。といつても、現在この「全集」の編集に献身してをられる吉村千穎氏が当時まだ新潮社出版部にゐて、企画から編集割付まで全部済ませてすでにゲラになつてゐたものを、わたくしが形をつけただけのことである。

その「木丹木母集」の見本を身余堂にお届けに上つた日、例によつてお酒を御馳走になつてゐる時、わたくしはおそるおそる、字を書いていただきたいと、初めてお願ひした。さういふ場合の経験に反して、先生は実に意外にも即座に快諾して下さつた。これが日本の文人の伝統なのかと思つたりした。以来、あつかましいと知りつつも、殆ど参上するたびにお願ひしたが、いつも「字を書くときは少し酒が入つてゐた方がいい」と仰有つて、飲みながら書いて下さつた。すべて「木丹木母集」のお歌をお願ひし、随分沢山頂戴したが、わたくしはその多くを身近の希望者に分け贈つた。惜しいといふ気がないとは言はないが、先生の文学の徳に触れさせたい気持からであり、先生もそれを決して咎めることなく、むしろ喜んで下さるであらうと信ずる。

参上するたびに必ずお酒をいただきながら、夜おそくまでさまざまなお話を承ることは、奥様にはさぞ御迷惑であつたことと、今更申しわけなく思ふが、無上の楽しみであつた。その間の先生のお話を思ひ出せばきりがないが、その一々を記す余裕はない。ただ、先生は酒間の会話に於て、巷間の俗説俚談を面白がられる傾きがあつた。それは本当は〝面白がる〟といふやうなものではなく、その奥底にある日本人の精神伝承を追究する姿勢に由来するものと、わたくしは解釈してゐる。

さういふ酒間の話材なので、わたくしの記憶違ひかも知れないのだが、ある時、旅行の途次「日本の橋」で有名な名古屋の裁断橋を見て来たことを申し上げたところ、先生はいとも淡々と、「私はあれは見たことがないんです」と仰有つた。わたくしはあつと思つた。或ひはわたくしの一人合点で、戦後は見てゐないといふことだつたかも知れないが、わたくしの内部ではどちらでもかまはない。「日本の橋」から三十数年、橋は「もう昔のあとをとゞめない」見ればがつかりするやうなみすぼらしいものであるが、擬宝珠はあつた。だが、「日本の橋」を読めば、先生は決して橋そのものについて形而下的に語つてはいらつしやらない。橋の銘文の意義から論が進められてゐるのであつて、具象としての橋そのものはどうでもいいのである。わたくしはわざわざそのつまらない橋を見に行つて、肩すかしをくつた。しかし、そのとき、保田先生の文学の一端に触れ得た思ひがした。「現代畸人伝」中に、〝本居宣長の神の如き偉大さは、その方法論にあるよりも、文学本質にある〟と書かれてゐるが、先生の文章も同様に、常に本質を説くものでありながら、一見華麗ともいふべき独自の論法に幻惑されて——それこそが文学なのであるが——、われらは真意を見失ふのかも知れない。先生の御作についての、かの戦争期に於ける受け取られ方は、その一証といへるであらう。

（編集者）

古川善久……ふたゆかぬもの

在学してゐた東京外語の寮が東中野にあり、当時、保田先生が棲んでをられた所とは、さして隔つてゐなかつたので、一度訪ねたいと思ひながらも、学生時代は結局お会ひしないままに過ぎた。昭和十九年十月、私も兵役に服し、学友たちがさうしたやうに『万葉集』『古事記』を持つて、満州に征く。敗戦時は朝鮮にゐて、シベリヤ抑留は免れ、一年で飯塚の父母妹弟のゐる家へ帰つた。

東京外語で学び、外務省に務めたこともあるのだから、まさに時節当来であらうなどと言はれながら、私は皆の期待とは裏腹に職にも就かず、専ら古典や史書に読みふけつてゐたが、その支へが保田與重郎先生であつた。先生の著作を求めて、福岡、若松、久留米、熊本にまで探し歩いた。『祝詞』などを除いて、単行本の多くは手に入れることができた。

二十二年の秋から旧制専門学校でフランス語の教師になつたが、馴染みの古本屋の小母さんに「日本はどうなるでせう」と聞かれ、「本当の日本になるには二百年もかゝりませう」など答へながら、私は本当の日本が識りたかつた。

その思ひが積りに積つて、昭和二十三年か二十四年かの元日に意を決して桜井の保田先生を訪ねることにしたのである。

桜井駅からまづ駐在所にゆき、先生の名を告げて、その家を尋ねた。「はあ、保田槌三郎さんの御子息さんですね」と、生れて始めて、こんな丁重な巡査さんの応待に接した。私はこの家のこの地方におけるありやうを感じ、その旧家のたたきに立つた。

この土地では元日は人を訪問したり、人の訪問をうけることはしない仕来りといふことを知らなかつた。恥ぢて恐縮し、緊張と困惑は高まるばかりであつたが、親切に招じ入れられて、その人の前に坐ることが出来た。一泊させて戴き、翌日は教へられたとほり、安倍文殊院、山田寺跡、また、檜隈の猿石、益田の岩船などの石造物を訪ね、岡寺、石舞台、談山神社、聖林寺と巡り歩き、夜の汽車に乗つた。

爾来、『祖国』『新論』『風日』に蜘蛛の糸に縋るやうに、それが切れて地獄に堕ちることもなく、桜井、京都の旅宿、終夜亭、身余堂に通ひつづけた。西下の砌《みぎり》にはお供もした。

拝眉を得てすぐに、奥西、高島大兄に、ついで柳井雅兄にひきあはせてくださつた。高島兄とある本屋にご一緒した時、「あなた達はどこの友人で?」と、学校などを頭に置いて尋ねたその人に、高鳥兄は「われわれは生れる前からの友人や」と答へて笑つた。保田先生を介して交誼を願つた人たちは、みな心の清々しい人たちばかりであつた。私は天道好還を信じてゐる。

先生には歴史の中の事・物・人について深く教へて頂いたが、今生のことも習つた。そして著名な文人詩人などにも会はせて貰つたが、世に知られない丈夫、手弱女、家刀自などに誼みを結ぶ機縁を与へても頂いた。身余堂訪問は午後から深夜に至る。先生はひと頃は「しんせい」を二つに切り煙管で吸はれたが、後では専ら「朝日」だつた。酒はかつてはあまり嗜まれなかつたが、晩年は強い酒も飲まれた。先生の、卵の黄味の形が壊れない方法を発明した人のこと、豆腐を買ふのに旗を揚げて、はるか下の路に合図をすることなどなど、俗談平語の語りを聞きながら頂く酒も料理も素晴しくうまかつた。品数も多かつた。同じウルカも信州のものあり、山陰のものあり、九州のものありといふ具合。酒も和・洋様々であつた。神宮お下りの酒がうまかつた。

終夜亭の頃、先生が自分で作つたと言はれた料理が出たので、その大徳寺納豆様のものを「終夜亭納豆ですね」と賞味し、奥様に包んで頂いたことがあつた。もち帰り、先生を敬慕する人たちに分けたことだつた。

皇太子・妃両殿下の西下の折、かつて先生をお迎へしたこともある勤務先の私の執務室が両殿下の休息所に当てられたことがある。私は棟方志功画伯の絵と先生の書を掲げて、その部屋を飾つた。侍従から、それはいかなる人の書かと訊かれ、当代第一等の国学者と答へた。

十五年程前のその頃、胃穿孔で胃に孔が二つあき、三つ目から腹膜炎を併発して担ぎこまれた病院を退院したあと、初心に還るべしと『日本に祈る』を筆写した。毎夜、墨を磨り、筆先を揃へつつ手漉きの故い半紙を二つ折りにし、下手な字で書き続けた。
書写は戦後すぐ行つたこともある。『日本文学史大綱』の載つた冊子を借りて写した。山妻と一緒になる前、釈迢空『死者の書』の書写を強請したこともある。書き写すといふ作業は嗤ふ人もゐようが目読と違つた何かがある。いま、二回目の万葉集書写を続けてゐる。

（詩人）

〈以上第三十五巻　昭和六十三年九月刊〉

山田昭雲……松の葉のことなど

保田先生から江州義仲寺翁堂に奉安すべく、丈艸居士像の製作の命をうけたのが、昭和四十八年のことであつた。それまで私は去来句には親しんでゐたが、丈艸句は殆ど知らなかつた。従つて肖像を彫るなどとても出来ぬので、先づ野田別天楼編の丈艸集を読むことから始めた。そして先人達の丈艸句評などに学ぶうち、多くの句に惹かれ、その人柄に次第に魅せられて畏敬の念を深めた。ただ読むことに止めず、感銘深い句は直ちに盆や壁掛などに彫つて拓本とした。
一年余りが過ぎたころ、身余堂をお訪ねしていつものことながら深更に及んだとき、お話は丈艸句のこととなつた。その頃私は、

淋しさの底ぬけて降る霙かな
交りは紙子の切を譲りけり

水底を見て来た顔の小鴨かな

などの句を彫つてゐたが、

松の葉の地に立ならぶ秋の雨

には、幼少の頃茸狩に行き、美事に立ちならんだ枯松葉を見て、よくもこんなにうまい具合に突き立つものだと驚いた懐しい思ひ出と重なつて、丈艸に親しみを感じたものだつた。それらのことを申し上げると、突きささるのを見たかと尋ねられた。私はその様子をつぶさに見たことなどなかつた。先生は、松の葉が勢ひよく水平飛行をし、地上近くで急降下して突き立つさまを、詳細にご説明下さつた。何事によらず検分しないと得心されぬ先生の真骨頂の一端が窺へた。そして最後にあたかもうづくまつた丈艸の如く、背をまるめて代表句はやはり「うづくまる……」だとぼそつと言はれた。その一言は丈艸句を学ばんとする私への、万言にもかへ難いお訓へであつた。

うづくまる薬の下の寒さかな

効目も見えぬ薬湯を火にかけて、病厚き師の枕辺にうづくまる丈艸の悲しみが切々として伝はりくる。この句は芭蕉が丈艸出来たりと感じたほどの秀句である。それは句と云ふよりも、志し高き人士丈艸の自からなる祈りと思はれる。そして芭蕉没後は故翁追福のために生涯をさゝげた。

陽炎や墓より外に住むばかり

それから更に一年余、五十一年の時雨忌日に丈艸居士御像製作奉安の感謝状をいたゞいたのだから、三年ばかりかかつてやつと製作したこととなる。その間一度だけ様子をたづねられたのみであつた。

今一つの松の葉の思ひ出は、五十五年三月号から二年間、「義仲寺」誌の芭蕉句拓本に取組んで一年あまりが過ぎたころ、五十六年の六月号の課題句、

清滝や波にちり込青松葉

に腐心してゐたときである。どうしてもこの句を彫ることが出来ぬので、五月三十一日の芝蘭子宗匠十年祭に参列し、清滝川の現場に臨みたいものと馳せ参じたのであつた。このとき久しぶり先生にお会ひすることが出来た。石門の岩はなに佇まれた先生のお姿は、芭蕉生涯の推敲により成つたこの句の中に、まさに翁と一つになられたお姿であつた。とても近寄りがたい思ひで、私どもは清流に足を濯ぎつゝ、河原で直会の酒を友らと酌み交した。

食事が終り一同先生をおかこみして、いつもながらの訥々とした口調のお話を拝聴したが、特に芭蕉を勉強するやうにと強く繰り返された。そのとき一言声をかけていただいたのが最後となつた。その日から四ケ月後に他界されたのである。そのときそのことを知るよしもなく、感動さめやらぬうち、この句を彫り上げたく、早々に辞したことだつた。

清滝や波にちり込青松葉

その翌日家の近くの赤松の林に行き、青松葉が数多く散つてゐるのを見たが、突き立つた青松葉は一本も見あたらなかつた。それからは比較的順調に彫ることが出来たが、先生亡き後の「義仲寺」や「落柿舎」に載せていただいた作品は、すべて芭蕉や去来の句を通じ、先師を偲ぶことにより成つたものであると、今なほさう思つてゐる。

（彫刻家）

羽根田諦……『日本語録』との邂逅

私の切実な保田與重郎体験は『日本語録』との邂逅に始まる。新潮社昭和十七年七月二十一日発行

るからこれははつきりしてゐる。

の誕生日記念といふつもりである。本の後ろに自分の認印を捺した上、年月日が右のやうに書いてあ

のそれを書店の書架から見つけて、我が心から求めたのは昭和十八年十一月二十三日、十八歳、自ら

大東亜戦争が始まつて間もなく満二年にならうといふときであり、前月、文科系学生の徴兵猶予停止により、学徒出陣壮行大会が行はれたばかりであつた。当時私は療養所を出たり入つたりして病ひを養ひつつ、予備校に籍を置く二浪の最中であつた。何とかして学徒兵として出征したい一念に燃えてゐた。その日のために、祖国に安んじて献身できる論理と自分なりの安心立命の境地が得たかつたからである。

子規の貫之観を厳しく退けてをられたのは、最初の驚きであつた。中学校の国語では、アララギ流の考へで教へられてゐたからである。

驚き且困惑した箇所も忘れられない。明恵上人の「あるべきやう」の解説の終りのところでは、三上参次博士の『尊皇論発達史』に二頁にわたつて徹底的に筆誅を加へられた挙句、「今日の時勢によいもの、やうに見えて最も悪い本の一つである。」とまで書かれてゐるのには、全く驚いてしまつた。

虎関師錬の言葉を解説された最後の条に、「さらに又国民の報国の尽忠を、全体と個とか、無と有とか、大我と小我の関係で説くやうな近代西欧風の考へ方や、進んで大我のため小我を殺して、大我に合体するといふ形でわが自然の尽忠を説く者も共に間違ひである。」とある。当時、『国体の本義』といふ文部省著作の書物がしきりに読まれ、而も大学入試における現代文の試験問題の頻出出典とされてゐて、それを注釈した参考書も出てゐる受験生必読の書があつた。勿論私も読んでゐたので、この箇所を青鉛筆で括弧して、「『国体の本義』の考へと違つてゐる！」と書き込みをしたのである。その頃殉国・献身の論理はこれが普通であり、殊にこの『国体の本義』の説くのが正に先生が退けてを

られるこの考へそのものであつて、私は困惑する一方では、こんなことを言つていいのかしら、言論統制に触れるのではないかと、私なりに心配したものである。

当時の私には判らぬ箇所も随分あつたが、全編を通して著者の熱誠に打たれ、その純粋厳正な絶対的信念とも言ふべき気魄に圧倒されて、ただただ深く感じ入るばかりであつた。昭和十九年四月、大学に入つてからは友人の多くが読んでゐるやうに、『戴冠詩人の御一人者』『後鳥羽院』『芭蕉』等を読んで、同年十二月一日、現役兵として入営した。『古典論』『機織る少女』『万葉集の精神』等は復員復学した戦後、自ら求めて読んだ。

昭和二十九年二月、当時私は早稲田実業学校の教壇に立つてゐたが、或日、日頃は互に無沙汰をしてゐる盟友永淵一郎君から突然電話がかかつてきた。三月某日、とにかく靖国神社の社務所にぜひ来るやうにといふ、それだけの連絡である。それが短歌を中心とする文藝雑誌「桃」の発刊準備会であつた。それが機縁となつて、山川京子主宰「桃」の創刊に与ることになつた。ここで畏友石田圭介さんともめぐり会へたし、更に全く思ひもかけぬことであつたが、保田與重郎先生にも親しくお目にかかることができたのであつた。

その昭和二十九年の秋のいつ頃であつたか、山川先生から上京なさる保田先生を東京駅へお迎へに行つてほしいと頼まれたのである。先生は和服の着流しで、ステッキをついて列車から降りていらした。上方弁で早口に話しかけられる先生の仰る意味がよく判らず、たいへん失礼したことであつた。昭和三十四年八月、この「桃」と先生直系の「風日」との合同の全国歌会が吉野の「桜花壇」で開かれてから、今年は岐阜でそれが行はれるが、もう二十九回目である。毎年その折には、先生の御批評をいただけるのが何よりの勉強であり、楽しみであつた。

或年にはその歌会後、石田圭介さんと共に身余堂にお招き下さつて、雑誌編集の労をねぎらつて下さつたり、山本春子様と一緒にお邪魔しては、歌会や直会の座に加へていただいたことも屢々である。

嘆声が思はず洩れるほどのこの厖大な著作量——先生は真の意味における最も日本的な不世出の偉大な詩人・思想家でいらしたと思ふが、その先生が日常茶飯の事を極めて興深く話題になさつたのが印象に残る。


（歌人・愛知工業大学講師）

米田一郎……想い出すこと

どう言う訳だか未だに判りませんが、先生は妙に、私を可愛がって下さったような気がしてなりません（私は自分で、今でもそう信じております）。

私は旧制の畝傍中学で先生の後輩に当る訳ですが、勿論、私の入学した時は先生は既に東京に出て居られた頃でしょう。私は生来色が黒いので、入学早々、英語の時間に同級生諸君からニックネームを頂戴しました。習いたての英語で、インディアン（印度人）でした。私は本当のところ、内心ではこのニックネームは嫌いでは無かった、と言うよりむしろ気に入っていたのです。遥かな古代文明を築き、釈迦を生んだ印度、瞑想的な風貌……当時、私はそんな異国趣味を印度に感じていたからのようです。他面、一般的には、西部劇に出て来るアメリカインディアンのあの鳥の羽根飾りをつけた精悍な風貌や、滅びと戦う悲劇性などにも惹かれるものがありましたので、この二通りの印象がない混ぜになった感じで、自分としては結構納得していたような訳です。

さて、私が長年勤めていた桜井市役所を退職する時、それまで住んで居りました家も、周囲に段々住宅が建てこんで参りまして、好きな三輪山や二上山が見えにくくなって来ておりましたので、適地を探して移転することにしました。偶々、万葉の纏向川（穴師川）の堤の傍に、少しばかり地所を求めることが出来たのですが、嬉しい事にはこの土地は、長谷寺、三輪山、二上山、河内の叡福寺（聖徳太子御廟所）とを、地図上一直線で結ぶ線の真下にあったのです。

現在でも私はこの僥倖に感謝しておりますが、いよいよ家を建てるについて、私はささやかな門に門額を懸けようと考えました。退職して、老後を静かに生きる家ですから、田園に隠れる草庵のこころづもりでした。実際、その辺りは人里離れたと言う程でもありませんが、周りはみんな田んぼか畠で、大和平野を見はるかせる良い環境でしたから、庵号を少年時代からのニックネームをもぢって、隠泥庵（インディアン）と致しました。いささかは、泥中の玉とか泥中の蓮とかの、不遜な自負の念いも秘めてあったのでしょう。今にして思えば全くお羞づかしい仕儀ですが。こう言った経緯を保田先生にお話しをして、ご揮毫をお願い致しましたら、『良い庵号やないか』と先生大層面白がられて、早速、筆を執って下さったような次第です。旧幕時代から続いている田舎の醤油屋の、醸造樽の壊れた廃材で、永年、醤油の色の浸み込んだ厚手の杉板に彫り込んで、今私の家のカヤぶきのささやかな門に懸っております。くぐるたびに、時折り先生とのことが想い出されます。『家が出来たら、先生、見に来とくんなはれや』『ウン、よっしゃ』このお約束も、その前に先生がお亡くなりになったので果せませんでした。せめてそのうち、典子未亡人に見て頂かなくては、と思っております。

門額の筆を揮って頂いた時に、木丹木母集の歌も一首、書いて頂きました。「小泊瀬は時雨ふるらし二上のこの夕映えのことに美し」おそらく、戦後暫く先生が郷里に帰農しておられた頃のお作でしょうが。

実は私、木丹木母集でこのお歌に出逢った時、大変なつかしい気持を感じたのです。何故なら、私も四十歳頃に二年ばかり短歌に凝った時期がありました。葛城山のあたりから湧き上った黒い雲が大和国中《くんなか》を濡らしながら、やがて平野の東側・三輪山を覆い、そして伊賀の方へ去って行く、それでも三輪山の南裾から初瀬谷には、まだ冥い雨雲の気配がわだかまっていて、けれども既に西の二上山の空は霽れて真紅に夕映えている。と言った情景はよく経験しておりまして、そんな時ふと気がつくと初瀬谷、外鎌山の上空に、冥い大きな虹がかかっていたりなんかする情景を、拙い歌に詠んだ記憶があったのです。「二上は朱に燃えつつこもりくの泊瀬の峡《かい》を冥らき夕虹」作ったまま推敲する事もなく、忘れるともなく忘れておりましたので、木丹木母集の中のこのお歌になつかしい共感を覚えたのかも知れません。

先生のご諒承を得てありましたので、先生とのご生前のお約束通り、隠泥庵の小さな庭のころあいの石にこのお歌を刻みました。『あゝ、この歌の通りだ』と感動する情景に、年のうち何度かめぐり逢う時があるのです。典子未亡人がお越しになる機会があれば、この歌碑もご覧に入れて、あらためてお許しを頂きたいものだと考えております。

長いお脚を立てたり屈げたり抱えこんだりされながら、やたら朝日の煙草をふかして、夜の更けるのも頓着のない先生と、一時二時頃までも話しこんだりしていました。時間がはやく経つのです。当然、私は文学者ではありませんからむづかしい話は出来ません。只、ふるさと桜井のあれやこれやの噂話に過ぎませんが、先生は『フン、そうか、フン、そうか』と眼を輝やかせて聞いておられました。あんな嬉しそうな先生のお顔を、時々想い出してなつかしんでもおります。夜が更けて、太秦のお宅を辞する時、気候が良くて月の美しい晩など、先生もご一緒にお宅の門の外まで出て来られます。お行儀の良くない話ですが、あそこはお隣りの無いお宅ですから、道の向い側の空地の草むらで、ちょっと失礼して放尿しておりましたら、先生も並んでご一緒される事もありました。『大和の連れ小便でんな』と申し上げたら、先生、月を眺めながら『ハッハッハ』と笑っておられました。元禄の芭蕉さんのような風姿をして、縹々と、先生は今、どの辺を歩いておられるのでしょうかね。

（桜井市教育委員長）

〈以上第三十六巻　昭和六十三年十月刊〉

山下悦子……「脱戦後」へ向けての試み

――「ファシズムの美学」としての保田與重郎の検証

私が保田與重郎の思想を知ったのは、拙著『高群逸枝論――母のアルケオロジー』（河出書房新社）を執筆している時だった。詩人――農本主義アナキスト――天照大神をたたえるイデオローグ――女性史研究家といった思想遍歴を辿る高群は、モダニズムが開花した一九二〇年代の頃からすでに「近代の超克」を掲げ、平塚雷鳥らとともに「無我」の「場所」に自由と解放を求めた独自の女性解放論を展開していた。ニーチェ的なニヒリズムと即身成仏の修業――四国遍路の修業によって体得した仏教的な生成論を混合した彼女の思想は、満州事変を境に急激に日本主義へと回帰、アルカイックな時空にアイデンティティを求めた。私は高群の描く詩や耽美的でナルシスティックな文体が日本浪曼派的であることに着眼し、「アナキズムとイロニー」「ポスト・モダンとファシズム」の章を書くにあたって、この日本浪曼派について調べはじめたわけだが、当然ながら出会った保田の思想に触れて、実に高群とよく似ている人だと思った。日本の古典にたいする深い憧憬の念と驚くべき教養の深さ、本居宣長的な主情主義的美学に基づく近代文明批判、人為を排しておのずからなった自然としての農──米作を中心とした共生生活こそがアジアの本質であるといった国学的な農本主義による西欧近代文明批判等々といった思想が特に近似している。高群のほうが十六歳年上であるし、彼女が保田の文献を参照にしていることもないので、直接的な関連性はないと思われるものの、この時代をひたすら純粋に、かつラディカルに生きようとしたものが、純粋であればあるほど、ラディカルであればあるほど、母なる天皇制という宗教にも似たあのファシズムの時空に吸いこまれてしまった点も両者の共通点であった。

このことは単なる偶然ではない。一九二〇年代に東京という都市空間を中心に開花したアメリカニズムとしての日本のモダニズムは、文化的な象徴記号となった「断髪、真っ赤な口紅、洋装、自由で官能的な身振り」といったモダン・ガールに体現されているが、一九三〇年代になるとそのモダン・ガールは不良女性の代名詞となるまでにその地位が失墜、アメリカ＝モダニズムの排斥とともに一気に日本主義へ回帰していった。それは、一九二〇年代にモダニズムの時空とパラレルに存在していた「近代の超克」──ポスト・モダン派が次第にヘゲモニーを握るプロセスでもあった。一九二一年に登張竹風がニーチェのツァラトゥストラを菩薩と見立て、「超人」を「仏」とみなしたが、その『如是経序品』を絶賛、戦中に蘇らせたのは、ほかならぬ保田であった。「他者」のない徹底的に母子融合的な共同体の言説、「無私の感情が、そのまま他者の生命に対する倒錯した一体感を呼び起こすという非合理的メンタリティ」（橋川文三）はこの時代の日本精神の特徴であるが、高群、保田に限らず、時代を支配した言説であったということができる。

戦後、「マルクス主義壊滅後一挙に狂い咲いた悪の華の温床」（橋川文三『日本浪曼派批判序説』）といった汚名とともに、保田はファシズムの文学者として批判にさらされた。また高群はその夫橋本憲三によって、彼女の死後編纂された全集から皇国思想に関連するもの、農本主義的アナキスト、初期の作品などはすべて意図的に排除された。高群を女性史家として研究するものは、婚姻論に関する業績だけを取り上げ、戦中の言説は避けて通ろうとするのが一般的であった。高群は女性ということもあって批判にさらされることもなく戦後を生きのびたという点が保田と唯一相違している点であろう。だが、批判にさらし、右翼として頭ごなしに否定、排除するにしろ、あえて汚点を避けて遠ざけるにしろ、いずれにしてもそれが戦後の我々がとったあのファシズムにたいする無反省、非転向のありかたなのではなかったか。近代のポスト・モダン思想の異様な流行現象もなんのことはない、戦前の近代の超克の焼き直しにすぎない。日本の経済的優位性が文化的優位性へと転化され、日本人としてのアイデンティティを保田の作品に見出そうとするその精神の中にこそ、あの諸力の総合の帰結として下から形成されたファシズムと同型の精神構造から今だに自由となっていない我々の姿が示されているのである。

保田特有の耽美的な文体にいたずらに魅了され、過剰な意味付けをすることなく、また「右翼」と罵倒して否定してしまうのでもなく、十五年戦争の時代がうみだした言説の構造を我々は、今こそありのままに把握し、研究かつ検証するということが可能なのではないだろうか。あの時代を直視すること、それは我々がやらなければならない「脱戦後」へ向けての作業である。その「作業」なしには、「脱戦後」に近づくことは決してできない。その意味で保田の全貌を知りえる全集の刊行を私は心から歓迎したい。

(女性史研究家)

山本春子……私の「天杖記」

私の手許には、雑誌から切取つて製本した一冊の「天杖記」があります。

第一公論社から出してゐた「公論」の、昭和二十年一月号から三月号にかけて、前篇、中篇、後篇と、連載された御文章の分だけを雑誌から切りはなし、一冊の本にしたものです。

製本したのは戦後で、当時はばらばらにならぬやう、しつかりと紙袋に収め、貴重品入れのカバンに入れて持ち歩きました。

戦時中は名古屋に住んでをりましたので、はげしい空襲の中、「天杖記」を入れたカバンは私と常に行動を共にして居りました。

典型的な文学少女であつた私が、流行に乗りおくれまいとして読みはじめた保田先生の御本に、すつかり傾倒するやうになつたのは、昭和十七年上梓された「万葉集の精神」からです。戦中の沢山の御著書のほとんどを買ひ求めました。近代西欧文学の悪しき影響から脱し、日本にめざめ「皇神《すめかみ》の道義《みち》が言霊《ことだま》の風雅《みやび》に現れる」といふ先生の御言葉をいくたびもつぶやき、一応、先生の御文章がわかつたつもりで居りました。

今思へば、年齢よりも幼稚だつた私ごときにとても理解できる御文章とは思へませんが、若い一途な心からおほまかに御趣旨だけはつかんでゐたものと思はれます。

二十年五月の空襲で家を焼かれ、防空壕に収めた蔵書のすべてを焼いてしまひましたが、カバンの中の「天杖記」は大切にしまはれてゐました。御著書を焼いたことが、一層カバンの中の「天杖記」を大切にさせてゐました。

戦後すぐ、粗末な表紙をつけて製本しました。一冊に製本された「天杖記」には、表紙に先生が書かれた題字、見開きにはこれも先生の御筆の、天杖記鎮魂歌のうちの二首が書かれてゐますが、これは終戦から四年たつた日に書いていただいたものです。

昭和二十四年秋、影山正治先生、大賀知周先生と御三人で、岐阜の歌会に出席され、そのあと丁度どぶろく祭の最中の飛驒白川郷をたづねられた先生でしたが、岐阜の歌友の家で開かれた歌会のあと書いて下さつたのです。

「天杖記」の題字は、本の題字は本人が書くものではなく「僕だつたら、たとへば新村出先生のやうな方に書いていただくのが本当だが」とおつしやりながら、私の求めに応じてこころよく書いて下さいました。

そのあと見開きにすらすらと、

うつし世に已が魂ふるとのべまつるかしこき神のものがたりかな

よろづ代に語りつぐべし神ながらわが大君のみ名かしこみて

の二首の歌を書かれ、「十月十六日岐阜にて」と記して下さいました。たしかその前年、名古屋の歌会で、はじめて御眼にかかつただけのなじみの薄い私にも、親しみ深く気さくにお話し下さり感激いたしました。

その後、先生には度々御会ひし、その都度心に残るお言葉をいただきました。藤村の「生木の燃えるやうに」といふ語から、いつまでも消えず、静かに、おのれの志を燃えつづけさせ生きよとのお諭しも、木曾川の堤で光琳の藝術を語られたことも、私の中に生きて居ります。御歌もたくさん書いていただきました。しかし、この一冊の「天杖記」を見つつ浮び上る先生の思ひ出は、一番古く、かつ強い思ひ出です。四十余年たつた今も、空襲の中持ち歩いた大切なこの「天杖記」、先生の書かれた題字とお歌のあるこの「天杖記」は私の宝物です。

戦時中の雑誌のことですから、紙が悪く、現在はすつかり黄色に変色してゐますが、ひもとく度、戦時を思ひ出し、あの時代にこのやうにみやびやかなめでたい、明治の御代の君と民とのつながりを書かれた先生の御心を思ひます。そして、題字と二首の御歌を書いて下さつた日の、まだ四十歳になるやならずのお若かつた先生や、翌朝、飛驒白川郷へお送りしたときのことなども、あざやかに心に浮ばせます。先生は朝早いのは苦手だと、少しおつらさうでした。その早朝、美濃路を深く朝霧がおほつてゐたことも忘れられません。

（歌人）

福田真久……芭蕉翁と保田先生

落柿舎十一世工藤芝蘭子宗匠は入庵以来願っておられた、芭蕉翁の真の最後の句、

清滝や波に散り込青松葉

の建碑を、私の説によって昭和四十四年より奥嵯峨の保津峡落合に準備を進められた。

その間私は宗匠と何回かお会いしたが、宗匠は保田與重郎先生を心から尊敬し信頼しておられ、懐しむ調子でお話された。

ところが、宗匠は句碑完成（八月予定）を待たずに、昭和四十六年三月十日に亡くなられた。幸に

染筆された句は落合茶屋の小畑実氏（もと石工の氏によつて刻字、建立した）に渡されてあった。

前年晩秋の碑石選定に立ち合い、その経過を承知していた私は、世話役として推進に当ることとしたが、霧中を迷うように思った。

私は大きな不安を抱きながら、太秦の保田邸を訪問し、先生と初対面となった。先生は若輩の私を暖かく迎えられた。建碑計画については既に宗匠からお聞きであった先生は、その遺志を是非実現しようと激励して下さった。先生の寛いお心が有難く、明るい希望をもって坂道を下りて帰った。

ところが、除幕式の約一カ月前になって、清滝保勝会から反対運動が起り、暗雲が漂った。この時、保田先生と義仲寺保存会大庭勝一会長と、地元嵯峨の松本末三氏・田中一男氏らの絶大なる支援によって乗り越えた。

そして、除幕式は昭和四十六年八月十二日に柳井道弘氏司会、野宮神社宮司の祝詞奏上、岡部長章先生の告文によって、盛大に執り行なわれた。

　青松葉散る影とゞむ永遠の石

以後、保田邸には時々お邪魔したが、いつも奥様ともに暖かい歓迎を受けた。私の家族を同伴したとき、小学三年の娘がお嬢様のお琴に触らせてもらった事もあった。

　隠棲の主火鉢抱き出できたり

先生は座椅子にもたれ、朝日を吸いながら、落柿舎や蝶夢のことなどを語られた。

以後、毎年夏には碑前に人々が集り、芭蕉を慕い、芝蘭子宗匠を偲んできた。誰言うとなく落合祭りと呼ぶようになり、保田先生も何度か参加された。

その後、昭和五十一年に先生は深い因縁によって、落柿舎十三世に就かれた（たゞし、先生は自分は俳人ではないからと謙遜されて、守当番と称された）。

昭和五十六年五月三十一日には、落柿舎庵主の保田先生によって落合芭蕉碑前で、「芝蘭子を偲ぶ十周年の集い」を開催して頂き、百名近い方々が参加された。式典後の直会のとき、落合茶屋が手狭であるため先生は遠来の客人のためと座を去り、川原の大岩の上で数人の親しい人達と食事をされた。今もその写真を見る度に涙を禁じ得ない。

と言うのは、先生はこのあと二、三カ月後に入院され、同年十月四日に長逝されたのだ。

義仲寺における葬儀に参列し、さらにお骨を拾いながら、保田美学は何なのかと心の中で反芻した。

　白菊のにほふ大和桜かな

翌年先生のお墓は、芭蕉翁の墓のある大津義仲寺の翁堂の裏側に完成した。

　承け伝ふ日の本道や堂の秋

先生は日の本の道を承け伝えられた。残された私達は保田国学を習い、その心と美とを受け継ぐであろう。

昨年は落合祭と合せて、保田先生の七年祭と芝蘭子宗匠の十七年祭を営ませて頂き、両先徳を慕う大勢の方々と先生を偲んだ。

　魂祭り集ふ天地の清々し

本年の第十八回芭蕉翁落合祭り（八月二十四日）では、奥様の典子女史（歌誌「風日」主宰）より、先生と芝蘭子宗匠との水魚の交りのお話があり、一同は深く感銘した。

　清宴に想出語る夏逝かん

なお、先生は清滝句碑を彫った小畑氏の実直な人柄とその業を愛され、先生の歌碑二つと西行歌とを特に依頼された。一つは、奈良市の寺島富郷氏宅の

　けふも亦かくてむかしとなりならむ

わが山河よしづみけるかも

いま一つは、南光仁三郎氏の比良山荘の

山かげを立ちのぼりゆくゆふ煙

わが日の本のくらしなりけり

西行歌は先生の揮毫によって、落柿舎裏手の西行井戸に建つ。

小畑氏曰く、先生の字はどこに力が入っているのか、入っていないのか解らなくて大変彫りにくい、と。保田先生の独得の自在な書風を良く表現している言葉だ。

（国士館大学教授・国文学）

〈以上第三十七巻　昭和六十三年十一月刊〉

平沢 興……私の人生に火をつけた保田與重郎さん

最初私が保田さんにお会いしたのが、私の京大総長の二期目で、昭和三十七年頃かと思う。保田さんとは、あっという間に親しくなり、まるで兄弟のようなおつきあいをしたが、それでいて一面また最後まで、まるで先生のような感じもしていたふしぎな間柄であった。保田さんのからだからはいつも不思議な魅力が迸り出ていた。私にもいろいろの友達があるが、保田さんのように、近づくほどにいよいよ尊く、いよいよ魅力が出るような人は知らなかった。亡くなられてから、もうまる七年にもなるが、何と保田さんの魅力は時と共にますます大きくなるばかりである。保田さんの直観力の鋭さ、ものごとに対する独自の見解、それはあらゆる面ですばらしかったが、就中文献のよみ方、歴史的事実の把握、しかもその余韻までも見逃さない緻密さには、たゞ驚くばかりであった。保田さんは美学出身の歌人で文学者、評論家で古代史家で、その目はいつも広く文化の全面に及んでいた。万葉の里、桜井市に生れ、万葉の自然をそのまゝ子供の時から身につけ、味わいながら大きくなられた。万葉時代に対するこよなく深い理解は、たゞ本や頭からのものではなく、みずみずしいうぶな心で自然そのものから身につけられた本能的なものであった。

われわれ二人はお互いに忙しく、なかなか二人だけでゆっくり話しあう時間はなかったが、上京の車中などは、われわれにとっては最も有難い自由な時で、思う存分話しあった。そういう話しの中で、私も時々驚かされたが、保田さんも何度も驚かれた。生命の起原、中でも最も不思議な人間生命の起原の話や、一人の人間はたゞ一つの命ではなく、実は約五十兆もの基本的生命、即ち細胞の共同体であること、また人間には生れながらにして大脳表面に約百四十億の神経細胞があり、殆んど無限の可能性が与えられていること、しかも与えられたこの全神経細胞も完全に利用したものはいわゆる天才を含めても、まだこの地上に一人もないとの話などは、保田さんにとっても珍らしく、感動的なものであった。お互いの話しあいには、そこに少しの遠慮もかけひきもなく、全く思うがまゝのものであったが、そういう時の保田さんの真剣さには、全く驚くべきものがあった。保田さんはある意味では全く子供のような好奇心をお持ちの人であった。

お互いに純心と言えば純心だが、同時にまたそれだけ頑固のところもあり、わがまゝのところもあったが、新学社の奥西保会長などからは、よく二人は頑迷固陋などとひやかされたものである。妄りに妥協しない頑固さは、確かにわれわれ二人に共通であったが、しかし、これは少しもわれわれ二人を対立させるものではなく、私は保田さんに、保田さんは私にその頑固を許しながら、いやむしろ互いにその頑固さに魅力を感じながら、それを楽しんだものである。

保田さんは万葉の里に育った勘の鋭い、最もよい意味の都人《みやこ》であったが、私は寒い越後の農村に生れた、あくまでもにぶい田舎人であった。こういう意味では、われわれ二人は確かに本質的に違うところがあったが、面白いもので保田さんは、私の越後の原始的素朴さに、私は保田さんの万葉的鋭敏さにひきつけられ、ふしぎなことに性格の相違はむしろ、我々二人をいよいよ強く結びつけるきずなとなったのである。

私は若い日余りにも偏狭で、たゞよき解剖学者たることのみを志し、解剖学以外のことを知ることは研究の邪魔になるとさえ思っていた。そして、その頃聞いた日清日露の戦争をも知らぬ学者を尊敬したりしていたが、やがて成長するにつれて、そうした偏狭さの非を覚り、保田さんと初めてお会いした頃は、私も多少文化的にも広く考え初めていた頃で、こうした狭い私を成長させるには、保田さんこそは私に火をつけた生涯の大恩人である。保田さんは私には遠い存在ではなく、今は肉体的には幽明境を異にしているが、精神的には今も私は日毎に保田さんに近づきつゝあるのである。今も私がしみじみと有難いと思うことは、生涯のうちで保田さんのようなすばらしい巨人にお会いできた幸運である。

お互いに先生などということはやめようと言いながら、いつのまにか面と向うと、また保田先生、平沢先生などと呼びあっていたが、これなども二人のあるがまゝの関係を最も自然に現わしているようである。

私の生涯に火をつけて下された保田さん！　あなたこそは私のみではなく、同時にまた炫火会の人人や、全集の読者などにとっても、永遠に消えることのない、炎々ある巨火である。

（元京大総長）

松本 勉……風日社の「おまつり」

風日社歌会、つまり保田先生のもとで和歌を学ぶ会は月々第三日曜日と定まつてゐて、その日は先生のお宅、鳴滝身余堂へ寄せて戴き万事お世話になつてきた。この歌会に先だち「おまつり」をする月がある。二月、伴林光平先生慰霊祭、四月、春季慰霊祭、十一月、秋季慰霊祭である。

歌誌「風日」でみると光平先生をお祀りされた最初は昭和三十九年二月十六日で、この日は丁度殉難百年に当つた。以来毎年の例として光平先生自画像を床の間に掲げ、海山のお供へを奉り、神式をもつてお仕へしてきた。

春の慰霊祭はもと「春日忌」で佐藤春夫先生を偲びお祀りする日となつてゐたが、後には河井寛次郎先生、河上利治先生を併せお祀りするやうになり、他にもあらたに祀られる方が出てきて、春秋の二度慰霊祭をお仕へするやうになつたものである。こちらは仏式であるが、何れも歌会のあと「直会」といふか「お斎」を頂くといふのか、お酒を飲んで存分に楽しい一時を過すのが例である。何時の場合も大勢人が来て身余堂はいつぱいになり、これだけの人を気持よく接待して下さるのも仲々大変なことゝ思はれる。宴たけなはといふ頃、保田先生は座を立つてめいめいにお酒を注いで廻られる。膝を立てたり崩したり、冗談まじりに愉快な話をされ、何とも云へぬ親しみの気持が通ふのを覚えるのである。

このやうなお祭りの座に始めて私が入れて貰つたのは、昭和四十六年春のことだつた。それまでは

「保田先生」と云ふと近寄り難く、唯々畏れをなしてゐたといふのが本当のところだつた。それを無理矢理引つ張つていつてくれたのが緒方親氏だつた。昭和四十六年といへば三島氏によるあの衝撃的な事件のあつた翌年のことで、大津義仲寺で新春歌会があつた次の日である。

保田先生はその頃「新潮」に「日本の文学史」を連載してをられたので、お邪魔すると迷惑になると云ふのを、緒方氏はもう約束してあるからと云つてきかなかつた。緒方氏は当時「風日」の編集責任者だつた。山科の疎水近くに住み、母親の三和代さんと二人暮し、大正終りの生れで四十五、六歳、言語動作には可成り難渋な様子があり、一見して脳性麻痺の後遺症と判るのだつた。しかし人一倍負けず嫌ひの気性はそれだけよく努力勉強し、優秀な知能の持主であるとは交際した者の誰もが直ぐ認めた。これといふ職業をもたず、しかし一応は出版社代表であり、母親の三和代さんは発送事務や出納を預る、差しづめ事務局長と云つたところだつた。彼の役目はまた編集を通じ、同人達の動静を三尾山の先生に伝へたり、或は先生の意向や考へを取継いだりする幹事みたいな役目を果してゐた。私を先生の処へ連れていかうといふのは、緒方氏のさうした親切心によるものだつた。

ところでその日は心配してゐた通り、保田先生は見るからにお疲れの様子で話が弾むどころではなく、まるで叱られに行つたやうな感じだつた。緒方氏と「風日」同人の話になると、先生は古くからの同人の名をあげ、

「あれは本来うまいが、歌会へ来ないから平行線をいつてる。歌会へくる者はそれを越して皆うまくなつてゐる。歌といふのは作つたその日は旨く出来たと思つてゐても、明日になつてみれば不味いといふことが判る。自分だけで作りつぱなしにして置いたら其限りや。やはり皆にあゝして斯うしてと意見を出して直して貰ふと、それで旨くなるんやなあ」

と、婉曲に不精を咎められたものだつた。後で奥様からも、「今度、光平先生のお祭りがあります

から、松本さんもどうぞ」と誘つて下さつたので、漸く三尾山学院へ登校する決心がついた。

二月、光平先生み霊祭りに参上した。「目玉ばかりは狸も閉口」とある自画像を前に、保田先生は光平といふ人がどんなに庶民の気持に通じ、思ひやりをもつてをられたかを語られ、次に踏雲録をひいて万葉集開巻劈頭、雄略天皇御製に及んだので、これを機に自分も本気で万葉集を読まうと思ひ立つた。お蔭で契沖の代匠記を読み、続いて源氏、太平記と読みすゝみ、此の頃やつと「あたりまへの日本人」になれたかと思つてゐる。

また先師を祀る春秋のみ祭りでは、人としての最も大事なことを教へて戴いたと思つてゐる。棟方志功先生、清水比庵先生の業績を通して「美しいものを見る眼」を開いて下され、そして桜もみぢ、草もみぢの美しさ、小倉山にかゝる三日月の美しさをその場で教へて戴いたのを忘れない。

このやうに身余堂の「おまつり」により、人としてこの国に生れたことを喜び、自分が暮しの上で自然の恩寵を素直に感じとれるやうになつたのは、すべてこれ保田先生のお蔭であると思ひ、日々感謝の念を捧げてゐる次第であります。

（歌人）

岩崎昭弥……僕の中の保田先生

僕の郷里は、滋賀県の彦根である。実家は農家だが離れがあって、離れに岡田賢一という彦根経専の学生が下宿していた。彼は僕がその学校に入学すると同時に卒業し、京大経済学部に進学した。彼は京都に行く前、僕に保田與重郎先生の「改版日本の橋」を読めとすすめ、本を貸してくれた。当時の僕には理解出来ない部分もあったが、初めて酒を飲んだとき強い酔いが廻るように、僕は保田先生に酔いしびれてしまった。京大生岡田賢一兄に伴われ、桜井の旧家の保田先生の門を叩いたのは、昭和二十一年の秋だったように思う。早朝彦根を出て、大和桜井に着いたのは十時半頃だったが、先生は就寝中だった。このとき先客があつて、遠来の僕らのため、「お先きにどうぞ」といった人は詩人の田中克己先生であったのを、後年知った。

十一時過ぎに薄暗い先生の部屋へ通され、和服姿の先生に初めてお眼にかかった。奥さんはお茶を出すとき三ツ指ついて僕たちに挨拶され、また先生の食事と一緒に汁や御数を出して下さって大変恐縮した。

以来、古本屋で先生の著作を見つけては買った。

学生時代、彦根に文化グループがあり、昭和二十二年の五月頃だったが、彦根市立図書館で、先生の講演をお願いした。先生を迎えるため彦根駅に出向いた僕は、ホームから出口に来られる先生の背広姿をはじめて見たが、長身にダブルスーツがよく似合っているのに驚いた。講演は新井白石に関するものだったが、接待係の僕は話の中身を全く覚えていない。夜、旅館で立て膝の先生と夜更けまで話した折、火野葦平の「麦と兵隊」を「敗戦」と改題しても通用するといわれたのが、今も印象に残っている。

僕が岐阜に来てからのことである。昭和二十九年の夏、八月の第一土曜日に催される長良川の花火大会に、保田先生ご夫妻をお招きした。岐阜の花火大会はスケールが大きく、県外からも花火客が集まり、その夜は約十万人の人が出る。若いサラリーマンの僕には旅館がとれず、川畔の「うお専」という料理屋に先生の宿を頼みこんだ。用意された部屋は六帖間で狭かったが、岐阜では有数の料理屋だったので、先生にもお気に召したと思った。花火は見るのが一苦労で、人波を掻き分け、河原に立ったまゝ見なければならず、忍耐も必要だった。しかし花火師の技を競う音と光の饗宴は、先生ご夫妻にご満足いただけたし、当時小学生だった直日さんが事のほか喜んでくれて僕は嬉しかった。この時先生から頂いた土産は棟方志功さんの版画で、「けふもまたかくて昔となりならむわが山川よしづみけるかも」という先生の歌の絵であった。妻には奥さんから皮のハンドバッグを頂いた。

翌日、先生ご夫妻を名古屋へお送りしたのだが、道中奥さんの靴が足に合わず、時々痛みを訴えられた。すると先生が何かつぶやいて不機嫌な表情をされた。「もう少し優しく出来ないものかな」と僕は気を揉みながら、先生と一緒に名古屋の山科雄護氏を訪ねた。

先生が亡くなられた昭和五十六年は、身辺多忙で一度もお会いしていなかった。その日は各務原市で岐阜県社会党の大会に出ていたら、電話で娘に呼び出された。「今日（十月四日）午前十一時四十五分、保田與重郎先生が亡くなられたと柳井道弘さんからのお知らせです」と、受話器の向うで娘がいった。僕は思わず声をつまらせた。

その夜は僕が座長の会合があったので、翌日、大津の義仲寺へ車で駆けつけた。

遺体の顔の白布をとって、先生を拝んでいたら奥さんが傍に来られて、「ご遠方から有り難うございます……」と挨拶され、無言の先生の顔をひしと抱かれて、しばしむせび泣かれた。先生の顔は眼を閉じた仏のように美しく、蠟のように白かった。

以前に「保田は今でも女にもてる」という、妬みのような田中克己先生の話を聞いたことがある。そのせいか、最近全集の月報に「そのころ」という奥さんの文章が出ると、僕は一番最初にそこを読み、何だか救われたようにほっとする。

（岐阜県会議員）

〈以上第三十八巻　昭和六十一年十二月刊〉

棟方巴里爾……保田與重郎先生

晩秋の京都、嵯峨野の辺りは、すでに月も山の端にかくれてしまっていた。おぼつかない足取りで、すだく虫の音を分け、たどり着いた保田邸の板木《ばんぎ》をためらいがちにたゝいた頃は、十時を過ぎていた。

その日の夕方、お伺いの電話をしたところ、

——わしは、夜に強いで、遅い時間がええんや。そうやなあ、十時か十一時頃、おいでな——とおっしゃったからである。

にこやかに迎えてくださった先生は、まだ白っぽい着物を召して、「朝日」のたばこを手にしていらっしゃった。居間に通され、私が御無沙汰の挨拶もすまないうちに、

——うまい酒があるんじゃ。まあまあ、そんな挨拶はええわ。さ、巴里ちゃん、どうじゃ——と、奥様に酒肴の仕度をせかせて、御自身は隣室にお入りになり、やがて日本酒を左手に右手にコニャックのビンをお持ちになり、卓に置かれた。

——これなあ、伊勢神宮の御神酒や。あんたに飲ませよう思うて、冷やしといたんや。この金箔を入れて呑むと、ちッとえゝもんや——と、二寸四方もある金箔を箸にからませ私のコップに浮かせて下さった。

——金は薬《くすり》になるんじゃそうな、たくさん入れて呑みなはれ——

秋の長夜。静かな、そして豊かな酒宴がはじまった。典子夫人のお手になる、美味、珍味に、金箔入りの御神酒が和し、いつかとうとうたらりの酔い心地。宴、はなやぎ、饒舌になっていった。

――これな、今度出た本じゃ（「方聞記」新潮社　昭和五十年九月三十日発行）――硯箱と筆をお取りになって、見返しにご記銘下さった文字。御本の表題を冠した「天下方聞之士」のお言葉であった。それも、棟方巴里爾様、「様」には恐れ入ってしまった。

――これはな、一人、部屋にじっとしていても、世間のこと、世の中の様子がおのづと見聞《みきき》されると云う意味なんや。わしもあんたも「天下方聞之士」じゃ。この印は、画伯（父、志功を先生は「画伯」と呼んでいらした）が彫ってくださったもんや、わしの一番好きな印なんじゃ――

いつかグラスがかわり、コニャックにしびれていた。

――日本酒と同じに呑みゃえゝ。うまい酒はどう呑んでもうまいもんや。これには、金箔は入れんでもえゝやろう――そこで、

――先生、本当か嘘かは知りませんが、ブランデーは、昔、錬金術師が造り出した酒だそうですよ――

――ほう、さようか。なら、もともと金箔入りなんじゃなあ――と大笑いなさった。

すでに夜中の二時を廻った頃。そろそろお暇《いとま》しなければ――とおうかゞいしたところ、

――何云うとるんじゃ、まだ二時や。わしはこれからが元気になるんじゃ。そうや巴里ちゃんに、小《あ》豆粥《づきがゆ》を御馳走してあげてくれんか――とお疲れの典子夫人に。

――先生、もう遅いですから――

――いや、なに、すぐ出来るんじゃ。もう、さっきから仕込んであるんでな――

――でも、お口にあいますやら――と夫人。

――申訳けございません、奥様――と私。

――旨いもんやぞ、うちの小豆粥は。わしは作れんが――と先生。

小豆粥の炊けるのを待つ間、先生は色紙をお取りになり、筆軸を長く持たれて「儛《まい》」という字をお

書きになった。
——人間が舞うんやから「亻《にんべん》」が無うては本当の「舞」うと云う字にはならんと思うとる。「儛」の方が、字としても、人間の業《わざ》になるんやないかな——

私ごとき小人者に、これほどまでの暖い愛情と尊いお言葉を与えて下さった先生は、奇しくも、私の誕生日が御命日になってしまわれた。合掌

（棟方板画館専務理事）

梅田美保……ご神縁

保田與重郎先生が当梅田開拓筵を初めて訪われたのは、昭和四十一年六月九日でした。その日は風雨の激しい凄まじい荒天にて、今もって鮮明な有り様を思い浮かべうるほどです。不思議なことに、私どもの筵に神縁深き貴人や客人がお出かけ下さる日と申しますのは、こうした雨風の強い日が当たるらしく、神山筑波の神々のご感応によるものか、と畏きことと存じております。

この九日の夜、私どもの笹小屋にて、保田先生を中心として、「私学校創設趣意書草案」が成りました。主旨は、西洋の物質文化に毒された現代人に反省を促すべく、東洋精神、日本文明の要点を礎とした人間教育、人材養成を目ざす、というものです。

この草案を実現実行に移すべく、まず第一回の公開講座を開こうという話になり、それがその夏の八月中旬、二泊三日の開筵という運びになったのでした。会場は新築なった筑波山神社客殿を拝借いたしました。

さて、保田先生の当日のご講話は「日本文明史」。その諄々と話される様は、古事記の神々の御一柱が天降って来られ、そのままお話下さるが如きお姿と、これが当時の私どもの感想でした。

内容は、古語拾遺の例を引用され、神武天皇の「中大孝」の訓み方、その事蹟をもととして日嗣ぎの意味、大嘗祭と祭政一致、相嘗めと祭り、政治に臨む者の心がまえ等々、日本文明の原点を考察いたします上で、まことに重大な意味をもったお話でした。浅学な私どもの理解しえた点を要約いたしてみますと、

・政治とは、皇《すめら》みことが天ツ神との約束（神勅）をこの地上に実現されることであり、臣たる政治家は陛下のご使命を完遂すべく手足となるべきこと。

・祭りとは、皇《すめら》みことの努力されたご使命の結果を皇大神に報告されることであり、また神と人とが相嘗して楽しむことであること。

・践祚された日嗣の皇子が、皇位祭祀としての大嘗祭を行って、はじめて皇位が絶対のものになること。それ故に「中大孝」を「み親の教えに従ったことを報告される」という意味に読むのだ、等々。

もともと私どもの先代伊和麿翁が神道修行を志した動機は、昭和三年、今上陛下の大嘗祭の大饗宴に列する栄に浴し、「日本政治の根本は皇位にあり」と直観いたしたことにあります。そして様々の研鑽の後、古代宮中祭祀にみる祭政一致こそ日本的政治の極意である、と信念し、それを世に問うことを終生の使命としたのでした。また、古事記神代巻の神々は現在も真実であり、上下一致という以上、宮中祭祀の風儀《てぶり》に一般も倣い、日々各家の祭祀を仕え、職域奉仕し、天皇さまの願う地上高天原建設に励む、これこそが「日本人の道である」という結論でもありました。

その実現には指導者の養成が必要であり、ぜひ神祇官を再興したい、修業法の教化方法も考定せねばならぬ、実際に手振り化したものを伝習する場所もいる、といったわけで、私どもは戦前、東京麻

布に祭政一致教学道場を開設いたしておりました。

それだけに、保田先生のご講話は、まさにご神縁によるもの、と感激一入でした。

現在、私どもはささやかな「梅田学筵」を維持運営いたしております。これは「私学校創設趣意書草案」の精神を受けついだ、形よりも日本人の心を伝える学舎、のつもりでおるものです。眼目は、宮中祭祀に習い日々わが遠つみ祖《おや》に仕える作法を学ぶ、ところにあります。

どうか帰幽後の保田先生が天上高天原の神々に列し、皇運を輔翼される一柱として、現し世をお導き下さいますよう、心から願うしだいです。

（梅田開拓筵代表）

近藤 正……保田與重郎先生と工藤芝蘭子宗匠

嵯峨は黄昏時で嵐山も小倉山も墨色になった。大竹藪を吹く風に稲穂のにおいがした。落柹舎の小さな門を三人は入って来られた。落柹舎十一世工藤芝蘭子宗匠と二人のお客だ。三人は門を入ったところで立ち止まった。一人は痩軀鶴の如し、白い絣に兵児帯、細い杖、煙草の煙がばさばさの髪のあたりに漂っている。保田與重郎先生だ。もう一人は小柄な棟方志功先生だ。宗匠は私を「一緒に住んでる書生さんです」と二人に紹介した。

保田先生にはじめて会ったのは昭和四十四年だった。記憶の淵に目を凝らすと茫として見えるものはひどく省略した墨絵のようなこの景色だけだ。

落柹舎の床の間の上に「山陰を立ちのぼりゆく夕煙わが日の本のくらしなりけり」という先生の色

紙が掛かっていた。私は自分が朝夕落柿舎の裏庭で立てる煙が小倉山に立ちのぼるのだと思うと庵の暮らしがたまらなくいとおしいものに思われた。

昭和五十六年五月三十一日、落合の句碑祭りが行われた。芭蕉の絶句「清滝や波に散り込青松葉」を祀る鎮魂祭だ。落柿舎の十三世庵主だった保田先生が采配を振られた。

この年は句碑が立って十年目であり、又工藤宗匠没後十周年の記念も合わせて盛大だった。句碑の前に百四十人が集まった。句碑は小畑茶屋の前にある。茶屋に至る路はせいぜい一間の幅しかない。片側は崖で下には清滝川の白い波が光っている。当日保田先生の計らいで路肩に白い紐が張られていた。人々は葦原の葦のように体をすり寄せて立った。

句碑祭りの様子は「義仲寺」誌と「落柿舎」誌に岡部長章氏の詳しい報告がある。又当月報第三十七巻でも福田真久氏がその様子にふれている。更に熊倉凡夫氏の録音によって人々の息づかいが生きいきと伝わってくる。私はその録音によって保田先生の挨拶の要旨を紹介したいと思う。

先生は先ず宗匠の十年祭を寿ぎ、天気と景色を褒め、宗匠の経歴を手短かに述べられた。宗匠は昭和の始め頃から落柿舎に来るようになり、後に永井瓢斎氏と落柿舎保存会を作った。戦前戦中の苦しい時代に落柿舎を守った。又義仲寺の保存にも貢献があった。宗匠は俳諧史的に尊い人だ。「芝蘭子句集」に続いて早川幾忠氏の「芝蘭子宗匠」が出された。それには宗匠がどういう俳人だったかよく書いてある。特に吾が国の俳諧がどういうものなのかがよく分かる。日本人が俳句や俳諧に対して持っている気持がよく書かれているから、特にこのことをよく読んでほしい、という要旨だ。

これは「芝蘭子句集」にある先生の跋文の内容によく似ている。先生は宗匠を二つの点で評価している。一つは俳人としての器量。もう一つは俳蹟の保存に貢献したことだ。跋文に次のような言葉が見える。

「今日もなほ、元亀天正から貞享元禄を貫道してきた俳諧に遊びうる俳諧師は、どこかにかくれて生きてゐる。たのもしいものと、俳士と呼ぶにふさはしい人々が生きてゐる。小生は宗匠に、さういふ俳士の最も大きい今人を痛感した」

「落柿舎と無名庵といふ、俳諧史上で最も大切な二つの遺蹟の中興再建の功績では、芝蘭子宗匠は蝶夢法師に並称される歴史的な人となった」

「宗匠が芭蕉翁を尊拝し、去来翁を追慕された心緒は、ただならぬものと小生は感じる」

これは先生の俳諧観を表している。先生と宗匠の縁は俳諧の細き一条のつながりだった。宗匠にとって落柿舎は俳諧の道場だった。正風の細き一条に連なる道だった。落柿舎の暮らしは夏炉冬扇の心だった。私はそのような落柿舎が好きだった。私が先生の「山陰に」という歌に対して涙腺にふれるようないとおしさを感じるのは、歌の心と落柿舎の暮らしの間にひびき合うものがあるからだと思う。日本の美学精神史という細い流れがあるならば、先生と宗匠はその流れに遊ぶ人だった。清滝川は古来より和歌俳諧の精神が遊ぶところだ。芭蕉も文字通りその流れに遊び、魂はそこに帰った。

句碑祭りの後直会では弁当を持ってめいめいが好きな所に腰を下ろした。先生は急な坂路を降りて清滝川の河原の大きな石の上で弁当を使われた。五月の陽光が石門に満ちてせせらぎが天国の楽のようだった。先生の右手で朝日の灰が伸びている。じっと川の流れを見つめる目が細められているのは、朝日のせいだろうか、せせらぎが初夏のまぶしい光を踊らせているからだろうか。

上の宴席に戻る時、私は先生の左手を引いて急な坂路を登った。私が握った先生の手には力が入っていなかった。私は握る力を加減して手を引いた。私が先生の体に触れたのはその時だけだった。


（東海大学助教授・言語哲学）

〈以上第三十九巻　平成元年一月刊〉

白川正芳……文人と自然思想

私は保田與重郎氏に一度だけ会ったことがある。「一期一会」の縁だった。いま手帳で調べてみると昭和五十年一月九日の午後だった。その日の朝、私は新幹線に乗って雑誌「第三文明」の編集者と一緒に京都まで行った。お宅は京都の太秦で、弥勒半跏思惟像のある広隆寺に近い閑静なところだった。

私はまだ三十代の後半と若く、氏は六十代だった。私にとっては、父の世代にあたる人である。昭和がちょうど五十年経過したので、これを記念して「第三文明」で「昭和文学を語る」と題した企画が立てられ、私が聞き役になって作家、評論家を訪ねていったのである。第一回は稲垣足穂氏、次が金子光晴氏、第三回が保田與重郎氏だった。さまざまな伝説のある保田與重郎氏に会うのはちょっとこわかった。私は友人と保田與重郎の話をしたり、保田與重郎選集に目を通しノートをとってから出かけた。

日本浪曼派のあたりは、私たちにとっていちばん分かりにくいところで、そこを氏から直接聞きたかったし、謎めいた氏の人柄に接してみたかった。当日は寒い日だった。京都駅からタクシーで行った自宅はやや小高い場所にあり、門をくぐった。八畳位の畳の部屋に通され、テーブルを挟んで話をきいた。氏は私たちの訪問を歓迎し、極めて熱心に情熱をこめて話をしてくださった。ガスストーブが赤々と焚かれていた。氏の後ろの床の間には「鶴千年」と書かれた掛け軸がかかっていた。良く見ると徳川慶喜の書だった。日常、氏が使用している食器もすべて一級品と伝聞していた。

ひととおり話を聞いたあと雑談になった。雑談がおもしろかった。辞去したのは夜遅く、九時をまわっていたから、延々、九時間にわたって話を聞いたことになる。

「西尾末広という人はえらい人です。学校へもろくに行っていませんけどね。顔を見ただけでもわかります。いい顔していますね。自分の生涯を五分間でいってしまう。生まれから学校を出て職工となり、政治家になって今に至るまでを五分で述べる。そしてそこに抽象的な教訓がある。記憶に残っているものがちゃんとある。たいしたものです。——は十五分かかる。私が付き合っているここらの人たち、中小企業の社長たちは何分でいえるか、とやっています」

それから氏はぽつりと「文藝評論とはそういうものですね」といった。

今、どういうお仕事をされているのですか、と訊ねた。

「これといってやっていません。しなければならないこともないし」

朝の六時まで仕事をし、十一時ごろまで寝る。たまに二時まで寝る。寝だめする必要のあるときもある、そんな日常だった。裏が松林になっており、そこの部屋からは、朝は太陽が昇り、夕方は夕日の沈むのが見える。見るとかなり広い林だった。氏が高台に住んでいるのは、自然を生活のなかに取り入れるためだった。自然が日常のなかに豊富にある生活だった。都会で忙しく暮らしている私には溜め息の出る生活だった。氏の文学はこうした自然に囲まれた者の文学であることがよくわかった。

「ドイツ浪曼派は自然を良く知ってました」

と氏は語った。日本浪曼派にも自然思想がかなり重要な意味を持っていたことが、今の私には理解できる。しかし、当時の私にはそこには思いがいたらなかった。

「どんなに広い家でも、落ち着ける場所は書斎と食事する場所の二つしかない。三つまではありませんね」

この言葉もよく覚えている。私はそんな広い家に住んだことはないが、そんなものだろうと思う。

これも一種の自然思想の発露であろう。

「絵かきでむかしの人は、外国へ行ってても見てくるだけでした。写真を撮ってくるようになってから、論文がだめになりましたね」

文人とは、こんな発想をする人のことをいうのだと思う。氏の目は清澄に輝き、光っており、幼児のように清らかだったのも印象に強く残っている。

文学と文人の話をしていると、氏はこういった。

「最近は、親しみがなくなったでしょう。人心一新、は、新ではなく、人心一親、だと思っている。親しみにイデオロギーはありません。新、だとイデオロギーが出てきます。『万葉集』も親しみですね」

夜になって、氏は「酒でも」と席をはずして部屋を出ると、一升壜とコップを持って戻られ、「蔵出しの酒です」と出された冷酒をコップに一杯ごちそうになった。実に旨い酒だった。話が肴だった。三島由紀夫や佐藤春夫の話もおもしろかった。

（文藝評論家）

柳井愛子……幸《しあはせ》

小さな庭に咲く花、散る花、小さな実、雑草、蟬の抜けがら。遠くからいたゞいた桃、花梨、柿、落花生。森の中で拾つた松かさ、どんぐり。ふとした出会ひを縁に描き続けた色紙や和紙の類が、アトリエの隅に次第にかさ高くなりはじめ、どなたかに讃をいたゞいたら、それなりに形を整へるのではないかと思ひはじめて居りました。

そんな或日、ふとした話のはづみで、保田與重郎先生が快く書いて下さることになりました。早速に、自分ではまづ〳〵と思へる出来のもの、讃を入れやすい余白のあるものなどを選んで持参致しました。

それから幾月たちましたでせうか。或、月次歌会のあつた夜でした。歌会も終り、皆さんは三々五々引きあげていらつしやる頃、先生は、廊下づたひに書斎へ入られ持つていらつしやつたらしく、何やら両手に抱へ、ドサリと部屋の中程に置かれました。まだ床の掛軸など拝見してゐた人達も、何事かと振り返り、先生をとりかこんで坐りはじめました。しかし私は一目で、それが何であるかがわかつてゐました。先生は一枚々々それ等をとりあげられ、「つら〳〵つばきつら〳〵に」、「三尾山下行人稀」「水光開合」「滝の上を歩みこし人たちとまり何事もなきもの思ふさま」等とおよみになり、時折りこちらを振り向かれて、「これは裏や、裏に書いてもこんだけしつかり描いたら負けへん」「このお雛さん、あんたんとこにあるのん」「この紫露草、うちのんとくらべると大分赤い」などとおつしやる。はじめは皆さんの間に、何事だらうかと云ふ驚きの空気が立ちこめて居りましたが、それは次第に羨望とも非難ともつかないものに変つて行きました。先生が「愛子さん、これ六十のお祝ひに皆にくばるんやろ。わかつたある」とおつしやるので、私はあわて、「とんでもございません。私の宝物に致します。万一、私が飢ゑて死ぬる様なことになりましたら、一枚づつ売らせていたゞきます。」と申し上げてそそくさとしまひこんでしまひました。色紙を入れた箱の上には、〝柳愛女士作〟と墨書してありました。

持ち帰つた宝物は、一度も開くことなく、主人にも、子供達にも見せず、ずつとアトリエの棚の上になほして置きました。まるで龍宮城からもらつて来た玉手箱の様に、開けるとパツと白い煙が出て、何もかも消えてなくなつてしまひさうな不安からだつたでせうか。

しかし人間は何でも、一寸は人に自慢したいらしく、私も遂々、埼玉県飯能のTさんに、蔵原伸二郎先生の狐の詩六編及び其の他の詩二十編の絵画化の展覧会を飯能でさせていただいた時話してしまひ、たうとう保田先生に讃をいただいた夫婦雛の絵を差し上げるはめになつてしまひました。因みに、この雛そのものは、箱に江戸時代の後期慶応二年購入と記された由緒のあるものです。

後で軸装されたその図をみせていたゞきますと、夫婦雛の真中上部に書かれた先生の寿の一字が、何流と言ふのでせうか、大小幾つもの丸で書かれ、誠に優雅で美しく、軸全体を華かこの上もないものにしてゐるのには驚きました。

一枚の絵は欠けましたけれど、あとは門外不出の言葉通り、元のアトリエの棚の上に静かに眠つて居ります。

思ひかへしますと、あのかさ高い包をかゝへて帰りを急いだ夜、私は幸《しあはせ》と云ふものについて、しみ〴〵と思ひをめぐらせた様でございます。

幸《しあはせ》は、高い〳〵空のどこかに住んで、幸をつかさどつていらつしやる女神様が、とても気分のよい夜、誰にも気づかれない様にそつと部屋のしとみを開けて、「今度は誰にしようかな。」と下界をながめられ、ふと目についた者達に下さるのではないでせうか。それは特別にとり立てゝ立派でなくてもよく、その時の女神様のお目にとまり、投げられたその星を運よく拾ふことが出来た者に下さるのではないでせうか。私も或晩、偶然にお目にとまつてこの星をいたゞけたのではないでせうか。

その事は、舞台の上から投げられるお祝儀の折り手拭に似てゐて、手をあげ、声をあげてみても、一度もそのあたりには飛んで来ず、思ひかけずやつて来た手拭も隣のおかゝ様に強引に持つて行かれるのに慣れてゐる者の膝の上に、ポンと落ちてくる投げ手拭に似てゐる様にも思はれるのです。

（画家）

横田潤宗……御縁

保田先生を識つたのは昭和三十年前半の頃であつた。風日社の同人でジヤカルタ海軍武官府情報部に勤務した頃の二代目部長山科雄護氏の紹介であつた。或る風日歌会に山科氏と同道して終夜亭にお邪魔した。茶の間で先生と奥様のご馳走に成り文字通りの終夜亭であつたが、何の話をしたか失念してしまつた。それ以来月に多いと三四度、暫、足が遠のくと電話が掛り夫婦でお邪魔し終夜亭である。私達の三十歳代から二十余年の一番大切な佳き時に先生を識る事が出来、本当に幸であつた。

佐藤春夫先生夫妻が来京される毎にお招きにあづかり、目白のお邸へも度々よせていただき長居をした。千代夫人のご晩年迄夫婦子供達迄いつ想ひ出しても話は尽きない楽しい事で一杯。佐藤先生の知恩院での法要の時、保田先生からおほせつかつて大殿の間の大役の奉仕も夫婦共々お勤めした。それが御縁になり今迄春日忌の前後にはお墓詣りをしてゐる。義仲寺再建の晋山、入庵の総奉行をつとめよとのお話があり、大役にびつくりした事もあつた。今東光、三浦義一、御手洗先生を始め、芝蘭子宗匠、斎藤和尚等々を前にしてご挨拶をした事も昨日のやうである。

長女のまほさんの婚礼のお荷物に入れる品々を京都大丸にお世話した時、早い目の一日、一緒に出かけて靴や肌着迄も見立て、納入日をきめて帰つた処、明後日が荷出し日といふのに何も品物が届けられてゐないと電話があり、びつくりして大丸外商部へ連絡し閉店後全階こうこうと電気をつけさせ、いやがる彼女と一緒に品物定めをし直して、真夜中終夜亭へお送りした時もたゞにこにこされてゐた先生を想ひ浮べる。お式の色直しの替衣裳に妻が大切にしてゐた大振袖をお召し頂き晴れをさせて頂いた。後日先生御夫妻が参られ御礼にと棟方先生の手刷の色紙珍品中の品「これぞかのみゆきのみ井戸ぞとあこ並べ」のお歌が彩色もされた見事な一幅を頂き、家宝にしてゐる。

こんな事もあつた。次男の康弘が小学生のある日届け物のお使ひを自転車で行つた。夕方日が暮れても戻らないのでお電話したら、今しがた失礼をしたとの事、門口で待つてゐると楽しさうに息子が帰つて来て言ふには、先生と日常の事柄等をお話して夕食迄よばれ帰らうとすると、門の外迄お送り下され、暗くなつたので懐中電灯をと言はれる。自転車に自動のあかりがありますから大丈夫ですと申したら、それはどうして電灯がつくのだとそれはそれは不思議さうで、ちく一説明をした処丁重に教へて貰つておきに有難う有難うとなんべんもお礼をいはつたと。先生はかねがね自分の識らぬ事を教へて貰ふ人は幼児であつても師匠であると申されてゐた事を思ひ出して感銘した。

また或るお祝ひの日、京ではおめでたい事に使ふ赤飯まんじゆを持参した処非常に喜ばれ、出席の一人一人にわけて配つてまはられ、京ではお寺の晋山、諸堂の落慶、大般若経転読等のおめでたい時におよばれする事が出来るものだとにこにこして申されてゐた。長女真千子は国際結婚で洛北紫野今宮氏神で挙式し、彼氏には紋付のし目裃で、娘は文金高島田、出席者は全員和服、勿論先生も、花むこはマレーシヤ国籍の中国人。私が大東亜戦に従軍した事はすでに識つて居られた為か、「けふはめでたい八紘一宇の心の一日であつた。長男、次男の時もたのんだぜ」と申された。長男宗明が今日陶藝家になつたのも先生のお引き立てによる。

私達の親子夫婦の間にはいつもにこにこしてゐられる先生の話で一杯である。子供達もぢかに肌で先生に接し話のあひまあひまに日本人として大切な事をおきかせ頂き本当に幸であつた。私の事は「現代畸人伝」にいろいろとお書きになつてゐるが、先生は商人である私の事を書いて何か商ひにさはりがあるのではないかと非常に心くばりをされてゐた。何かにつけ非常にこまかい処迄にも心を付けられる先生であつた。私が南方作戦に従軍する前、軍令部第三部（情報）の一員として陸軍中将菊地武夫校長の興亜専門学校（現亜細亜大学）に二ヶ月海軍委託学生としてお世話になつたのも偶然とは言へ、現代畸人伝の私の項の次に菊地中将の事を記されたのも何かの御縁であつた。

五味由玞子……保田先生の思い出　わたくしのフランケンシュタイン

在りし日の保田先生を彷彿とする時、真っ先に甦る記憶は、申し訳なくも、或る綽名を奉った日のことです。

それはすなわちフランケンシュタインです。

その日、保田先生は拙宅の応接間で、いつもは父（五味康祐）が座っている椅子に寛いでおられました。応接間はオーディオ・マニアの父のリスニングルームを兼ねており、幼少の私にとっては侵すべからざる聖域でありまして、身の丈の二倍はあろうかという大きな対のスピーカーの前で、真摯に音楽を聴いている父は、どことなく近寄り難く、したがって、その父の椅子にどっかと腰かけていらっしゃった保田先生は、小さな私には容貌魁偉と見えたのでした。

母の使いとして、応接間に電話の取次に行ったわけですが、温和ななかにもあの確たる意志の力を湛えた眸にみつめられた私は、ある種の畏れとともに、居間に戻るとすぐに、保田先生てフランケンシュタインみたいと母に告げたのでした。窘められたものの、私はそれからかなり大きくなるまで、実は先生をフランケンシュタインとお呼びしておりました。先生御無礼をどうぞおゆるしください。

先生は幼い私にはあまりにも遠く偉大で、得体の知れない存在でいらしたので、私はかなわぬまでもせめて一矢報いんと、心の中でフランケンシュタインと綽名したのです。

その後、先生は度々拙宅にお運びになられ、その都度御挨拶申し上げねばならなかったのですが、人見知りの上、フランケンなどと呼び習わしていた後ろめたさもあり、ぐずぐずとテレビにかじりついて御挨拶がおくれたある日、叱咤されて客間にいらっしゃる先生の御前に上がると、いきなり、勉強してはったんですかと、あの独得の表情でおっしゃるので、うーん、しまったと恐縮してしまいました。私はマンガを見ていたので、お耳の良い先生のことゆえ、その音が達していて、非礼に対しそのようにおっしゃったのだと悟り、悄然としたのです。かねてより父が、先生はトボケはるよってん、あんた気イつけやと、母に言っていたのを思い出したからです。

本当に幼かったころのこととはいえ、保田先生にはいつも、当然のことながら一本も二本もとられていた私ですが、父が帰天した年の秋、太秦に伺った折、深更先生が書斎からお持ちになられた赤い手鏡を見た時には、驚きました。これ覚えてはりますか。それはまさしく、およそ女子らしい玩具を持たなかった私が、唯一大事にしていた合わせ鏡の一方で、知らぬ間に片方だけになっていたものの対でした。何が何やらわからずにいると、先生は、わしがこれくれるか言うたら、あんたくれてん、鏡は女の命言いましてなと、真っ赤なまあるい小さな手鏡を、大切そうに大きな御手の中に持たれて、柔和な御顔、きらきらしい眸で微笑んでいらっしゃいました。私は涙がこぼれるほどに何故か嬉しく、二十年余にして初めて、フランケンシュタインという名の不当性を恥じたのです。

保田先生におかれては、三種の神器の一でもあるところの鏡は、とても神聖なものであるとのお考えによるものと思い、先生の清らかな御心に触れさせて戴いた、貴重なる一日でした。

先生が帰天遊ばされ、時が経っても、自ずからの真実を見極めねばならぬ時、先生の清らかな卓越した精神は、折にふれ、若輩の私にも、そのものの真実を見る方法を示唆してくださっているように有難く思われます。

先日、かねてより念願の伊勢神宮に参宮しました。宇治橋を渡ると、五十鈴川の清流に二羽の鷺が遊び、師走も十五日のこととて、美しく掃き清められた玉砂利に人の姿も少なく、ゆっくりと伊勢神宮の清浄に身を置くことをゆるされました。

神の座す宮を、保田先生と一度御一緒させて戴きたかったと、かなしくも、懐しく、心から感謝しております。

〈以上第四十巻　平成元年二月刊〉

高橋 巖……日本人における「アジアの道義」

保田與重郎が戦後、近代文明を否定する論陣を張り続けたことを、この頃よく想い起こす。戦後まもない頃の保田與重郎の予測に反して、日本は新憲法の下で近代化の過程をまっしぐらに走り続け、今日、世界の文明社会の最先端に位置していると自他共に認めるところにまで来てしまった。

その平成元年の時点であらためて本全集の第二十五巻「絶対平和論　明治維新とアジアの革命」を読むと、どの頁にも思い当ることがいろいろと書かれてあるのにびっくりさせられる。——

白人社会はアジアを野蕃と考え、そこに近代文明を持ち込むことを神聖な文明の闘いだと称してきたが、そのアジア植民地化の過程で行ってきたのは、「人間」を「人類」以下にする機構を世界のいたるところに組み込むことだった。言い換えれば、すべての「人間」を「人類」としてではなく、「奴隷」として扱う体制作りだった。

問　近代の奴隷とは何を云うのですか。

答　近代の機構の中のすべての「人間」のことです。機械の奴隷です。近代生活地帯に於て、人間はすべて奴隷です。（『絶対平和論』拾遺　昭和二十五年）

保田與重郎によれば、「近代」の内部でものを考える限り、どんな正義論も理想論も「弁証法」に支配されてしまう。そして弁証法に支配される限りは、唯物弁証法が優位することにならざるをえない。だから近代文明そのものの本質を否定することなく、戦争や軍備をいくら悪だと主張しても、現象面だけを追いかけることになる。

「近代の終焉」（昭和二十七年）では、その「近代」を克服できるものは「アジアの道義」であるとされている。「アジアの道義」の観点に立てば、他の人間や他の民族を支配したり指導したりしようとするのではなく、共通する生活と伝統の中に、共通して存在する神性を啓こうとする。これに対して「近代」の立場はどうかというと、

「百万の非戦闘市民を殺戮した米軍飛行機が、その緊急な医薬運搬によつて、十人余りの病人を救つたことを以て、人類に対する飛行機の貢献を讃え得る者が、近代人の資格をもつ人である。」

「アジアの道義」の立場に立てば、岡倉天心以来繰り返して主張されてきたように、伝統と歴史をもった多数の文明圏を認めざるをえない。その数は――「丁重に藝術の立場などから細分すれば、無数と云へる位だ。それらは滅びることも、滅することも出来ない、さういふものとして残つてゐるのである。アジアの土着文化は、一定の縄張りの中へ侵入移植されたものではなく、生活と共に生れ、特

殊性を認められつつ交通したものであつた。」

同じ論文の別の箇所でも保田與重郎は、「各々勝手に存在し、儀礼をつくし、相手を侵略せず犯さず、自然の宥和を保つてゐる」状態が、日本を始めとするアジアの文明の実体である、と述べている。

そういうところから、私は保田與重郎の朝鮮に対する考え方、感じ方をどうしても知りたくなった。そして全集第十六巻「蒙疆　風景と歴史」を読んだ。この巻には「朝鮮の印象」を始めとして、「慶州」「扶余」などの戦前に書かれたエッセイが収められている。けれども読んでみると、そこには以上に紹介した戦後の立場とはひどくかけ離れた「浪漫的日本」の侵略主義的な主張が充ちみちているので、正直なところ、私は二度びっくりさせられてしまった。中国人や朝鮮人の側に立ってものを考えることが日本人として可能だと考えることは、近代の知性主義の仮空論だというのである。――「すべての朝鮮の民族主義は世界の明日の文化の倫理から云つても誤謬である。」「朝鮮人の産んだ文化は、極めてとぼしい。一番醇乎とした固有文化としての詩歌文藝絵画の世界に於ては、一つとして見るものはない……」だから内鮮一如という解決の可能性を前にした半島人は始めて世界認識を得たのであり、そしてその半島人にとっての唯一の理想が日本主義であり、それはとりもなおさず「日本」の「国体」自体なのだ、と言うのである。この日本主義から他の民族を導いたりはしない「アジアの道義」の理念まで、保田與重郎にとって、どれ程長くて困難な道が横たわっていたのだろうか、われわれ自身はどれ程今、この道を辿りえているのか、そんなことをとても強く考えさせられるこの頃である。

（日本人智学協会代表）

那須貞二……保田先生と私

保田先生に初めてお逢いしたのは、今から約三十年程前に、昭英社（印刷会社）の富田社長の紹介によると思います。

保田先生は、私の高等学校（旧制大阪高校）の先輩であり、学生時代より、既に評論家として名が出ておられ、私が親しみをこめて尊敬する先輩の一人でした。

その後、私が健康管理をお引き受けしている新学社（教育出版社）で、時々お逢いしたり、健康相談をお受けすることがありました。先生は、かなりヘビースモーカーで、和風の口付煙草である敷島とか朝日を愛用されていたようです。

昭和五十六年秋、新学社の奥西社長より、近頃、保田先生が咳に悩まされており、我々がいくらすすめても精密検査を受けようとされない、保田先生は、あなたの言うことなら必ず聞いてくれると思うから、よろしく頼む、とのことでした。

先生宅に往診し、一度X線検査をされるようおすすめした所、幸い承知されて、数日後、京都専売病院で検査を受けられました。出来たX線写真をみて、私には悪性の腫瘍であることがすぐ解りましたが、奥西氏には、急にショックを与えないように一〇％割引して、九〇％悪性の可能性ありとし、保田先生には胸水を第一所見にあげることにし、早速京大胸部疾患研究所の大島教授に紹介状を書き、今後の処置をお願いすることにしました。

その後の経過については奥西氏の手記（編集部注・別巻五に収録）に、詳細に述べられています。九月二十四日、京大病院にお見舞に伺いましたが、先生は丁度、何か処置を受けられている最中で、お目にかかれず、奥さんと奥西氏にお逢いして、しばらく病状についてお話をしている間に、奥さんが、ふと席を外されている時がありましたが、後にお聞きすると、この話のなかで、先生の病状のよくないことを察せられ、独り屋上に出て涙されていたとのことでした。

保田先生が、あるとき私のために短歌二首を、あのすばらしい筆蹟で書いて贈ってくださいました。早速表装をして、だいじにさせていただいています。

ミわ山の　しづめの池の中島の
　日ハうら丶かに　いつきし万比女

与へてみな　ものは炸風天辻の
　峠に立つ　　已れは旅人

合掌

（前京都専売病院院長）

足立一夫……折々のこと

私は昭和三十七年春から三十九年春に帰郷するまでの二年間、京都鳴滝音戸山の北辺に寄寓した。南へ行つて音戸山の裾を通り、ヤマザクラとコナラの喬木がさし覆ふ文徳陵の東の道を抜けると、僅か数分で身余堂の門前に出ることが出来た。誠に恵まれた環境にあつたものであると今にして思つてゐる。

「現代畸人伝」が「新潮」に連載された頃で、その後の「日本の美術史」や「日本の文学史」等を思ひ合せると、先生の戦後の文業が最も旺んになりはじめた頃であつた筈であるが、さうした先生の御苦労は考へようともせず、唯親鳥の羽交ひを好しと、月次の歌会は勿論のこと、当時「風日」を編集してゐた緒方親さんの使ひに託《かこつ》けたりなどして、よく身余堂へ出入りした。

身余堂には地方の産物の珍しいものがよく届いた。そんな時先生は「今日はよいお酒があるから、あれを飲んで行きなさい」「今日は何々があるから、あれを食べて行くとよい」などと仰言つて「アツチ行こ」とさつさと座敷を立つて居間の方へ行かれる、躊躇したり遠慮したりしてゐる様な間隙はなかつた。

お酒は冷《ひ》やが多かつた、頂きものゝお酒をいきなり燗にされることは先づ無かつた。

山独活《うど》は薄塩の水でアク抜きをし、二杯酢で頂く。時雨蛤は熱い御飯のお茶漬で頂く。

若竹もよく頂いた料理であつた。筍は朝掘りにし、持ち帰つて皮のまゝ頭から包丁を入れる、それまで横にしないやうにするのが良いとも仰言つた。

先生に習つたのか奥さんの仕種からか判然としないし、多分両方からであつたと思ふが、材料に丁寧で心の籠つた、それでいて簡潔なものゝ食べ方を学んだ。

炊き立ての御飯を木野皿山の蓋付によそつてもらひ、先生の仕種を見ながら御飯の上に蛤をまぶす、先生の手から急須のお茶をもらつてお茶漬の蓋をする。先生は胡座の上に両肘をつき、お茶碗を覗き込むやうにして上体を一、二度左右に振られたと思ふとすぐに、「まだ早い」と仰言る。まだ早いとは、御飯はほとびずに蛤の香りがひろがるだけの頃合ひの時間のことである。

私は、未だ早いも何も今蓋をされたばかりではないかと、半ば可笑しさを堪へながら、「さうですか」と言つて待つ。やがて私の胸に無邪気な子供のやうな稚い雰囲気が溢れ、それが匂ひ立つやうな歓びになつて、抑へなければ笑ひで顔が潰れさうになるのを堪へてゐた、あの須臾の時が懐しい。

身余堂は、思ひがけない時に切ない歓びにあふ不思議なところであつた。

そんな或る日、先生から根付きの山葵《わさび》を持つて来るやうに言われたことがあつた。

私の郷里では春、月遅れの雛の頃、狭い沢一杯に山葵の蕾が出る。野生の土山葵で食する程の根は無いが、蕾に立つてからそれに白い花を付けるまでのほんの四、五日、摘み取つて湯に浸でると香り立つて辛味も出、それなりに旬のものになる。それを持参して又しても奥さんの手を煩した時のことであつた。

それは先生の犒《ねぎら》ひから出たことであつたと思ふが、「此処に植ゑてみる」「いや駄目でせう」「ひよつとしたら大けなるかも知れん」といふやうな会話があつて、私は日ならず泥付きの山葵数株を持参する破目になつた。

そんなことがあつて又数旬が経ち、もう山葵のことも忘れてゐた或る日、先生から「あんたあれほんまに山葵ぢやつたか、この前持つて来て呉れたん――」と言はれた。「どうしてですか」と問ひ返すと「をかしなもんが出て来たで――ちよつと来てみいイ」と伴はれるまゝ、裏の背戸の流し場へ行つてみると、コンクリートの三尺流し台の上で角ぐんでゐたのは、山葵とは似ても似つかぬ羊蹄《ギシギシ》の芽であつた。

水道の水に相応《ふさ》はぬ山葵は、疾うに腐ちて黒ずんでしまひ、泥の中に付いて来た猛々しい羊蹄だけが芽吹いて来てゐたのであつた。「こりやあ先生違ひますがな、ギシギシですがな、草ですがな」と言ふと、先生は「あゝさうか、そやろなあ」と言つて合点され居間の方へ入つて行かれた。

羊蹄の根を一緒に持ち込んだ私の粗相はこんな冷汗に終つたが、またその間山葵も羊蹄も天からだけではない貰ひ水をしてゐたに違ひないが、そのことについて先生は何も言はれなかつた。

先生の日常の教へは、その中に浸つてしまふと気付かずに過ぎるやうな、いつも尋常のものであつた。しかしそれは私の間尺でははかり知れない大きさであり、深い真情であつた。

先生の「侍側」といふ随想の中に「我が国の旧時代には侍側といふことばがあつた。すぐれた先生の側に侍つてゐるといふだけのことである。特別に何かを教はるのでも、習ふのでもない。」とある。さらに「旧時代には、この侍側が、その人の生涯の人がらの形成や、学問の育成のもととなるといふことが、極めて自然だつた。」とある。

人がら、学問にはいたらずとも、私も亦この侍側の一人であつたことを自負し、この稀有の生れ合せを、時に腸を絞るやうな思ひで嚙みしめるのである。

（歌人）

岡本健一……天の君子は人の小人

高校一年のとき、亀井勝一郎氏の著作を読んで熱を上げていたころである。秀才の友人が「ああ、日本浪曼派の一人やね」と教えてくれた。日本浪曼派の名といっしょに、保田與重郎の名も聞いたように思うが、記憶が定かでない。

それから約十年後、橋川文三氏の『日本浪曼派批判序説』を読み、また、保田與重郎氏が洛西・鳴滝に来住していられることを知った。昭和四十年の暮れ、毎日新聞京都版の新春企画で「現代京都奇人伝」を連載することが決まると、私は「最初に保田さんに登場していただこう」と考えた。ちょうど『現代畸人伝』を書かれたころだが、まだ洛西に隠棲したような形で、知る人ぞ知る、一般のマスコミに登壇されることはほとんどなかった。私も『現代畸人伝』の新著を知らなかった。ただ、戦前は日本浪曼派の総帥として時めき、戦後は追放の厄にあって、いまだ復活されず、思い屈しておられよう、その保田さんに時代を語ってもらうつもりであった。どうやら私は、氏の境涯を、いわば「貴種流離」と重ね合わせて、受け止めていたらしい。

暮れの押し詰まったころ、筑摩版「現代日本思想大系」の一冊、「反近代の思想」に収められた『日本の橋』を読み、『日本浪曼派批判序説』を再読したうえ、お宅にうかがった。——ちなみに、氏の代表作『日本の橋』でさえ、当時はこの「反近代の思想」くらいでしか読めなかった。この巻の解説者、福田恒存氏が「『日本の橋』がどの文庫にも入っていないのは、おかしい」と慨嘆しておられたが、その事情はいまも変わっていないようだ。

保田さんのお宅——「終夜亭」は、赤松林の奥にあって、祇園の十二段家を思わせる民藝調のたたずまいであった。太目の柱・梁は濃い縹《はなだ》色で統一されていた。棟方志功の板画がかかっているところも、十二段家に似ていた。保田さんから「この家も棟方志功の設計だ」とうかがったように記憶するが、あるいは細部の意匠かインテリアに志功の助言があったのだろうか。

当時、新聞記者、それも支局の記者が保田さんを訪ねることは、ほとんどなかったらしい。私の名刺をしげしげ見ながら、「原稿の依頼じゃなかったのか」と、ちょっと失望されたけはいであった。おそらく本社の学藝部記者と勘違いされたのだろう。

本棚が一本あるだけの部屋で、保田さんは白い火鉢を抱くようにして、ボサボサ髪をときどき掻きあげては、語りはじめられた。断言的に「京都には人物が少ないね。市井にはいるが」などと短い言葉を吐かれたのが、印象に残っている。畳のうえに落ちたタバコの灰を、無造作に私の名刺で掬いあげられた。「あのう、それは私の名刺ですが」と、出かけた声を呑んだ。話の間にも何度か電話が入った。保田さんのファンであろう、「いいスッポンが手に入りました。お持ちします」そんな受け答えがガランとした居間を通して聞こえてきた。

突然、「天皇の仕事で一番大切なのは、なにか」と、質問の矛がこちらに向けられた。憲法に定められた国事行為のどれかと思案していたら、「田植えだよ」と、意外な答えであった。昭和天皇が最後まで稲の作柄をお心に懸けられたことや、大嘗祭の意味がよく知られるようになった現在なら、一見、奇矯な保田さんの言葉も、素直に理解できたろう。柳田国男の『海上の道』を読み、おりから配本中の『柳田国男集』を購読していたので、白面の私も多少は稲作と日本文化・天皇のかかわりに関心をもっていたはずだ。しかし、天皇の仕事の最重要事が憲法の国事行為でもなければ伝統の和歌文藝でもなく、なんと神代いらいの「稲作神話の実修」だという指摘に、驚かざるをえなかった。

「天の君子は、人の小人」という荘子の言葉を引いて、保田さんは語り継いだ。市井に住む庶民のなかに「天の君子」がいる。『現代畸人伝』で採り上げた畸人とは、こういう人々だ、と。私はそれを自己流に解釈して、しばらく己の拙い生の弁護に使った。

ところで、新春の連載記事「現代京都奇人伝」だが、いささか過激なこのタイトルのままでは、登場していただく方々に、「奇人変人」のイメージを負わせかねない、という慮《おもんぱか》りから、結局「十人十色」という常識的で無難なタイトルに落ち着いた。わずかに前文のなかに「天の君子は、人の小人」の句を拝借して、「天道にしたがい自由にふるまう、まっとうな人間が、俗世間では奇人あつかいされる」と書き起こすに止どまった。

その後、一度だけ保田さんを見かけた。中尊寺展が京都市美術館で開かれたときの、招待日のことである。和服姿の保田さんは、出開帳のご本尊の前で、まず数珠をまさぐり、礼拝のあと、寺宝を鑑賞された。社寺関係者の多い会場でも保田さんの姿は異彩を放ってみえた。

数年来、私は蓬萊山を調べている。蓬萊山の専著・専論があるのは、管見に入ったかぎりでは、平田篤胤と保田さんだけのようである（『保田與重郎全集』第八巻）。保田さんは日本文化のアイデンティティが稲作にあることを、「田植えだよ」という、一期一会の日の直話と著作を通じて、教えてくださったように思う。

（毎日新聞大阪本社論説委員）

〈以上別巻一　平成元年八月刊〉

酒井忠康……喪失と回生と

美術の方面から眺めて、いちどは時間をかけてゆっくりつきあってみなければいけないな、とおもわれる思想家や文学者がいる。日本の近代美術にかぎっても、たとえば岡倉天心がそうであるし、柳宗悦や保田與重郎など、幾人かの、それもいささか危険な思想をうちにはらんだ、なかなか手強い相手がいる。

天心や柳についていては、かならずしも十分ではないが、わたしはこれまでいくつか文章を書いてきた。出会いの画家なり作品なりを、それぞれの時代の思想的背景のなかでとらえようとする試みが、おのずと彼らを呼び出したといっていい。しかし、保田與重郎の場合には、わたしはけっしてよい読者ではなかったし、どこか隠者めいた印象をもつようになっていたので、どちらかといえば敬して遠ざけていたかっこうである。

書名に引かれて『日本の橋』（芝書店　昭和十一年）を古本屋で求め、また「藝術新潮」がいまのような判型になる前後の、同誌に発表されたいくつかの日本美術論を読んだくらいで、嫋やかで比較的調子の高い文体だな、と感じていたていどである。こんど全集の『日本の美術史』（第三十一巻）に、その多くは収録されているので、一読してみて、保田與重郎の美術に関する文章が教える美意識の内容が、どのようなものであるのか概略見当はついた気がする。

もとより、全体について論じうる見通しをもたないけれども、しかし、鉄斎を論じた箇所で「尋常の近代藝術論の標準に合ない」というのはわかっても「鉄斎は神々を信じて疑はなかつた、しかもそれは一人の絶対神でなく、わが国の神々といふ神々を信ずることのあつい人であつた」というあたりになると、わたしのような世代のものは一種の戸惑いをおぼえる。いわゆる経験的な明察の有無を世代のせいにしているからではない。日本の「近代」を肯定的にとらえようが、また否定的にとらえようと、時代の変貌の、その内在的な理由を問うという意味で、いまなお「近代」は、わたしのような世代のものにとっても生きた時間のうちにあるので、「神々——」といわれても（おそらく大いなる自然の謂でもあろうが）、ピンとこないところがある。保田與重郎の「耽美的なパトリオティズム」（橋川文三）にもとづいて展開されている、原初の「風景」を「恩恵」ととる——そうした理解の地平が拓かれていないせいかもしれない。

天心のなかにも、また柳のなかにも、こうした傾向はかなり見え隠れしながらあったものであるが、保田與重郎の方がより先鋭的である。「近代批判や伝統論は、文化の喪失の上に立っていた点に、その特質の一つがあった」（磯田光一）といわれることに対して、とくに異議はないけれども、根源的なものとしての「美」のかたちが、滅亡の運命のなかで、より「高貴」な姿をあらわすというのは、しかし、何故だろう。

とっさに応える術を知らないが、大雑把ないいかたをすれば、日本の「近代」における精神史が、その出発において、すでに内包していたはずの問題を、未解決のまま放置してきたツケのひとつが、まさにこの点にあったということである。

「美の世界」と「美の伝統」は、短い文章であるが、保田與重郎の美意識の内容を要約していて、すこぶる断定的である。現代美術のひとつの地層をなしているアブストラクトの藝術に対して、批評の衝動をうけない、とも書いているが、他方で、いわゆるプリミティーヴ・アートを「原始造型」ないし「民族造型」と規定した上で、埴輪の存在に関して、「戦争中に回生した民族的な美観の現れ――」とも書いている。これはたしかに「悠久な美」を示す一例証といえるが、あまりに直観的で「回生」の内容は見えにくい。「美」の使徒が、きわめて高次の段階でとらえた「民族造型」の、その大いなる沃土を感知させるけれども、失われた「風景」に立ったものの寂寥の想いにあまりにも縛られているような気がする。

「回生」すなわち「民族的な美観の現れ――」となるのではなく、回生されるからこそ、ある意味で、窮屈に囲われた「民族的」と称する世界から解放されるのである。美術とはまた、かぎりなく回生することによって、新しい生命を獲得する世界だからである。

鋭利な眼でとらえる保田與重郎の美意識が、どこか陶酔の色合いをおびて光っているのは、棟方志功について言及しているところである。「心が霊の充満した宇宙」と称している。「炫火頌」は保田與重郎の短歌を「板画」にしたもので、棟方は「思う存分遊びたわむれ、天上に遊ぶ思いで作った」と語っている。


（美術評論家）

水野潤二……滔々

逝きましし師をば偲へばさざなみの滋賀の湖辺に時雨降りくる

この拙歌を先生の御霊に捧げた日も、昨日のやうに思ひ乍らも長い年月がたちました。先生の玉稿の全集中の月報に私が小文を記すことが嬉しいこと、はた又如何にゆゆしきことかと、しばらくは、頭をいためてをりました。実を申しますと、一カ月半ばかり前に大腿骨頭頸部を骨折し、手術を受け天井を向いたまま床に臥してをりました。昨日やっと横を少時間むくことができるやうになり、この雑文を書くことが出来ました。

かって私が先生に拝眉を得たのは、私が二十一歳のときと思ひます。先生が如何に立派で次から次へと作品をものされてゐるのも知らずにただその眼光と、優しい言葉と鋭い言葉の中に自分勝手に師と仰ぐべきだと信じました。その間、開戦があったり、終戦があったりしましたが、昭和二十数年、病を養ふため帰郷中の東濃に、先生と影山先生と大賀先生とで見舞ひと励ましに来ていただきました。保田先生は座敷の畳の上に寝ころびながら、「僕が支那にいったとき、一つの古い大きな家があって中に井戸があった。そこに魚がをるのではないかと思ひ、釣針を作り入れたところ、目ばっかりの魚が釣れた。」と言はれた。私はその話を聞いたときの深い生命に対する思ひをいまだに恐怖のごとく、忘れることが出来ません。

その後、私は尾張の国の伊勢湾の中に突き出た知多半島に住んでをりますが、私が一番はじめに京都の太秦のお家をお訪ねした時、親子四人で昭和三十六年頃だと思ひますが、「岐阜の水野ですが」「何、先生か?」「いいえ岐阜の水野です」「水野君と言ってお医者だらう」「はい」「お医者は先生だ」と言はれて家へ案内していただきました。本当に楽しいお話と御馳走を頂きました。その訪問の日から一年に一度はお訪ねすることにいたしました。奥様のお厚いおもてなしと先生の限りなく美しいお話をお聞きすることが出来ました。奥様から「あんさんたちは一年に一度しかいらっしゃいませんね。七夕さんのようですね」と言はれましたが、この七夕さんは長い間続きました。心の温かさというふより心の清らかさの思ひをさせて頂き、酒飲みである私にとつてはついついと種々の美酒を頂き、七夕の過ぎた夜のあける頃にお別れをしてきました。

私が先生のお家に最後にお訪ねした前の年、「鶴のごとくおはします」と京都新聞に先生の御文章のあつた片野元彦先生に差しあげてくれと言はれ、「龍寿」といふ字をお書き頂いて片野先生に届けることを約束しました。私も大変に欲しかったので私にも下さいと言ひましたが、「寿」だけを書いて下さり、まだ君は若いんだから「龍」は書けぬと言はれました。そして私の娘節子に「麗」といふ文字を書いて頂きました。曇り無き美しい文字でございました。子供の一生の心となると思ひます。

その翌年、これが私が七夕のお邪魔をした最後の年でしたが、丁度その日が私の誕生日でした。夜半二時を過ぎた頃、大きな硯を持ってきて、このお酒で墨を磨るやうに言はれ、四、五十分過ぎた頃、実に大きな文字で「龍寿」と書いて頂きました。そして「君の家の名前を考へたかね」と言はれ、「まだ決めていません」と申し上げたところ、「滔々」はどうであらうかと私の家に滔々亭と名付けてくださいました。そして「滔々」と肉太に立派な文字を二つ書いて頂きました。一つは富山の彫刻家岩城信嘉先生に城端町の立野ケ原の土中にたまたま産する非常に珍しい石に文字を彫つて頂きました。裏面には「昭和甲子年天長の佳日、書、保田與重郎、水野潤二建之、刻、岩城信嘉」と刻んでもらひ、日に何度もその前を通りながら先生の高い志を一刻たりとも忘れないやうな毎日を送つてゐます。

滔々亭にて（医師）

大久保典夫……出会いと別れ　回想の保田與重郎氏

ずいぶん遠い記憶になるが、わたしがはじめて保田與重郎氏とお逢いしたのは『現代畸人伝』の出版記念会の席においてだった。ふつうの文学者の出版記念会とまったく違う、政治結社のようなこの会の雰囲気については、その後まもなく急逝した日沼倫太郎のエッセイ『保田與重郎出版記念会』（「新潮」昭四〇・五）が見事に伝えている。日沼はその冒頭に、「戦後久しぶりの日本ロマン派の集まりのせいか、保田氏とは関係のない文学史家のO君などもまぎれこんでいて、ひそかにメモをとっていた」と書きつけているが、このO君というのはわたしで、当時わたしは保田氏について、関心を持ちながらも何も書いていなかった。

昭和四十年三月八日、上野・精養軒で催されたその会へわたしを誘ってくれたのは林富士馬氏である。わたしは前年八月から「円卓」に、プロレタリア文学偏重の平野謙の文学史観へのアンチテーゼとして『新しい文学史への試み』を連載し、佐藤春夫――中野重治――保田與重郎という系譜を立て、春夫の『風流論』や保田氏の『佐藤春夫』を称揚して東京新聞の「大波小波」などで評判になり、日本浪曼派系の人たち――とくに林富士馬氏の知遇を受けていた。その日、わたしは約束の時間に林氏の家に出掛け、五味康祐氏が片手で運転する外車に同乗して会場に向かい、はじめて神話の人の保田氏をまのあたり見たのである。保田氏は、周囲の喧噪さから取り残されたような放心した表情で、ときどきスピーチをする人に会釈を送っていたが、何か身体《からだ》をもてあましているようで、日沼の書いているとおり、進軍ラッパのなかの孤独といった趣きがあった。

わたしはこうした光景にも、『ヱルテルは何故死んだか』の作者保田氏における〈藝術家と市民〉の構図を読むのだが、会が終わって席を立たれた保田氏に、林氏が紹介の労をとってくれたように思う。京都太秦三尾山上の保田氏邸には二度お伺いしたが、保田氏はじつに気さくな人柄で、一度は歌会か何かで、善男善女ともいえる大勢の人が集まっているようだったが、氏はそうした賑わいが本当のところ好きだったのではないか。

日沼倫太郎は、戦争中の少年のころから『後鳥羽院』などの著作に親しみ、四十年四月、「批評」が復刊されるや、いち早く日本浪曼派再評価の烽火《のろし》をあげるが、彼の尽力によって戦後はじめての『保田與重郎著作集』が南北社から刊行されることになった。その打合わせも兼ねて、保田氏が上京され、出版元の招待で新宿の蝦夷御殿か何かで林富士馬・磯田光一の両氏と保田氏にお逢いした。酒の飲めない磯田光一をのぞき、みな酔っていたようだが、そのとき、わたしは「風景の厚み」ということをしきりに口にしていたことを想いだす。『風景と歴史』という文章のなかで、保田氏は、古い神代より木の国といわれた紀の国の山々の美しさについて、それが天然の雑木林でなく植林された杉山である点に注目している。

「植ゑられた山の美しさは人の一代の力で完成するものではなく」、つまりそこに民衆のくらしの歴史があるから美しいので、わたしが保田文学の核心を「風景の厚み」といったのは、保田氏のそうした姿勢についてなのだ。

南北社のこの著作集は、『後鳥羽院』『西行』『芭蕉』『佐藤春夫』などを収めた第一回配本の第二巻だけで出版元がつぶれ打ち切られたが、四十三年七月十四日、日沼倫太郎が急死し、彼の担当のその巻を突如わたしが受け持つことになった。当時わたしは普請《ふしん》中で、不自由な引越し先で猛暑のなか必死にペンを走らせていたのを想いだす。この解説は、一昨年出した『現代文学史序説』（笠間書院）に「後鳥羽院以後」と題して収めてあるが、二十年まえのこの若書きのエッセイを、さる友人が、国際化の現代文学の状況のなかで逆にきわめてアクチュアルな問題提起になっている、と褒めてくれた。

昭和五十六年十月四日、保田氏が亡くなったとき、わたしは学会で札幌にいて、所用で函館へ向かう車中、地元新聞で訃報をみ、ふかい衝撃を受けた。函館に着いてすぐ、新聞社から追悼エッセイの依頼を受けたがとても書けず、帰途、保田氏の文学の今日的意味を考えつづけて、家に帰ってようやく書いた。

保田氏の故郷桜井市での葬儀のときわたしも出掛けたが、文壇人は、中谷孝雄・浅野晃両氏のほかほとんど見当たらず、それに引き替え一般の参列者は溢れるばかりで、市葬ともいえる盛大さだった。保田氏の文学は、文学青年が対象の文壇文学でなく大人の文学なので、その底にあるのは修身斉家の思想なのかも知れぬ。しかし、それはけっして教条的でなく、無垢の詩心に支えられることで人びとの糧となっているのだろう。

（東京学藝大学教授・文藝評論家）

寺島キヨコ……神韻縹緲とした響きが今も伝わってくる

思いかえすと、十七歳の頃病気だった私は、文学のドロドロした泥沼から這い上がりたくて、毎日どん底の思いで、天井を眺めながら寝ていなくてはならなかった。

その頃、新女苑という雑誌で、初めて先生のお名前を知り、その格調の高さに打たれて、一年間先生の御著書ばかり拝読していた。これが泥沼から足を引き上げられる契機となったのである。それから、横光利一氏、岡本かの子氏を経て、鈴木大拙先生に至ったが、私の文学は現代詩という形になって、北川冬彦氏の「時間」に属するようになったけれど、シュールリアリズムの「時間」からも脱して、奈良の詩人七人で「地虫」という詩誌を昭和三十一年から発刊した。

奈良県桜井のご生家へ、東京からお帰りになっておられた保田先生に、「地虫」を御送りさせていただいたら、早速三十一年、初めて先生から、ご批評のお葉書を頂戴した。それからも何回も戴いたが、昭和四十年に「私は久しい、あなたのファンです。」というお葉書きを私宛に戴いてびっくりした。主人はぜひ一度お礼に参上するようにと言ったので、京都にお引越しになられていた、身余堂へ初めてお伺いする事になった。

思っていたより先生がお若かったのは、早くから世に出ておられたからだっただろう。お座敷から見える、お庭の彼方の入日が、きれいだったのをおぼえている。それから、主人も私も弟子の末席に入れて戴き、先生が主宰される「風日」歌会の同人にも加えていただいた。

ご自分の故郷大和を、こよなく愛されていた先生は、奈良で生まれ、奈良で暮し、先生と同じ奈良の言葉を話す私等を、いつもご親切にお迎え下さった。きっと私等の後ろにある、私共を育てている自然が、先生にはなつかしかったのだろうと、今になって思う。

先生が、大和をお書きになる時、大和のたたなづく青垣山も、飛鳥の里もしづかに古を取りもどし、長谷の御寺の大きな御仏も、今に生きておわします思いに迫られる。先生を育んだ大和の自然は、千年に一度、出生された文人によって蘇り、古を今に息吹き始めた思いである。

歌会の時は、一人一人の歌を批評して下さったが、その時、私等は物の考え方、生き方、美しさ等、保田文学の真髄を、聞かせて戴く事が出来た。歌は神様に捧げるものであり、自分の誠の心を、一番自分にぴったりした、美しい言葉で歌い上げるものである。「たくまずして生まれた歌はよい」とよくおっしゃられた。前向きの歌を高く評価された。自分の思いを歌い上げる歌は、作る程に人の表情を美しくして、「老醜もさけて通る老年」がやって来ると、よくおっしゃられた。

いやな事を聞いたり見たりした時、「目がけがれる、耳がけがれる」とよく言われた。私共は、笑ってお聞きしていたが、今思いかえすと、粛然とした襟を正すような気持になる。先生は、ほんとうの美の世界を生きる事を、必死の思いで求めていられ、またその美の世界を、楽しんでおられたお方だったと、あらためて気がつく思いがする。

横光利一氏への追悼文に、「晩年の作品は天と地とを、往来している稀有なる作家と思って、大へん期待していたのに、惜しい人をなくした」という意味の事を書かれていたが、先生も天と地とを往来して、地上に天上の神韻を、美をもたらしたいと、書き続けておられたお方だった。

こもりくの長谷の山から、弥栄登る太陽、その山の狭間から登る満月、桜井のご生家で、月の出から日の出まで起きて、夜通し美への目覚めの文章を、書き続けておられた先生を、月読命のように思っていた。お亡くなりになられ、夜空を眺めていて、ふと北斗七星に目が行き、何となく、「先生はあすこへお生まれになっているのではなかろうか」というような気がした事があった。

「寺島さん、かしこうならんときや」「あんたらと話していたら、気い楽になるわ」ともよくおっしゃられた。「先生の処へ行った人は、人間的に、みなよくなっていられますわ」ともいっていられた方があった。先生がその人その人のいいところ、わるいところを、あれだけずけずけと、おっしゃられたのは、人と自分と同じ神様の分け御魂と、思っていられたからだったのだろう。

「有心と無心」というご文章の中で、「芭蕉や契沖をたよりとして、後鳥羽院までたどりついた時、初めて道のひらけるものを味はった。日本の詩人のみちを味はった時の感動は、改めて大きく道のひらける感じであつた」という意味の事が書かれている。

そのひらけた世界から、一生涯書き続けて下さった言霊、先生の御著書を開いて、生きる導きとさせて戴ける、私共は幸せだと思う。

（詩人）

〈以上別巻二　平成元年五月刊〉

熊倉凡夫……保田與重郎先生と落柿舎のこと

瓢斎門下荒木白林氏と、落柿舎十一世工藤芝蘭子宗匠を訪ねたのは昭和三十七年の秋で、訪れる人も少く宗匠は書物をされてゐた。梢越しの嵐山がとても美しかつた。

昭和四十四年嵯峨弘源寺二百六十七回去来忌に宗匠の招きをうけ、始めて保田與重郎先生にお目にかかつたのである。保田先生はふさふさとした黒髪で、愛用の煙草朝日を吸つてをられた。

翌四十五年四月宗匠の発願で、過去現在未来に亘る日本全俳人供養塔を建てられ、その竣工祭に八十一名の一人として招かれ、春雨の落柿舎の風情は誠に素晴しく、その日の式典と共に忘れる事の出来ない深い感銘をうけた。思はずカメラを取り出し大胆にもシヤツタを切り続けたのである。この時の写真が後年貴重な記録として、平沢興、保田與重郎両先生からお褒めを戴き、亦その時列席の大半の方々も既に故人となられたのである。

それから後日、落柿舎に宗匠を訪ねたのである。夏の夕方でまだ日は高く、保田先生と二人でお茶を呑んでをられた。やがて五時になり、宗匠から門を閉めるやうにと言はれた。「どうせ学生位で、土産物一つ買ふでなし」と独り言を口にされたのを、保田先生がお聞きになり、「凡夫さん門はまだ暫く開けて置くやうに」と申され、「遠方から嵯峨を訪ねて来て、やつと辿りついた落柿舎が閉つてゐては大変申し訳ない。せめて日の明るい間は開けて置くのが良いのだ」と。私は其の一言に頭の下る思いで、門はそのまゝ閉めずにおいた。暫くしてそれとは知らぬ学生らしい女の方が、「まだよろしいのですか」と間に合つた喜びで存分に拝観、「有難う御座いました」の一礼で別れを告げた、その満足顔が何時迄も印象に残つた。

昭和五十五年無名庵名月会に招かれた。その夜は平沢興、保田與重郎両先生を始め高鳥、水野両義仲寺役員御出席の稀に見る盛会で献句献歌に続き、平沢興先生から戴いた御講話は誠に素晴しく、「本日のやうな集りは世界の何所にもなく、これこそ心の文化の会である」と迄申されたのである。そして宴に移る。

暫くして中谷砂風呂氏から、「凡夫さん、保田先生が御呼びだ」と告げられ奥の部屋に伺ふ、平沢、保田両先生を囲み宴も半ばであつた。保田先生が「これは、平沢先生の今夜作のお歌を、私がお書きしたのである」と、保田先生筆に成る一枚の色紙を差し出された。

けふもよし　あすも亦よし　あさつても　よしよし　よしとくらす　一日　與重郎

平沢興先生作

（裏面）　庚申中秋名月　於無名庵

平沢先生当夜作

保田與重郎書

為　熊倉凡夫　君

保田先生から「凡夫さんの名前が気に入つた」とお褒めを戴き両先生に鄭重な御礼を申し上げ、引き下り両先生の温いお心遣ひに深く感謝申し上げたのである。

後日平沢先生が、このお歌を主題にＮＨＫの宗教講座で放送されたのを、私は運良く拝聴致す事が出来即座に録音も致し、今も大切に保存繰り返し拝聴、あの日の保田先生の御心遣ひが、今も心の中に鮮明に刻まれてゐるのである。私は日本一の仕合者である。保田先生有難う御座いました。

清滝句碑十周年祭（昭和五十六年）は近藤正氏が第三十九巻月報に詳細に書き誌してをり、私も当日予定より早く会場に着きましたが、既に保田先生は句碑の前の緋毛氈の敷かれた床几に腰をかけてをられた。早速御挨拶を申上げると「凡夫さん、あんたは今日は来て呉れるとおもふてた」のお言葉に遅参の私が何んとも恥しかつた。が、同席を許され、暫く御相手をさせて戴いた。予定通り式も進み、各自直会の折を戴き、好みの場所へと散つた。ふと気が付くと、保田先生が河原へ急な崖を下りかけられた。咄嗟に私は走つた。そして後を追つた。和服下駄ばきの先生には到底この崖は御無理と判断、先生を捕へた。先生の右後方から私は左手で先生の二の腕をかかへ、「先生御供致します」と声をかけ、手の荷物を引取り、二人三脚よろしく一歩一歩慎重に目的の場所へ下りた。そして私は一段下に腰を下ろす。茶屋の方を見上ると、和服の小田寛子女史が同じ思いで、保田先生にお届けすべく、茣蓙を小脇に抱へ、急な崖を急いでゐる、保田先生への一心である、風が心地良く、五月の空は雲一つなく晴れ渡つてゐた。

私はこの日が保田先生との御別れにならうとは、夢にも思つてゐなかつた。

落柿舎、義仲寺の行事には必ず保田先生は御見えになり、私も欠かさず列席させて戴き、その度毎に多くのお教へを戴きました、亦戦前戦後の先生の数多い著書も、大半を探し求める事も出来、お教への一字一語を心に嚙みしめ拝読、生涯をかけても読み切れぬと思はれる膨大なお教へは、私にとつて今は大きな大きな宝物である。
ああ、先生のお声が又聞えて来るやうである。合掌

（俳人）

千葉宣一……「浪漫的イロニー試考」

昭和の終焉―世紀末を迎えて、残された、戦争と平和をめぐる思想史の最大の課題は、《東京裁判とニュルンベルク裁判》を支配した論理と倫理の比較文化学、比較文明史学的視座からの再検討である。（若し、日本がキリスト教国であり、白色人種であったなら、アメリカは原爆を投下したであろうか？―などと作業仮説を設定しただけで、脳圧がひどく乱れてくる！）

さて、この一年二カ月間、《昭和期の戦争文学》をプロジェクトタイトルに、国際交流基金のフェローシップを取って私の研究室にやって来た、コロンビア大学のドクターコースの院生と共に、昭和十年代の精神史や思想史の動態分析を試みた。情況の全体性を回復していく過程で直面した、喉元に突き刺された白刃のようなプロブレマーティクは、日本浪曼派のイデオローグである、保田與重郎の占める位置、果した役割の評価であった。（日本浪曼派の名称は、ハイネの“Die Romantische Schule”に触発された保田が、平林初之輔の「日本浪曼派思想興亡の跡」（『中央公論』昭4・10）から転用したのであり、同論考は、保田の「我国に於ける浪曼主義の概観」（『現代文章講座』第六巻、昭15・9、三笠書房）に前史的影響を与えている。）

保田與重郎の存在と生成を等身大において追体験的に内側から把握することはいかにして可能か。例えば、氏の史観と方法を貫く、Key Wordに、《イロニー》がある。デウス・エクス・マキナのように登場する、《イロニー》はマジックワードで、概念規定や用語法の統一的な解明は容易ではない。

橋川文三氏は、「イロニーと文体」（『同時代』昭32・7）で、〈破壊と建設を同時的に確保した自由な日本のイロニイー〉（「我国に於ける浪曼主義の概観」）を引用し、このイロニイは、〈イロニイの中には、あらゆる無限定の可能性を留保しようとする衝動がある〉というカール・シュミットの規定を〈そのまま思わせる〉と断定している。また、神谷忠孝氏は、「日本ロマン派論―保田與重郎を中心に」（『日本学』第12号・昭63・11）で、〈イロニーはドイツロマン主義文学運動の中でシエリングが唱えた方法で、保田與重郎は、「破壊と建設を同じ瞬間に一つの母胎で確保する考へ方」（「危機と青春」『新女苑』昭17・1）と自註している。〉と紹介している。

だが、実際は、フリードリッヒ・シュレーゲルのイロニー観の中心である、〈自己創造と自己破壊の交替〉（アテネーウム・フラグメンテ51）と直接的な貸借関係を持っている。「後退する意識過剰―「日本浪曼派」について」（『コギト』昭10・1）において、〈イロニーはすべての偉大なものの故郷である。〉と二箇所において強調し、「ルツインデの反抗と僕のなかの群集」（『コギト』昭9・11）等にも見出せる、かかる保田の認識の原泉も、シュレーゲルの、〈哲学がイロニーの本来の故郷である。〉（リュツェーウム・フラグメンテ42）である。他にもFr・シュレーゲルの次のようなイロニー論が影響を与えている。〈イロニーは逆説の形式である。良きものにして偉大なものはすべて逆説である。同48〉。〈イロニーは無限に豊かな混沌の永遠の敏捷さの明確な意識である。〉（イデーン・フラグメンテ69）。〈そこから一箇の世界が形成されうる無秩序だけが、混沌と呼ぶに価する。同71〉〈完成された、絶対的なイロニーは、イロニーであることを止め、マジメになる。〉（「文学ノート」）。そして、シュレーゲル自身が、自らの思索が難解であることを認め、それは、〈燃えたぎるイロニーの炎の渦中で起ったが故に、取り消すことは困難であり、取り消せばイロニーそのものを損う。〉（Über die Unverständ Lichkeit）と告白している。

だが注目すべきは、保田のイロニー観の理論的支柱として本質的な影響を与えたのは、ゾルガーの"Romantische Ironie"である。ヘーゲルはゾルガーを、〈イロニーの伝道者〉と呼び、Die Ironie において、ゾルガーが、イロニーを藝術の最高原理（höchstes Prinzip der Kunst）と祭りあげたと指摘している。ゾルガーは、『Erwin.1907』で、美的現象の本質を《はかなさ（Hinfälligkeit）》と規定し、それは一切の現世的なるものが無常であるからではなく、理念そのものの虚無性に基づくと主張。〈藝術家の精神は一切を一瞬のもとに見渡し、すべての方向を一気に把握しなければならぬ。すべての上に漂い、一切を無と化してしまう眺め方をイロニーと呼ぶ。〉と述べている。

ローゼンベルクの『二十世紀の神話』（丸川仁夫訳、昭13、三笠書房）やE・ベルトラムの『ニーチェ――一神話の試み』（浅井真男訳、昭16、筑摩書房）、『英雄と詩人』（橘忠衛訳、昭18、櫻井書店）等との理論的対決を越えて、保田が探究した中心課題は、ナショナリズムの美と思想の伝統的基軸である、文化概念と政治概念に引き裂かれた、イロニーとしての天皇制の栄光と悲劇をめぐる方法的懐疑であった。

現今、欧米の大学で教科書となりつつある、鶴見俊輔氏の『戦時期日本の精神史一九三一―四五』（AN INTELLECTURL HISTORY OF WARTIME JAPAN　1931―1945、1986）において、保田與重郎の存在と生成は完全に黙殺されている。かかる知的跛行性の犯罪を克服するためにも、一日も早い、全集の完結が待望される。

（帯広畜産大学教授・比較文学）

藤野邦康……山上の夕映え

保田與重郎先生について、私ごときが一文を書き記す日があろうとは、夢にも思わなかった。まず、畏れ多い気持である。

窮屈にさせまいとの心遣いからだろう。何を書けと指示は無いが、先生にお目にかかったのが二回きりだったので、かえって印象記をということが、おのずと含まれているかもしれない。

二回とも京都のお宅へ文藝雑誌「新潮」の編集部員として参上した。後のときは、小林秀雄先生の大作『本居宣長』の出版にあたってご寄稿をお願いし、同書の校正刷のコピーを持って伺った。雑誌でいえば昭和五十三年一月号のことで、訪問は前年の十月中旬、もしくは十一月早々ではなかったか。この辺の話を希まれている気もする。

しかし、こんどその「小林氏『本居宣長』感想」を読み返してみると、これはいまも目の覚めるように鮮かな文章であり、全集読者の方々に対して、余計なものも不要とあらためて知った。

ただ、私には、あらかじめ依頼の電話をさし上げた折、そくざに執筆を引き受けてくださったお声が、くっきりと耳に残っている。それは、短い日数に昼夜兼行でこの大著を読み了えねばならなかったり（よい態度と言えぬ）、著者校正のあとも見せてもらったりした、私の忘れえない一時期の、ある厳粛な雰囲気のなかへ、いかにも明るく投じられた。穏かに、きっぱりと、日本文藝（学）史上の労大作にふさわしい快諾で、お人柄をゆかしく感じた。私個人の憶えであったが、これは書きとどめておきたい。

ほかに印象記などとても書けそうにない。初会すでに隔てのない方でいらした。時間も気になさらなかった。二回とも午後はやや時刻に上がり、六、七時間以上、四方山《よも》のお話を承り、お余波《なごり》惜しく、とっぷり世界をひたす夜闇を分けて退出した。

いずれの日か、京のどのあたりをほっついているともわきまえない、足の向くままのブラブラ歩きで帰還をこころみた。明らかにご歓待の余情のなせるわざだった。道に迷って難儀し、ようやく車を拾って無事宿にもどった。

そのぶらつきの途中、夜闇のなかで笑声を聞いた。住宅の灯が絶え、暗がりに社らしいものがあり木立の続く一帯で、二、三人か、せいぜいも一人多いそんな気配。闇を透かしても人影は見えず、何を語ろうやら、忍ばせぬ陽気さの、だがあくまで低い笑いと囁きとが、存外近くで跡切れてはまた甦える。会話の内容は聴きとれないが、楽しげであった。(あ、あの方たちではないかな)と、私はごく自然にそう思い、可笑しかった。

先生のお話にはご贔負と存じているお歴々が次々に活躍され、存ぜぬ人も登場し、出入り自在、『現代畸人伝』さながらであった。

同書をほとんど私はどこが畸人かと疑い、全人格まるごと正気でそう「くらす」なら、やっぱり畸人以外の何者でもないと得心した。もちろん、この世のほうを問われている。そして、親しみのこった語り口に魅せられた。

先生がにっこり「大愚」と冠せられた方々を含めて、頽廃の現代に、運命にしたがい清き流れを求め遡行する無類の人たち。京の夜道を、この系譜の姿を見せない鬼どもに私は送られたのだろうか。道に迷って不安も怖れもなく、今になって気づくのだが、寒気すら記憶からきれいに掻き消えていた。

昨年来、私はたまたま二人の俊秀が著わしためざましいそれぞれの内村鑑三論を読み、驚嘆した。いまだに本尊にじかに近寄らない私だが、これほど身をもってした思想家で、藝術的生涯をおくった巨人だったのか、と。先生は鑑三を大好きのようで、この点にも透徹したリアリストの眼と、正明を感じる。

先生に私たちは文藝の無私でやわらかい心を教わった。かずかずのわが国古来の美しさを学んだ。けれど、私は率直に記しておかねばならない。尊敬と親しみを抱きながらも、五十半ばを越した私に、不肖の身にも自分が育てたささやかに信ずるところはある。歴史の受けとめ方は、先生の感じ方、考え方と異っている。わが国を大切に思うことは変らない。

一昔経っても昨日のように思われる。夕方になって、奥様が雨窓《ど》をくるために、部屋の障子とガラス窓をおあけになられた。その一瞬に、坐っている私の位置から見えた。燃えのこる夕映えが室内の一隅をかすめ、山気がさしこんで、お住居の、かけがえがないほどのたたずまいを浮き出した。洗うような空気の匂いとともに、「おお、日本のたおやかな堅城よ」と思った。

（編集者）

〈以上別巻三　平成元年六月刊〉

近藤達夫……座右の書二つ

僕は今本棚に一杯になつた「保田與重郎全集」を眺めながら、不思議な感慨にふけるのである。まだこの後「別巻」が五巻ほど続くといふのだからたいへんなものだ。読むだけでもたいへんなのに、これを一人で書いたのだから、驚きである。鷗外全集でもたしか三十八巻くらゐではなかつたか、内村鑑三の全集が、最近出た「英文論説翻訳篇」の上下二巻を入れ、やうやく四十巻を少し越えるくらゐのものだらう。しかもこれで全部とは云へないやうだから、いよいよもつて驚きである。多産といふことを天才の条件といつたクレッチマーの言葉をぼんやりと思ひ出しながら、僕は巨人といふ言葉を呟くのである。

ところで僕は、戦前のものから一書、戦後のものから一書といふことで、僕の座右の書といふべきものをあげるならば、一つは『明治の精神』であり、今一つは『にひなめとしごひ』といふことになる。これは僕の古典といつて少しもさしつかへないが、「古」は「十口相伝」であり、「典」は「経地常也」といふことである。繰り返し読んで飽きることがないし、読むたびに新しい発見の愉びがある。

僕は保田先生の文学の発足から昭和十五年頃までを一区切りとして考へる。何故さうするかと云へば、理屈はともかく、それが僕の中学五年と大学予科二年の七年間に、殆んどすつぽりと重なるからである。これは個人的なことであり、要するに偶然にすぎないのであるから、大袈裟なことを云ふつもりはないが、先生が歩まれた時代の空気を少し遅れて僕も歩いてゐたのだといふ思ひで、何かうれしいやうな、かなしいやうな気分になるのである。僕は昭和十五年に書かれた先生の『我が最近の文学的立場』が好きであり、これを読んだときの不思議な感銘を今も忘れない。

僕は大学を哲学科に進んだことから、先生の文学から自然に離れることになつた。それだけでなく「詩」からも離れた。その頃僕は鮎川信夫と二人で、春山行夫氏の主宰する詩誌「新領土」の同人になつてゐたが、その詩論にだんだんとついて行けなくなつてゐた。鮎川はその後も残つて詩作を続けてゐたが、彼とも次第に疎縁になつた。昭和十五年といふ年は今から思つても、何となく一つの区切だつたやうな気がする。

さういふわけで、僕が先生の文学に近接したのは戦後であつた。中学五年の夏に読んだ『明治の精神』の感銘が、戦後になつて甦つたといふことかも知れない。そしてやがて僕は先生の『にひなめとしごひ』を読むことになる。強い衝撃だつた。といふのは、戦争の先生の文学の思想からずいぶん離れたものといふ印象だつた。この印象は、後に酣灯社から学生文庫の一冊として出た『ヱルテルは何故死んだか』の「解題」を読んだ時のそれに通じてゐる。僕が昭和三十年雑誌「新論」の編輯に参加してゐた頃、先生にあの辺のところをお尋ねしたことがあつたが、余り要領を得た御教示は頂けなかつた。結局、いつたい市民社会とは何なのか、といつた問題意識だけが残つた。これは『明治の精神』の中で先生が繰り返し触れてをられたことであつたが、この問題はその後も僕を苦しめた。昭和四十六年頃（だつたと思ふ）僕は「日本教材文化研究財団」にゐたが、その頃出た鈴木成高氏の「中世の町」に関する論争を読んで一つの出口を発見したやうに思つた。そして、あらためて保田先生の思想の射程距離の大きさに舌を捲いた。

そんなわけで『明治の精神』と『にひなめとしごひ』の二書が僕の座右の書なのである。そして僕はこの二書を今はワンセツトにして読んでゐる。これが僕の見つけた読み方といへばわかつて貰へるだらうか。

保田先生の文学の思想が「近代否定」の攘夷論であることは否定しない。しかし僕はそのことを余り強調することには賛成できない。つまり先生の思想を一方通行のもののやうに限定してしまふことを好まない。日本に行く道と世界に行く道の両方向もあつたのではないか。それを文学の現象として見れば、相容れないものの同居といつた印象をもつかも知れないが、それは読み方がよくないのではないだらうか。そのために生ずる色々な誤解があるやうに思ふ。であるからして、僕は先生の思想を「国学的農本主義」などと解るのには賛成しない。それは端的に云へば贔屓の引き倒しのやうなものであらう。

「東亜百年戦争」は「太平洋戦争」で終つたのではない。近代戦としての「大東亜戦争」は終つたが、日本の精神の「大東亜戦争」は終つてゐない。僕らは今もなほ明治維新史の延長線にゐるのである。この時に当つて、先生の全集が刊行され、目出度く完結を見ることはまことに意義深いものがあると考へる。

藤冨鴻策……年々の例《ためし》、他寸記

夭折の御子直日様に「母の供養として」捧げられた歌集『くちなし』が発刊されたのは、満三年の御命日なる昭和四十五年六月二十日のことであるが、その幾月かの後に月刊誌「日本談義」に、その紹介がなされてゐたので、一本を頒つていただきたく、奥様に一書を差上げた。やがて、折返し御手紙と共に『くちなし』が送られて来た。即ち、奥様とのえにしここに始まると申すべきか。

また、先生への敬慕の思ひは「新若人」「文藝日本」「ひむがし」の諸誌より起つて、「公論」そして戦後の「不二」或は「祖国」誌を通して、亦御著作を拝してまことに久しいものがあつた。

昭和三十九年九月なかば、はじめて三尾の山荘に参上。——がこの時の事は、のちにお伺ひして先生には余り御記憶にない様であられた。

ついで、四十六年十月八日、年まねく久しき思ひをもつておたづねした。この年はまだ私は、郷里にあつて神明奉仕の傍、農耕生活をつづけてゐたので、「鳥見のひかり」「にひなめとしごひ」「農村記」等をはじめ、くさぐさの御文によつて、われにわが道を教へたまひし先生に、十一月二十三日の新嘗の祭日に間に合ふべく、新穀をはじめ、わが庭柿、つるし柿、酢みかん、その他山野の、或は海の幸をおとどけする事が、この年以来の、わが年々歳々の例《ためし》となつて今日に及んでゐる。左は、昭和四十七年、先生よりいただいた御歌である。

日向ひの　豊前の宮の　神の早稲の米　新嘗の　朝につきぬ　斎庭になりし　銀杏の実と　尊かりけり　うれしかりけり　よろこはしけり

昭和壬子十一月二十三日

保田與重郎――と。

さて、影山正治先生歌集『一すぢの道』の序（保田先生）に「――君子淡交を至徳とする。余は、神の天造の秩序を悟り、行動の準拠とする。交淡ければつひに絶えぬとの教へは、余が処生の生理である。」――と云ふ一節が存する。忘れ得ぬ言葉である。

先生が亡くなられた時、上田一雄兄からその知らせを受ける迄、先生が入院されてをられた事も、その他全く存じ上げなかつた。平素は御無沙汰ばかり申してをるので、先生はいつもお元気にいますものとばかり思つて過ごし来しわが明け暮れであつた。

今でも、平素な年賀状さへ怠り勝ちであるが、六月二十日と十一月二十三日の、年二回の〝献供〟のみは、欠かす事なきわが年々の例《ためし》である。

あの御病床にして召集にあづかり、支那大陸に渡り、敗戦、復員、帰農の数年を送られたことは、先生御自身におかれても奥様におかれても、亦私達にとつても、今では本当に有難き尊き御事なりしと思ふばかりである。

されば奥様が「私が子供の頃から朝夕見馴れてゐた山々は、河内と大和との国境ひになつてゐるため、大和桜井からみるそれらは全く反対の方向に眺められた云々」と田畑と行きかへりに眺めた感慨

――その風景と歴史――を記してをられるが、一昨々年であつたか、奥様がわが家に、そしてこの中津においで下さつた時に、わが近在の鎮めの山〝八面山《はちめんざん》〟（箭山《ややま》）に就て、先づ一番に申上げた事もこれに照応するものであつた。

昭和五十年五月の小詠に――いつの日か率てあがらむと思ふなりこの世に生れし、汝がしるしに――とあるが、先生の御生前、家妻を率ての参上はかなはず、漸く六十一年十二月二十日、慌しく日帰りにて参上した。

君を率てともに参らむ片岡のこの道をいま君と行くなり
あれなるが双ケ岡よひらかれし御前にたちて妹に言ふなり
試みにたたき見よやとうながせばはぢらひ勝ちに銅鑼一つ打つ

右は、その時のものである。それからでも二年有半。月日の経つのはまことに速く、年と共に、その思ひは益すばかりである。

（中津大神宮宮司）

宮本　滋……保田與重郎先生の思い出　京都の灯台

拙宅の壁に、躍動する筆跡には誰もが感動する、保田先生の揮毫になる「自然」の書が懸かっている。近頃は物事に物憂い歳に成り、ボンヤリと過すのが多くなって、それに目が行くと、例の灯台や、先生の生前の元気な頃が、一層強く「又、何か話さんか」と語りかけてくる。

私は直情径行と申しますか、勝手者で、突然家内を促して京都へ駆け付けることが有り、其の日先生宅に伺ったのは、午後三時頃だったと思う。奥庭一面に赤松の葉が敷き詰められて冬近しを思わせた。

例のごとく他合いの無い私の冗談を飽きもせずに聞いて頂いた。

大和の俗話を自己陶酔と、先生の不思議な一種の誘導尋問のような相槌とが相俟って終りを忘れていた。

概ね次の様な話である。

大和で言う「西山」とは、金剛葛城生駒の連山であり、

「先生この頃、大和人は現代語使いのハイカラに成ってしもうて」

先生は「方言を失っていかんな。骨董品の納い場所迄忘れよるな」

「その西山の話ですが、葛城山、金剛山と言いますが、昭和の始め頃までは、戒那山と言いました。戒那千坊とか、麓の倶尸羅《クジラ》千坊と言い、修験者の道場であったようですね」

先生は「南側の金剛山は何と呼んだかな」と問われ、

「頂上部をコンゴセと呼び、全体を葛城山と言ってました」

先生は深く首肯くように「コンゴセは一段と秋姿と成って居る頃やな」

「役《エン》の小角《オズヌ》や南朝の千早赤坂城の活躍は皆知っとりますが、その原動力は大和の戒那山の村々が本陣であった事等は、余り語られないのが悔しいですね」と申した時、先生は暫く両膝を抱えて、遠くを見るように、あの美しい先生の眼が燦然と輝いていた。又、黙視される姿が今も彷彿として私の眼の中に有る。

既に夜半となったので「先生帰らせてもらいます」と申しますと、「イヤ未だまだ早いではないか」「私は御承知の通り、方向音痴ですから、人通りの絶えた京の夜道を迷いながら大和へ帰りま

す」「イヤ、帰り道を迷わぬ様に教えるから暫く」と又、話込んで午前二時頃漸く御暇を告げ、御夫人が「気を付けて御帰り下さい」「先生が迷わぬ様に道順を教えてやろうとの事ですが」「ホッホッホ、先生は、夜中、近所の嵐電の駅からでも、よう御帰りに成りませんのに」との事。

私は諦めて車を走らせ始めた。フト目に入ったのが、あの悪評高い蠟燭型の京都タワーの灯である。其れを目掛けて迷いもせず随分と早く帰宅出来た。

翌年、初夏（六月二十日）家内が先生の御次男、故直日様の桜井の中学生時代の担任教師であったので、御墓参りを兼ね又、御供養の品々を頂戴した御礼を申したいとの事で、久し振りに先生にお目にかかった。お会いするなり「この前は、迷わずに帰れたか」と、問われた。「京都には大変便利な道標を立てて頂いて有難いです。迷わず帰れました。あのローソク型の灯台のお陰です」

「ウーム」

後日談であるが、翌日出入りの庭師を呼んで、大切な居間の前の植木を切らせて、展望を良くし夜間の訪問客毎に、「あの京都タワーを目当として帰りなさい」と成った様である。

中庭の門際に、先端が赤く染まった様に葉を付けた、アカメガシワが十本近くも植っていた。私共の甥が、その友人とお邪魔した際、何故か先生が門外まで送って下さって、其のアカメガシワを自分で鍬を奮つて私共の為に掘り起こし「これは直ぐつく」と一株ずつ分けて頂いた。其の一カ月後、先生は永遠に帰らぬ旅にたたれた。嗚呼、拙宅の庭に今日も高々とアカメガシワが五月の薫風に揺らいでいる。

（宮本石油社長）

佐伯裕子……青春のやぽん・まるち

世代論でものごとをくくってしまうのは嫌いだが、私はいわゆる「団塊の世代」に属する。戦争の影をうすうすと知り、ゲバルト学生に占拠されたキャンパスにも学んだ世代だ。

七〇年安保闘争当時、私は学習院大学のノンポリ学生だったから、政治色の濃い日々を息をころして暮したものだ。しいていうならば、心はもうひとつの関心事でいっぱいだったからである。「戦争の傷」とでもいったらいいだろうか。

昭和二十三年に、祖父、土肥原賢二はA級戦犯として処刑された。それは鮮烈な爪あととなって家に残った。だから少女の頃から、私は敗戦の意味について思いめぐらすことが多かった。というよりは、そうしていなければならなかったのである。

時代の急激な転換にまったく対応できなくなってしまった祖母と父母を、何とか新時代の人間にしてあげたいと思っていたのだ。つよいショックを受けたまま自宅に籠りがちの家族がかもす閉塞感は、たまらなく陰気で辛いものだった。

保田與重郎の著作に出会ったのは、そんなうっとおしい青春の日々である。吉本隆明全盛の風潮の中で、少数の学生が『日本の橋』や『後鳥羽院』を貸してくれた。保田には根強いファンがいた。文壇最大の戦犯ということで書店にはほとんど置かれていなかった本を、何処からともなく手に入れてきた彼らは読んでいた。破れかかった表紙の、その手触りは棟方志功の板画とともに、何となく懐しい気のするものだった。

『コギト』創刊号に掲載された小説『やぽん・まるち』を図書館で読んだ時には、とりわけ鮮烈な印象を覚えたものだ。長い間の疑問とわだかまりがほどけてゆく気分だった。家に漂う暗さ、エキセントリックな空気、いいしれない淋しさの源がいったい何であったのかを、私はその時はじめて知った。日本行進曲を意味するこの小品の中に、私は自分の「家」の運命を見たのである。

『やぽん・まるち』の主人公、下層の幕臣は、フランスの使節に西洋音楽を教えてもらってから、日本独自のマーチを作りたいという夢にとりつかれてしまう。フランス人の助けを得て、狂ったように一つの曲を完成する。その時から、彼は果てのない改作の試みにふけるようになり、敗色濃い上野の山の戦いにあっても鼓を打ちつづけている。保田の分身であろう幕臣が、同時に自分の父母のようにも思えたのだ。

幕臣は、フランス人から教えられた西欧のマーチの明るさとはついに和解することができずに終わるのである。敗北の山に鳴りひびいた鼓のマーチは、保田の全作品の主調音でもあったろう。西欧文化に対する日本文化の純潔性を暗示しているようでもあった。「日本」であり続けたまま、幕臣が新時代に向って美しく狂ってゆくさまが、私には人ごとのように思えなかった。

幕臣に自分の父母の姿を思い重ねて読むことで、私は救われたともいえる。ナイーブな精神のゆえに、自分を変えることができずに狂っていったのだろうとそう思えた時から、私は自分の家の敗北を許容することができた。彼らは彼らなりにひとすじに生きた。その存在そのものを受容しよう、と思った。

高度成長期にあって、私も人並にアメリカナイズされた明るい家に住みたい、と当時願ったものだ。だから、いつも祖母や父母と戦ったのである。彼らの病的なカビ臭さ、自閉症、病いのすべては長女の私が洗いおとしてあげなければならないと考えていた。彼らを改革しようと励む日々がつづいた。精神が微妙に病んでいた家族の神経を逆撫でしていたのは、「世間」ではなくむしろ私だったのかもしれない。

『やぽん・まるち』のラストに魅了されて繰り返し読むうちに、私はやっと気づいた。私はひっしな幕臣の鼓をとりあげてしまおうとしていたのである。ラストとはこうだ。

〈しかし、彼は夢中でなほも「やぽん・まるち」の曲を陰々と惻々と、街も山内も、すべてを覆ふ人馬の響や、鉄砲の音よりも強い音階で奏しつゞけてゐた――彼にとつて、それは薩摩側の勝ち羚つた鬨の声よりも高くたうたうと上野を流れてゆく様に思はれてゐた〉。

彼らをそっとしておこう、彼らは深い「思い」の中に生き続けようとしているのだから。その「思い」こそ、安易な合理主義よりも、つよく美しく輝く人間そのものなのかもしれない。

昨年一年間、私は九州の歌人、石田比呂志氏の主宰する短歌誌「牙」に保田與重郎論を連載した。吐き気をもよおす位に保田の作品とつきあったつもりだ。虚脱感が先にたつ状態だが、私は保田と出会うことによって高貴な精神の在り処を知り、父や母の存在そのものを汚さずにすんだのではないか、いまはそう思っている。

（歌人）

〈以上別巻四　平成元年七月刊〉

山川京子……桜井のころ

先生が中国大陸から帰還なさつてから、私は何度か大和桜井のお宅へお邪魔しました。東京から行くのですし、先生とのお話はいつも夜中に佳境に入るので、当然のやうに泊めて頂いてゐました。

あるとき、女性の相客がありました。戦後生れのもゆらさんとビー玉を座蒲団に投げて遊んでをられましたから、昭和二十年代をはりのころだつたでせうか。眼のぱつちりした美しい方で、歌を作る方でしたから、先生を囲んでの談笑は楽しく弾みました。

奥様は丁度お工合が悪くて襖の向うで寝ていらつして、お目にかかりませんでした。なのに夜半もとうに過ぎて寝かせて頂くとき、奥の広いお座敷に床が三つ敷いてあり、私共のために糊のきいた大柄の美しい浴衣が二枚出されてゐました。多分奥様のお指図によつて、幼い御長女のまほさんがして下さつたのでせう。あのころ糊つけは御飯ののこりか小麦粉を煮て作つたものです。私は奥様の御苦労を思つてよう着ず服のまま横になりました。その方はよほどお親しいらしく、さつと着替へられました。芭蕉の葉の模様が上背のあるその方によく似合つてゐたのを、今も鮮やかに覚えてゐます。いつも一人で寝かせて頂くその部屋で、先生を中にして三人で寝ました。私は先生を世俗の人と思つてゐませんでしたから、何とも思ひませんでした。

翌朝、まほさんがかひがひしく何度も急な階段を上下して、朝御飯をもてなして下さいました。鱒の子が焼いてお皿に載つてゐるのを涙ぐましく頂いたことを忘れません。ニコニコして少しも屈托がなく、本当に可憐なお嬢さまでした。そのあとのこと、その方が火鉢のそばで、お召しか何かの着物の膝を、一寸半分片膝を立てたやうな坐り方をしていらつしやいました。お行儀が悪いのではないのです。何とも言へない風情でした。なまめかしいといふのはこれだな、と私は感じ入りました。今まで見たことのない種類の魅力でした。そして何となくその方が先生のことを思つていらつしやる、と感じました。

ある人から「保田先生つてどんな方ですか」と訊かれて「空気みたいな方よ」と答へたことがあります。私は先生に生くささを感じたことがありませんでした。しかしそんな先生に特別な好意の眼を向ける女性があることを、その時知つたのです。先生は多くの女性のあこがれの的であり、少し危険な感情を抱く人も少くないことが、その後だんだんわかつて来ました。人物と言はれる程の人は、男女両性から好かれなければならないさうですが、先生はまさにその資格を持つておいでになつたのです。

近ごろ少しひまが出来、旧い手紙の整理を始めて、先生の昭和三十年代の御手紙やおはがきを見つけました。その一つに、

譜は間違つたのですか、失礼。別にかきました。「愛」の字中に「孝」を象り「恋」の中に「正」を象つてあり「人心孝亦正」といふ題によりました。　敬具

六月七日　與

京子様

題は小さくする方よろしくと存上候

といふのがありました。昭和三十五年、私の拙い長歌の集「愛恋譜」の題字をお願ひして頂戴した時添へられたものです。この字に托された先生の洒落た御趣向を、広く人に言つてゐないことに気付いて恐縮してゐます。便箋には多く、生漉の半紙を三つに切り、ベージユか朱の淡いいろのゐのぐで大まかに線を引いて使つてをられました。

死が突如として到り、決して取り返しがつかないことを、またしても忘れてゐた自分に腹を立ててゐます。先生の該博な知識を貫く祖国の真の伝統の正風を護らむとする果敢な精神、些かの曖昧さも許さぬ正義感、くらしの中で、あらゆる有形無形のものを大切になさる暖く優しいみやびごころ、等

等を御身を以てお教へ頂いたお礼も申し上げず、おろそかにしたままでお別れしてしまひましたことを、苦しく後悔してをります。しかしこの厖大な全集の刊行によつて、不朽の御業績のあとを辿らせて頂けるのです。有難うございました。

（歌人）

池田栄三郎……保田先生とのこと

保田先生が亡くなられたのは、ついぞこの間のようにも思われておりましたのに、考えてみれば、もう余程、経って了ったようです。七回忌の集いがもたれたのは、たしか、一昨年の事でしょうか。歳月茫々です。

保田家と、私の生家・池田家とのつき合いは、大分ふるい頃かららしく、親戚同然のようだったように記憶しております。

幼時、私の近所に住んでおりました産婆さんが、保田家の産婦として格別親しくして居られて、幼い私は、彼女に手をひかれて、時々、保田家へ遊びに行った遠い記憶があります。

その後、小学校を卒業して、旧制の中学校へ入学した時、偶然にも、保田家の三男坊の恒三郎君と同クラスになったものです。そんな縁で、それから又、しげしげと保田家を訪れる事になったのです。

そんな事から、保田恒三郎君の長兄、與重郎氏を識る事になったのです。

中学生の私達にとっては、同じ中学の先輩卒業生であり、同級生の長兄であり、又、上級の高等学校の学生でもあり、且つは、小軀の私達に比して、白皙長身の颯爽たる風貌の青年で、しかも文学に志あると仄聞する與重郎氏は、一種まぶしいような憧れの感情を伴う存在だったのです。やがて、與重郎氏は東京に出られ、彗星のように文壇に登場されて行かれた経緯も、恒三郎君から聞かされたりなどして、段々と遠い輝きになっては行きましたが、私の心の中では、かえって誇りにも似た親近感として根づいて行ったようです。私もその後、高等学校を卒業し、ふとした機縁から地方行政に関与する事ともなり、何時の間にか、年少、好きだった文学の事とも漸く遠ざかる事ともなって了いました。戦時中は田舎の町長をつとめておりました関係から、戦後暫く公職を遠慮しておった時期がありますが、その頃は、保田與重郎氏にとっても、苦渋に満ちた時代であったかと察する訳であります。

私の場合、やがては公職に復帰するチャンスが与えられ、御蔭様にて現在に至った訳ですが、與重郎先生（以下、先生とお呼びした方が、私の気持ちに添いますので先生と呼ばせて頂きますが）の場合、苦渋の時代が長く続きましたが、先生は恬然として、且つ、飄々として、節をまげる事なく自らの信ずる、日本の美の道統を護り続けられた様に、見受けられました。むしろかえって、美の深みに沈潜され、枯淡の風韻をさえ感じさせる日常の在りようでありました。同級生であった恒三郎君も先年、物故し、末弟の仁一郎君（私が現在、市長に在職しております桜井市の教育委員長を長く勤めて頂いた）と時折お逢いすれば、懐旧談を交す事があります。実のところをお話しすれば、私が前市長の後を継いで、桜井市長に就任致しますについても、保田與重郎先生の風を慕う桜井市内の有力な市民達の強力な支持があり、且つ又、その市民達への保田先生の密かな御示唆があった事も、有難く承知しており、その恩義、寸時も忘れた事無い積りですが、先生は、その事一切、私にも余人にも洩らす事なく世を去られたのであります。まこと、心の底のあたたかい床しいお人柄であります。

中年以降の先生は、深く芭蕉に傾倒され、日常坐臥、芭蕉翁の如く在りたいと志向されたように拝せます。勿論、文学上の理由が最たるもののようではありましょうが、それ以外にも、ふと心当りが無いでもありません。

実は、私共の桜井は、近世初頭以来、藤堂藩領の飛び地であった時期がありまして、伊賀上野との人的交流が頻りであったのです。その経緯から、保田家の先祖もひょっとすれば、伊賀上野から来た士分の流れかも知れない、何故ならば、保田家の家紋がどうも伊賀上野との関連がありそうに思えてならない。などと何時か、保田先生との雑談の中で話題になった記憶があるのです。

そんな記憶の為でしょうか、先生の芭蕉好きの中には、そんな家系上の遠い因縁も、働いていたかもしれぬと、この頃、想像してみたりもするのです。宗匠頭巾に、和服、小振りの信玄袋に、竹の杖、雪駄を履いた長身痩軀は、風に吹かれる侘び姿、まさに現代の芭蕉翁の旅姿を髣髴させる印象は、今も私の眼に焼きついております。若い頃はいざ知らず、戦後の保田先生と洋服姿はどうしてもつながりません。私の記憶の限りでは、ありません。

そう言えば、唐突な話ですが、保田家と自転車とは、これまたつながらないのです。普通どこの家にも在りそうな、在ってもおかしくない自転車のイメージが、保田家と合わないのです。考えて見れば、保田家の先代も、生涯和服で通されたようですし、やはりあそこの家系や気風の中には、安直軽快な利便を敢て拒否する、どこか毅然とした気概みたいなものが、静かだが、そのくせ根強く流れているのかも知れません。現在、生家を継いでおられる末弟の日常の在りようも、やはりそんな傾向があります。

生家の構えもそのようです。大振りで骨太で古格通りで、大きなお家で奥深で、近頃流行の安直な家具など一切寄せつけない、台所なども昔通り、流石と思わせるような気構えを感じさせる悠然たる暮し振りであります。

京都太秦の身余堂も、このところ暫く、御無沙汰を致しておりますが、あの家のたたずまいや生家の風格も思い合わせて、文学者は数多いが、「文人」と呼ぶにふさわしい、この国の最後の一人ではなかったかと、近頃、とみに懐しい思いが頻りであります。今も尚、私のみならず、桜井市民の中には、先生の文藝の道の高邁さは知らずとも、人間としての雅品を偲ぶ者が少なからぬ事を、心ひそかに喜びとしております。

春宵や王者のごとくもてなされ

河井寛次郎翁の白磁の食器で御馳走に預かった際の拙句です。　合掌

（奈良県桜井市長）

高鳥賢司……全集刊行の終りに

十代のをはりに、先生の書かれた物を読むことから私の人生は始まつた。昭和と「おないどし」で、大東亜戦争の末期、歴史と文明の錯雑の時代の稚ないこころに、書かれた物の内容とか価値、まして著者の志の深さや、先生の晩年の文章で云はれるその「信実」は判る筈もない。片言隻語にきらめく行間の響きに魅かれて興奮し感動してゐたにすぎない。それは戦火の時代に聞くことのできた、稀有の文藝の香気の魅力だつた。

先生の風容に接したのは、昭和二十一年、奥西保氏らが宰領した、京都八坂神社清々館での桐田義信氏の慰霊祭である。丸刈にして居られて、清らかな瞳の美しさが永く印象に残つた。その日紋めてをられたネクタイの模様や色合ひもいまに覚えてゐる。先生は北支の従軍から帰還されたばかりで三十六歳、私は二十一歳であつた。

それからの四十年は、先生の著作物とのつきあひといふよりも、お目にかかつて聞いた日常雑談の影響が強烈だつた。

先生との座談は、自分が直接交したときも、ほかの人とのそれを傍聴してゐるときも、ホメーロスの詩の形容のやうに、「翼ある言葉」が、天来の楽音を奏でるが如くリズミカルに飛び翔《か》つて、実にさまざまな魅力の結晶であつた。何ともおもしろくて適はない。その内容も表現も、勇壮哀切滑稽深刻爽快、腹をかかへ魂を震はす、とてもエッカーマンの「ゲーテとの対話」もどきに、後日の参考のために日記に描いておくといふやうな類ひのものでない。大袈裟に云へば、東西古今の市井の人情風俗に発して、歴史や思想や文化文藝政治経済にわたる人物月旦に及んで、聞く者の人生と日常の時空を擦過し旋回してゆく愉快そのものだつた。

若くて、お互ひに体力のある時期は、二日三日と夜を徹して飽かなかつたのは、先生と対話した多くの人々の経験し、ときに辟易した処だ。午前に伺つて天明に到る。「もう寝ませうか」と云ひ出すと、桜井のお宅での場合は、二階の座敷から座越しに蔵の白壁を指して、「いや、あすこに陽が当ると八時ごろだから」と云はれてそのまゝ話が続く。それを二晩三晩とくり返して生活のリズムが狂つて了つたころ退散するのだが、帰途の気分は「先生在る限りは」といふ安心感に包まれてゐる。ついでに云ふと、新学社の創設も、この桜井の保田邸の二階での雑談から生れてゐる。

昭和二十九年に、熊本の紫垣隆大人が、アジアと日本の中国革命ゆかりの人々を集めて、熊本と荒尾で宮崎滔天兄弟顕彰の建碑と祭典を営まれたとき、九品寺の紫垣邸のとなりの宿（たしか「桃山」と云つた）で、双方初対面の隣国の革命家胡蘭成氏と出逢はれた際も、例によつて連続三夜の暁に及ぶ縦横談だつた（はじめの一晩は作家の立野信之氏も同席された）。その後、昭和四十年、鳴滝の身余堂に一夜滞留されたときの胡蘭成さん揮毫の一幅が保田家に残つてゐる。

王気京儀存婦女　松庭更聞降神仙
文章天成非人力　千載逢君是偶然

当時の身余堂座臥の気分と湧現する感慨が躍如として出てゐる。

四十歳を越えられたころ、羽織袴に中折帽姿で、鼻下に太い髭を蓄へてステッキを突かれた写真があつて、「これはまさに明治の壮士昭和の無頼漢と云ふところですなあ」と失礼な感想を申しあげると、大きな口を開けて笑つて居られた悍強豪気な先生も、やがて年輪と倶に大きく御自身の行歳と交友の輪を拡げて多彩な老年に入つて行かれた。太秦三尾山の山住みを契機に、義仲寺、落柿舎の修理恢弘をはじめ、日常の暮らしそのものを、御自身の文学と史観の明証として、日本文人の伝統の風儀のままに一貫し実践された、美事な御生涯はただ感嘆するより外ない。

本全集の刊行完結に当りあらためて、先生の遺徳と遺業の大きさの自然なあらはれと慎しみつつ、これを可能として下さつたすべての方々、国の内外に及ぶ先生門下の人々と倶に、深い感謝を捧げる。

昭和五十六年十月
京大病院

背かがめ乗らす先生の車椅子押しゆく道は石くれ多し
スキヤナー撮影に先生を押してゆく椅子の上うすき陽差しのもとなかかれる
鉄のドア固くへだてて時刻《とき》ながく待つこの向ふに痛みたまふか
方向《むき》をかへてベッドに横にいねたまふときに触《ふ》る背に鋭《と》き痛みあり
レントゲン検査の時間長ければ不吉に午後の窓押し曇る

地下室に売店群れて市場なすと聞きて面白がらせたまひき
秋の空もはら輝きむなしけれ肩おとろへて車椅子の師よ
一夏《ひとなつ》を背《せな》の痛みに耐へかねていますわが師とわれ知らざりき
右肺の下部に悪性腫瘍あり拇指大にはやも長《た》けつつ
肺癌除去手術験なしと誰言はめやも五味康祐も一年生きぬ
天が下にただ一人の師はいまは癌に病みつつ老いいますなり
歯の治療に行けず味はひ衰へて食はずなりしとかすかに告らしき
右下にいねて声低く言ひたまふ「今日は検査が三つありて大儀」
病みながらあれこれ心くばりつつ人をいたはりたまふにくやし
病む間《ひま》に菓子など購《か》はせ見舞ひ来し人に言づけ居りたまひしか
病室にて賜ひつる聖護院饅頭をすべなく食みしわれは忘れず
気づかひのなき顔をして饅頭を食うべゐし我をゆるさせたまへ
かうかうと灯る廊下にみとりすとひとりし居ればこころ激《たぎ》つ瀬
エレベーターいまは音なくしんしんと更くる廊下にときに物云ふ
命終とききてゆく車の窓ガラスいくたびか開《あ》けいくたびか閉ぢ
しらじらと車の窓を流れゆく午前の疎水ただ光りたれ
五升庵蝶夢の墓の寺の前北に向へば山に雲浮く
京の街におりゐ沈める雲ひとつあの雲の下に死にたまふ師よ
十月四日　一世《ひとよ》の大事刻々にすぎゆく時間《とき》にすべあらめやも
われの戦後いまは終るか肉群《ししむら》の力くだけてまうら燃ゆるも

講談社版『保田與重郎全集』月報　430

義仲寺密葬

をみなびと云ふかぎりなくあえかにかぎりなく優しき先生なりし

をみならはよくみやびけり大倭男具那と生れて来給ひしかば

先生のデスマスク拝みて云ふを聞けば如是英雄豪傑の相

おほけなく倭国はらゆく水の泊瀬とよもすその天降言《あもりごと》

（新学社社長）

〈以上別巻五　平成元年九月刊〉

新学社版

保田與重郎文庫

（全三十二冊）解説

Publication in 1999—2003

『保田與重郎文庫』全三十二冊　平成十一年四月〜平成十五年一月　新学社刊

近藤洋太……日本の女性

〈1 『日本の橋』二〇〇一年七月刊〉

昭和四十七年の初秋の頃かもう少しあとだったたか、私はある医学系出版社の就職試験を受け、最終面接まで残った。面接でどんな作家に興味をもっているのかを聞かれたのだと思う。「保田與重郎です」と私は答えた。面接官のひとりが、ふと顔をあげるようにして「保田をね……」とつぶやき、なにか言いかけて口ごもった。面接官は保田について否定的な感情を抱いている人だったかもしれない。もっと穏便な作家の名前でなくて、なぜ大事な最終面接で保田の名前を口に出してしまったのだったか。そのせいだけだとは思わないが、私はその会社に不合格だった。

私がはじめて保田與重郎の本を読んだのは、その就職試験の少し前で、角川選書の一冊として刊行されていた『日本の橋』だった。そのころ講談社から『保田與重郎選集』(全六巻)が出たことは知っていたが、それは学生の身分では買えない高い値がついていたと記憶するから、角川の『日本の橋』は、当時としてはもっとも手に入れやすい保田の本であったと思う。

橋川文三の『日本浪曼派批判序説』に触発されて、保田に関心をもっていたのは事実だが、面接を受けたころ、はたしてその文章を理解していたのかはあやしい。『日本の橋』の「はしがき」には、「優雅な若い人々に繙かれたい」とあり、「誰ケ袖屛風」の書き出しには、祇園祭の夜、「問屋町で、宗達のやうな一双を見つけて大へんうれしかつた」といった一節がある。私は優雅でもなく、屛風の価値の分かるような若者でもない。ただ生意気なだけの野育ちにすぎなかった。戦後の文学者や思想家の文章を読み慣れていた私は、「誰ケ袖屏風」や「日本の橋」のみやびやかな連想のおもむくままに、婉婉と続く文章に面食らってしまったのだ。

昭和十二年の「人民文庫・日本浪曼派討論会」で、「人民文庫」を代表するひとり高見順は「現在浪曼派の主張、具体的には保田君のものは高等学校の生徒が皆読んでゐるさうだ。／つまり高校生活の観念的な傾向に浪曼派の人々が受け入れられてゐる訳だ」と発言し、それは「実に幼稚ななげかはしい傾向だと思ふ。それが天下を風靡することは」と述べている。この座談会の発言を読んだのはずっと後のことだが、当時の私は、不遜にもわずか三十年ほど前の学生を魅了した保田の文章が、理解できないわけはないと思っていた。『日本の橋』を何度か読みかけ挫折しながら、ある時、ふっと私のうちに納得するものを感じた。「日本の橋」の最後に出てくる裁断橋碑文のくだりだ。保田の引用原文は仮名が多いので、ここでは読みやすさを考慮して、適宜漢字を交えて引用した。

天正十八年二月十八日に、小田原への御陣堀尾金助と申す、十八になりたる子を立たせてより、また再目《ふため》とも見ざる悲しさのあまりに、今この橋を架けるなり。母の身には落涙ともなり、即身成仏し給へ。逸岩世俊と、後の世のまた後まで、この書附を見る人は、念仏申し給へや。三十三年の供養なり。

戦乱の世に戦で息子を亡くした母親のこの短い碑文に込めた思いは、四百年近い歳月を超えて私たちの胸に惻々と伝わってくる。名のある女性ではない、教養をつんだわけでもない、ましてや文章をうまく書こうと思ったのでもない。子の死から三十三年経って、世は泰平の時代に代わり、この女性は既に七十を超える高齢であっただろうと推測される。それでもなお、亡くした子供への思いから、橋を渡るひとに「念仏申し給へや」と語りかけるのだ。

この挿話を今読むと、私は戦後、保田與重郎が金閣寺放火事件について「祖国正論」に書いた文章を思い出す。犯人の学僧は、放火の動機を美に対する嫉妬だと言い、面会に来た母親に母子の縁を切ってくれと言ったという。母親は早く父を失ったわが子をよい僧侶とするため、里心が起こらないよう家に寄せつけずまた訪ねようともしない古風の人だった。その母親が帰途の車中から保津川に投身自殺した。保田は「一個の知識人の思想が、親子の絆といふ現実の、厳しく、深い真実を断ち切りうるものか否かへの、悲痛な回答であつた。息子の、世の中のすざまじい罪障を己一身に背負うて、母親は我とわが命を裁つたのである。親は常に断崖に臨んで生きてゐるのだ」と述べている。

さらにもうひとつ、保田が『日本語録』のなかで引いた有村蓮寿尼の「雄々しくも君に仕ふるもののふの母てふものはあはれなりけり」を思い出す。蓮寿尼は「桜田門外の変」で井伊直弼を討ち取った薩摩藩士、有村治左衛門、雄助兄弟の母である。治左衛門は直弼の首をあげすぐに自害したが、雄助は捕らえられ薩摩に送られたのち自害した。その死は母の促しによるもののようだ。「この母はたゞ子等の志を信じる上で生きたのである。たゞ一つの君に仕へるみちを貫いた子らを信じること、即ち国の道を信じることが母の生きる唯一のより所であつた」と保田は書いている。わが国の母たちは、ときに子の身代わりとなって命を投げだし、また子に死を勧めることすらあるのだ。彼女たちの心のうちは激しい、けれどもその在りかたは美しいのだ。

ところである時、浪曼派に近い批評家から「浪曼派の真髄はね、男は愛嬌、女は度胸ということだよ」という話を聞いた。それは「河原操子」にあてはまると私は思った。河原操子は、もとは長野の高等女学校の教師をしていた。彼女は体が丈夫なほうとはいえず、二十歳をいくつも過ぎていなかった。明治三十五年、中国人の女子教育をめざし上海の女学校の教師となり、翌三十六年、喀喇沁《カラチン》王からの要請を受け、喀喇沁に赴任、教育に携わることになった。とはいえ彼女は、その地がどこにあるかさえ知らなかった。「喀喇沁《カラチン》はいづこ、北京の東北にあり、北京より九日程にて達すべしと、甲も斯く乙も丙も斯くいふより外には、何事も聞かせぬにはあらず、知るものなきなり」と記すような心細い状態だった。おりから日露戦争が勃発、日本人としてはこの北辺の地にただひとり残り、教育に携わるかたわら敵方の動静を北京に知らせる使命を帯びることとなった。

河原操子は立派にその使命を果たした。保田は彼女に国策型の「女丈夫」という言葉を冠することを否定している。そして河原操子のような女性こそが、日本女性の典型であり、思わぬときに意外にも勇敢な姿を現すと言葉を換えてくりかえし述べている。

保田與重郎をもっとも早く評価したのは、萩原朔太郎であった。朔太郎は「詩人の文学」のなかで、保田たちの「コギト」を「過去のいかなる文壇的ギルド系統にも所属しないところの、全く新しい別種の文学精神の出発」と言い、「小説の文壇から出発しないで、詩のエスプリから出発したところの文学者でもある」と親しみをこめて述べている。また大宅壮一が保田たちの文学を「お筆先のやうなもの」と言ったことに対し、「お筆先」という「意味の解らない迷語」や「バラモン教徒の呪文」のごときものこそ「むしろ過去の文壇的邪教と挑戦して、新しき福音を呼ぶための新約なのだ」と言って擁護した。

その萩原朔太郎に「日本の女性」というエッセイがある。そのなかで朔太郎は、裁断橋碑文の母親とともに、小泉八雲が「或る女の日記」として発表した明治期に市井に生きた女性のことを紹介している。彼女は月俸十円の役所の小使をしている男と見合い結婚をして、三人の子供を作るが、子供たちはすべて生まれてまもなく死に、彼女自身も産後の肥立ちが悪く早世した。この女性の五年間の日記には、度重なる不幸にもかかわらず、夫につくし、貧しい暮らしのなかで短歌や俳句をたしなむ余裕をもち、たまの芝居や寄席、行楽を楽しんでいることが記されている。日記は彼女が「昔話」と題して針箱のなかにしまっていたものを、死後発見されたという。辞世の句は「楽しみもさめてはかなし春の夢」。朔太郎は「その薄倖な生活に満足し、良人の愛に感謝しながら、すべてを過去の帰らぬ『昔話』として、侘しく微笑しながら死んだ一女性のことを考へる時、たれかその可憐さに落涙を禁じ得ないものがあらうか」と感想を述べている。

裁断橋の碑文を書いた女性をはじめ、ここに紹介した女性たちはフィクションのなかに存在したのではなく、現実の日本の社会のなかに生きた女性たちである。彼女たちは、かなしく、やさしく、ときに雄々しく、またなつかしい。今日のフェミニズムの社会にも、日本が日本である限りにおいては、形をかえてこうした女性は無数に生まれるであろう。

『日本の橋』は読み返すたびに、新たな感興をそそる本である。そのひとつの読み方を示してみたが、私の保田與重郎体験とこの読み方が、読者に邪魔になったり、余計な先入観を与えないことを願っている。私もまた、この本が今日の「優雅な若い人々に繙かれたい」と念じている。

川村二郎……古本の思い出

〈2『英雄と詩人』 一九九九年四月〉

『英雄と詩人』は二度買っている。二度とも、どこで買ったかはっきり覚えている。

一冊目は名古屋の桜山という町の古本屋で買った。古本屋といってもいわゆる焼址闇市の典型的なバラックの集落の中の一軒で、敗戦直後は英語会話やら民主主義の解説やらの本を初めとして、新刊書は片はしからさばけた本の泡沫景気の時代だったが、それに応じて古本市場も活発だったのだろう。名古屋は被空襲回数の日本一多い都市だが、そのどこの焼址にもちっぽけなバラックの古本屋が出来、俄か造りの棚に思わぬ貴重な書物を並べていた。『英雄と詩人』は昭和二十一年にそのような店で手に入れた。高校三年生だった。

翌二十二年、大学に入り、東京に出た。東京ではある学生寮に入れて貰ったが、その年の暮、冬休みで三河の親の家に帰っている間に、寮が全焼した。漏電ということで、当時の東京では漏電は日常茶飯事だったにせよ、少し疑いが残る。いずれにせよ、一旦火が出れば、戦災を辛うじてまぬかれた木造の老朽建築は、ひとたまりもないはずだった。

寮には多くの書物を持っては行かなかった。文字通り座右の書というべきものだけを置いていた。それが全部灰になった。洋書はゲーテ『ファウスト』、ヘルダーリン『ヒュペーリオン』、ボイムラー編・ヘーゲル『美学』、シュピッテラー『オリュンポスの春』、ペイター『鑑賞集』など。和書は釈迢空『死者の書』、中野重治、立原道造、伊東静雄の詩集、『コギト詩集』など、そして保田與重郎は『英雄と詩人』と『戴冠詩人の御一人者』と『改版日本の橋』の三冊。

昭和二十年暮からこの頃までに、保田の戦前の著作はほとんど、先にいった焼址のバラックないし焼け残った古本屋で集めていたと思う。そのうちの一番大切な三冊が消えた。

ショックだったが、その程度で意気銷沈していては、戦後の苛烈な混乱期に生きて行くことはできない。気を取り直してまた古本屋を巡った。さすが東京は名古屋とは格段の違いで、あと二冊はすぐ見つかった。しかし『英雄と詩人』はおいそれと姿を見せてくれなかった。ようやくたずね当てたのは、浅草松屋の「古書部」である。

今から振り返ってではなく、昭和二十三年のその頃ですら何か信じがたい形だったのだが、百貨店が百貨店としての機能をほとんど果し得ないで、いたずらにだだっ広い空間をもて余している状態では、古着屋や古本屋を兼ねるのも窮余の策だったかもしれない。たしか最上階の、大本堂も五重塔も焼き払われたあとに小さな仮本堂がぽつんと建っているだけの浅草寺を見下すようなスペースの一画、雑然と板を敷き並べた上に、いかにも気のない様子でパラパラと本が散っていた。その中に『英雄と詩人』の、厚く堅牢な茶色のボール紙のなつかしい機械函があった。

この時当方は大学文学部文学科、ドイツ文学専攻の二年生だった。なぜドイツ文学を選んだか、それについて述べだしたら多分きりがないほど多くのきっかけや動機があるが、高校時代、しかも敗戦後の日々に、保田與重郎を読んだことが、間違いなく最も大きな動機の一つだった。『英雄と詩人』の中の「清らかな詩人――ヘルデルリーン覚え書」はとりわけ啓示的な文章だった。

ヘルダーリン（ヘルデルリーン）の『ヒュペーリオン』は高校に入学してすぐ、岩波文庫の翻訳で読んだ。原文に接したのは大学に入って、やがて燃えてしまった本を手にした時が最初だが、翻訳を通じてでもこの詩的散文のすばらしさはある程度うかがうことができたと思う。ヘルダーリンの本領である詩ならば、高校時代すでに、大学書林版のドイツ詩アンソロジーで原テキストを知り、そのうちの短い数篇は暗記していた。ハイデガーの『ヘルダーリンと詩の本質』も、保田が援用しているディルタイやグンドルフのヘルダーリン論も、同じ頃に読んでいた。だから「清らかな詩人」によって初めてヘルダーリンに眼を開かれたというわけではない。啓示的だったのは、たとえば次のような一節。《ヘルデルリーンはロマンテイクであるか、クラシイケルであるか、さうした下らぬ論争は、文藝学の早き発生――かのシレルの感傷と素樸の文学――と同時に、概念的な遊びとされてきた一つの方向の現れにすぎない。ハイム、シユトリツヒ、それから、グンドルフまでも。しかしグンドルフは救つたのである。私はヘルデルリーンが、独逸ロマンテイクと地盤をひとしくしてゐたといへばよいのである。》

ヘルダーリンはロマン派(ロマンテイク)か古典派(クラシイケル)か、これは今でも燃え上りかねない議論の火種である。現在の一般常識的なドイツ文学史は、ロマン派でもないが古典派でもない、独行する「反古典的」な文学者としてヘルダーリンを位置づけ、日本語で書かれた、もちろん創見を出す勇気など持たないドイツ文学史の類は、おしなべてその定説に追随している。そうした現状であるだけ一層、六十年以上も前に保田が、「下らぬ論争」と一言のもとに言い捨てているのが、いかにも小気味よく感ぜられる。しかも彼はただ放言をもってみずから快としているのではない。「グンドルフは救った」。余の文藝学者たちの及ばぬ洞察力によって、このゲオルゲ門下の俊秀が、ヘルダーリンの詩の核心を捉えていたことは明らかだが、そのことをまた一言で、保田の文章は照らしだしている。

五十年前の高校生が、このようなことを筋道立ててすべて理解していたとはいえない。しかし彼は直観的に、凡庸な文学研究者とは比較にならぬ、批評精神の生動をここから読み取っていたのだ。

ドイツ文学を専攻してヘルダーリンを勉強したい。そう思い切るには、しかし、小さくない障碍があった。高等学校では文科の甲類、つまり英語を第一外国語とし、ドイツ語を第二外国語とするクラスに在籍していた。ドイツ語を第一外国語とする文科乙類よりは当然ドイツ語の授業時間数もずっと少い。その上、昭和十九年に、戦争の役にも立たぬ文科のクラスに入った生徒は、入学後間もなく軍需工場に動員され、敗戦の夏まである一年、鉄と油と火の匂いの中で過したのだ。戦後は戦後で、空襲に焼き払われた校舎の代りの場所を求めて、流民のように転々とする日々が続いた。三年間在籍したとはいえ、まともに授業を受けた時間は、その半分もあったかどうか。英語はとにかく何とか読めた。ジョイスやロレンスの長篇小説を、一人で読み通すだけの力はあった。しかしヘルダーリンとなると、初期の短い詩はよいとして、後期の長い詩には、こちらのドイツ語力では、手も足も出なかった。これでは無理だと、高校を出る頃には観念せざるを得なかった。

大学へ入る時には、専攻をきめる必要はなかった。文学部は文学科、哲学科、史学科の三つに分れていて、そのいずれかを選べばよく、専攻は入学して一年後にきめればよかった。保田與重郎は美学専攻だから、その後を追って哲学科ということも思わぬではなかったけれど、それはチラと頭を掠めた程度で、やはり文学科以外は本気で考えることはできなかった。英文専攻を選んで、英語で書く文学者のうち一番好きなウォルター・ペイターの勉強をしよう。大学へ入る時にはそういう心づもりでいた。

しかし大学は敗戦後の世相を正確に反映していた。英語を敵性外国語などと呼んだ戦中の愚劣な風潮が一変して、カム、カム、エヴリボディという軽薄な英会話宣伝の歌声が一世を風靡するという、正反対の愚劣に落ちこんでいる世情の通り、英文専攻は異常に膨脹していた。もともと英文学のほんの一部分にすぎなかったアメリカ文学の志望者が、膨脹を加速しているのにちがいなかった。

勝者にゴマをすり、尻尾を振るような態度は、何がどうあろうと取りたくなかった。つくならば敗者の側でしかあり得なかった。たとえドイツ語の力がおぼつかなかろうと、日本と同じく世界大戦に敗れた国の文学に、心をこめるよりほかはないと覚悟した。

ナチスドイツが好きだったわけではない。小学生時代のベルリンオリンピックのラジオ中継には、子供なみに興奮したが、ニュース映画で見るヒトラーはどうも安っぽく見えたし、当時来日したヒトラーユーゲントなどという少年集団にも、うさんくさいものしか感じなかった。戦中には時流に敏感なドイツ文学者たちがナチス公認の文学作品を続々と邦訳刊行したが、読んだ限りではまずほとんど、退屈な代物だった。

しかしナチスがどうであれ、かつてヘルダーリンを生み、ノヴァーリスやホフマンを生み、近くはゲオルゲやホフマンスタールを生んだドイツ語文学の世界の魅力は、その中に没入して悔ないものと思われた。ドイツ文学専攻にきめて、学力不足には大いに困難を味わせられたものの、とにもかくにも大学を出て、ドイツ語教師となっておよそ半世紀、アメリカの属国にひとしいこの敗戦国で、そのような形で生きて来たことに全く何の心残りもなく、むしろ身の冥加をさえ感じているのである。

保田與重郎のいう、後鳥羽院以後の隠遁詩人の系譜を、そのまま肯《うべな》う気持はない。大体後鳥羽院には気疎い印象しか抱けない。しかし具体的な歴史の実例は捨象するとして、現実の権力ないし暴力に敗れ、時代の表面の下に沈んだものの側に、文学の真正の価値がひそむという考え方が、名古屋と東京の古本屋で保田與重郎の戦前の著作二十六冊を、敗戦後の二年間にすべて集めていた少年の頭に、固定観念として取りついたことは確かである。その固定観念によって自分は生かされて来たのかもしれないと思うことがある。この観念を呼び起す力を持つ、第一の本がほかならぬ『英雄と詩人』だった。

饗庭孝男……神人一如の遥かな光栄

〈3『戴冠詩人の御一人者』二〇〇〇年四月〉

1

保田與重郎はつねに晴朗な悲劇を愛していた。それが彼の詩心にいたく訴える様を文章につづった。たとえば倭建命《やまとたける》（日本武尊）や木曾義仲のようにみづからの行動がそのままに清冽な心のあらわれになると感動させるような人物である。歴史はこうした悲劇によってつくられるとも言いたげな趣きがある。

倭建命が天皇の命をうけ、西に東に叛逆の徒をほろぼしに行ったあと、伊吹山で重い病いにたおれ、国を偲んで、

倭は　国のまほろば
たたなづく　青垣山　隠れる
倭し　美し
はしけやし　吾家の方よ　雲居起ち来も

と望郷の思いを託して歌ったあと、美夜受比売と剣と想起して、

嬢女の　床の辺に
吾置きし　つるぎの大刀　その大刀はや

と詠んで亡くなり、その魂が大きな白鳥となって天翔ったことに感銘する。悲劇をつよめるこの抒情性と相聞の念がつよく保田に訴えたのであろう。むろん、このことは、何よりも、一見、政治的に見えながらも、深く濃い文学性をもつ『古事記』の性格のあらわれに打たれたと思えなくもないが、しかし、

「尊はなすべきことをなし、あはれむべきものをあはれみ、かなしむべきものをかなしみ、それでゐて稟質としての美しい徒労にすぎない永久にあこがれ、いつもなし終へないものを見てはそれにせめられてゐた。それはすぐれた資質のものの宿命である。このために言挙しては罪におちた。しかし尊は詩人であつたからその悲劇に意味があつた」

と書く時、保田與重郎は的確に倭建命の宿命に心うごかされていたのである。もとより、これらの歌が示す末期の宿命の美しさは重要だが、他方、天皇の命によって、東方の「まつろわぬ人等」を討伐せよという言葉に対し、その姨倭比売に向い、

「すめらみことはやくあれをしねとや思ほすらむ。如何なれか、西の方まつろはぬ人どもを撃《と》りに遣はして、返りまゐ上り来し間、幾時《いくだ》もあらねば、軍衆をも賜はずて、今更に東の方の十二道の悪人《まつろはぬひと》どもを平《ことむ》けに遣はすらむ。これに因りて思へば、猶吾早く死ねと思ほしめすなりけり」と「患

へ泣き」した姿の人間的なあらわれに深い共感をおしまなかったにちがいない。戦に克たなければおのれが滅びる、という簡明な、しかし重い真実につき動されていた行為の人、倭建命の慟哭をわがものとしたのである。

けれども「戴冠詩人の御一人者」をかいた保田の思いは、ただ、倭建命の表現における文学性のみにあるのではない。とりわけ、神人一如をなす「古事記」上巻、中巻に流れるその思想を尊く、高貴なものとする見方に賛同していたからにほかならない。そのいくつかを引用してみよう。

「まことに上代人は人事を人によつて語らず内なる神にかかりて諷し又歌つた」

「上代の自然人によつて、神と人との近接意識は実在せられた」

「この薄命の武人、光栄の詩人に於ては、完全に神典の自然な神人同一意識と、古典の血統意識とが混沌してゐた。（中略）武人の最後に、別れてきた少女を思ひ、少女の枕べに留めてきた大刀を思ひ、その大刀はやと歌ふ、武人でなくて可能ではあつても、詩人でなくては不可能である」

つまるところ保田は、倭建命を詩人であって武人として生きながらその情熱のありようは神人一如の時代の遥かな光栄をひきついだ、高貴清冽な人間であると考えていたのである。しかも上代の「自然」が根底において彼を支えていると見た。

保田與重郎は、日本の上代から今日に至るまで時代の転換点や屈折点、あるいは変革期にあたって、それを象徴し、代表する詩人、歌人、あるいは作家を描いたのである。倭建命しかり、大津皇子しかり、柿本人麻呂しかり、後鳥羽院は言うまでもない、木曾義仲も、西行も、芭蕉も、そこに数えられるであろう。彼らは日本の上代よりの伝統を愛し、時代の頂点をつくるとともに、その「最後の人」として次の時代にうけわたす人であった。しかも、その継承が出来れば、「最後の人」は死んでもよいのである。要は、伝統が正しく伝えられればそれでよい。「漢心」を排し「文明開化」を嫌悪した保田は、自らの著作を「最後の人」の世にのこすものとして現世を去ったのである。三島由紀夫のように、一身に日本の文化の伝統を背負って『文化防衛論』をかくような思い上りはしなかった。「文化」や「伝統」は一人でにないきれるものではないのである。だから三島は市ヶ谷で鮮血にまみれて自刃し、保田は畳の上で死んだのである。

2

ところで保田與重郎は、このエッセイの中で「自然」という言葉を用いている。それを倭建命とむすぶのは、たとえば次のような一文である。

「日本人の上代にもつてゐた『自然』といふ考へは道のやうな考へである。創造を存在のまへにかけるのである。この最も藝術的な道を尊（倭建命）も歩いてゐる。尊の詩はその悲劇の上にのみ開くやうな花であつた」

この点についての彼の説明をさらにきいてみよう。

「しかしわが上代『自然』の日、すめらみことは神と共通してゐたゆゑに、神を祈る要なく神を祭り神に即《の》つたのである」

したがってそこから、言葉にしてもそれが「言霊」としてあらわれるとするのが保田の解釈であった。だからこの「自然」観を基にし、いいかえれば「同殿共床」という宇宙観から全てを解こうと考えたのである。「言霊」とは、内なる神にかりてあらわれ出るものであり、人の言葉ではない。したがって歌とは、語ではなく、その「自然」を了解した上での表現である。「のりと」とはその例にすぎない。倭建命の詩もそこに由来している。保田の言うところにしたがえば、倭建命の後をうけつぎ、業績を果したその子仲哀天皇の二人が上代の「同殿同床」という「自然」の最後の防衛者であったとする。

それゆえ、この父子の行為は「伝統が防衛に他ならぬこと」を語ったこととなる。その理由を保田は仲哀天皇崩御のあとの「大祓ひ」に求めている。神人一体はここで分離し、以後は人間の発見となるのである。

一般的に『古事記』の三巻に対する見解は、上中巻における神代と人代を一つのものとしてと考え、下巻はきわめて人間的行為や事績が重んじられたとされる。上、下の神人の祭事的統一観がうすれ、中国からの儒教的政治観が前面に出てきたという。その象徴が仁徳天皇の仁政物語であるとされる。けれども、中巻、即ち倭建命や仲哀天皇の行為、神功皇后等の話はきわめて神話的であって、人間的部分から、神々の影が未だ十分には消えていない。しかし、先にあげた仲哀天皇の崩御を機として神代の中にも一つの転換がおとずれたと保田は考えている。先にふれた問題はその点にある。

おそらく保田與重郎は『古事記』の成立が『日本書紀』のような官製のものではなく、後宮の私的な工房《アトリエ》でつくられたというところに着目して、神人一体、「同殿同床」の「自然」を強調し、そこにうかび上ってくる人間味あふれる倭建命の生き方の中に悲劇的な上代の本質を見たかったからにほかならない。その上、相聞の歌や神々の挿話にページを割いているのもそのためにちがいない。

又、「彼らは行動としての戦を知つてゐたから、確然とした言挙の意味なさとむしろそれが人にしひる負目を自覚した。理窟が必要でなく、行為を美化する魂の焚火が必要であつた」

と彼はのべている。さらに、

「人間の否定でなく、人欲と神気を二つもつた人間を肯定する高次の場所である。人欲のあはさの自覚によつて神人分離が発生したのでないことを、日本武尊の悲劇は象徴してゐる」

このような保田與重郎の見方は、当然のことながら『古事記』の言語や文体に論及せずにはおかない。彼はそれを「神道」の教えと見、天皇の詔勅さえも歌としてとらえた。言霊の中にふかく入りこむためには思考において、かつて上代の「自然」に身も心も入れなければならない。しかし、近代の言語と表現の論理ではよくとらえられないことを彼（保田）はすでに本居宣長に見ている。即ち宣長は「あげくになつかしい判断中止を己と人とに強制した」とまで見たのである。

「単なる模写説にたよつて、ことばの完全無欠な現れを信じるには、上代の「自然」の考へは、あまりに心の表情と魂の陰影の自覚にとみすぎてゐた」という。このことをパラフレーズすれば、口承と伝承の言語、そのパロールの本質にまで到りつこう。それは身体論的に一種の憑依状態の身ぶり、手ぶりをもまじえ、その声のニュアンスまで考慮に入れなければならない。それが心の表情と魂の陰影と一体化していた以上は。

目で見たもの、耳できいたものを、目のみで伝える言語の平面性にたえ切れないと保田は考える。エクリチュールとパロールのそのいちじるしい懸隔を保田はおそれるのである。おそらく、彼が、内なる上代人の産物を直観において認識すること、歴史をつらぬいて、その「自然」に到達することを彼は求めたにちがいない。「漢心」の否定と同様に、彼は近代の論理化をしりぞけ、「文明開化」の照明による見直す行為を自らにも禁じたのである。このような思想が、このエッセイをいちじるしく晦渋にしていることは論をまたないが、我々としては倭建命の清冽な心と、その悲劇にふかく共鳴し、行為が全てであるとした上代人の「自然」にそくした身の処し方をここにくみとれば十分であろう。

井上義夫……ぬばたま開く

〈4『後鳥羽院』二〇〇〇年一月〉

眼路《めぢ》の障りが大風に倒れ、澄んだ日射の導くところに、近頃は峻岳がやさしい色に輝いて見える。かつて「飯盛山《めしもりやま》」に参詣の列が絶えなかつた頃、夏なほ白雪に寒いその絶峰はひたすら恥ぢ入つて己《おの》が姿を隠した。南北社の『保田與重郎著作集』一巻が、ざつくりとした藍の布地をまとつて図書館の書架にぽつねんと立つてゐたのは昭和四十四年のこと。ヤスダヨヂユウラウがどんな漢字に置き換へられるか、それさへも知らなかつた二十二、三歳の大学院の学生が、「何と言つても保田與重郎ですよ」といふ後輩の言葉の蘇るままに手を差し伸べた日からもう三十年の歳月が流れた。私の生涯の半ばは、陰雨に閉された霊山の方角を窺ひ、霧中にさぐり当てた山路を辿つて、時に望見される景色の美しさに酔ひ、自ら下つてその土地を逍遥するやうな行きつ戻りつする日々に類へられる。

その往還はしかし一様といふ訳でもなかつた。『保田與重郎選集』六巻と『日本の美術史』『山ノ辺の道』に急き立てられ、現心《うつつ》もなく初瀬、大和の寺社と陵《みささぎ》を巡つた後に相州の名を冠した女子大学に職を得たとき、谷崎昭男氏との邂逅が待ち設けてゐることなど一体誰が予期し得ただらう。同じ年に採用された新任の教師の一人に三歳年上の当時三十になる谷崎氏がゐて、やがて珍しく保田與重郎を読む人間が英文科にゐるといふ話が氏の耳に入つた。不明な私はそのときにも氏がどんな人であるか知らなかつたが、不思議な縁《えにし》の力に著しい氏の特性である慈和の心の加はつた数年後の夏、これも思ひがけず氏のあとに従《つ》いて身余堂の門をくぐる日が訪れた。その折のことは『全集』第五巻月報「某日、保田氏に至る」に記したから反復しない。

しかし昭和六十年にその短い文章をしたためた私は、生身の一人の人間に相対《あひ》することの内実を知らずにゐた。程なく英国の作家について嵩高い伝記を書いたとき、約九年間にわたり、蜃気楼に瞳を凝らすもどかしさに悩まされ続けた。その人が或る瞬間にどんな心の働き方をさせ、どのやうな振舞に及んだかは具さに了解できる。時を違へた草稿が五層に塗り込められた長編小説も、最終稿を一読すれば執筆の様が復元できる。しかし、これも険阻な峻山を己《おの》が眼で見据ゑたかと問はれれば、終《つひ》に見なかつたと答へざるを得ない。我と我が身を運んでこの足で踏みしめた筈の岨道も、きのふの夢の戻り道だつたやうにも思へる。そんな詮ない思ひを謂はば裏側から証してくれたのは、一昨年の秋に初めて列なつた「炫火忌」の会場で映された、某民間テレビ局の製作になる在りし日の保田與重郎の面影だつた。

現代のビデオカメラも高性能のマイクも、一人の人間の生命は素通りして過ぎる。「ほとけのくちはもゆべきものを」と歌はれた類ひの官能が、当麻寺の野太い古仏に宿つたやうな保田與重郎の身体と、ゆつたりと相手を包み込む奇妙な早口は、その映像と音声のどの部分からも感じ取れなかつた。その事実の前に私は愕然とし、二十数年前の夏の日にめぐり合つた僥倖を噛みしめながら、鮮明な気配に蘇る渺渺たる身体が、「私は〔明恵〕上人が年来の思ひとされた平常心を考へ、気も狂はんばかりのところを、じつと耐へつゞけられた心の強さに感銘した。その心のつよさは、もう人間意志のものでなく、自然といふことばで表現する他ないと思はれた。我々の遠世の祖先達の思ひでいへば、神道《かむながら》である」（「鬱結ノ記」）と呟く声を聞いてゐた。

その勁《つよ》さとたをやかさこそ保田與重郎と名付けられた存在と文業の生命である。どんな冷淡や無視にも、或いは掌返《てのひらがえ》した流行をも潜りぬける自在の水脈である。谷崎昭男氏の『花のなごり——先師保田與重郎』のみがそれを過不足なく描き、今後この作の水準を抜く保田與重郎に関する著作が現れやうもないことも、思へば当然すぎることでしかない。全集四十巻が没後八年の内に成つたのは、手書きの謄写版印刷によつて著作集を上梓した先人の労苦や、志を同じくした人々の仁愛の賜物である。しかし宛然天の配材のごとくこの人が保田與重郎の晩年に寄り添ふことがなければ、全集刊行は数十年の遅滞を来し、その出来映えもまた覚束なかつたであらう。氏は確かに、先師の偉業の総体を世に送り出すに最適の資質の人であつた。しかし氏の驚くべき学識と細心と、人々の関係に対する深切な配慮のみが、全集の編纂をよくなし得た訳でもない。比較的若かつた私達の世代は、日本の誇りとするこの文人が他ならぬ日本の国にいかに冷たく遇され、その死する時にもどんな白眼が向けられたかを悉さに見た。文藝ジャーナリズムの申し訳程度の追悼欄に、あとじさりする腰を揺らせて貧相な枯れ花を手向ける人の背を見つめた。それを自らの負目とし、無念を明日の力に変へつつ、言ひ訳を旨とする「批評」に手を染めぬ覚悟を新たにせねばならなかつた。谷崎氏にとつても、恐らくそれは既定の出発点であり、全集編集の大業を成就させる初心だつたに違ひない。

「既定」と云ひ「初心」といふのは、その程度のことは他でもない保田與重郎が眼前の日本を見る心構へとして教へ置いてくれた事柄に属するからである。

さて十五年前〔昭和十一年に〕、日本を戦争に導いた言論機関もなく、言論人もなかつた。新聞紙の散発的現地記事の煽動より、内地の議会政治記者の反戦論調が、はるかに有力に紙面を支配してゐた。議会の政治言論は、今日の如く低調ではなく、新聞人の言説は百倍の勇気をもち、民間言論家は今日の教壇時事解説者の千倍の迫力をもつてゐたのだ。(中略)

今日の青年が、戦争中は言論が弾圧されたなどといふ伝説を信じて、今日の言論家の無気力を認めてはならない。それは彼らの今日の卑怯な処生のための逃口上にすぎない。戦前戦時中、言論で弾圧されたものや、言論の気魄で間髪に生命の間を処してきた錬達の言論人は、みな戦後には追放になつてゐる。彼らは愛国者だからだ。愛国の言論家は大切な所で逃げたり、沈黙したりはしない。日本は今日、卑怯を最も憎まねばならない。今日言論は少しも弾圧されてゐないのである。これは十五年まへと同じである。今日の戦後言論人が、十五年まへの言論人より卑怯なだけである。（『祖国正論』）

昭和二十六年に「今日」と云はれた時代は、昭和五十年代にも聊も変らず、現在《いま》は「追放」されたやうな人々が鬼籍に入つた分だけ、保田與重郎が平易な言葉で書き残した逆接的な真理は露骨《あからさま》になつた。「戦争に敗れたといふことを未だに懸命に残念がつてゐる者も、不敏である。敗れるものは初めから敗れてゐたのである。しかし真理は破れない。且つ結果は誰も事前に知らない。戦争に敗れたことを残念がるものが、もしも勝つた場合には何をしたであらう。それをおもふと、断腸の思ひとはこれを云ふか、我々には敗戦さへ、神慮の畏さと思はれる。日本の失つたものは、光輝ある名誉の他には、不義の栄華のみである」と同じ年に記された「不義の栄華」を、再び日本が謳歌した時期に全集は刊行された。「保田與重郎文庫」は奇しくも、世界にも類例のない「不義の栄華」を失ふべくして失つた国民が、こぞつて没落の流行歌を歌ひ、これを先導する言論人と「批評家」が蓄財に寧日ない時節に流布する。

かうしていつの世にも変ることない驚嘆すべき日本は、「僕らは今にして初めて、本質者は別箇不朽の存在であり、所詮群衆は、本質的に小商業民的ヂヤーナリズムに毒せられた存在であつたことを知つた」(「セント・ヘレナ」)と二十四歳の保田與重郎が記した時代に舞ひ戻つたことになる。しかしそれだけのことを予知し予告するだけならこの人の手を煩はすに足りない。保田與重郎が私達の心に植ゑつけた「初心」は、風見鶏に似てしかし愛敬のない言論タレントと右顧左眄に余念ない広告産業の傀儡が群棲する「国」が、同時に一筋の誉れに繫る文藝に動かされてきたことの自覚に依つてゐる。

『後鳥羽院』一巻は、余人に叶はぬ明証により、自らに誇るべき綿々たる歴史の道筋を指し示す。凡そ日本語を感じることのできる者なら、「物語と歌」「後水尾院の御集」「近世の唯美主義」と、論旨明確な文章を辿るだけでも、言の葉の感触に生々しい精妙な美観と生活に根づいた大様な気宇に驚きの目を瞠るであらう。手をかへ品を変へていつの世にも生起した賢しい栄達の趣向と権勢の覇道は、日本文藝のこの悲願と安心には終に一指をも触れ得ない。絶望の極みに、卑怯未練な死を選ぶ人の与り知らぬ心術で、「おどろの下」の水脈を探り当てて歩み出した先人と日本の歴史とは分ち難いからである。

それ故たとへ「イロニー」といふ語が「近世の発想について」に散見されるとしても、『後鳥羽院』はドイツ・ロマン派によつて自己と日本を語つた時期の保田與重郎の著作とは一線を画する。「イロニー」とは詰るところ、「裸体の作家を守る、藝術人の根性」であり、「群衆へのとがれた刃」(「ルツインデの反抗と僕のなかの群衆」)だつた。現実をミュトスに変化《へんげ》させるために狂気の淵を覗く「清らかな」魂の姿態である。その限りでそれは民族の営為の原理たり得ず、日毎の生活に歴史の食膳を並べることがない。「古今集などの表現するあの大模大様の、あたかも春海の洋々とし、大艦隊が目的もなく遊曳するさまに似た文化」(「物語と歌」)と記した保田與重郎は、既に「イロニー」を必要とせぬ自信のまま、悠久の歴史に揺れてゐたのである。

この安心に些《いささ》か通じると自負するゆゑに、喧しい没落の歌を空耳に聞きつつ、私は先頃京の人に貰つた一茎の烏扇《からすあふぎ》を愉しげに眺める。熊笹に似た葉の先に、繭を弾くやうに現れ出た「ぬばたま」の実は、武蔵野のとある陋屋のテーブルの上でも衰へを見せない。今の世の白昼に、黒髪とも闇ともつかぬ紫がかつた黒色を「万葉」の代さながら放つ姿が、懐しくまた心強い。

山城むつみ……文藝評論とは何か

〈5『ヱルテルは何故死んだか』二〇〇一年一月刊〉

手首のところから、中指近くまで太いスジが一本真直ぐに走っている。平林英子によれば、保田與重郎はそういう手相をしていたという。天下スジと言われるもので、太閤ももっていた、いや、秀吉は天下をとりたいあまりに自分で掌につけたという。

天下をとるような大人物だとか、強運の持ち主というのとは全く違う意味で、この太いスジは保田與重郎に相応しい。

保田の文章を読むときに、彼のその手相を思うことがある。たとえば、大樹のような、途轍もなく太い「発想」の脈が浮き出て、言葉が間尺に合わず、たどたどしくなっているような文章。私は、それこそ盲者が象にさわるように全貌をつかめぬままその樹皮をなでまわすほかないのだが、そんなときに、ああ天下スジが出てきたと思う。

『ヱルテルは何故死んだか』には、その天下スジが野太く現れている。作品論という枠に釣り合わない、「近代否定」というあまりにも巨きすぎる「発想」が文藝評論という形式を食い破っている。

じっさい、これは何という文藝評論だろう。

『若きウェルテルの悩み』という作品を対象としながら、尋常な意味では、作品の注釈も分析も解釈も一切行わない。作品をダシにして自分の思想や世界観を語るというのでもない。また、ドストエフスキイの『白痴』について書いた小林秀雄のように、一切の論評を拒絶してやまないテクストを前にして、失語の果てにそれを反復するに至るのでもない。

思うに、誰もこのような文藝評論を書かなかった。思いもよらなかったということもあるが、では、この評論の後に誰かこれを模倣することができたか。模倣すらもできなかったというのが本当のところだろう。いや、保田自身も、このような文藝評論は二度と書かなかった。「文藝評論といふ形式と内容を疑義する」ところから「かなり大胆な文藝評論の方法を採」って書かれたこの文章を辿りながら、私は、定義や答えを期待することなく自問せずにはいられない。文藝評論とは何か、と。

戦後に酣灯社から『ヱルテルは何故死んだか』の復刻版が出版されたおりに保田が寄せた「解題」がある。それが、晦渋なこの文藝評論の企図をわかりやすく解説してくれる。「私の近代否定論が、どういふ骨格かといふことを、理解して欲しいので、この本を出した」、と。

西欧近代の起源そのものに「近代否定」の芽を読みとること。そこから「東方」を望んだゲーテの祈念をアジアの文人として受け止めること。それがこの本の主旨である。

ウェルテルは何故死んだかとは、ゲーテは何故ウェルテルを殺したのかということである。近代人として登場したウェルテルをゲーテがいかに残忍に自殺へと追い込んで行ったか、その死がいかにキリスト教に見捨てられ、むしろ「東方」によって顧みられる質のものであったか、保田はそれを明らかにすることでその「近代否定」の主旨を明確に提示している。

保田は、日本主義者、アジア主義者のように西欧近代を拒絶して単に日本やアジアをそれに対置してみせたのではない。西欧近代の核心に踏み入り、西欧近代そのものに内在している近代批判を通じて日本とアジアを原理として再発見したのである。

保田はヘルダーリン論「清らかな詩人」に書いていた。

まことにゲエテに於てすら生活の一部であつたもの、つまり藝術は、ヘルデルリーンに於て生活のすべてであつた。生活と藝術の分裂の肯定は、藝術家の清らかな心をくづす資本主義社会理論である。

「清らかな心」が崩れるとは精神が崩壊することだ。では、何がヘルダーリンの精神を崩壊させたのか。ヘルダーリンにとって藝術と生活は二つのことではなかった。藝術がそのまま生活であり、生活がそのまま藝術であった。それほどまでに清らかだった心は「生活と藝術の分裂」に耐え得ない。詩人の精神はそれで崩壊した。

では、「生活と藝術の分裂」を促進するのは何か。資本主義である。そう保田が言っていることに注意して欲しい。清らかな詩人を精神崩壊に至らしめたのは「資本主義社会理論」だ、と。

そのヘルダーリン論が正しいかどうかはどうでもよい。「ヘルデルリーンの崩壊は、私にも夢遠い十九世紀初期の現象ではあり得ない」という言葉とともに保田のこの指摘を読めば、世界恐慌後の一九三〇年代の日本において、やはり「資本主義社会理論」によって崩されんとしていた「清らかな心」がそう述べたということが重要なのである。

藝術家の高踏さがどんなに弱弱しい涙によつてぬらされてゐるか、その切迫した楽屋を思ひ浮べよ。

「ルツインデの反抗と僕のなかの群集」において保田がシュレーゲルについて述べたこの言葉は、そのまま保田自身の「切迫した楽屋」を物語っていないか。批評とは、保田の場合、その切実な場所で「資本主義社会理論」を心から憎むその身ぶりだったはずである。

当時、マルクス主義者は弁証法的唯物論という言葉を振りまわして、資本主義社会の社会主義へのアウフヘーベンを論じていた。だが、保田は、精神崩壊の手前にあって誰よりもそのような議論の無力さを見抜いていた。

保田が近代の終焉を言ったのと前後して理論家たちは近代の超克を言ったが、資本の、さらには貨幣や商品の本質を洞察していたわけではなかった。それをつかみ得ぬままに、あたかも資本主義を克服できるかのように近代の超克を言ったのである。

むろん、「資本主義社会理論」に対抗する、マルクス主義者以上の洞察が保田にあったわけではない。ただ、「資本主義社会理論」をアウフヘーベンするという同時代の議論がいかに楽観的で実効性を伴わない「無気力」なものかを保田が当時の誰よりも深く理解していたことは疑いない。だから、保田の「資本主義社会理論」に対する憎しみはディアレクティクという形をとらなかった。むしろ、アウフヘーベンとは「無気力化」することにほかならないとこれを忌みディアレクティクを嫌った。

保田の近代批判は「資本主義社会理論」を激しく憎むが、それが変えうるものであるという希望を最初から断念している。それを克服するとするどんな理論をも信じず、またそれを変えようとするどんな実践をも断固として拒絶する強度において保田の近代批判は他の近代批判論から袂を別って「気力」に満ちている。

「資本主義社会理論」を心から憎みつつ、しかもそれをどうすることもできないという断念に忠実であるとき、近代批判はどのような姿をとりうるか。

保田は「浪曼的反抗」という。それは、現実に対するレジスタンスではない。「生活と藝術の分裂」以前の「清らかな心」と、それを崩さんとする「資本主義社会理論」を強く憎んでやまない鬱勃たる雄心とを仮想（うそ）として鮮明に対置することによって現実の虚偽（いつわり）を暴露するレトリックのことである。

保田がディアレクティクに対してつきつけたイロニーという概念はこの「浪曼的反抗」において吟味されるべきである。保田のイロニーは、「資本主義社会理論」を変えるアンガージュマンの可能性はゼロだという冷徹な認識をあわせもたされた近代批判のとるぎりぎりの身ぶりであった。

保田は、ヘルダーリンの運命をなぞらぬために、あの「切迫した楽屋」でしきりにイロニーを演じて見せたのである。現実を変ええないという諦念の上に描かれた「イロニーとしての日本」が「どんなに弱弱しい涙によつてぬらされてゐるか、その切迫した楽屋を思ひ浮べよ」。

近代批判とは、畢竟、資本主義批判である。資本主義を変ええないものと断念して近代を批判するとき、その言説はついにイロニーという姿を取る。

だが、ヘルダーリンを精神崩壊に、シュレーゲルを「切迫した楽屋」に追い詰めた「資本主義社会理論」は本当に変ええないものなのか。保田のユニークな「近代否定論」を疑うのであれば、保田の強力な断念の前で、そう自問することから始めるべきだろう。

「ヱルテルは何故死んだか」――この破格の文藝評論において、保田はゲーテが十八世紀後期に『ウェルテル』を書いたその「発想」の場所、つまり小説を書く立場に廻り込んでこの作品を読もうとしている。「日頃小説でもかかうとしてゐる者には、かういふことは直覚的にわかるのであるが、恐らく思想家や学者にはそれは考へてもわからぬであらう」という口吻からもそれは看て取られよう。「神話学的方法」、あるいはそう大仰にいうのが恥ずかしいからと言い方を変えてみた「智慧の輪のとき方」とは、読者の立場からではなく、作者の立場に廻り込んで、その創造の動的な混沌から小説を読もうとする読み方のことなのである。

「ロッテの弁明」を読めば分かるように、その企図は失敗に終った。「十九世紀的発想方法についての分析に逃避して了つた」のである。

なぜか。小説の要は、ウェルテルの独白にではなく、ウェルテルとロッテの対話にあるが、「小説より文藝批評の方が、記述の対話的形式の統一において困難であつた」からである。

「ヱルテルは何故死んだか」はロッテとの「対話的形式」を見なかった。だから、「ゲエテの発想をのべる多分の意企とは別に、十九世紀的発想一般の方へ記述を誘導する結果となつた」のである。「ロッテの弁明」が次いで書かれねばならなかったのもそのためである。むろん、「ロッテの弁明」を書き足せば、ゲーテの「発想」から『ウェルテル』を論じることができたというわけではない。

保田は、文藝評論では困難なことを文藝評論の枠でやろうとしていたのである。失敗に終ったとしても、この試みから眼を離すべきではない。作家ゲーテの側に廻り損ねるその都度、文章の向う側から図らずも保田與重郎本人の天下スジが破れ出てくるからである。

それを読み取ろうとすること、そこに本書を読む窮極の難しさがある。

道浦母都子……うたの川音

〈6『和泉式部私抄』一九九九年七月刊〉

近江大津にある義仲寺を初めて訪れたのは、もうずい分以前のことだ。ちょうど桜の季節だった。琵琶湖を一望できる高台の宿で歌会が開かれ、終了後、湖畔沿いに義仲寺を訪ねた。

「保田與重郎の墓だよ、知っているだろう」、そうおっしゃったのは、近藤芳美先生だった。義仲寺のいちばん奥まったところ、さほど広くはない境内を一巡しても、気付く人は滅多にないだろうと思われる一隅に、その墓はあった。近藤先生のボソッとした低い口調の言葉が聞きとれず、そのときは「はあ……」と曖昧な返事をしただけだった。その後、あらためて墓と向き合い、墓石に刻まれた「保田與重郎」なる名前を認めたのである。

義仲寺が、当地で亡くなった木曾義仲を弔うため、巴御前が草庵を結んだ地であり、松尾芭蕉が自ら望んで墓処としたことは、その折、案内して下さった方の話で知った。そういえば、あのときの墓が、保田與重郎の墓だったのだ。私の中で、義仲寺で目にした、ひっそりとした墓標と保田與重郎とが結びついたのは、ずっと後になってからのこと――。

與重郎に私をひきつけたのは、和泉式部についての彼の言及がきっかけである。

——京の嵯峨野のつゞきに和泉式部町といふ土地がある。そのいはれを知らない。数年前は家居も殆どなかつたが、このごろは少し建ちこむけはひになつてきた。和泉式部については、ある一時代の巡歴の藝能家の家元か看板だつたといふ人もゐる。よしんば彼女がさういふ存在であつたとしても、それならば藝能家のえらさを示すことであり、そのうへで、むかしの日本の民衆の批判力が感嘆されるばかりである。和泉式部は東西古今に比類のない女流第一の詩人だつたのである。(「涙河の弁」)

和泉式部は女流第一の詩人。そう断言するのは、與重郎だけではない。彼の敬愛する与謝野晶子も和泉式部の歌に触れ、同等の評価を下している。「自己の性情と境遇とから湧き出す感情を側目《わきめ》も振らず自由大胆に歌う態度は、平安中期の和泉式部」が先蹤であり、「一体を開いて新しい足跡を開いた」(「和泉式部新考」)と、平安女流中第一の歌人として、和泉式部を位置付けている。

私も、和泉式部を平安女流の筆頭にあげたい一人。晶子の評価はもちろん、與重郎の弁におおいに肯く一人でもある。その証拠に、彼の前掲の言葉に誘れるようにして、京都嵯峨野に和泉式部町なる地を探し求め、尋ね歩くこともした。

與重郎の言葉に突き動かされるようにして彷徨ともいうべき行動に出たのは、これが初めてではない。「日本の橋」を読み、当時住んでいた山梨県南部の山間の村から、富士川沿いに南下し、「東海道の田子浦近く」にあるという「小さい石の橋」を求め、田子浦近辺を歩きまわったこともある。

言葉の毒、毒というと與重郎は歓迎しないだろうが、彼の放つ言葉には、一度味わうと、毒と知りながら溺れてみたいと思わせる一種独特の麻薬のような何かがある。

和泉式部に触れては、式部の来歴と歌の注釈を主眼とする本書、「和泉式部私抄」に詳しいが、麻薬の濃度、和泉式部へのあり余る思い入れは、「涙河の弁」にこそ顕著である。

――結局和泉式部の涙川について語ればすべてはすむのである。「涙河」といふありもせぬものを、現実この世の具象のものとして存在する何ものよりも、はるかな真実とリアリテイを以て示し、かつ詩歌としてこの世にのこし、千年ののちの人の心に、なほその影響を及ぼし、涙川の支配を、飛行機にのり自動車にのつてゐる今世の人間の心に振舞つてゐるのは、まことに不思議な文学の大心理家であつた。(「涙河の弁」)

古の日本人は、体の中に涙の川があると考えていた。涙は目からといった短絡的な発想ではなく、もっと詩的な情操の観念として、体の中を流れる涙の川が波打ったり、さわいだりすることを心情の動きと重ね、とらえていたのである。

つれ〴〵のながめにまさる涙川袖のみぬれてあふよしもなし　　源　敏行
世とともに流れてぞゆく涙川冬も氷らぬ水沫《みなわ》なりけり　　紀　貫之
くれなゐに袖ぞうつろふ恋しさや涙の川の色にはあるらむ　　同

ここにあげた敏行や貫之のうたでは、単なる修辞として用いられる「涙河」なる言葉が、和泉式部のうたにおいては、もっと身体性を帯びて登場する。

流れ寄る泡と成りなで涙川早くの事を見るぞ悲しき　　和泉式部

なみだ川おなじ身よりは流るれど恋をば消たぬ物にぞありける　同
身を分けて涙の川の流るればこなたかなたの岸とこそなれ　同

與重郎は、「和泉式部のうたからは、その川音がきこえてくる」と語り、式部の体には実際に涙の川があり、深い深い思いの淵となっている。そこから溢れ出るもの。すなわち、それが彼女のうた。式部のうたは、彼女の「体から溢れ出た涙の川の洪水」だと、とらえるのである。

心と体と言葉。この三つが合体したとき、うたは単なる修辞ではなく、生きとし生ける者の叫びにも近い思いの吐露となる。私が式部のうたに魅かれるのは、彼女のうたが、心と体と言葉の合体した思いの吐露そのものと、感じられるからだ。

與重郎の慧眼は、その点を見事に看破している。


——和泉式部に於ては、精神と肉体とかりに並びよばれるやうなものの統一の原理といへば、たゞこともなく身をまかせてゐるばかりである。さうして千五百に余る歌と一箇の小説の中で、女の恋ごころを情事の中でうたつてゐる。（中略）恋と世界との間にけぢめも理論もなかつたのである。情事と宇宙を考へた時も、そこで何とかの弁証法などと呼ばれる如き、まやかしの弁明の辞や気のきいた俗論は必要でなかつたのである。（中略）彼女が肉身で描いた、菩薩行のやうな心は、自然主義亜流の卑俗心で解されてはならない。それは王朝のもののあはれの女体化を思はせる、美しい心情のやるせない嗟嘆の、奔放なあらはれである。あるひは、あふれるやうな可憐な心の隙の表情である。（「和泉式部私抄」）

この件りは、「女体の業にまで表現された王朝文化の高次な一つの面である」と続くのであるが、「女体の業云々」とまで言ってしまうと、例の毒が利き過ぎ、肝心のとらえどころを損う危険性がある。「王朝のもののあはれの女体化を思はせる、奔放なあらはれ」で十分だろう。

つまり、与謝野晶子が、歌人としての詩的直感でとらえた「自己の性情と境遇とから湧き出す感情を側目《わきめ》も振らず自由大胆に歌う態度」を、與重郎は異性の目から、「王朝のもののあはれの女体化」と表現する。その点こそが、歌人和泉式部のうたの最大の美点であり、突出性といえる。

過日、和泉式部町をさまようように歩き回った日、私は、背中にぴったりと寄り添う目には見えない不思議な力を感じつづけていた。こっちへ。こっちへいらっしゃい、と招き寄せられ、大いなるたましいへ喚び寄せられるような不思議な何か。

黒髪の乱れも知らずうち臥せばまづかきやりし人ぞ恋しき　和泉式部
人はゆき霧はまがきに立ちどまりさも中空に眺めつるかな　同
あらざらんこのよの外の思ひいでに今一たびのあふこともがな　同
秋ふくはいかなる色の風なれば身にしむばかりあはれなるらん　同

式部のうたを諳じながら歩いていた私は、いつのまにか、嵐山を対岸に見上げる桂川のほとりに立っていた。目の前には夏の終りのややくもりがちの水の流れが横たわり、さいさいという川音がきこえていた。

「式部のうたからは、その川音がきこえてくる」。與重郎の言葉通りの情景が、そこにはあった。

心と体と言葉の一体化。和泉式部のうたを、私はそんなふうにとらえているが、女性の体から溢れ出た涙の川の洪水が、美しいにっぽんのうたの調べと化して横たわっている。そんな光景の前で、しばし、私は立ち尽くしていたのである。

井口時男……空虚なるものの誘惑

〈7『文学の立場』 一九九九年十月〉

保田與重郎は若かった。実に若かった。

保田は明治四十三年（一九一〇年）の生まれだから、満年齢でいえば、「コギト」を創刊した昭和七年に二十二歳。「日本浪曼派」を創刊して時代の脚光を浴びた昭和十年に二十五歳。本書『文学の立場』に収めた時局論は（巻末の「覚え書」にあるとおり、昭和十四年一月から十五年七月までに発表された）、著者二十代最後の年から三十代最初の年にかけて書かれたものだ。『日本の橋』（昭和十一年刊）も『戴冠詩人の御一人者』（昭和十三年刊）も『後鳥羽院』（昭和十四年刊）も、みんなこの間の仕事である。

むろん、戦前のもの書きは、作家も詩人も評論家も、おしなべて早熟だった、ということはできる。だが、詩や小説とちがって評論は、出発に一定の「遅れ」を必要とする仕事である。

たとえば小林秀雄が「様々なる意匠」（昭和四年）でデビューしたのが二十七歳。中野重治が「『文学者に就て』について」（昭和十年）で「転向」後の評論活動の自覚を表明したのが三十三歳。さらに、保田と同年生まれの花田清輝が、最初の評論集『自明の理』をひっそりと刊行するのが昭和十六年、三十一歳。大阪高校で保田と同期生だった竹内好（本書所収の「事変と文学者」でその名が言及されている）が、出征直前に処女作『魯迅』（昭和十九年刊）を脱稿するのが昭和十八年、三十三歳。そういうことを考えあわせれば、保田の活動の異例の若さというものが納得されよう。

従来、保田與重郎の敗戦前の文業、ことに本書のような国粋的ないし「皇国」主義ともいうべき立場を鮮明に打ち出した時局論は、まるで「危険物」みたいな扱いを受けてきた。しかし私は、総じて戦前の保田の文章は、この異例の若さというものを勘定に入れて読むべきだと思っている。

保田のイロニーの情緒に濡れた涙っぽさも、朦朧として時に論理のあやめも分かたぬ悪・美文体（悪文にして美文）も、性急でパセティックな思想の謳いあげ方も、「有羞」をいいつつ隠しきれない一種の衒気も、すべてこの若さの言語的ふるまいと切り離せない。あるいは彼の愛する語彙、「純情」も「正直」も「感傷」も「敗北」も「悲劇」も、すべて青春の語彙に属する。

もちろん、「浪曼」自体が青春のものだ。そして、そのことは保田自身が一番よく知っていた。同人六人の連名ながら明らかに保田的文体でつづられた「『日本浪曼派』広告」（昭和九年）によれば、日本浪曼派は「今日僕らの『時代の青春』の歌」である。かつてドイツ・ロマン派がそうだったように、また明治日本のロマン派がそうだったように、保田らの昭和のロマン主義の運動も、自覚的な新世代の運動としてみずからを組織しようとしていた。

では、彼らの青春の「新しさ」とはどんなものだったか。保田の自己認識は次のようなものだ。本文庫シリーズには収録予定のない二つのエッセイから引く。

冷淡に僕らの時代の精神を考へてみよ。あらゆる情勢の不快の圧迫と、生活の不安の中に於て、自己を追求すればする程、つひに空虚な自己を見出すであらう。自己がどこにも何によつても安心して立つところがない。自由精神が許された何の保証もない。それは生活的にも僕らはどんな見透しも確信ももたない。そしてそのことは内的にもいへる。結局僕らは絶大な無にたどりつくやうである。（中略）僕はそこに始めて巨大なロマンを考へる。そこからは生は反抗する以外の方向をもたない。

（「反動期の精神」昭和九年）


満州事変がその世界観的純潔さを以て心ゆさぶつた対象は、我々の同時代の青年たちの一部だつた。その時代の一等最後のやうなマルクス主義的だつた学生は、転向と云つた形でなく、政治的なもののどんな汚れもうけない形で、もつと素直にこの新しい世界観の表現にうたれた。（中略）我々に世界観を、本当の地上表現をともなふものとして教へたのは、やはりマルクス主義だつた。この「マルクス主義」は、ある日にはすでに純粋にソヴエートと関係なく、マルクスとさへ関係ない正義を闘はうとする心持になつてゐた。日本の状態を世界の規模から改革するといふ考へ方から、しかしさういふ心情の合言葉になつたころにマルクス主義は本質的に変化したのである。

（「『満州国皇帝旗に捧ぐる曲』について」昭和十五年）


保田より八歳年長だった小林秀雄は、過剰な自己解析のあげくに自己分裂・自己紛失にいたる自意識という知性の病について語った。小林の批評は、いわば彼自身の病を方法化したものだった。「人は如何にして批評といふものと自意識といふものとを区別し得よう」（「様々なる意匠」）。また、小林と同年生まれの中野重治は、なるほど、理想に挺身することの美しさを歌った純粋な詩心に富む日本のマルクス主義青年だった。だが、彼は同時に、この世に「政治的なもののどんな汚れもうけない」世界観などありえないことを知っている厳格なリアリストでもあった。

そういう年長者二人と比較するとき、保田の世代はたしかに「新しい」。もはや彼は自己解析の苦痛をいわない。彼は端的に「空虚」といい「無」という。それだけ保田の世代において病は深く進行したのだ、といってもよい。そして、この「空虚」にして「無」なる青春の心を、満州国の理念がうつ。彼はもはや「マルクス」ともいわず「世界」ともいわず、ただ「日本」といい「心情」という。だが、この「新しさ」は危うい。ほんとうは、「空虚」とか「無」とかいう絶対的な言葉を書き記す一歩手前で、そのような言葉の絶対性を疑い、内省し分析し懐疑するのが批評の仕事のはずなのだ。あるいは、「心情」の絶対性が現実の相対性とのあいだで齟齬し軋む様相を見極めるのが批評という営みなのである。それが、詩でもなく小説でもなく、ただ批評だけが必要とする「遅れ」というものだ。

しかし、保田與重郎はためらわない。ためらうことなく「空虚」と「無」とを引き受けること、それが保田のいう「没落への情熱」である。

昭和の知識青年の自意識過剰というものが、後進国近代が強いる知識と現実との分裂に由来するものであるならば、それは「文明開化の論理」の末期症状にほかなるまい。ならば、この末期症状からの快復は、他に先駆けて「没落」することでしか手に入らない。「日本浪曼派」はそういう意味で「没落への情熱」を生きたのだ、保田與重郎はそのようにいう(「文明開化の論理の終焉について」)。

したがって、ためらわない保田の文章は、批評というよりは一種の「詩」のごときものとなるだろう。だが、この「詩」が、批評をも含めた「文学」という近代的な観念自体を根底から批判する。ここに近代日本の逆説がある。日本人は「文学」という近代を獲得する代償として「詩」を喪失した、というのが保田の文学史認識である。実際保田は、批評家という名乗りよりも、むしろ「文人」、さらには「詩人」という名乗りを好んだ。

事変の地盤を問うて、事態を楽観すべきか悲観すべきかを考へるには、私はすでに史興と詩趣を感ずる詩人でありすぎる。（中略）しかし私は一箇の詩人として、民族の行つてゐるロマンチシズムを、己の眼で眺められる精神で生きてきたことを欣ぶのである。（「アジアの廃墟」）

そして、大陸の廃墟にたたずむこの「詩人」は、この戦争の「すでに成敗も問はない」のであり、アジアの戦争にただ「無常迅速」の表現をみる。戦争が「無常迅速」の表現なら、そこには正義も倫理も入り込む余地はないだろう。「世界観的純潔さ」さえ無用である。戦争はただ、空虚なるものの上に描かれる壮大にして贅沢なロマン＝詩にすぎない。

もしかすると、「文明開化の論理」を掃滅するために遂行されるこの戦争こそ、国家をあげての「没落への情熱」の表現なのだと、このとき、そういう思いがこの「詩人」の胸中を、ちらりとでもよぎることはなかつたか。私はそんなことを思う。

事実、「アジアの廃墟」には、こんな文章もある。

しかし熱河で私はやるせない郷愁を思つてゐた。それはあるひは我らの一般がアジアの民としてもつ、魂の一つの音階でなからうか。そこからすべてのアジアのものが生れたやうな、大乗空観の如き根柢である。一方に印度仏教の冥想をおき、他方に蒙古人の遠征の無常迅速を考へる。

「空」なるものが私を誘う。保田はそういっているようにみえる。

佐伯裕子……伝説と民族の精神

〈8『民族と文藝』二〇〇一年四月刊〉

『民俗と文藝』に収められている「仙人記録」に久米仙人の話が記されている。中国から輸入された「仙」の思想とは違う、土俗の者としての久米仙人である。『今昔物語』に書かれている久米仙人譚を優れた一篇として紹介している。わたしがもっとも惹かれる保田のおおらかな面が、懐かしく表れた文章である。

久米仙人は女性の白脛に眼が眩んで飛ぶ力を失ったのだが、『今昔物語』によると、仙人はその女性と夫婦になったのち馬の売買をした。「もつとも馬を商売にしたとあるのでなく、馬を売つたといふだけのことが書かれてゐるにすぎない。しかし久米仙人がたゞの人になつてのちも、その馬を売つた渡し文に、前ノ仙久米と書いたといふのは、あゝいふことで通力を失つた仙人の面目の躍如としてゐると思はれ、こゝは今昔物語の作者のためにくりかへし賞賛したい。」と、保田は書く。神通力のゆえに恐れられ、崇められる中国の仙人のかわりに、『今昔物語』の作者、すなわちわたしたち日本人の祖先は、仙人の性を素朴で愛らしいものに創った、というのである。

このような書き方は、『今昔物語』の久米仙人譚の研究や、仙人伝説の源、分布を探ろうとする方法とは違う。「仙人」という対象があって、それを解明していくのではない。読者すべてが納得のいく結論を探すというような、理に落ちる解明の手順とは逆である。『今昔物語』の作者に代表される民衆の総意のようなものが、自分たちの「仙人」を創りあげたときの息吹き、それを素手で摑みだしてくる。

普通の人となった仙人に「前ノ仙久米」と証文に書かせた時代精神のおおらかさ、優しさ、美しさ、素朴さ、滑稽さを、保田はひとえに文藝に表れた民族の精神として捉える。その、おおらかさ、優しさ、素朴さなどが、その時代の現実のものであったかどうかは問わない。

『民族と文藝』は昭和十六年に「ぐろりあ・そさえて」から刊行された。保田にわたしがいつも感じる「懐かしさ」の本質が何であるのかを、この一書は明確に示してくれている。この本に収録されている「尾張国熱田太神宮縁記のこと並びに日本武尊楊貴妃になり給ふ伝説の研究」「蓬萊島のこと」は昭和十四年に発表されており、「百人一首概説」が十五年、「天王寺未来記のこと」「道成寺考」が十六年の発表である。浦島伝説を含む「仙人記録」のみ初出が不明なのだが、保田が戦前の代表作『後鳥羽院』を執筆した文藝批評の方法を、わたしは『民族と文藝』を読むことで理解した。

「今より昔の方が記録といふことは重大に感じられてゐたのである。それはつねに神のまへで誌されるといふ気質を十分に有つてゐたのである。」と「はしがき」に記している。民族の意識生活が描き出した文明を、記録された文藝に見る。その記録をまず信じ、浦島が三百余歳とあっても、それを近代の合理で読み解くことをしない。「記録」に対するこういう見解には、経済性や政治的なものや情報原理によって記される、いっさいの近代的な動機が排除される。描き出された民族の時代精神の跡を、書かれたものの上に懐かしみ、ていねいに辿ること、それが保田の文藝批評なのである。

保田にとって、民衆の文藝に表れた「浦島太郎」や「清姫」の時代精神と『後鳥羽院』のそれはひとつながらであった。人々の春の遊びのなかに生き続けた「百人一首」は、宮廷の光と翳がおのずから家庭に降りくだった例である。卑近な物語を説き明かす方法と、宮廷の文藝を語る方法が、ノスタルジーをもって同等に展開される。「民衆と文藝といふ形で、宮廷文化を考へる」、その古典文藝批評の柔らかさは、権威化された古典研究のスタイルを崩すものである。明治維新によって失われた日本文化を嘆きつつ保田が書いていた昭和十四、五年より、さらに敗戦を経て過去のいっさいを切り捨ててきた現在にあって、なおのこと新しい。

同じ「仙人記録」に取り上げられている浦島伝説にも、保田は繊細な筆致で民衆の意識生活の瞬間を「今」に蘇らせていく。浦島子は、仙人になろうとせずに仙境の生活をした人で、それゆえに日本人に共感されたという。『日本書紀』や『万葉集』に記された「水江の浦島子の物語」は、「近世になつて浦島太郎といふ名をつけられるまで、初め堂々の国史に誌されつゝ、しかし稗史小説に流布し、さらに児童のよみものにまで及ぶ一大文藝となつた」のである。だがその変遷過程で、悲しく懐かしい感情が失われていった。保田が好んだ一首に、最古の伝説にある浦島子が別れてきた姫を恋うてうたった、という歌がある。

子らに恋ひ朝門《あさと》をひらきわがをれば常世の浜の波の音《と》聞ゆ

この歌にあった、「とこよのくに」を感じる哀切な感情が、時代とともに物語の中から失われた、と指摘する。しかも、最古のものには、助けた亀が竜宮城に導くのではなく、大亀がふいに美女に変身するというダイナミズムがあった。「伝説」の変貌とともに見え始める合理を嘆いて、保田は美しい文章を書き残した。

そのとこよの浜の波の音をきく心は、生れぬさきを恋ふ如き心と今なら思はれるだらう。さういふやるせない心のノスタルヂーで出来あがつた物語を、ことさら仙界歓喜図にかへたのが、続浦島子伝あたりもそれを示してゐて、ある時代の思想だつた。すでに古い記録が、現実の関心をさうした象徴的文藝に変貌し、浦島子の性格にも、神女の人柄の中にも、あるいらだたしいやうな、わびしいやうな、愛欲の浄化を表現したのちに、因果の理や歓喜の図に重点をおきそれを以て物語を変更しようとしたやうなことも、いはゞ外来新思想のある一時期の露骨なさうしてなさけない影響の明らかにあらはれたものである。しかしさういふ物語が、時代の衰へと共に、武家時代になると報恩の教訓物語となり、封建の世の主君の臣下への思ひやりをイデオロギーとして、すつかり物語は改められたのである。かうしたお伽話の封建的残存物はすつかり洗ひおとして古代の美しさにかへす必要がある

生まれぬさきを恋うようなノスタルジーでできた物語、その哀切な人々の思いをふとした匂いを縁に宮廷文化と結びつけて語ること、それが太平洋戦争に突入する前の、保田與重郎の日本主義の根幹をなす浪漫だった。そこには、現実の天皇制と政治に繋げるものは見られない。激しく理想された日本人の家郷と心もちが思われるばかりだった。

戦時体制下にあって称揚された、いわゆる「国民文学」という発想と、保田のいうそれは明らかに違っていた。だが、「違う、違う」と抵抗しながら、同じようなものとして括られていく時代の様相に、保田自身がジレンマを覚えだすのはこの後のことである。

また、「道成寺考」で語られる〝伝説考〟は、上古の女性たちが、神代のものに似た激情をもった猛々しい存在であったところから発想される。清姫と名付けられるまえは、僧を追いかける寡婦として描かれたこの一大譚を、保田は人が蛇に化す伝説として扱うのではない。あくまでも文藝のうえで、

千年にわたって清姫という女性の描き出された運命を考える。上古の女性の中にあった嫉妬やヒステリーや情熱、神がかりなどを、寡婦に始まり、やがて処女清姫へと具現させていった伝説の、時間をかけた成長ぶりを考えるのである。

保田は優れた古典的文藝材料である道成寺が、明治以降の文壇から消えてしまったことを憂いて、次のように記す。

我々は年々に道成寺の伝説を完成してゆく位のことはしてもよかつたのである。これは民俗学者や考古学者や国文学者の仕事と異つた形に於てである。彼らはなり立ちのもとを洗ふのだが、我我はゲエテのやうに民衆の叡智の向上を代弁して、新しい創造をせねばならなかつたのである

「百人一首」「道成寺」は、明治以降の「文学」にあっては、通俗のものとされてきた。それは西欧の藝術至上主義の眼からは外れた文物であった。それらを同時代の中に奪い返そうとした保田の文藝批評は、では、戦争から敗戦という断絶を経なかったとしたらどうであったか。先細る文藝、文壇に豊かさを切り開く浪漫として読み継がれていったのだろうか。

わたしにはそうは思えない。保田が日本の物語や伝説に抱くノスタルジーの激しさが、ほとんど「とこよのくに」を焦がれるほどに高まるとき、現実の家はもとより、帰るべき憧憬の家郷をも失うのである。

時代によって書き加えられ、削られていく物語の変貌。そこに理想とされた宮廷の光と翳が見いだされなくなったとき、保田は激しく日本を郷愁し、そして病む。

ひとたび潜った「近代的なもの」を無かったことにすることはできない。だとしたら、「それ以

前」を深く激しく回想するほかに、どのような方法があるのだろうか。保田のように、「近代」に立ち尽くして民族と宮廷を回想することは、古い日本に回帰していく姿勢とは違う。今ここにはない家郷をつよく郷愁する姿が、死んでもよいほどの悲哀感を生むのである。

日本文藝の復活と豊穣を願う保田の文藝批評の背後には、ひどく濃厚な虚無の暗渠がひろがっている。わたしは、その虚無の暗さが抱え込む浪漫にこそ惹かれたのである。

桶谷秀昭……『近代の終焉』の時局的背景

〈9『近代の終焉』二〇〇二年一月刊〉

対米英戦争の開始直後に出版されたこの評論集は、昭和十六年七、八月号にいたるおよそ一年間の文章から成つてゐるが、さしせまつた時局の沈痛な雰囲気をかもしだしてゐる。いや、それは現実の反影といふより、予感といつた方がいい。

六月二十三日以降の新聞紙の報道をみてゐても、もう云つてゐることや、語つてゐることと別の感じが、濃厚にあらはれてきた。（中略）言論はすでに指導と云つた近代のかけことばを考へるさきに、まづひし〳〵と身に迫つてきたものを感じ、多くを口にしつつ、何も云つてゐないやうな虚ろさをみせつけた。それでよいのである。この虚ろさは、やがて沈痛となるであらう。もうさういふ感じの方が濃くなつてきた。日本の国民が、沈痛なしづかさを、心の底にたくはへるときに、初めて国の意識は恢復されるのである。さうして今日まで云つてきた翼賛文化論や、指導原理論の一連には、その時に退いてもらふ方がよいと思ふ。

私は丁度六月二十二日の日曜日に上野公園を散歩してゐたのであるが、その休日を山内に群れた人出は、太平の遊山のすがたであることに感一重なものがあつた。それは実に国の非常時を思はせるやうな何ものもなく、不変の太平を思はせるつゝましい遊楽の風景であつた。しかしこれがやがて最後の日となるかもしれぬと、私は思つてゐた。しかしこれまでにいくどもさういふ太平の遊山を眺めて、これが最後のものとなつて欲しいと思つたことである。(傍点、引用者)

評論集の最後に置かれてゐる『日本的世界観としての国学の再建』といふ文章から引いたのであるが、昭和十六年六月二十二日は、独ソ戦の始まった日付である。バルチック海から黒海にいたる九三〇マイルの戦線に配置されたドイツ陸軍三〇〇万が、ヒットラアの命令一下、怒濤のやうな進撃によつて、ソ聯軍を各所で壊滅せしめた。二週間後には、ドイツ軍はドニエプル河に達し、さらにスタアリン線を突破した。その電撃戦による独軍の圧倒的な戦果をみて、西欧の多くの軍事専門家は、ソ聯は実質上、敗北したと判断した。

日本の新聞報道は、ドイツの電撃戦に驚嘆しつつも、日ソ中立条約のてまへもあり、つとめて冷静をよそほふことにつとめてゐる。第二次近衛内閣の政府首脳による連絡会議で、松岡外相は独ソ戦の勃発に意識昂揚して、ただちにソ聯に宣戦布告して、イルクーツクまで進撃すべしと主張した。独伊との三国同盟と対ソ中立条約をたてつづけに成立させるといふ離れ技をやつてのけた松岡外相は、従来の持論である南進論を捨て、北進論に突然、転じた。しかし連絡会議の空気は、対外政策において右顧左眄してをり、それになじめない松岡はいらだち、孤立してゐた。

近衛内閣はトラウトマン仲介による講和提案をみづから放棄して以来、支那事変解決の糸口を失ひ、事変は泥沼の様相を深めてゐた。この年の四月にはじめられた日米交渉は、大統領ルウズヴェルトの、日本を「あやして」予備的会話の次元をずるずるとひきのばす狡猾な術策にはめられて、進展しなかつた。その間にABCD包囲陣の日本にたいする経済封鎖は真綿で首をしめるやうに強化された。新聞は七月二日の御前会議についての政府発表、「現下の情勢に対処すべき重要国策の決定を見たり」を報じ、松岡外相の「東亜において真に重大な超非常時的時局が眼前に展開しつつあることを感じます」といふ談話や、近衛首相の「どこの国がどうだから、かうしようなどといふ、さもしい心がけ」ではなく、「頼むべきものは、どこまでも自国の力であり、日本の国力だけ」といふ言葉を紹介してゐる。そして朝日新聞七月三日の社説は、さういふ近衛首相の談話の紹介のあとで、御前会議の政府発表について、「一見内容なきが如き発表文に対しても国民の意気は十分の素養をもつて、これを理解することが出来る」と書いてゐる。

実は七月二日の御前会議の重要国策の決定が、ヴィシィ政府との外交折衝による南部仏印の無血進駐であつたことを、今日、われわれは知つてゐる。それから二週間後に近衛内閣は突然、総辞職をおこなひ、松岡外相の姿が閣僚の中から消えた。六月二十一日の日米交渉における米国国務長官ハルの「オーラル・ステイトメント」の中に、名指しではないが、あきらかに松岡にたいする非難があつた。ナチス・ドイツの征服政策を支持し、その路線にコミットしてゐる者が、日本政府の要人の中にゐて、日本の輿論に影響をあたへてゐるかぎり、現におこなはれてゐる日米交渉の前途に何の実りも期待できない、といふ威嚇的言辞である。

松岡は激怒して、七月十二日の連絡懇談会において、かかるステイトメントは日本を保護国ないし属領視するもので、拒否せよ、また対米交渉も打ち切れ、といつた。閣僚も軍幕僚も頭をかかへて困惑して、しばらく沈黙がつづいた。結局、近衛内閣はハル国務長官の内政干渉めいた威嚇に屈服し、松岡を排除するために総辞職した。

七月十八日に第三次近衛内閣が発足したが、二十八・九日の南部仏印進駐にたいする報復はたちまちやつてきた。米国は在米日本資産を凍結し、英国もこれにならひ、蘭印も日本資産の凍結、石油協定停止を通告し、八月一日にいたつて米国は対日石油全面禁輸にふみきつた。

保田與重郎のいふ「沈痛」の予感を孕む「虚ろさ」とは、右のやうな時局を背景にしてゐる。これまでの国策理論や指導言論は、多くの言葉を語れば語るほど、虚ろさをあらはにしていく。「それでよいのである。」といふ、野放図ともきこえる断言は、既成にかはる新しい国策理論や指導言論は、それが何であらうとも、すべて無効であるといふ信念に発してゐる。

この信念は、すでに三年前、徐州会戦のあと、支那事変が解決の糸口を見失つて〝持久対峙〟を強ひられる段階になつて、つよい予感として抱かれてゐた。それは昭和十四年初頭の『文明開化の論理の終焉について』といふ文章が語つてゐる。

今日日本主義といふ、これは日本の文化の国際情勢から考へられたときの日本主義であらう。その点でマルクス主義と背腹の思考でなければならない。マルクス主義は、文明開化主義の終末現象に他ならぬからである。それは意識しなかつた論理上のデカダンスの一つである。しかもこの日本主義を云ふ日に、日本の過去数十年の近代文化の知性には、又は文化の論理には、文明開化の論理以外の何者もないのを知るのである。

ここで「日本主義」といふのは、近衛新体制運動の思想論理とそれに随伴する大小の思想をすべて網羅的に指してゐるが、それはマルクス主義の後に来たのではなく、マルクス主義の思想構造の「編制替へ」であるから、文明開化の最終段階であることに変りはない。そして、明治文明開化以降のあらゆる日本の思想を、文明開化の論理として否定する保田與重郎の「日本浪曼派」といふ「意識過剰な」文学運動も、それ自体、否定されるべきものである。

しかし、対象論理としてはさうであるが、「日本浪曼派」は、文明開化の歴史の最終段階の自覚的な「結論」であることによつて、「次の曙への夜の橋」であつたといふいひかたをしてゐる。しかし、それはいつまでもつづく夜の闇の中に亡びるかもしれないのである。

日本浪曼派の一つの主張であつた「没落への情熱」と、「日本のイロニー」（あるいは「イロニーとしての日本」）は、前者がイデーであり、後者が現実であつたから、この現実の造型に於て、過剰な知性の行使中、一般の頽廃の形式をも予想せねばならなかつたのである。

しかし「イロニーとしての日本」は、この昭和十六年六月二十二日以降において、日本浪曼派の現実にたいする造型意思をも踏み破つて、頽廃の最終段階である虚ろなものになりつつある。現実は、イロニイといふ一種の弁証法をもちひる余裕はなく、「沈痛」な心情を呈しつつある。

『近代の終焉』といふ評論集は、さういふ心情を基盤としてゐる。昭和十六年六月二十二日の日曜日に、上野の山に群れてゐる群衆の「つゝましい遊楽の風景」は、「これが最後の日となるかもしれぬ」といふ終末感に包まれてゐる。そして保田與重郎は、「しかし」といふ逆接の接続詞を二つ重ねて、「最後のものとなつて欲しい」といふ悲痛な希求を語つてゐる。

明るさは滅びの姿ではないか、と『右大臣実朝』のエピグラフに書いた太宰治の心情とすれちがつて離れるものがここにある。

『近代の終焉』の序文は、日米交渉において最後通告にひとしい「ハル・ノート」を突きつけられた十一月二十六日の前日の日付をもつてゐる。

世界の大勢を文化の上から眺め、国内思想の転換を顧みるとき、わが国のみちの姿にはなほ慨然たるものが多い。即ち本書に、伝統と危機ないしは伝統と革新と題しようとしたが、さらに感ずるところあつて、近代の終焉となづけたのは、己に命ずる意味もあつたからである。

孤影をいとしみつゝ、形影相弔する心境にゐて、国の天地のみちを踏まんとは、我らが先蹤文人の心懐としたところであつた。すべて思想や文藝を生理とする者は、描きを守り滅びを一人で支へる心理に生きねばならない。

保田與重郎がこの論集の題名を決めた心のありさまが窺へるのである。「伝統と危機」あるいは「伝統と革新」は、昭和十五年に書かれた日本文化の模倣と独創の内的機微に立ち入つた諸論文に関しては、妥当、穏当な着想であるが、それは昭和十六年十一月二十五日といふ日付のもつ、さしせまつた国の命運における作者の「形影相弔する」孤独に届かないのである。「近代の終焉」といふ思ひは、闇が昧爽の予感を孕まない故に、作者の「沈痛」をいふ概念である。その翌日、六隻の空母を基幹とする南雲機動部隊は、エトロフ島ヒトカップ湾を出港して、真珠湾へむかつた。

「近代の終焉」は、「近代の超克」より一層、悲痛な心情を前提としてゐる。年が明けて、緒戦の連勝にまだ翳が差さない頃、「文学界」同人と京都学派の合同座談会がおこなはれたとき、対米英開戦がもたらした「知的戦慄」（河上徹太郎）といふ体験は、保田與重郎には肯定すべきアナクロニズムと感じられたのではないかと思ふ。彼はこの座談会に招かれながら出席しなかつた。その理由のせんさくは、この評論集一巻を読めば不要なのである。彼の心はもつとも古く、もつとも新しかつた。

デカダンの窮極に於ては、必ず神が統治されるがそこまでゆかない人為のデカダンは時代の憂ひとなるのである。この何が何でもの標語には、絶望を恐れてゐるところがあるが、日本の古の道を信ずる者は決して絶望を怖れる必要がない。絶望といふのは、すべて人為の智識のうちのものだからである。我国では絶望するなと教へる必要がない。却つて絶望せよと教へうるのである。一般に東洋の絶望は、ものの終りでなく、ものの創造の初めであつた。光が東方に発する原因はこゝにある。（「コギト」昭和十七年四月号編集後記）

この頃の戦意昂揚の標語に、「この一戦何が何でもやりぬくぞ」といふのがあつた。永井荷風などが忌み嫌つた表現である。荷風は国語表現の品格からこれを嫌つたのであるが、保田與重郎は、「絶望を恐れてゐる」心情の倒語を直感したのである。しかし、もつとも古く、もつとも新しい心は、絶望を怖れる必要がない。

大東亜戦争勃発前後、保田與重郎の言説は、平均値のジャアナリズムの眼には、朗々とした歌のやうにみえた。

浅野晃や保田與重郎は盛に朗朗と歌ひ上げてゐる。歌のなかつた評論の世界としては大いに珍重すべきことだ。併しその内容は歌にしかならないのだらうか。保田に対する片岡良一の批評などやはり動かせぬところがあると思ふ。歌は大切だ。だがもう歌だけで済まぬことは確かである。（「読売新聞」昭和十六年十月一日「人物評」）

この無署名記事の筆者は、新しい指導論理を求めて、評論非力説を唱へるべきであらうかといつてゐる。彼は、ハイデッガアやゴットルのナチス経済学を勉強して身につけた新人の論客に期待しながら、何か淋しくて仕方がないのである。翻訳文化と既成論理の編成替へに新しさを期待するジャアナリストの淋しさである。

もともと保田與重郎の文章には節《ふし》があつた。しかしこの時期、その調べは、以前とくらべて沈みこむやうな旋律が感じられる。しかし、それは絶望を語り、いつ明けるかわからぬ夜の橋を渡る予感を語つても、不思議と人の魂を太らせる調べにつらぬかれてゐる。

〈谷崎昭男……龍山のD氏、周作人、その他 〈10『蒙疆』二〇〇〇年七月刊〉

遠く遥かな蒙疆を指して保田與重郎が家族らの見送りをうけて大阪駅を発つたのは、昭和十三年五月二日の朝である。折から激しい降雨で、そのなかを神戸駅で佐藤春夫と佐藤龍児が同車し、下関から関釜連絡船金剛丸で翌朝釜山に上陸、それから一ヶ月の余に及ぶ旅の日を送り、帰路は六月九日、大連から大阪商船うすりい丸に乗船して同月十二日の朝方に神戸港に着いてゐる。旅にある間、保田が婚約中の柏原典子へ書き送つた手紙が合せて二十四通のこされてゐるのは、以前に「イロニア」（第十二号）に掲載されたところで、旅程の「蒙疆」本文には云つてゐない部分も、それによつてほぼ正確に辿ることができる。途中北京滞在中に佐藤春夫が病気で入院する事故があり、大同に向ふときは佐藤龍児との二人だけとなつたが、再び北京に戻つた後は佐藤春夫も行程をまた同じくしたもののやうである。

さういふ資格がなければ、危険な前線にまで赴くのは、むろんできないことであつた。佐藤春夫は文藝春秋社の特派員として、保田については、「コギト」第七十二号（昭和十三年五月発行）の肥下恒夫による「編輯後記」に「コギト発行所特派員となつて行く」と記されてゐるのは、そのとほりだつたとしても、戦地旅行の許可書が下りたのは、新日本文化の会の機関誌「新日本」の特派員としてであつたと考へるのが妥当と思はれるのは、「コギト」は一般の同人雑誌の列を出ないものだつたからである。佐藤春夫に保田與重郎も編輯委員に加はつた「新日本」の創刊は、この年の一月で、新日本文化の会が設立されたのは、前年の昭和十二年七月のこととする。

蒙疆の旅に三人が行を共にするに至つたいきさつを、私は知らない。ただ、すでにその日の保田與重郎において、佐藤春夫は「日本のもつ最大の詩人」とされてゐる。余事ながら、先頃たまたま私は「拝呈／佐藤春夫先生／昭和十四年十月／保田與重郎」と墨書された献辞が見返しにある思潮社版「後鳥羽院」を古書肆を通して得た。手にすると、保田の佐藤春夫への親炙の度を改めて確かめ得たやうな心持になる他愛ない読者の心理はそれとして、師表とも仰ぐひとと相携へて大陸の新しい現実を見て廻る。そのことに保田が一箇の意義を見出してゐたことは、想像に難くない。詩人のしたこのときの旅の意味を、保田は別に「佐藤春夫」の「事変と文学者」の章に綴つてゐる。そこでの保田與重郎があくまで同行者として終始してゐるのは、「蒙疆」におけるのと異つてゐる点であるが、同行することで何人かの人物に会する機会に恵まれたのは、それだけで旅の収穫と云つていいものであつた。

京城大学図書館で「李朝図録」を披いてゐる部屋に教授の安倍能成が入つてくる。「朝鮮の印象」の末尾に見える記事である。その場で交された会話までは録されてゐないが、安倍能成に対して、保田は少くとも悪い感情を抱かなかつた。書きぶりから、さう読みとれることであるが、京城ではまた元京城府尹の伊達四雄を訪ねてゐることが知られるのは、伊達邸で撮したその折の写真が保存されてゐたことによる。佐藤龍児が所持してゐたもので、「保田與重郎全集」第十巻の口絵に掲げられてゐる一葉には、床の間に軸がかかつた暗い室内に、保田が伊達と覚しい和服姿の人物と隣り合つて卓を前にして坐り、保田に並んで佐藤春夫、その横に佐藤龍児が写つてゐる。春夫の小説「環境」にヤイとして登場する佐藤龍児は、その時分にはもう竹田姓である。歴史学を専攻したひとの性でもあつたらうか、一種の収集癖があつたのを、周囲がときに悪意のない笑ひの種としてゐたのは、私の懐しい記憶であるが、その癖のお蔭で貴重な資料が失はれなかつたのは、この例ひとつに止まらない。「蒙疆」一巻のなかに各地の写真が挿まれてゐるのは、多く佐藤龍児の撮影にかかるとは、慶応義塾大学教授を退任する前後の竹田氏からの直話である。

「慶州まで」に「龍山のD氏の私邸の二階からみた京城の夜景の美しさ」とある「D氏」は、今案ずるに、伊達四雄であらう。保田與重郎が実名をあげなかつたことに、格別の仔細はあるまいが、それにしても元京城府尹伊達四雄とはどういふひとか。私はつい竹田氏にそれを訊かずじまひで、どんな機縁で三人が伊達邸の客となつたのかを詳らかにしないままでゐたところ、事情の一端が、はからずも会津八一の書簡によつて明らかになつた次第を述べておくのは、私の論攷のいはば余瀝に属する。

会津八一の書簡をあつめた一本に、植田重雄編著「秋艸道人会津八一書簡集」（恒文社刊）がある。道人が相許した学生時代からの友である伊達俊光宛のものを主要に収め、それのみで二二〇通に上つてゐることにも愕くが、伊達四雄は四人兄弟の長兄俊光の次弟に当ること、そして四雄には会津八一も面識があつたことを、書簡を通覧するなかで知つたのである。書簡集から窺へるところでは、伊達四雄が朝鮮総督府に転出するのは大正十年の八月から九月の交で、赴任に際して伊丹で催された送別の宴に会津八一も請じられるとともに、その間清記をすすめてゐた「南都詠草」を呈して栄転に対する祝意を表してゐる。遠来の三人の旅客を迎へて、秋艸道人から贈られた一巻を伊達四雄は示しなどしなかつたらうかと、件の写真に見入つては、そんなことを私は想つてみるのであるが、さて兄弟の伊達家は紀州の新宮藩の医家であつたと云へば、佐藤春夫が京城で伊達四雄をたづねて行つたその背景にあるものは、自から分明である。周知のやうに、佐藤家も代々その地方で医を業とし、春夫は父豊太郎が開業してゐた新宮に生れ育つてゐるから、伊達兄弟のうちの四雄のことも、かねて教へられてゐたに相違ない。京城で伊達邸を訪問することには、まだ健在だつた先考の指示があるいはあつたとも考へ得るが、いづれにしても旅程表のなかに予定として始めから書き込まれてゐたひとつとすれば、それは旅が充分な準備と計画とを以て行はれたことを一斑においてまた物語る。

朝鮮を経て、一行が五月十四日の夜晩く北京に到着したことは「北京」に記されてゐるとほりで、それから十日程をそこに過すうち、佐藤春夫が入院するのは、柏原典子に宛てた保田の旅信によると、滞在も終らうとする五月二十三日のことである。「私らは北京滞在中の一日、あの蘆溝橋を訪れた。」と「北京」に云つてゐるのは、「蘆溝橋畔に立ちて歌へる」の詩篇が春夫にある、そのときのことで、保田與重郎と、保田の大阪高等学校の同期生で当時同地にあつた竹内好、それに留学中の神谷正男らが随つたのは、前日の二十二日だから、病気は突然だつたやうであるが、それよりさき、佐藤春夫とは旧知の周作人の他、文人十数人との会合が市内でもたれたのに保田與重郎も同席したのは、二十日の夜である。専ら竹内好の仲介したところとして、この会合のことにふれてゐるのは「佐藤春夫」であるが、これも事前に保田から竹内好に周旋方を依頼することがなければ、容易にそのやうには運ばなかつたものであらう。

五月二十二日の会合に出向くまで、事変が起つて以来一年近く周作人は門を鎖してゐたと云ふ。「佐藤氏が初めて周氏をひき出したといふわけになる。」保田は「佐藤春夫」にさう書いて、そこに「殆ど誰にも知られないやうな、佐藤氏の北京に於ける影響」を説くとき、旅は俄かに時局色を帯びた趣きを呈するが、他方で、さういふ詩人、文学者の存在を、利用価値において利用するといふ政府や軍部の考へ方に保田與重郎が批判的な立場を貫いたのは、その作品がとほり一遍の「文学と政治」論による批判を越えて、今日にまで読み継がれて久しい最も大きな理由に他ならない。二十二日の会合について、さらに保田は述べてゐる。「か丶る日の北京に会することは、感慨に深いものがあつた。周氏がたとひ文学的会合として、又ひそかな外出としたとしても、初めて日本の文人にあふことは、忖度するになみ〳〵のことでないと思ふ。周氏の心を展いたものは、佐藤氏の詩人であつただらう、さうして周氏のひらけた心は、又追蹤者を相当につよい形でつくるものであらう。」

保田與重郎がここで周作人を語つて鄭重なのは、佐藤春夫の文人としての業績への信頼をそのひとにおいて見る上からは、しかるべきことであり、さうしてそれが戦争の行方を微妙に左右しないものでもないといふ意味で、いくばくかの希望を周作人の行動に託してゐるふうである。だが、翻つて「蒙疆」についてみると、周作人に関する一行の言及もないのは、本書の企図するものがそれを必要としなかつたのかといふ点は措き、その空の碧さのあざやかさは称嘆に価しても、「一般に私は北京で、文化の絶望を味はねばならなかつた」(「北京」)と云つてゐる口吻に、周作人をはじめとする文人たちに対する保田の期待は、むしろ些少だつたやうな感を私は受けるのである。

それはしかし、保田が周作人を認めなかつた訳でもなければ、もとより「佐藤春夫」が曲筆を弄してゐるといふのでもない。さうしたことと並べて云ふには、北京の街を後にしてやがて眼にする蒙疆の風景は、あまりに雄壮で宏漠だつたといふことであり、それが若い保田與重郎をどんなふうに揺さぶつたかを、われわれはここに具さに読む。佐藤春夫の作つた「満州皇帝旗に捧ぐる曲」は、後に「蘭の花」と改題されてゐるものであるが、「惨風悲雨に培はれ／人に知られぬ谷かげに／恨を秘めし幾春秋」と一篇に歌はれてゐるところを保田與重郎はよく散文に描いたと、そのやうに云つてよければ、もう徒らな解説など退屈で不用であらう。さういふ日をその後は今日まで持たなかつたことを幸とするか、もしくは不幸と観じるかは別のこととして、「蒙疆」は一時代の日本が体した気宇の文章による造型として、もつとものびやかで美しいもののひとつであると揚言することを私は躊はない。

真鍋呉夫……おそろしい人

〈11 『芭蕉』 二〇〇一年十月刊〉

昭和十四年十月、われわれは同人誌「こをろ」を福岡から創刊した。その年の春、九州帝大の農学部に入学した矢山哲治を中心に、阿川弘之、島尾敏雄、那珂太郎などがおもなメンバーであったが、同人の平均年齢は二十歳、後年、「大東亜戦争」に従軍してもっとも多くの戦死者を出した世代でもあった。

矢山はその前年、まだ旧制福高在学中に詩集『くんしやう』を刊行し、檀一雄、立原道造など、一部活眼の先達からその大成を嘱望されていた。特に立原からは、彼が新しく創刊を夢見ていた詩誌「午前」への参加を慫慂され、長崎への旅の途中、福岡に立ち寄った立原を柳川に案内したりしたが、翌年の三月――つまり「こをろ」創刊のほぼ半年前には、長崎での喀血、帰京、入院後わずか三ヵ月余の他界という、急坂をころげおちるような立原の死に際会しなければならなかった。

矢山はその霹靂のような死に動顚しながらも、約三千字余に及ぶ立原の最後の書簡を、「詩人の手紙」と題して「こをろ」の創刊号の巻頭に掲載している。それが立原の遺志を継ごうという矢山の当為の一つであったことは明らかであるが、それでは「午前」の創刊に象徴される立原の新しい志向の契機はいったいなんだったのか。

それは「保田與重郎への急激な傾倒」であり、「そのための右傾化」であるというのが、これまでの文学史家の大半を支配してきた通念であった。なるほど、立原が「堀辰雄を超克しなければならぬ」と言ったのは事実であったろう。戦勝祝賀の提灯行列に参加したのも事実であったかもしれぬが、立原の矢山宛の書簡の中には、より高次な次のような記述がある。

「僕らの歴史の中で仮名《かな》の生れた日のリリシズムの開花をおもひださなくてはならない」（昭和十三年七月十九日付）

「だが、君はやはり（犀星の——真鍋註）『愛の詩集』を何よりも愛してくれたら！　愛するといふよりも更に、人間の生きることの根源で、詩が在る在り方を奪ひとつてくれたら（——これを逆にいへばいかに君の心が奪はれるかだ）！」（昭和十三年九月六日付）

立原の晩年の言行を教条的なイデオロギーで裁断することを以て足れりとするのではなく、今こそ初心にかえって「人間の生きることの根源」に新しい詩の源泉をみいだそうと真率に呼びかけているこれらの記述を虚心に読めば、むしろ当時の立原の内部には「所謂立原風の世界を超えて、新しい人間が誕生」（中村真一郎「優しき歌」）しつつあり、たとえば鶴見俊輔が言う「立原のその熱烈な打込みぶり」（保田への——真鍋註）は、その実、立原の内部に誕生しつつあった「新しい人間」からの「過去のいかなる文壇的ギルド系統にも所属しないところの、全く新しい別種の文学精神」（萩原朔太郎「詩人の文学」）としての保田與重郎に対する一種切迫したやむにやまれぬ呼応であったように、私には思われる。

いずれにせよ、矢山が自分はもう読んだからと言って、芝書店版の『日本の橋』を私にくれたのは、その年の末のことであったろう。おかげで、私ははじめて保田與重郎の最初の著書を手にすることができただけではない。たちまち、私がこれまでに出会ったことのない異様な文体が蛇行し、屈曲し、旋回しつつ、われわれの深部に眠っている未生以前の初々しい記憶を喚び覚ましていく。すると、その魂の隠国《こもりく》とでもいうべき漆黒の闇の中から、「石がちなるなかより湧きかへりゆく」（『蜻蛉《あきつ》日記』）と古人が書き留めたような水の音が漱々と高まってくる。いつのまにか喉もとまで近代の毒を噉んで衰弱していた未熟な心身が、思いがけなくそういう清らかなみずみずしさに共振しはじめているのを自覚してにわかに蘇るようなめざましい思いをしたことを、私は今も忘れることができない。

以来、私はさながら眷恋の相手を追い求めてでもいるように『英雄と詩人』を読み、『ヱルテルは何故死んだか』を読んだ。『近代の終焉』を読み、『詩人の生理』を読み、格別『和泉式部私抄』を愛読した。

ところが、この巻に収録されている『芭蕉』が〈日本思想家選集〉の第二冊として新潮社から刊行された昭和十八年の十月にはすでに召集を受け、豊予要塞重砲兵聯隊麾下の一支隊に所属する通信兵として、大分県佐賀ノ関と愛媛県佐田ノ岬の中間に位置する高島という無人島に駐屯していた。しかも、その年の五月にはアッツ島の守備隊が玉砕し、翌十九年の末には東京が空襲を受けた。更に、翌二十年の四月一日には、ついに米軍が沖縄本島に上陸したという。

だから、『芭蕉』を読むことはおろか、それが刊行されたことさえ知らなかったが、多分、米軍の沖縄上陸を伝えられてから五、六日目の日没後まもない頃のことであったろう。たまたま、島の頂きで対空監視の任務に就いていた私は、突然、不思議な錯覚にとりつかれてその場に立ちつくしてしまった。なんと、高島と佐田ノ岬の間に巨大な鋼板が敷きつめられ、その巨大な鋼板が心持青味を帯びた月に照らされて鈍い光を放ちながら、すこしずつ南の方へ移動していくではないか。――それが、戦艦「大和」の出撃であることに私が気づいたのは、その最後尾が高島と佐田ノ岬の間の水道を完全に離脱して更に数秒後のことであった。

なにしろ、世界最大の戦艦が出撃したのである。しかも、その主砲には一斉射で十機からなる敵の編隊を撃墜した実績があるという。だとすれば、その威力を発揮して、一挙に現在の頽勢を挽回してくれるかもしれないではないか。われわれはなにかひとつ、小さな灯がぽっと胸にともったような感じでそう思ったが、その結果は無残であった。

私が復員後、約七年を経てはじめて読んだ吉田満の手記、『戦艦大和ノ最期』によれば、「大和」はわれわれがその南下を目撃した翌日の正午過ぎから敵機と敵潜水艦の間断のない集中攻撃を受け、それから二時間後にはもう完全に巨大な鉄塊と化して海底へ沈んでいったという。吉田はその最期を悼んで、

徳之島ノ北西二百浬ノ洋上、「大和」轟沈シテ巨体四裂ス　水深四百三十米
今ナオ埋没スル三千ノ骸《ムクロ》
彼ラ終焉ノ胸中果シテ如何

という悲痛な弔辞を手向け、もはやその「三千ノ骸」の一体と化したかつての哨戒長臼淵磐大尉の生前の、次のような言葉を文中に書き留めている。

「進歩ノナイ者ハ決シテ勝タナイ　負ケテ目ザメルコトガ最上ノ道ダ……」

それでは、臼淵大尉が口にしたという「進歩」とはいったいどういう意味だったのかといえば、私がそれからまた半年ほど後にようやく読むことができた『芭蕉』の中で、保田は次のように書いている。

「西鶴の描いてゐたものは、隆盛に向ひつつある市民への奉仕に終始する文藝に他ならなかつた。それは市民階級の勃興などといふことを重んじる、旧来歴史観から見れば、進歩的と云ふべき態度である。（中略）しかもこの態度をさして、芭蕉がいやしいと云うたのは、民族の詩人たちの志の歴史の思想に立脚した批判である」

この一節を深切に読めば、わが国の富国強兵的な近代の成果の象徴としての「大和」を造りあげた諸力が、夙にこの頃から擡頭しはじめていたことが分るが、私はだからといって臼淵大尉の最後の立言を批判しようとしている訳ではない。いや、むしろ、今も「大和」の残骸の底に横たわっているであろう臼淵大尉が思いえがいていた「進歩」と、保田のこの一節が示唆している内実とはほとんど同義なのではあるまいか、と言っているのである。

また、だからこそ、芭蕉は「僧に似て塵あり。俗に似て髪なし」と称し、あるいは「世道俳道二つなし」と称しつつ、いかなる覇権に対しても、媚びず、同ぜず、諂《へつら》わず、業俳でも遊俳でもない狂俳の時空へと超出していくのであるが、ではその芭蕉の遺語の中でも最も人口に膾炙している「夏炉冬扇」、あるいは「不易流行」という二つの対語の本義はどういうことなのか。それは、これまで多くの人々が安易に思いこんできたような仏教的な空観とは似て非なるもので、

「我々の祖先は、一瞬や一刻に永遠をみるといふ冥想的観念論を妄想して喜んでゐたのではないのです。彼らは生活であり、生命存続の原因である米作りの周期を『とし』と考へ、この『一年』を循環するものと考へ、永遠に循環するものの根拠と考へたのです」(『絶対平和論』)

と、保田は言う。これを要するに、芭蕉は有史以来、武家の専権に耐えて米づくりにいそしんできた生民の生活感情に依拠し、わずか十七字のやまとことばに「はらわたをしぼつて」(『三冊子』)、

田のへりの豆つたひ行《ゆく》蛍かな

と、その米づくりにともなう四季の気象や風物や行事の循環の機微を晶化し、永遠化して、「万世に俳風の一道を建立した」というのである。

尚、保田は京都新聞の夕刊に連載したコラムの一つ「削命」の中で、

「芭蕉は俳諧に志すものは、生涯に十句をのこせばよいと言つた。その十句は一句一句が、神のやう

なものであらう。しかし、このことばをうらがへすと、一生涯に十句をつくることに生命をかけよといふ意味になる。おそろしい人である。しかし、その人についていつたたくさんの人がゐたことは、またおそろしいと思ふ」（昭和四十三年四月十七日付）

と、書いている。保田がこの文中に引いた芭蕉の遺語は、去来と許六の『俳諧問答』の一節、「むかし先師、凡兆に告げて曰く、一世のうち秀逸の句三、五あらん人は作者なり。十句に及ばん人は名人なり」に拠ったのであろうが、もしこれを初心者へのこけおどしと思うひとがいられれば、こころみに心眼をみひらいて、自分の好みの俳人の句を選んでみられるがいい。その俳人の夥しい句の中から五句を選ぶことさえさほど容易ではなく、いわんや十句を選ぶのがいかに困難であるかということに、たちどころに気づかれるにちがいない。

即ち、保田が芭蕉を「おそろしい人」と書き、柳田国男を「畏い人」と書いたのと同じ意味で、私が保田與重郎を近来稀に見るおそろしい人だと思う所以である。

森 朝男……大伴家持の悲しみ

〈12『万葉集の精神』二〇〇二年一月刊〉

天平感宝元年（西暦七四九年）の五月十日、大伴家持はこういう歌を詠んでいる。越中の国守として任地にあった。

高御座《たかみくら》　天の日継《ひつぎ》と　天皇《すめろき》の　神の命《みこと》の　聞こし食《を》す　国のまほらに　山はしも　さはに多みと　百鳥《ももとり》の　来居て鳴く声　春されば　聞きのかなしも　いづれをか　別《わ》きてしのはむ　卯の花の　咲く月立てば　めづらしく　鳴くほととぎす　あやめ草　玉貫くまでに　昼暮らし　夜渡し鳴けど　聞くごとに　心つごきて　うち嘆き　あはれの鳥と　言はぬ時なし

卯の花の季節が来てほととぎすも鳴き出した。その声に切なく惹かれゆく心を詠んだものだが、「高御座《たかみくら》　天の日継《ひつぎ》と…」と始まる冒頭の厳めしさは何だろう。

万葉集では良き景を叙するのに、その地を天皇の領有したまう王土として褒める、というのが強力な形式になっている。そちこちの離宮の地も、行幸地も、あるいは地方官の赴任地も、みなそう詠まれた。右の歌はそうした伝統を踏んでいる。なのに末尾は、ほととぎすの鳴き声にうち震える詠み手の切なる心の表明となって、土地褒め、国褒めの域を脱してしまっている。それがこの歌の特異などころだ。

　この歌のこの構成は、家持の歌の性格を象徴しているようでもある。気にかかるのは、右の歌が「独り幄《とばり》の裏《うち》に居りて、遥かに霍公鳥《ほととぎす》の喧《な》くを聞きて作る歌」と題されていることである。歌の冒頭は独り家居して詠むべき歌の風ではない。むしろ君臣相集う宮廷儀礼の場でこそ詠まれてよいものだ。似たようなことは、右の歌の数日後に詠んだ「吉野の離宮に幸行《いでま》さむ時の為に儲《ま》けて作れる歌」という長歌にも伺える。人麻呂・赤人らの先行歌人たちは、行幸に従駕して吉野に赴き、儀礼歌を詠んで離宮と大君を讃えた。それらは天皇の傍らに臣従して大君を讃える感激とともにあるもののように、家持には映ったのだろう。自身にも、そんな晴れがましい場に侍すべき日の来るのを期して、予め作歌したというのが、その「儲《ま》けて作れる歌」だ。その冒頭も同様に「高御座《たかみくら》　天の日継《ひつぎ》と　天の下　知らしめしける　皇祖《すめろき》の　神の命の……み吉野の　この大宮に」と始まる。これも遥かに遠い鄙辺の越中にあって、独り密かに詠んだ。そして、離宮に奉仕してこの歌を披露する栄誉は、彼には遂に与えられた形跡がない。というより離宮におけるそうした献歌の儀礼そのものが、もう過去のものになっていた。儀礼歌の時代は遠のいた。宮中の肆宴の歌も、大君を讃える厳めしい儀礼歌より、季節を楽しむみやびの歌へ傾斜した。みやびを尽すことが宮廷の栄華の表現であり、風流の歌が儀礼歌の意義を代替する時代になったのだ。

　そうすると右のどちらの歌も、家持の非常な孤独を思わせるものになる。彼は、時代の歌の先端に身を置きつつ、心の奥で、密かに古い歌の姿への情熱を焚いている。四季折々の花鳥をあわれみつつ、「族《やから》を喩《さと》す歌」などでは、無骨に武門大伴のますら男ごころを宣揚している。

　『万葉集の精神』は、今日からみると、この家持の矛盾にまっすぐに降りて行った本と読める。矛盾を二面性として消極的に捉えるのでなく、まさしくその家持の矛盾にこそ、文藝学や歴史学の客観主義が見えなくさせている、悲痛にして醇美なる万葉集の精神がある、というのだ。大君への忠誠の心と花鳥をめでる心とは、その純粋さにおいて一つであることになる。勝者藤原氏に対抗するものたる以上、その心とことばはいよいよ美しくも、また精神的でもあらねばならない。唯美的であることと精神的であることとは一つである。しかもそれは草莽の心でもあるという。

家持のこの二面性は、通常はむしろもっと消極的に説かれていると思う。大伴的なこのますら男の心は、歴史的にはいわば遅れに当たるものである。没落する古代氏族の悲哀としてある。その悲哀が時にますら男意識回復の願いに、また時に花鳥のあわれへの耽溺に繋がっていく、というふうに。『万葉集の精神』は、そこのところを逆にダイナミックに捉える。その悲哀を藤原的なものへの敗者性といいかえ、敗者性こそが美を生み、精神を純ならしめるとする。これは一貫した保田の文藝観でもあるようだが、その積極性の奥には、いうまでもなく痛烈なアイロニーが潜められている。

この家持理解は、今日の目からすると、歌を精神に偏して読んでいると思える。そこが逆におもしろいといえばおもしろい。文藝に精神の伝統を見出そうとするような古典観と、それに示される古典への濃密な情熱は、そういう古典の読み方を喪失してしまった昨今の、ある意味での索漠を、逆に浮き彫りにしてくるような気もする。ことに古い日本語の伝統が失われ、文藝のことばの通俗化と弛緩とが広がる現状を思うとき、例えば我々はもう一度、和歌をはじめとする古典のことばのわざに、熱い心で執してみたいと思わないではない。

私らの学生時代（昭和三十年代）、保田與重郎の本は古本屋で戦前戦中の古い本が何冊か見つかるという程度だった。戦後の再刊が始まる前の谷間である。友人たちと古典評論の同人誌をやったりしていて、古典論は何でも気にかかった。同人の仲間たちが一様にそうだったが、ことにまめにその種の本を集めていたリーダー格の、現在は平安文学の研究者になった親友は、保田の本も見つけると丹念に買っていたようだった。彼を留守に訪ねて、帰りを待ちがてら本箱の『和泉式部私抄』をひろげ、そのまま持って帰って我が物のようにして読んだことがあった。熱を湛えた文体に惹かれないでもなかったが、他に『戴冠詩人の御一人者』を、たしか箱のこわれかけた小さな本で見つけて少し読んだことがあったくらいで、それ以上にはいかなかった。保田といえばむしろ、その頃夢中で読んだ亀井勝一郎や福田恒存が、かつて日本浪曼派の若手として保田の傍らに居たということで、私などには当面の格闘相手の、もう一つ彼方に居る人という感じだった。『万葉集の精神』を読んだのは、万葉集の研究者になってからである。そして、ここに書いているように、家持の二面性の問題があらためて気にかかった。それゆえ私には、この一冊は家持の問題とともにある。

そこでまた家持にもどる。

うつせみは　恋を繁みと　春設《ま》けて　思ひ繁けば　引き攀《よ》ぢて　折りも折らずも　見る毎に　心
和《な》ぎむと　繁山の　谷辺に生ふる　山吹を　屋外《やど》に引き植ゑて　朝露に　にほへる花を　見る毎
に　思ひはやまず　恋し繁しも

これは先の歌々の翌年天平勝宝二年四月、同じく越中にあって詠んだ。「山振《やまぶき》の花を詠む歌」とある。実は家持が最も成功を収め、独自の境地を拓いているのはこうした歌々である。折々の季節のものに付けてそこはかとない悲しみや恋情を表現するものである。その歌境は、家持の最秀作とされる次の「春愁三首」にも通じている。

春の野に霞たなびきうらがなしこの夕影にうぐひす鳴くも

我が屋外《やど》のいささ群竹《むらたけ》吹く風の音のかそけきこの夕《ゆふべ》かも
うらうらに照れる春日にひばりあがり心かなしも一人し思へば

この三首はさらに三年後の天平勝宝五年（七五三）二月に詠まれた。前二首は二十三日、後一首は二十五日の作。前年の秋、家持は少納言に遷任されて帰京している。それゆえこれは都での歌である。特にとりたてて恋しい相手が居るわけでもなければ、悲しまねばならぬわけがあるのでもない。春景にふれて心に兆す、捉えどころない人恋しさのようなものを詠んでいる。その同じ寂寞を「山振《やまぶき》の花を詠む歌」では「恋」と表現しているのだろう。特定の誰彼が恋しいのではないようだ。うつせみは恋を繁みと――この世は人恋しさしきりの世であるから、といい、春近づいてその思いがいや増すので、慰めに山吹を庭に植えて花を見るけれど、思いが止むどころかますますつのる……というのである。

こうした孤独感というものは、多分、古代の村落的な紐帯、家持に即していえば、それと対応し、あるいはそれを内包するはずの大伴氏の氏族的紐帯、すなわち爛熟する古代都市平城京が置き去りにして来ざるをえなかったある古代的基盤といったものの喪失に、もっとも根底的なところで繋がっているように思える。自然が美しいものとして憧れの対象になるのも、歌が細やかな情感や四季の花鳥のあわれを表現する文藝のものになるのも、ここからである。現在の私らには、こういうことの方が気にかかる。多分多くの人たちがそうだろう。しかし『万葉集の精神』が、家持の矛盾にまっすぐに降りて行って、そこから万葉集の精神の真髄を摑み出そうとした気迫の衝撃は消えそうにない。そしてさらに、古き歌々とそれを生んだ歌びとたちの魂へ、我々の心を強く向けさせようとするのも、保田の他の幾つかの著書とともにこの本のもつ力である。

高鳥賢司……身余堂「光平忌」の由来　〈13『南山踏雲録』二〇〇〇年十月刊〉

毎年二月になると、文徳天皇御陵田邑《タムラ》ノ陵に隣する京都鳴滝の保田與重郎邸―松に囲まれた身余堂では、例月歌会に先立つて、伴林光平の年祭が営まれる。

当日参会の歌誌「風日」の人々は、この祭を「光平忌」と呼んでゐる。

もともとは保田家の行事であるが、今では風日社の行事のやうになつてゐるのは、元治元年二月十六日、光平が天忠組の同志十八人とともに、京都六角大牢の西之土手に斬られた殉難百年に当る、昭和三十九年二月十六日に、「風日」の同人らを集へて、第一回の年祭が、この山荘で営まれ、以後毎年継承されてゐるからである。

風日社の年中行事の例祭は、例月歌会のはじめに行はれ、一月は大津義仲寺での木曾義仲の例祭（因みに亡き骸を木曾塚のかたへに埋めよといふ芭蕉の遺言がある）、今年平成十二年のそれは、八一七年祭であつた。二月の「光平忌」、四月には、保田の師匠佐藤春夫や、河井寛次郎をはじめとする「風日社物故同人を祭る年祭」（「春の御祭」と称へてゐる）がある。このほかに、保田没後の「風日炫火忌」と併せると、年祭忌は四度となる。炫火忌以外は、保田與重郎が治定した当時そのままにいまも続けられてゐる。年祭忌のあとでの歌会は、いづれもその法楽歌会としてゐる。

「光平忌」では、祭文として、「古事記」冒頭の一節と、延喜式祝詞の「御門祭祝詞」を、参集者のうちの一人が読む。そのあと参列者の献詠が誦み上げられ、つづいて、先生の伴林光平についての講話があり、祭事を了り歌会に入る。

講話は、光平の「南山踏雲録」についての話が多く、その文学、思想、逸話や時代の思潮など広範に及んだ。

法楽歌会が終つて夕方になると、酒食を設け、一座のうちの酒のつはものを選んで、当日の酒奉行を任命し直会がはじまる、といふ風であつた。いまでもこの儀式は、主人の講話を除いて、当時のままに勤められてゐる。その雰囲気は在世のころと変らない。

この「みささぎの片岡の傍《べ》」の山荘は、「思ふこと身に余るまで鳴滝の」と歌はれた古歌の神詠に因んで、「身余堂」と名づけられ、書屋を「終夜亭」と呼ばれた。この家は昭和三十三年に、五条坂河井寛次郎門の陶工上田恒次の設計によつて建てられ、佐藤春夫川端康成二家が絶讃し、隣国の亡命詩人胡蘭成が、「神仙の降る処」とその詩に詠じた。

客間から庭を西の方へ遠望すると、低い京の西山の丘陵の向ふに、丹波境の山々が空を区切つてゐる。ここからの春の落日の華麗さを、大和二上の夕日とともに称へて、古今集の美観がわかつたやうに思ふとも云はれた。「かみの池を前面にした落日の景観――小倉山は落日がわけてもよい。王朝文化盛時の美的宗教情緒の何かを象徴してゐる風韻である。」ともある。いまはまはりの木立がすつかり茂つて、「王朝夕日の眺め」は途切られてゐるが、しかし、今日も主人が在世のときのやうに、歌会で座敷が賑やかになると、床下に住む狸が子どもたちを連れて庭に現れたり、初冬を告げる北山しぐれが、叡山の方から時ならずこの丘を伝ひ走つて、紅葉の色合を深めたり、空が定めなく照り曇りしたりする。

保田與重郎が、自らを宣長、信友、光平といふ学統の徒と定めて来たことは、自家の行事にこの年祭を加へてゐるところからも、感得できることである。昭和二十八年の「南山踏雲録執筆の由来」には、光平は自分にとつて「郷国有縁の人」とある。謙虚さの奥に在るこの親昵感は、本書に蔵められた「郷士伝」にも通底するものである。光平門の北畠治房から、その門人である王寺の保井芳太郎翁（保田家の縁戚にあたる）に伝へられ、光平先生の跡をつぐ人として至嘱するとの詞をそへて委ねられた、光平の自画像と、光平自作の「竜田風神祭の祝詞」の二点は、毎年、身余堂の「光平忌」の床に掲げられて年祭がとり行はれる。

保田與重郎の国学へのひとつのいざなひは、おそらく、その若き日の伴信友の「長等の山風」と「残桜記」への訓み解きによるものであらう。

いま琵琶湖畔の近江神宮の境内に建てられてゐる歌碑「さざなみの志賀の山路の春に迷ひひとりながめし花ざかりかな」の歌のしらべは、そのことをあざやかに証してゐると思はれる。信友の巧緻精妙な考証と、柔らかな文体が伝へるみやび心は、保田国学を形成する精神や情緒と共通共鳴してゐる。郷党のをぢ光平を軸として、信友から光平につながる系譜の光耀は、保田家の家祭としての「光平忌」が持つ、侍側の自信を裏付ける。『南山踏雲録』一巻の基点は茲に発生してゐる。付け加へて云へば、この一首は、今東光がとくに推称したものだつた。

ところで「南山踏雲録執筆の由来」には、執筆の目的の第一に、光平が近世第一の歌人であることが挙げられてゐる。

光平の「南山踏雲録」は、当時の全階級的な常民の志念を合せた、国運の現状打開の為のさまざまな運動のひとつとして起つた天忠組一挙の終始を、維新前夜のいくさと歌と歴史の詩情で描き、この種の行為の唯一の記録として残つた作品であつた。当時最高の詩人であり、国学者である人の、生命を賭して描いた述志の行動の所産として、後世を鼓舞する貴重の文学である。またその歌については、別に「櫃之下私抄」に流麗かつ周到に評釈され、殊に「杜初冬」六首についてのそれは、集中の圧巻である。

第二に、一党の義挙を領導し実現した、郷土の七人の先人志士と光平の伝記が誌され、これらの人々は、当時雄藩の背景を持たず、天忠組活動の基盤を、時勢に先駆けて構築したとされてゐる。

第三は、それらの人々の思想を涵養した、宮方山民五百年の郷土の伝承護持の実体、後南朝以降の史実と志操の堆積のあとを、伴信友の「残桜記」を追つて深切に回想された「花のなごり」である。

併せて、北畠治房に対する郷土内外の人々の観点を正すことも、目的のひとつと誌されてゐる。のちに、生前未刊のまま遺された「述史新論」(桶谷秀昭氏は、安保翌年の昭和三十六年の著述かと推定されてゐる)で保田與重郎は、天忠組を支援した大和の土着豪家をはじめとした人々について、次のやうに書いてゐる。

それらの人々を組織したのは地方から大和へ入つた浪士たちの説得でなく、大和に生れた乾十郎と平岡鳩平といふ武士ならざる二青年の以前からの奔走の結果だつた。

二人は平岡の師なる国学者伴林光平の名望と、十郎の師なる五条の大儒森田節斎の信望によつて、尊皇の大義を郷党に宣布したのである。

以上を貫く心情が、「郷土有縁」の人々への讃称としての、著者の志であつた。

保田與重郎は、昭和二十二年九月と、二十八年八月の二度にわたつて、西熊野街道と東熊野街道の天忠組転戦のあとを、徒歩で踏破してゐる。道中のおほよそは、幕末明治のままにちかい山行であつた。二十八年の下北山村から玉置山へ向ふ山道は、地元でも「笠捨八里」と呼び、途次の宿の主が「明治十六年の聖護院宮御一行が通過されて以来の他国の人の往来」といふほどの険路であつた。そのときは同行の棟方志功画伯とともに、岩を攀ぢ草の根をつかんで登つた。

この両度とも、先生は「玉置山の大杉を見物する旅」と、さりげなくわれわれを誘はれたのだつた。玉置山の大杉は樹齢四千年、神代杉は三千年と山びとは云ふ。ともに果無山脈をのぞんで、いまも仰げば湧霊壮大、手を触れると弾き飛ばされるやうな大杉群が林立してゐた。初冬の西風が、かうかうと鳴り響くさまは、国の鎮めの山、といふ形容が、最も自然な山容である。

十津川村の景観や道路事情、生活風俗が大きく変化したのは、昭和三十年代の風屋ダム建造以来で、二十二年の頃は、ランプを使つてゐる宿や集落が多く残つてゐた。

記憶を拾つて往路などを誌すと、一行は五人、保田のほかに、栢木喜一、奥西保、幸兄弟、高鳥賢司で、玉置山へ登るときは、吉野の農学校で教員をしてゐた明石の人、木ノ下茂が一行に加はつた。

当時の食糧事情で、各人それぞれに米を背負ひ、五条から殆ど徒歩で、賀名生皇居址、天辻峠を越えて天忠組転戦のあとを南下、大塔村十津川村を縦断し風屋に一泊、途中所在の南朝事蹟をたづね、滝峠の護良親王歌碑から玉置神社に登る。文武館校長浦武助先生の先行案内を承け、翌日山を下り三月大火のあとの新宮に出て大阪に帰る。

このときの一行四人は、二十四年月刊誌「祖国」創刊の折、玉井一郎を加へてその同人となる。

昭和二十八年八月の折は、戦中から富山県福光町に疎開してゐた棟方志功と、双互に往来のあつた二十四年、二十五年を経ての南山行で、このときも、「棟方さんに玉置山の杉を見せよう」との旅であつた。

このときは、中学生であつた長男保田瑞穂君と高鳥賢司の一行四人で、吉野上市から国鉄バスを乗りついで、東熊野街道を一気に南下し、下北山村に一泊、翌日笠捨山を越えて深更玉置神社に着く。このときも、玉置神社の宮司であつた浦先生の教導に預かつた。先生は七十歳を越えて尚強健で、麓の玉置川の船泊りまで東道された。そのあと、那智勝浦と熊野那智大社に数泊して帰途に着いた。

この行程で南下した東熊野街道は、光平の「南山踏雲録」の、天忠組敗軍のあとの道中を逆に辿つたことになる。この敗亡の途次、川上村武木《タキギ》の里の宿老が、光平に物語つた後南朝の故事、南北朝合一後五百年にわたつて、宮方山民の執念によつて続けられた「朝拝」行事の伝へは、光平踏雲録中の眼目となる一節である。「朝拝」については、信友の「残桜記」や大草公弼の「南山巡狩録」に詳しく誌されてゐるが、光平翁この時この場所にしての感慨はいかばかりであつたらうか。

この二度の南山行の間、いつの年であつたか川上村大滝の長老辰巳藤吉翁の周旋によつて、その年の「朝拝」参列を許された先生に従ひ、その祭祀の仔細を拝観することができた。従来この祭祀は、長禄元年南帝自天王並びに忠義王が弑逆に遭はせ給ふた折、自天王の御首級をとり戻した川上村民の子孫「筋目」の人々が毎年仕へることとされ、その人々以外には同村の人々も従事できなかつたまま六百年を数へた。

以上二度、保田與重郎の昭和二十年代の南山行を思ふにつけても、本集中の「南山踏雲録」「郷士伝」「花のなごり」は、維新回天の基点となる南朝山民六百年の執念の物語に伝承された志が、天忠組の一挙によつて維新前夜に轟発、維新へとみちびく経緯を誌した書との感が深い。やがて革新の成果が富国強兵の潮に乗り、アジア各国に波及して、明治末年の「アジアの革命時代」を出現せしめ、第二次大戦の終結とともに、アジア諸民族の完全独立となる歴史の信実を示した事実、その事実が、イデオロギーや政治経済論の枝葉でなく、代々の民衆が、昨日の出来ごとのやうに、身近に伝承して来た、物語と詩心を出発点として形成されて行つたといふことを、剰すことなく伝へ、歴史が文化そのものであることを明証したものと思ふ。

この確認と追懐が、その三度にわたる南山行の底流に映発してゐたのではなからうか。

奥西 保……戦中からみとし会の頃

〈14『鳥見のひかり／天杖記』二〇〇一年十月刊〉

「みとし会」は、昭和二十二年七月二十日京都の寺町今出川上ル幸神社で第一回が開催された。保田先生をはじめ総勢廿四人が集まって、先生の〝吉ミ弥年会開講之由於二神祇一詞〟の奏上終って、献詠歌十三首が朗詠された。

第二回は八月十七日、第三回九月廿一日以下昭和二十五年暮まで三年半に亘って毎月つづけられた。会場は、京都や大和の神社の一室を借りた。

「みとし会」のみとしとは、御年とも弥年とも書き、みは美称としとは稲のことである。なぜこのような聞きなれぬ、云いなれぬことばを、会の名に付けたかと云うと、この会の主な目的は、「延喜式祝詞」（略して式祝詞とも云う）の講義を保田先生にお願いし、且また短歌の勉強をするにあった。先生は開講の祝詞のなかで、次の如く申されている。

「……橿原宮に肇国しらしし大御教をしも畏き日の今に忌々しみ慎しみ念ふ余に稲筵河沿柳水往く奈倍に靡き起き立ち其根は失せじと奥津弥年会はしも天津祝詞の太祝詞事の学びに皇神の道且々辿り言霊の風雅や直通はなむとて乎遅奈伎者の念ひ一つに雄心鎮み水無月の地さへ裂けて照る日続けど吾が袖乾めやと相寄る心集り御前に乞禱む事の由を……」

この一節に「みとし会」の目的と、そして先生や我々の念いが古ながらの簡潔さで美しく述べられている。〝乎遅奈伎者の念ひ一つに〟以下の文を、たゞの美文調の修辞と読みすごしては文章を読む甲斐はない。古人がその一語にこめた素懐を、己の心根にしかと受けとめる読書法も当時我々が先生から学んだことの一つだった。当時先生は数え卅八歳、我々は廿歳代の若者だった。

〝米作り〟が日本の政治・祭事、文化・思想、国民生活習俗などもろ〳〵の根本である。一言で云うと、国体の基本は〝米作り〟である。これは、日本の神話の時代から現今に至るまで、代々つゞいて変らぬ点が尊い。この大綱は延喜式祝詞に祭で神祇に申す形で伝えられているが、先生は昭和十九年四月に〝校註祝詞〟を自家出版され、また同年秋から、三回に分けて雑誌「公論」誌上に、〝鳥見のひかり〟三部作を発表された。

私は昭和十八年秋に中支から内地に帰還除隊になり、『万葉集の精神』『皇臣論』『機織る少女』『芭蕉』『南山踏雲録』などの単行本を購入して耽読した。また「公論」に発表された、「天杖記」前后篇、「文藝日本」に発表された「御門祭詞《みかどまつりのことば》―文人の教へ」なども熟読したものであろう、〝鳥見のひかり〟と共に切抜いて白表紙をつけたものが残っている。

十九年九月号に〝鳥見のひかり――祭政一致論序説〟、つゞいて十一月号に〝事依佐志《ことよさし》論〟がのり、最后の〝神助の説〟はあけて二十年四月号に発表された。ザラ紙に所々かすれた印刷は、物資の極度に不足した戦争末期の状態を察するに十分であるが、しかし、私にとってはくがね白がねにも勝る宝であった。そのことは、当時も今も変わらない。

二十年一月中旬、私は京都から東上、突然誰の紹介もなしに、上落合の御宅に伺った。米軍艦載機六百による帝都空襲は汽車中で聞き、初めての東京のことゆえ、御宅を探すのにずい分時間がかゝったことを覚えている。先生は昨冬から胸を患って病床にあり、だいぶ良くなったとのことで、床の敷かれてある居間に通され、しばらく話を伺ったが、どんな話だったか忘れてしまった。顎髭口髭が長く延び、六十の老人と見えた。文章から受けていた年よりとの想像と全くぴったりの姿だったので、病中のやつれなどは全然感じもしなかった。交通事情困難の上、切符入手難なこの時期に、一面識もない人に、紹介状も持たず臆面もなく会いに行った無鉄砲さは青年の特権と云うべきであろうか。ともあれ〝祭政一致論序説〟〝事依佐志論〟に感嘆した結果のやむにやまれぬ行動で、この二作を読んで伺いましたぐらいの自己紹介はしたであろう。しかし、〝神助の説〟をも含めて、三部作を理解できていたとは決して云えない。むしろ、殆んど分かっていなかったと云うほうが事実を云うことになる。

当時の私は何かを求めていた。永遠なる何か。それも、戦時下の国内に蔓延していたもろもろの観念の遊技ではなく、あたりまえの健全な日本人である我々の生活の中に、日々生きて働いている何かを。〝鳥見のひかり〟は、私の身内に、突如として天降ってきた神であった。頭による理解を越えて、三部作こそわが人生の灯、降臨されし神と直覚したのであろう。

廿年四月私は応召して大阪の中部第二十二部隊に入り、その旨を先生に知らせた。間もなく奥さんから返事のはがきが来て、保田も去る三月十八日応召致しまして中部第二十二部隊に入隊はや北支へ出立致しました云々とあった。

終戦后、我々は先生の帰還を待っていた。私と弟が二度ばかり桜井のお宅へ訪ねたが、まだ帰っておらぬという家人の返事だった。その時分、弟が知りあった奈良の師範学校の数学の先生で小川正太郎という人から、保田先生が帰還になったと聞いたのは六月に入ってからである。

〝六月三十日。大祓。保田與重郎先生を御宅にとう。岡田、松本、弟の四人なり。先生の歓待を受けて六時間有余、再会を約して去る〟

このように当時の記録に誌してある。私は二度目の面談であったが、他の三人は初対面である。六時間にある対話には、先生もずい分疲れられたであろうが、我々にとっては、先生の疲労や迷惑に気付く余裕もない。何しろ待ちに待った先生と会いえて、快く話して下さる先生に少しでも多く学びたいという気に、時の経過などは忘却していたのは、若気の至らなさばかりではなかっただろう。いま百姓をやっていると云われた先生は、丸々と肥えて、頬なんかは、いまにも垂れ落ちそうと見えた。一年半前、病床にあった先生とは人がちがうばかりに健康そうであった。

〝再会を約して去る〟などと気取って書いているが、七月には友人桐田君の死去のことあって行けず、八月には四日と廿五日、九月は十四、十五日（一泊）と廿八日に訪問している。それ以后の記録は途絶えているが、月に二度ぐらいはお訪ねしたであろう。

廿一年十一月十七日、京都の祇園八坂神社清々館にて、桐田義信君の慰霊祭を行う。集まる者、先生以下十九名。内地帰還後奈良県外に出たのは、これが初めてと先生は云われた。桐田君は、彦根高商出身の、穏やかな性格の内に激しく多感な情熱を蔵した好ましい青年で、学生時代から先生の著作を愛読し、終戦后は先生と会えることを最大の楽しみとしていた。先生帰還されると聞いたとき、既に病重くして動くことかなわず、我々の話を聞いて僅かに心慰めているばかりだったが、七月廿一日ついに空しくなった。結核性脳膜炎であった。享年廿三歳。

先生も桐田義信の名をご存知であった。慰霊祭の挙行は、多分、先生の示唆によるものであったろう。

〝神なづきしぐるゝころのわびしさや……〟に始まる八十一節からなる祭文と奉和歌一首の「桐田義信子ヲ祭ル文」を先生が奏上された。四尺余の巻紙に書かれた、細かいやさしい筆跡は、先生のその日々の嘆き吐息を思わすものがある。この祭文は、翌廿二年初めに雑誌「不二」誌上に発表された。戦后先生が公表された文の最初のものとして一部を紹介しておく。

……汝兄のみことよ、そのかくりよの耳ふりたてゝ、わが声にきけや、をぢなきものには生き死のきはもなく、いくさの庭より帰り来しを、かれかしこき時にをのゝきつゝ、玉の緒のはかなきにかけて、かつゝおもふことなも、ものみなうつりけるに、人のこゝろのわけて変りをりしを見しも、世のつねのなげきにはあらず、悲しみにもあらず、おのがこゝろにとぼしびなす、その大いなるものよ、われひとり生きてあらばとまをせし、むかしの人のことばぞ、まことや、云はまくかしこきかぎりなりける。……

翌二十二年の暮に「鳥見のひかり」三部作を、コンニャク版印刷して三十部発行する。私の所持する「公論」の切抜きの借覧希望者がずい分あったので、上板したいと先生に云ったところ、先生は手元にあった加朱校訂した「公論」切抜きを貸して下さった。この冊子については、講談社版「選集」第五巻所収の三部作の終りの（附記）に、

……さきの「天杖記」と共に、この「鳥見のひかり」三篇・冊子にかゝげし後、加朱校訂せるものを、なきあとのこと思ひて、家人に托しおくものである。

—二十年三月

とあるもので、応召の際、万一のこと思われ、奥さんに托された。ほかのものは放っておいてもよい、これ丈は焼くなと主人に云われ、空襲のとき、背に幼い子を負い、この二作品の入った袋を腹に巻いていつも防空壕に入ったという奥さんの話をきいた。二作を遺書のつもりで、奥さんに預けられたものか。

「天杖記」は明治十四年より四度に亘った若き明治大帝多摩地方に行幸御狩をされし時のこと及び十八年昭憲皇太后が多摩川に行啓されしことと、この行幸啓に仕え奉った民草の姿を、壮重典雅な筆致で書かれた名作である。「公論」の十九年一月号、二月号、三月号にて発表された。「鳥見のひかり」

と共に、戦局たゞならぬ時のもので、純真有為の青年多く出征し、読む人も少く、万一自分が戦場で果てることあれば、ついに、再び刊行されて日の目を見ることも期し得られぬを残念と思われ、奥さんに何よりも大切にして残せと云いおかれたものであろうか。と同時に、この二作は先生にとって一期かけての貴重品だったのであろう。

それにしても、〝なきあとのことを思ひて〟の一句に、どんな想いをこめられたのであろうか。非常の日の国民の日常坐臥の心がけであったにしても、憲兵に監視させ大患いまだ癒えない身に日時の猶余ない応召を課した軍部の意図を秘かに察し、入隊のあと戦闘苛烈な戦場に送られるやもと慮られたと想像するのは、思い過しであろうか。

ともあれ「鳥見のひかり」発刊の企図は、先生の想いにかない、我々に大切な冊子を貸与して下さったのであろう。

＊本稿は歌誌「風日」の保田與重郎先生追悼号（昭和五十六年十二月）に寄せたものの抜萃である。

吉見良三……保田與重郎の帰農時代

〈15『日本に祈る』二〇〇一年四月刊〉

JR・近鉄の桜井駅から北東へ、歩いて七〜八分のところに、桜井木材市場と、その貯木場がある。奈良県立桜井高等学校の北隣で、地名でいえば桜井市粟殿《おうどの》になる。

このあたり、いまはもう街のなかだが、つい三、四十年前、昭和三十年代後半のころまでは、まだ大部分が田畑だった。木材市場や貯木場の敷地ももちろんそうで、保田家の自作農地だった。戦後、一時帰農した保田與重郎は数年間、毎日この農地を耕していたのである。戦後の初の上梓である『日本に祈る』に収められている「みやらびあはれ」や「にひなめ と としごひ」、「農村記」などの諸作は、すべてこの田地で鍬をふるい、種子をまき、収穫をしながら想を得、まとめ上げたもの、と思っていいであろう。

平成十二年十月の某日、筆者は思い立ってこの木材市場の周辺を歩いてみた。同行して下さったのは、桜井市の桜井液化ガス会長宮本滋氏である。大正三年（一九一四）生まれの八十六歳。奈良県立畝傍中学校（現高校）では、與重郎より四学年下で、休憩時間にはいつも與重郎にくっついていた取り巻きの一人だった。以来、與重郎が他界するまで五十年以上もずっと親炙してきた。地元の桜井市でも、若いころの保田與重郎を識っているのは、いまやこの人しかいなくなっている。

桜井木材市場は、吉野のそれと、奈良県下の木材取り引きを二分しているだけに敷地も相当に広い。

ざっとした目算だが、東西四百メートル、南北三百メートルはあるだろうか。東西に長い矩形の土地で、宮本氏によると保田家の田地は、この木材市場からさらに東西に隣接する住宅地にまで伸びていたという。もっとも與重郎が耕していたのは、そのうちの一町二反（一・二ヘクタール）だった。周知のように、戦後の農地改革は、不在地主を認めず、自作農地として一戸当たり六反（六十アール）だけ所有することを許した。そこで保田家では長男與重郎と二男で分家の順三郎名義で各六反ずつを、このあたりにまとめて残すことにしたという。この辺は粟原《おうばら》川沿いの湿地帯で冠水しやすく、田畑としては必ずしもよい条件ではない。保田家には他の場所にも良田があったのに、あえてここを自作地として残すことにしたのは、自宅から三百メートルと近く、農作業になにかと便利だったからだろう、と宮本氏はいわれる。

田地としての善し悪しはともかく、このあたりは欽明天皇の磯城《しき》嶋金刺《しまのかなさし》宮跡として知られたところだ。北を流れる初瀬《はつせ》川と南を流れる粟原川が上古、度重なる氾濫でおびただしい土砂を吐き出し、それが堆積して島のようにみえたところから「敷島」と呼ばれるようになり、後世には大和（日本）の国の枕詞にまでなった。大和朝廷発祥の地で、江戸時代、この地を領した戒重藩（織田長政）も、ここを聖なる地とあがめて、墓などの造成を禁じた。保田與重郎が、こうした由緒ある土地に生まれ育ったことを、終生誇りにし、それがまた、かれの文学の核を成していたことは、あらためて云々するまでもないだろう。

與重郎が中国・山西省の奥地から復員してきたのは、終戦の翌年、昭和二十一年五月六日だった。その間、石門の軍病院で迎えた終戦の日の夜から、天津を経て帰国するまで、折々のかれの心情は、「みやらびあはれ」に詳しい。それは名状しがたい悲痛な不安感といっていいものだが、そのうっとうしい気分が、故郷の大和に足を印すなり一変して、暗夜に灯を見出したように穏やかになった。

なぜか――。それは故郷の大和が、まったく戦禍を受けていないことを、目のあたりにみたからだった。佐世保からの復員列車で、車窓から眺めてきた沿線は、どこも焼け野原だった。それが大和に入ると、戦禍の跡はなにひとつなく、町も村もすべてが昔のままに鎮まっていた。新緑の大和三山を目にしたときには、真実泪があふれた、とかれは「農村記」のなかで記している。それは與重郎が「鳥見のひかり」や「にひなめ と としごひ」で述べた「道」――すなわち事依佐志《ことよさし》のままに、米作りにいそしむことが、神意にかない、神の加護につながる――ことを如実に示したような風景だった。

ともあれ、そういう情況のなかで、與重郎の農耕生活は始まった。かれが件《くだん》の田地で実際に耕作に従事したのは、昭和二十一年五月の復員直後から、同人雑誌『祖国』の刊行にかかわるようになった二十五年の夏ごろまで、ほぼ四年余で、その間の模様は「農村記」に断片的に記されている。

かれが耕した農地のなかには、陸軍に徴用されていた一反（十アール）ほどの荒れ地が含まれていた。そこは元桑畑で、切り株や根株が無数に残っている上に、徴用当時に入れられた砂利や、縦横に掘られた溝がそのまま残っていて、手のつけようのない状態だった。與重郎はそれを一年がかりで水田に戻した。復員してからしばらく、一歩も村から出ず、貞享・元禄の頃の篤農家宮崎安貞の『農業全書』を参考に、開墾に取り組んだ、という。

もちろん「にわか百姓」のことだから、なにをしても専門の農家のように手際よくゆくわけはない。帰農した年の夏、虫害に見舞われ、防除の時期を逸して駆除薬も効かなくなり、「おのずからに虫の退くのを待つ」（「農村記」）より仕方がない、と観念したり、数日、畑に出なかった間に、雑草が生い茂って手がつけられなくなり、結局「草の少ないところから除草を始め、はげしい部分は放棄せよ」という『二宮翁夜話』の教えを思い出して自らを納得させたり、といった調子のこころもとないものだった。不慣れも手伝って、農作業そのものは、あまり得手ではなかったようだ。そのころ、よく與重郎を訪ねた前記の宮本滋氏も、

「先生は、よく畑の隅で、立てた鍬の柄に、こうやって頤《あご》をのせ、朝日（煙草）を吸いながら、何か考えごとをしていましたよ」

と、ポーズまじりに語って下さったが、同様の話は他でも何度か聞いた。中年過ぎの男が、初めて鍬を握ったのだ。疲れてすぐ休みたくなるのも無理はない。

與重郎はしかし、農作業が嫌いではなかった。「農村記」でも、くどいほど繰り返しているように、米を作るという形の生活様式は、式祝詞に示されたもっとも正しい人間の「道」であり、その生活が唯一の倫理の母胎である、とかれは信じていた。山陰に、しずかに煙を上げている、かすかな米作り人の、つつましく美しい伝統生活――、それがかれの理想だった。その点で、農作業は、かれにとって理想の実践だった、といっていいだろう。

ところで、與重郎が耕していた田畑の周辺は、大和朝廷発祥の地という歴史上の誇りのほかに、いまひとつ特質を備えている。宮本氏に指摘されて気づいたことだが、このあたりの風光には格別の趣がある。神の山三輪山はすぐ目の前だし、この山の背後から南へは巻向、外鎌《とがま》、鳥見、倉梯《くらはし》、多武峯と、記紀・万葉で馴染みの山々が指呼の間に連なっていて、それらがほとんどひと目で見渡せるのである。そして首を回らせば、家並の彼方に二上、葛城の山々も望める。このあたりは初瀬谷特有の地形によるものか、気象も山河の色彩も、一日のうちに何度も微妙に変化する。晩秋の季節など、大和国中《くんなか》は晴れているのに、三輪山のあたりは時雨れている、といった現象も珍しくない。三輪山の空がにわかにかき曇り、風が樹々を騒がせ始めると、土地の人は「ああ、神さまのお帰りだ」といって、

山に掌を合わせる風景が、ごく近年までみられたものだ。棟方志功はこうした風景を愛して、何度もこの地を訪れている。

若いころ、「さういふ（筆者註、大和・河内の）風土に私は少年の日の思ひ出とともに、ときめくやうな日本の伝統を感じた」（『日本の橋』）と書いたほど、風光に繊細な保田與重郎が、初瀬谷一帯のこの特有の風情に無感覚なわけはない。

小泊瀬《ヲハツセ》時雨ふるらし二上《フタガミ》のこの夕映えのことに美し

『木丹木母集』にみえる、かれのこの歌は、おそらく農作業の合間に、ふと目にした光景への感興を詠んだものであろう。

そのころ、與重郎が文壇ジャーナリズムからどう遇されていたかは、周知のとおりで、改めて述べるまでもない。これほど曲解され、悪罵と弾劾のあらん限りを浴びせられた文人は他にないほどだが、かれは毅然としてそれを黙殺して通した。もちろん與重郎とて生身の人間だから、ときには耐え難いほど感情が激することもあっただろう。が、そんな折、鬱屈した気分を和らげ、文人としての良心と新たな闘志をかき立てる支えになったのが、米づくりの伝統のくらしを実践しているという自負と、周辺の風土から受ける心のやすらぎではなかったか。

『日本に祈る』に収められた「自序」と「みやらびあはれ」など六編の作品は、こうした情況のなかで執筆された。全編を貫くのは「志」である。その「志」は、結局のところ「一句一行がつねに遺言であり、しかもそのはし〴〵まで永遠不滅の血が通つて、どこを切つても血が流れ出す」（「みやらびあはれ」）ような文章を草する文人としての覚悟と、「紙無ケレバ、土ニ書カン。空ニモ書カン」（「自序」）という不屈の気概とに集約されるだろう、と私は解している。

松本健一……貴船川まで

〈16『現代畸人伝』一九九九年十月刊〉

貴船の御手洗川《みたらし》を「かち渡り」してみたいとおもったのは、二十歳をいくつか過ぎたころであった。しかし、実際にわたしが貴船の川を渡ったのは、それから三十年もたってからのことだった。鞍馬山の「木の根道」をふみしめ、義経堂をへて、西の山下の貴船神社までは、およそ三キロ。歩くだけの時間とすれば、一時間ほどのものであったろうか。たったそれだけの道のりであったのに、わたしは長い長い道を歩いて此処にたどりついたような、不思議な充足感にひたったものだった。

梅雨のさなかの一日、山かげだったせいもあろう。ときどきは雨もぱらつき、貴船川は水かさをまして、谷を洗うようなざわざわとした音をたてていた。そうか、これが和泉式部の「ものおもへば沢の蛍もわが身よりあくがれいづる魂《たま》かとぞみる」の、あの貴船川か、とわたしは一人、こころにごちた。

貴船神社は叡山鞍馬線の貴船口から、ゆるやかな山道を二キロほども歩けば着くのである。わたしはかつて、この鉄道の沿線にある大学に四年ほどつとめていたので、此処に来ようとおもえば、わずかの時間をついやせばよかったのだ。にもかかわらず、貴船川は鞍馬山のほうから「かち渡り」するものだと、わたしは一人勝手におもいこんでいたのである。そういう思いは、三十数年まえに保田與重郎の『現代畸人伝』(新潮社、一九六四年刊)をよんで以来、ずうっと心の底に沈んでいたものらしい。

保田は「『月夜の美観』について」に、こう書いていた。

> いつの年のことか、五月雨ごろに、鞍馬から貴船へ越える途の山中で夜となり、貴船川をかち渡りして、宮の門前の宿に休んだことがあつた。一緒につれだつたものがあつたのである。（傍点引用者）

鞍馬山から貴船川の「かち渡り」、というわたしのあくがれるような思いは、おそらくここに依拠するものだったのだろう。

もちろん、保田の行には「一緒につれだつた」ものがいた。これは、貴船が「恋を祈る宮」であることを考えると、ただならぬ同行者の存在を意味していたのかもしれない。そんな怪しい心のざわめきさえ、二十歳をいくつか過ぎたわたしは心におぼえたものだった。

ちなみに、貴船が「恋を祈る宮」であることを、わたしに教えたのは、保田の『和泉式部私抄』だった。保田は、和泉式部の最高傑作ともいえ、またかの女の「恋」の生涯を象徴するかのような、さきの「ものおもへば」の歌にふれて、こう書いていた。

> ものおもへば沢のほたるも我が身よりあくがれいづる玉かとぞみる
>
> 「男に忘られて侍りける頃、貴ぶねにまゐりてみたらし川に蛍とび侍りけるを見てよめる」、と云ふことばがある。貴船の社は、恋を祈る宮であつた。玉は玉の緒である、魂である。放心の一ときを描いて、その情景を思ひ描けばあくまで美しい。歌でなければ描き得ぬ心理の風景を心にくいまでにうつしてゐる。

そうだった。わたしはこの一節によって、貴船神社が「恋を祈る宮」であることを、はじめて知ったのだった。東国武者の末裔の武骨さ、というものだろうか。

貴船社の縁起などでも、神武天皇の母である玉依姫《たまよりひめ》（龍王の娘、豊玉姫《とよたまひめ》の妹）は、黄船にのって、淀川から賀茂川、そこから貴船川をさかのぼって、この地に祠をたてた、というふうにしか書かれていない。せいぜい、平安朝の人びとに親しまれた社、と付け加えられているだけである。

そうだとすれば、わたしはやはり保田の『和泉式部私抄』によって、此処が「恋を祈る宮」であるという事実を知ったのだった。なお、式部の「ものおもへば」の歌は、『後拾遺集』巻二十神祇の部にのっているものだが、この歌には「貴船の明神」からの「御返し」があった、と記されている。そのことにふれて、保田は次のように書いていた。

伝説によると、この時貴船の明神は、和泉式部に返歌を賜つた。それは男の声であつたと伝へてゐる。

奥山にたぎりておつる滝つ瀬の玉ちるばかりものな思ひそ

これがその時の御歌である。ともあれなつかしい真実よりなほ真実な物語である。

わたしはこういった保田與重郎の文章によって、かつて和泉式部や後鳥羽院や日本武尊や、そうして大和天忠組（あるいは伴林光平）の物語りへと引き込まれていったのだった。

しかし、それらの文章は、わたしが大学生だったころの一九六〇年代には、『現代日本思想大系』（筑摩書房）に収められた『日本の橋』を別にすれば、古本屋で入手するしか、ほとんど読む方法がなかった。一九七〇年代に入ると、『保田與重郎選集』全六巻（講談社）が刊行されるが、そこには『和泉式部私抄』も大和天忠組のことを扱つた『南山踏雲録』も収録されていなかった。

唯一の例外ともいえる保田の新刊本が、一九六四年に刊行された『現代畸人伝』だった。その意味で、これはわたしにとって、まさしく同時代人の書という感じがしたものである。それはしかし、反時代的というか、超時代的な思想において、わたしの精神のやわらかい部分をふかく搏ったのだった。

いまわたしは、「はげしく」と書こうとして、「ふかく」と書きなおした。なぜなら、『現代畸人伝』がわたしの精神に大きな影響を及ぼしていたことに気づいたのは、ごく最近になってからだったのである。貴船への「かち渡り」もそうであるが、もう一つ、日本のヒーローの「女装」の問題もあった。

たとえば三年ほどまえ、わたしは、演出家で作家の久世光彦さんと「幻影の北一輝、そして昭和天皇」（『正論』一九九六年五月号）と題した対談をおこなった。そのなかでわたしは、日本のヒーローは非常のときに必ずといっていいほど「女装」をする、これはなぜか、というテーマにふれて、次のように語っていた。

（日本の）革命家がカリスマ的な力を持つためには、必ず女性の力を借りてこなければならない。たとえば天皇の力ですね、国民の美しい母であるところの天皇の力を借りてこなければならないという構造になるわけです。日本における神話や大衆演劇、そういうもののヒーローは基本的に雄々しいんだけれども、あるときになると必ず女装して、女性の力を借りることによって絶大なる権力を発揮するという構造になってると思う。……ヤマトタケルノミコトがそうであったし、あるいは牛若丸もそうであったといろいろな例があげられる。雪之丞変化もそうだし、弁天小僧菊之助もそうですね。

わたしは対談でこう語ったあと、そのようなじぶんの発想がどのあたりから来ているのか、とゆっくり考えてみた。すると、どうやらその源の一つに『現代畸人伝』があるのではないか、とみずから気づかざるをえなかったのである。

保田は「『月夜の美観』について」につづく「涙河の弁」で、次のように書いていた。

日本武尊《ヤマトタケル》が、手弱女《たわやめ》にも変装できるやうな美貌の若者であらせられたといふことは、久しい日本の男女の憧憬であつた。神代の素戔嗚尊《スサノオ》も、月読に象られる時に、さういふ手弱女のやうにうるはしい男子、しかも力あくまでつよくましましたのである。

日本武尊が女装されて熊襲《クマソ》のたけるを倒された話は周知のものである。

日本のヒーローは「ある（非常の）ときになると女装」する、というわたしの仮説は、おそらく、こういった保田與重郎の文章に一つの源をもつのにちがいない。そして、わたしはそういった仮説とともに、天皇は女性格であるという第二の仮説を考え、その「女性の力」としての「天皇の力」を借りて、日本の革命家はカリスマ的な権力をもつようになる、と第三の仮説を考えるわけだ。

そのばあい、天皇は女性格であるという第二の仮説は、日本が「豊葦原瑞穂《とよあしはらみずほ》」の国、つまり「米づくり」の国として形づくられたことによっている。その「米づくり」の国にあっては、米は自然の力を代表し、それゆえ豊饒の力、産む力であり、とどのつまり女の力と重ね合わされるのである。かくして、『米づくり』の日本にあっては、その最大の権力者である天皇は女性格でなければならないのだろう。

ここに、「草莽之臣」高山彦九郎の

われを我と　しろしめすかや皇《すべらぎ》の玉の御《み》こえの　かかる嬉しさ

という歌が生まれるゆえんがある。

天皇は御簾《みす》のむこう側に、いわば高貴なる女人として在《おわ》すのであって、その「玉の御こえ」のみが、あっそう、おまえが東国の彦九郎か、とひびいてくるのである。「草莽之臣」はその高貴なる女人のために、一生懸命にひたいに汗して尽し、ついに野に死んでゆくのである。

そう考えれば、幕末の尊王攘夷の志士にはもちろん、二・二六事件の青年将校にも、三島由紀夫の楯の会にも、女性がいなくて当然なのである。かれらは、女性格である天皇の力を借りて、革命をなそうとするのだ。それらの革命運動は、いわば高貴なる女人のために男どもがひたいに汗し、ついに死んでゆく行為なのである。

わたしは貴船川を渡りながら、そういったわが三十年来の仮説や思想的体験をいまさらのように反すうしていた。和泉式部の「身を分けて涙の川の流るればこなたかなたの岸とこそなれ」という歌を思いだしながら……。

丹治恒次郎……保田與重郎と感情の回路

〈17『長谷寺／山ノ辺の道 京あない／奈良てびき』二〇〇一年七月〉

保田與重郎には感情の回路がある。このことを、生前の姿や声、そしてその語りや著作に接して以来、私はつねに思いつづけてきた。感情に「回路」があるとは奇妙な言葉遣いだが、これはじつはフランスの画家アンリ・マティスが自作を語るときにつかった言葉である。眼前の特定の対象〔たとえば風景やモデル〕を眺めるだけではない。それを子細に観察し分析するだけでは、いくら眼や感性が鋭く技術や方法が優れていても充分な絵はできあがらないという。心のなかに感情の流れがあり、その流れが対象と出会う、あるいは対象がその流れを曳きよせる。このとき対象が真の機縁となる。この心の状態こそ肝要である。個別の対象に真正面に眼が出会って、そのときになって初めて感情なり情緒が真新しく生ずるのではない。感情には循環があり回路があるということ、そのようにして感情を喚起し情緒を育てること、このことの機微を画家は語ったのである。

フォーヴィスムの原初の色彩観から出発し、やがて独自の画論を形づくったこの画家の語ったことが、いま私に鋭い示唆をあたえる。認知の働きが深まり、感情がほとんど内的情緒と一体をなす。その感情の流れが人間の、現在の知覚作用や知識形成などの水面のずっと奥底で循環し、その水流が心の深いところで記憶を生かしているということの意味である。知覚がいかに鋭利で繊細多感であっても、この感情の在り方はそれとは次元を異にする。その別の次元とは時間である。情緒が記憶となり、それが循環することによって生命となる。感情は個々の対象に真摯に応ずるのだが、それに束縛されることがない。抒情の流れは特定の対象に固着しないのである。これが画家マティスの天衣無縫で、しかもきわめて知的な方法論なのであった。

おなじことが保田與重郎にあっても感じとれる。――私にとっては、いはばマティスのほうが後からやってきたのだ。――たしかに保田與重郎においては、危機的と私が覚えるほどの屈折がある。これが妖しい魔力として働くとさえいえる。しかし、いかなる形においても感情の固定という要素がない。心の奥では感情がつねに循環し、その豊かな抒情の水路をたどっている。このことが、とくに「長谷寺」や「山ノ辺の道」、「京あない」や「奈良てびき」では、はっきりと感じとれる。再読するごとに、いまさらのように私は強い感銘をうける。たんなる該博な知識による案内記でないことはいうまでもない。無知の啓発だけではなく（その要素もきわめて大きいが）、読書は強烈な衝撃ともなり啓示ともなる。大和の一連の古社寺や墳墓、その伝承や神話に纏わる地勢や歴史を語っても、それはその風土への執着の所産ではない。ことさらの顕彰でもない。保田與重郎が称える個々の土地や風物はかならず彼がいう象徴へと転化し、さらに宏遠なる空間への通路を拓くのである。その途上でまた別の風光があらわれる。そのような流れ、情緒への水路、感情の循環、祈念にも似た情感、これらは一時的感傷とはなんの関係もなく、またいかなる固定観念とも異なる。感情の流れが観念の捏造（感情の凝固・論理への執着）を去り逆方向にむかって大きく拡がるのである。

このことを証だてる一例だけを挙げよう。たとえば「長谷寺」（昭和四十年）では、こういう箇所がある。幼い日に見た初瀬の大鹿と「春日曼荼羅」との関係である。

初瀬谷の黒崎あたりに鹿や猪が出る話は、大正時代で一応終つたやうだつた。そのころ、三輪山から初瀬への山々を駆け廻つて最後の大鹿がゐた。その大鹿が、三輪山の東の山つゞき、慈恩寺といふ黒崎の西に当る部落の山上の落日の中に立つてゐる姿を、私は子供の日に見た記憶をながくもちつゞけてゐる。夕陽がまともに当る丘の、ほの暖い秋の日の夕焼の中で、村も家も川も山々もすべて紅紫に染り、この最後の大鹿は、角をふるつて、英雄のやうに頂上に立つてゐた。その雄姿は山より大きく天にとゞいてゐた。後で知つたことだが、これが私の見た「春日曼荼羅」の最高の原型だつた。

この幼年時代からほぼ十年がすぎる。少年となった保田與重郎は、あの神秘で華麗な宇宙の象形、幾重にも世界が層をなす「春日曼荼羅」の表現に初めて接する。そのとき幼年期の「現身の記憶に体がふるへた」という。私にとって重要なのは、それにつづく文章である。

しかしよく考へると、その以前の幼童のころ、何かのはずみで、寺詣の老人のお伴のついで、春日曼荼羅といふものを見てゐたかもしれない。そしてそれが大鹿に先行したかもしれない。私の家には、昔、天から降つてきたといふ春日曼荼羅があつて、それをお寺へ奉納し、その法要を近ごろまでは、たしかに寺でくりかへしてゐた。(中略)さういふものを幼童のころに見て、忘れて、しかも意識に潜在したかもしれぬ。しかし後年春日曼荼羅を見た時、私は初瀬山の大鹿の現身の記憶がよみがへつて、体のふるへたのをおぼえてゐる。それを思ふと、いまの心さへ妖しい。

これは大和三輪山の麓、桜井の旧家に生を享けた特定個人の例外的体験ではない。およそ原理的にいって人間の記憶というものの在り方、感情の在り方なのである。しかもこの感情の回路は「春日曼茶羅」にとどまらない。保田與重郎は「大津皇子の像」(『戴冠詩人の御一人者』所収)を初めて見たときにも、彼が覚えた同様の感情と情緒の体験(在り方)を誌している。他の文章の底流にも一貫しているといってよい。

ではこの感情の回路をとおる流れはどこへ向かうのか。それはすべての人間がみずからへ問うべき問いである、といえばそれまでである。しかし感情を裁断する「近代」という課題がここにある。近代否定そのものを含み込む「近代」という課題である。保田與重郎には『ヱルテルは何故死んだか』(昭和十四年)という壮絶な近代論がある。彼においては、感情の回路はこの近代論をとおり抜けている。私は戦後『日本に祈る』(昭和二十五年)から保田與重郎を読みはじめたのである。

だが、どこへ向かうかの問いについては、ここでもう一つの指標を挙げておこう。「京あない」の一節である。

龍安寺の石庭の石が、動かし得ぬものだなどといふことは安易な思ひ上りで、さういふ観念を見物の学生にうゑつける教育を私は怖れてゐる。西山の農家へゆけば、石庭の原型はいくらもあつた。それは農家の日乾場であり、仕事場である。その石庭の石は、無数の用途をもつてゐた。力さへあれば動かしたいやうなものだ。龍安寺の石でも力あれば動かしうる筈で、無限に動かしてもよいし、無限にうつしうるといふところで、動かぬといふことを考へねばならない。(中略)庭に石一つ据ゑたなら誰でも不安定を感ずるにちがひない。石が安定してゐるかどうかの疑惑である。それを不動といひくるめて何になるかといふことである。不動の自信と自負は、我々の心の別のところにある。

彼の若年にしてすでに準備された、ということだけである。

「我々の心の別のところ」と保田與重郎はいう。それはどこなのか。いま私にいえることは、それが

由来作家の精神とは、存在と意識といつた意味の対立を、如何なる哲学的又は生活的意味からも許容しがたいものであると私は考へてゐる。それらはもともと観念論哲学の考へた中心のカテゴリーに過ぎない。その意味で観念論哲学と発生の地盤を等しくする藝術家のイデオロギーとなり得るかもしれないとは一応いへる。しかしかかるカテゴリーよりさきに観念論そのものの要請となつたものから、作家は出発せねばならないと思へる。唯物論の論理からでなく、唯物論の要請となり、前提となつたものからこそ、文学の出発はある。そこは論理の操作した世界でなく、論理がそのものの中にたくはへられてゐる世界である。かかる世界に於て作家に妥協の余地は許されない。かかる宿命的な事実のまへに一人の清らかな詩人の宿命が犠牲として求められたのである。

この文章は昭和八（一九三三）年に書かれた「清らかな詩人——ヘルデルリーン覚え書」（『英雄と詩人』所収）のなかの一節である。当時保田與重郎は弱冠二十三歳。いま私が類縁性をみとめるベルクソンもフッサールも、ここでは一切引用していない。早熟の精神、保田與重郎独自の言語観表現観である。

自分の書いたものは、全部でせいぜい五冊くらいでよい、どうしてこんな簡単なことをいうのに言葉を多く費やさねばならぬのか、という意味のことを、保田與重郎はある夜私に語ったことがあった。右の引用文執筆から四十余年後のことである。「論理の操作した世界でなく、論理がそのものの中に

たくはへられてゐる世界」――この言語未成の世界を言語でもって語ろうとするには幾千幾万語を費やしてもまだ足りぬであろう。だがそれはまた、きわめて困難なことながら、人間の心の奥底を流れる至極単純なことの自覚でもあるのだ。困難だというのは、多くの場合この「言語未成」と覚える世界さえ、秘めたる言語と制度をすでに纏っているからである。

私は若くして亡くなった三男保田直日君の知友として、友人高藤冬武とともに鳴滝の身余堂をお訪ねすることたびたびであった。そのつどご母堂の典子夫人からは細やかなお心つかいをいただいた。そして身余堂の主からは、夜を徹してお話を聴くのであった。そのような一夜、求めて揮毫していただいた一つの歌がある。

けふもまたかくて昔となりならむわが山河よしづみけるかも

これは昭和十八（一九四三）年の保田與重郎の歌である。感情の流れとともに時も循環する。「しづむ」とは森羅万象が「静やか」になり、深く沈むことである。空間のなかだけでなく時間という大湖のなかに沈む。このときわたし［主体］はどう在るのか。在来の類型的批評のいうごとく、広大な宇宙を前にして「主体」は極小となり吸引され消滅するのか。運命への諦観、敗者の美学、自己滅却の思想なのか。それともシャーマンの魅惑的毒素なのか。転倒した自己復帰なのか。断じてそうではない。わたしの感情は「わが山河」の流れとなり、その山河が鎮む。神の霊をとどめて据えるのである。歌そのものがこの感情をあらわしている。

久世光彦……橋

〈18『日本の美術史』二〇〇〇年七月刊〉

五十の橋を渡ったころからだったろうか。私はとり立てて神々しい風景の中とか、清々しい時刻とかに関わりなく、たとえばふとした街角や、平凡な日暮れのひと時などに、自分が何かに禱っているのに気づくことがあり、それから醒めて、誰に対してか、とても面映ゆい思いをすることがある。それは《祈る》というよりは《禱《いの》る》に近く、とは言っても、いったい何に対してどうあって欲しいと禱っていたのか、自分でもわからない上に、ほんのしばらくの間に、風に吹かれた塵埃みたいに、その記憶さえ消えてしまうのだ。つまり、歩きながら夢を見ているのに似た現象なのである。

別段その間に車に撥《は》ねられようとしたとか、石に躓《つまず》きそうになったわけではないから、さして心配はないのだが、自分で記憶のない空白の中に流離《さすら》っている姿が、もしや異常人のそれに見えはすまいかと懸念した私は、十年ほど前のある日、懇意にしている医者に訊いてみた。その状態にあるところを実際に見なければ、何とも言えないが――と前置きした上で、医者はごく短い間だけの夢遊病かもしれないし、軽いアルツハイマーとも考えられると、電話の向うで含み笑いをした。親しいからなのだろうが、嫌な医者である。その間気持ちがいいのかと訊くから、たぶん気持ちがよかったと答える。またそういう状態になるのを期待しているか？　私はしばらく考えて、そんなに屢々《しばしば》でなければ、と、条件付きで答えた。――それから一年ほど経って、私は私の体験とそっくりのことが書かれた文章を読むことになる。それは昭和六十年に恒文社というところから出た、保田與重郎の『冰魂記《ひょうこんき》』という本の中にあった。『冰魂記』は著者の晩年の小文を集めたもので、《冰》は《ひょう》と読んで、《氷》と同義だという。つまり、著者自身の気概は別として、戦後三十年から四十年になろうとする永い不遇の時期の保田與重郎の、胸中の温度を表徴した題名と考えられる。

《三島氏のこの度の挙についての簡単な放送をきいて、私は何か一心に祈つてゐる自分にきづいた。神仏の何さまに何ごとを祈るといふのでなく、漠然と、三島由紀夫といふものを、わが目の前に空気のやうに透明に描いて、その上で何となく祈つてゐるのだ、しかも心いそぎ切ない。わが心緒《しんしょ》は全く紊《みだ》れてゐる。たまたまその時早手廻しの新聞社の電話だつたので、私は却つて少し心の安定を得た。今日最も立派な人が、思ひつめてしたにちがひないことを、ありあはせのことばでかりそめにとやかく云ふことは、私にはとても出来ない、私はさう答えた。・・・》――そっくりと最初は思ったが、私の《禱り》とはやはり違っていた。この人の場合は《三島由紀夫》という対象がはっきりあり、ニュースというきっかけもあるが、私のはもっと偶発的であり、春の陽炎の海を彷徨《さまよ》っているらしい雰囲気はあっても、それは多分に病的である。けれど《何となく祈っている》という点で、私の奇妙な現象によく似たことが書いてある文章は、私にとってはじめてであり、その《祈り》の温度や感触についてだけ言えば、そっくりなのである。『冰魂記』の後も私の《祈り》の体験は、間歇的にではあったがつづいていた。――私の前には青みを帯びた紗幕《しゃまく》がゆらゆらと揺れ、そのずっと向うにやはり青い靄《もや》に包まれて、遠い山並みや、幾条もの長い長い川が見えるようだった。ときにそれは、激しい雨に吹き曝された北山杉の一群だったり、凍えそうな氷海だったりしたが、そこに見える光景は、どれをとっても粛然《しゅくぜん》と身が引き締まるような無人の景なのだった。私はいったい、そうした漠とした景色の中の、何に打たれ、打たれて何を禱っていたのだろう。

私は還暦を過ぎた。友人の医者からは、ときどき電話があって《病状》の変化や推移について訊ねてくる。私は明るい声で、もういまはそんなことはない、あれは何だったのだろうと答え、彼は疑わしそうに電話を切る。けれど、実はこのごろ、私の紗幕の向うに現れるものが少しずつ変わってきたようなのである。はじめのうちは、ただの陽炎だったのが、青い連山になり、キラキラ日に映える川になり、やがて雨や風を交えるようになった風景の中に、私は粗末な木製の小さな橋を見るようになったのだ。それは津村信夫が歌った《その橋は、まことながかりきと／旅終りては、人にも告げむ》というほど長くはなかった。乾草車がようやく通れそうな幅で、二十歩もいけば尽きてしまいそうな橋である。低い欄干には、ずっと昔、丹《に》が塗ってあったらしいが、歳月のうちに剝げてしまって、いまでは僅かに代赭《たいしゃ》色の名残りが窺えるだけである。そんなつつましく、懐かしい橋を、私は見たことがある。あれはどこだったろう。あの橋は動いていた。ということは、何か乗物から見た橋だったろうか。――私はようやく思い出した。それは、ある人が東海道線の車窓からみた橋だった。

《東海道の田子浦の近くを汽車が通るとき、私は車窓から一つの石の橋を見たことがある。橋柱には小さいアーチがいくつかあつた。勿論古いものである筈もなく、或ひは混凝土《コンクリート》造りのやうにも思はれた。海岸に近く、狭い平地の中にあつて、その橋が小さいだけにはつきりと蕪《あ》れた周囲に位置を占めてゐるさまが、眺めてゐて無性になつかしく思はれた。東海道を上下する度に、その暫くの時間に見える橋は数年来の楽しみとなつた》――保田與重郎が昭和十年から十一年にかけて発表した、「日本の橋」の冒頭の一節である。ここでもやはり、私の幻視とこの人の文章との間には、幾らかの誤差がある。たとえば私の橋は木製で、この人の橋は石造りである。私は「日本の橋」を、確か二十歳のころにはじめて読んだ。それが保田與重郎を読んだはじめてだった。版元は《東京堂》、奥付を見ると昭和十四年九月の刊行で、いま私の手元にあるのは昭和十七年の六版となっている。装幀は棟方志功で、「日本の橋」のほかに、「誰ケ袖屏風」「河原操子」「木曾冠者」の三篇が収められている。父の遺した蔵書の中にあったものか、古本屋で買ったのかは憶えていないが、この本には戦前の匂いというよりは、戦後の焦げ臭い匂いがする。あのころはいろんな匂いが私たちの周りにあった。アセチレン灯の匂いに、炭火の匂い、古本の埃と黴の匂いに、軒下のドクダミの匂い――確かな記憶はないが、私はきっとそうしたいろんな匂いの中で「日本の橋」を読んだのだろう。そして、私たちは多くの書物の文章からも、この先、生きていくのに必要な匂いを嗅ぎとらなければならなかった。一つ一つ嗅ぎ分けなければならなかった。いまから思うと、そのことはとても困難だったし、その分愉しかったような気もする。――そして私は、「日本の橋」に、ある大きな噎《む》せるような匂いを嗅ぎとった。

《この数年の間、年毎に少くとも数回はこゝを往復して関西にゆき東京にきた。その度に思ひ出してゐつゝ、いつも見落すことの方が多い。めつたに人も通つてゐない。そのあたりの道さへ人の歩いてゐることなどつひに一度も見たことがない。いつか橋を考へてゐるなら、その瞬間にこんな橋を思ひ出す。それはまことに日本のどこにもある哀つぽい橋であつた。紅毛人の書いた橋の本をくりひろげて、しかし思ひつきや慣用の修辞などではないのである。／哀つぽい橋といふのは、一しほ新たな驚きは、道が自然であるといふ意味で、橋が感慨深い強度な人工の嘆きに彩られてゐることであつた。・・・・・》――保田與重郎は、日本の橋を自然の中に自《おのず》らできた《道》の延長と考える。それが貧しく、見捨てられた道なら、そこにかかる《橋》は《哀つぽい》ものが相応《ふさわ》しいと言う。これに対して西洋の、たとえば羅馬《ローマ》人の橋は道の延長ではなく、はかない人工の建築物の延長である。《日本の旅人は山野の道を歩いた。道を自然の中のものとした。そして道の終りに橋を作つた。はしは道の終りでもあつた。しかしその終りははるかな彼方へつながれる意味であつた。・・・》――二十歳の私は、ここで目を閉じた。目を閉じて、これからの途方もなく長い時間を考えた。いったい私は、《終りの橋》の見えるところまで、この先どれほどの道程をいかなければならないのか。「日本の橋」は、ほんのしばらくではあったが、私に昏れなずむ曠野にどこまでもつづくひと筋の道と、その果ての哀れな橋を見せてくれた。——私がいま、半ば喪心しながら、幻のように見ているのは、たぶんその光景である。

つい先だってから、私の幻視に一つのメロディがつき纏うようになった。もちろん友人の医者には報告していない。たとえば閑《のど》かな春の朝、私は東に向いたガラス窓を開ける。眩《まばゆ》い光に思わず目を瞑《つむ》ったとき、私は既に紗幕の引かれたいつもの世界にいる。今日は、木の橋と石の橋と、二つも橋が見える。するとどこか遠くから、たぶん朝の光が降ってくる空の高みから——羽毛のように軽やかなメロディが聞こえてくるのである。ところが、それに耳を傾けはじめると、突然音が止み、少しの間をおいておなじメロディが、こんどは海鳴りのようにざわめきながら響いてくるのだ。「海ゆかば」——すべての死者たちへの鎮魂の歌だった。それは確か、保田與重郎の「日本の文学史」や「日本の美術史」の中にも鳴っていた歌だった。橋とおなじように、この人が命を預けた文学や美術は、みんな人工のものではなく、この国の自然や季節や折々の風物と手をとり合って生まれてきたものたちだった。この人にとって、この国の数かぎりない死者たちは、一人として他者ではなかった。保田與重郎の膨大な著作は、みんな橋を渡っていってしまった、この国の死者たちへの、冰《ひよう》魂の《鎮魂歌》だったのである。

新保祐司……日本の正気——保田與重郎

〈19『日本浪曼派の時代』一九九九年四月刊〉

一

保田與重郎が、昭和十二年に書いた「明治の精神」という評論は、岡倉天心と内村鑑三の二人を明治の精神を代表するものとして扱っているが、その中で次のように言っている。

内村鑑三の明治の偉観といふべき戦闘精神も、日本に沈積された正気の発した一つである。純粋に主義の人、しかもその「日本主義」は「世界のために」と云はれた日本である。彼はそのために所謂不敬事件をなし、日露戦役に非戦論を唱へ、排日法案に激憤した。アメリカ主義を排し、教会制度に攻撃の声を放ちつゞけた。

ここに出てくる「正気」という言葉を、今日の日本人（例えば、戦後生まれの人間）のうちどれほどのものが、「せいき」と訓めるかがまず、疑問である。「しょうき」と訓んでしまうのではないかと想像される。

戦前にすでに大人であった人は、恐らく訓めるであろう。そして、昭和一ケタ生まれのものにとっては、この言葉は訓めるどころか嫌な思い出をかきたてるものかもしれない。私は、現にそのような人に会ったことがある。何故かといえば、戦時中の軍国教育の象徴的なものの一つとして、藤田東湖の「正気の歌」を暗誦させられた経験が蘇るからであろう。

しかし、東湖の「正気の歌」は、本来そのような偏見をもって見られるべきものではない。日本の歴史を貫くものに対する感覚が鋭く磨ぎすまされたところで歴史が把握された詩である。人間を、個個の人間を超越したところに歴史はある、という感覚、そして、人間は、個々の人間はそのような歴史とつながることによってはじめて、存在の意味を獲得する、という感覚、これが「正気」にはある。

だから、この「正気」という歴史的かつ超越的感覚が、幕末維新期という日本史上最も「歴史」的な時代に強くあらわれたのは偶然ではない。周知の通り、東湖の「正気の歌」は志士たちの間で広く知られ、愛誦されたものであり、吉田松陰も自ら「正気の歌」を書いたのである。

一方、「正気」を「しょうき」と訓むとき、これは人間の問題である。人間を超えたものには関係がない。だから、戦後の日本で、「正気」が「しょうき」と訓まれ、「せいき」と訓まれることがなかったのは、人間中心主義を象徴した事態である。人間が「しょうき」であるかどうかが重要であったので、「しょうき」であるためには人間を超越するものなど考えないことが、その前提であった。そこから、「神」を忘れ、「歴史」を忘れていった。

保田は、鑑三について「日本に沈積された正気の発した一つ」といった。このいい方にならえば、保田與重郎自身が「日本に沈積された正気の発した一つ」といっていいだろう。日本の歴史は、このような「正気の発した」人間によって支えられてきたのである。まず、「正気」につながっているかどうかが重要なのであって、岡倉天心と内村鑑三が、そのなしとげた仕事の内容がいかに異なっていようとも、二人は「正気の発した」ものであることによって、その価値が保証されるのである。

逆にいえば、この「正気」につながっていなければ、その日本人は業績や思想においていかに大なるものであろうとも、この一点において否定されるのである。昭和四十四年に刊行された『日本浪曼派の時代』に見てとれる、保田の近代の日本人に対する批判の根本には、この「正気」に根差しているか否かの問題が決定的な要因としてあるであろう。

保田が、「近世第一の歌人」として敬愛した伴林光平の漢詩に次のようなものがある。

本是神州清潔民　もと是《こ》れ神州清潔の民
誤為仏奴説同塵　誤って仏奴《ぶつど》となり同塵を説く
如今棄仏仏休咎　如今《じょこん》仏を棄つ、仏咎むるを休《や》めよ
本是神州清潔民　もと是れ神州清潔の民

この「もと是れ神州清潔の民」というリフレインは、「正気」とつながった人間の倫理性が「清潔」において強くあらわれることを象徴している。まず、精神が「清潔」でなければならないのである。何をいっているか、何をやっているかという点ではなく、いわんや、保守派か進歩派かなどという次元のことではなく、その前提として「清潔」な精神であるかどうかが決定的なのである。

保田は、鑑三について「教会制度に攻撃の声を放ちつゞけた」と書いているが、鑑三のこの「攻撃」のモチーフも「清潔」なのである。「教会制度」の陥りやすい「不潔さ」に鑑三は、我慢が出来なかった。だから、その鑑三のキリスト教を保田は、的確にも「すきや作りのキリスト教」と呼んだのであった。

二

『日本浪曼派の時代』の中にも、「正気」という言葉は二箇所出てくる。一つは、「日本浪曼派の気質」の章である。

> 我々の知る限り政治的文学といふのはみな御用文学だつた。しかしそれは文学自身の問題でなく、作家の人がらや思想態度の問題である。作家の教養や修身、また志によつて容易に解決できたことである。この道理の及ぶところまことに文章は経国の大業である。作家の修養努力によつて正気は確立する。文章の大業は志のおのづからに現れるものである。（傍点引用者）

ここでも「正気」は作家の「志」につながるものとしてとらえられている。「正気」を「確立」させる責任が「作家」にはあり、「修養努力」が課せられているのである。

二つめは、「日本的の論」の章の中にある。

> 中空にゐる状態は、まつたくたよりないのである。そこから何も創造されない。しかしうかつにこの中空状態を突破することを考へたものは、ある種のイデオロギーから犠牲者とされることが多い。しかし時宜によつては、青年のおのづからな正気の発揚が、結果的にある種の犠牲者に似たものとなる。日本浪曼派は、こゝで大東亜戦争といふ突破口をひらくといふやうな、大それた方針をたてたわけでなかつた。今日ではさういふ風な解釈をする日本の歴史家を見るが、我々はそれほど戦略的な考へ方にたけてゐたのでない。（傍点引用者）

「日本浪曼派」という文学運動にも、根源として「青年のおのづからな正気の発揚」が考えられている。それに拠った文学者たちの文学それぞれの個性よりもまず、根本の「正気」がとらえられているのである。「正気」に発した文学運動であったことに、あるいはそれを強く意識したことに、「日本浪曼派」の特性の一つがあるであろう。

保田の、「文明開化」批判はおよそ徹底したものだが、『日本浪曼派の時代』のほとんど全頁にあらわれているといってもいい、近代日本に対する批判は、その正鵠を問うよりもまず、それが「正気」から発したものであることをよく頭に入れておいた方が、誤解の余地が少なくてすむように思われる。ここで、「正気」は怒り、「正気」は悲しんでいるのである。それは、例えば「日本的の論」の中の次のような文章では、「耐へ難い夜半」にいるのである。

今日の問題として戦後の二十数年のわが国の平和を、世相の上で見ると、この平和といふものは、若い人々の精神をたゞ堕落させただけである。その状態は、創造といふことよりも、自失におもむく。そこから一寸した暴力や犯罪が無数に生れる。権力への反抗は甘えた範囲のうちで、たゞの無責任の表現となる。そこには志がない。まづ人間がない、破壊を自覚して行ふ決心がないので、弱いものいぢめの破壊になつて了ふ。あはれむべき青春の時代となつたものだ。彼らにはベトコンの戦略の、根柢のものなどわからぬと思ふ。それでゐてベトコンに追従してゐる者が多いのだから、さういふ者らのことを考へると、私は顔が赤くなる。今してゐることや、いつてゐることよりも、その将来の変遷に於て怖るべき破局を感じる。この危惧は、民族滅亡的破局だ。日本といふ風景の消滅の怖れである。日本といふ経済のしくみはなくならないだらうが、日本人は滅亡するかもしれぬと思ふ。現在の組織そのまゝでも、日本人の滅亡は杞憂といへないと私も思つてゐる。耐へ難い夜半がつゞくのである。

ここに予言のように書かれたことは、三十年後の今日、誰の眼にも明らかなまでの惨状となってしまった。そして、日本人自身が、日本に生まれ、日本に生きていることに喜びと誇りを感じていないというところまで落ち込んでいる。この「民族滅亡的破局」の中で、ほとんど唯一の「希望」は、「正気」の発現であろう。保田は、「日本浪曼派の気質」の章の中で伴林光平に触れ、伴林の「風雅の詩文」は、「それを百年ののちに読みひもとくものに、この国に生れたよろこびを至上境で感得させ、愛国の絶対感情をかきおこすものがある。」と書いた。「この国に生れたよろこび」は、いかにして回復することができるであろうか。

私自身、「あはれむべき青春の時代」の人間の一人でありながら、この「よろこび」の「一杯の水」を味うことができたのは、内村鑑三と出会ったことによる。保田がいうように、鑑三は「日本」の「正気の発した一つ」だったからである。

保田與重郎は、「日本を思ふ」人々にとっての「一杯の水」で、かつてあったし、今もあるし、これからもあるであろう。

古橋信孝……鎮魂のための文学史

〈20『日本の文学史』二〇〇〇年四月刊〉

私が保田與重郎を読んだのは、角川選書で昭和四五年一月に復刊された『日本の橋』が最初である。もちろん、その前から保田與重郎の名は知っていた。特に大岡信「保田与重郎ノート—日本的美意識の構造試論—」(『抒情の批判』晶文社、昭和三六年)が強烈な印象をもっていた。今でも、この書物は大岡の最もすぐれた批評の書と思っているだけでなく、日本浪曼派論、保田與重郎論としても価値の高いものと思う。大岡は、保田の抱えたのは日本の近代の問題そのものだったという。戦後、いわゆる右翼思想がかんたんに批判され、切り捨てられていったのに対し、大岡は昭和十年代、プロレタリア文学運動が弾圧され衰退した後に出てくる日本浪曼派の若い文学者たちの、藝術そして古典に向かわなければならない営みの必然性を論じ、しかも戦争になだれこんでいく状況に対して批判をもてなかった構造を論じたのである。日本語の文学とは何かを考えようとしていた当時の私には指標になりうる批評だったといえる。

私が『日本の橋』を読んだのは、一九六〇代末から七〇代初めにかけての、いわゆる全国学園闘争の時期である。その時代は戦後の左翼思想、近代思想への疑問や批判が噴出した、いわば戦後思想の転換点だったと思う。『日本の橋』の復刊もそういう雰囲気のなかでのものだったろう。私がそのころ購入した本でいえば、『和泉式部私抄』も昭和四四年に復刊されているし、昭和八年から四二年に書かれたエッセイを集めた『日本の美とこころ』も四五年に出版されている。その流れは民俗学の流行とも一致する。しばらく前に柳田国男、折口信夫の全集が出され、また伝統的な地域社会への関心がもたれ出した。経済的な繁栄によってある程度の安定がえられた後、日本的なものの批判と欧米の思想の移入一辺倒だった社会への見方が変わりつつある時代だったのである。

その頃は、私は保田のよい読者とはいえなかった。保田の非論理的ともいえる文体のあざやかさに、ひきつけられつつも、だまされる感じがしてむしろ敬遠されたのだ。

今回、この解説を書くことをきっかけに、あらためて何冊か読み直し、さらに『日本の文学史』を読んで、文体についての評価はまちがっていなかったと思いながら、戦後の思想を相対化する手がかりになりうるという印象をもった。それが、今、保田與重郎文庫が刊行されているということの意味とかかわるのだと思う。

『日本の文学史』は、昭和四四年八月から四六年一〇月に『新潮』に連載され、四七年に単行本として刊行された。まさに戦後思想の転換期に書かれたことになる。

手元に編集部から送られてきた保田の大木惇夫への手紙のコピーがある。『日本の文学史』を出版するにあたって、大木の「戦友別盃の歌」の引用の許可を求めたものである。

雑誌にのせた時は御承諾いたゞく余裕ありませんでしたので、のせなかつたのですが、本になる時は必ず入れたくおもひ、(これが私の「日本の文学史」の趣旨でした)改めて御承認お願い申上ます。

と、保田は承諾の要望を書いている。大木の「戦友別盃の歌」を載せることが「『日本の文学史』の趣旨」だったというのである。『日本の文学史』の当該部分は、

大東亜戦争下には多くの軍国の文藝がうまれた。世すぎのためのいつはりのものとは云へない。濃淡はともあれ、みな一様の感動によつて描かれたところをもつてゐた。その日、三浦義一氏の「悲天」の歌と、大木惇夫氏が、南方の島で歌つた海原の詩集に、私は国史を象徴する文学を感じた。これが戦争を象徴する二つの名作であつた。そして戦後二十年をすぎたころ、浅野晃氏が、「天と海」で大東亜戦争を一つの長篇の詩にうたつた時、私ははからずもその作品に民族の神話を感じたのである。

大木氏の詩集「海原にありて歌へる」は、昭和十七年十一月一日、ヂヤカルタのアジヤラヤ出版部で上梓された。その中の「戦友別盃の歌」は、

言ふなかれ、君よ、わかれを、／世の常を、また生き死にを、／海原のはるけき果てに／今や、はた何をか言はん、／熱き血を捧ぐる者の／大いなる胸を叩けよ、／満月を盃にくだきて／暫し、たゞ酔ひて勢《キホ》へよ、／わが征《ユ》くはバタビヤの街／君はよくバンドンを突け、／この夕べ相離るとも／かゞやかし南十字を／いつの夜かまた共に見ん、／言ふなかれ、君よ、わかれを、／見よ、空と水うつところ／黙々と雲は行き雲はゆけるを。

南支那海にて軍輸送船上の作であつた。これが現地軍新聞「赤道報」にのつた時、若い兵士たちはうばひあつて切抜き、手帖にはさんで内ポケットに秘めをさめた。

当時の時局下に生れた戦争文学の他に、多くの国民や、戦場の若いつはものたちが、志をうたひ思ひをこめてのこした詩歌の類は、幾万とその数も知られぬ。それらは家々に、あるひは知る人の

心に、今なほひそかにしまはれてゐるのである。私はその一端を想像する。この分散してゐる幾万とも知れぬ歌の数々こそ、国史を通じての大歌集である。編輯する人なく、公刊する人なくとも、厳として国の歴史に存在してゐるのである。

というものである。長くなるので詩は改行せずに引いた。ここには確かに『日本の文学史』の趣旨がほぼ尽くされている。一つは志をもって若くして死んだ者たちへの鎮魂、そして無名の人々のなかに生きてきた歌の姿を記すことである。

昭和一八年生まれの私は、戦争は知らないが、白衣に軍帽の傷痍軍人が物乞いをしていた戦後は知っている。駐留軍のジープに子供たちが群がりお菓子を投げ与えられたのもよく覚えている。私は悔しくて拾えなかったのだった。母の姉の夫は二人の幼ない娘を残して戦死し、家族は貧しい生活を強いられていた。私には、自由とか民主主義、反戦などというより、悲しさ、悔しさ、死や誇りを感じたのが社会について物心ついた最初なのだ。後に知ったのだが、私たちの世代は小学生の頃、戦記物を読んでいた者が多い。一つ一つの戦いの戦死者の数を読んだときの悔しさと傷み、戦士の誇りと死を読んだときの悲しい感動などがわれわれの心の奥で育まれた。

戦後の、日本はまちがっていたという批判は、そのような死者たちの死をどう鎮めたのだろうか。死者たちが無駄死にしたというのだろうか。死をむだにしないために、戦前の軍国主義を批判する。だまされた死を死んだということが死者の尊厳を認めているわけがなく、鎮魂になるわけがない。私もどちらかというと社会主義的な思想に傾きながら、心の奥でこの想いを抱え続けていた。そして、この想いに応えられる思想はほとんどなかったといっていい。保田の『日本の文学史』はその無名の死者たちへの想いを語ろうとしていたのである。

本書のモチーフとして、保田は、

ただ美的藝術として皇大神宮の造形をうけつぐ思ひ、さういふものが志としてわが美術史の根幹にあると私には云ひ得なかつた。文学の場合には、古事記から始つて、古の王朝を一貫してきた文藝の道と、それをうけつぐだけを悲願とした代々の文人の流れがあつた。それを云ふだけで、わが生き甲斐ともなるほどの、きらめくやうな人の心と志の歴史である。

と、美術史で書きえなかった「志」を文学史で書くことを語っている。この「皇大神宮の造形」とは、皇大神宮が「一番うつくしい建物だといふことが、絶対的な観念となる時、一体われわれの造形美術の歴史は何だつたかと、かうしたことを考へると、われわれの心は一種のあやしさにまぎれておぼれる感がする」と書かれることと対応している。こういう最高の美が「歴史」以前にすでにあったというのが、保田の論の根拠になる。始まりに最も美しく本質的なものがあれば、その後の歴史はただそれを受け継ぐだけになる。しかも、最高が神代にあったのだから、人は同じものを作ることはできない。絶望的なその受け継ごうとする意志が「志」なのだ。

ここには、戦前から戦中にかけての時代の凄絶な美や生き方への感受性が感じられる。そして、それを戦後に語るのは、数百万の戦死者たちを歴史のなかに位置づけ、鎮魂することに繋がっている。『日本の文学史』は、そういう死者たちの死に価値を与えるために書かれたのではないかと思われるほどだ。もちろん、われわれは、保田のように皇大神宮の建物を最高の美と感じることはできない。しかし、人が個人を超えたものへの「志」に殉じることの美はわかると思う。ならば、われわれはいかに死者たちを鎮魂できるのか。

現代はそういうものを否定し、個性や自分らしさを価値にしている。自分の意見をいうことを強いられ、声高に正義（？）を主張する者が大きな顔をする。しかし、自分を超えるものをもたなければ自分を客観視できないから、自分の意見などもてるはずはなく、社会の表層的な考えがますます支配的になる。正義とはその表層的な俗論だ。批評が成り立たなくなり、創作も低迷している理由でもある。個人を超えるものとして人間という概念があるにはあるが、自分の利益を追求することは必ず他人と衝突し押し除けなければならないから、人間は後めたさや負を背負い込むことになり、価値を与えにくい。自分を超えるものを失えば、個人は生きる価値を自分にしか考えられない。究極的には自分がいつ死のうが、他人を殺そうが自分のかってだ。そして、誇りももてない。したがって現代が問われているのは、その自分を超える価値をいかにもてるかではないのか。

『日本の文学史』において、保田は「志」を軸に据えて、歴史を個人の生き方と死から書いている。それらの自分を超えた価値に殉じた者たちの生き方と作品の累積が文学史である。われわれの教えられてきた文学史は、人間は同じというイデオロギーを前提にして、いわゆる歴史状況のなかに作品を羅列するものでしかない。そして、作品を歴史のなかに置いてみれば、まったく異なる価値観や世界観をもつ人々の悩みや傷みがみえてしまう。そこで、私自身は歴史状況をいかに表現しようとしたかという言語表現の価値の歴史を書くことにしたが、それでもなぜそれを語らなければならないのかとしばしば不安になる。個人を超えるものを確信できないし、共有される保証はないからだ。もはや、そういう価値を皇室や古代の神々に求めることはできないし、国家に求めることもできないし、さらに人間におくこともできない体験をもってきている。そして、自分を超えるものに価値をみつけられないゆえ、美だけでなく、自己の価値も見出せなくなっている。だからこそ、本書は、いわゆる右翼思想などという決まり切った評価を超えて、そういう価値を思い起こさせ、読む者の心をうつのだ。

〈21『万葉集名歌選釋』一九九九年七月刊〉

前川佐重郎……家持と雅澄への感謝

万葉集にかかわる保田與重郎の著作は頗るに多い。奈良桜井の万葉集生誕の懐ともいうべき地に生れた保田にとって、万葉集は終生の愛読の書であり、その文明論、美学の淵源を為しているといっても過言ではない。

とりわけ明治の勅板本、鹿持雅澄の「万葉集古義」に年少の頃より親しみ、戦中の代表作の一つ『万葉集の精神』（昭和十七年）を書く。本書はそれから三十年余りを経て、「古義」に沿いつつ、万葉集の個別の歌について言及したもので、『万葉集の精神』と、本書と同時並行して書かれた『わが万葉集』と共に保田の万葉集三著作の一つに数えて差しつかえなかろう。

この『万葉集名歌選釋』は万葉集二十巻を「古義」の分類による四千四百九十六首の中から、保田自身の選抜による八百余首を「名歌」として、それぞれの歌について解釈、鑑賞、ときに評価を加えたという点で、保田の万葉集観、美意識を知る上で特別の意義を有しているのみならず、著者六十代半ば（昭和五十年、六十六歳）という書下しの時期を考えれば、万葉集にかかわる保田の研究、著作の総仕上げとも言うべき性格をもっている。

しかも、選抜された万葉集名歌の基準は、保田独自の好みに必ずしも傾斜するものでなく、広く人口に膾炙された作品がほとんど網羅されている。ただ、その妥当とも云える選定基準のなかで、解釈、鑑賞、評価に保田独自の歌人論を展開し、『万葉集の精神』で強調された心のかたちが、選定された幾首かのなかに具体的に叙述されている。その意味で本書は、万葉集について一貫してかわることのない保田與重郎の精神のかたちを最終確認する著とも言えるだろう。

ここでちょっと万葉集の編纂と鹿持雅澄について触れておきたい。

万葉集二十巻は、それぞれが性質の異なる巻を寄せ集めた一貫性に乏しい集成となっているため、各巻の編者と全体をとりまとめた編者とは必ずしも一致しないといわれている。大伴家持の編纂にかかわる部分はたしかに多いが、一、二巻は選者がはっきりせず、その他五巻、九巻なども山上憶良、高橋虫麻呂が編者だという説もあり、現在ではこれら個別の集を家持が段階的に編纂したという説が有力だという。

しかし、保田與重郎はこうした近代国文学上の考証をこえて、万葉集編纂にかかわる大伴家持の述志に力点を置く。本書においても彼に総合編纂者の位置づけをはっきりと与え、概説のなかで「万葉集の編纂については、その経過はわからないが、今あるものは、大伴家持によつて、一応とりまとめ撰ばれた形で残つたものである」と言い切っている。それは、ある意味で「明治以後の舶来の近代文藝学の影響をうけた国文学系統の学風では、外に学ぶことに専心し、『古義』の尊んだやうな、伝統の思想の歴史的な理解に対しては無関心であつた」という保田の近代への批判姿勢からの当然の帰結であったといえるだろう。

また鹿持雅澄の「万葉集古義」は、久松潜一博士によればその史的位置として「万葉集研究史の上で、偉大なる綜合である所に優れた地位がある。仙覚によって開かれ、契沖によって新しい意義のもとに研究されて以来、近世に於て隆盛になった万葉研究は、本書に於て完全に綜合された。『古義』以降の万葉研究は『古義』に於て綜合された万葉研究の上に立って新しい分析を始めたと言へる」と、高い評価を与えている。その一方で個々の歌についての雅澄の解釈に対しては「雅澄は歌を純粋なる藝術であると見るよりは、歌によって古道もしくは国家的意義を知ることを目的としていた点もあらうと思はれる」とも述べている。それはまさに保田與重郎が本書で雅澄の考えについて触れた個所、「雅澄が万葉集を学び、その全註釈をなすについて、根本とした考へ方は、『皇神《スメカミ》の道義《ミチ》』は、『言霊《コトダマ》の風雅《ミヤビ》』にあらはれるとの信実にあつた」とする考えと一致する。その意味で保田が少年時代から接した「古義」こそ、保田の思想形成の上で重要な役割を果している。こうした点を念頭におけば、本書はその整然とした一貫性において揺るぎがない。

まず一ノ巻、冒頭の雄略天皇の御製。

籠《コ》もよ、美籠《ミコ》もち、掘串《フクシ》もよ、美《ミ》掘串もち、この岳《ヲカ》に、菜摘ます児《コ》、家告《イヘノ》らせ、名告《ナノ》らさね。空見つ、大和《ヤマト》の国は、おしなべて、吾《アレ》こそ居《ヲ》れ、敷《シ》きなべて、吾《アレ》こそ座《マ》せ、吾《ア》をこそ、背《セ》とは告《ノ》らめ、家をも名をも。

保田與重郎はこの歌について「この集の撰者が、万葉集開巻第一に、雄略天皇の御製を掲げ奉つたのは、当時の国民的な歴史観をふまへて、己自《オノレミヅカラ》の志を示されたものである。万葉集は、簡単な思ひつきで編纂《ヘンサン》されたのではない。この御製を巻頭に掲げられた事実と、その撰者の志は、見事であつた」と述べ、また二ノ巻の巻頭にある磐姫皇后の四首。

君が往《ユ》き日長《ケナガ》くなりぬ山尋《タヅ》ね迎へか行かむ待《マ》ちにか待たむ

かくばかり恋ひつつあらずは高山《タカヤマ》の磐根《イハネ》し枕《マ》きて死なましものを

ありつつも君をば待たむうち靡《ナビ》く吾が黒髪に霜のおくまでに
秋の田の穂《ホ》の上に霧《キ》らふ朝霞《アサカスミ》いづへの方《カタ》に吾《ア》が恋やまむ

この巻ノ一と巻ノ二の歌の配列について、保田は「一ノ巻雑歌巻頭に雄略天皇御製をかかげ、二ノ巻相聞冒頭に仁徳天皇磐姫皇后の相聞御歌をおいたことに、万葉集編纂《ヘンサン》の大なる精神の現れを見る。またその時代の我が御祖《ミオヤ》たちの国史眼を知る。その上で編者の厳粛な、国の文人としての志を悟るべきである」と、保田独特のある強制をふくんだ文体のなかに万葉集編纂者への敬慕が滲み出ている。これは『万葉集の精神』以来、変ることのない万葉集編纂者に対する保田與重郎のおもいである。ところで万葉集をめぐって私の保田與重郎に関する個人的な思い出に、次のようなものがある。それは保田が「籠《コ》もよ、美籠《ミコ》もち」と「君が往き」以下四首を自身の愛誦歌として屢屢口ずさんでいたことである。

私が子供の頃、ときどき父（前川佐美雄）の許を訪ねた保田が万葉集について話すのを聞いたが、保田は必ずといっていいほどこの一ノ巻冒頭の雄略天皇御製を吟じ、ついで二ノ巻巻頭の磐姫皇后の一連について歌の背景を語ったものだった。私のこの体験にてらしても保田與重郎の名歌の選抜はこの一ノ巻、二ノ巻の巻頭歌からスタートしなければならなかったのである。保田與重郎は型式の美についても自らの美の秩序にしたがう。

ところで、保田は概説のなかで、平城京北辺の邸において、大伴家持自らが形成した文学的サロン、即ち万葉集成立への澎湃とした雰囲気について次のように書いている。

「文化史的サロンといふのは、保守的で優雅だつた。その行儀作法には威厳があつた。その優雅さは新興の暴力を、何ものも加へることなく、卑下させた。威厳のない優雅は無い。文化史上のシユーレは、党派でない、党派的性質もない。また一つの思想による制約がない。一つの思想の制約は、人為であつて、自然でない。シユーレ（学校《スクール》）は自由で、やや放縦と見えた。アカデミー（官学）に対して、文壇はシユーレである。それは自然にして変革の性をもつものだつた。それを主張するやうな野暮や偏向はないが、自然にして無碍《ムゲ》、無がものをつくり出し生産するものだ」

　このような一節は、都市的整備をととのえた平城京の佐保あたりの邸宅で、家持が築いた古代文学サロンの雰囲気が生き生きと今に再現され、家持の気風が透視されている。そしてまさに奈良朝というこの時代にあってこそ、近現代にも類をみない党派性のない自由なサロンの形成が、保田の言う「心からあふれ出た歌」の数々をあつめた万葉集成立の環境的契機であると言いきる。こうした保田の直感的ともいえる透視力による家持邸サロンの叙述は、細かな事象や事実の積み上げによる考証でなければ容認されない近代国文学の通常からは再現し得ないリアリティを含んでいる。また同時にこの一節は、近代の文学状況やその形成過程に対する鋭い批判を含んでいる。家持がつくり出した文学サロンに比して、階級や党派、イデオロギーの桎梏から免れ得ないすがたとして保田の眼に近代が泛んだにちがいない。

　また本書のなかで、万葉歌人の幾人かについての特徴、資質の比較、検討が歯切れのよい筆致で評価が下されている。たとえば柿本人麻呂と高市黒人、大伴旅人と山上憶良といった風に保田の万葉歌人への批評眼が素直に映し出されている。旅人と憶良の評価について、「詩人的風貌からいへば、憶良は万葉の有力歌人として、近代に於ては万葉を代表する歌人の一人とされてゐるが、その文藝的濃度さとか、詩人的信実さに於て、大伴旅人に及ばない。濃度の及ばぬ天稟の自覚から、学藝の上で新奇の努力をし、それが仮相なることを知的に知りつつ、自《ミヅカ》らの真率なものの、その素朴に気づかなかつたやうである。世俗に真面目な善良人である」と述べる。また憶良の貧窮問答歌について「『貧窮問答歌』は貧困の生活にわが身をおいて、その者の代りに歌ふという形の作だから、観念的で、修辞のみに終り、感動がうすい」と、にべもない。

このように本書は、保田與重郎が自ら選抜した歌に関連しながら気儘に歌人論に及ぶ。

この「気儘」は、生前の保田與重郎が時折みせた遊戯の表情でもある。しかし、この遊戯のなかに、晩年に至ってなお衰えぬ近代に対する批判の眼差しが息づいているのを見のがしてはなるまい。

高橋英夫……保田與重郎という風景

〈22『作家論集』二〇〇〇年十月刊〉

あれから既に何年くらいになることか、某百貨店の古本市をのぞいたところ、保田與重郎の色紙がガラス戸棚の中に展示されていた。その頃は文士、作家の肉筆を集める趣味というほどのものは持っていなかったが、その色紙にはなぜか心が動くのである。買いやすい値段だった、とは言える。結局その日は予約だけをし、古本市の最終日にまた行って抽籤に当っていたのを入手した。「汝か黒髪風にたゆたふさやけさよ」と、三行に書いた色紙である。書については知るところ至って乏しく、眼識などあろう筈もないが、これは何と滑らかにも自在に舞う筆よ、と思った。奔放に格を崩したような、洒脱に跳び遊ぶかのような文字の連りに惹かれ、それ以来時々取り出しては眺めてきた。

その色紙が手はじめで、その後さらに二点、保田與重郎を求めている。歌軸と短冊で、歌軸の方には、「雑賀岬夏旺んなる海原の風にゆだねし汝が黒髪」とあり、短冊の方には、「みわ山のしつめの池の中島の日はうららかにいつきし万比女」とある。どちらも『木丹木母集』に載っている歌、前者は「夏ノ歌」、後者は「冬ノ歌」である。紀州雑賀岬と大和桜井の大神神社を詠じたもの、後者の「いつきし万比女」は、「いつき島姫」「弁才天」のことだ、と聞いた。

それらを求めたのと恐らく前後してだったろうと、空覚えにふりかえるのだが、『身余堂書帖』（講談社）が上梓されたので一本を入手し、これも頁を繰ってたのしんだ。保田與重郎の筆墨・陶皿・拓本・ペン書き原稿など百六十点弱を蒐めた本である。見てゆくとその中にも二首の歌「雑賀岬夏旺んなる」と「みわ山のしつめの池の」の色紙が掲載されている。二首は、求められたときに好んで揮毫染筆した歌のうちだったたようである。段々と分って来たことだが、保田與重郎は随分多くの筆墨をのこしたようだった。『身余堂書帖』には、疋田寛吉・奥西保両氏の文がついているが、奥西氏に面白い一節がある。

「磨った墨が、すっかり無くなるまで、頼まれた数以上に何枚も書かれた。墨が『もったいない』と言はれた。その染筆の途中で墨が切れると、硯に水を少し入れ、そこからは字が薄くなるのもかまはず、終りまで書かれる。墨の濃い部分と薄い部分の対照に、また格別の味があった。」

さもありなん、と感ずる。どの歌、どの辞句であってもよいが、数多く紙上に舞い遊ぶ文字は、同じ文字、同じ辞句でありながら、一点一点が宛転としてみな異る。まぎれもなく同じ人の筆であるのを強く印象づけながら、まさに宛転として揺れている。私の蔵する「雑賀岬」などその点において奔放をきわめ、紙上を強風が吹き通っている趣で、黒髪の「髪」というとどめの一字など風によって大きく膨れあがり、毛先が靡いている。「髪」のすがたの中に「汝《なれ》」が見える。

私は保田與重郎の書を、絵画を見るように見てきたのかも知れない。そのことの是非はいま自ら問わぬこととして、たとえて言えばセザンヌにあまたのサン・ヴィクトワール山があり、幾つもの浴女図があり、何枚もの林檎があるように、保田與重郎にあまたの「雑賀岬」があり、「みわ山」があったのだ、と私は感受したわけであっただろう。もしやこれは書のみに止まらず、保田與重郎の文業をも、同じ感受の眼と同じ心をもって見てきたということへと拡大されてゆくのか、否か。

『身余堂書帖』には疋田寛吉氏の「至純の和様」という文章も載っていて、いくつかの示唆を与えられた。保田與重郎の好む書、称揚する書家は、世間一般と著しく異なっていた、とまず疋田氏は説く。たとえば当時まだ無名の清水比庵の書を語るに際し、かの良寛和尚を引合いに出して、「和歌に於ける良寛和尚は比庵先生ほどの、静にも自然にも悟りにもいたつてをられぬ。をかしさの自然ぶりでは比庵先生が足りてゐる」と保田與重郎は論じたという。

京都太秦の保田邸、客室の欄間には大和の儒者谷三山の扁額「天道好還」と、伴林光平の同じく「甲満刺耶宝扁散」が掲げられていたが、この好みも凡常を超える、と氏は実見したところによって語っていた。もう一人、柳川の儒者安東省庵について、保田與重郎の推賞の言葉「その書の涼しさは、人品の清らかさの発露に他ならぬ」を氏は引用していた。

それと共に疋田氏は、保田與重郎の書それ自体の妙をも指摘した。何よりもこの遺墨集の根幹を形づくるのは「歌の書」という特性であるという。それに応じて、與重郎自ら中国古法帖の手習いにはげんだことはないという意味の発言をしたのを振りかえりながら、この歴然と中国書法と相違した與重郎の書法は、第一義的に「和歌に磨かれた仮名書き」である、と氏は言う。それは「和様に柔らいだもろもろの祈りの書、さらに日本文化の隅々にまでゆきわたった日常の記述の面白さ」というものである、と。

心に閃くものがあった。閃いて、須臾の間、もつれていたものが解けたと感じた。保田與重郎の、山にたとえれば蜿蜒たる山脈の連鎖かとも見える文業の、その言語柔軟体の、その没骨法めいた論理の呼吸において、要をなすのは何かということが。しかし、本当に何ごとかが瞬時に了解できたというようなことが起りうるのだろうか。依然として難点は残りつづける。とするならば、それは要は何であるのかが見えた、ではあるまい。保田與重郎の書を見るが如くに、その文章を見ようとしていた私という人間に、いかなる風景、いかなる風情が映って見えたかということに、それは尽きるらしい。

保田與重郎は私にとり一つの独異にして瑰麗な風景であったと言おうか。それとも、私は一つの不可説の画に対面したように、保田與重郎を見ていたのだと言おうか。ただしこんな想念を誘発した直接のきっかけは、本巻『作家論集』が、他の巻々とは違って今回はじめて新編集により形を成したものであり、この題の単行本は以前にはなかったという事情の中にあった。ここで保田與重郎のむかしの単行本の話になる。遺墨を三点所持していると書いたが、保田與重郎の単行本なら私は相当数持っているのである。ここで筆を措いて、改めて数えてみたところ四十冊近く。全集・著作集・文庫本・改版本を除いて、である。

戦争が終ったとき中学生だった私は、保田のヤの字も知らなかったし、序でにいえば小林秀雄のコの字も知らなかった。保田與重郎は戦後二十数年たった頃から古本で求めたものばかりである。ただしジャーナリズムに「復活」してからの保田與重郎は、四十冊ちかくのうち『現代畸人伝』以下十冊あまり、同時進行的に、つまり新刊として買っている。したがって、古い、紙質・造本ともお粗末なむかしの本と、後期の、多くは貼函入りの立派な本との美感の差が意識される。それもたしかに私にとっては、風景としての保田與重郎の一側面なのではあった。

保田與重郎というと、ひと或は「志操」を言い、ロマン主義の「精神」を言う。また或は、反近代の「思想」を指呼し、農本主義的「歴史観」を指摘する。神がかりの「イデオロギー」、文学運動的「戦略」、敗北の「美学」も云々される。それらのどれも成程存在する、と感じながら、私は「志」も「思想」も「美」も何か保田與重郎という「風景」であると思うのだ。

風景であるとは、こういうことだ――分岐して幾筋にも連った峰と渓のあいだを縫うようにして進む汽車から、車窓の外を見つづけている。すると渓の底の青い流れや、斜面を隙もなく蔽って繁茂する緑や、点々と散った赤・黄・白・紫の花々や、空をゆく雲が休みなく後退してゆき、一瞬トンネルにもぐりこむ。程なくトンネルを抜けると、再びほとんど同じような渓流と緑、花々と雲の風景が現れる。が、すぐに次なるトンネルの蓋が視界を遮るが、やがてまたそれは何事もなかったように出現する。出現するたびに微妙に趣を傾けながら、風景は続くのであり、こうした風景にむかっては、なぜそう微妙に変るのかとひとは問いもしない。それを問うことに何ら意味が感じられない、これが風景であることの根本義なのではないか。

これは、保田與重郎の文業が事実そうしたものであったというよりも、私の眼がそこにそんな風景を見出していた、ということであっただろう。今回『作家論集』は二十四篇を収めているが、年代順の配列になっている。昭和十一年「コギト」に出された『伊東静雄の詩のこと』から、昭和四十八年の『天の時雨』までである。この『天の時雨』は三島由紀夫論で、最も長い。これは五節から成っているが、かすかな記憶では、その第一節は「波」に載ったものだったような気がする。ともあれ二十四篇中の雄篇であり、これに対して前期の雄篇を求めれば、昭和十八年の『高山樗牛論』であろうか。私が何よりも風景を感じたのがこの一篇であった。進むにつれて、他の想念や他の文脈に紛れたり、そこから浮き立ったりしながら、くりかえし風景が出現してくるのだった。ほとんどそれは懐しさの感情を導くとも言いえた。

「……その短い期間に於て、文明開化期の文人の思想的生涯を殆んど経験したやうな人であつた。彼を今日問題にしたい一つの観点はここにある。」

「……樗牛には感傷があり、又慟哭があり誇張があつて、その底に一抹のあはれがある。このことは樗牛の追蹤者たちにみないところであり、実にこの一点こそ、樗牛が大正時代の教養から軽蔑された原因である。」

「樗牛の思弁的美文は、ある一つの志の詠嘆を描くといふことを本能的に行つたものであるが……」

「樗牛の日本主義が、ある種の巡礼状態にあつたことは、その思想が、文明開化状態を趣旨としたからであつた。」

「この思想的性格は、昭和の一般天才に共通する感さへあつた、彼らは各々の形で、変屈で荒削りであり、又志をもつ者らの矛盾にみちてゐた。」

出現してくるたびに、それは僅かずつ表現を変じ、相貌の輪廓を溶かすかに見えるが、結局何度でも同じ風景のように、同じ安らぎと同じ刺戟を保ったまま再現してくる。そこに不思議な何かを私は、今認めたくなっている。『作家論集』二十四篇、二十四人の対象はとりどりに華であり実であるのだが、中でも高山樗牛においては、保田與重郎がいつしか樗牛を語り論じつつ実は微妙な風景の変化を語っているようにさえ思われるからである。不思議といったのはそのことで、私はこの一篇を読み進むにつれて、油然と、保田與重郎とはみごとにも風景なのだという想念の湧いてくるのを抑えることはできなかった。

ヴルピッタ・ロマノ……「くらし」と文人の文学〈23『戦後随想集』二〇〇一年一月刊〉

一九九九年に出版された講談社文藝文庫の『保田與重郎文藝論集』では戦後の文章は選択の枠から外されている。編集に当った川村二郎氏は、「戦後の文業については、ふさわしい編者の手によって一巻が編まれることこそ望ましい」と思ったので、選択の対象にしなかったと解説で述べている。本文庫はその意味で川村氏が対象としなかった戦後の文業を窺うにたる文章を集めたものといえよう。内容的にも、年代的にも戦後保田の文業を代表する作を順次紹介し、文人としての彼のイメージが浮き彫りになるよう編集されている。因みに川村氏は、戦後の文章を選ばなかった理由に関して次のように記している。即ち、戦後すぐ十九歳のときに「みやらびあはれ」を読んで「全身がふるえるのを覚え」、「預言が成就してしまったあとの預言者の孤独」をいち早く思い描くという深甚な読書体験をしたために、その後の文業に対して「保田與重郎の全体像を正しく捉える」「距離の取り方が分からな」くなった、と。川村氏の気持を理解しながらも、戦後の文業を特別扱いすることについて私は疑問を抱かざるを得ない。収録枚数に制限あることはよく理解しているが、藝術評論家としての保田の「全体像」を紹介しようとしたら、戦後の評論を一篇でも入れるべきではなかったろうか。そして、一篇と限れば、「みやらびあはれ」を措いてほかにない、と私もまた考える。（本文庫15『日本に祈る』に収録）若き川村二郎氏は「みやらびあはれ」を「遺言」、「挽歌」として理解したのである。この文章をもって、保田與重郎の文学者としての生命が全うされたと、氏は感じたようである。それは、川村氏の世代が共有した保田のイメージである。三島由紀夫は、保田が自殺すべきであったと断言したとき、川村氏と同じ気持を端的に表現したのである。そして、あの世代のなかで保田與重郎のもっとも優れた理解者である桶谷秀昭氏が生前の保田に会いたくなかったことの背景にも同じ心理があるように思われる。

このような世代の感情のほかに、保田の戦後の文業を特別扱いしたくなる客観的な理由もたしかにある。保田與重郎の文筆活動を戦前戦後という二つの時期にはっきりと区分けするのは一般論である。しかも、戦前の活動が注目され、戦後は軽視されがちである。この評価は文学史上のある事実を反映している。保田與重郎は昭和初期から十年代にかけての文学史で無視できない存在であるし、ある時期には文壇でも中心的人物の一人であった。しかし、戦後になると、彼はほとんど消えてしまい、無視してもいい存在になる。もし、文学史を文壇史として理解すればこの見方は妥当であろう。だが、その一方で文学をより本質的な次元で考えるとすれば、たとえば、桶谷氏が『昭和精神史』で指摘したように、保田與重郎は、建前として不在であっても、或いはその不在ゆえに、自分の世代やその次の世代の文学人に大きな影響を与えた人物である。

川村氏たちの後に来た世代――保田の理解者としてこの世代を代表する福田和也氏の言葉を引用すれば、保田を全集で知った世代になると、戦後の文業を受け入れるのにまったく抵抗を感じていないようである。また、後世の意識で、過去の人物として保田與重郎を見ているので、戦前戦後の文業の一貫性に重点を置く傾向もある。この事実を念頭に置くと、これからは戦前戦後という区分けにこだわらず、保田を全体的に評価する傾向が強くなるであろう。これは、作家に対する当然の理解である。とにかく、文学者としても、個人としても、戦前と戦後は保田與重郎にとって全く違った時代であった。歴史環境が変わったし、それに対応して保田の精神的姿勢も変わった。この変化は保田の文学にも現れているが、それは環境の変化に対する対応だけなのか、或いはより本質的なものであろうか。つまり、文学者として保田の精神的進路に転回があったのだろうか。いうまでもなく、五十年間文筆活動を続けてきた著者の文学が、その間に何回か変化するのは自然のなりゆきである。環境の変化や、歴史の展開や、個人の体験などは著者の考え方に影響を与える。また、精神的成熟や、過去の言動に対する反省も変化をもたらす。従って、文学者として保田の経歴には幾つかの時期が認められる。しかし、変化があっても、従来の世界観の見直しによって生じる転回はなかったと思う。保田の発展の道筋は一直線であり、あらゆる変化は、従来の経験を基盤とした精神的成長の所産である。

「預言が成就してしまったあとの預言者」という川村氏の定義は、戦後日本に於ける保田を理解するために重要なキーワードである。しかし、予言が成就したことで予言者の存在の意味がなくなり、予言者が発言権を剝奪されるわけではない。かえってその存在、その発言は重くなるはずである。ただ、予言者がある時代の終焉を予言したとき、そして新しい時代が前の時代の否定をその存在の理由にするとき、新しい時代にとって予言者は不愉快な存在になり、孤独に追われてしまうのである。これが川村氏のいう「預言者の孤独」であろう。

保田與重郎が予言した「偉大な敗北」は第二次世界大戦での敗戦で成就された。それは、国の敗北、文化の敗北であった。しかも、保田與重郎個人の敗北でもあった。しかし、保田は災いの予言者ではなかった。あの予言の本当の意味は「敗北の超克」である。彼は敗北を最高の試練であると理解し、敗けてもなお生き残るものだけが、本物であるとしていた。彼は日本の「くらし」が永遠であることを信じ、敗北こそはその永遠を証明したと、主張したのである。そして、彼も敗北を超克することを自分の存在の意味と考えた。それは個人としての一貫性を全うするためというより、自らの文人としての宿命が日本の「くらし」の維持であると決意したからである。

この決意こそ、戦後日本に於ける保田與重郎の存在の意味である。そして、戦前と戦後との分岐点でもある。この決意をもって、戦後に保田が変わったと言うのではない。むしろ、この「決意」はすでに敗戦の前から現れていた。しかし、保田與重郎の「存在理由」は変質したのである。彼は戦前の日本の批評家として重要な意味をもったが、戦後になると彼の存在は日本の「くらし」を証明する道徳的な意味を帯びてきたのである。この意味は戦後世代の上に重苦しくのしかかった。彼を非難する者の上にも、彼を称賛する者の上にも。戦後日本の精神的な条件を考えると、それは当然であった。しかし、戦後世代の一人であっても、イタリア人である私は、保田與重郎の重さを感じこそすれ、苦しさを感じることはない。そこには、日本の戦後とイタリアの戦後との大きな違いがある。私はかえって保田が提唱した「偉大な敗北」に我が世代にとっての「継承」としての意味を見つけたのである。

文筆活動のみに留まれば、日本の「くらし」の証言者として保田與重郎を正しく理解することはできないであろう。それは戦後の保田の一側面に過ぎない。しかも、もっとも重要な側面とも云えない。戦後の文業を軽視するという意味ではない。むしろ、「偉大な敗北」の試練の結果、彼はより高い境地に達した。しかし、従来のものより思想的にもいっそう深く、形式としてはもっとも美しい文章を書いたにも拘わらず、東洋の文人の本質は文に尽きるものではなく、志の深さにあることを、彼は悟ってきたのである。この志を表現する重要な手段は、間接的な媒体に過ぎない文よりも、身の処し方そのものである。この観点から保田與重郎は偉大であった。非難の的になったとき、安易な弁解を試みず、だまって耐えたことによって、彼は自分の尊厳さが侮辱に傷つけられないものであることを示し、まさに小人に襲われた巨人のように立っていた。文人たるものはなにであるかを、彼は文章ではなく、自分の生きる姿勢で示したのである。この決意を具体的に示したものは、晩年の棲み家、身余堂である。そこで保田は自分の身をもって日本の「くらし」を継続させるという任務を引き受け、それを最高の次元で実現しようとして、自分の「くらし」を自分のもっとも優れた作品にしたてたのである。かくて、表現よりもまごころに人間の価値があるという日本文化の真髄を、彼は示したのであった。長い旅の果てに、保田與重郎はこの境地に辿り着いたのであった。

身余堂で営まれた「くらし」を垣間見る幸運に恵まれた私にとって、この文庫収録作の中で「二十年私志」はもっとも恋しい文章である。この文章で、保田は自負をもって自分の志を堂々と陳べているからである。

「現在の私は、京都で、一番景色の美しい山上で、当代の名工の設計した木造の家に住み、おそらく昭和の名品となる品々を日常の器具としてくらしてゐる。人は私のことを悠々と自適してゐるといふが、私は真の文人の文学とは、あゝいふ、かういふくらしにあると思つてゐる。」

この文章のなかに、川村氏が「みやらびあはれ」を読んだときに感じた当惑への答えが隠されているのではないかと思う。「みやらびあはれ」は「挽歌」ではなく、確固たる信念の再確認であった、と信じたい。

新しい世代は保田與重郎の文業に接するとき、この意識を持てばよい。しかし、戦後世代の一人である私は、「二十年私志」に接するとき、大きな喜びとともに、深い悲しみも感じている。保田與重郎が自分の理念をみごとに自分の生活に実現した、幸運に恵まれた文人であった事を考えると喜びを感じると同時に、あの偉大な精神の孤独を考えると悲しみを感じざるを得ない。

山川京子……木丹のこと 〈24『木丹木母集』二〇〇〇年一月刊〉

雄渾な棟方志功画伯の大きな文字で占められた外箱の意匠の美しい「木丹木母集」を手にして、まづ「木丹木母」といふ初めて見る熟語の意味がわからず、何か洒落た深いいはれがあるのだらうとだけ感じてゐました。

驚いたのは、保田先生の歌の作品がこんなにも多かつたことです。先生の歌びととしての存在が量的にも重いことを目に見て嬉しくなりました。

さざなみの志賀の山路の春にまよひひとりながめし花ざかりかな

色紙などに好んで書かれる歌の一つですが、十八歳の時のお作と伺つてびつくりしたことがあります。「保田與重郎全集」の第三十九巻の中の「戊子遊行吟」「拾遺歌篇」を読むに及んで、先生の歌に対する情熱がお若いころから連綿とつづいて、遠く深いことを知りました。国学者であり、詩人、評論家である先生の偉大かつ膨大な御業績の底に、清冽な地下水のやうに流れつづけたのが歌でした。折にふれて興に乗つては色紙短冊半折などに揮毫なさつた歌の数首は、多くの方が諳んじてをられると思ひます。

山かげに立ちのぼりゆく夕煙わが日本のくらしなりけり
けふもまたかくて昔となりならむわが山河よしづみけるかも

永い間の日本の国土の普遍的な風景で、今は失はれようとしてゐますが、先生が日本の原点であり永劫であると定められたくらしの思想は、草莽の心に守りつがれてゆくでせう。

私事で恐縮ですが、昭和三十五年に長歌集「愛恋譜」を上梓致しました時、その校正刷をお送りして見て頂きました。先生に御序文を頂くやうお願ひしてゐたのです。それに加へて、集中の長歌の一篇のかへしの歌が気に入らないことを訴へたのでせう。その御返事のお手紙を載せさせて頂きます。

拝啓　御芳翰拝誦、詩篇には感想しるしました、しかしどちらも結構です、（中略）苦しかりし……とすれば御説のやうに独立した時、変な相聞歌となります。しかしわがいづみとすれば、独立した時何のことかわかりません、「いづみ」と具象的なことばがあるから一層わけがわからなくなるのです、「絶えなむときしいのち死すべし」は、平安相聞歌の常襲的な云ひまはしですからもし工夫するなら、この方を推敲したらよいのかもしれません、それからうたでことがらの説明をして、ことがらを人に理解してもらはうと思ふのは間違つてゐます、ことの説明弁解をせずたゞうたをうたひ、主にこころをのべることです、うたとことを両立同時にあらはさうと慾ばるのはいけません「溢れつゝ」とすると独立した時、イヤな相聞歌、「かくしつゝ」は王朝風の平凡な相聞歌となり、「苦しかりし」とすれば、和泉式部の亜流位のところです
五月廿七日　保田生

京子様

それは「いづみ」と題する長歌のかへしで、原作は「苦しかりしあるは苦しと思へども絶えなむときしいのち死すべし」でしたが、上句が駄目だと思ひながら行き詰つてしまひ、御指導を仰いだのでした。拙い歌に対しても、先生は時間を割いて実に懇切丁寧に納得のゆくやうに教へて下さいました。しかし工夫がつかずそのまま出すことになつてしまひました。なほつづいて六月七日付で、かねてお願ひしてゐた書名の「愛恋譜」の御染筆を送つて下さつた封書に、

「愛」の字、中に「孝」を象り「恋」の中に「正」を象つてあり「人心孝亦正」といふ題によりました。

と説明が添へられてゐました。先生の文字にかかはる、遊び心があるばかりに深い御造詣と、格別な御配慮に感激しました。

先生のお手紙は生漉きの半紙を三分して、おそらく御自身で淡い朱色かねずみがかつた黄土色で大まかに罫を引いたところへ、毛筆で認められてゐました。封筒の裏面は、桜井にお住ひのころは「大和国桜井町」であり、京鳴滝に移られてからは「終夜亭」と大きい活字で、番地は左に寄せて小さく、「太秦三尾」には「ウズマササンビ」とふりがながついてゐ、お名前は真中か右に直筆で記されてゐました。その後「終夜亭」は御自筆を印刷した「身余堂」に代りました。

さきのお手紙に書かれてゐる「ことの説明をせずこころをのべること」といふをしへは先生の絶対

の信念でした。「木丹木母集」の後記の中でも力強く言挙げしてをられ、ここに先生の歌へのおもひが凝縮されてゐます。この後記の文章の短かさに、私は心を打たれました。他の場面では綿々の言葉を尽くされるのに、御自分のためには極端に言葉を惜しんでをられます。それは古武士のやうな男らしさであり、つつましさと含羞さへ感じられ、却つて断乎とした立言をひろげる多くの言葉が伝はつて来るのです。

「木丹木母集」のお作品は、まさに先生の歌論を裏づけるものでした。花鳥風月を詠まれても所謂写生ではなく単なる抽象でもなく、自然や人事を通して人間の永遠の真実が、唯美的に歌はれてゐます。

きのふけふ山は桜の花ざかりものかなしさもゆたかなるかな

桜を歌つてこのやうに豊満で華麗、同時にゆくへも知らぬ人の世の寂寥を歌ひ、日本人の血に伝はる桜へのおもひをこめられた一首は、西行に比ぶべきものと思ひます。下句の思ひきつた単純化は他の追従を許さぬ絶唱です。

昔今ものとどまらずあとはなし耳もと去らぬ秋風のおと

上句はふかい哲学を端的にあらはしてゐると思はれますが、読む者の勝手な解釈が果して正鵠を得てゐるかどうか自信がありません。奥行のある内容をさらりと流して歌ふ先生独自の表現です。それにしても何と美しくものがなしい秋風の音でせう。

ますらをのまことごころも雄ごころも花につつまれ春はたけなは
そのかみのますらたけをの落ちゆきし山路にかかる二十日月かな
勁きひと賢きひともみな死にぬながめまぶしき滅びの姿

等々の歴史をふまへた歌は、史実の知識の乏しい者にもその哀切が共感され、共鳴することが出来ます。先生の筆によつて多くの敗者が蘇つてその悲痛な生涯が光り輝き、後生を勇気づけることになりました。

日に焼けし子らのならびてもの呼ばふ小さき駅の心のこれる
わが庵をとりよろふ山の尾根の松みなやさしくてさびしとおもふ
山ざとのくらしになれし子らの手をかりそめに見つ泪ぐましも

繊細な感受性、限りないやさしさ、あたたかさ、内に湛へたひそかなかなしみは、先生によつてある時は雄々しく毅然と、ある時はそこはかとなくたをやかに歌ひ上げられて、魂の根元の世界にみちびかれます。

　またこの歌集で感銘したことは、集中に詞書や左註が少くないのに、歌に詠まれた主人公の名前が殆ど記されてゐないことです。御身内や、例へば佐藤春夫、三島由紀夫のやうに特別の方でも、誰それと思しき人の歌でも、個人の名を記してをられません。勿論歌を社交に使つてゐられません。ここにも先生が歌といふものをどう考へてをられたかわかるやうな気がします。ことうたを別にしていらつしやるのです。歌は人間のこころ、魂であつてそれこそが悠遠のものだといふことでせう。

先生は戦地で「死ニ瀕スル事再三ナリ」といふ状態で終戦を迎へられ、戦後も幾度か重病を超えられました。「遊雲抄」は病中の五十首で、普通の人なら身も心も衰へる病床でこの世とあの世を往来するやうな不思議な境を大作になさいました。

常世ゆく闇てふものも一つなれ遠世の人の魂遊ぶ闇
天地にふりにふるものわが魂をひた沈くもの二つならめや
夢さめてうつゝの花のすさましさなにに流せし涙なりけむ

先生の強靭な生命力と精神力によつて、病中でもことにふれずこころと魂の妙諦を歌はれてゐるのは驚異です。

「木丹」は梔子「木母」は梅のよしです。かつて一つの文字の中に他の文字をかくされたやうに、先生は切実な思ひを人の見馴れぬ表記にこめられたのではないでせうか。「歌は秘かなるもの」と言はれる通り、秘かなるものを秘かに書名にお託しになりました。

「くちなし」は若くして亡くなられた三男直日さんの象徴であり、典子夫人の歌集の題名なのです。

佐々木幹郎……幕末行進曲

〈25『やぽん・まるち――初期文章』二〇〇二年四月刊〉

保田與重郎の名を知ったのは一九六〇年代末期、大学での学園闘争が激しくなった二十代のときだった。学生たちの会話の中でしきりに、「コギト」や「日本浪曼派」の名が行き交い、保田用語のひとつである「イロニイ（反語）」は流行語でもあった。「明るさ」に対して「暗さ」に価値を見いだそうとしていた時代。いくら振りほどこうとしても、「散華」の美学と、「滅びる」ことの美学に魅入られ続けた。

負けることがわかっている闘いに、最後まで挺身すること。そこにいることに理由がなくても、根拠を喪失したままでも、無名の闘いを続けること。逃げ出してもいいのだが（そのくらいの開かれた組織論は、戦後の反体制運動の蓄積の中から生み出されていた）、逃げた者を批判せずに、自らは踏みとどまること。そのとき、何が見えてくるのか。

おまえたちの運動と称するものは、政治運動なんかじゃあないよ、そんなセンチメンタルな政治があるかと批判されれば、われわれは表現運動をしているんだ、と言い放った。それが六〇年反安保闘争と、六〇年代末期の全共闘運動の違いだったろう。日本の戦後民主主義の虚妄、という合言葉は実に便利で、困ったときはこの言葉を使って、戦後体制を作り上げてきた上の世代にドスを突きつけた。

昭和という時代は何であったのか。第二次大戦後、すぐに生を受けた世代にとって、二十代を迎えたときの「昭和」は、高度成長経済のまっただなかにあって、大戦後の後始末が何もされていない曖昧な「明るさ」だけが回りにも、前途にも見えていた。世界はいつでも、東西冷戦の構造の中で回っていた。東側も西側も、自らの体制の「明るさ」を呼号していた。それらのすべてに疑問符をつけた。たぶん、日本ではその頃、昭和という時代のプレートが、昭和元年から四十年以上経って亀裂を起こし、別のプレートに移動し始めていたのだと思う。いや、昭和が始まったのは、一九二五年ではなかった。昭和は関東大震災の傷が癒え出した昭和五年頃、帝都復興祭があった一九三〇年頃から始まる。それまでは、大正文化との融合過程の中にあった。したがって、保田與重郎が「コギト」を創刊した昭和七年（一九三二）は、まさに昭和の文化の創出期であったと言えるだろう。

三十年間は、ワン・ジェネレーション。父親の世代から子の世代へ文化が移り変わる最小単位が三十年であるとすれば、子の世代にとって三十年以上前のことは、すべてが「遺産」として見えてくる。まだ歴史にもなっていないものを、まず「遺産」として登録してしまうのは、子の世代の特権である。父親の世代は戦前、戦中体験のほとんどを隠蔽した。保田與重郎と「日本浪曼派」は、わたしにとって初めて出会った日本の戦争体験であった。

ところで、そんなかつての時代にわたしは保田與重郎の何を読んだのだろう。当時、保田はまだ生きていて、彼は戦前、戦中の自らの意見を少しも変えていなかった。わたしがそれまで手にしていた戦後のどの流れとも違う、「もうひとつの時間を生きてゐる人」（桶谷秀昭『保田與重郎』）が現にいた。

保田の『日本の橋』を読み、そこで描かれた「橋」のイメージの悲痛さに目を見張った。日本的なるもの、ナショナルなものに迫る雄大な詩的構想。同時にわたしは、そこに漂うモダニスト保田の手つきを読んだ。そして、その独特の言葉の綾に翻弄されるばかり、というのが本当だった。『日本の橋』が昭和十三年（一九三八）に改版上梓された翌年、伊東静雄はある書簡で、「批評家に私達がのぞむのは、立言の構想の雄大さと、決断だと思います」と書いた。しかし、わたしはエキセントリックな「決断」の文章は苦手で、保田の文章の合間にあらわれる、穏やかな呼吸とでもいうべきものばかり探し求めていたような気がする。

「やぽん・まるち」は、「コギト」創刊号（昭和七年三月号）に発表された、もっとも初期の小説である。今度読み直してみて、これほどみごとに、保田の思想と文学の位置を示している暗示的な作品はない、と思った。

「やぽん・まるち」は、日本行進曲のこと。この小説は、作者が『辺境捜綺録』という奇妙な書物に出会うところから始まり、冒頭から怪奇小説の雰囲気を漂わせている。

ドイツ人が書いたという『辺境捜綺録』。それをフランス人の牧師にもらったという設定。保田のモダニストぶりが如実にあらわれている。『辺境捜綺録』なる書物が、中国の四世紀頃の怪奇小説集『捜神記』に似ているという設定も、初期の保田のモダニズムが中国文化をも含めたものだった、と考えてはどうだろう。

ともあれ、『辺境捜綺録』に書かれていた逸話のひとつに、幕末期の下層武士の一人が作曲した鼓の曲「やぽん・まるち」の物語があったという。そしてたまたま、作者はある古曲の演奏会で、作曲者不明の作品として、この鼓の曲を聞いていた。「やぽん・まるち」という曲は実際にあり、その作曲者についての異聞が手に入った、というわけである。

名もない武士は、外国人使節の中に随行してきたフランス人と友達になり、彼から異国の音楽を聞かされた。そして、自らもフランス人の助言のもとに、日本の行進曲を作ろうと思い立つ。楽譜は何度も書き換えられ、武士は鼓を奏し続け、それでも完成しなかった。その間、幕府は崩壊し始め、鳥羽伏見の闘いで敗走し、軍隊はあっけなく崩壊した。

その軍隊のための行進曲を作っているのに、「彼はいつかそれらに無関心であつた、彼が誰の為めに作曲したかをさへ忘却してゐた。あれから長い年だつたか。彼は鼓に向つてゐるきりである」。上野での戦争の際も、陣中で鼓を奏し続けた。上野の山が陥落した後のことが、小説の最後の描写になる。

「まるち」の作者は、自分の周囲を殺倒してゆく無数の人馬の声と足音を夢心地の中で感じた。しかし彼は夢中でなほも「やぽん・まるち」の曲を陰々と惻々と、街も山内も、すべてを覆ふ人馬の響や、鉄砲の音よりも強い音階で奏しつゞけてゐた——彼にとつて、それは薩摩側の勝ち矜つた鬨の声よりも高くたうたうと上野の山を流れてゆく様に思はれてゐた。

つひに「やぽん・まるち」の作曲者名は判明しない。

藝術のために身を滅ぼす。ドイツ・ロマン派の傾向の濃いシチュエーション。戦争や革命が起こっても、それが国の滅亡に終わっても、本人は参加せず、参加しているのは音楽ばかり。この無力な音楽家の運命こそが、保田與重郎の位置であった。

ところで、この作品の中に登場してくる音楽家には、作曲をはじめる前に当然考えるべき重要な要素が欠けている。行進曲というものが、何のために幕末期の日本に必要であったのか、ということだ。軍隊のために、ということではない。そもそも、行進曲というのが、それまでの日本になぜなかったのか、ということへの思いめぐらしがないのはどうしてだろう。

一般の日本人が西洋音楽を聞いたのは、イギリスの軍楽隊が薩摩藩に雇われ、そこで奏でられた吹奏楽が最初であったと言われている。西洋の行進曲は、このようにして日本に入った。しかし、当時の日本人は武士であろうと、一列に並んで行進するという習慣はなかった。ばらばらに歩くことはできたが、行列を作って行進することができなかった。

右手を前に出すとき、同時に右足を前に出す。左手の場合は左足を。この歩き方を「ナンバ」という。現在でも能や歌舞伎の役者たちは、舞台の上を「ナンバ」で歩く。剣道での竹刀の握りかた、農作業での鍬の使いかたも同じである。江戸期の浮世絵に登場する江戸庶民の歩き方は、すべて「ナンバ」だ。

このような身体所作が身についていた近代以前の日本人にとって、右手を前に出したとき、左足を前に出す、左手の場合は右足を前に出すという、西洋人のような歩き方を覚えるのには時間がかかった。庶民がそれを身につけるようになったのは、明治以降の近代軍隊の教育のおかげである。行進曲というものは、行列してまっすぐに行進させるための音楽で、「ナンバ」の所作をしている限り、行列は整わない。また、左右の手足を交互に前に出す歩き方が成立していなければ、行進曲も必要なかった。

鼓で行進曲ができると思った「やぽん・まるち」の作曲者は、そんなことを考えてもいなかった。保田は小説の中で、一カ所だけ弱気を出している。「私は本当に鼓でそんなものが巧に奏されるかどうか知らない。しかしこの本にさう書いてゐる」。「この本」つまり『辺境捜綺録』に書いてあるということで、そこから、一挙に天才論に飛ぶ。「鼓の様なもので音譜に書いた「まるち」を作らうとは、何といふ途方もない天才の熱情であらう」。

夢想の中にいる保田與重郎。そのような幕末、維新期の藝術家がいたら、どんなに面白かったろうと、わたしも思う。しかし、弱々しい鼓の音は、行進曲に向かないことは確かだ。この荒唐無稽の情熱。

　日本の近代の幕開けに対して、日本の文化の綾ともいうべき、古典の楽器を持ち出して対応させようとすること。そのとき、作者の目に日本の庶民の身体の動きは消えていて、藝術の架空の世界の対比の面白さと、それを突き進めたときの幽鬼のような情熱が浮かび上がっている。『万葉集』の中にギリシアを見ようとした後年の保田とも重ね合わせて、わたしは小説「やぽん・まるち」の構造にこそ、客観的な批評というものを超えようとしたときの、保田與重郎における「イロニイ」のありかがあったのだと思う。

大竹史也……『曙への夜の橋』は架かったか　〈26『日本語録／日本女性語録』二〇〇二年四月刊〉

保田與重郎という人の活動は、今から見ればかなりの長期間にわたっているが、そのイメージを固定したアイロニカルでデスパレートな文章というのはそれほど長く書き続けられたわけではない。やたらに昂揚した大仰な調子、あるいは全く他人を意に介さぬふうの独特の雰囲気漂う文章はやはり、若くなければ書き得ないものだったのだろうか。むろん、単に無茶な書き方をしていたわけではない、というのは保田自身折に触れて述べていることだ。例えば次のような文章。

僕は責任をもち得ない言動を、空語閑談の形式で発表する自由は今さら要求しない。それは明らかに文学者の権利としてあるからだ。さうして私は今さういふ文学者が、文学者の権利にかへらねばならぬことを痛感してゐる。（「旅信」昭和十三年）

保田が「書くこと」について自身の考えを述べた一節だ。一見してずいぶん無責任な考えと思えるが、この文章はもちろんアイロニーに富んだものであって、額面どおりに受け取っては馬鹿を見ることになる。もっとも、アイロニーとしてであろうとこのようなことを書ける、というのは確かに保田の強みだった。自分の「責任をもち得ない」言動をも「空語閑談」として書く権利があると言い放つ。

自分の作物を真面目に受け取ってほしいと考え、かつ真面目に書いてしまう書き手には、容易に書けない文章ではないか。それに対し、単に真面目な態度をあらわにすることでは表現し得ないものがある、と示したのが保田だった。アイロニカルな文章を前にした読者は、たとえ文意をつかめずに困惑しようと、目にする反語そのものにおいて何かを感じ取ることができる。どのような身振りが己というものを有効に伝えるのか、保田はよく考えていた。

むろん、文学者は「責任をもち得ない」ものを書いてよいなどと言いたてることは、保田がこれを書いた当時にあっても乱暴過ぎる態度だろう。しかしこれは、別段、書かずともよいものを書けといっているわけではない。よそ目には無駄口と見えようと、書かねばならないものがあるならば何らかの形式を与えなければならず、それを保田は「空語閑談」と呼んだのだ。文学者の仕事はあくまで書くことであって、それ以上のことはあえて思うまいという宣言として取るならば、書くことを他の営みから解放しようという意思も感じられる。責任を取るために手を縮めるなら、責任を取らずに自由に書け。それでも書かぬよりは良い。そうした自由さの中からこそ、自分の待ち望む「詩」は生まれるのだ――。

我々に必要なものは積極の表現である。しかも日本で積極の表現の指導者はまだない、（中略）しばしば私は心娯しくない日が多いけれど、さういふ日にさへ、日本に必ず生れてくる人物を考へる。

（「戦争と文学」昭和十三年）

当時の保田は、同時代を創造的に描き得る、一個の詩人が現れるのを切望していた。自らなし得る以上の天才を待つというのもデカダンスの態度ではあるが、自ら「曙への夜の橋」と標榜し、すすんで頽廃を選んだのが日本浪曼派だったことを思えば納得も行く。

保田は、「正しいこと」をそれが「正しい」という理由で書く人ではないし、自らそれを認めるにやぶさかでないだろう。あるいは無責任という呼び方も的を射ているかもしれない。しかし彼は、自分が考える「詩」については、むしろ誠実に希求していたし、「空語閑談」という形をとる必要があったにしても、自分なりの誠実さを発揮する段取りについては心得ていた。あえて言えば保田は常に誠実であった。

もっとも、保田のような態度につい誠実さを見てしまうのは、私が当時の保田に世代的な近しさを感じてしまうゆえかもしれない。むろん保田と私の間には、生年で六十年以上の隔たりがあるのだから、直線的に同世代性を感じ得るとすればそれは単なる錯誤だろう。しかし、今日び保田を読むというのに、何の手づるもなしにとは行かない。彼がつづった文中に漂う同時代に対する苛立たしさは、今時のものでも不思議はなく、頽廃をいうならば、後代の私たちの方がより頽廃していることだろう。将来にかける期待の大きさだけがより小さいということもないのだ。


翻って『日本語録』を見る。「かゝる書物の性格として、多分に時代的色彩を帯びることが当然ではあるが、著者は努めて永遠な我が歴史観を明らかにしようとしたのである」との書きぶり。大仰な構えは保田に似つかわしいものだが、伝える姿勢は至って真面目なものだ。

その通り、この『日本語録』を通して保田は随分と真面目であり、肯定的なのだ。肯定的であるというのは、通常の書き手であるならばおかしいことではないのだが、従前のような文章に慣れた読者ならば当惑を誘われることだろう。保田の文章は読みにくいという。それは多くの場合、彼の用いる奔放な語彙や、文法を必ずしも尊重しない書き方のせいにされるのだが、本当に文意を取りにくくしているのはこの落差、時期による保田の態度の差なのではないだろうか。比較的初期における保田の文章は、反語の表裏を自由に翻すことで読者を戸惑わせつつも、そうした形の文章を書かざるを得ないという態度自体が、一つのメッセージだった。現在でもそのメッセージを読みとることはさほど困難ではない。しかし、率直に肯定的な文章が現れるとき、従前の読み方は通用しなくなる。「はしがき」にあるように、この『日本語録』は「修養に資す」ための本であって、読者も真面目に読まなければならないのだろう。

『日本語録』が出版されたのは昭和十七年。さきにひいた「旅信」からは四年の月日を隔てている。その四年の間に、日本が戦っていた戦争は一気に緊迫の度を増していた。ここに至り、保田にあっても反語を弄する余裕はなくなったと見るのが、とりあえずの正解かもしれない。年齢も二十代から三十代へと進んだ。平均寿命が五十歳に満たない時代の三十代であることを考えれば、保田にしても思うところがあったかもしれない。ここまでの変化をどうとらえるかは論者によって異なるだろうが、私にとっては、やはり「若さ」がなつかしい。

もっとも、保田とて「若さ」をそのままに肯定し続けることができたわけではなかった。それだけでは不十分なのだ。

私は今日の青年の楽天性とデカダンスに表現を与へる演出者を希望してゐる。それは「詩人」の元来の意味の体現者でなければならぬ。詩をかく、批評をかく、小説をかく、さういふエキスパートではだめである。信念と至誠と大胆をもつ創造者が入用である。でなければ現実の崩壊を助ける批評家だけがよろしい。どんな方法でもよいから、現状の守旧勢力を嘲弄し、悪態づく、破壊的勢力のかけらだけでもよい。小説家を分類して各省御用の専門文学者を作るなどもつての他のことである。

（「青年の楽天的傾向について」昭和十四年）

ここで保田は、すべての悲観的な見通しを通過した青年たちがアイロニカルな楽天性を身に着けたと前提して、なおかつその楽天性に表現を与えなければならないと言う。このデカダンスは、日本浪曼派の「曙への夜の橋」という名乗りと対応している。次代の天才を予期するがゆえに自らは落ちることを肯定したのだったが、青年たちは十分に頽廃したにもかかわらず、それを受けて立つ表現者は現れない。頽廃が頽廃のまま、形を得ずに拡散しようとしている。

考えるまでもなく、これは当然起こり得べき事態だった。そう都合よく、新しい時代をうたう詩人が現れるとは限らないのだ。結果として、保田こそがその代表である「現実の崩壊を助ける批評家」は自分が崩壊を助けた現実の前に、あえて語るべき言葉を見いだせなくなる。

その後を受けるものとして『日本語録』を見るならば、ここに至っての肯定は、批評家自らが苦しみつつ、同時代に表現を与えようとしたものと考えることもできるだろう。自らの言葉で語るより古人の言葉に語らしめようとしたのは批評家なればこそだ。しかしここで、自らの若さがつづった文章の責任をとるかのような振る舞い自体に一種のアイロニーを感じるならば、さすがに読み手の不真面目さを責められるだろうか。

高藤冬武……或る日の鳴滝終夜亭

〈27『校註 祝詞』二〇〇二年七月刊〉

残暑漸く鎮まった九月の末つ方、一日奈良に遊び、秋影に映える法隆寺の甍をあとにして京都に戻り来れば、日はまさに暮れんとし夕闇にそそり立つ仏塔のしだいに車窓に迫るにつれ、與重郎先生の東寺晩景が思い出された。「時々、この塔はすばらしい情景を支配しつゝ、その中心にしづまつて、旅窓の眼に入つた…さういふすばらしい時は大てい逆光線の中に、黒々と巨大にしづんでゐる時だつた…そこには比類ないつよいものが静かにあつた。人生永劫の寂寥を思はせるやうな切なさであつた」(『東寺の塔』)。駅頭に降り立ち、人の列に混じりやや暫しタクシーを待つほどに、背後から弾んだ声で名を呼ばれた。振り向けば保田典子夫人であった。奈良でのお茶会の帰りと言う。同じ電車に乗り合せていたわけである。二年ぶりの再見であった。和服に身を包み常に変らぬ含羞の清楚なお姿ながら、茶会の余韻か外出の心弛びか、どことなく匂い華やかに立ち添い、このような麗らかな声に接したのは何年ぶりのことであったろうか。直日君を亡くして以来、それは見るもいたわしいほどの、逆修に悄然沈痛の形振であった。控目に横に佇まう碧眼金髪の女性が私の同行者と知るや、「髪が異人のお人形さんのように綺麗だ」と朗らかに感嘆されたが、久しぶりに接する明るさがその表情に見てとれた。ここで遭遇するも何かの縁かと、また御機嫌の麗しさに甘える気持もあり、一夏、神社仏閣は飽くほど見てはきたが、これが日本の家、現に人が日々の暮らしを営んでいる伝統的な民家と言えるものに足を踏み入れたことも家内を覗いたこともない、帰国も迫っていれば鳴滝の屋敷の佇まい、暮らしぶりに触れさせてはくれぬかと、遠慮を忘れて言い出せば、遠来の異国の客をもてなすはこちらも嬉しいとすぐに応じてくれた。

昭和四十六年（一九七一）九月三十日朝、詩仙堂見学もほどほどに約に従い鳴滝へと急いだ。長屋門を潜り抜け三打して案内を乞い上框の三和土に立つ。谷崎潤一郎の『陰翳礼讃』（仏語訳）を読んだ時すぐにこの瞬間が思い出されたとは同行のエレーヌ嬢の後年の述懐である。それまでの訪問は直日君命日の前後に限られていたので、雨季、昼なお暗く、木立の鬱翠、淫淫湿湿の幽景しか知らぬ身には、ひっそりと佇む身余堂の四辺の秋気澄景は驚きであった。四季折々の風情景趣のいかばかりかと床しがり、『日本の文学史』冒頭の、敷き松葉朝光晩照の影を思い懸けた。「住家と暮らしぶりは文人墨客の文藝上の一事業、見識の表れ」という誇りがあらためて実感された。

「ベルギー人、仏文学を専攻する大学三年生、浮世絵、北斎の類の日本像を懐いての初来日、新宿の街を見て仰天、落胆失望の色を見せたが、上野の博物館を観覧、日光に遊ぶに及んで機嫌を直す。母国は二言語、仏語と蘭語に分断され、両者確執、言語戦争の相を呈す。生地は蘭語圏のガン（ヘント）、奈翁の百日天下の間仏王の亡命先となり、またメーテルリンク、ヴェルハーレン、ローデンバック等のフランス語詩人が生まれ育った町でもある。家庭内では仏語を母国語とし外では蘭語による教育を受けた二言語使用者」と、この訪問の主役、エレーヌ嬢を紹介すれば、開口一番、「夢はどちらの言語で見るか」とお聞きになり、ひとしきり外国語を話題にされた。挨拶ということに触れ、挨拶は定型できまった表現の羅列だからどんなに難しい長々しい式礼でも一度覚えてしまえば使うに困難はない、外国語もこの類のやりとりに納まっている限り我彼の言葉の齟齬は生じまいが…と言われた。『日本浪曼派の時代』に次のような一節がある、「私は長らくドイツ語を学びつゝ、ドイツ語を国語にいひかへる技術を全然習得できなかつた…私が一番困つたことは、外国語を日本語にいひかへることだつた」。この点を詳しくお尋ねする機会はなかったが、こういうことではないかと思っている。〈古池や蛙飛びこむ水の音〉、これを仏語なり独語に「いひかへ」てみる。〈古池〉、〈蛙〉、〈水の音〉という日本語の内示的意味は伝わらず、その外示的意味が「いひかへ」られるだけである。〈鶴〉を仏語に置き換えれば動物の〈ツル〉という外示的意味は間違いなく伝わるが、清楚、長寿の内示的意味は仏語の内示的意味「うすのろ、街娼」（同じ場所にじっとして待っているの意に由来する）に取って代られる。これが抽象名詞、観念、思想となると外示的意味の伝意も怪しくなる。日本語から外国語への「いひかへ」で生ずる苦瘟は逆もまた真、詩人の直感が先生を「いひかへ」の窮境に陥れたのではなかったか。先の芭蕉の句を、例えば仏語に訳せば、尾籠な例で恐縮だが、〈犬が歩いてきて電信柱に小便をした〉と同じ類の情景が伝達されるに等しい。

膳に並ぶ焼物、それに盛られた珍羞の翻訳説明もしどろもどろに汗をかかせられたが、初めてそれら珍羞を口にするエレーヌ嬢の反応に先生は童心の関心と好奇心を示された。豆腐は初回から抵抗なく食することができたとの言を伝えると、豆腐は自ら主張する味がないから嫌いにはなれまいと返された先生独特の修辞が今に懐かしい。期末試験で河内小阪に四時に行く要があり、いとまを告げると、「まあ、よろしいがな」と引き留められ、書斎へと場所を移された。

噂に聞く「終夜亭」へ招き入れられたのはこれが最初にして最後であった。もちろん、エレーヌ嬢もてなしの好意であり、私には思わぬ余得であった。書屋、簡素清閑を極め、有るは佐藤春夫全集の二、三巻書棚に並ぶだけ、早秋の淡く優しい光が外の緑に揺れていた。「北窻浄机」、書斎は一日の光の変化が最も少ない北面に設けるべしとはこのことかと感心すれば、知っていたかと相好を崩された。抹茶が供され、談しばらくあり、遠来の客に揮毫をせんと筆を執られた。〈あづさ弓春のこの日の花しづめわれはもかざす花の一枝〉。典子夫人から読みと語義の講釈を受け、仏語の翻訳を添えるよう言われた。花鎮を知らぬこちらの無知をどう思われたか、今さらながら恥ずかしい。落款に珊瑚の赤い谺末を少量振りかけ余分を払い落とし定着させ朱肉の変色を防ぐという処置を初めて披露され物珍しく目撃した。その時の指先の動きは今も目の前にある。河内小阪の時間も迫ればいとまの挨拶もそこそこに、新丸太町通へ走り車を拾い、阪急西院駅へと急いだ。今を去ること三十年有余のことであった。

最後の鳴滝参堂は昭和五十六年（一九八一）八月十日のことで、体調すぐれず余り款待はできぬがとのことであったが、年に一度の趨拝、迷惑を顧みず九州から上洛した。かなりお悩みの様子で挙措進退もひどく懈げで、さすがに口数も少なく、御酒も召し上がらず、粥を所望された。腕のふとした動きが胸から背の神経に触れるとこぼしていたが、ご自身は神経痛と納得されていたようで、こちらもまさか病魔に巣くわれていようとは思いもしなかった。早々に切りあげお別れしたが、上框に立たれたまま、外の庭には出てこられなかった。十数年例にないことであった。それから二月もたたぬ十月四日、訃報を告げるラジオのニュースはまさに青天の霹靂であった。

戦後教育を受けた身には、有名な〈去年今夜侍清涼〉も無縁、知るは〈東風ふかば……〉だけだったが、職を得て九州福岡、菅原道真ゆかりの地に移り住むに及び、道真がまじわり親しむべき懐かしき存在となり、その詩文集『菅家文草』、とくに左遷以後の作を集めた『菅家後集』に親近することになった。先生は『日本語録』に一句を挙げて道真論を展開しその本質は感傷詩人とした。高山樗牛を援用した次の一節がある。「道真の詩には「涙痕あり歎声あり」しかもそれらはすべて彼の自らの事情に関したもので、自然を歌つたものに於ても、みな道真の心中の悲哀を説明するものに外ならないと、樗牛は云ふが的評である」。秘かにこれに勇気づけられ、道真の謫所の心悲に我が心悲を重ね、

拙訳を添え寒中見舞状としたことがあった、

牀寒枕冷到明遅　臥シ戸寒ケク、夜明クルニ遅シ
更起灯前独詠詩　マタ起キテ、寒灯ニ詩ヲ詠メバ
詩興変来為感興　詩興ハ自ズカラ物思ウ心ニ変ジ
関身万事自然悲　我ガ身ニマツワル万事即チ悲シ

今年は菅公神忌千百年に当たり、地元の太宰府もさることながら、大万灯祭に賑わう北野天満宮を訪れた。念願の国宝、「北野天神縁起」に対面できたのは幸いであった。上七軒のきれいどころによる日本舞踊奉納にも遭遇した。もう何十年も昔のこと、仲間四人、酔いの勢いにまかせ保田邸を夜襲したことがあった。全共闘運動全盛の時代、保田與重郎が彼らに注目され、その著作が読まれその亡びゆくものの〈美学〉が共感を呼んでいた時代であった。ご機嫌よく、深夜の闖入者の相手になってくれた。朝方の仮寝後、辞して北野神社に寄り梅を見て帰った。境内に立つやこのことがふと思い出され、ならば今回は北野から鳴滝へ詣りなんと、白梅町から懐かしい嵐電に乗った。かみの池、文徳天皇陵に立ち目をやれば木立に埋没して身余堂の影はみえなかった。前回、同じ場所から冬の弱い夕日に映る邸を眺望したのは二十年も前のことであった。樹木の成長に歳月の久しきを見た。不意の訪問なれば戸口にて立ったまま典子夫人に久闊を叙し近況を伺い寸時退出した。

来し方に思いを遣り、主なき身余堂の寂寥に胸を痛め、道真の〈感傷〉を旅の慰めとして福岡に戻って来た。

荒川洋治……「詩人」の人　〈28『絶対平和論／明治維新とアジアの革命』二〇〇二年七月刊〉

学生時代に『保田與重郎選集』（全六巻・講談社）を買い求めたが、そのなかで読んだものは、すでに角川選書『日本の橋』で読んでいた「日本の橋」など数編にすぎない。それでもぼくはこの著作集をたいせつにしてきた。

さてこの文庫の解説を書く人たちはほとんどがぼくの年上だが、その解説を眺めてみると、はじめて読んだのは「日本の橋」であると記す人が多い。それほど「日本の橋」は、読む人に忘れられないものを残すのだろう。これまで「日本の橋」を何度も開いたが、好きなところだけぼくは読んだ。わからないところは飛ばした。わからないところは短歌の話や、昔のできごとである。ぼくは和歌、俳諧はもとより古典と称されるものに知識がなく、昔の歴史にも興味をもたない人間なので（日本人としてははずかしいことだが、古文もまったく解釈する力がない）、わかるところだけ読むことになる。たとえば特に有名な部分、多くの人が引く最後の「日本の橋の一つの美しい現象を終りに語つて」以下のところ、つまり裁断橋の銘文のくだりは思い出すだけでも美しい文章なので、ぼくは何度も読み、うっとりした。そこが、ぼくのわかるところだったからである。

日本の橋の特色について語るところも、息がとまる美しさだ。「あの茫漠として侘しく悲しい日本のどこにもある橋は、やはり人の世のおもひやりや涙もろさを藝術よりさきに表現した日本の文藝藝能と同じ心の抒情であつた」とか、さらにもっと端的なものを選べば、「彼らは荒野の中に道を作つた人々であつたが、日本の旅人は山野の道を歩いた。道を自然の中のものとした。そして道の終りに橋を作つた。はしは道の終りでもあつた。しかしその終りははるかな彼方へつながる意味であつた」というような一節だ。

でもいっそうぼくの息を苦しめたのは、文章の意味よりも、いいまわしであったかもしれない。「私はほのかに憶えてゐる」「その軽快な歴史観が、ある時の私に悲しまれた」とか、あるいは「まことに順序のやうに思はれる」「つひにかすかな現象の淡さだけを示し」「私らの蕪れた精神に移し」「誰よりもふかく微妙に知つてゐた」のような表現に、十代のぼくは心躍った。「日本の橋」だけではない。保田與重郎の作品にそのようなくだりを数えれば切りがない。また、切れ目もなく流れる文章の世界なのだ。

このたび読み返してみて、「日本の橋」のなかでいちばんよい文章は、冒頭の部分ではないかと思った。「東海道の田子浦の近くを汽車が通るとき」から、「それはまことに日本のどこにもある哀つぽい橋であつた」で閉じられる一節だ。その橋は「日本のどこにもある」橋であるが、「混凝土造りのやうにも思はれた」とあることから、それは特別ではない橋のことだと重ねて思い、そのためにその普通の橋が、ありありと脳裏に浮かぶところである。

最初にあるものだから、以前には気にもとめなかったが、「日本の橋」のなかで、いちばんすなおな文章であるようにいまは思う。それはぼくが年をとったために、刺激のうすいところに本来の文章があることに少しばかり気づくようになったためかもしれないが、このように、いつのときも、ぼくにわかるところだけを読む。それがぼくにとっての保田與重郎なのだ。

こう書いてきて、ぼくは、わかるところだけを読むというのは、ぼくが他の人の書いた詩を読むときのようすと同じだと気づいた。詩というのは無理をせず、遠慮もなく、いまの自分にわかる一節だけを読み、そこにたたずんだあとに感想を添えるものである。わからないところは読まなくていい。少なくともぼくはそのような詩の読み方をしてきたので、そのことをあからさまにいうことができる。詩はわかるところだけを読むことに実はいのちがあるもので、それを知るためには、ある程度読みなれる必要がある。読みつけない人にとって、わかるところだけを読むことは理解しがたいことかもしれない。

では保田與重郎の作品は、詩なのか、というと、そうではない。作者は、自分の書くものが詩であるとは思っていない。思想の表明であり、論理の披瀝であると思い、文章の全体でものをあらわそうとしているのだから詩ではない。読む人にわからないところがあること、わからなさが引き起こされることを予期して書かれる部分はほとんどないようにみうけられる。それは論理の切迫するところ、緩慢なところを含めて、そうである。だから詩であるというわけにはいかない。ただその作品を詩として読むことは著者の計算や期待のなかにはなくても読む人のなかでは起こりうる。それは作品が文章であるための宿命である。「みやらびあはれ」にこんな文章がある。この一節はいつも気になっていた。〈私はこのやうな気分を集めて一つのものがたりをくみ立て味つてゐたのである。しかしその僅かの間に共に遊んだ少くない島の男や女のことを、ありきたりの出会とわかれの経路でしるすつもりではなかつた。云へばさうした形にするより外ないことかもしれぬが、私の気持では別の姿があるやうに思はれた。軍の病院を出るあわたゞしい雰囲気の中で、その沖縄の軍医が餞にしたことばは、これから先、どのやうな苦しい旅路に発たうとも、今の身体の状態は十分それに耐へるにちがひない、といふ意味であつた。その時私は窓の外を吹く秋風の音を聞いてゐた。〉

「みやらびあはれ」は、自分のなかの気持ちを「集めて」つくられた文章で、「日本の橋」とはちがって内面的な世界になっているが、たとえばこの軍医のことばを聞きながら、秋風の音を聞いている

「私」の姿など印象的である。「ありきたり」ではない人の姿がある。「私」のことをいわれているのに、「私」はまるでそこにいないような不思議な空気のなかにある。「みやらびあはれ」はどこもかしこも「形」のない文章で書かれており、異様といえば異様だが、ぼくはまるで詩を読むような思いで読んでいた。実はそうするより他は何もできないものが、この文章のなかにはある。論理もないが目的もなく、しかしそれ以上に何か必要なもの、「ありきたり」ではないものがこのときあったことを、文章の吐息は告げている。これは詩であるとしかいえないようなものである。彼はこのときばかりは詩人である他ない自分を感じていたかもしれない。

しかし保田與重郎の文章がときにどんなに詩に近づいたとしても、彼が詩人になることは困難だった。詩人であることが困難になるように彼自身が仕向けてきたからである。ぼくは保田與重郎の作品は、結局のところ、詩人について書いていた、という他ないものであると思う。さらにいえば、詩人ということばについて書いていた人だ、といっていいかと思う。

彼は文学の場を離れた文章のなかでも「詩人」ということばをつかった。必要なときも、さして必要ではないときも呼び出した。

「かゝる悲劇はつねに詩人と大衆の見る悲劇を意味した。たゞ詩人は開花の下に悲劇をみた」（「日本の橋」）、「亡びゆく雑多を悲しみ葬り、大筋を支へ守るといふことは、古来から詩人の務と任じたところである」（「みやらびあはれ」）などは文脈の上から順当に思われる用例だし、また芭蕉を詩人というのも、ひろい意味では詩人であるからそれでいいのだが、万葉集の歌人についてもそれを歌人とはいわず、もっぱら詩人ということばで語り論じ切る。さらに、その他、直接に詩歌の人でなくても詩人と呼ぶ例は多い。まるで詩人ということばをつかうあいまに、文章を書いた。そう思えるほどである。詩人は、彼がつかったことばのなかで、もっとも透明度の高いことばだった。なぜなら彼は詩人というとき、みずからが緊迫したからである。この詩人ということばには一般的な尊称を超えるものとしてつかわれているようすがある。彼にとっては、あらたかなものであるだけに、もっとも汚してはならないことばであり、観念であったかもしれないから民族とか国家といったことばをもちいるときとはちがう特別な自制心もはたらいたはずだが、それでも、おさえきることはできなかったようだ。詩を書かずして、詩人ということばをこれほど多くつかった人は、その前にもこれから先もいない。

その詩人ということばが、いつも適切であるかどうか、疑問のあるところも多い。また文藝批評家である彼が、同時代の現代の詩歌をほとんど無視してつくりあげる詩論や詩人観が、現実的ではないこともっと否定的に論じられていい。しかし思いの熱さにおいて、その論じる人を上回るものが、彼のことばにはあった。そこがとても重いところである。

詩人ということばでつくられていくその膨大な文章を見ていくと、ぼくはただひとつのことしか思い浮かばない。それは詩人ということば、あるいは存在、あるいは観念、どれでもいいが、ともかくそれらに、この世界の誰が期待するのかということである。また、詩人ということばや存在や観念に、いったい何を託していいのか、ということである。ぼくはいつの時代も、託するものはないのではないかと思う。誰も何も託していないのではないか。託するものがあるとしたら、それはいつの時代も、詩を思うものの見誤りである。そう思わせるほどに、保田與重郎の「詩人」への熱情は澄明なものであったと思われる。彼が詩人というとき、その一語は空前絶後のひびきをもった。伝統といい、歴史といい、理解する人は多いとはいうが、彼が詩人ということばをつないで、文章を燃え立たせていたとき、その周囲に、その思念や情熱に応答する人はいたろうか。おそらくいなかった。彼が思い描いた詩や、詩論が、独創的なものであれ、独断的なものであれ、ことは同じだと思う。詩を思い、詩人を思う保田與重郎は、ひとつの思いをかかえて生きる市民の一人であった。

坪内祐三……現代性を帯びたアフォリズム

〈29『祖国正論Ⅰ』二〇〇二年十月刊〉

保田與重郎の年譜を眺めていて、一九八一年十月歿という記述に行き当ると不思議な感じがする。

そんなに最近まで生きていた人なのかという気がして。

一九八一年十月なら私は大学四年生で、私の文学的ものごころは充分ついていた。

私は文学部の学生で、それなりに読書家だったけれど、保田與重郎のことを同時代の文学者として意識していなかった。例えば小林秀雄や福田恒存が同時代の文学者であったのに対して。

つまり保田與重郎は過去の文学者だった。

当時、六巻本の『保田與重郎選集』（講談社・昭和四六年～七年）はとても古書価格が高く、その値段の高さも「過去の文学者」というイメージを強くした。

しかし誤解してもらいたくないのは、保田與重郎のことを「過去の文学者」だと思ってはいても、私のふたまわり以上上の世代の人たちのように、彼についてまがまがしいイメージを持ってはいなかった。さらに、ひとまわり上の（つまり全共闘世代と呼ばれる）ある種の人たちのように、先行世代に対する反動で、彼のことを再評価しようとする思いにもあまりシンパシーを持てなかった。つまり私は、保田與重郎に対してうまく距離をはかれないでいた。

そんな私が大学の二年か三年の頃（つまり保田與重郎の存命中に）、早稲田の古本屋で雑誌『ユリイカ』のバックナンバー「特集・日本浪曼派とはなにか」（昭和五十年五月号）を買ったのは単なる好奇心だったと思う。

しかし私は、その『ユリイカ』の「特集・日本浪曼派とはなにか」に掲載されていたある一文によって、保田與重郎に対する一つの強烈な像が脳裏にきざみ込まれた。

ある一文というのは富士正晴の「伊東静雄と日本浪曼派」である。

私はその頃、富士正晴が大好きだったので、まずその一文から『ユリイカ』を読みはじめたのである。

よく知られているように富士正晴は、七歳年上の伊東静雄の親しい友人で、伊東静雄が徐々に日本浪曼派の人びとに（特に保田與重郎に）心ひかれて行くのを、冷ややかに見ていた。

だから「伊東静雄と日本浪曼派」で、富士正晴は、こう書いていた。


　朔太郎が飯粒をボロボロこぼすことへの軽蔑を中原中也に共感しているかと思うと、保田與重郎が会合に於いて、目上がおろうと、先輩がおろうと床柱を背負って座ってしまう田舎大尽の後取り的無知も、飯粒をボロボロこぼしつつ立て膝して飯をくうこれも野放図の不行儀も、朔太郎と似たかよったかだと思われるのに伊東の評価は全く逆で、保田の不行儀を不行儀とは思わず、さすが天皇家よりも歴史の古い家柄の御惣領と、本気になって礼讃するのであったから、こちらは呆れ果てて、異議も申し立てなかった。

ここで私が印象づけられたのは、もちろん、「目上がおろうと、先輩がおろうと床柱を背負って座ってしまう」という一節である。この一節を目にした時に私が思い出したのは、晩年（といっても早すぎた晩年であるが）の三島由紀夫が、谷崎賞か何かのパーティーで、選考委員席の真ん中に、他の先輩作家たちの視線などまったく気にすることなく、当り前のように堂々と座ってしまったというエピソードだ。

『ユリイカ』の「特集・日本浪曼派とはなにか」に出会ったのと相い前後して、私は、尾崎一雄の文学的自叙伝『あの日この日』を読んだ。

『あの日この日』はちょうどこの頃、講談社文庫に収録されていったのだが、その文庫版で言えば第三巻に当る百七章に「保田與重郎の兵本論に不服」という見出しが載っている。

戦前に兵本善矩という文士が（というよりも文士くずれが）いた。

尾崎一雄は若い頃、東京での文学生活に息づまりを感じ、奈良にいる志賀直哉のもとに身を寄せた。そこで同じような境遇だった小林秀雄らと共に兵本善矩と出会った。

兵本善矩は『文藝春秋』をはじめとする雑誌に数篇、すぐれた小説を発表することになるが、性格的に問題があった。尾崎一雄や小林秀雄たちは彼から迷惑をこうむった。その迷惑は、戦後、兵本が「小説の書けない小説家」になったのち、さらにひどいものになった。その顚末を尾崎一雄は、そして広津和郎は小説にした。そういう尾崎一雄の作品に、例えば、「多木太一の怒り」や「縄帯の男」などがある。

『あの日この日』を目にして、私は保田與重郎の『現代畸人伝』を読みたいと思った。

『現代畸人伝』は、さいわい、保田與重郎の著作の中でも、当時、『日本の文学史』や『天降言』などと並んで古本屋で割とよく見かける本であったから、すぐに入手出来た（いや、もしかしたら私の父の書棚にあった本かもしれない）。

『現代畸人伝』の中で、保田與重郎は、こう書いていた。

兵本君にめいわくをうけた話をかいた文士の小説のやうなものを二三ちらりとみたが、どれをとつても愚劣としてかゝれてゐる兵本君の心が、書いてゐる人間より光つてみえたのは、当然のことかもしれない。

この保田與重郎の兵本善矩論に対する七年遅れの反論が尾崎一雄の『あの日この日』の「保田與重郎の兵本論に不服」だった。

この二つの文章を読み比べてみると、理は尾崎一雄の方にあった。兵本善矩という男は、かなりとんでもないやつだった。

尾崎一雄が言うように、「保田與重郎のこの文章は、主観的に過ぎる」。

例えば、こういう文章は、

わるい人間でないのにわるい人間のやうにおもはれ、狡い男でないのに狡い男のやうにおもはれる。思ふことなすことが、みなうらはらに出て、人の世で、人に迷惑をかけるだけのために生まれてきたやうな存在に終つた。彼は清潔を願つてゐて、不潔からのがれられなかつた。しかし彼ほどの小説の名人を、上方の井原西鶴翁以来私は見たことがない。人がらは小人の極端なものだつたから、もう小人とも申せまい。

ただし私は、保田與重郎のこの「主観」が嫌いではなかった。理は尾崎一雄の方にあるように思えても、情は保田與重郎の「主観」を支持したく感じた。だいいち、「小人の極端なものだつたから、もう小人とも申せまい」なんて、とても素敵に美しいフレーズではないか。

つまり私は、富士正晴の語った、「目上がおろうと、先輩がおろうと床柱を背負って座ってしまう」という一節に強く印象づけられはしたものの、それを単なる「田舎大尽の後取り的無知」と受け取りはしなかったのである。私はそれを、近代的自我とは無縁な、万葉人的なたくましさと肯定的に受け止めたいと思った（とは言うものの、私は、万葉人のいかなるものか正確にはわかっていないのだが）。その点で私は富士正晴より伊東静雄の見解に近いと思う。

今回私はこの「祖国正論Ｉ」をはじめてゲラで通読してみて（私は講談社の『保田與重郎全集』本巻四十巻別巻五巻を全巻架蔵しているがこの「祖国正論Ｉ」の入った第二十七巻は積ん読されたままでいた）、保田與重郎の国際情勢への判断の正確や日本共産党批判のまっ当さ、さらには「イランの石油」という一文の予言性以上に、やはり、保田與重郎ならではの「主観」に深く感じ入った。

例えば、「民主主義時代の巡査の親切丁重さに、疑問を感じたのである」と述べる「民衆警官の努力」という一文。

もしはじめて保田與重郎の作品に出会った読者がいるとすれば、この一文からまず目を通し、保田與重郎の考え方に慣れておくのも一つの手であると思う。それに、「監視はいやだ、治安は守れ、では話が無理といふものだ」であるとか、「昔から『知る』ことは『支配する』ことといふのは、世界共通の語源」であるとかいうフレーズの登場するこの一文は、凶悪犯罪がとりざたされ「住基ネット」が話題となっている今、きわめて現代的でもある。

このフレーズといい、先の「小人の極端なものだつたから、もう小人とも申せまい」というフレーズといい、保田與重郎の文章には、常に、アフォリズム性を帯びた素晴らしいフレーズが満載だが（だからこそかつては、その一種の呪術性が多くの信奉者たちを生み、反対派たちからは強く恐れられていたのだろう）、この評論集にも、どこかに書き写しておきたい名言が数多くある。
その内の一つ。

人は腹一杯になれば食ひたくないものだから、権力などはもちなれた者にもたしておいた方がずつとよいのだ。急にもたせると途方もなくその棒をふるから、罪害が多い。

しかし私が一番凄いと思ったのは、「反戦藝術の真相」という一文中の一節である。ジャーナリズムは、戦争を危惧するふりをしつつ、実は戦争に興味を持っているからこそ、そのことを記事にしたがるのだと述べたあと、保田與重郎は、こう言い放つ。

興味は戦争の母である。戦争はまづ人の心の中で進行するものである。

佐伯彰一……「遅れて来た」保田読者の告白

〈30『祖国正論Ⅱ』二〇〇二年十月刊〉

かなり「遅れて来た」保田愛読者の一人といさぎよく自認すべきだろう。じつの所、なんと「戦前」からの、いかにもお古い「文学青年」の一人という他ないのだが、当時保田の名は勿論耳にしながら、愛読するには至らなかった。たしか芝書店版の『日本の橋』（一九三六年）は買い求めて、そのタイトル・エッセイを読み、構想のスケールの雄大さに驚嘆し、また生ま生ましすぎるほどの抒情性の横溢に心ゆさぶられながらも、同時にその気負いすぎた慷慨調にはかなり強い反撥を抑え難かったのだ。

いや、こうした余りに「私的」な回想にふけるべき場所柄ではないことは承知しているのだが、やはり一貫した愛読者とは違うことを言わずにいられない。当時すすんで買い求めたのは、『日本の橋』一冊だけではなく、『ヱルテルは何故死んだか』をも続けて入手した筈で、ゲーテの恋愛小説が直接の対象ならこちらにもと気軽に読み始めた所、忽ち弾《はじ》き返されたのだ。正面切った小説批評、ゲーテ論であるどころか、いきなりエンゲルスの『婚姻・家庭論』などが出てきて、当時の私には到底つき合いかねた。いや、現在の私としても、恐らくは忽ち弾き返されるに違いないのだ。以後、日米戦争勃発という思いがけぬ事態が生じて、当方も海軍入隊という予想外のめぐり合せとなったが、休日に外出を許されて『万葉集の精神』という大著を時に書店の棚で見かけたりしても、到底買い求める気にはなれなかった。

といった次第で、敗戦後は教師としてアメリカ文学集中という職業的な事情も一役買って、保田氏の存在も仕事も、ほとんど全くわが視界から消え失せた。敗戦直後あたりから、保田氏に向って盛んに悪声を浴せかけた左翼評論家たちの言説には嫌厭を抑え難かったものだが、彼等ともども保田氏の仕事も存在も、当時のわが視野、視界から遠く薄れ去ったというに近い。

私にとっての保田氏との思いがけぬ「再会」は、じつの所、一九六〇年代も末に近い頃に到来したのだ。当時「読売新聞」で「文藝時評」を引き受けていて、なるべく月々の雑誌小説以外にも視野、取材を広げたいと心掛けていた所で、ふと飛びこんできたのが、『日本の美術史』また『日本の文学史』であった。「時評」で取り上げるには、重すぎ、大きすぎるかなと内心危ぶみながら読み出した保田氏の大著二冊、何とも大らかで、しかも瑞《みず》々しく、忽ち惹きこまれずにすまなかったのだ。何という悠揚たるパースペクチヴの取り方だろう、しかも驚くほど瑞々しい生気、活力に溢れている！　こういう「生きた」手ごたえに満ち溢れた自国の美術史、文学史こそ年来ひそかに探し求めていたものと、全く思いがけない衝撃にも似た感銘を味わわされたのだ。

その際、おのずとこの何ともユニークな批評家の過ぎ越し方をふり返らずにもいられなかった。新人批評家としてのめざましくも輝かしい登場ぶり、そして敗戦後のこれまた無惨ともいうに近い失墜ぶり、そして今や六十代に近い、いわば初老の保田氏の復活ぶりの何という意外さ、そしてめざましさ！　やはり、「本物」の、そして純一無垢、生っ粋の批評家魂の持主と呟かずにいられなかった。私が改めて保田さんの旧著から、講談社版の「選集」やらを探し求めて、じっくりと読み出したのは、これ以来の話である。

そうした、今ふり返ってもフシギな気のする、いわば青春初期におけるほぼ完全なすれ違いの読書体験から、ほぼ丸ごと三十年を隔ててのフシギなめぐり合いという成行――何といっても読書、書物との出会いが基軸をなすわが生涯においても、これ程思いがけない奇縁そのものの出来ごとは又と見出し難い。そんな次第で、この「解説」も、「型破り」とは心得ながらも、少々個人的すぎる身上話、因縁話から始めずにいられなかったのだ。

　しかし、こうした少々個人的すぎる回顧、回想は、おのずとあの長すぎた大戦争期から惨憺たる敗北、そしてわが国として文字通り未曾有の「敵国軍隊」による占領支配の時期へと導かれずにすまない。私自身の生涯をふり返っても、何という思いもかけない激動、変転の時代を生き抜いて来たことかと呟かずにいられない。そして、保田氏の批評家的な生涯は、まさしく文字通りこうした大激動期と直接的に呼吸を共にし、ほぼ丸ごと運命を共にしている！　しかも、驚くべきことに、この批評家は、その出発、発端の時点から始めて、ほぼその生涯の終末に至るまで、こうした文字通りの時代との「共棲」を保持し続けてきた！　こうしたいわば純無垢の文学的「離れ業」に対しては、誰しもまず息を呑む思いを禁じ得ないだろう。比喩的な意味合いで、「時代と共寝する」とか「呼吸を共にする」といった言い方がされることは、必ずしも稀とは言えないけれど、保田氏の場合は、ただの形容や文飾からは縁遠く、文字通り全身的、生活丸ごとの「共寝」であり、「共棲」に他ならなかった。

　敗戦間近の時期に、保田氏は「召集」されて、中国大陸に送られた。これ自体は、当時の日本人として、何ら格別の話でも体験でもないけれど、保田氏の場合、結核に冒された病身であり、普通のケースなら、一たん入隊しても身体検査の段階で「即日帰郷」となって当然の所を、何故かそのまま大陸へと送り出されてしまったという。何らかのフシギな「介入」、「陰謀」が一役買ったことは、ほぼ明白といっていいのだが、彼自身は、この間の何とも「奇怪」な事情について、どうやら生涯口を閉されたままだった。いわば純粋右翼というに近かった保田氏が、どうやら「右翼」的策謀のために、病身のまま戦線に送り出されたらしいのだ。

しかも敗戦後の保田氏は、何とか無事に復員、帰郷されて、大和の自宅で農作業にいそしまれたという。そして、いわゆる「超国家主義」の指導者として占領軍の追求、呼び出しを受けたことも度重なった。その間、敗戦後の「時流」に乗ったジャーナリスト、批評家たちの中に、保田氏に、いわば最大限の罵声、嘲笑を浴せた実例のいくつかは、私自身しかと記憶にとどめている。今ここで、こうした忌まわしくも気恥しい人たちの名前をあげ記そうとは思わないが、とにかく威丈高の論難、いや悪罵そのものだった。

さて、そうした忌まわしくも耐え難いような「槍ぶすま」の中で、保田氏は病身を養い、農作業に従事しながら、ひそかに執筆を始め、さらには愛国運動をも企画、着手された模様である。当時のわが国の状況を思い合せると、それ自体、豪気、放胆という他ない次第ながら、幸い吉見良三氏による『空ニモ書カン――保田與重郎の生涯』（一九九八年）は、その間の事情をかなり具さに伝えてくれる。

敗戦後二年目の夏ごろから、保田氏を慕う青年たちが、氏を中心にして「延喜式祝詞」の講義、また短歌の指導を受ける集いが持たれるに至った。保田氏主宰の雑誌『祖国』が創刊されたのは、昭和二十四年の九月だったという。本書に収められた「正論」は、その後半二十七年正月から二十九年一月に至る期間のものだが、この度初めて通読してみて、保田氏の筆の冷厳ともいいたいきびしさ、烈しさにつよく心打たれた。その折々の時事的な話題をとり上げながら、一貫していかにも的確に的を射た鋭さが息づいていて、一項目ごとに思わず息を呑む思いがする。時期は少しずれるが、作家の林房雄が「白井明」のペンネームで、これ又水際立った「破邪顕正」の筆陣を張ったことも思い合わされるが、保田氏の場合は、まぎれもなく実名で、しかもその的のしぼり方、筆鋒のシャープさには、今から読み直して、身もひきしまる思いを味わわされるのだ。「前篇」冒頭の昭和天皇の京都ご訪問の際の京大の一部学生、さらには桑原武夫教授の言動に対するコメントのシャープさ、的確さなど今読んでも胸のすく思いがする。当時のわが国のジャーナリズム一般の何とも腰の定まらぬ危なっかしさを思い合せるなら、感慨無量とも言いたい。私自身は朝鮮戦争勃発の昭和二十五年の夏、留学生として渡米、丸一年間で帰国したのだが、「共産軍」による明白な侵攻という事態にさえ、何とも珍妙奇妙な「左翼」じみた言説が横行しつづけているのに、ほとんど胆をつぶす思いを味わわされたことをふり返らずにいられない。保田氏のこうした『祖国正論』は、その頃存在すら知らず、気づかなかった次第といった事情を今からふり返ってみると、何とも苦いもの、また憤懣の思いを改めて覚えずにいられない。

じつの所、わが国の現代史は、現在に至るまでほとんどまともに体をなしておらぬ、とさえ申し上げたい。内なる一貫性が、ほとんど全く見失われてしまって、そうした事実に気づいてさえいない言論が、世間に流布している。保田氏の『祖国正論』をいまこの時期に再刊して、とくに若い読者諸君に提示することの意義深さを強調せずにいられない。

わが国の近代史、現代史は、今からふり返って気恥しくなるような無知と傲慢さの実例にあふれているが、じつの所、敗戦以後も、そうした「体たらく」は一向に改まっていない。いや、敗戦による卑屈さがこれに輪をかけた恰好で、正視に耐えないような実例ばかりがひしめいている感じさえしてくるのだが、保田さんの時事論、現代批評にふれると、改めて「正気」「正論」のありかと意味をふり返らずにいられない。

保田氏は、祖国の敗北によって、烈しく打ちのめされながら、一たんはどうやらほとんど「狂気」に近い境地に追いつめられながら、渾身の意力をふりしぼって見事に復活、再生を果された。そうした類の少い「復活」、再生の足跡と息吹が、この時論集には、ほとんど生ま生ましい形で息づいているのだ。一項目、一事件ごとに立ち止ってコメントしたい記述と論評が、本書には満ち溢れている。とくに若い読者諸君の熟読、熱読を切望せずにいられない。

神谷忠孝……語りつぎ云ひつぎゆかん

〈31『近畿御巡幸記』二〇〇三年一月刊〉

昭和四十四年（一九六九年）十月二十五日、蓮田善明二十五回忌が荻窪の料亭桃山で催された。出席者は敏子未亡人、斎藤清衛、浅野晃、高藤武馬、中河與一、三島由紀夫、林富士馬、田中克己、小高根二郎、栗山理一、池田勉、今井信雄等二十九名で、私もその席にいた。

「果樹園」主宰の小高根二郎氏が当時帯広の短大に勤務していた私を蓮田善明二十五回忌に誘ってくれた文面の中に、保田與重郎氏も出席するかもしれないと書いていたので、できればこの機会にお会いしたいと思って上京したのである。私は昭和三十九年に提出した修士論文が保田與重郎研究であり、博士課程では研究領域を広げ亀井勝一郎や蓮田善明についても研究を進めていたので小高根氏が誘ってくれたのである。目当ての保田氏は欠席とわかってがっかりしたが三島由紀夫と話ができたのは幸運であった。

出席者の中で年少の私に何か話すように言われたので、日本浪曼派を保田與重郎にして研究しているが、同じように死の美学を説いた両者を比較して片方が自決しもう一方が生き延びていることを指摘し、日本浪曼派はこの両者を見据えて研究を推し進めなければ真相は見えてこないと思うというような発言をした。そのあと三島由紀夫がそばに来るようにうながし盃を交わしながら、蓮田先生の自決は理解できなかったが四十歳を過ぎて理解できるようになった。それは日本の知識人への怒りであるように思うという趣旨の発言をしたことを覚えている。翌年に三島が自決したとき蓮田善明のあとを追ったなと感じたのはこのときの印象があったからである。保田與重郎に会ってみたいという思いはその後も持続したが、会う前に研究をまとめなければならないと自分に言い聞かせた。

私は二十八年前に『保田與重郎論』（雁書館・一九七九年九月）を上梓した。意図したところは文学史への正当な位置づけであり、「保田與重郎と戦後文学」「保田與重郎の小説」「初期の評論」「昭和十年代の転換」「保田與重郎の農本思想」などを中心に、中島栄次郎、立原道造、蓮田善明、檀一雄、竹内好、中野重治などとの関連について論じた。この本を保田與重郎に献呈したが返事もないままに他界され、ついにお会いできなかったが、生前に眼を通してくれたと確信している。

この本の反響については国内よりは海外で顕著であり、ロマノ・ヴルピッタの『不敗の条件』（中央公論社・一九九五年）、ケヴィン・マイケル・ドークの『日本浪曼派とナショナリズム』（小林宜子訳・柏書房・一九九九年）などで参考にされている。日本浪曼派、とりわけ保田與重郎は海外の日本文化研究の核となりつつあり、今後ますます関心が増すであろうことが予測できる。

私の保田與重郎への接近は横光利一研究の延長上に到来した。大学の卒業論文に横光利一を専攻し、その生涯にわたる文学的営為を概観したとき、戦前の高い評価に比べて戦後の評価は著しく低く、敗戦後数年の間は全面的否定の言辞にあふれていた。その中で保田與重郎の「古代の眼——横光利一を悼む」（「胎動」一九四八年三月）に出会った。（『日本に祈る』所収に際し「最後の一人」と改題）それは横光の『夜の靴』（鎌倉文庫・一九四七年十一月）にふれたものである。

横光の文学に、一種の老年の現れた事実は、戦争終焉一年有余の後に私の知つたところである。一種の老年といふのは、老年と云ふ語でわが国の人々が簡単に納得するやうな、枯淡とか消衰といふ類のものではない。比喩的に云へば、彼の青春の文学が悉く曠野と化したやうな中に、厳然として、生々しく、執拗に、原始素撲な文学が、あまりにも原始素撲なるがゆゑに、すでに千年の昔に今の文化の如きを経験しつくしてきたかの如きそぶりを示しつゝ、位置してゐるのである。（中略）彼は神につながる血と、天造の信を描いた。正しく時代のイロニーである。これは最高の戦ひと同時に最も低い戦ひをなさねばならぬ状態である。聖者でなければ、今日の世にこの愚を守ることは出来ない。詩人の悲劇と、今にして呼べばよいであらう。

横光利一が文学者の戦争責任論議で矢面に立たされながら弁明せず初心にかえって文学的再出発をはかろうとする姿勢を正しく評価している文章である。横光追悼の文章に示された共感は保田の『日本に祈る』（祖国社・一九五〇年十一月）の「自序」の冒頭「余ハ再ビ筆ヲ執ツタ。余ノ思想ノ本然ヲ信ズル故ニ、吾ガ民族ノ永遠ヲ信ズル故ニ、吾ガ国ガ香シイ精神ト清ラカナ人倫ヲ保全スル所以ヲ信ズル故ニ、余ハ醜悪ト卑怯ト悪意ト弁解ト追従トガ、タトヘ世ヲオホフ観ヲナストモ、ソレラニ敗レナイ」につながるものがある。横光の信念を継承しようという覚悟があらわれている文章とも読みとれる。

私が大学院で日本浪曼派研究を選択したのは横光の「旅愁」を評価するためには戦時下の思想動向を知りたいと思ったからである。その頃まだ廉価であった保田與重郎の著作を買い集め国会図書館で「コギト」に載った保田の文章を読んでいくと、初期の評論に横光への言及が多いことに気づいた。「印象批評」（「コギト」創刊号・一九三二年三月）、「文学と心理学」（「コギト」一九三二年五月）などにおける横光の「機械」への高い評価と保田が発表した小説に、時代の危機を共有する態度がみられた。その保田が横光に訣別するのは「『純粋小説論』読後」（「行動」一九三五年五月）であり文学の通俗化を唱えた横光に強く反発し、「紋章」の終わったところから「日本浪曼派」ははじまるとまで言い切っている。「日本浪曼派」創刊号と二号に連載した「川端康成論」にも横光への異和感を表明しており、川端康成への関心を高めている。

文藝評論史における保田與重郎の位相については三好行雄氏が「転形期の評論と戦後文学」（三省堂・「現代日本文学講座評論・随筆3」昭和三十八年四月）で示した次のような見解が今も有効である。

ごく図式的ないいかたになるが、敗戦以前の昭和期の文藝評論史におけるもっとも顕著なドラマは、マルクス主義批評の擡頭から挫折への過程と、その消滅に踵を接した日本浪曼派系評論の跳梁という事態であろう。批評家の名前をあげていえば、蔵原惟人の沈黙と保田與重郎の登場とが、一本の線上に継起したのである。その興亡の歴史に超越して存在した小林秀雄の名前をここにつけくわえることで、昭和前期文藝評論の象徴的な見取図が完成する。かれらの形成する三角形の内部に、すべての問題がひしめいているのである。

この見取図は戦後の評論史を概観するうえでも有効だ。「新日本文学」「近代文学」系のマルクス主義批評が復活する一方で、ナショナリズムを視野に入れた思潮が戦前に日本浪曼派の影響を受けた橋川文三、吉本隆明などの戦中派によって展開された。戦前の小林秀雄の役割を継承したのが竹内好であった。日本浪曼派の理念を引き継いだ三島由紀夫が戦後文学に投げかけた問題を解明する意味でも保田與重郎の再検討が重要な時機である。

『近畿御巡幸記』は雑誌「祖国」の昭和二十七年一月号から四月号に連載された。「御製」九首は連載最後のあとに収録され、七首目の「色づきしさるとりいばらそよごのみ目にうつくしきこの賢島」について、〈御製中「さるとりいばら」「そよごのみ」はいづれも暖地植物で、賢島ではいたるところでみられる。〉という注釈が施されていた。
「近畿御巡幸記謹撰の趣旨と感想」で保田は、「本書の意図は、天皇の尊厳を論じ奉るものでない、国体の論を立するものでもない。陛下と人民と国のあり方を、文学として示さんとしたものである。よつてこゝに真日本があり、且つ日本の実相実体をこゝに知つたものは、その事実についてさかしらの論を立てる代りに、この実体実相をしかと魂にひゞかせ、肚の底に応へしめて、しかるのちに万般の時務に従ふべきである。」と述べる。

昭和二十六年十一月十一日から二十五日までの十五日間にわたる近畿巡幸の様子を記事にしたすべての新聞に目を通して記述する方法は今日ではドキュメントと名付けているが、これを「文学」として示そうとしたこの作品は国民の熱狂的歓迎ばかりでなく、京都大学の同学会が天皇来学に公開質問状を提出したことに対する京大の教授たちの談話を新聞記事から引用して客観性をもたせている。新聞記事を併列することで新聞社の姿勢のちがいが見えてくる部分もあり、後世に残す記録として歴史資料になっている。保田が言う「文学」とは事実を記述することで判断は後世にまかせるということである。天皇制をめぐる知識人の言説に対し日本国民の大多数がいかに感激したかという実態を新聞記事を資料として提示してみせたのである。

『近畿御巡幸記』を「文学」として提示した保田與重郎の方法をさかのぼると、「我が最近の文学的立場」（「コギト」昭和十五年三月）で、「語りつぎ云ひつぎゆかん――といふあのさしせまつたところだけで生きればよいと、だん〳〵に私は思ふやうになつた。私の文学が私の手にある間は、大衆とか社会など考へない。私はさういふ消極にゐるのである。」という文章が想起される。以後の保田與重郎は現代文学への関心を後退させ、『万葉集の精神』（筑摩書房・昭和十七年）、『南山踏雲録』（小学館・昭和十八年）、『校註祝詞』（私家版・昭和十九年四月）などの国学の道を歩む。戦後の仕事はその延長上にある。

富岡幸一郎……虚空の文字の力

〈32『述史新論』二〇〇三年一月刊〉

本巻に収められている『述史新論』は、保田與重郎の未発表遺作として、昭和五十八年六月末に発見されたものであり、『日本史新論』と書名をあらためて、昭和五十九年十月に新潮社より刊行された。執筆時期は昭和三十六年頃であろうから、著者の没後一年九ヶ月目に発見されるまで、二十余年あまり日の目をみることはなかったのである。

保田與重郎の『現代畸人伝』の『新潮』誌連載がはじまったのが昭和三十八年、その文学と本格的に対峙しようとした大岡信の「保田與重郎ノート——日本的美意識の構造試論」(『抒情の批判』)が出るのが昭和三十六年であることを考えれば、戦後の文壇によみがえった保田の文章として、『述史新論』はきわめて重要な、決定的な著作となりえたことは容易に想像される。しかし、『現代畸人伝』に引き続き、『日本の美術史』(昭和四十三年刊)、『日本の文学史』(昭和四十七年刊)と文藝ジャーナリズムで健筆をふるうなか、この論稿は時代の底にねむったまま放置されたのである。

この事実は、今日いくつかのことをあきらかにするだろう。ひとつは、保田與重郎は、その文業を早くから支持し、高く評価する人士や編集者らによって、占領軍による公職追放や文壇の左翼陣営の批判・誹謗のなかにあっても、その濁流をはるかに凌駕する、その孤高の存在の大きさを十分に認められてはいたが、それでもなお「戦後」という時代にとって、決定的に異質な、禁忌以外の何物でもなかったということである。つまり、それは誰それが支持するとか、ジャーナリズムが受け容れるといった事柄なのではなく、保田という存在自体が、時代そのものにとって、強烈かつ巨大な敵対者であったことを意味する。その著述の言葉が、もし白日のもとに明らかになれば、言葉の発する光の強度によって、時代そのものが溶解し、流れ出してしまいかねない。それは右翼的とか左翼的といったイデオロギーの問題範疇を超えているのであり、政治や国家や民族というものを、西洋文明を基準にして一般的にとらえる他はなかった「わが国の近代という現実面」が、海底火山の爆発によって、その地盤から崩れ落ちるように、瓦解することであろう。そのように「戦後」という時代と、そして日本の「近代」自体と、文字通りクリティカル（危機的・批評的）に対決する言葉――『述史新論』は、そんな衝迫力にみちた論稿なのである。

　私も昭和五十九年に出た『日本史新論』を読んだときの衝撃を、今も鮮明に覚えている。《国を愛し、国を思ふ人々が、その隠忍の果に、おもむろに激情を発する時、そこに不安も動揺もない》と冒頭に著者は記す。しかし、私自身は、この「激情」に接して、まさに自分が立っている地面が底のほうから崩落してゆくような、不安と動揺に突き動かされた。それは文学的感銘などというものとは、全く質の違う感動であった。

> 　さきの朝鮮戦争前後に我国は一つの岐路にゐるのを感じた。講和と中立論が、その主問題であつた。しかし当時のその主張者たちは、中立を貫く原理を、自主的な見地でもたなかつた。国が新憲法の下に、近代の兵力を放棄したことは、当然の前提及び結果として近代の重工業を所有せぬことである。終戦処理に当つての基本策は、我国より近代を追放する処置に他ならなかつたのである。しかし彼らの空想的な理想は、近代を追放しつゝ、近代の繁栄だけを享受しようとした。……

保田は日本国憲法を占領軍アメリカが、敗戦国民たる日本人に押しつけたものであるとか、逆に新憲法こそ「戦争の放棄」と恒久平和という人類の理想をうたったものだ、といった社会的議論の是非には全く目もくれず、新憲法の平和理念を真実に実現せんとすれば、それはすなわち日本人が、自ら「近代を追放」する他ないと主張する。しかるに朝鮮戦争以後の日本は、経済復興という「近代化」をなし、「近代の繁栄だけを享受しよう」としてきた。

これはいうまでもなく、明治維新以後のわが国の「文明開化」の方向が必然的にもたらした、大きな矛盾であり、その悲劇が大東亜戦争であり、その徹底的敗北であった。

もちろん、この矛盾は、保田與重郎だけでなく、戦前の「近代の超克」の議論などでくりかえされてきたし、戦後も竹内好や橋川文三、さらには三島由紀夫らの運命も決定づけたアポリア（難問）であった。さかのぼれば、岡倉天心の、《西洋人は日本人が平和な文藝に耽《ふけ》つてゐた間は、野蛮国と考へてゐたものである。ところが日本が満州の戦場に大虐殺を行ひ始めてからは文明国と呼んでゐる》（『茶の本』）との声にもつながるであろう。

しかし、『述史新論』は、日本の文明開化以来の矛盾と悲劇を、不可避的な現実として見すえながらも、戦後においてそれを決然と乗りこえるべく方向性を、明瞭に示している点で、おそらく〝近代〟の超克の議論（それは昨今のポストモダン論でもある）とは無縁のものだ。いや、その議論の構成そのものを一挙に踏破しているのだ。

それは作中の、次のような、簡明な一言において究まっている。

今日の時務情勢を裁断し、当面の危機の打開のためには、国民的自覚の回復と、その権威の樹立が緊急である。日本の本質論的闡明が、今日に於ける窮極唯一の方法と信じられるのである。我々は人間である以前に日本人である。日本人であることの自覚によつて、人道に寄与し得る事実を知つたのである。我々が日本人であることは運命であるが、それはそのまゝに使命である。

「我々は人間である以前に日本人である。」――このような言葉を、少くとも私は一度として耳にしたことはなかった。戦後教育を受け、高度経済成長の時代に成長し、アメリカニズムという名の「近代の繁栄」を、ほとんど無自覚的に享受してきた世代の一員として、保田與重郎のこの言葉は、まさに青天の霹靂、目からウロコであった。というのも、「日本人である前に我々は人間である」というのが、新憲法の理念であり、人権の思想であり、戦後の新しいニッポン国の基本的な考え方である、ということを「我々」はくりかえし教えられ、すり込まれてきたからである。

しかし、「人間である以前に日本人である」とは、一体どういうことなのか。むろん、保田によれば、それは日本人の道徳、すなわち米作りの暮しとその手仕事の世界としての、生活それ自体を取り戻すことである。「皇大神宮の祭祀」の一節を引くならば、《年々にくりかへしつねに一つで、永遠で、しかも新しいものである》日本の「国体の本姿」を、あらためて見出すことである。古代の祭政一致の農耕生活を「永遠の信の根柢」とし、「平和の根基となる生活」として信奉することである。

近代の繁栄を否定することは、驚くべき非常識であらうか。しかし過去の時代に於て、老子が、釈迦が、孔子が、そしてキリストが、当時の繁栄をその政治もろともに否定した態度もこゝにあつた。近い時代に於て、本居宣長が、大塩平八郎が、さらにガンヂーが、そしてトルストイも、つひに到達した決意であつた。かうした人々の到達の過程に於て、我々は人間のもつ誠実が、いたましいまでに厳粛であり、神聖を思はせる高貴にみちたものなることを痛感するのである。

ロココ風の洋館に住み、西洋料理が大好きで、キモノなどは一年中着たこともない、アルコール類も全部洋酒……という三島由紀夫の家に招待された若い自衛官は、泥酔して、こんな西洋かぶれで、何が「攘夷」だと異議申し立てをしたという。三島はそれにたいして、「私の西洋式生活は見かけであつて、文士としての私の本質的な生活は、書斎で毎夜扱つてゐる『日本語』といふこの『生つ粋の日本』にあり、これに比べたら、あとはみんな屁のやうなものなのである」といったという。

作家三島由紀夫にとって、「日本人」であることは、「生つ粋の日本」としての日本語に賭けることであったことは、よくわかる。しかし、彼は保田が語ったような「わが建国の精神」としての「生活」、「日々の暮し」を信じることはできなかった。昭和四十五年十一月二十五日の、三島由紀夫の自裁は、この近代を否定することの矛盾と難問の、論理的解決（あるいは解消）であっただろう。

では、保田與重郎自身はどうだったのか。『日本に祈る』に収められた諸作を読むと、保田は終戦の翌年、中国から復員し故郷の大和桜井へと戻り、そこで農耕生活に従事したという。それは彼がくりかえし書いた「米作り人」としての日本人の「暮し」、アジアの「生活」のはるかな追体験であった。荒廃した水田を復元する作業にいそしみながら、保田は「近代の繁栄を否定すること」が、決して「非常識」ではなく、むしろ自然な健全な営みであるとの確信を持ち得たのかも知れない。「近代」の否定は、日本人にとって「超克」でもなければ「アポリア」でもない。保田の文章はそう語りかけて倦まないのだ。

しかし、私はその農作業云々よりも、「米を植ゑた」り「薪を伐つたりしてゐた」そのときに、保田自身がはじめて知り体験したという、次のことに注目したいのである。それは、文章や文字が、

「空にかけるものである」という「発明」であった。

私は非常に閑があつたので、空に字をかいて手習ひをしてゐた。空にかく字はすうつと空に消えてゆき全く気持よい。この時ほど本気で字をかくことを習つたことはなかつた。そこには筆墨も手も腕も必要なかつたからだ。その時目をつむつてかくといふことに私は気づかなかつた。それは長谷川の上流の谷あひの空があまり美しかつたから、とても目をつむることなど出来ない。私は青い空に小さい字をかいてゐた。その時目をつむるといふことに慣れてをれば、三山先生晩年盲ひられるころの筆蹟や、わが年来の旧友老大人の目を閉ぢてかかれる合目の書のまね位を獲たかもしれぬと、このごろになつて気づいたことである。(『日本の文学史』序説)

私は『述史新論』こそ、保田與重郎が戦後の日本人に向けて書き遺した、この虚空の文字ではなかったかと思う。そう考えるとき、永らく空にあった文字が、作者の没後、忽然と地上へと降って来たことも偶然ではないように思われるのである。この文字は、戦後のあらゆる現実めかした政治論、歴史論、思想論をことごとく絵空事たらしめる、怪しい力に溢れている。

保田典子——そのころ（『保田與重郎全集』月報）

『保田與重郎全集』月報連載　昭和六十一年十二月〜昭和六十三年十二月　講談社刊

鼠の思ひ出

徒然草二百四十段「仲人、いづかたも心にくきさまに云ひなして、知られず、知らぬ人を迎へもて来らむあいなさよ。何事をか打ちいづる言の葉にせむ」。先頃、古典教室で講義を聞き乍ら、ここの所で思はず、私はすつかり忘れて居た五十年昔の私共の見合ひの日を思ひ出して居た。

結婚の相手は自分で見付けるべきでなく、親達がいろいろの点を考へた上で、双方が大体この縁ならば、といふ段になつて初めて会ふものといふ古風な時代であり、仲人さんといふ、半ば職業的にその様な世話をして居る人が幾人もをつて、年頃の娘、息子の居る家々の間を往き来しては、いはゆる仲人口をきいて纏めて居る世の中だつた。それで母から保田との縁談を云はれた時、何の躊躇もなく私は見合ひする事を諾つた。

仲人さんがあれこれ準備されて日を決め、大阪のさる料亭で会見といふ事になつた。私は母と弟、それに幼くして亡くした父に代つて母の弟の叔父に頼んで来て貰つた。叔父は当時大阪高等学校の教師をして居て、大高在学時代の保田を見知つて居るせゐでもあつた。私達が先に坐つて待つて居る所へ両親と一緒に三人で保田はやつて来た。女ならば大体、和服は当然だつたが、父も本人も着物姿で、おまけに父は黒の、保田は灰色のトンビを羽織つて居るのであつた。「男の外出着は背広」と思ひ込んで居た私は、その事に先づびつくりした。それから両側に対ひ合つて坐りお膳が出て一緒に食事といふ事になつたが、私は殆んど俯いて許り居て何も喋らず、お箸を持つても何にもさう食べなかつた様な気がして居る。叔父は保田とは顔見知りではあり、何かと座を取持つて父や本人に話かけて呉れた。

やがて食事もすみ仲人が設定した別室で話合ふ様にと、二人丈で向ひ合つたのであつたが、すつかり固くなつて了つて何時まで経つても黙つてただ坐つて居る許り。いまから考へてみるに、その時保田は多分煙草丈はふかしていたに違ひないと思ふのだが、その記憶は全然ない。全く「何事をか打ち出づる言の葉にせむ」の文章そのままである（尤もその時に私がかう思つたわけではない。第一、そんな心の余裕があらう筈もない）。私は、もぢもぢと手にハンカチを玩び、膝の上で拡げては又巻いたりして鼠を作つて居た。このハンカチで鼠を作つたといふ事を私は五十年の間ただの一度も思ひ出したりはしなかつたのに、あの日の事を振り返つて居ると突然鮮やかに浮び上つて来た。併し今ではもう、どの様にすれば鼠の形が出来上るのやらすつかり忘れて了つて居る。ただハンカチの端から斜めにくるくると巻いてゐたの丈を妙に判然り覚えてゐる。

と不意に「それは何ですか」と、はじめて保田が言葉をかけたのであつた。下を向いたまま繰返しそんな事をして居た私は、はつと顔をあげて咄嗟に「ハンカチです」と答へて了ひ、質問の意味を計り兼ねたのと、自分の間の抜けた返事とに気付いて、思はず顔が赤くなつた。何といふ気の利かない返事をした事かと、自分の云つた言葉のみじめさにただもう恥しくて、あとは何が何だか分らない気持となり、その後どんな話をし合つたのか全然覚えて居ない。

あれから五十年近くを経て、一人残された今、何もかもが夢の話とも思へる。

（第十四巻）

河内の野道

昭和十年代の初め頃、東京の文壇では、保田は華やかな存在だつたらしいが、娘時代の私はそんな事はなんにも知らず、たゞ両方の家同士が釣合つてゐるとて縁談があつて、見合ひする事になりやがて婚約したのであつた。大和と河内とはお互ひに昔からの家の事情が分り易かつたので、結婚の相手を選び合ふ土地柄であつた。

倉田百三の「絶対の恋愛」といふ本に「保田君は五月に、結婚したさうです。河内の人、文学をやらない人ださうです。東京で一緒に暮してゐます。私は何か、ホツとしました」といふ文章がある。この本は倉田氏が或る少女に宛てた熱烈な恋愛の書簡集で、昭和十三年九月二十一日附の文章の中にある。その同じ手紙の前の所では、保田と「コギト」とについて触れ「この雑誌にあなたのものを載せるやう、昨日保田君に話して、承諾を得ました」といふところもある。その少女は文学志望の、倉田氏の弟子で、作品を「コギト」に載せるやうに氏が計らつたらしい。

その頃、保田與重郎が誰と結婚するんだらうかと、関心を抱いてゐる人があちこちにあつたといふ事を、後に、萩原朔太郎先生が東京会館での、私共の披露宴の席で仰つた。倉田氏も関心を持つてゐた一人だつたのだらう。

いづれにしろ、娘時代の私は、全く文学には関係なかつた。私の生れた家の屏風に色紙の散らしたのがあつて、その一つに有名な「さつき待つ花橘の」歌がちらし書きにして貼られてゐるのに、長い間知らずに過してゐた。座敷の茶棚の後に、いつもその屏風は立てゝあつたが、さういふ色紙には何の興味もなく、読まうともしなかつた。保田と婚約して後、何度目かに訪ねて来た時、はじめて教へられたのであつた。それも私に直接教へてくれたのではなく、母と三人で散歩してゐた時「さつき待つ……」と保田が口ずさんだその声が、未だに耳の底に残つてゐるやうな気がする。夕方の暗くなりかけた河内の野道であつた。あたりは右も左も田圃で、遠く近く蛙の声が喧しく、話し合ふ私達の声も消される程だつた。

見合ひの時以来、何といふ事もなく保田を変つた人と思ふ印象が抜け切らないまま、私は中々なじめずにゐて、訪ねて来ても保田は母と話し合ふ方が多かつた。母は昔々の文学少女で、十六歳で父の処へ嫁ぎ二十八歳で死別したが、父と一緒に読んだ本のことなど、いつまでも懐しがつてゐた。保田との縁談も最初から母は乗気だつたのである。保田は話上手で、殊に若い頃は年上の女の人に親切でやさしく、又それとなく甘えるのが実にうまかつた。母が常に嬉しさうに、楽しんで話し合つてゐたのも尤もだつたやうな気がする。


（第十五巻）

愉しい手紙

昭和十三年に私達が結婚するまで保田は、東京市杉並区高円寺六ノ七三八　原田様方に永い間下宿してゐた。其の住処へは、婚約してから後、私は度々手紙を出してゐる。その下宿の女主人が東京の下町の出身で、三人姉妹の一人であり下町の昔のよいところを身につけたしつかり者だといふ事や、姉妹それぞれの明治時代を生きた、たくましいヱピソードなどを、話題として面白をかしくいろいろ話して貰つた事である。一度だけ母と一緒に其処を訪ねた事があつたが、狭い階段の急なのを上つていつた二階の、六畳位の部屋だつた。婚約時代の保田の、東京からの手紙はいつもその部屋で書かれてゐたのだつたんだと、五十年経つた今になつて、ふと思ふのである。

私信は公表すべきでない、といふのを持論にしてゐた保田の言葉は肝に銘じてゐるが、その頃の、大変愉しい手紙が残つてゐるのでその一部を写してみたい。

「……河内の方もきつと暖いでせう。僕はあなたの方の土地を思ひ出して、今宵は大へんいゝ気持になりました。そんなにいゝ気もちになつたので、実はこんないたづらがきして、誰にも出さきがないので、あんたに出すのです。いたづらがきだからあなたにかくわけでありません。少々巷で酒をのみ、やゝ字も口ももつれてゐるのです。今晩は、僕は支那へ旅行することをすゝめられてきました。（中略）しきりに旅心のわくのを当然とあなたも思ふでせう。しかし決心したわけでなく、たゞ楽しく思つてゐるだけのことです。行きたいとしきりに思ふのです」

巻紙に毛筆で書かれてゐて随分仮名の多い手紙だと写し乍ら思つた。日附は昭和十三年二月廿八日。確かにお酒に酔つて書いたと一目で分る手である。この手紙を読んだ当時、自分がどんな感想を持つたかといふ事などはすつかり忘れて思ひ出せないが、今読み返してみて、若い日の保田の雰囲気がそのまま出てゐるのを懐しく思つた。

この時すゝめられた旅が実現して後の蒙疆（佐藤春夫先生と龍児様との三人）の旅となつたのである。四月九日附の手紙には旅行を判然りと決めてきたと書いてゐる。その手紙には「結婚の祝に佐藤先生がくれる絵の約束をしてきました。アネモネの花の絵です。（この花が気に入つたと云つたら、お祝にとつておくと奥さんが云つたのです）。さうして支那から帰つたら結婚するとちやんと宣言してきました」とも書かれてゐる。

東京で最初に住んだ野方の家、後に移り住んだ落合の家、どちらにもその絵はいつも掲げてゐた。明るくて美しい彩りの、大変やさしい油絵であつた。残念なことに、昭和二十年五月の戦災で落合の家と共に焼けて了つた。

（第十六巻）

茶箱

私には嘗て、二つ違ひの大変仲好しの弟があつて、少女時代から娘時代にかけて一緒にスキーに行つたり、富士登山をしたり、割合近くだつた金剛山には、なん度も一緒に登つたりしてゐる。又高知高等学校へ帰る弟の船を大阪築港の棧橋まで、母や私の友達など大勢で見送りに行つたりしたものであつた。保田との縁談の時にも相談したし、見合ひにも一緒に列席して貰つて意見を求めたりした。そして私が保田と結婚する事になつたのを非常に喜んでゐたのだつた。

私共の婚約の後、弟は一人旅に出かけ、東京では保田の下宿を訪ねて一泊したらしい。その翌日、保田から「隆久氏けふ僕のところへき、今ばんは君の希望にて、新宿の裏町を案内しました。いま午前五時、かるい寝いきをきいてゐるところ」といふ手紙を貰つた。その後弟から出した手紙への保田の返事が大変やさしくて美しい文章だつたので、弟はそれを読み乍ら「姉さんは倖だ」と云つたのを思ひ出す。全文を左に。

「拝復。駿府よりのお便りとそれに、静岡のお茶ありがたう存じました。一人の旅に御収穫の糧も多かつたこと丶存じます。見るものすべてめづらしいといふやうな気持は、青年にしかないものです。私もはるかに遠い日に静岡の町の静かさに驚きました。それから清水港の荷あげ場で、海の向ふに見た富士山の美しさに感心しました。あれは浮世絵の色と形のま丶でした。浮世絵の絵師もきつと、毎日毎日不二ばかりあの地この地から眺めてゐて、その果の感興の不二を描いたのでせう。東京では小生忙くて全く失礼しました。敬具。昭和十三年一月廿八日。保田與重郎。隆久様」

その弟が思ひもかけず同じ年の四月に急逝したのだつた。私は当時、悲しくて〳〵これ程の悲しみが世の中にあらうかと思ふ許り歎きに沈んだ。電報でのしらせを受けた保田から、折返し返電があつた。「タイヘンナコトオコリコトバナシ　アスアサ七ジオウサカニツク　アナタノカナシミニワタシモタヘナイ」。この電報がどんなに私を力づけたか、いまだに判然りと憶えてゐる。

郷里桜井で結婚式を挙げて上京して後、私は保田の持物の中に、弟が贈つた小さな茶箱を見出したのだつた。無論中味のお茶はすでに無いが、高円寺の宛先になつてゐて、差出人の所に「静岡にて、柏原隆久」と書いてあるのがそのままだつたのである。私は新たな哀しみと同時に、保田の暖かい心に触れた思ひで心から感謝した。私はその箱を弟の形見とも思ひ大切にして、転宅の際にも持つてゆき、落合の家が空襲で焼けて、ともに無くなつて了ふまでずつと手許に置いてゐたのだつた。

（第十七巻）

誕生日

保田の誕生日は明治四十三年四月十五日となつてゐるが、それは戸籍に記された日で、本当は四月十三日なのだと母に教へられたといふ事を私は何べんも保田から聞かされてゐる。丁度その日が、桜井の町に初めて電灯のついた日だつたので決して思ひ違いではないと母が云つてゐたといふ。さういへば、保田の生後三ヶ月余りの写真の裏には明治四十三年四月十三日出生と判然りと記されてゐる。

或人がいつか、保田さんは生れたのが春の花のさかりの頃で、秋の紅葉のはじまる前の暑くも寒くもない丁度好い季節が命日となりましたねと、さも感心した様に云はれた事があつた。私も成程と思ひ乍らきいた事である。

保田自身は自分や家族の誕生日など、いつも全然気にとめなくて自分の日すら忘れてゐるかの様に口にした事もなかつたが、むかし若い頃はさうではなかつた。婚約中の昭和十三年四月十五日の手紙には「けふは私の生れた日ゆゑ美しいことばで書きたいのですが……」などと書いてゐる。その数日前に私の弟が亡くなつたため、急拠東京より帰郷して、葬儀に列席して後、桜井にゐる間の手紙であつた。

私の生家では家の跡を継ぐ弟がなくなつたため、親族会議を開いたりして私の婚約を解消しては……といふ親類もあつたりしたのであつたが、結局母の決断でさういふ事にはならなかつた。併し乍ら弟の葬ひの席に保田がゐる事は、婚約の露骨な牽制のやうな表現となる事を、意味するやうにとられるだらうと保田は非常に嫌がつたのであつた。「それを思ふと死者のために申訳ないし、このときに純粋な行為をそのための利用と思はれることは、隆ちやんにも私にもおよそ悲しい」「隆ちやんを知つてゐる一人の友だちとして……」といふやうな手紙の文章の終りに生れた日云々が書かれてゐるのであつた。

その後、もう一度誕生日の事で記憶に残つてゐる事がある。河内の実家で長男が生れたあと帰京する日を、予定の日より延ばす事になり、四月中旬帰京の由を知らせたところ、「四月十五日なら誕生日でよからうなどと誰かが考へたのではなからうか。と思ったり、さうしてよけいに腹がたつた」といふ怒つた手紙を受取つてゐる。

若い頃はその様に自分の生れた日を気にしてゐたのにいつの間にかさうではなくなつたらしい。そして、何十年も後の昭和四十三年四月十五日に、丁度上京中であつたが、誰かに昭和と明治を置替へる丈の違ひだと云はれた時、誕生日といふ事は忘れてゐたらしく一瞬怪訝な顔をしてゐたがやがて気付いて、何とも困つた様な、はにかんだやうな風であつた。

（第十八巻）

旅信

佐藤春夫先生、龍児様との三人で保田が朝鮮を経て満州・北支から蒙古への旅に出たのは昭和十三年五月二日のことであつた。当時は事変中の事とて現地へ行くためには陸軍の新聞班の証明書が必要にて、出発の数日前になつてやつと届けて貰つたといふ事である。

前日の五月一日に保田は西下して大阪に宿を取り、連絡を受けて私は母と一緒にたづねて行つた。旅行のために新調したらしい灰青色のダブルの背広を着た保田は黒い帽子を被りスネークウッドのステツキをついてゐて、後年の保田しか知らない人には想像もつかないお洒落な姿をしてゐた。その日は食事を一緒にしてお餞別に赤いネクタイを贈つたりした後別れて帰り、翌日改めて大阪駅へ母と一緒に見送りに行つた。

出発の日の五月二日はひどい雨降りで母も私も雨コートを着て、高下駄に爪皮を嵌め、傘をさしてゐても家から大阪駅につくまでに随分濡れて難儀したのだつた。

桜井から父も見送りに来てゐたが、大阪駅では保田一人だけである。神戸の駅でその列車に他のお二方も乗られたらしい……そのまゝ下関まで行つて関釜連絡船に乗換へたのだつたが、その連絡船を待つ僅かの時間に書いた手紙が第一便であつた。それには連絡船金剛丸の青いスタンプが封筒に押してあり、SHIMONOSEKI――FUSANFERRYの便箋に走り書ながら、車中乗り合はせた戦争未亡人らしい人の連れてゐる幼な児の様子などが感動的に細々と認められてゐた。そののち

「毎日おたよりしてあなたの文箱を一杯にするつもりです」との手紙の言葉通り、四十日の旅の間一日として欠かす事なく便りがあつた。絵葉書であつたり封書であつたりした。手紙が四銭、はがきが弐銭の時代で朝鮮では日本の切手、満州北支はその国のものであつた。

そして六月九日大連発うすりい丸に乗船して十二日の朝神戸へ帰り着いたのだつた。佐藤先生方とは途中別行動の折もあつたらしいが、帰りの船は一緒だつた。桜井から父が、私は母と一緒に神戸の港へ迎へに行つた。船が近づくにつれ、三人の姿が判然り目に写り、私は佐藤先生にきつと紹介して貰へるだらうと胸ををどらせて待つてゐた。ところが降りて来た保田は知らん顔をして、わざと少し離れた所を通り過ぎお二方と別れた後、はじめて私達の側へ来て疲れた〱と何度も云ふのだつた。皆で食事をといふ事になつても場所が中々決らず（保田の気に入らず）、やつと決めて食事をすませた。そのあと保田は昼寝をしたいと云つてほんの僅かの時間に、大きな鼾をかいて眠るので私はすつかりびつくりして了つた。

（第十九巻）

多摩川

私達が婚約して後、大分日数も経つて、私は母と共に保田をたづねて上京した。丁度四月の初めの頃でお花見にと保田は多摩川へ誘つてくれた。母は用事が出来たため急に先に帰つて了ひ私だけが従いて行つた。私はそれまで二人切りで付合つた事がなくどの様に振まつてよいかととまどひ、おどおどし乍らも心はとても楽しかつた。

多摩川堤から見下ろす畑には一面に桃の花がまつさかりで、その上に矢張り盛りの、菜の花の黄色と桃のくれなゐが見渡す限りどこまでも続いてゐる様に思はれるのだつた。保田はこの美しさは支那の風景だと云つた。その時の保田の想ひには、もう既に決つてゐた大陸への旅が心をよぎつたのに違ひなかつた。そしてこんな素晴らしい景色を見ずに先に帰つたお母さんを羨やましがらせてやりなさいとも云つたりした。烈しい春の風が堤を歩いてゐる私達に吹きあれて、保田が取出した煙草に、燐寸をいくらすつてもすぐ吹き消されて了ふものだから中々火がつけられない。私は着てゐた羽織で囲つて風をよけ、やつと保田は煙草を吸ふ事が出来た。その時の、羽織のかげですこし屈んで煙草に火をつけてゐた情景がまるで映画の一こまの様に鮮やかに甦る。それでゐて多摩川の何処を歩いてゐたのやら、その時も今もさつぱり分らない。その日はそのあと銀座に出て夕食の後、おそくなるまで話したり歩いたりしてゐたのだつた。

これまで私は自分の今までの暮し振りとあまりにも違ふらしい保田との、今後の生活が不安であり、又何といふ事なく怕いといふ印象があつた。実際もつとずつと早い時期の手紙に、「私は一番機嫌のよい時には人を虐めてゐるし悪いときは癇を立て丶ゐる」などと書いて嚇かすものだから、どうしてよいやら分らない気持でゐたのだつた。併し今度の旅のこの多摩川の一日でやつと心を落着ける事が出来た。

その翌日私は帰る事になり、保田は東京駅まで送つてくれた。特急〝ふじ〟の切符を買ひ車中で食べる様にとおやつまで手渡してくれるのだつた。汽車が動き出すと自分も一緒について走りながら見送つてくれた姿を未だに覚えてゐる。私は一人列車にゆられ乍らこの数日のさまざまの事柄を思ひ浮べてお礼の手紙を書き出した。そのうちに列車のひびきのリズムにだん〳〵胸が一杯になり泪がポタポタと落ちてきた。茫とした気持で列車が京都駅へ着いた時全く思ひがけなく、列車内宛の保田からの電報を受取つた。「カヘリハソラモクモツテル』ヨ」と。読んだ瞬間私はじーんと心に沁みてゆくものを感じた。そしてあとからあとから泪があふれて来るのだつた。

（第二十巻）

取って置きの話

あれは昭和十三年秋の事である。結婚式ののち半年程経つてゐるが東京での披露宴をする事になり、それについての場所の設定やら交渉やら案内状書きやら何もかもを、私にせよと保田は云つた。場所だけは東京会館と先づ決つた。

当時私は柔順だつたし、それに若くもあつたから、こはいもの知らずに一人で会場へ行つて料理とかその他いろいろ決めて来たのであつたが、一つ後々まで気にしてゐた事がある。それは自分だけの考へで接待煙草をけちつたのである。やつぱり出すべきだつたかと、未だに折にふれて悔んでゐる。その上にも一つ、大変な失敗をしたのだつた。招待状を和紙に毛筆で丁寧に（何枚も書き損じたりし乍ら）書いたのはよいが、日附だけ書いて時間を書かずに出して了つた。受取られた側ではなん時からか分からないから、あちらからもこちらからも問合せが来た。保田は自分も目を通してゐるから怒るわけにもゆかず、せうことなしに、今度は自分で書いて出したのであつた。その頃野方の家には電話はなく葉書か電報である（後年の保田はそれ程でもなかつたが電話は大嫌ひで取付ける気はさらさらなかった）。

扨当日、会場へ着くと出席の方々は皆保田の知り人故、たれかれと保田は楽しげに談笑してゐるが、一人放つて置かれた私は話し合ふ人もなく、ただもう恥しくて隅の方の椅子に黙つて坐つてゐた。すると田中克己氏が、誰にもかまつて貰へず小さくなつてゐる私に近づいて来て、先導し乍ら席に着かせて下さつた。私は田中氏に会ふのはその日が初めてだつたが、あとで聞いた所によると氏の御生家と私の実家の本家とが姻戚関係になるとかいふ事だつた。多分田中氏はそれを知つてゐて親切にして下さつたのだと思ふ。

その席での萩原朔太郎先生のスピーチの話は前に書いたが、佐藤春夫先生、中谷孝雄、英子両先生、中河與一、幹子両先生等沢山の方々が来て下さつた。神保光太郎氏が瘦せた身体に真黒い着物、黒い袴だつたのが印象的だつた。その他肥下恒夫氏、杉山美都枝さん、藤田徳太郎氏、亀井勝一郎氏等を覚えてゐる。

式に引きつづいての披露宴ではなく、日数も経つてゐる事とて、たゞ集つて頂いて食事を差上げるだけの簡単なつもりでゐたので、服装も保田は縞物の結城の着物に縫紋の羽織、私は訪問着の略装だつた。出席の方々も大部分は気楽な服装だつたが中河氏御夫妻だけは黒紋付に仙台平の袴、夫人は黒の留袖といふ正装のいかめしいいでたちであつた。記念撮影はしなかつたし、今と違つて誰もがカメラを持たなかつたから、その日を語るただの一枚の写真もない。

（第二十一巻）

食べものの話　一

五十年程前頃、まだ結婚前の保田と二人で多摩川堤を歩いた話は既に書いたが、その折一軒の茶店で休んで〝きぬかつぎ〟を食べ乍らお茶を飲んだ様な記憶が残つてゐる。ところが考へてみると、四月の花の頃は里芋の旬ではないし、今の様な保存の方法も進んでゐなかつた昔だから、別の折の事と混同してゐるのかも知れない。

そのきぬかつぎは保田の大好物の一つである。大体芋類は何でも好きだしお豆のたぐひも好んだ。質のよい里芋を皮のまゝゆがき、いはゆるきぬかつぎで、それを手で押し出して塩などつけて食べる。毎日続いても決して嫌とは云はなかつた。お豆については野方に住んでゐた時の思ひ出がある。何からか不意に甘納豆に凝りだして毎日々々駅前まで甘納豆を買ひに行かねばならなかつた。野方の家は駅から線路に沿つて十分足らずの処で、当時商店はみな駅近くにあつた。そのあたりは商店街とよぶには程遠く、いろ〳〵な種類の店が七八軒並んでゐるに過ぎず、酒屋とか魚屋などは小僧さんが御用聞きに自転車でやつて来る時代だつた。甘納豆は一ぺんに沢山買ふと食べ過ぎていけない、といふので少しづつ私が毎日買ひに行くのだつた。甘納豆専門の店が一軒あつて随分いろんな種類を置いてゐた。毎日違つた納豆を買ふのである。どれ位の日を続けたであらうか。もう行かなくともよいと云はれた時はやれ〳〵と思つた。

魚と肉では魚の方をずつと好み殆んど何でも食べたが鮪と烏賊だけは嫌といつた。桜井でサヽ鯖と呼ぶ、八月のお盆の頃の熊野灘でとれる中鯖の干物が特に好きだつた。お盆の八月十三・四・五日の三日間精進をして十五日の夕方尊者サン（御先祖様）をお送りして後の夕食に、精進明けとして必ずサシ鯖を食べる風習だつた。海のない土地の昔のままの習慣で、熊野灘の獲れたての魚に塩をして、山を越えて大和の桜井へ運び着く頃には丁度食べ頃になつてゐたのだらう。桜井では家族の誰もがみな珍重してゐた。炭火で焼いたその焼きたてを湯の中にジュンと浸し、塩気の抜いたのを適当の大きさにほぐしてその上に鰹節の削つたのをたつぷり振りかけ、お酒をひた〳〵になるまでそゝいで食卓に出す。

その他にも、熊野から来る鰹の塩漬の〝ずぼた〟といふのがあつて樽に詰めてあつた。頭を取除き四五寸位のがドロ〳〵の塩水に浸つてゐた。それをぶつ切りにしてゆがいて食べるのだが矢張り好きだつた様である。

ずぼたは熊野灘で鰹が獲れなくなり、いつしか全然なくなつたが、サシ鯖はその後もずつとあつて、後年京へ移り住んでからは、お盆の頃桜井へ帰れば必ずお土産に貰つてゐた。これも続けて食卓に出せるものの一つであつた。


（第二十二巻）

赤いサイドカー

東京で私達が初めに住んだ野方の家は、その頃、早稲田大学の研究室にゐた弟が探してくれた家だつた。西武線の野方の駅に割合近くて、駅から家までの通りには与謝野さんの娘さんだとか、当時有名だつた斎藤隆夫氏などの家があつたりして静かな住宅街だつた。

その家には南側にやゝ広い庭があつて芝生が青々としてゐた。住み初めて幾月も経たない頃、子供がまだ生れぬさきに保田は子供用のまつかなサイドカーを買つて庭に置いた。人が結構乗れる位の大きさなので青い芝生の上で大層目立つのだつた。間もなく棟方志功さんが来られて「いゝね。こりやいゝ」と手を叩いて喜ばれた。新しい赤いサイドカーの傍で二人はとても愉しさうだつた。

さういへばふと、婚約時代の保田がおもちやの太鼓を買つた事を思ひ出した。それは赤、青、黄の彩りの菊の花模様のある小さな一枚皮の太鼓で、母と三人で心斎橋筋を歩いてゐて保田が見付けて買つた。そして実家へ一緒に帰つて来て、テン〳〵と敲くものだから私は大さう恥しく思つた。

やがて子供が生れてやつと坐れるやうになると、サイドカーに乗せて日光浴をさせたり又自分も一緒に遊ぶのだつた。写真を、といふ事になり、新宿から写真屋さんに来て貰つて何枚も何十枚も撮つて貰つた。今ならば、どうして自分達で撮らないのかと訊ねられさうだが、当時は別に何とも思はなかつた。保田が嬉しさうな顔で抱つこしてゐる写真が数葉あつて「むらさき」誌上に載つてゐたのはその中の一枚である。

その初めての赤ん坊の名前をつける時、保田はあれこれと考へて考へあぐねた末、太郎にしようかと云ふ。私はとたんに隣家の犬が浮んでどうしても嫌といつた。西隣りの家に大きな犬が飼はれてゐて始終「タロー〳〵」と呼んでをられる声が聞えてゐたのだつた。それでも保田は太郎に決めようと云ふ、途端に私はたうとう泣き出した。今にして思へばこれも例の保田式の「機嫌のよい時には人を虐めてゐ」たらしくて、面白がつて泣かせたのに違ひない。

野方の家はその後戦災にも遇つていないと人づてに聞いてゐたので、いつかは行つてみたいと思ひつつ歳月は流れ、半世紀ぶりにそのあたりに行つた。駅を降りて記憶のまゝに辿つてゆくと、昔は一本道だつたのが環状七号線のために途切れ、大廻りしなければならなかつたが目指す処はすぐに分つた。併し乍ら住んでゐた家は既になくアパートが建つてゐるのだつた。芝生の庭もあらばこそ、びつしりと建物がつまつてゐた。すぐには立ち去り難く、行きつ戻りつしてゐる時、古びた石の二本の柱があつて昔の門の名残りを見付けたのだつた。

（第二十三巻）

落合の家

私達が桜井から東京に出て、はじめに住んだのは野方であつたがその家は借家だつたので四年程経つた頃、返してほしいと云はれて新たに家を探すことになつた。

保田は自分では探すことをせず、その頃大学を出た許りの二番目の弟と私とが売家のあちらこちらを見に行つた。覚えてゐる地名では小日向台・田園調布などでその他随分方々の売家を見て歩いた。未だ人が住んでゐる家の内部を見て廻るのは決して快いものではない。或一軒の家で襖を開けてみると青い顔の病人が寝てゐて、何か悪い事をしたやうな気になつて了ひ、いつまでも忘れられなかつた。そのうちに早川須佐雄氏が落合の家を見付けて教へて下さつたのだつた。早川氏はその近くの中井駅の辺に住み、もと新聞記者で東亜研究所に勤め、保田のためよく尽して下さつたお人であった。

私は矢張り弟と一緒に見に行つたが今まで見た家と違ひ、もと根岸の武家屋敷の一部を移したとかで建物がしつかりしてゐてそれに建て方が変つてゐた。弟と私はこれならきつと保田の気に入るに違ひないといふ気がした。所が保田は見に行かうともせず私達の説明をきいただけでその家を買つてもよいと云つた。それで父に桜井から上京して検分して貰ひ、父もよからうといふ事でいよいよ買ふ事に決つたのだつた。

早川氏はあのあたりの顔役で、鳶職のかしらの鳶金さんとか、手のよい畳屋さんなどを紹介して下さり、あれこれと手配して下さるのだつた。保田が家を初めて見に行つた時は丁度、畳を全部あげて床板のままの時であつた。その家は十二畳の座敷に二間床がついてゐて外側に障子を隔てゝ南向きに畳廊下があつた。そこは日溜りになるらしく、先の住人のお年寄りなどは真冬に肩脱ぎして日向ぼこをしてゐたさうである。住んでみると全くその通りで極寒でもそこだけは火鉢の要らぬ暖かさだつた。

南に庭がひらけてその一番端の隣家に近い処に門があり、庭と板塀に沿つて細い通路が玄関に続いてゐる。そのため門から訪れる人は誰もなく、畳廊下の横あたりにあるくぐり戸から直接庭に入り、玄関でなく畳廊下から御免下さいの声がするのだつた。

東と北は道路に面してゐたが、西側が隣家とくつついてゐるため、そちら側にある台所や風呂場の物音が隣家に丸きこえで、殊に真夜中に水音や食器の音がするものだから引越した当初は不思議がられたものだつた。

その頃は隣組をやかましく云つてゐて回覧板だの何だのと会合もよくあり、防空演習も度々だつた。勤人の家庭が大部分だつた私達の隣組では、保田は常にゐるからとて班長に指名され、防空演習の度毎に出てゆかねばならなかつた。

（第二十四巻）

食べものの話　二

京の鱧《はも》料理はよく知られてゐるが祇園祭りの頃が一番美味しいと云はれてゐる。所謂、鱧のおとしとか、鱧ちりといはれる骨切りの上手に出来た活鱧の小口に切つたのをゆがいて冷たくひやし、洋酒の水割などでそれを肴にして、晩年の保田はゆつくりと夕食をとつてゐた。

若い頃は少しのビールで顔に出る程だつたのに胃潰瘍をした時、ウヰスキーしか喉を通らない時期があり、その後胃を手術して大部分取除いてからはビールは飲まなくなり、洋酒の水割りを殆んど毎食後に飲む様になつた。それでも赤い顔をしてゐるのは見た事がなかつた。日本酒は寒くなると飲む事が多かつたが、辛口の方がよかつたらしく原酒は甘すぎるとよく云つてゐた。

筍の旬には山城の筍はさすがに美味しくて毎食々々飽きずに食べて、食卓に出てゐないと気嫌が悪かつた。普通の筍の旬がすぎると淡竹（はちく）といふ細い竹の子を遠方から送つて貰ふのである。とにかく好きなものはとことんまで一途に片寄る癖があつた様だ。

柿が年々富有柿ばかり多くなつて、昔からの御所柿が手に入り難くなつたと歎いてゐたら、それを何かで知つた方から、家に成つたとて山の様に送つて下さつた。亡くなつた今尚、仏前にと供へて貰つてゐる。果物の中では蜜柑が一番好きだつた様だ。幼い時あんまり蜜柑を沢山食べて掌と足の裏が黄色くなり、黄疸かもしれぬと医者へ連れてゆかれた話をしてくれた事があつた。

生涯を通じてお茶をよく飲んでゐたが煎茶を一番好んだ。玉露もたまには飲む。一頃、お抹茶に片寄つてゐた時期があり、その頃は来客にも必ず点てゝ出し又自身でも点てゝ飲んでゐたが、いつの程にか全然飲まなくなつて了つた。あちこちの新茶をよく頂いたが、それを自分で丁寧に淹れて、大きな声でみなを呼び集め、飲ませてくれたりしたのだつた。

保田と一緒にうちで食卓を囲んで下さつた方々は、仮令《たとへ》そまつなものであつても、保田が楽しく話し乍ら美味しさうに食べるし、又これは何処の産のどうしたものだとか、故事来歴のたぐひを勿体ぶつて講釈したり、おまけに料理の仕方などまで説明したりするものだから、大さうな御馳走を招ばれた風にまどはされて了はれるらしい。帰る時には私にも充分お礼を云つて下さるので、そのために大いに得をしたと、今となつては思つてゐる。

来客の時の話題に食べものの話がよく出るので、初めの頃私は、男のくせに、と一寸奇異な感じを抱いたが、後年イタリーのロマノ先生が来られて「私は喰ひしん坊だから何でも頂きますが、食べ物は文化ですよ」と仰つた。

（第二十五巻）

破れ障子

戦前の私共の写真は、もと〳〵あまり写さなかつたし殆んど失つて了つてゐる。それなのに、野方の家の南側の縁に坐つてゐる幼い次男のスナツプが残つてゐるのはどうした事だらう。小さな足を投げ出してちよこんと坐つてゐる姿は一歳半位に見える。例の芝生の庭から撮つてあるため、うしろの座敷は真暗で書院の障子だけが判然りと写つてゐるのだが、それが見るも無惨に破れてゐる。幼児の手の届く範囲は殆んど紙がなくなり、障子の桟が丸見えでまことに恰好が悪い。その写真はきつと誰か来られた人が撮つて下さつたのに違ひないのだが、その当時はよその方にそんな破れ障子を見られても別にきまりが悪いとも思はなかつた。

というのは、幼児（特に男児）の成長過程で必ずといつてい丶程障子などを破りたがる時期があり、さういふ時には無理に止めたり叱つたりせず、存分に破らせるのが子供の為によいのだと常々保田が云ふのを聞いてゐた。男の子が二人も続いてゐるのだから当然、といふ思ひが私にはあつたのだらう。小さな時に障子を破らせて貰へずに大人になるのは不幸な事に違ひないなどとも云つた。その代り適当な時期が来ると保田は必ず自分で貼り替へてゐたのだつた。

その後もずつと障子の貼り替へはいつも保田がやつてくれるので、つひに私は一度も貼つた事がない（洗ふのだけは勿論私だつたが）。紙の寸法をきちんと計り、表具屋さんが持つ様な丸い形のナイフで紙を切り、貼つた時、紙の継目が規則正しく順番になるやうに美しく貼られてゐた（近頃は継目なしで貼つてあるのが多い様である）。

桜井に住んでゐた頃は家中の障子を父が貼つて下さるのだつた。破れてゐなくても年の暮には貼り替へする習はしであつた。まづ障子に霧を吹きかけて暫く置いて後、ゆつくりと剝してゆくのだが端の方からくるくると巻き乍らはがしてゆくと大てい、紙も破れず桟にも残らなかつた。古い紙は乾かして土の炬燵を貼るのに用ゐられ、何枚も重ねて貼られてゐるため丸くなつてゐる〝おこた〟が当時はいくつも家に置いてあつた。

保田は父のさうした姿を年少の頃から見てゐただらうし又向ひの家が表具屋さんなので、おそらく少年時代にはそこの仕事場で見せて貰つてゐた筈である。若い頃には、自分で一寸した表装や裏打ちなどしたり、木箱に美しい彩りの紙を貼つたりもした。

破れ障子の写つてゐる野方の家には、昭和十七年五月まで住んだ。五十年近くを経てあのあたりに行つた時、家はなく、昔見覚えの欅が幹も太くなつて天を突くばかり高く聳えてゐて、それを見乍らいつとき私は無性に物悲しかつた。

（第二十六巻）

医師萩原栄治先生

私達が結婚する前年、お見合ののち暫くして、まだ婚約するかどうかも決つてない頃に、河内の私の実家を保田は初めて訪れたことがある。昔は見合して気に入れば男の側から扇子を納めるといふ習はしだつたが、まだ扇子も貰つてゐないのに、どうなるかも分らないときに保田が一人でたづねて来るといふので母も私も戸惑つた。

その日、多分昼頃来る事だらうと朝からいろいろ準備して待つてゐたが、待てども待てどもやつて来ない。やつと四時も廻つてから着流しで茶色の節羽二重の羽織を着て、ひよろりといつた感じで訪れたのだつた。

夕方になつて奥の離れ座敷で弟も一緒に母と四人で食事をした。お膳に伊勢えびの具足煮が出てゐたのを、手で器用に剥しよごれた左手を、懐から出した日本手拭で丁寧に拭いてゐたのが印象に残つてゐる。若い頃保田は、外出の時はいつも懐に二つに折つた大きな懐紙とそのあはひに日本手拭を挟んで入れてゐた。煙草と燐寸は着物の袂に入れる。後年手提袋を用ゐ、はんかち、ちり紙、煙草等を入れて持ち歩いたのは戦後大分経つてからである。その最初の訪問の折、萩原朔太郎著「郷愁の詩人与謝蕪村」「恋愛名歌集」を弟と私とに土産として貰つた。

私の幼い頃、実家では家族が病気すればいつも診て貰つてゐたお医者さまが河内木ノ本の萩原栄治氏といふ方だつた。その方が萩原朔太郎先生の従兄に当るといふ事を、その時保田から初めて教へられた。既に栄治氏は亡く、あとを女医の奥様が継いでをられた。その日の後に、往診して貰つた時そんな話をすると、「朔ちやんが……」といふ言葉で何か仰言つたが内容は忘れて了つた。

萩原医師の木ノ本と私の生れた太田とはもともと隣村どうしだつたが、私の小学校一年初夏の頃合併して大正村となつた（現在はどちらも八尾市）。私は大正尋常高等小学校の卒業生だが、先頃久し振りの同窓会に出席して木ノ本の友人に、其の後の萩原医院の事を訊ねると、今は栄治氏の孫に当たる方が立派にやつてをられるさうである。朔太郎先生の御尊父の出生地と、自分の結婚の相手になるかもしれない家とが同村だといふ事を保田は知つて、それが又一つのふん切りとなつたのではないかと今にして思ふ。

萩原栄治氏については忘れ難い幼い記憶がある。萩原家と私の実家とは懇意にしてゐたので、往診でなくとも時々訪ねて来られたりした。そんな或日、みんなで村の南を流れてゐる大和川の堤を散歩した。大和川は天床川の事とて土手が高く〱築かれ、堤の上からは眼下に太田の家並、少し離れて田畑の向うに木ノ本の村ざとが見渡された。眼をあげれば大和川の水上、東の方には山々が連なり、北から順に信貴、生駒、二上、金剛、葛城と山並が南に走つてゐる。

萩原先生は私達子供らに「今は何とも思はず眺めてゐるこの風景が、年を重ねる程にだんだん心に沁み入つて自分の心の糧になつた事が分る時が来るでせう」といふ意味の事を仰言つた。後年折にふれそのお言葉を私は思ひ出す。私が子供の頃から朝夕見馴れてゐた山々は、河内と大和との国境ひになつてゐるため、大和桜井からみるそれらは全く正反対の方向に眺められた。戦後保田が帰農してゐた頃、又その後も私は田や畑への行きかへりに、感慨を籠めて、はるかに眺めたものだつた。私は用事のために田や畑へは度々行つたが、百姓仕事は一度もした事はなかった。

婚約中の保田の手紙に「萩原さんの本のあなたの感想は適当でした。私も共鳴します。しかしアリサの本にも少し怕いところがあるでせう」といふ文章がある。最初の日の土産に貰つた本以外にも、朔太郎先生の著書を保田から送られたらしく、私から礼状を出したその返事らしいが、私のは全部焼けて了つて無いので、何を読んでどういふことを書いて出したのやら、今となつては全然分らない。文学書なども殆んど読んでゐない小娘が、きつと生意気な事を書いたに違ひないのに、をとめ心を傷つけては可哀さうと「私も共鳴します」などといつて呉れたのだらう。今読み返してをかしく、また懐しい。

（第三十三巻）

出征のころ（一）

保田が応召して大阪の連隊に入隊したのは終戦の年の昭和二十年三月十八日のことである。その前前日の十六日、郷里奈良県桜井の町長から当時住んでゐた東京の落合の家に電報でしらせが届いた。「サクラヰテフテフ」といふ片仮名の文字が、本文の方は忘れてゐるのに今尚判然り目に浮ぶ。「町長」がどうして「蝶々」なのかなどは、その時全然考へもしなかった。

突然のことではあり、それに時日が切迫してゐることとて私達はすつかり慌てゝ了つた。翌十七日中にはどうしても帰郷してゐなければならず、先づ汽車の切符を何としても手に入れなければならない。その頃四人の子供のうち長男だけは郷里に疎開してゐたので、大人二枚、小人三枚の切符が必要で、どうしたら手に入るかとあれこれ案じてゐる時、早川須佐雄氏が召集令状の来た事を知つて駆けつけて下さつた。この方は保田のためにはいつでもどんな困難な事もして下さつてゐる方で、早速奔走して切符の手配をして下さつた。

保田は前年の秋ごろから体調を壊し、だんだん酷くなつて、近くに住む退役の老軍医さんに診て貰つたところ、肺浸潤と診断された。出来る丈安静にして滋養を摂り気長に養生しなければならぬ由。座敷の隣りの六畳を病室にしてゐたが、其処へ焜炉を持ち込み、上に載せた洗面器から絶えず蒸気を切らさぬやうにした。その室に置いてある簞笥の抽斗がつひに開かなくなつた。食料事情はますく厳しくなる許りで、それなりの苦心はした筈だが、それについての具体的なことはあまり憶えてゐない。勿論いはゆる買ひ出しには度々行つた。その病中、数へ切れない程の多くの方々の御好意を頂戴した。殊に山川京子様、池上愛子様（現柳井夫人）には毎日のやうに見舞つて頂き、当時の得難いものを差し入れて頂いたのだつた。昭和二十年の年が明けてもはかばかしくなくずつと臥つたまゝでゐたが、少し暖かくなり出したころやつと起きられるやうになつた。その矢先の召集令状だつたのである。

その頃すでに次弟は陸軍から朝鮮に、末弟は海軍々人として呉に征つてをり、長男の保田と三男の弟とに此度、同日の令状が来たのだつた。弟も東京にゐる事とて手を尽したが連絡が取れず、時間もなく結局保田は私達と大阪に向つた。何時間かかつたのか、とにかく大阪駅に着いてみると、も早や桜井へ帰る列車がなく思案の末、妹の嫁ぎ先で関西線八尾駅に程近い林様宅へ夜の十二時頃辿り着いた。突然に親子五人、しかも真夜中にも拘らず林様では暖かく迎へて下さり、家族総出で手厚いおもてなしを賜つた。私はすつかり感激してその時の事を今も忘れずにゐる。

（第三十四巻）

出征のころ（二）

応召のため東京から辿り着いた真夜中に林家で招ばれたお吸物が、菠薐草《ほうれんそう》に卵を一個づつ割込んであつたのを今も思ひ出す。当時、菠薐草も卵も貴重品だつた。

翌十八日、入隊の日の朝早く桜井から一番の列車で父と母が妹達と一緒に、疎開してゐる孫（長男）を連れて林家へ来て下さつた。長男はその四月から国民学校へ入る年齢で、父のひげ面（病中一度も剃つてゐない）にびつくりして早く剃るやうにと、湯を充たした洗面器を運んだり、石鹸や刷毛などを用意したりして手伝つた。その折の息子の甲斐々々しい容子が保田にとつて忘れ難いものとなり、戦地でも度々思ひ出してゐたらしい。

大阪の連隊に向ふため関西線八尾駅から保田が乗車したのは十八日の多分八時頃の列車かと思ふ。両親をはじめ多勢の方々が見送つて下さつた。私は下の児をおんぶして皆と一緒に行つたが、涙があとからあとから溢れ出てどうすることも出来ず、人々のうしろの方に許りゐた。汽車の昇降口に立つて見送りの人達と挨拶してゐる保田の傍にどうしてもゆくことが出来なかつた。

入隊後何日かして面会許可の通知を受け、両親と一緒に子供達をつれて連隊の兵舎へ行くことになつた。弟も同じ隊に入つてをり、桜井の同日召集の方々も同じ隊らしく、その御家族も大勢行つてをられた。面会の者は誰も兵舎の塀の内に入ることが出来ず、外の土手のやうな所に群れて、兵隊さん達の現れるのを待つた。やがて塀の上方に保田も姿を現はした。二等兵の軍服姿の保田をその時私ははじめて見た。てれたやうな差しさうな、困つたやうな顔でじつと見つめられて私は又もや泣き出した。何を話し合つたか、背中の子供の事を問ひかけたやうな気がするが何も覚えてゐない。

その後、近々外地へ出征するための此度の面会であり、行先は北支らしいと誰からともなく告げられた。そして間もなく戦地へ出発したらしい。面会の日には何も教へられなかつたが何ヶ月か後、北支からの軍事郵便でそれが事実だつたことを知つた。

東京の家をそのまゝにして慌てゝ帰郷したため、一ヶ月程経つて私は三男だけをつれて上京した。庭に大きめの防空壕を、それまでに掘つておいたので、保田の大切にしてゐた物だけでも整理してそこへ入れたりしてゐたが、中々捗らぬうちに五月二十五日の空襲で家ごと全部消失した。防空壕の中へ入れた物まで水に漬つて全部駄目になつたといふ事を、そののち知らされた。

翌年帰還した保田はそれに関して一言も惜しいとは云はず、又私の不手際をも責めず、いのち生きて今在る事を云ふだけだつた。


（第三十五巻）

出征のころ（三）

保田が応召して後、私が上京した事は前に書いたが、それは東京の家の後始末と、家に残して来た保田の未刊行の大事な原稿を大切に保管するやうにと、出発の前に保田から呉々も頼まれてゐたからである。

警戒警報の度ごとに、風呂敷に包んだその原稿の包みを腰に捲き、子供をおんぶして防空壕に入つて待避する。そんな事を幾度繰返したことか。たうとう五月廿四日の夜、庭の向うの隣家に焼夷弾が落ちて燃え出した。庭の防空壕が駄目なので、近くの広場へ逃げる事になり、例のやうに原稿の包みだけはしつかり腰に捲き、子供をつれて避難した。そして廿五日の午前一時頃には我家の燃えさかる炎を、私は同じ隣組の人々と一緒にじつと見てゐたのだつた。

其の後帰郷するまで半月あまりを防空壕の中で寝たり、落合川の向う岸の家の二階を、早川氏の世話で借りて住んでゐたりした。桜井へ私が帰る事が出来たのは六月十一日だつた。

保田は戦前はとても沢山の方々とお付合ひしてゐたやうに思ふ。自分より年上の方が大部分だと若い時私に云つた事があつたが、そんな偉い先生方や又懐しい方々の手紙などは大切にして皮のボストンバッグに入れて袋戸棚に納つてゐた。今思ひ出す名前を敬称抜きで書いてみると、佐藤春夫、佐佐木信綱、萩原朔太郎、川端康成、大木惇夫、岡本かの子、倉田百三、伊東静雄、立原道造等々他にも沢山あつてとても思ひ出し切れない。そのバッグの一番下に、私から出した婚約中の手紙も全部残してあつた。出征後整理してゐてはじめて知つた。

以前、蒙疆の旅先から毎日のやうに保田が便りをくれた事を書いたが、それは、旅立の前日の約束で、自分は毎日便りを書くから、読めば必ず私も返事を書いて置くやうにと云はれてゐた。出せなくとも私は素直に実行したので、それは相当なかゝさであつたが、それも一緒に入れてあつた。もし鞄ごと焼けずに残つてゐたら亡き先生方の貴重な品々であり、又私にとつても自分の記憶の誤りを正せたことだらう。保田から貰つた手紙が今私の手許にあるのは、嫁ぐとき実家に私が残して置いたのを、母が大事に取つて置いてくれたからである。

保田の出征後、東京の留守宅で私が受取つた書信に対しては、葉書で簡単に応召の由をしたゝめて返事を出した。誰々に出したかなどはすつかり忘れてゐたのに、京へ移り住んでのち、全く思ひもかけず奥西保氏からその葉書を示された。後年こんな深い繫りの出来る方とも知らず、当時何げなく書いたその葉書を見ながら、私は感慨一入であつた。

（第三十六巻）

帰農のころ

応召した保田が翌年五月に帰還した時、最初あんまり変つてゐたので私はびつくりした。征く時にはひよろひよろと痩せてゐたのが、すつかり太つて見違へるやうに逞しくなり、日に焼けた顔は丸顔に近く見えた。私は違つた人に逢つてゐるやうで何とも落着かず、気恥しく感じた。その後の日々は何事をするにも積極的で、あのゆつくり屋の人が機敏に何でもさつさと片附けて、朝も普通の時間に起きるのだつた。私にはそれまでの自分の知つてゐる保田とは思へなく、目を見張る思ひをした。

田ん圃や畑の百姓仕事にも朝から出かけて精を出して励み、不馴れなこととて近所の本当のお百姓の方にいろいろ熱心に問うて教へて貰つてゐた。胡麻を植ゑたり、落花生なんかも作つた。子供達がヒコーキ豆と云ひ乍ら、土のついてゐる殻のまゝのを筵に拡げて干すのを煙草を吸ひ乍ら眺めてゐた。又白菜を丹念に手入れして作り、美事に結球したのを持つて帰つた時は皆が大層感心した。

朝から畑へ出てゐたのはどれ位の期間だつたらうか。原稿を書き初めて夜中から暁近くとなると、翌日は昼近く起きるようになつて午後から畑へ出る。その中に来客がだんだん増えてきて、午後から翌朝までといふやうな人らもあつて、東京時代の習慣に戻つていつた。それでも客のない日には畑に出てゐたと思ふ。

そのやうな或日のこと、夕方畑から野良着姿の保田と一緒に家の前まで戻つてくると、丁度訪ねてこられた檀一雄氏と門口の所でばつたり出会つた。保田はそれはそれは嬉しさうな表情でいそいそと迎へ入れるのだつた。余程うれしかつたに違ひない。パッと灯のともつたやうに明るんだその時の保田の顔を思ひ出す。

近くあれば君に見せましわが庵のあした夕べの時のうつりを

と木丹木母集にあるこの歌は、帰還後あまり間もない頃檀さんから頂いた歌への保田の返し歌である。そして訪ねてこられた。檀氏が石川五右衛門を大阪の夕刊紙に連載された頃だつた。その折、檀氏は「畳の上に吹き散らす放恣な談笑を繰返」す保田と一夜語らひ、「戦犯者として、やつぱり戦争を経過してきたものの苦悩はかくせなかつた。」と保田の印象をエッセイに記してをられる。

檀さんはその後、私達が京都に移り住んでからも二度程訪ねて下さつた。座敷の机の前にきちんと坐つて、保田が渡した色紙にじつと目を落して慎重に筆を下ろされてゐた姿が目に浮ぶ。

桜井での百姓生活は、年が経つにつれ忙しさが増してだんだん熱心でなくなり、やがて京都で若い文学仲間の方達と一緒に仕事をするやうになつて自然消滅といふことになつた。

（第三十七巻）

絵日記

子供達が通つてゐた頃の桜井南小学校では、五人の子供のどの子も絵日記を家でかいて、時折担任の先生に提出しなければならなかつた。一年生の時からかいてゐる子もあつたりして、低学年の間は保田がいつも指導してやつてゐた。昭和二十一年大陸の戦地から保田が帰還して、桜井に住んで農事をしてゐた頃のことである。

その絵日記には父と一緒に行つてトマトを三つ採つたとか、じやが芋掘りとか、今日は田ん圃へ二回お茶を運んだとか、稲刈の日の事とか、幼い絵と共にいきいきとかかれてゐる。保田は子供達を連れて一緒に百姓仕事をするのを楽しんでゐたやうだ。田ん圃へ水入れをする日には男の子が三人とも従いて行つて川へ入り、川の水を止めた後も泳いだりして遊んだこと、又田の草取りを父と一緒にした日のことなどいかにも愉しげに書いてゐる。

とにかく子供等の幼い頃には保田は実によく面倒を見てやつてゐた。学用品の筆箱の中にはいつも保田が削つてやる鉛筆が揃へられてゐた。夜などお話をしてやるとて子供達を集め、古事記を分り易く話したり、倭建命のこと、又丑年には朝鮮の牛の拓本をかけて説明したりしてゐる。これらの事は私の記憶としては何も残つてゐないが絵日記に書かれてゐるので知つた。

その頃七夕祭りは一ト月後れの八月六日に桜井のどこの家でも行はれてゐて、丁度夏休みのことゝて、子供達と前日に保田は山へ行つて笹を伐り出し、その夜は笹に吊す短冊などを教へ乍ら子供達に書かせた。小学校の二年三年生の絵日記に芭蕉の句が一つ二つ書き込まれてゐる。父に云はれたとほり訳の分らないまゝ子供は書いたことだらう。三十年以上経つたいま、息子や娘はその句を覚えてゐるかしら。

上の男の子二人はよく父に連れられてあちこちへ行つた。木丹木母集の中に「これぞかの幸の御井よと吾子ならべひたひの汗をぬぐひやりけり」とあるが、次男の一年生の絵日記の八月十七日に「さちの井」の絵が描かれてゐる。

私は子供の絵日記からその頃の記憶を呼び戻さうとしたが、全然といつていゝ程何にも覚えてゐない。その頃の私はたゞまご〳〵と家の中を動き廻つてゐる丈で、毎日雑事に追はれて、しかも何事も完全には出来ず、自分乍ら情ないやうな日を暮してゐたのだつた。父の子らとの交流についても殆んど知らない事柄許りである。絵日記の中の文章に「お父ちゃんが……」「お父ちゃんと……」と度々あつても私はどこにも出て来ない。私は全く母親失格だつたと、子供の絵日記を前につくづく歎くばかりである。

（第三十八巻）

本書の成立まで

谷崎昭男

本書は、南北社版『保田與重郎著作集』（以下「著作集」と略す）、講談社版『保田與重郎選集』（以下「選集」と略す）および同社版『保田與重郎全集』（以下「全集」と略す）の月報にそれぞれ寄せられた諸家の文章に、新学社版『保田與重郎文庫』（以下「文庫」と略す）の各巻末に附した「解説」を、平成二十二年（二〇一〇）は保田與重郎の生誕百年に当るのを期として集成したもので、「全集」の月報のうち、保田典子夫人の「そのころ」の十九回に及ぶ連載を一括して別掲にした他は、すべて巻数順、掲載順に収めた。「著作集」は、版元の倒産といふ事故で第二巻の一冊のみで已んだものであるが、「選集」と、別巻の五冊を除く「全集」の配本が巻数の順に行はれたのに対し、「文庫」は巻数と刊行の順序が一致しない。

「著作集」「選集」「全集」そして「文庫」の刊行の年月は、本文の題扉に註記したとほりである。「全集」は月刊であるが、但し、第四十巻を出した後、これに続く別巻の刊行まで二カ月の休止期間を挟んでゐる。「著作集」は昭和四十三年（一九六八）九月の刊行で、「文庫」が完結したのは平成十五年（二〇〇三）一月だから、三十有五年に亘る。「著作集」の月報に掲げる日沼倫太郎「保田與重郎の戦後」は、刊行に関はりながら、それのなる日を俟たずに、予定されてゐた第一回配本の第二巻の解説の筆をとる遑もなく急逝した日沼を悼み、生前の文から抽いて録したものであることは、末尾に記がある。その死を「哀悼日沼氏」（「全集」別巻一所収）で惜しんだ保田は、遺著『我らが文明の騒音と沈黙』（新潮社、一九七〇年九月）の本扉題字を揮毫してゐるばかりでなく、阿部正路による『評伝日沼倫太郎』（崙書房、昭和四十七年七月）には懇篤な「序文」（「全集」第四十巻所収）を書いてゐる。また「全集」の第五巻の浅野晃の文の次に西川英夫「ブリリアント・クラスの明星――保田與重郎の思い出――」を載せるべきところ、収録の許諾が得られなかつたことから、これを除いてゐるが、本書における執筆者は延べにして一九五人に及ぶ。

すでに偉観と云ふべきである。「全集」は当初は全四十巻で、別巻五冊を含まない構成であつた。分量の上から、四十巻では全作品を収めるには無理があることは瞭らかだつたにも拘らず、はじめから四十五巻として提案をしては、企画会議に容れられないことを懸念したからであり、刊行が順調に進んだ時点で追加を発表したものであるが、もとより四十巻でも、それが浩瀚であることには変りがない。個人全集がどうだと云ふ前に、一体文藝出版といふものに翳りが顕著になつてきてゐたなかで、「全集」の刊行は「自体がすでに事件となるだろう」と「『保田與重郎全集』広告」と題した文を作つたなかに述べたことがあつたが、翻つて「事件」と云ふなら、その全貌の把捉も十分できてゐなければ、過去の文業についての評価の定まることからなほ遠く、保田與重郎がまだ不当に処遇されてゐた時分に「著作集」を、そして「選集」を出版する挙こそ「事件」と呼ばれるに価したと、さう私は思ふのである。

「著作集」は、数へると、じつに四十年の以前の出版となることに、云ひやうのない感慨が去来する。

保田が『現代畸人伝』によつて戦後の文壇に辛く復帰を果してから、まだ何年とは経つてゐないときである。全七巻、別巻一からなる「著作集」の各巻はどんな内容だつたか、収録予定作品の一覧を示せば、「著作集」によつて世に問はうとしたものも自ら分明となるが、さうした点も、今日ではおそらく殆ど忘失されてゐるほどに、それは遠い日のこととなつた。別巻は研究篇として、それには保田與重郎論、著作年表などと併せて保田與重郎評価史を収めるはずであつたが、「著作集」を行はうとした企図は、そのまま評価史上に逸し得ない、戦後における重要な一項となるものであつた。

南北社の倒産は、「著作集」の刊行に因つたものではない。私の手許に「此度南北社が経営上の手違いにより倒産という事態を招いてしまいました。その結果、甚だ遺憾ながら頂いた玉稿の御礼もお支払いがかなわぬこととなり云々」と告げてきた昭和四十三年十二月十四日附の孔版による一枚の葉書が残つてゐるのは、「著作集」の第一回配本に合はせて『南北』誌が「日本浪曼派」の小特集を組んだのにたまたま一文を寄せたのに対するものである。差出人の名も住所も記されてゐないのは、それまでそこに所在した会社がなくなつたからなのであらうが、宛先を青のペン字で認めてある上書きに、さう思ふと見覚えがあるのは、後述する常住郷太郎の筆蹟である。「著作集」の成行に関して、一体責はたれに帰せられるものであつたか。少くとも常住郷太郎がそれを負ふべき謂れはなかつたが、倒産が別箇の事由によつたにせよ、その結果として「著作集」が一冊を出しただけで畢つたことは、保田與重郎が戦後二十余年して占めてゐた地歩がどんなものであつたか、それを物語つて象徴的と私には映る。

戦後に保田を再評価する気運が醸成されてきたのに「著作集」はひとつの勢みをつけた。「選集」

の刊行は、少からずそれに押されるやうにしてなつたといふのは、これも評価史に書き込まれるべき一項である。「著作集」から「選集」までは、しかし三年に過ぎない。保田與重郎をめぐる状況にさして変りはなかつたと云つてよく、「選集」をわづか六巻で行ふのさへ、第一出版センターの菊地康雄常務の熱意と行動力がなければむづかしかつたことを私は承知する。「著作集」の編集担当は常住郷太郎、また「選集」は知念栄喜であるが、山口基の労作『保田與重郎著作ノート』(南北社、昭和四十一年四月)が参考になつたとしても、編集の作業はどちらも難渋したに違ひない。菊地康雄、知念栄喜、常住郷太郎それぞれが保田與重郎をどう見てゐたか、所思の一端は「全集」の月報に読まれるとほりであるが、特に昭和十二年(一九三七)の生れだつた常住郷太郎は、私よりも年長であつたとは云へ、菊地、知念の両者のやうに保田の読者として青春の日を戦中に送つた世代に属さない。それだけに「著作集」に注がれた労と志がありがたければ、業が中絶したことを彼のために憾み、さうして今は亡い三人をここに改めて弔するのである。菊地康雄と知念栄喜がさうであつたやうな意味では、常住郷太郎を詩人とは呼べないが、しかし生来の質として詩人であつたことは、連句の座に連なる嗜みをもつたこと、あるいは評論集『内景への遊歴――人と文学との出会い』(沖積舎、昭和六十一年一月)があるのにそれと知られた。

生前の出版にかかる「著作集」と「選集」には、装幀がいづれも棟方志功の手になつたやうに、収録作品の選定から月報の執筆をたれに依頼するかについて、編集者の考へ方はそれとして、当然著者の意向が反映されてゐなければならない。「著作集」の月報の最初を檀一雄と田中克己の文が飾つたのは、他の何といふより、友誼を重んじた保田與重郎の為人を偲ばせる。周知のやうに、檀一雄は『日本浪曼派』以来の盟友であり、また田中克己との通交は、それより前、大阪高等学校時代にともに炫火短歌会を興したことに始まつて久しかつた。「天稟の藝術家」が保田を語つて「一世を教導するにふさわしい指導者であって、この一点でも、おそらく、芭蕉に比肩出来る」と云つてゐるのに関連することがらとして、戦前の檀一雄に保田の『芭蕉』の評をしるした十五、六枚ほどの行き届いて緻密な一篇がある（『読書人』昭和十九年三月号所載）ことを云ひ添へておくが、月報の執筆者に関して保田與重郎のおよそこだはるところがなかつたことは「選集」の場合についてよく見られる。

私事になるが、「選集」第三巻の月報に五味康祐と並んで私が文を草する機会に恵まれたのは、檀一雄が主宰した季刊文藝誌『ポリタイア』に遅れて参加して間ない、二十代の後半の、それこそ青二歳だつた時分である。それについて私は不粋に尋ねるやうなことはしなかつたが、親しくその謦咳に接するやうになつて五年としてゐなかつた、いはば新参の私にそれを書かせたのは、顧みても保田與重郎としか考へ得ないのは、知念栄喜とは識つてなほ日が浅かつたからでもある。世間的に名が聞こえてゐるかどうか、さうしたことには一向頓着せずに、かう云つてよければ、何かの機縁に遵ふのを先とする。そのやうにひとに臨む保田の姿勢は、「選集」の月報の執筆者の顔ぶれに窺はれるばかりでない。私が消息に通じてゐるところでは、「全集」の月報に寄稿がある尾崎士郎の一子俵士君を保田が頼母しく思つてゐたことにも現れ、風日社を率ゐて同人たちと歌の道に遊んだのもまた同様、戦後の保田與重郎の処生は万般においてさうであつた。

「全集」が刊行の運びとなるまでの概略については、最終巻の別巻五の巻末に「保田與重郎全集刊行経緯」として短い記事を附してあるやうに、編集には吉村千穎と私、谷崎の両名が携つた。私のことは措き、さうなる前から『ポリタイア』を介して相知つてゐた吉村千穎は、担当者として如何にも適任であつた。そのやうに私が云ふ事情の一斑は、近著『終りよりはじまるごとし―― 1967 ~ 1971 編集私記』(めるくまーる、二〇〇九年五月)に語られてゐるが、一巻は、交渉のあつた作家たちの挿話を交へつつ、編集者として出立した自身の閲歴を叙して飾らず、保田の相貌を描く筆も生彩を放つてゐる。第一出版センターの菊地常務の周旋もまたあつて「全集」が講談社の発行と決定するに至つたのは、ともかくも慶賀すべきこととして、ともにまだ壮齢の吉村千穎と私が、当時は新宿区市谷山伏町にあつた新学社東京支社内に設けられた編集室で、机を並べて刊行のことに従つたのは、それを制作する実質的な部分を担つたのが、保田が会長職に就いてゐた新学社だつたからに他ならない。

因みに、「保田與重郎全集刊行経緯」に名が見え、「全集」の月報にも寄稿する奥西保、高鳥賢司は新学社の創業者で、本社を京都の山科に置く、その点も同じやうに設定した上で、新学社の社名を新学舎とし、両者はじめ、保田の周辺にあつた多士済々を数学者の岡潔と取り合せた五味康祐による一箇のモデル小説に『紅茶は左手で』がある。保田與重郎の歿後、その著作の出版について、しかるべき巻数の選集ならばと云つてくるところがあつても、奥西保は応諾せず、あくまで全集たるべきことを説いて譲らなかつた。明石の無量光寺の小川龍彦上人が、奥西保を「鳥居のやうな人物になられた」と讃へたと保田がしるしてゐるのは、「鳥居」(「全集」第三十七巻所収)といふ一篇である。

「全集」の出版に当つて、二六〇〇篇、四〇〇字詰原稿用紙にして四万枚にも上つた厖大な資料の収集から、それを編集する実務に加へて、原稿を、活版印刷でいへば組版にしたのをフイルムに製版する、そこまでの工程に要する費用を新学社が負担した。さうしたことでは、準備期間を含めれば七年の余にも及んだ「全集」は、新学社の事業だつたと云ふことができるし、吉村千穎と私の認識としてもさうであつたといふことは、ここに書き留めておく必要がある。「全集」を出すことが「現在の新学社で一ばん大事な仕事」と、さういふ云ひ方で編集室のわれわれを督励するのをつねとしたのは長嶋秀顕東京支社長で、今さらのやうに私は彿を懐しく追ふのであるが、その年代のひとにしては随分と上背があつて、眉目秀麗と形容するのがまことに似合はしい偉丈夫は、保田の周りを彩つた英雄と美女たちの一人であつた。

「文庫」は「全集」のデータがすべて新学社に保存されてゐたのによる。すなはち「全集」が新学社の事業だつたことが、それを可能にしたものであるが、正字の使用も、仮名遣ひもそのまま、新たに版を作るのではなかつたから、比較的廉価で主要な作品を網羅することができたのは、保田與重郎の読者層を掘り起こす上からも、当を得たものであつた。「文庫」も、吉村千穎と私が参画したもので、全二十四冊の構成で開始したのを増補して三十二冊としたが、各冊のカバーに保田の書蹟をあしらつた水木奏によるデザインも好評で、平成十二年度の第三十四回造本装幀コンクールに入賞した。

さて「全集」の月報は、執筆予定者のリストを全巻について初めから用意してかかるには、なに分にも多人数に上り、さうした人名を一どきにすべて列挙できる訳もなかつたのは、六巻本の「選集」と異つた点である。配本が巻を追つて進むなかで、たれに依頼するかを、その度ごとの組合せにも偏りがないやう気を配りながら案じる恰好で、適宜原稿を需めていつた結果は、本書に通覧されるとほりである。必しも期してさうなつたものではないのが、これの見所であり、その意味では、練達の校正者のお蔭を被ること、もとより多大なものがあつたが、本文の校訂に気骨が折れた分、月報の編集は愉しみでもあつた。それでも、不注意からつい洩らしたひとがあれば、断られたことも一、二に止らない。後者は、例へば新潮社の天皇とも称された斎藤十一がその一人で、さういふ心残りはあつても、文学上の交友があつた人士は云ふまでもなく、その門に出入りした面々に、大阪高等学校時代の級友、直接に知らないながらも感化や影響を受けた文学者、研究者、あるいは出版社、新聞社の編集者など、多方面の、じつにさまざまなひとたちが、保田與重郎について、そしてその作品について思ひおもひに書き綴つてゐるのは、大方が私の心に沁みた。

なかには、「選集」の月報に拙い文を投じた私にも似て、これといつた名を持たずに、所縁のあるその話を床しく物語つてゐるのは、もし世にあれば、保田はそれをむしろ嘉したであらう。保田の好んで用ひた術語で云ふなら、草莽のなかにわが文学の命ともいふべきものがしづかに息づいてゐるのが保田の本願だつたし、さういふ書き手を得たことで、保田與重郎の世界は奥行と厚みを増した。だが、それが拡がれば拡がるほど、像を結ぶはずの焦点は反つてぼやけ、群盲象を評すといはれる景色がそこに見られるといふのを、事実として否めないとも、他方で考へる。しかしながら、本居宣長の再来とも仰がれたこのひとである、われわれは、詮ずるところ、群盲たることに甘んじるべきかも知れないが、確かなことは、群といつて、これほどに大きなものは、同時代に他にまづ見出されないということである。

なほ、目次の後に記があるとほり、本書カヴァーの題字は、後年でもまた最も晩く保田與重郎に親近した寺田英視による。『天降言』の一書を編んで保田の信頼を得てゐた寺田英視は「全集」の刊行にもあづかつた、その由縁で嘱したものである。

平成二十一年師走誌す

私の保田與重郎　平成二十二年三月五日　第一刷発行

著者　谷崎昭男 他／発行者　中川栄次／発行所　株式会社新学社　郵便番号六〇七―八五〇一　京都市山科区東野中井ノ上町一一―三九／印刷・製本　大日本印刷株式会社／編集協力　風日舎

　ISBN 978-4-7868-0185-3

価格はカバーに表示してあります。

落丁本、乱丁本は左記の「私の保田與重郎」係までお送りください。送料小社負担でお取り替えいたします。

お問い合わせは、郵便番号一六二―〇八四一　東京都新宿区払方町十四―一　新学社 東京支社

電話〇三―五二二五―六〇四四までお願いします。